Ange impur

Tad Williams

Ange impur

Traduit de l'anglais par Michèle Zachayus

Fetjaine

Titre original : *Dirty Streets of Heaven*

Cette traduction est publiée avec l'accord de

Une marque de La Martinière Groupe
www.lamartinieregroupe.com
ISBN 978-2-35425-526-8

Remerciements

Comme toujours, il y a beaucoup trop de personnes ayant contribué par leur travail à la rédaction de cette œuvre pour que je puisse toutes les remercier comme il se doit. Voici néanmoins les premières de la liste :

Toute ma gratitude va à mon enchanteresse d'épouse, Deborah Beale, et à celui que je choisirais en premier aussi pour combattre le feu, mon dangereux ami Josh Stallings, pour avoir relu mon premier jet et m'avoir prodigué des conseils sensés.

Tous mes remerciements comme toujours à notre assistante Dena Chavez et à son époux Scott Chavez, qui nous ont aidés à faire face aux dures réalités durant l'année de folie où j'ai écrit ce roman. Je n'y serais jamais arrivé sans vous, mes amis.

Comme toujours aussi, Matt Bialer, mon agent littéraire, est un roc, une oasis de calme dans un monde de stress et de jargon contractuel bizarre. Sois béni, Matt.

Lisa Tveit déchiffre ma vie en ligne, à commencer par notre site @tadwilliams.com, et je ne l'en remercierai jamais assez.

Il y a naturellement tous mes éditeurs, mais surtout l'équipe de DAW Books, et mes éditeurs Betsy Wolheim et Sheila Gilbert, qui ne cessent de me rappeler que les livres devraient avoir du sens.

Remerciements

Prologue

Ressources inhumaines

Je sortais tout juste de l'ascenseur, au quarante-troisième étage de l'immeuble Page Five Mill, quand les alarmes se déclenchèrent – des hurlements stridents et cauchemardesques de robots à la torture, le genre *évacuez d'urgence* – et je m'avisai que tout espoir d'approche subtile s'était envolé.

Ai-je mentionné le fait que lorsque je suis stressé j'ai tendance à retrouver mes vieux réflexes ? Eh bien, être pourchassé par des monstres (et être en plus le bouc émissaire de la pire foirade de ces derniers millénaires entre le Ciel et l'Enfer) est une vraie cause de stress. Voilà donc où j'en étais à l'instant T, les nerfs en pelote et en recherche pressante de réponses. Dans cet état de tension et d'énervement, j'ai également tendance à pousser à la roue jusqu'à ce que quelque chose craque.

Je ne me suis pas vraiment calmé lorsqu'un agent de sécurité, plutôt costaud, a surgi de la cage d'escalier à quelques pas de là, les yeux écarquillés par une poussée d'adrénaline, en me braquant en pleine face son pistolet de service.

– À terre !

Au lieu de garder son flingue braqué sur moi, il s'est mis à l'agiter pour me montrer la voie, et là, j'ai su que je le tenais.

– Attendez, ne… vous ne voulez pas voir mon badge ? (Je faisais de mon mieux pour jouer à fond le petit employé d'entreprise bien formaté, inoffensif et perdu face à toute situation impromptue). Pitié... ne me descendez pas!

– À terre, je vous dis!

Il pointa de nouveau son pistolet en direction de la moquette, d'une qualité discrètement onéreuse. Comme le vacarme des alarmes couvrait nos voix, je profitai de cet élément et affichai un air terrifié.

– Quoi? Je ne vous entends pas! Ne tirez pas...

– Bon dieu, à plat ventre! s'emporta-t-il.

De sa main libre, il m'empoigna par le bras; je m'écartai aussitôt pour le déséquilibrer, puis je tirai sur son poignet afin qu'il bascule vers moi. Il agita désespérément les mains pour tenter de conserver ses appuis. Peine perdue: je lui décochai un coup de coude en pleine tête qui la lui fit sauter en arrière. Il s'écroula comme un sac de linge sale. Et je suis à peu près certain de lui avoir éclaté le nez.

J'ignorais si les agents de sécurité de Vald étaient des gens normaux émargeant au budget normal du personnel ou s'il s'agissait des soldats de l'Opposition, et je n'avais pas le temps de vérifier si ce type-là avait des tétons surnuméraires ou autre (pour être honnête, à l'exception de quelques cercles amateurs de rétro, les tétons surnuméraires en signe d'allégeance à l'Enfer se sont pas mal démodés). Je laissai donc la vie sauve au type inconscient, et balançai son arme et son talkie-walkie dans une poubelle au cas où il reviendrait à lui plus vite que je ne m'y attendais.

Puisque tout avait foiré maintenant, mieux valait me débiner avant que le sang coule, je le savais bien. Mais voilà, j'ai ce problème dont je viens de parler: dès que je m'emporte, on ne m'arrête plus, il faut que ça bouge. Pire qu'un rhino qui a une démangeaison, pour reprendre l'expression raffinée de mon vieux boss. Bref, je me dis que je ferais aussi bien de voir par moi-même où tout cela allait mener.

Il me restait sept ou huit minutes maxi avant que l'immeuble entier grouille de types armés qui ne seraient que trop heureux de me canarder à vue. Je m'élançai donc dans l'escalier pour monter au quarante-quatrième étage. Je pris une seconde ou deux pour admirer, à travers la baie vitrée, la vue sur les effrayantes tours gothiques de l'université de Stanford. La suite principale occupait visiblement tout l'étage. Je franchis l'unique porte et me retrouvai face à la femme la plus calme jamais confrontée à une arme à feu – celle avec laquelle je la mettais en joue. Séduisante avec ça, fine et svelte, des traits eurasiens, des cheveux noirs coupés court et un regard… glacial. J'aurais parié qu'elle avait déjà actionné l'alarme silencieuse.

– Qui êtes-vous ? demanda-t-elle sur le ton d'un préposé assommé d'ennui. (Elle ne daigna pas même baisser les yeux sur le canon du.38, que je lui pointais sous le nez.) Et que voulez-vous ?

– Je viens voir votre boss, expliquai-je. Si j'entrais, tout simplement ?

Il faut le lui reconnaître : elle ne se donna pas la peine de discuter avec moi, ni de chercher à me menacer ; elle se contenta de bondir par-dessus le bureau en feulant toutes griffes dehors, tel un ocelot shooté à la méthédrine, faisant de son mieux pour me lacérer le visage de ses ongles vernis nuance « *Grosse Pomme Rouge* ». Après quelques secondes à rouler sur la moquette aux prises avec elle, je compris qu'elle était aussi forte que moi et qu'elle savait très probablement mieux se battre. Et, à en juger par les trucs bizarres que faisaient ses yeux tandis que je luttais pour écarter ses dents de mon cou, ce n'était pas un être humain. À coup sûr. Cette saleté était flippante.

Les démons n'aiment pas ce qui est en argent. C'est un des rares classiques à fonctionner, au moins un peu (contre les suppôts de l'Enfer, l'eau bénite par exemple est à peu près aussi efficace que du Diet Pepsi). L'argent ne les tue pas à tous les coups, mais ça les blesse pratiquement toujours. Avec tout ce que j'avais eu à faire, je n'avais hélas pas de balles d'argent sur moi cette semaine. Alors, quand j'ai réussi à dégager une main, j'ai dû me contenter de coller mon flingue à bout touchant contre son visage et de la truffer de trois balles tout à fait ordinaires. Comme j'avais un silencieux, les détonations de mon .38 ne firent guère de boucan – contrairement à elle. Durant un moment, elle poussa des crissements stridents de perceuse électrique en lacérant son visage en charpie, un peu comme quand on tente frénétiquement d'enlever de l'eau savonneuse de ses yeux, puis elle revint à la charge. Tout démon incarné normalement constitué se serait écroulé après avoir reçu une décharge en pleine face mais elle, elle faisait partie des forcenés sanguinaires – on aurait beau lui couper les bras et les jambes, elle continuerait à ramper par terre tel un serpent en claquant des dents pour vous mordre aux chevilles.

Je *hais* les forcenés sanguinaires !

Dès qu'elle eut chassé le sang de l'œil qui lui restait, elle me sauta dessus pour m'empoigner à bras-le-corps et me plaquer à terre. Comme je voulais garder les deux ou trois balles encore logées dans mon barillet, je fis de mon mieux pour l'assommer à coups de crosse, mais je ne réussis qu'à lui déboîter la mâchoire en un angle sacrément anormal, ce qui lui donna tout de suite des allures de Popeye girl plutôt flippante. Ça ne la ralentit pas une demi-seconde dans son élan. Elle me bondit dessus de plus belle, cherchant à m'arracher les yeux avec une telle frénésie que j'en fus réduit à me protéger de mon mieux. De son côté, elle faisait aussi de son mieux pour me flanquer un coup bas et s'efforçait de me défoncer du genou le torse et l'entrejambe, histoire de me faire remonter les couilles au niveau du cœur – le genre de rapprochement qui ne devrait jamais avoir lieu. Cette fille était une vraie calamité ; d'une seconde à l'autre maintenant, les gardes allaient surgir et c'en serait fini de votre nouvel ami, Bobby Dollar.

Ce n'était pas la première fois que je me retrouvais sous une créature femelle hurlant de rage – et Dieu sait si ce ne serait pas la dernière non plus – mais, tandis que la « secrétaire » de Kenneth Vald m'aspergeait copieusement de bave sanguinolente, ses crocs hérissés à deux doigts de me refaire le portrait, je ne pus m'empêcher de me demander comment j'avais pu une fois encore me retrouver dans pareille galère.

Et, comme toujours, je ne pouvais m'en prendre qu'à moi-même.

1

Une Formalité de Vieux Testament

Laissez-moi commencer par le commencement. Ça n'aura peut-être pas beaucoup plus de sens, mais tout de même, on comprendra un peu mieux le tableau.

La nuit où tout a commencé, tout le monde était déjà au bar ou presque : Monica Naber, ce vieux Joli Cœur, le Jeune Elvis et tout le reste du Chœur Malade. Oh, sauf qu'en raison de récents décrets Kool Filter était resté en bas, sur le trottoir, pour s'en griller une. Eh oui, les anges fument – certains d'entre eux, du moins. (Moi aussi je fumais, mais j'ai arrêté.) Nos enveloppes charnelles sont un prêt, après tout, et ce n'est pas comme si la perspective de mourir nous préoccupait beaucoup. Bref, c'était une nuit banale de février, aux Compas – jusqu'à ce que mon ami Sam se pointe en tirant derrière lui de la chair fraîche drapée dans un pardessus.

– Que les pauvres et toutes leurs excuses minables aillent se faire foutre ! beugla-t-il à la ronde. Et qu'on me serve à boire ! (Il poussa vers nous ce jeune gars que je n'avais encore jamais vu et le fit s'asseoir sur un siège, près de moi.) Voilà quelqu'un qu'il faut que je te présente, fiston : Bobby Dollar, le roi des enfoirés !

Sam s'affala sur le siège voisin, de l'autre côté. Du coup, le jeunot se retrouvait coincé entre nous deux, mais il ne paniquait pas – pas encore. Il me décocha un grand sourire comme s'il était ravi de me voir – un grand sourire bien niais et mielleux. Il était blanc, fluet, avec des airs d'intello et une coupe de cheveux qui, chez tout autre qu'un ange, aurait proclamé à la face du monde entier : « C'est maman qui m'a fait ça ! ». Un débutant débordant de théories, pensai-je, mais s'il traînait avec mon pote Sam, il pouvait se préparer à encaisser de sacrées leçons en matière de Théologie Appliquée.

– Et c'est qui, ton petit copain, Sammy ? (Je savais que le gamin était des nôtres – on se reconnaît entre nous – mais, dans son enveloppe charnelle d'emprunt, sûr qu'il était mal à l'aise. Ça se voyait comme le nez au milieu de la figure.) Un amateur ou bien un pro en simple visite ?

Junior afficha aussitôt la même expression qu'un chien savant – *je n'ai pas la moindre idée de ce dont vous pouvez bien être en train de parler, mais sûr et certain que je fais tout pour donner le change...* Ce qui ne m'impressionnait pas plus que son sourire nerveux.

– Vas-y, fit Sam, devine un peu ! (Il se démonta le cou et brailla à Chico, le barman :) Eh, Flemmardo Rodriguez ! Tu peux m'expliquer pourquoi tu es toujours prêt à m'astiquer le zob pour que dalle alors que tu refuses de servir à boire quand on te paie ?

– Boucle-la, Riley, et lâche-moi un peu la grappe, tu me gonfles, répliqua Chico.

Il n'en délaissa pas moins son chiffon pour se tourner vers les rangées de bouteilles.

– Sammy mon garçon, tu es encore plus charmant que d'habitude, commentai-je. Alors, qui est-ce ? Je dirais, un stagiaire, à vue de nez...

– Putain, évidemment que c'en est un, Bobby ! Tu ne sens donc pas la Maison sur lui ?

C'est le nom que Sam donne à ce qu'on appelle généralement le « Ciel ». Comme si, nous autres, on trimait *en bas*, dans la Plantation.

– Vraiment ? (Monica Naber se leva du coin banquette voisin

avec tant de grâce qu'on aurait difficilement pu deviner qu'elle s'envoyait des shots de tequila depuis le coucher du soleil.) Vous entendez ça, les mecs ? On a un bleu !

– Oh, *yeah !* s'exclama Jeune Elvis. (Ça faisait deux ans maintenant qu'il était « le Petit Nouveau », et il était visiblement ravi d'être enfin détrôné.) Bottez-lui les fesses !

– Ferme ton clapet ! fit Walter Sanders sans lever les yeux de son verre. Ce n'est pas parce que tu étais un bleu nullissime que tous le sont forcément.

Le petit nouveau de Sam s'agita nerveusement sur son siège, près de moi.

– Je ne suis pas tout à fait un bleu…

– Ah, non ? (Cette fois, Sanders leva la tête. Il est du genre intense, comme mec, et il fixait le gamin comme s'il s'apprêtait à le disséquer vivant.) Où as-tu fait tes classes de gardien ? Et combien de temps ?

– Mes classes de gardien ? Mais… je n'ai pas… (Le gamin cilla.) J'étais aux Archives…

– Aux Archives ? (Sanders grimaçait tant qu'on aurait dit qu'il venait de boire du lait caillé.) Tu étais archiviste ? Et te voilà maintenant avocat ? Félicitations, sacrée promotion.

À point nommé, Chico referma la caisse enregistreuse d'un claquement sec. *Ding !*

Sarcastique, Sam prit la voix haut perchée d'un petit bout de chou :

– *T'as entendu, papounet ? Chaque fois qu'une cloche sonne, on dit qu'un ange reçoit ses ailes !*

– Ne sois pas désagréable, intervint Monica Naber. Ce n'est pas la faute du gamin.

Junior parut reconnaissant du soutien qu'elle lui témoignait, mais il y avait des choses qu'il ignorait. Monica ne jurait que par la logique. Mais si vous voulez mon avis, la logique peut très bien aussi vous conduire à la mort. Quoi qu'il en soit, les femmes, et même les anges de sexe féminin, peuvent se révéler plus glaçantes que les mâles de l'espèce. Vraiment plus glaçantes.

Après un moment, le tumulte retomba, les consommateurs retournèrent à leurs conversations ou à leurs réflexions d'ordre privé. Sam alla chercher les commandes. J'examinai le petit nouveau, qui ne souriait plus comme si tout était absolument génial.

– Alors, comment es-tu arrivé là ? lui demandai-je. Qui t'a pistonné ?

– Je ne comprends pas. Que voulez-vous dire ?

– Écoute, tu sais ce qu'on fait, pas vrai ?

– Vous êtes des avocats ? Bien sûr. (Il hocha vigoureusement la tête.) J'ai vraiment hâte de…

– Boucle-la et tâche de m'écouter : comment as-tu pu être bombardé à un poste auquel, nous autres, on ne peut prétendre qu'après plusieurs années ?

Phares aveuglants, virgule, daim paralysé.

– Je… je ne sais pas. Ils m'ont juste dit…

– Oh, oh. Alors qui s'occupe de ta carrière ? Il faut bien que *quelqu'un* veille. Réfléchis bien.

– Je ne sais pas de quoi vous parlez !

Sam revint avec les commandes, de la bière anglaise généreusement arrosée de Tabasco, et de la Spruce Beer – de la bière d'épinette, un truc à base de sapin… – pour faire passer le tout. Sam est redevenu sobre depuis quelques années maintenant. Ce qui ne l'empêche pas de fréquenter Les Compas.

– Il n'a pas encore fondu en larmes, Bobby ?

– Non, mais j'y travaille. Où es-tu allé pêcher cette lavette, Sammy ?

– Je passais à la Maison quand ils me l'ont mis sur les bras. (Sa poche bourdonna.) Et merde ! Un client, déjà ? (Il décocha un regard mauvais à son portable, but un coup puis inspira vivement comme si on venait de lui verser du pétrole sur l'entrejambe.) Ça te dirait de venir avec moi, Bobby ? Allez, fais-moi une fleur. Tu pourras expliquer les choses au petit Clarence, notre Ange Stagiaire.

– Clarence ? (Je me reculai avec horreur.) C'est pas son vrai nom, hein, Sam, rassure-moi ?

– Non, ce n'est pas mon nom !

Pour la première fois, le jeunot montrait un peu qu'il en avait dans le ventre, putain, et cherchait à se défendre. Tout de suite, je me mis à mieux l'apprécier – mais quand même pas des masses.

– Eh non, répondit Sam en vidant d'un trait sa bière d'épinette, mais je ne me souviens pas de celui qu'ils m'ont donné, alors je le surnomme Clarence. (Il s'essuya durement la bouche du revers d'une main, comme au bon vieux temps, quand il détruisait par l'alcool son précédent corps d'emprunt.) Allons-y.

– Arrêtez ça ! Je ne m'appelle pas Clarence mais Haraheliel. (Le petit nouveau faisait maintenant preuve d'un grand courage. Un vrai petit soldat.) Ma dénomination officielle est Harrison Ely.

– OK, va pour Clarence, dis-je. Sam, ma caisse ou la tienne ?

– Je suis garé à cheval sur le trottoir, on devrait plutôt prendre ma bagnole avant que ça se remarque.

Ce ne fut pas une mince affaire que de dégager du trottoir la Sedan de fonction de Sam – contre laquelle était venue se coller une camionnette de livraison, le temps de décharger. Au passage, nous laissâmes un peu de peinture de notre carrosserie sur le pare-chocs de la camionnette. Si j'avais été au volant, j'aurais fulminé de rage mais Sam, lui, se fiche des bagnoles.

– Où va-t-on, Sam ?

Il tournait dans la rue principale du centre-ville de Jude, plaque tournante du commerce avec ses spectacles de rue ineptes. À l'arrière du véhicule, le gamin se débattait avec la ceinture de sécurité qui n'avait plus servi depuis des lustres. La ligne d'horizon, avec ses gratte-ciel familiers, s'étendait derrière nous tandis que les tours étincelantes du littoral se dressaient plus près, au nord, et que les contours étranges des grues portuaires nous écrasaient de leur masse, droit devant. Avec leur rétro-éclairage et leurs arêtes anguleuses, on aurait dit une armada alien à l'atterrissage.

– On se dirige droit vers le port, répondit Sam. Embarcadère 16 pour être exact.

– Un noyé ?

– Un flotteur, en quelque sorte. Il s'est retrouvé à la baille il y a quelques minutes seulement. Il vient juste de traverser, probablement.

– Quelqu'un que je connais ?

– Une vieille chouette du nom de Martino. Ça te dit quelque chose ?

Je secouai la tête négativement. À l'arrière, le gamin intervint :

– Quelle façon affreuse de désigner une âme humaine unique !

« Des anges, nous sommes des anges, m'admonestai-je. Et les anges sont la patience même. »

Le port de San Judas s'étend sur une quinzaine de kilomètres carrés au sud-ouest de la baie de San Francisco. Dans la zone accessible au public, une barrière en bois cassée marquait l'endroit où le véhicule avait terminé sa course folle par un plongeon dans la cale de lancement des navires, sous l'eau. Les feux des projecteurs cisaillaient l'obscurité, éclaboussant de lumière les hautes murailles de la capitainerie et conférant à la surface de l'eau un satiné de jade.

Sur la terre ferme, la police portuaire et les flics paraissaient être arrivés précipitamment sur les lieux ; deux dépanneuses et un camion de pompiers s'étaient en outre garés selon un angle curieux, le long du quai. En contrebas, un plongeur rattaché aux autorités portuaires venait juste de refaire surface après avoir attaché des câbles à une masse sombre immergée ; sitôt qu'il leva les pouces, les treuils des dépanneuses entrèrent en action ; les câbles se tendirent, les moteurs mugirent et, au bout d'un long moment, l'arrière d'un grand véhicule blanc creva la surface. Presque aussitôt, le moteur d'une des dépanneuses eut des ratés, puis rendit l'âme. Le moteur de la seconde lui survécut de quelques secondes à peine avant d'expirer à son tour. Les dépanneurs et les agents de la police portuaire commencèrent à s'invectiver ; je descendis de voiture avec Sam et le stagiaire.

– Pourquoi ne halent-ils pas l'épave au sec ? s'étonna Clarence, les yeux ronds. La pauvre femme !

– Parce qu'elle est probablement trop lourde avec toute l'eau qu'il y a dedans, lui répondis-je. Quoi qu'il en soit, « la pauvre femme » est déjà morte ou bien on n'aurait pas reçu cet appel. Alors ça ne va pas changer grand-chose pour elle de la laisser ou non au volant de l'épave. Tu es au courant, pour le Hors-Zone ?

– Naturellement !

Je l'avais visiblement offensé.

– Ouh, on est susceptible !

Sam se dirigeait déjà vers le chatoiement aérien qui, tel un mirage vertical, montrait l'issue. Le terme officiel ? La « Sortie ». Mais ici, *en bas*, on l'appelle la « Fermeture Éclair ». Ou le « Zip ». Nous l'activons à la demande, nous autres simples anges terrestres qui ne savons pas vraiment comment ça marche. Juste que ça marche.

Le gamin et moi avions emboîté le pas à Sam ; des badauds nous jetèrent un coup d'œil au passage, mais perdirent vite tout intérêt pour nous. Quand nous sommes en service, difficile de nous remarquer, comme je l'ai constaté au fil des ans. On est bien *là*, si vous voyez ce que je veux dire – notre intégrité physique est tout ce qu'il y a de plus réelle, on est véritablement *incarnés* –, mais si on ne veut pas que vous nous voyiez, vous ne nous verrez effectivement pas ou, à tout le moins, vous ne vous en souviendrez plus ensuite.

Sam et le gamin s'évanouirent dans la ligne chatoyante, au beau milieu des airs, et je les imitai.

Comme toujours, la quiétude du Hors-Zone me frappa d'emblée : un profond silence, étouffant, comme si on se retrouvait brusquement dans la plus grande bibliothèque de l'univers, où pas un bruit ne se ferait entendre. Pourtant, fondamentalement, on était toujours au même endroit – sur les docks, avec les véhicules des flics et les dépanneuses incendiant les ténèbres de leurs pinceaux lumineux rouge et bleu, avec les contours des gratte-ciel tutoyant les cieux en contre champ, telle une chaîne de montagnes. Sauf qu'ici les projecteurs de la police étaient figés, tout comme la bouche des flics d'où plus un son ne sortait, tout comme l'hélicoptère qui survolait la tour Intel, le plongeur flottant au gré d'une houle verdâtre, ou même les mouettes que toutes ces activités impromptues avaient fait s'envoler des pilotis à tire-d'aile, pétrifiées en plein essor à l'instar de spécimens empaillés suspendus au plafond de quelque musée. Un seul élément différait dans le Hors-Zone : une femme aux cheveux gris coupés court, sanglée dans un ciré de couleur foncée, se tenait au milieu des agents de police statufiés – sans, d'ailleurs, qu'ils puissent la voir.

– C'est elle, dit Sam. Tu veux bien emmener le gamin rencontrer la cliente pendant que j'attends le gardien, Bobby ? Comme ça, il apprendra du meilleur d'entre nous.

– Espèce de baratineur…

Il me briefa sur l'affaire, puis j'entraînai le gamin en direction des docks qu'on eût dit vitrifiés par les flaques.

– Ici, notre apparence ne change pas, observa Clarence en baissant les yeux sur ses mains. Je ne me trompe pas, hein ? C'est comme nos corps terrestres ?

– Quasiment, oui.

– Je pensais qu'on aurait davantage l'air… angéliques. (Il parut embarrassé.) Comme au Ciel.

– Ici, ce n'est pas le Ciel, nous sommes toujours sur le plan de l'existence terrestre, plus ou moins. On s'est simplement dissociés du cours du Temps. Mais nous n'avons pas à avoir l'air d'être les mêmes, c'est juste une sorte de tradition. Les résidents de l'Autre Côté préfèrent se rendre plus intimidants. Tu verras.

Alors que nous approchions de notre nouvelle cliente, celle-ci nous fixait avec une expression que j'avais vue sur bien des visages dans quantité de situations analogues – un air de totale et parfaite confusion.

– Silvia Martino, dis-je, Dieu vous aime.

– Que se passe-t-il ? demanda-t-elle. Qui êtes-vous ? (Elle agita les mains en direction des flics et des pompiers immobilisés.) Qu'est-ce qui cloche avec tous ces gens ?

– Ils sont vivants, madame Martino. Alors que vous, non, j'en ai bien peur.

Au fil des ans, j'avais appris à simplifier mes explications. J'avais cru que l'annoncer en douceur était la manière la moins cruelle de s'y prendre, mais l'expérience m'avait rapidement détrompé.

– Apparemment, votre voiture a fait le grand plongeon. Une raison particulière à cela ?

Si la cliente avait la soixantaine bien tassée, ce n'était pas une vieille dame pour autant. En fait, elle semblait capable de vieillir sans jamais avoir l'air vraiment vieille, si vous voyez ce que je veux dire. Pourtant, je me rappelai soudain qu'après ce plongeon fatal, elle n'aurait plus l'occasion de vieillir. Jamais.

– Ma voiture a… ?

Elle tourna les yeux vers la carcasse blanche de son 4 × 4 suspendu au bout des câbles de traction des dépanneuses.

– Oh, mon Dieu, c'est ma voiture, c'est ça ?

Ses yeux s'écarquillèrent ; elle commençait à se rendre à l'évidence. À comprendre.

– Je voulais donner un coup de volant et j'imagine que j'ai… j'ai dû être désorientée un instant. (Elle battit des cils.) Est-ce que je suis… je suis vraiment… ?

– J'en ai peur, oui.

Alors vinrent les larmes. C'est ce que je déteste le plus dans mon job. Parfois, nos clients sont tellement heureux d'être débarrassés de leurs corps malades et mourants qu'ils en danseraient presque de joie. Mais ceux qui sont pris au dépourvu, quand ils en viennent brutalement à comprendre que c'est fini, que tout est fini, que la partie est terminée… c'est vraiment dur. Il n'y a pas grand-chose à dire, le temps qu'ils digèrent et se résignent. S'ils en éprouvent le besoin, on peut toujours les prendre dans nos bras et les étreindre quand on est Hors-Zone. Et c'est ce que je fis, à cet instant. À ma place, vous en auriez fait autant.

Après un moment, le pire fut passé. Y a pas à dire, c'était une petite dame coriace – je l'appréciais déjà. Elle s'écarta de moi et sécha ses larmes avant de demander :

– Et vous êtes qui ?

Elle m'examinait de plus près maintenant, comme si je m'apprêtais à tester sur elle une arnaque marketing d'Outre-tombe.

– Je m'appelle Doloriel, je suis un des anges avocats de la Troisième Maison.

Je ne me donnai pas la peine de lui présenter Clarence car il aurait fait un truc stupide, comme lui promettre que tout allait bien se passer. Et je pouvais voir, rien qu'à son air déçu, que c'est exactement ce qu'il avait compté lui dire. Je lui désignai plutôt Sam, qui s'entretenait à présent avec le gardien de la dame, une créature toute fine à demi translucide qui étincelait dans ses plis et ses drapés, telle la bioluminescence.

– Ce gars-là est Sammariel, un autre ange avocat. Il parlera en votre nom.

– En mon nom ? Comment cela ? Et quand ?

– Au jour du Jugement, répondis-je. Très bientôt.

– Au Jugement…

Elle ouvrait de grands yeux, subitement apeurée.

– Veuillez patienter ici, je vous prie.

J'attirai le gamin à l'écart et lui fis assez sèchement part de mes instructions sur ce qu'il convenait de dire et de ne pas dire, sur ce qu'il était autorisé à faire ou pas, puis je le laissai en compagnie de la récente disparue. Elle et lui fixèrent le véhicule à demi immergé comme s'ils regrettaient tous deux que quelqu'un n'en surgisse pas d'un bond pour venir les aider à tenir conversation.

Pour ma part, je me félicitais qu'il la boucle. Les morts gèrent plus rapidement (et mieux, à mon avis) cette terrible prise de conscience pour peu qu'on les laisse l'assimiler à leur rythme. Et puis, quoi, que voudriez-vous leur dire ? Mais non, c'est pour rire, vous n'êtes pas vraiment mort ! C'est juste un coup de semonce pour que vous repreniez votre vie en main, hein ? Eh ben non. C'est bien fini. Du moins, leur temps sur Terre est terminé. Et nulle parole de réconfort n'y changera quoi que ce soit.

L'ange gardien venait juste de briefer Sam quand je me joignis à la petite fête. Le « briefing » en question ne s'apparente pas tant au monde réel qu'il y paraît : les gardiens nous font en quelque sorte part de leur savoir et, durant toute la durée des procédures, ce savoir est *là*, accessible au plan psychique, comme si les souvenirs en cause étaient les nôtres. Dieu merci, ça prend fin sitôt l'énoncé du verdict – ce serait vraiment trop accablant de garder gravés en soi, à jamais, les détails de toutes les existences qu'on a pu défendre dans le prétoire.

Bref, le gardien me décocha ce qui avait tout l'air d'un regard intéressé, même si c'est difficile à dire avec cette engeance ; les gardiens sont beaucoup moins humains d'apparence que nous – et bien moins incarnés, aussi. Ils n'ont pas de corps véritables en chair et en os, heureusement, sinon les gens se demanderaient bien pourquoi des espèces de méduses humaines luisantes flottent en permanence près d'eux.

– C'est toi, Doloriel ? me lança le gardien. J'ai entendu parler de toi.

– Je ne peux pas en dire autant, vu que je ne connais pas ton nom.

– Iphaeus. (Il me dévisagea, scintillant doucement.) À ce qu'il paraît, tu aimes bien prendre les gens à rebrousse-poil.

– Je n'irais pas jusqu'à dire que ça me plaît.

– Écoutez, intervint Sam, si vous tenez à faire plus ample connaissance, vous pourrez toujours vous offrir un dîner romantique en tête-à-tête. Pour l'instant…

Une sorte de frisson parcourut le gardien, et son scintillement s'atténua.

– *Il* est là.

Quelque chose venait tout juste de franchir un portail rouge illuminé, en provenance de l'Autre Côté – où l'équivalent du Zip n'était pas une ligne de lumière blanche, mais une sorte de déchirure ardente. La créature qui s'avança vers nous brossa d'une pichenette une poussière imaginaire sur son costume immaculé couleur sang.

– Cirederbe, murmura Sam. Et merde !

J'entendis Mme Martino hoqueter à la vue du démon, et je fus navré de l'avoir laissée en compagnie du gamin. C'est sacrément moche quand un client prend conscience que l'Enfer est bien réel. J'espérais qu'elle supporterait le procès sans craquer – il y a des juges qui ne supportent pas les crises de nerf. Le Ciel dispense souvent mansuétude et clémence telle une bruine bienfaisante, mais on jurerait parfois qu'on est en période de sécheresse.

Quelques instants après le procureur Cirederbe, une autre silhouette franchit la déchirure, celle d'un démon musclé et poilu en costume bon marché, affublé d'un museau lupin et d'un état d'esprit à l'avenant. Je l'avais déjà vu, même si je ne me rappelais plus où précisément – un sale type répondant au nom de Howlingfell. Pour ce genre de routine en terrain neutre, on ne voyait pas en règle générale se pointer de gardes du corps. Je me demandais bien pourquoi le procureur éprouvait le besoin d'être protégé. À la façon dont Howlingfell humait l'air, il semblait être de service. Ce qui n'avait guère de sens.

De loin, le procureur Cirederbe avait raisonnablement l'air humain, mais dès qu'on s'en rapprochait on découvrait que les ombres, sous ses pommettes, étaient en fait des sortes d'orifices rappelant des ouïes ; les muscles roulaient dessous, à nu. Et ses cheveux coupés court ressemblaient à de la soie, ou à des écailles. Quant à ses yeux serpentins, nul n'aurait pu les prendre pour humains. Comme je venais de le dire au gamin, nos adversaires aiment intimider leur monde.

– Bonsoir, gentlemen, dit Cirederbe en dénudant ses dents extrêmement longues et parfaitement égales. Qui va plaider contre moi ? Doloriel ? (Il eut un petit sourire en coin.) Je vais me régaler.

– C'est moi, le détrompa Sam.

– Ah, Sammariel. (Il hocha la tête.) Je ne vous avais plus revu depuis Thanksgiving. C'était vous, n'est-ce pas ? Pour l'homme au couteau ?

– Au couteau électrique de découpage, nous précisa Sam, au gamin et à moi. (Clarence s'était rapproché pour mieux voir ses premiers démons en « chair et en os », du moins à en juger par les grands yeux écarquillés qu'il posait sur eux.) Le type avait massacré toute sa famille.

– Du beau boulot ! jubila Cirederbe en se frottant les mains. Bon, on y va ?

– Vous avez pris connaissance du dossier ? m'enquis-je.

– Oh, parfaitement.

Le procureur sortit d'une poche une créature de la taille d'une petite araignée dodue à souhait, mais en beaucoup moins attirant, qu'il tenait par une patte écailleuse – la version infernale d'un ange gardien.

– Le chargé de clientèle de Mme Martino m'a fait part de tous les éléments de l'affaire.

Tandis que Sam et le procureur en appelaient à l'intercession d'un juge, j'attirai Clarence à l'écart pour lui détailler les règles de conduite et principes directeurs de la confrontation – et m'assurer avant tout qu'il ne fasse rien de stupide.

– OK, écoute attentivement, mon garçon : c'est le salut de l'âme de cette dame qui est en jeu, et c'est notre job le plus important, tu comprends ? Si tu fais quoi que ce soit de nature à compromettre notre mission, sois assuré que je t'arracherai ton halo et que je t'assommerai avec ! Pigé ?

Les yeux ronds, Clarence hocha la tête.

– Parce que c'est contre l'Enfer que nous nous battons. Tu peux compter sur les démons pour nous mentir, tricher et maquiller la vérité au point d'en hurler d'horreur… Voilà pourquoi il y a des procédures à suivre. On ne peut pas se permettre de laisser libre cours à notre colère, sinon nous ne ferions plus du bon boulot. Pigé ?

Autre acquiescement, teinté d'un soupçon d'impatience. Oh, ce que je déteste la bleusaille !

– Et plus important que tout, mon garçon, ne te fie *jamais* à l'Opposition.

– Me fier à… ? Vous plaisantez ?

– Ce n'est pas toujours aussi évident. Garde simplement à l'esprit ce qu'oncle Bobby te dit, et tout ira bien.

Car oncle Bobby, lui, en était passé par ces erreurs de débutant, et pouvait s'estimer heureux d'avoir survécu à quelques leçons franchement douloureuses.

– Sache que quand un démon ouvre sa grande gueule, c'est invariablement pour éructer des mensonges. Point barre. Oublie cet axiome et tes ultimes émoluments n'auront plus qu'à être imprimés sur de l'amiante, car tu te retrouveras en un lieu brûlant.

Ce fut cet instant que le juge Xathanatron choisit pour faire son apparition, dans un coup de tonnerre. La première fois qu'on voit une Principauté se manifester, c'est une expérience assez intense. Et une des raisons pour lesquelles j'avais attiré le gamin à l'écart. Une semaine après ma première rencontre avec un juge, mes tympans en bourdonnaient encore. Sans parler de ces points de lumière flottant dans les airs. Les anges éminents sont… lumineux. D'une luminosité proprement dévastatrice. D'une beauté effrayante. Suffisamment pour amener les plus dévots à reconsidérer leur volonté de rencontrer un jour le Très-Haut.

On ne pouvait vraiment pas discerner de traits dans un nimbe aussi aveuglant, pas même de contours ; on aurait dit un ange de sapin de Noël réalisé en fil de magnésium incandescent. Sauf que là, je savais que c'était Xathanatron parce que… eh ! je le savais, voilà tout. En leur présence, on ne perçoit des Principautés que ce qu'elles veulent bien qu'on perçoive d'elles – rien de plus. À en croire ma propre expérience, Xathanatron était de la vieille école, sévère mais doté d'un sens aigu et rigoureux de la justice. Sam ne se ferait pas rouler ; cela dit, il aurait du mal à le surprendre.

Je m'interposai entre Clarence et Howlingfell – le gamin semblait sur le point de faire sous lui s'il devait se tenir aussi près du démon. Mme Martino nous rejoignit ; elle avait séché ses larmes et s'était composé une mine solennelle, mais je voyais bien qu'elle luttait âprement pour ne pas perdre contenance. Elle forçait mon admiration. J'espérais être en mesure de lui venir en aide.

– Comment se fait-il que vous soyez si nombreux, vous autres évangélistes ? me grogna Howlingfell à l'oreille. Ce n'est pas juste.

– On avait entendu dire que vous chanteriez l'*Ave Maria*.

– Moi, j'ai entendu dire que je vais te bouffer ta gueule !

D'habitude, c'est l'Enfer qui a les meilleures plumes et gens de lettres. Mais pas toujours, visiblement.

– Que va-t-il se passer maintenant ? me chuchota notre bleu-bite à l'autre oreille.

– À ton avis ? Le procureur Cirederbe va tenter de persuader le juge que Mme Martino ici présente devrait aller directement en enfer, sans passer par la case départ ni collecter deux cents dollars, et notre brave Sam va soutenir qu'elle devrait bien plutôt être recueillie à la droite du Très-Haut. (Je jetai un coup d'œil à l'âme quiète, effrayée, en question.) C'est comme ça que ça fonctionne. On ne t'a rien appris ?

– Je n'ai pas eu beaucoup de temps pour me préparer, non, répondit Clarence.

Il ouvrait de grands yeux fascinés, comme ceux que les premiers chrétiens avaient dû faire en regardant leurs frères se faire dévorer par les lions dans l'arène.

– Ils m'ont juste… envoyé, ajouta Clarence.

Envoyé s'acquitter de ce qui était censé être le job le plus important des instances célestes – protéger les âmes humaines de l'Opposition – sans préparation ni entraînement dignes de ce nom… Étrange, vous ne trouvez pas ? Sans blague ! Je notai cette bizarrerie dans un coin de ma tête, avec l'intention d'y revenir par la suite.

Cirederbe, déjà lancé, arpentait le dock face au juge qui brillait autant qu'un gobelin dansant devant un feu de cheminée ; dardant ses longs doigts effilés, il décrivait avec moult détails macabres les moindres pensées mesquines, les plus petites paroles mal intentionnées ou encore les incartades sociales dont cette pauvre Mme Martino avait pu jamais se rendre coupable. En dehors de ces vétilles, le procureur ne semblait guère avoir de munitions, mais il mentionna cependant qu'elle avait écopé d'une condamnation pour conduite en état d'ivresse.

– Son mari l'avait laissée à une soirée en repartant seul de son côté, Votre Honneur, protesta Sam. Probablement en compagnie d'une autre femme. Allons, ça ne peut être de sa part qu'une simple erreur de jugement.

– Ben voyons, une erreur de jugement… (Cirederbe lança un coup d'œil appuyé au miroitement quasi lisse, sans caractère, de Xathanatron.) On en reparlera.

– Ça peut durer des heures comme ça, glissai-je à voix basse à Clarence. Tu es sûr de vouloir rester ? On pourrait aller boire un café. (Il regarda Mme Martino.) Pas elle, idiot, elle est morte ! Elle ne va pas boire de café avec nous.

Obstiné, il secoua la tête.

– Je veux suivre le procès.

Je haussai les épaules.

– À ta guise.

Et cela dura des heures, en effet. S'il s'agissait de *votre* Jugement Dernier, vous ne voudriez pas qu'il en aille autrement, n'est-ce pas ? Votre vie entière passée au crible, le sort de votre âme éternelle décidé à pile ou face, selon que vous soyez déclaré coupable ou non coupable ?

– Ça semble être un système assez basique… observa le gamin en regardant Sam à l'œuvre.

Cirederbe tirait ses grosses cartouches – des paroles cruelles, des manifestations d'hypocrisie religieuse, voire de menus larcins : par exemple, Mme Martino avait un jour dérobé vingt dollars à une église pendant la quête, parce qu'elle n'avait pas d'argent pour rentrer chez elle autrement. Puis il y ajouta une kyrielle de péchés véniels remontant à l'enfance de l'accusée. Sam prenait chaque allégation comme elle venait, montrant, d'un signe de dénégation ou d'un reniflement de dédain, qu'il ne faisait pas grand cas de ces incartades dérisoires. Mon pote a toujours été un petit avocat de campagne dans l'âme, enclin à prendre tout son temps et à adopter une gestuelle et une rhétorique mûrement réfléchies. Je pense honnêtement que c'est la meilleure approche avec un procureur comme Cirederbe qui, à l'occasion, ne dédaigne pas de tirer sur la corde.

– Ouais, c'est basique, convins-je. Parce que le problème ne l'est pas moins. (J'entraînai Clarence un peu à l'écart de la défunte.) Mais il n'y a qu'une alternative, vois-tu, dans la mesure où le Purgatoire est également une victoire de notre camp. Les Limbes permettent d'accéder finalement au Paradis. Alors, chaque fois, il y a un perdant et un gagnant, et ça arrive à des milliers de reprises chaque jour. Les meilleurs systèmes sont les plus simples – et après tout, celui-là fonctionne bien pour nous, non ? Toi, moi, Sam... On finit tous dans l'Équipe Céleste. Et si cette dame mérite d'en être, elle en sera.

Pur mensonge de ma part, bien entendu. Ça n'a rien d'aussi simple, loin s'en faut. Et l'une des raisons à cela, c'est que ce qu'on estime relever du péché, en règle générale, tient tout bêtement à la nature humaine. J'ignore comment ça se passait jadis, mais les juges condamnent rarement les prévenus au nom d'infractions mineures ; ils ne s'intéressent en fait qu'aux délits intentionnels, même s'ils peuvent parfois être à cheval sur les grands principes, des classiques de la vieille école comme le meurtre, l'adultère, ce genre de choses. Mais entre ce sur quoi ils fermeront les yeux et le reste, il y a une zone d'ombre aussi vaste que les Cieux eux-mêmes, et il faut bien des années avant d'apprendre à optimiser les chances d'une âme pour le Jugement. En outre, je n'étais même pas sûr de savoir pourquoi le gamin était là – je n'allais pas tenter de lui apprendre toutes les ficelles du métier en une seule nuit.

Howlingfell avait épié notre conversation ; il pouffa en se passant une longue langue rouge sur les babines, laissant voir une rangée de dents aiguisées.

– Mate un peu, Dollar : Cirederbe a pris la mesure de cette chienne, il la tient ! Dans moins de deux elle va paniquer, et ça va sentir mauvais pour elle !

Le gamin frémit – mais il refusait toujours de poser les yeux sur le démon.

– Pourtant, elle n'a rien fait de mal, n'est-ce pas, Bobby ?

– Ce n'est pas à toi d'en décider, l'interrompis-je en levant la main.

En toute honnêteté, je ne suis pas prêt à m'en remettre au jugement de quelqu'un qui n'a encore jamais plaidé. Un jour, j'ai eu le cas d'un boy-scout mort écrasé dans la rue en voulant aider un homme en fauteuil roulant à traverser. Une affaire vite résolue, n'est-ce pas ? Sauf qu'au procès, il s'est avéré qu'à l'âge de huit ans notre boy-scout avait étouffé son petit frère au berceau sous un oreiller. Un petit gars parfait, pasteur des jeunes du district. Pourquoi avait-il commis ce fratricide ? Aucune raison, pour autant qu'on sache. C'est juste qu'il n'aimait pas son petit frère.

Encore un cas étrange et difficile se prêtant mal à l'analyse, mais je n'allais pas causer stratégie en présence de nos adversaires. Comme je l'ai dit, il y a beaucoup de zones d'ombre, et la meilleure façon d'apprendre, c'est à la dure, en tirant la leçon de ses erreurs.

Je désignai du pouce la défunte Mme Martino.

– Ne va pas t'amouracher d'une cliente, fiston.

– M'amouracher… ! se récria-t-il.

Il avait l'air horrifié.

– Tu me comprends. N'en fais jamais une affaire personnelle, voilà tout.

C'était là le conseil le plus important que je connaisse – des paroles aptes à sauvegarder votre âme éternelle dans l'Au-delà.

– Adultère ! asséna Cirederbe. Adultère à maintes reprises et sans aucune confession ! Des années durant.

– Oh, merde, jura Sam.

Il n'avait fait que mimer le juron du bout des lèvres, mais je savais lire sur les lèvres, justement.

– Un péché capital perpétré contre la Loi de Moïse, souligna Cirederbe. Et pas de repentir non plus. En fait, elle venait juste de quitter son amant avant son accident fatal ce soir. Elle est donc morte en état de… péché, comme on disait jadis. Sans avoir reçu l'absolution et la rémission de ses péchés. Sans s'être réconciliée avec Dieu. Ai-je tort ?

Sam se concerta en toute hâte avec le gardien de la défunte.

– Je plaide les circonstances atténuantes ! s'exclama-t-il. Son mari a une maîtresse !

– Oh, mais on ne guérit pas le mal par le mal, Maître Sammariel.

Cirederbe sourit. On aurait dit qu'il avait une denture de cheval empilée dans la bouche. Pas joli-joli.

– Ce n'est pas le mari qu'on juge ici, reprit-il avec un effet de manche du plus bel effet en direction de la présence ardente de Xathanatron. Comme vous le savez, elle comparaît devant un représentant du Tout-Puissant… Ce n'est pas la cour des Bisounours. Cette femme a péché et elle a persisté dans le péché. Seule la mort y a mis un terme.

Le sourire carnassier du procureur s'élargit encore. Ainsi que mon vieux mentor Léo avait coutume de dire, la condamnation immanente commençait à prendre la tournure d'une « formalité de Vieux Testament ».

– Mais je n'ai pas… ! s'étrangla Silvia Martino.

En un clin d'œil, Cirederbe venait de pivoter vers elle en faisant claquer ses doigts griffus aux allures de serres. Et de lui couper – littéralement – la chique. Elle lutta quelques instants avant de comprendre que le don de la parole venait bel et bien de lui être retiré.

– On ne t'a rien demandé, salope! cracha le procureur, avant de se retourner vers Sam avec le sourire. Eh bien, Maître? Rien à ajouter?

Près de moi, le petit nouveau se tortillait comme sous l'effet d'une morsure.

– Arrête! lui ordonnai-je. N'attire pas l'attention. Ou tu en subiras les conséquences.

Autant prêcher dans le désert…

– Et *quid* du commandement «Tu ne voleras point»? cria le gamin. Ça compte pour du beurre?

– Oh, merde…

Cette fois, c'est à moi que ce juron venait d'échapper. Tout le monde se tourna vers Clarence. Même la Principauté Xathanatron parut marquer un instant d'arrêt, son incandescence s'assombrissant presque imperceptiblement.

– Il n'est pas censé prendre la parole! vociféra Howlingfell.

Sur son cou et ses épaules, ses vilains poils à la texture grossière s'étaient hérissés sous l'outrage. Il fit mine de bondir toutes griffes dehors sur le bleu; je le frappai derrière le genou avant de l'empoigner vivement par le col et de le plaquer à terre. Le démon atterrit durement – il faut savoir que ce qu'on appelle le Hors Zone est un lieu tout ce qu'il y a de plus physique et concret, bien réel. C'est simplement en dehors du Temps.

Je m'accroupis près de Howlingfell, histoire de m'assurer qu'il n'avait pas de bobos majeurs. Bon, d'accord, il est possible que ce faisant je lui aie par mégarde écrabouillé la trachée avec mon genou…

– Couché, Médor, soufflai-je en lui pinçant le cou jusqu'à ce qu'il cesse de se débattre. Laisse les grands s'occuper de ça.

Soudain, des mains griffues au contact abrasif me tirèrent en arrière. Comme je n'allais pas déclencher une rixe en présence d'un juge des Instances Célestes, je me laissai faire et me retrouvai debout. Cirederbe m'avait presque arraché ma veste en me relevant de force.

– Comment osez-vous ! grogna-t-il – sauf qu'il n'avait pas l'air bien convaincant.

Je pense qu'il cherchait surtout à attirer l'attention du juge.

– Du calme, allons, s'interposa Sam.

Il m'aida à remettre ma veste en place en la lissant sur mes épaules avec un soin quasi paternel. C'est qu'on en a vu de toutes les couleurs, Sam et moi.

– Simple malentendu, dit-il en foudroyant le gamin du regard.

Howlingfell se releva à son tour. Son rictus sanguinaire aurait pu faire fondre de la pierre.

– Un malentendu ? se récria Cirederbe en nous englobant tous du regard.

Il affichait un outrage de bon aloi – ce qui ne faisait d'ailleurs rien pour améliorer sa sale bobine déjà bien assez rébarbative comme ça.

– Ai-je donc mal entendu quand un stagiaire non identifié et non assermenté devant cette Cour de Justice a eu l'audace d'interrompre un officier du Ministère Public ? Ou est-ce bien ce qui vient de se produire ?

Que voulait-il dire ?

C'était le juge qui venait de dire ces mots, et chacun d'eux vibrait, tintait avec force tel le carillon argenté du clocher d'une église, réduisant Cirederbe au silence avant qu'il ne se lance dans de grandes envolées lyriques. Xathanatron, qui n'avait pas de visage discernable, tourna son regard vers Clarence.

Parle, mon enfant. Je t'y autorise.

– Son mari, il… Il l'a volée ! bafouilla Clarence. (Je dois dire, à sa décharge, que le gamin paraissait véritablement terrifié de s'être fourré dans pareil pétrin.) Il lui a volé sa jeunesse !

– Quelles âneries ! s'exclama le procureur.

Cirederbe avait tout l'air d'un homme contraint d'assister, debout, sous une pluie battante, à un spectacle interminable d'école élémentaire.

Clarence se tourna face au juge.

– Dès le premier jour de leur union, son mari n'a copulé avec elle qu'une fois par mois, comme… comme si cela relevait d'une clause de contrat. Sans… préliminaires, sans même l'embrasser. Sa petite affaire conclue, il retournait s'affaler devant la télévision. (Terriblement embarrassé, le gamin était rouge pivoine.) Après la naissance de leur quatrième enfant, il ne s'est même plus donné cette peine. Il lui disait qu'elle se laissait aller et qu'elle le dégoûtait.

Il tourna les yeux vers Silvia Martino mais, le regard vague, celle-ci semblait perdue dans ses réminiscences.

– C'est bien du vol, ça, non ? reprit-il enfin.

Je savais bien que je n'aurais jamais dû laisser le gamin parler à Martino. Je me serais bien écrasé les noix moi-même, rien que pour ça. À quel moment lui avait-il soutiré toutes ces confidences ? Même Sam paraissait pris au dépourvu, lui qui s'était entretenu avec l'ange gardien.

Clarence n'étant pas instantanément réduit à l'état gazeux de vapeur brûlante, il m'apparut limpide que le juge allait accepter ces éléments. Et Sam était suffisamment malin pour éviter d'inspecter de trop près la denture de ce cheval-là, selon le dicton bien connu. Il se contenta d'y aller de son couplet sur les souffrances abjectes qu'avait endurées sa cliente, chargeant la bête à l'envi – jusqu'à l'écurie…

N'empêche, je n'aurais pas misé gros sur la décision finale de Xathanatron. Mais quand une colonne de lumière lavande enveloppa la défunte Silvia Martino, je sus que la sentence était rendue – Sam venait de l'emporter. Vu l'horrible grimace de Cirederbe, un assistant juridique des Enfers allait encore passer un foutu quart d'heure.

La défunte disparut brusquement. Taciturne, l'air méchamment renfrogné, Cirederbe s'éclipsa à son tour un instant plus tard. Howlingfell pointa vers moi un index griffu tremblant d'indignation :

– Tu es un ange *mort,* Dollar ! grogna-t-il.

Il avait la voix encore un peu faiblarde, sa trachée ne s'était pas encore remise…

Emboîtant le pas à Cirederbe, il disparut dans la déchirure rougeoyante. En cet instant suspendu hors du Temps, ne restèrent plus que le juge et nous, les anges.

– Félicitations, Clarence, dis-je. Aujourd'hui, tu viens de te faire tes premiers ennemis !

– Quoi ?

– Et on ne parle pas juste de l'autre camp, enchaîna Sam. Si jamais tu me refais un coup pareil, gamin, personne ne retrouvera les morceaux !

– Les morceaux… ?

– De ta carcasse ! (Dégoûté, il secoua la tête.) Si tu as d'autres idées de génie, teste-les d'abord sur moi, ou sur Bobby.

J'observais Xathanatron qui, je dois l'avouer, me mettait mal à l'aise avec le regard qu'il semblait darder dans ma direction. J'avais espéré que mon échauffourée avec Howlingfell n'aurait pas retenu l'attention de l'ange éminent.

Tu es attendu à la Cité Céleste, Ange Doloriel, me dit le pilier de lumière. (Sam et le gamin ne captèrent rien, mais moi, je l'entendis assez fort pour en avoir mal aux tympans.) *Ton Archange souhaite te parler.*

Puis le chatoiement s'estompa.

– Allez, me dit Sam, il est temps de rentrer. Je vais offrir une glace à Clarence. On vient de gagner, après tout !

Moi, j'avais la gorge sèche – les fins heureuses, ça me donne soif. Mais il faut dire que les fins malheureuses me font à peu près le même effet…

2

Ma semaine de chance

J'entends déjà les questions que vous avez envie de poser… Et les réponses sont :

1/ Oui, être un ange est sacrément intéressant.

2/ Non, je n'ai pas encore rencontré Dieu. Pas encore.

3/ Je ne peux pas vous dire quelle religion est la bonne tout compte fait, ce n'est pas très clair.

4/ Quant au Paradis, et de quoi il a l'air… Eh bien, je vais tenter de vous l'expliquer.

Tout d'abord, le Ciel, c'est… compliqué. Ce n'est pas juste un château perché sur un nuage ou je ne sais quel jardin paradisiaque. C'est grand, même s'il s'agit d'une seule et même cité – la Cité Céleste elle-même. Mais voilà, elle est cernée par ce qu'on appelle les Champs : des terres s'étendant à perte de vue, vallons, prairies et forêts bruissant d'âmes – et que j'ai toujours prises pour celles des défunts de la Terre goûtant dorénavant aux joies de la vie éternelle. Si vous leur posez la question toutefois, elles n'en savent pas plus là-dessus que moi au sujet de l'existence que j'ai pu avoir avant de devenir un ange. Elles sont juste dans la félicité. *Heureuses.*

Quand on est convoqué, d'ordinaire, on file droit vers la Cité Céleste. Une fois arrivé là, il n'est pas question de marcher, ni même de voler. Rien d'aussi simple. D'ailleurs, parler de « cité » prête quelque peu à confusion – encore que parfois, ça en ait tout l'air, lorsqu'on a des aperçus de la gigantesque mégalopole, avec ses tours, ses pics, ses passerelles étincelantes jetées à des hauteurs vertigineuses au-dessus de nos têtes. Où qu'on aille, des présences lumineuses nous entourent comme autant de phares, ceux de millions de voitures joyeusement lancées sur une autoroute bondée – et sans qu'il y ait pourtant le moindre risque à y rouler en dépit de l'affluence. Chacune de ces présences est un ange. Et au cœur de l'ensemble, un lieu qu'on ne peut pas véritablement voir mais dont on ressent toujours l'existence, telle une radiance permanente à la lisière de notre champ de vision, à l'orée de la perception des sens et de l'imagination : l'Empyrée, le quartier le plus secret du Ciel, où siège le Très-Haut, dit-on.

Sur invitation seulement. Inutile de le préciser.

Mais tout cela ne donne aucun début de description des Cieux – de quoi ça a l'air, qu'y ressent-on ? Vous vous souvenez de la Parade Électrique, dans les parcs d'attraction Walt Disney le soir, avec toutes ces lumières étincelantes et les farandoles de personnages en costume ? Eh bien, c'est un peu comme ça – mais comme si vous aviez une forte fièvre (qui vous ferait paradoxalement vous sentir en sécurité), et que vous n'aviez plus jamais envie de poser la moindre question parce que c'est trop compliqué.

Je m'y suis fait. Certains d'entre nous y parviennent. Maintenant, je pose beaucoup de questions – mais surtout à moi-même.

Autre problème : ce qu'on voit au Ciel, l'aspect des résidents, et même les conversations qu'on y tient, tout cela tend ensuite à devenir flou. Je suis sans doute en train de vous frustrer, mais il n'y a vraiment pas de bonne façon d'expliquer en quoi ça consiste au juste, car quand on en revient, les impressions qu'on en avait commencent déjà à s'altérer, alors pourtant que vous venez d'en faire l'expérience – c'est arrivé à nul autre que vous, bon sang ! C'est comme de tenter de se remémorer précisément comment tout fonctionnait dans un rêve. Lorsqu'on est dans la Maison, comme l'appelle Sam, on sait comment se rendre là où on doit aller, on sait où on se trouve, on voit des choses et elles ont un sens. Mais essayez donc de dessiner une carte ensuite. Ça ne marche pas.

Je doute que les anges du Ciel se préoccupent beaucoup de ces questions – ils ne s'en préoccupent certainement pas autant que moi. En fait, hormis certains de mes amis rattachés à la Terre, tous les êtres angéliques semblent d'avis que le simple fait de s'interroger sur ces modes de fonctionnement est déjà une forme d'ingratitude en soi. Mais je regrette, c'est plus fort que moi. Le Très-Haut m'a fait ainsi, je n'y peux rien.

Ne vous y trompez pas, cela dit : j'aime bien le Ciel, et j'aime bien être un ange. C'est sacrément mieux que d'être un démon ! Surtout quand on considère que le cadre temporel en question n'est rien de moins que l'éternité.

Considérez donc que la suite se déroule dans le bureau de Temuel, immeuble California du Complexe Continental de l'Amérique du Nord – encore que qualifier une quelconque structure, au Ciel, d'immeuble, ou encore de bureau, soit une simplification outrancière d'une réalité très étrange, très brillante et… flottante. Temuel était mon Archange attitré – mon superviseur, en quelque sorte. Non mon mentor, cela dit, car j'avais plus d'ancienneté que lui au ministère. Il en avait conscience et évitait en conséquence de jouer au chef. Avec Sam, moi-même et les autres vétérans, il cherchait plutôt l'entente cordiale. Nous le laissions faire.

Il ne connaissait pas le sobriquet dont nous l'avions affublé, naturellement. Il n'y a pas tant de bonnes façons que ça d'interpréter le sens de « la Mule ». Mais cela dit, personne ne le détestait vraiment. C'était juste le boss, et un archange par-dessus le marché. En conséquence, lui vouer une réelle affection était difficile. Les anges éminents sont juste trop… distants pour qu'on fasse copain-copain avec eux, même Temuel, qui fait partie des plus accessibles.

– Ah, ange Doloriel ! s'exclama-t-il avec un enjouement forcé dès qu'il me vit me pointer.

On ne peut pas toujours se prononcer à leur seule vue, mais, au Ciel, certains anges sont visiblement du sexe masculin, et d'autres, féminin ; d'autres encore appartiennent en quelque sorte au genre masculin *et* féminin.

– Dieu t'aime. Comment ça va, à Jude ?

Si quelque chose fait tiquer les habitants de San Judas, c'est bien d'entendre ceux qui n'y ont jamais mis les pieds appeler leur ville « Jude ». Mais j'étais déjà gagné par l'euphorie irrésistible du Ciel, et je me prêtai au jeu de mon mieux.

– Hello, chef ! Tout va bien, j'imagine. Bon, les Giants ont passé toute l'année à jouer comme s'ils n'avaient jamais entendu parler des runners en position de marquer. Et ils auraient sacrément besoin de se débarrasser des bras cassés dans leur équipe, mais eh, l'entraînement printanier vient de débuter, alors il y a toujours de l'espoir !

Parfois, je parle baseball juste pour le plaisir d'agacer ceux qui n'y connaissent rien. C'est un des nombreux aspects merveilleux de ce jeu.

– Oh, et à propos d'entraînement, Sammariel fait équipe avec ce nouveau gamin.

– Ah oui, le jeune Haraheliel. (Temuel hocha la tête.) Comment s'en sort-il jusque-là ?

– Comme un cochon en bikini. Mais il va s'améliorer, je n'en doute pas.

Sauf s'il continue à parler sans réfléchir au plus mauvais moment, et qu'on se retrouve tous expulsés de Jude et rétrogradés, à passer l'éternité à conseiller au Purgatoire les pécheurs véniels en leur faisant part de nos judicieuses suggestions.

– D'où vient-il, si je puis demander ?

Le visage rayonnant de Temuel s'assombrit de façon quasi imperceptible. Il leva une main brillante en un geste d'un vague délibéré.

– Oh, de la section Archives, je crois. Son transfert ici était une faveur consentie à quelqu'un de haut placé.

Il y avait tant de choses qui m'effrayaient dans cette réponse que je n'osai plus souffler un mot.

– Quoi qu'il en soit, c'est précisément ce dont je désirais m'entretenir avec toi, enchaîna la Mule.

– Pardon ? Je ne vous suis plus, là.

– Je parlais du petit nouveau, le stagiaire de Sammariel. Je veux que tu gardes un œil sur lui.

Voilà qui était encore plus étrange ! Pour quelle raison quiconque – et *a fortiori* un archange – irait s'intéresser à une marmotte junior comme Clarence ?

– N'est-ce pas supposé être le job de Sam, boss ? Puisqu'il assure sa formation ?

Encore ce geste vague, baigné de lumière.

– Oui, certainement. Mais Sammariel n'a pas ton don d'observation, Doloriel. C'est pour ça que je m'adresse à toi. Tu as l'œil.

En temps ordinaire, qu'un superviseur vous fasse une telle remarque aurait de quoi vous faire vous rengorger de fierté, et au Ciel, on pourrait croire qu'on en tirerait plus de fierté encore. Mais même soutenu par une bonne dose d'euphorie, j'étais moins que ravi.

– Naturellement.

C'est tout ce que je trouvai à répondre. Que ce soit avant ou après ma regrettée disparition, je n'ai jamais été du genre stupide. J'espère du moins qu'elle a été regrettée même si, personnellement, je ne me souviens de rien.

La Mule ne semblait pas vouloir en dire plus – ce qui ne faisait que donner un tour plus étrange encore à notre entretien. Temuel n'était pas du genre à papoter, et même quand d'aventure ça le prenait, on voyait bien qu'il était mal à l'aise et on en retirait surtout l'impression qu'on lui faisait perdre son temps ; il avait bien mieux à faire qu'à discuter le bout de gras. En vérité, j'aimais bien ce mec – pour autant qu'on puisse aimer quelqu'un qu'on ne comprend pas. Il avait toujours paru m'avoir à la bonne, lui aussi. Disons en tout cas qu'il me tolérait, et ça faisait déjà toute la différence par rapport aux autres archanges que j'avais pu croiser. Mais bon, un boss, c'est un boss, et puisque j'avais fait l'ascension jusqu'à la Maison, Temuel en profita pour me confier un tas de comptes rendus à classer, tout ce que j'avais cherché à éviter justement et que j'aurais dû transférer à Alice depuis des jours déjà. Alice est notre agent administratif en poste sur Terre – un autre ange, pour autant que je sache. Mais si on en juge par son comportement, j'opterais aussi bien pour un démon femelle en désintox. Si la route de l'Enfer est pavée de bonnes intentions, comme le disait un ami, celle du Ciel est pavée de foutaises, de tâches crevantes et de travaux intensifs.

Qui était donc le petit Haraheliel ? Qui avait magouillé et pistonné notre jeune Clarence pour qu'il passe des Archives aux Opérations ? Et surtout, pourquoi ? En avait-il trop appris, là où il officiait auparavant ? Ou était-il censé jouer les taupes au département Plaidoirie ? De qui avions-nous attiré l'attention ? Et pourquoi avait-on sélectionné quelqu'un d'une innocence aussi manifeste ?

Waouh ! D'ici, je vous entends déjà vous exclamer… *Des espions au Paradis ? Et vous soupçonnez vos patrons – littéralement – angéliques de chercher à vous entuber ? Bon sang, quel sale caractère, Bobby Dollar !*

Eh bien, restez donc encore un peu avec moi avant de vous forger votre opinion, et vous verrez. C'est tout ce que je demande. J'ai été plus souvent dans le vrai que les haineux n'aiment à l'admettre.

J'avais un peu de temps à tuer avant mon retour – mon corps terrestre était toujours dans mon appartement de Jude, il profitait de ses sept heures de sommeil. Je flânai donc dans le coin, m'éloignant de l'immeuble Amérique du Nord pour remonter l'avenue de la Contemplation en longeant les résidences des bienheureux. Comme je l'ai dit, l'un des aspects les plus étranges, à propos du Ciel, c'est qu'on ne peut le cartographier. Si on ne vous a pas invité là où vous vous rendez, ou si vous n'avez pas déjà accès à ce lieu en particulier, vous ne le trouverez probablement pas, même si vous découvrez un millier d'autres belles choses à voir. Vous pourriez musarder ou flotter dans les airs (après toutes ces années, je n'arrive toujours pas à déterminer ce qu'on y fait au juste, pas moyen que ça reste clair dans ma tête dès que je m'en éloigne) une décennie durant sans jamais atteindre l'endroit spécifique que vous recherchez. Mais comme je l'ai dit, je ne recherchais rien en particulier à ce moment-là, je ne faisais que me balader. Je pris mon temps pour admirer la Fontaine aux Etoiles et m'abîmer dans de grandes cogitations – profondes mais imprécises. Je m'aventurai même sur le pont du Pèlerinage alors que je n'en avais pas eu l'intention, et m'arrêtai au beau milieu de la travée pour contempler la mégalopole et ses étincelantes cohortes de résidents, ses âmes par millions, toutes dévouées à l'ordre et à l'amour, toutes heureuses de leur place dans le Plan d'Ensemble. Au-delà, à la crête de la plus haute des collines du Paradis, brillait un éclat qu'on eût pu apparenter au plus somptueux lever de soleil qui soit : l'Empyrée, le siège du Très-Haut. Mais que voulez-vous, tel que je suis, je ne pouvais pas même poser les yeux sur ce spectacle magnifique, au centre du Cosmos, sans me demander pourquoi la vue nous en était cachée.

Et pourquoi Dieu m'avait-il donné une nature aussi agitée, une âme si fébrile ? Pourquoi avait-Il fait de moi quelqu'un d'aussi compliqué et difficile ? Je ne l'ai jamais compris mais, en tout cas,

Il a dû vouloir que je sois ainsi, car de l'agitation, de la fébrilité et de la complexité, j'en avais à revendre.

Comme d'habitude, dès que je revins à moi dans mon corps physique, je fus frappé par son caractère étrange, un peu comme si on m'avait lavé et repassé un de mes vieux jeans préférés. Je mis du café à chauffer au micro-ondes – bizarre de voir à quel point un corps tel que le mien est bien réel en termes de besoins. En attendant la sonnerie du micro-ondes, j'allai me camper devant le miroir.

Même tête. Depuis cinq ou six ans maintenant. Pas si différente des deux ou trois visages que j'avais eus précédemment, d'ailleurs. Il aurait fallu un expert pour voir que j'avais changé. Même physique aussi : taille moyenne, poids moyen, peut-être un peu plus nerveux et athlétique qu'un type lambda. L'homme que j'inspectais dans mon miroir avait des cheveux foncés qui auraient bien eu besoin d'une coupe, un visage (de type légèrement méditerranéen ou européen bistre) qui méritait d'être rasé, et une bouche qui, n'était le sourire ourlant ses lèvres, aurait eu un pli triste, avec un bel effet artistique. Oh, je ne souris pas souvent, mais quand ça m'arrive, je me suis laissé dire que c'était vaguement inquiétant. Comme souvent, je me demandai si j'avais cet air-là dans la vie. Je veux dire dans la vraie vie, celle d'avant. Mais j'imagine que ce serait une sacrée coïncidence si je croisais quelqu'un sur Terre qui m'ait connu avant que je change – littéralement – de peau… Pour ce que j'en savais, j'avais pu vivre au dix-septième siècle, arborer une perruque poudrée et chiquer. Ou j'aurais pu être un paysan chinois. Une femme, pourquoi pas. N'importe qui, en fait. Alors pourquoi m'enlevait-on jusqu'au souvenir de mes existences passées ? Pourquoi le Ciel traite-t-Il les âmes comme s'il s'agissait de vieilles cassettes vidéo en effaçant les souvenirs inestimables d'une remise de diplômes ou d'un mariage rien que pour enregistrer par-dessus un épisode de sitcom quelconque ? Non que j'aie quelque chose contre les sitcoms, mais si on ne peut même plus se remémorer ce qu'on a bien pu faire dans nos vies passées – quand bien même ces vies-là craignaient probablement, pour la plupart d'entre nous –, pourquoi fallait-il qu'on en passe par là, à la base ?

Telles étaient mes réflexions devant le miroir. Rien que de très ordinaire pour moi.

« Cynique ! » me disent-elles, ces réflexions. « Méfiant. Vilain ange ! »

Mais comme je l'ai dit, Dieu doit vouloir que je sois ainsi. Ou alors Il n'en a rien à battre. À ce stade, je demeure optimiste.

Cet après-midi-là, on décorait le square Beeger pour la dernière démo trash de la saison du carnaval, qui allait démarrer ce week-end. On peut dire que San Judas adore son carnaval ! Les poteaux électriques étaient festonnés de guirlandes et de grands masques effrayants ; à un angle de la place, les employés municipaux avaient dressé une estrade provisoire – par bonheur, il s'agissait de l'angle le plus éloigné de l'immeuble Alhambra, où nous traînons. Les habitués des Compas détestaient être dérangés par des amateurs.

Si notre bar s'appelle Les Compas, c'est parce qu'il y a un siècle, avant que l'Alhambra devienne le tout premier gratte-ciel de San Judas, le siège de notre oasis moderne était une pièce du vieux théâtre de l'Alhambra, au troisième étage, que les francs-maçons utilisaient comme lieu de réunion pour leur loge. Une plaque en pierre ornée du Carré et des Compas, symboles de leur ordre, ornait toujours le frontispice de l'immeuble.

– Mais tout ce qui est carré reste au-dehors, disait Sam. On a juste besoin des compas.

Et c'est ainsi que notre bar de prédilection avait trouvé son nom.

Aujourd'hui, les affaires tournaient au ralenti. Les seuls habitués présents étaient Joli Cœur et Monica Naber, qui suivaient les news sur CNN, à l'écran mural du bar. Chico le barman astiquait les verres, dégageant comme à son habitude autant de chaleur humaine qu'une statue de Lénine.

– Ooooh ! minauda Joli Cœur en me voyant entrer, je vois d'ici que tu es d'humeur massacrante, chéri !

Joli Cœur a la carrure d'un défenseur de première ligne de la ligue nationale de football, et il est aussi maniéré qu'un acteur de soap-opéra brésilien ; c'est l'un des rares, parmi nous autres qui sommes rattachés à la Terre, à paraître sincèrement apprécier la vie.

– T'as passé un sale quart d'heure au QG ?

Les nouvelles vont vite aux Compas.

– Non, je ne peux pas dire ça. J'ai juste eu droit à la séance habituelle d'asticotage en haut lieu.

En vérité, l'affaire Clarence m'inquiétait suffisamment pour me dissuader d'aborder le sujet avec qui que ce soit à part Sam.

Joli Cœur acquiesça.

– Je te reçois cinq sur cinq, chéri. Je ne vais jamais là-bas si je peux l'éviter. Toute cette splendeur mirifique me donne mal aux yeux. (Il sourit.) T'as des plans pour le carnaval ? Tu viendras à ma petite fête ? Tu ne peux pas passer le carnaval sans te trémousser en rythme, mon mignon !

Je me dis parfois que Joli Cœur s'est un peu trop bien intégré à la culture locale…

Monica leva les yeux quand je me glissai sur un tabouret, à côté d'elle. Évitant toujours d'engager la conversation, Chico s'éloigna histoire de nous laisser un peu d'intimité.

– Eh, fit-elle, t'as l'air vanné. Tu t'es payé le *Stairway to Heaven* [1] ?

– Ce n'est pas les paroles de *Stairway to Heaven* qui en fait un classique, c'est le solo de guitare. Mais ouais… j'en reviens.

1. « L'escalier vers le ciel ». Un classique de Led Zeppelin.

J'étais intrigué et me demandais si elle savait quelque chose sur le gamin, mais je ne voulais pas dévoiler le peu que la Mule m'en avait dit.

– Où est Sam ?

– Et son fidèle acolyte mini-Sam ? ironisa Monica. Je ne les ai pas encore vus. Sanders et Elvis ont parié sur la vitesse qu'un tatou peut atteindre, alors ils sont partis au zoo il y a une demi-heure, je dirais. Kool a un client du côté du quartier latino. Ça tourne au ralenti. La faute à cette vie saine et pure que nous menons, si tu veux mon avis.

Elle me regarda d'un drôle d'air, se demandant peut-être quelle mouche me piquait de venir m'asseoir près d'elle et de lui faire amicalement un brin de causette. En fait, Monica et moi avions eu une aventure, assez récemment, et on en avait encore la peau toute irritée si vous voyez ce que je veux dire. Mais c'est une longue histoire. Bref, Monica était visiblement sur ses gardes et s'interrogeait sur mes intentions à son égard. Mais bon, mes propres intentions me rendent soupçonneux la plupart du temps !

– À propos du gamin, repris-je, il nous arriverait tout droit des Archives, paraît-il.

Monica pouffa.

– Et tu voudrais savoir si j'ai eu le moindre écho à ce propos ? Navrée, Bobby. Qu'est-ce que ça peut te faire, d'ailleurs ? Ce n'est pas à toi qu'on a refilé ce gamin. (Elle se leva.) Tu veux une chanson ?

Un instant, je crus qu'elle allait se mettre à chanter ou je ne sais quoi, puis je vis qu'elle se dirigeait vers le jukebox.

– Rien qui me donne mal au crâne ! lui lançai-je.

Je la regardai traverser la salle. Jolie nana, bien roulée. On l'appelle Monica parce qu'elle a les cheveux foncés, qu'elle est mignonne et un peu autoritaire sur les bords, comme la fameuse Monica de *Friends* – dans le genre figure maternelle de son petit clan. Quant à son patronyme, Naber… Eh bien, c'est un diminutif en fait, car prononcer correctement Nahebaroth sans en avoir la gorge toute irritée, c'est assez dur. Elle a bon fond, même si son goût en matière d'amants est atterrant. Prenez moi, par exemple... Une autre de mes amies m'a dit un jour que quand j'étais d'humeur morose, c'était comme de « côtoyer un chat de mauvais poil, condescendant tout juste à ce qu'on le nourrisse mais rien de plus ». Et encore, c'était à une période où ça se passait plutôt bien entre nous...

Dans le silence qui tomba soudain dans la pièce, on entendit distinctement l'antique jukebox cliquer et bourdonner avant que le disque sélectionné ne descende sur la platine et ne se mette à tourner sous le diamant. Je pensais que le jukebox des Compas était une métaphore relative à l'importance de chaque âme au Royaume de Dieu, mais à présent, je ne suis plus du tout certain que cette vue de l'esprit ait un quelconque fondement.

Alors que Monica revenait sur ses pas, louvoyant entre les tables désertes, les premières notes du *Haitian Divorce* de Steely Dan s'élevèrent. Monica balançait légèrement les hanches en rythme, en déambulant dans la salle. Je compris soudain que ce que j'avais pris pour de la suspicion était, chez elle, une façon de flirter – en fait, j'avais oublié comment elle s'y prenait. Elle était restée assise au bar un bon moment, à siroter des mai-tais ou un autre mauvais poison tropical du même acabit. Autrement dit, elle était susceptible de se livrer à un acte dangereux. Oh oui, *très* susceptible.

– D'où te vient cet air cafardeux, dis-moi ? demanda-t-elle en reprenant place près de moi, sans cesser de swinguer doucement au rythme du tempo du jukebox. Putain, Bobby, si seulement tu arrêtais un peu de tirer la tronche, un truc sympa pourrait même t'arriver ce soir !

Sémillante et nostalgique, ma copine... La situation allait vraiment se corser. Pendant un temps, ça avait été réellement génial, nous deux. Mais ça s'était mal terminé, dans des échanges prolongés d'hostilités – pour moi –, de retraites et de barricades – pour elle –, alors il n'était pas question un seul instant que je remette le couvert… à moins d'être ivre mort et complètement stupide. Or, je n'avais encore rien bu de la soirée.

À cet instant précis, comme pour prouver que le Très-Haut tenait encore Bobby Dollar en Son amour, mon portable vibra dans ma poche.

Monica baissa les yeux sur mon pantalon en train de bourdonner.

– Ça, je ne crois pas que ce soit parce que tu es content de me voir…

– Il faut que je décroche. C'est le boulot.

– Vas-y, fais-leur-z-en voir ! brailla Joli Cœur.

Que voulait-il dire par là ?

– Merde ! m'exclamai-je, les yeux rivés sur l'écran de mon portable. D'après Alice, c'est Sam qui aurait dû me l'annoncer, mais elle me transmet tout de même l'info : j'ai rendez-vous avec l'establishment.

Monica fit de son mieux pour paraître amusée, mais je voyais bien qu'elle était déçue, ce qui me rendit encore plus nerveux. Quand avait-elle décidé que je n'étais pas un de ces types qui foutaient sa vie en l'air ? Si elle avait décidé de m'accorder son pardon – avec avantages en nature, et qu'on devienne amis-amants en somme – Les Compas allait devenir un lieu… chaud-bouillant.

– Vers Woodside ? demanda-t-elle.

Elle parlait d'un quartier situé dans les collines bordant la périphérie de la cité, là où les chevaux ont plus de droits que la plupart des êtres humains.

– Nan, du côté des plaines, le quartier de Palo Alto.

Monica soupira en se redressant sur son siège et ramena son verre à elle.

– C'est la merde… Et plutôt deux fois qu'une, comme je suis d'humeur généreuse.

Je la laissai à son verre et à son vague à l'âme. Je pense que cet appel providentiel nous évitait à tous les deux une sacrée dose de mauvais karma. Au moins pour elle, en tout cas. Comme vous verrez, en ce qui me concernait, c'était une tout autre histoire.

Je taquine Sam à propos de sa voiture de fonction super-moche, mais pour être juste, il est quelques âmes ignares qui refusent de se laisser impressionner par ma Matador AMC 1971 en dépit de sa belle peinture cuivre métallisé et du capitonnage à damiers de l'habitacle. Quelqu'un (qui pourrait bien être Monica Naber) en avait une fois parlé comme d'une « voiture pour les ados avec qui la nature ne s'est pas montrée généreuse »... À chacun son truc. Je connais mes goûts. Et une chose que j'aime, avec la Matador, c'est que je pourrais lancer cet engin infernal contre un char d'assaut à plus de cent à l'heure sans même que le moteur cale. Bref, je préfère m'entourer d'une belle pièce mécanique. Mourir n'est jamais drôle, même quand c'est la troisième ou la quatrième fois.

À cette heure de la journée, à San Judas, remonter les rues à ciel ouvert est bien plus rapide et efficace que de prendre la pénétrante urbaine. Une vingtaine de minutes plus tard, je suivais l'avenue de l'Université en traversant un quartier cossu où même les palmiers ont leurs praticiens attitrés (et je ne raconte pas d'histoires : l'association de quartier de Palo Alto engage des spécialistes pour qu'ils grimpent à la cime de ces arbres une fois par mois afin de s'assurer qu'il n'y a pas d'infections).

La grand-rue était bordée d'immeubles chics, mais au-delà s'étendait l'âme véritable du quartier. Si par « véritable » du moins, on entend « millions de dollars cash », là où les anciens de l'université de Stanford et les entrepreneurs de la vieille école profitent de leurs fortunes en toute quiétude dans leurs résidences huppées (les gros bonnets de la Silicon Valley et autres nouveaux riches se regroupaient plutôt dans des coins plus tape-à-l'œil, dans les maisons de maître qui bordent les places, le parc Atherton ou les Rives, par exemple).

La villa en question se situait dans une des ruelles sinueuses du coin, du néo-Tudor entouré d'un demi-acre de gazon et de haies. Deux véhicules de la police municipale et une ambulance étaient déjà garés le long de l'allée, et la porte du garage était ouverte. Des aides-soignants en combinaison avec masque à oxygène étaient justement en train d'extraire un cadavre du véhicule entreposé au garage – un modèle récent d'outre-mer, à l'ingénierie onéreuse. J'eus un aperçu du défunt : cheveux blancs, type caucasien, genre soigné, en pantalon de pyjama et en peignoir. Il avait l'épiderme d'un ravissant rose fuchsia, symptôme classique d'un empoisonnement au monoxyde de carbone.

Ça avait tout l'air d'un suicide.

J'invoquai un Zip et me glissai dans la brèche. Tout sembla s'altérer légèrement – l'angle solaire, la qualité de la lumière. Tous, flics et aides-soignants, parurent cesser simultanément de bouger, comme s'ils jouaient à un jeu d'enfant. Je me rapprochai de la voiture garée pour mieux dévisager le défunt. Dont les traits me parurent familiers. J'avais dû le croiser quelque part, ou bien voir sa photo à la une des journaux. Je pivotai et découvris près de moi le nimbe flottant du gardien angélique de feu Mister Monoxyde de Carbone.

Je me présentai le premier :

– Doloriel.

– Yurath, répondit le nimbe lumineux.

– Qui est-ce ?

– Tu ne le reconnais pas ?

Le petit Yurath paraissait soucieux, sautillant autant dans les airs qu'une luciole ballottée au gré d'une forte brise. Bien sûr, la mission qu'il avait remplie pendant des décennies était sur le point de se terminer, par la force des choses. Et il se pouvait qu'il ait bien aimé ce type. Ça arrive parfois.

Il finit par éclairer ma lanterne :

– Edward Lynes Walker ; il a fondé plusieurs sociétés, dont une des plus grandes que compte la Californie du Nord. C'était un philanthrope, le leader de sa communauté. On a même baptisé un satellite en son honneur.

– Ce qui n'empêche pas qu'il est mort, crus-je bon de souligner. Bon, O.K., tout le monde l'aime. Une raison particulière pour que ce ne soit pas une simple formalité de notre côté ? Mis à part le fait qu'il s'agisse d'un suicide, bien sûr ?

Les règles, quand on s'ôte la vie, se sont quelque peu assouplies. Si Yurath était en mesure de me fournir la moindre raison qui puisse expliquer un tel geste, de douloureux problèmes de santé ou un grave traumatisme, j'étais à peu près certain que la façon dont Walker avait mis fin à ses jours ne nous serait pas trop préjudiciable.

– Une raison au moins me vient tout de suite en tête, répondit l'ange gardien. Regarde derrière toi.

Je sentais déjà sa présence, dans mon dos ; je me tournai néanmoins en feignant la surprise.

– Procureur Cirederbe... Super, c'est ma semaine de chance ! Deux jours d'affilée ! Et monsieur Howlingfell... oh, mais que voilà une vilaine meurtrissure à votre gorge, dites-moi...

Howlingfell serra les poings en détournant les yeux. Cirederbe, lui, me montra toutes ses dents... ce qui lui prit un peu de temps car il en avait beaucoup à dévoiler.

– Doloriel... J'imagine que vous avez passé une bonne partie de cette nuit à fêter votre victoire avec vos amis.

– Du tout. Je suis rentré tôt à la maison, puis j'ai rendu visite à de vieux amis. Non que cela vous regarde, notez.

Cirederbe se pencha vers moi. Même Hors-Zone, où il n'y avait pas d'air au sens normal où nous l'entendons, son souffle méphitique m'évoquait irrépressiblement des miasmes d'abattoir.

– Vous aimez vous payer la tête des autres, pas vrai, Doloriel... ou plutôt Bobby Dollar, ainsi qu'on vous surnomme aux... Compas – c'est bien ça ? (Il prononçait le nom du bar comme si ça lui laissait un mauvais goût dans la bouche.) Vous avez dû trouver cela très amusant que votre petit crétin de stagiaire me prenne en défaut devant une des Principautés.

Tout autre que lui, aussi écœurant et se tenant si près de moi, aurait eu droit à mon poing dans sa gueule. Mais voilà, pas question d'en coller une à l'un des procureurs officiels de l'Enfer. Maintenir l'équilibre entre les deux camps est très délicat, et les principes régissant nos rapports sont très clairs sur un point : perdre le contrôle ou devenir renégat, c'est du pareil au même. Je fis donc de mon mieux pour me calmer.

– Ce n'est pas mon stagiaire, Cirederbe, et je n'ai rien à voir avec ça. Revenons aux choses sérieuses, d'accord ? Je n'ai pas de différend à régler avec vous.

Il me couva d'un long regard haineux.

– Si vous le dites.

– Mais c'est bien ça, le problème !

C'était Yurath, l'ange gardien, qui sautillait toujours comme s'il avait une envie pressante – un problème que les anges gardiens n'ont pas, je vous l'assure. Sa voix montait dans les aigus, c'était une horreur.

– Comment pouvons-nous ? Nous ne pouvons pas !

Cirederbe frotta ses doigts sur le revers de son costard-cravate couleur magma, comme si le simple fait de parler à un ange aussi subalterne lui faisait mal.

– De quoi parlez-vous ?

– Où est-il ? piailla Yurath. Où est-il allé ?

– Quoi ? (Cirederbe examina la scène pétrifiée des agents de police figés et des aides-soignants immobilisés.) Qui ?

Soudain, un éclair de compréhension me frappa. Durement.

– Le mort ! m'écriai-je. Il parle de l'homme qui vient de mourir ! Walker n'est plus là !

Et c'était vrai. Le cadavre se trouvait bien sur le brancard stoppé à mi-chemin entre le garage et l'ambulance, mais l'âme d'Edward Lynes Walker – son essence immuable et immortelle dont nous avions la responsabilité – n'était nulle part.

Quand on franchit un Zip, il n'y a pas beaucoup de territoire Hors-Zone à quadriller. Plus on s'éloigne de la Sortie, plus la réalité perd de sa définition, jusqu'à ce qu'il n'y ait plus que grisaille et néant. Ce qui ne nous empêcha pas de procéder à des recherches minutieuses. Même Cirederbe s'y mit. Mais irrécusablement, la bulle atemporelle que nous avions investie venait de perdre une âme…

– Oh, merde ! jurai-je avec conviction (l'ange gardien en frémit de détresse).

Voilà qui était sans précédent. Ça ne m'était jamais arrivé, une histoire pareille. Et à personne d'autre non plus à ma connaissance. Ma prétendue semaine de chance venait de passer en mode thermonucléaire. À pleins tubes.

Cirederbe se perdait en imprécations. Je ne me souviens pas précisément ce qu'il éructa à ce moment-là, mais je me rappelle en avoir été dûment impressionné. En Enfer, y a pas à dire, ils s'y connaissent, rayon blasphèmes. Bon Dieu, si je n'avais pas été aussi, j'aurais même pu noter certaines de ses expressions.

3

Différent de l'École du Dimanche

– Mais qu'est-ce que c'est que cette combine stupide ?

Voir Cirederbe de bonne humeur était déjà désagréable ; le voir en rogne était bien pire. Pour commencer, les incisions de ses joues *moussaient*.

– Tu crois peut-être pouvoir m'humilier deux fois en deux jours ? Peu m'importe combien d'échelons je devrai secouer, Doloriel, ni jusqu'où je devrais monter, mais je te verrai écorché vif pour ça, je le jure !

C'était le moment ou jamais de me cramponner à la raison…

« Ne jamais frapper les membres de l'Opposition, surtout s'ils le méritent mille fois, et même si ce sont des procureurs qui vous poussent délibérément dans vos derniers retranchements… C'est la substance même des incidents diplomatiques entre Enfer et Paradis. »

Une citation *verbatim* du manuel du parfait petit avocat.

– Je n'ai rien à voir avec ça, Cirederbe, insistai-je. Je suis arrivé là en même temps que vous !

– Les âmes ne disparaissent pas comme ça !

– Je n'ai pas dit que c'était ce qui venait de se passer ici. J'ai juste dit que celle-ci n'était pas là. Un fiasco d'ordre mineur, probablement.

– Un fiasco d'ordre mineur ? (Le procureur en hurlait d'outrage, postillonnant de l'écume rougeâtre à la ronde.) Pearl Harbor, c'était un fiasco d'ordre mineur ! Ça, en revanche, c'est un putain de problème !

Il avait raison, bien sûr. Des trucs comme ça, ça n'arrivait jamais. Au grand jamais.

– OK, OK, vous appelez votre superviseur, je contacte le mien, et on va tirer tout ça au clair.

Mais avant même que je finisse de parler, anges et démons se mirent à pleuvoir des cieux de tout côté, il y avait plus de Brèches qui s'ouvraient que de lapins de garenne jaillissant du Nevada en période de soldes. La sécurité avait été enfreinte dans les grandes largeurs. Et maintenant, les unités d'intervention d'urgence entraient en piste. Je m'avisai d'un coup qu'il ne s'agissait plus d'un simple problème, mais d'une crise tout ce qu'il y a de plus officiel. Et votre dévoué serviteur se retrouvait coincé au beau milieu.

Je suppose que je ferais mieux de consacrer quelques instants à vous expliquer comment fonctionnent ces trucs d'anges. C'est un peu différent de ce que vous avez pu apprendre au catéchisme. Et ne vous attendez pas non plus aux harpes et aux petits nuages nimbés de lumière dorée, vous seriez déçus.

Tout d'abord, inutile de me demander ce qu'était ma vie du temps où j'étais vivant, ou même comment je suis mort, parce que je n'en sais rien. Et ceux avec qui je travaille ne savent rien non plus de leurs existences passées. Bien sûr, on est peut-être des anges de toute éternité, mais on a plutôt tendance à en douter dans la mesure où nos souvenirs remontent à quelques décennies, tout au plus, et où on se sent tous assez à l'aise dans nos corps d'emprunt, même si nous traînons notre spleen dans le monde réel. L'ange le plus âgé que j'aie jamais rencontré, c'était mon premier boss, Il se rappelait avoir débuté dans les années 1940. Ce qui ne prouve rien, naturellement. Pour ce que j'en sais, on nous recyclait peut-être comme des bouteilles en verre consignées, on nous formatait, siècle après siècle… Qui sait ? Quand on est un ange du Seigneur, il faut bien composer avec certaines ambiguïtés.

Des anges, il y en a des kyrielles – et pas qu'au Ciel. Pour commencer, hommes, femmes et enfants, jusqu'au dernier, ont chacun leur ange gardien. Vous ne pouvez pas les voir, les sentir ou même capter leur présence mais ils sont bien là avec vous, depuis la première claque que la sage-femme vous administre à la naissance sur vos mignonnes petites fesses jusqu'à votre dernier souffle… et au-delà. D'aucuns pensent qu'ils œuvrent aussi à vous préserver des dangers d'ordre physique ainsi que des pièges de l'Opposition, ce qui est peut-être le cas. Mais je n'ai jamais rien glané à ce sujet qui soit vraiment fiable. Ça ne relève pas de ma juridiction. Comme vous l'aurez sans doute compris, je suis avocat.

OK, donc, à raison d'un gardien par âme qui vive, ça nous fait, à l'instant T, dans les sept milliards d'anges gardiens. J'imagine que dès qu'un protégé meurt, son ange gardien se voit affecté à la protection d'un nouveau mortel, mais là encore, ce n'est que pures conjectures de ma part. Nous, les avocats, sommes beaucoup moins nombreux. Sam, Monica, moi et les autres, nous avons chacun plus ou moins cinq décès à gérer par semaine, ce qui donne disons une moyenne de deux cent cinquante cas par an et par ange. À raison d'une cinquantaine de millions de morts par an dans le monde, ça fait dans les deux cent mille anges avocats pour traiter tout ça. Et encore, en partant bien sûr de l'hypothèse que tout le monde, jusqu'à Tombouctou et au Katmandou, soit soumis au même système que nous dans la vie-après-la-mort. Ce qui est loin d'être acquis. Pour ce qui est du soutien logistique sur le terrain, un ange gardien a en charge une équipe d'une dizaine de confrères, mais à part Chico le barman (et ai-je mentionné Alice ?) vous n'en avez pas encore rencontré.

Je sais, je sais, les stats, c'est pas votre truc ; il n'y a guère que les spécialistes parmi vous que les chiffres intéresseront. Non, vous voulez surtout savoir comment ça *fonctionne*, pas vrai ?

Nous tous, les anges rattachés à la Terre, gardiens et avocats, voire ceux des Forces Spéciales (inutile de me poser la question, je ne dirai rien), nous rendons compte aux Archanges qui, eux, font leur rapport aux Principautés – lesquelles ont aussi à juger les âmes au cas par cas, comme vous l'avez vu. On nous appelle les Anges de la Troisième Maison, c'est-à-dire la Terre emprisonnée/encapsulée dans le Temps.

Il existe au minimum deux autres Maisons ou sphères, englobant chacune trois catégories d'anges supplémentaires. Mais on n'est pas à l'école évangéliste du dimanche, alors on verra ça une autre fois si vous voulez bien. Le Très-Haut est au-dessus de tout cela, naturellement. Je ne L'ai pas encore rencontré. À ce que je crois comprendre, Il veille à ce que l'univers soit réglé comme du papier à musique. Et, comme j'ai déjà dû le dire, je n'ai jamais rencontré non plus quelqu'un qui L'ait rencontré – ou alors, personne n'a jugé bon de m'en parler.

Nous autres avocats, nous sommes censés vivre parmi ceux dont nous allons assurer la défense, afin d'apprendre à les connaître, à comprendre leur mode de vie. Et c'est bien pour cela que nous nous incarnons. Ce ne sont pas nos vrais corps, à ce qu'on m'a dit – même si, là encore, nul ne saurait l'affirmer avec certitude. Quoi qu'il en soit, faire partie intégrante d'un petit groupe (en comparaison des gardiens, de l'Esprit Saint ou autre) et vivre et travailler sur Terre, être avocat, c'est un peu comme être envoyé dans un de ces avant-postes coloniaux paumés : au bout d'un moment, on ne pourrait plus revenir au pays même si on le voulait. Il est sûr et certain que je ne pourrais pas vivre bien longtemps dans la Cité

Céleste. Trop lumineuse. Et trop de résidents qui chantent. Sans parler du manque flagrant d'alcool.

Dans la colonne des moins, nous sommes au nombre des rares anges à être véritablement confrontés à l'Opposition jour après jour, et donc à apprendre à connaître nos adversaires, ce qui est aussi désagréable que vous pouvez l'imaginer. Pour commencer, les suppôts de l'Enfer prennent le combat vraiment très au sérieux. Voilà des millénaires qu'ils sont en guerre contre le Ciel, et tôt ou tard, ils comptent bien nous battre. Ils ne sont pas assez stupides pour provoquer un gros esclandre – au risque d'entraîner l'affrontement des deux camps. Mais ils s'emploient inlassablement à miner les fondements, telle une carie dentaire de cartoon. Milton et ceux qui, avec lui, affirment que les forces du Mal ne pourront jamais nous battre sont juste des artistes de propagande prenant le parti du Ciel dans l'espoir de s'assurer un petit coin douillet dans la Maison. Comme je l'ai dit, ils ont adopté une approche à long terme, et ils jouent toujours la gagne. Parfois, ça vous épuise.

Pourquoi les vilains ne se fatiguent-ils pas aussi vite que nous autres ? On pourrait croire que la-vie-après-la-mort m'aurait apporté la réponse… mais non.

En attendant, il y a aussi, dans l'un et l'autre camp, quelques âmes qui se sont désistées et ont quitté la partie : les âmes neutres ou intermédiaires, et les renégates. L'immense majorité de ces âmes monnayent des informations pour assurer leur survie, et nombre d'entre elles ont donc leur tête mise à prix – si j'ose dire. De temps à autre, nous autres avocats, nous devons composer avec elles. D'une certaine façon (mesurée et circonspecte), il se trouve que j'en apprécie certaines.

Pour simplifier, on peut faire le rapprochement avec la Guerre Froide – un conflit mortellement dangereux, mais imperceptible pour les vivants. Et dans cette lutte immémoriale, on a tous un rôle à jouer. Mon job consiste à faire en sorte que le plus d'âmes possible accèdent au Paradis. Or, à l'instar de mon ami Sam, je suis plutôt doué dans ma partie. C'est une des raisons pour lesquelles, même si mon comportement laisse à désirer, mes patrons me fichent la paix, la plupart du temps.

Une autre raison à cela, comme je n'allais pas tarder à le découvrir, c'est que même les Grands Garçons, Là-Haut dans la Maison, ne sont pas omniscients. Voilà une leçon que j'aurais préféré ne pas avoir à apprendre.

Ainsi donc, j'étais là, planté dans la version Hors-Zone de l'allée de la résidence d'Edward L. Walker, tandis que divers exécutants, célestes comme infernaux, venus tout droit des quartiers généraux, se rendaient utiles (ou du moins prenaient l'air affairé). Certains dessinaient en l'air d'étincelantes lignes dorées ou se livraient à la Clairevision à l'aide d'instruments en verre noir. Campé au centre de la ruche, Cirederbe dardait sur moi un regard brûlant de haine – c'en était impressionnant. Soudain, il happa dans les airs une petite entité d'aspect gluant qui devait être, supposai-je, la version infernale de l'ange gardien de Walker. Il l'entraîna en aparté et tous deux se lancèrent dans une conversation animée – entendez par là que Cirederbe secoua le suppôt de l'Enfer comme un prunier tandis que ce dernier glapissait son innocence en poussant les hauts cris.

– Il était là, Maître, il était là ! On était avec lui quand il est mort !

– Alors où est-il maintenant ?

Cirederbe foudroya du regard le sous-fifre jusqu'à ce que celui-ci se mette à fumer comme un ormeau sur une pierre brûlante.

– On ne sait pas ! On n'en sait rien !

– Va mourir ! Je vais devoir appeler Plaiebrûlée !

Le procureur invoqua une boule de feu qu'il maintint devant lui, à hauteur de son visage.

– Je demande au Parquet de me mettre immédiatement en contact avec l'Inquisiteur.

Il me jeta un autre regard mauvais, les orifices humides de ses joues animés d'une pulsation frénétique. Le plus étrange, c'est que Cirederbe était plus effrayé encore qu'il ne voulait bien l'admettre – c'est du moins l'impression que son petit numéro me laissait. Non que je sois spécialiste en psychologie infernale.

– Par le cul brûlant et tout boutonneux du Maître, grogna-t-il, je vais être coincé là des heures ! C'est votre faute, j'en suis sûr, espèce de sale avocaillon de merde ! Et je vous le ferai payer cher, croyez-moi. N'essayez pas de vous tailler en douce !

La voix charmante du procureur heurtant mes tympans, je me détournai – j'avais mon propre appel à passer. Ce n'est pas parce que la propriété, sise dans le vieux Palo Alto, regorgeait maintenant d'étincelantes présences angéliques au point d'en prendre des allures de vitrines de Noël que je pouvais *ipso facto* en déduire que tous ceux qui devaient être informés l'étaient déjà. Je sortis mon portable qui, sous sa forme Hors-Zone, revêtait l'aspect d'une baguette de lumière argentée. L'instant suivant, Temuel se tenait devant moi, même si nul autre ne pouvait le voir ni l'entendre.

– Tu plaisantes, c'est ça ? s'exclama-t-il quand je lui eus exposé la situation. (Pourtant, la Mule avait l'air moins déconcerté que je ne l'aurais cru.) Non ? Alors je vais faire venir un Régulateur fissa. (Ce fut alors que l'ampleur de la crise parut le frapper.) C'est moche, tu sais. Vraiment très moche, Doloriel. Tiens bon, et ne dis rien à l'Opposition.

– Pas même : Lâchez-moi les couilles ? Parce que je peux vous assurer que Cirederbe me les casse sévère en ce moment.

– Fais ton boulot, un point c'est tout.

Un point, c'était tout, en effet. Il était déjà reparti, aussi vite qu'il était venu. Mais si Temuel n'avait pas été diligemment informé de la mystérieuse disparition de cette âme, d'où sortaient tous ces fonctionnaires célestes ? Sans parler des petites créatures teigneuses de l'Opposition ? Je me promis de poser la question plus tard, car pour l'heure, il y avait plus urgent : un nouveau Zip extra-brillant flamboya près de moi et le Régulateur de la Mule fit son apparition.

Autre précision en passant : Régulateur, c'est la description du poste. En réalité, ils portent le titre de ministres. On ne parle pas là de ministres du culte, mais plutôt de ministres d'État. Et les Régulateurs se manifestent rarement. Non qu'on tienne à les voir. Leur job consiste à ramener l'ordre chaque fois que ça foire quelque part, et personne ne tient à se retrouver au beau milieu de la foirade.

Comme moi par exemple, dans cette situation précise. Et, à l'évidence, la crise paraissait du genre méga-hyper-sérieuse. J'avais dans l'idée que je n'étais pas près de revoir mon appartement.

Le Ministre/Régulateur évoquait un peu le médecin de peste du dix-septième siècle, avec sa longue robe blanche et son étrange masque assorti en forme de long bec qui aurait pu représenter un bec d'oiseau ou bien l'éléphanteau de Winnie l'Ourson. Il se peut qu'il n'ait pas eu de pieds sous ses robes, mais c'était difficile à dire à cause de son rayonnement. Il avait aussi la démarche lente de ceux que rien ne presse.

Il fixa longuement la voiture et le cadavre du regard, avant de se tourner enfin vers moi.

– Tu es l'avocat ?

– Oui, seigneur ministre.

– Dis-nous ce que tu sais.

Je m'exécutai, de façon aussi concise que possible, sans me perdre en suppositions ni en conjectures. J'avais déjà eu affaire à l'un de ces Régulateurs (mais c'est une autre histoire), et la dernière chose qu'on souhaite quand on se frotte à eux, c'est de leur faire perdre leur temps. Celui que j'avais rencontré auparavant avait été tenté de me rétrograder tout en bas de l'échelle, Division Bêtes Sauvages à Bénir – ça s'était joué à trois fois rien. J'avais bien failli me retrouver à superviser des rats des champs déprimés. Et l'affaire en question n'avait vraiment pas la gravité de celle qui se jouait maintenant.

Je venais juste de conclure mon rapport lorsqu'une autre lueur se manifesta ; celle-ci était d'un rouge fumé sans éclat. Apparurent alors une femme et deux hommes – encore que ces termes soient très éloignés de la vérité. Mon ami Joli Cœur fait à peu près la taille d'un ours d'Alaska, mais ces deux types-là auraient pu être ses grands frères. Tous deux avaient un cou de taureau, plus large que mon torse, et ils avaient cette peau complètement grise caractéristique des suppôts de l'Enfer les moins sensibles à la douleur. Rien qu'à voir leurs expressions faciales, on pouvait déduire qu'un coup de marteau sur le crâne les titillerait à peine. Bref, ils avaient tout l'air de champions de la tête au carré. Inutile de chercher à les embobiner.

Quant au démon femelle qui les accompagnait, c'était encore autre chose. En dehors de quelques revues de fétichisme (que j'avais feuilletées dans le cadre de recherches professionnelles, bien entendu), je doutais d'avoir jamais rencontré quelqu'un comme elle. Pour commencer, elle était toute fluette et menue, minuscule – c'était d'autant plus saisissant, entre ces deux molosses –, et incroyablement ravissante à l'aune de n'importe quel critère. Elle avait de longs cheveux lisses d'un blond tirant sur le blanc, un teint d'albâtre et des jambes interminables gainées de bas, qu'une mini-jupe d'écolière mettait encore plus en valeur. On aurait dit Alice du Pays des Merveilles super-bien sapée par un comité d'hommes d'affaires nippons férus de mangas. Je n'aurais pas cru voir l'un des gros bras de l'Opposition arborer une dégaine aussi traditionnelle, dans le genre jazz mainstream. Habituellement, ils sont plutôt portés sur les cornes, les crocs et les bonnes vieilles couennes à l'aspect croûteux.

Elle se rapprocha et je ne l'en trouvai que plus magnifique encore, même si les iris de ses yeux m'apparaissaient maintenant indubitablement de la couleur de… eh bien, d'un rouge réellement profond. (J'allais dire « rouge sang », mais ça aurait fait vraiment trop cliché, pas vrai ? Même si cela s'imposait : ils étaient certainement de la teinte de gouttes de sang.)

– Quelle saloperie de merde essaies-tu de me refiler cette fois, Cirederbe ? feula-t-elle en parvenant à notre hauteur.

Elle avait un léger accent, presque indécelable, mais globalement on aurait surtout cru entendre Hayley Mills parler avec l'une de ces voix anglaises mélodieuses et snobs de la haute. Genre : « Oh, maman, j'ai égaré mon poney et j'ai trop envie de pleurer ! » En la voyant, Cirederbe avait tressailli – indéniablement. Bon Dieu, ce qu'elle était mignonne ! Tout en étant également l'être le plus terrifiant que j'aie croisé ces derniers temps, ça aussi, c'était indéniable. Après tout, cette créature femelle appartenait à la noblesse des Enfers, elle devait donc m'être supérieure de plusieurs échelons, même sur l'organigramme comparatif le plus charitable qui soit.

Notre propre Régulateur lui adressa un petit signe respectueux.

– Comtesse.

Elle daigna à peine lui adresser un regard.

– Ministre.

Elle passa devant moi comme si je n'existais pas, royale, et prit Cirederbe à part. À voir la tronche qu'il tirait, j'imaginais bien qu'elle n'allait pas lui demander l'adresse d'un bon café. Tandis que, fasciné, je les suivais du regard, elle l'entraîna à l'écart. Au point que le Régulateur dut se racler la gorge pour avoir mon attention.

– Ange Doloriel ?

Se détourner de la comtesse était vraiment difficile, même en ayant affaire à un ange éminent gagné par l'impatience. Le Régulateur de l'autre camp était une femme menue et svelte, mais sa démarche avait quelque chose d'hypnotique. Vous connaissez la dégaine sensuelle de certains petits chiens qui se prennent visiblement pour beaucoup plus gros qu'ils ne sont réellement ? Quelle que soit sa vraie nature, la Comtesse s'habillait peut-être comme une écolière mais elle avait en tout cas la démarche d'une effeuilleuse sûre d'elle.

Non, elle avait plus de classe que ça : celle d'une danseuse étoile. Oui, absolument, une Étoile des Enfers.

– Désolé, Seigneur Ministre. Je… réfléchissais.

– J'espère ne pas trop prendre de ton temps si précieux, Doloriel.

Maintenant que je le voyais de plus près, il devenait évident qu'il n'avait rien de bien normal lui non plus. Pour commencer, et à la différence de l'immense majorité des autres anges éminents, il avait des yeux presque entièrement laiteux à l'exception d'une tache noire au centre, de la grosseur d'une pointe d'aiguille. De ce fait, suivre la direction de son regard était plutôt difficile. Ensuite, ses mains gantées de blanc comptaient six ou sept doigts. Et je ne pouvais m'empêcher de me demander ce que son masque dissimulait au juste.

– Nullement, Seigneur. Je suis navré.

Je tournai le dos au procureur et à son boss, afin de mieux me concentrer sur mon supérieur. Je devais me rappeler l'urgence de la situation : la magnifique petite Comtesse était un démon femelle – du genre puissant. La noblesse des Enfers est polymorphe, elle peut bien prendre l'apparence qui lui chante. Mais si magnifique soit cette apparence, l'être qui se tapit dessous sera toujours d'une incommensurable laideur. Pire : je savais d'expérience que les résidents des Enfers, tous jusqu'au dernier, me transformeraient en charpie pour peu que je baisse la garde. À la première occasion, ils me réduiraient en bouillie. Peu importait leur aspect, c'étaient tous des monstres de corruption. Sans exception.

– Que désirez-vous savoir, Seigneur ?

– Redis-moi tout ce qui s'est produit à partir du moment où tu as reçu l'Appel.

Sous les feux étranges de son regard dénué d'émotion, je revins comme il l'exigeait sur le déroulé des événements et lui relatai tout ce dont j'arrivais à me souvenir. Ou presque… J'omis simplement de mentionner quoi que ce soit à propos de Sam et de son stagiaire ; *a contrario*, je précisai avoir vu Cirederbe la veille, au sujet d'un autre cas.

– Et tu es certain d'être arrivé ici avant le procureur ? (Il tourna vers moi le long bec de son masque, comme s'il cherchait à vérifier la véracité de mes dires rien qu'en humant l'air.) Tout à fait certain ?

– Vous ne croyez tout de même pas Cirederbe assez fou pour tenter un truc de ce genre, Seigneur ?

Devais-je insister sur la fureur du procureur en constatant la disparition de cette âme ? Sa colère trahissait-elle une quelconque culpabilité de sa part ? Cirederbe aurait-il donc eu mauvaise conscience, par hasard ?

– Et comment y serait-il arrivé ?

– Pour l'instant, nous n'avons pas d'explications. (Le ministre eut un petit reniflement dénotant l'offense.) Mais si tu affirmes qu'il n'aurait pas pu faire une chose pareille, ton rôle dans cette histoire prend alors une tout autre tournure, bien plus critique.

Oh, non ! Pas question que je les laisse me mêler à une affaire à laquelle je n'avais pris aucune part !

– Je n'affirme rien de tel, Seigneur. Je n'y suis strictement pour rien. J'étais aussi surpris que vous.

– Vraiment ? Sache dans ce cas que ça ne nous a pas particulièrement surpris. (Il secoua sa tête masquée au long bec, semblable à cet instant à l'ami imaginaire d'un enfant à la mentalité terrifiante.) Nous craignions d'en arriver là.

Je n'avais pas la moindre idée de ce dont il était en train de parler, et je lui en fis l'aveu.

– Nous en avons assez entendu pour faire notre rapport, ange Doloriel. Va en paix. Dieu t'a en Son Amour.

Et voilà. Je devais me contenter de ça.

Quand je revins aux Compas, la clientèle des habitués s'y pressait déjà. Encore qu'il n'y eût pas trace de Sam ou de son acolyte. J'avais fait un détour par le café Morton pour y dîner tôt et… regarder les ombres s'allonger dans le centre-ville, à mesure que le soleil renonçait à illuminer les zones les plus obscures de San Judas pour finir par se coucher. À présent, les éclairages du centre-ville et les aplats d'encre du port remplissaient les carrés des fenêtres du café.

– Ça va ? me demanda Monica dès qu'elle me vit. Je m'inquiétais pour toi. (Comme elle s'était un peu dégrisée, c'était peut-être vrai.) L'âme de ce type a vraiment disparu ?

– Tu en as déjà entendu parler ?

– Bien entendu. Quelqu'un a fait appel à un ministre, ça ne reste jamais longtemps secret. Au bureau, Alice affirme que toute la ville ne parlait que de ça !

Toute la ville : entendez par là tous ceux qui, du moins, avaient des ailes ou des cornes – même si le suicide de Walker ne passerait certainement pas inaperçu auprès des Terriens habitant la ville.

– Alors ? Que s'est-il passé ?

Je haussai les épaules.

– Que s'est-il passé ? Rien qui sorte de l'ordinaire, en fait. On a extrait le cadavre du véhicule, sauf que le plus important avait disparu, effectivement : l'âme du défunt.

– Ouuuh ! (Monica avait une mine compatissante.) C'est bizarre, ça !

Jimmy la Table, Joli Cœur et d'autres nous rejoignirent. Un des bons côtés de ce foutu bourbier, c'était que, pour ce soir au moins, je n'aurais pas à payer mes consommations.

– Tu crois que c'est un coup de l'Opposition ? demanda Monica. Ils cherchent à provoquer quelque chose ?

– Comment je le saurais ? Ils nous ont envoyé illico un de leurs propres Régulateurs. Une femelle… une certaine Comtesse…

Jimmy la Table laissa échapper un rire aigu.

– J'ai entendu parler de cette chienne ! Au réveillon de Noël, elle se serait pointée avec un collier de couilles humaines, il paraît !

– Je doute fort que l'Opposition célèbre Noël, trésor, lui dit gentiment Joli Cœur.

– À une soirée quelconque, alors… peu importe. (Jimmy était visiblement ravi d'être porteur d'infos, pour une fois.) Quoi qu'il en soit, si c'est elle qu'on a bombardée chef sur cette affaire, c'est que la menace est vraiment grave. Demandez à qui vous voudrez : la Comtesse est une sacrée dure à cuire, pas de doute là-dessus. Vous vous rappelez Zippy ? Zippy-truc-bidule ?

– Zepuriel, le corrigea Joli Cœur. Celui qui avait un si joli cul.

– Admettons, répondit Jimmy qui refusait, une fois n'était pas coutume, de répondre à la provocation. Pourquoi croyez-vous qu'il ait préféré quitter le département Plaidoirie pour retourner à la division Peinture des Arcs-en-ciel ou autre, là où il a fini par échouer ? Il avait croisé le chemin de la Comtesse lors d'une mission, et elle l'a tellement déchiqueté qu'il ne s'en est jamais remis.

– Mais quel mytho tu peux faire, Jimmy ! s'exclama Walter Sanders affalé dans son coin, derrière sa bière.

– Va te faire mettre, j'étais là ! s'emporta Jimmy.

L'instant suivant, oubliant jusqu'à notre existence, tous deux s'invectivaient copieusement. N'importe quel observateur étranger aurait pensé qu'ils étaient sérieux et se haïssaient du fond du cœur. Mais en fait, dès que la Table, Walter Sanders et Jeune Elvis se retrouvaient, c'était plus fort qu'eux, il fallait qu'ils se disputent à propos des trucs les plus idiots. Moi en tout cas, ça ne me gênait pas. Quand c'est l'Éternité qui s'affiche au compteur, on passe beaucoup de temps à… passer le temps.

– J'ai entendu parler d'elle, me dit Monica quand le restant du

Chœur Malade se fut éloigné dans un tourbillon, et Jimmy a raison au moins sur un point : tout ce qui m'a été rapporté à propos de cette chienne est calamiteux. Mieux vaut l'éviter comme la peste !

– Ça m'est égal.

En fait, la régulatrice des Enfers m'obsédait déjà, avec ses jambes finement galbées et son frais minois de princesse de conte de fée. Même quand on compte parmi les plus farouches opposants des Enfers, il est parfois dur de se rappeler que, sous des dehors exquis, se cachent des êtres méphitiques. Naturellement, je n'étais pas stupide au point de l'avouer à Monica.

– J'en ai fini avec ça. J'ai fait mon rapport au ministre et à la Mule. Si la disparition de cette âme est avérée, ça ne relève pas de notre juridiction, quoi qu'il en soit. Et je doute que nous en entendions reparler.

Incroyable, les conneries que je débite, parfois. On pourrait fonder un département entier de recherche scientifique dédié aux idioties qui m'échappent, et qui s'avèrent parfaitement erronées alors que je n'ai même pas fini de les proférer…

Moins d'une heure plus tard, Sam et le jeune Clarence firent leur apparition. À ce moment-là, je crus que c'était une très bonne chose car Monica et moi occupions une table et j'avais déjà du mal à me rappeler pourquoi notre idylle avait dû prendre fin. Oui… je m'en étais envoyé quelques-uns derrière la cravate. Bref, Sam et son mini-ange entrèrent, et il me suffit d'un regard à Clarence pour comprendre que la suite n'allait vraiment pas me plaire. Il avait cette expression tout excitée de jeune bleu – le genre qui ne vaut jamais rien de bon à personne. Dans le meilleur des cas, ça vous fait perdre quelques heures inestimables de votre existence immortelle, mais parfois, il peut vous en coûter bien plus.

– Vous vous rappelez Cirederbe le procureur ? demanda Clarence.

– Je viens de le revoir. Ces jours-ci, je le croise même plus souvent que vous, les gars. Et alors ?

Clarence ouvrit de grands yeux pour lâcher sa bombe :

– Il est mort.

Ce fut à mon tour d'ouvrir de grands yeux ronds en me demandant s'il m'était jamais arrivé d'être aussi bleu que lui. Putain, quelle candeur !

– Personne ne meurt, gamin. Du moins, personne comme nous. Tu veux dire que son corps a été tué ?

Le bleu rougit.

– J'imagine, oui.

Tout comme nous, les gros vilains méchants attribuent des corps mortels à investir aux exécuteurs de leurs basses-œuvres sur Terre. Si ces enveloppes charnelles périssent par accident ou bien par préméditation, elles sont remplacées. Mais croyez-moi, se faire tuer sera toujours désagréable à l'extrême, même compte tenu du fait qu'on n'est pas pour autant renvoyé au néant. Je me retournai vers Sam, qui affichait une mine particulièrement sinistre.

– J'ai revu ce salaud à peau rouge il y a une ou deux heures à peine. C'est vrai ?

– Tout ce qu'il y a de plus vrai, et de plus moche, me confirma Sam en hochant la tête. Un véritable massacre, d'après les premières constatations. On a découvert sa dépouille sur la scène du suicide de Walker, là où a eu lieu cette disparition bizarre qui fait perdre la tête à tout le monde. Un ministre nous a interrogés après notre victoire d'hier, dans l'affaire Martino.

Ce qui expliquait où étaient passés Sam et son bleu, du moins le restant de la journée. Je m'aperçus que je n'avais pas encore rapporté à Sam les propos de Temuel sur le gamin, mais en pareil moment, je refusais de me laisser distraire.

– Oh, boy ! m'exclamai-je. Cirederbe s'est fait dessouder dans la propriété de Walker ? Ça a dû se produire juste après mon départ.

– Dans ce cas, je m'étonne qu'on ne t'ait pas encore interrogé à ce sujet.

Sam avait pris un ton un rien bizarre, que je mis sur le compte des circonstances. Qu'un sbire de l'Opposition soit éliminé, ça n'était pas sans précédent, même si c'était plutôt rare. Et si on ajoutait à cela le cas mystérieux d'Edward Lynes Walker, on peut dire que c'était la journée des bizarreries.

– J'ai déjà passé un fichu quart d'heure avec cette histoire de suicide, alors ils n'auront peut-être pas besoin de…

Ce fut tout ce que j'eus le temps de répondre avant de sentir une présence étrangère dans ma tête – analogue à une sensation éblouissante de pouvoir que viendrait souligner un timbre puissant de trompette.

Ange Doloriel, tu es convoqué. Viens immédiatement !

Que je vienne où ? Eh bien, à la résidence de Walker, à Palo Alto, voyons. La scène du crime.

La scène des deux crimes, maintenant que j'y pensais.

4

Le filet sanguinolent

J'appréciais de moins en moins ma situation. Tout ça ne sentait franchement pas bon ! Pourquoi me rappelait-on chez Walker ? Si mes patrons désiraient pousser un peu plus loin mon interrogatoire, après celui que le Ministre/Régulateur m'avait déjà fait subir, pourquoi ne pas me convoquer au Ciel, tout simplement ? Temuel m'y avait déjà rappelé rien que pour m'entretenir de broutilles à propos du jeune Clarence – rien de fondamentalement important. Alors, *a fortiori*, une crise de cette ampleur méritait amplement une visite Là-Haut, à la Maison.

Une autre question me taraudait toujours : qui avait alerté si rapidement les troupes de choc ? Dès que la disparition de l'âme d'Edward Walker avait été constatée, les petites abeilles ouvrières des deux camps avaient fondu en piqué sur les lieux avant même que Cirederbe ou moi puissions faire le point avec nos chefs – ou en tout cas, c'est comme cela que je l'avais ressenti. Mon camp et celui de l'Opposition sont tous deux très à cheval sur les procédures, comme je l'avais appris à mes dépens à maintes reprises. Que s'était-il donc passé cette fois ?

Et, comme si la situation n'était pas déjà assez confuse comme ça, il s'était à peine écoulé quelques heures depuis la mort de Cirederbe, et déjà on me rappelait sur les lieux pour un complément d'information, selon toute vraisemblance, alors que c'est moi qui avais des questions brûlantes à poser… De celles qui méritent une réponse. Qui donc s'était donné la peine de bousiller l'incarnation mortelle de Cirederbe ? Ce n'est pas comme si ça allait longtemps le faire taire sur quelque sujet que ce soit ! Les personnels rattachés à la Terre des deux camps finissent tout le temps tout ce qu'il y a de plus mort… J'en suis déjà passé par là. On a droit à un débriefing sur ce qui s'est produit, puis à un nouveau corps d'emprunt.

Bref, l'un dans l'autre, notre panier de crabes présentait encore plus de zones d'ombre qu'un club échangiste, si bien que j'avais beaucoup de grain à moudre tout en négociant ma traversée de la baie et en filant en direction du district de Palo Alto au travers du canyon artificiel que forment les hauts gratte-ciel aux grandes fenêtres étincelantes. Puis je m'engageai dans les rues bordées d'arbres pour rejoindre la résidence Walker.

Je me garai aussi près de la maison que possible. La rue était encore bondée de véhicules de police et de camionnettes de journalistes. L'annonce du décès datait pourtant du matin, et l'éclairage municipal était désormais allumé. J'avais déjà entendu la nouvelle sur mon autoradio ; en gros, « un scientifique et philanthrope bien connu avait mis fin à ses jours ». On diffusait les témoignages à chaud de ses amis et des membres de sa famille qui, tous, ne se doutaient pas le moins du monde qu'il pouvait être déprimé, ou tracassé au point de commettre l'irréparable. Et ce, même si la rumeur avait couru qu'il souffrait peut-être d'une maladie grave – rumeur non confirmée.

Quoi qu'il en soit, ce n'était pas la version du monde réel de la résidence Walker qui m'intéressait (même si, là aussi, je commençais à me poser des questions). J'invoquai un Zip et les quelques techniciens de la criminelle s'affairant encore dans le garage grand ouvert recouvert de plastique blanc se figèrent tandis que je pénétrais dans le Hors-Zone. Mais je le remarquai à peine car le genre d'activités qui m'accueillit de l'autre côté n'avait *a priori* rien d'inhabituel : les suppôts de l'Opposition étaient partout. Il y avait là des dizaines de sbires, certains impossibles à distinguer d'hommes contrefaits, d'autres en revanche si différents des êtres humains qu'ils en blessaient ma vue. Je ne pouvais pas les regarder bien longtemps sans être obligé de détourner les yeux.

Un seul membre de mon équipe m'attendait sur place, mais il se suffisait amplement à lui-même. Je crois que c'était le Régulateur auquel j'avais eu affaire un peu plus tôt – son masque bizarre de médecin des pestiférés me semblait en tout point identique –, mais avec les anges éminents, on n'est jamais vraiment sûr de rien puisqu'ils peuvent se manifester de toutes sortes de façons. L'aspect extérieur ne semble important qu'à des gars rattachés à la Terre comme moi, incarnés et essentiellement soumis aux lois d'un univers tridimensionnel.

Quoi qu'il en soit, le ministre m'attendait et il ne s'encombra certes pas de formalité avec moi. À peine avais-je eu le temps de retomber sur mes deux pieds dans le Hors-Zone qu'il commençait déjà à me bombarder de questions. Les plus évidentes en premier, celles dont je lui avais déjà fourni les réponses – ce qui s'était produit, ce que j'avais vu, ce qu'avait dit Cirederbe, et ainsi de suite. Puis il me demanda ce qui s'était passé quand je l'avais laissé ; il m'interrogea sur l'équipe des Compas, notamment Sam et son petit chiot, Clarence… Tout ça me mettait légèrement mal à l'aise. Il va sans dire que je répondis de mon mieux, le plus honnêtement possible. Je ne sais d'ailleurs même pas s'il est envisageable de mentir à un ministre en fonction, et je ne voudrais surtout pas le tenter en quelque circonstance que ce soit.

Quand le Régulateur eut fini de me cuisiner pendant une bonne heure, je dirais, il se mura dans le silence. Puis, après une pause suffisamment longue pour me donner à penser qu'il était en train de s'entretenir avec quelqu'un d'invisible pour moi, il m'ordonna :

– Viens avec nous.

Il m'entraîna à sa suite, et nous longeâmes le flanc de la maison ;

même en Hors-Zone, un corps humain se comporte toujours de la même façon, et je marchais donc tout à fait normalement tandis que lui paraissait glisser devant moi telle une shampouineuse à moquette qui se tiendrait à la verticale sans que nul la manie.

– Ce que nous nous apprêtons à faire est irrégulier, Ange Doloriel, mais à circonstances exceptionnelles, mesures exceptionnelles. Souviens-toi, ne donne aucune réponse avant que nous ne t'y autorisions.

Je n'avais pas idée de ce dont il parlait, dans la mesure où il m'avait déjà posé des dizaines de questions. Puis nous avons atteint la version Hors-Zone de l'arrière-cour de Walker, et c'est là que j'ai eu le choc de ma vie-après-la-vie… Pas de doute, je devais des excuses à Clarence.

Vous comprenez, ce que je lui avais dit était vrai en temps normal : les êtres comme nous ne peuvent pas mourir, seuls nos corps d'emprunt sont tués. L'Opposition est aussi douée que nous pour ce qui est de câbler l'âme immatérielle dans un nouveau paquet de viande ambulante, et voilà, le tour est joué ! Résurrection instantanée ! Comme je disais, j'en suis moi-même passé par là plus d'une fois, en laissant tout le temps un cadavre derrière moi. Et voilà que je découvrais l'enveloppe mortelle de Cirederbe, sa version terrestre de chair et de sang, gisant près de la piscine de la propriété dans une flaque d'eau chlorée, et recouverte d'une bâche de police. En principe, l'affaire se serait arrêtée là – avec juste une carcasse, et l'âme mielleuse du vrai Cirederbe retournant la Boutique de corps de rechange de l'Opposition. Mais alors que je découvrais la scène au travers de la structure habillée de lierre d'une petite charmille, dans l'arrière-cour d'Edward Walker, je voyais aussi la version du Cirederbe de l'Autre Camp : le véritable Cirederbe, tout comme c'est le véritable Doloriel qui est en train de vous parler. Et ce qui lui était arrivé était bien plus épouvantable qu'une simple noyade dans une piscine de maison de banlieue. En vérité, c'était écœurant. Horrifiant.

Les Scandinaves d'antan avaient un châtiment réservé aux félons : l'Aigle de Sang. Cela consistait à trancher à revers les côtes du supplicié, en lui incisant le dos, à lui arracher les poumons et à les déployer à l'air libre, dans son dos, pour en faire des ailes d'aigle sanguinolentes. Une mise à mort déjà fort désagréable. Mais, s'inspirant de cet antique supplice, les grandes huiles des Enfers ont une méthode plus raffinée encore : le Filet Sanguinolent. Je n'entrerai pas dans les détails – disons qu'il s'agit en gros d'extraire soigneusement de leurs gaines les faisceaux de fibres nerveuses et de vaisseaux sanguins du condamné à l'aide d'instruments aiguisés – en pratiquant ces délicates opérations *ante mortem*, bien entendu –, puis de le suspendre par ces réseaux de tissus à vif avant de lâcher sur lui des bestioles très hargneuses qu'on appelle les Mâche-nerfs. Elles se font un plaisir de mastiquer les pauvres chairs livrées à leur voracité avant que le supplicié ne finisse par expirer. J'en avais entendu parler mais, je dois bien l'admettre, je n'aurais jamais cru que de telles atrocités puissent avoir un fond de vérité. J'avoue également ne pas comprendre comment il est possible d'infliger un tel sort à la forme censément immortelle d'un être, pourtant que je sois damné si ces types-là n'y étaient pas parvenus !

Le véritable Cirederbe avait été réduit à des faisceaux de fibres tendus entre deux arbres, situés de part et d'autre de l'arrière-cour, tel un pathétique hamac affaissé d'une teinte rouge vif. Les vestiges de sa carcasse – et souvenons-nous qu'il s'agissait là du véritable Cirederbe, le Cirederbe du Hors-Zone – étaient suspendus là. Et moi, je n'oublierai jamais l'expression figée sur son pauvre visage – enfin, ce qui en subsistait. Je ne m'étais encore jamais apitoyé sur le sort d'un suppôt de l'Enfer, mais là… c'était une première. Je rappelle que le Temps n'a plus cours dans le Hors-Zone : Cirederbe avait peut-être mis des jours, sinon des semaines entières à expirer.

– Oh merde… fis-je à voix basse.

Le ministre se tenait derrière moi, contemplant ce spectacle atroce d'un air impavide, comme s'il voyait pire régulièrement. Et c'était peut-être vrai. Auquel cas il fallait que je raye « Régulateur » de ma liste d'avancements potentiels de carrière.

– Souviens-toi de nos recommandations, insista l'être séraphique au masque blanc. Ne donne aucune réponse avant que nous ne t'y autorisions.

J'avais à peine conscience de ce qu'il disait car, à cet instant précis, une créature de haute taille – et très rébarbative d'aspect – sortit en titubant de la maison de Walker. Ça m'évoquait une carapace de scarabée, d'un noir brillant, avec des fibres sombres gluantes pendant en grappes à chacun de ses membres. Notons qu'il en avait quelques-uns, de membres. Ses yeux rappelaient des caillots de sang baignés d'un éclat intérieur. Du moins supposai-je que c'était des yeux au sommet bossu de ce corps monolithe, taillé d'un bloc. L'ensemble était foncièrement effroyable, d'autant que, par moments, ce monstre se mouvait presque comme un être humain.

Presque.

– C'est l'avocat Doloriel ?

Supposez que vous enregistriez les crissements suraigus d'une tronçonneuse électrique, puis que vous ralentissiez la bande jusqu'à obtenir un effet auditif de mélasse du plus bel effet : vous obtenez ce qui frappa mes pauvres tympans quand cette créature s'exprima. Ce bourdonnement infernal me porta instantanément sur les nerfs, me vrilla les os et me fouailla les tripes. Le simple fait de l'entendre suffit pour que j'en aie l'estomac retourné et réduit en capilotade. De toute évidence, ce n'était pas là un des séides ordinaires de l'Enfer.

– Oui, Chancelier, répondit poliment le ministre. (Je ne crois pas qu'il appréciait d'avoir affaire à un tenant de l'Opposition plus gradé que lui.) Nous nous réjouissons d'apporter notre collaboration à vos investigations. Vous pouvez poser vos questions. (La voix désincarnée du ministre flotta dans mon esprit :) Voici le Chancelier Urgulap de la Deuxième Hiérarchie. Il enquête sur le meurtre du procureur Cirederbe. Au vu des circonstances, nous lui apportons notre concours par pure courtoisie professionnelle.

En toute honnêteté, je ne me rappelle pas vraiment les questions que me posa alors ce monstre bourdonnant ; me tenir devant lui dut être un des moments les plus désagréables de mon existence (et pourtant, Dieu sait si j'en ai vu de toutes les couleurs). Ses questions me paraissaient assez ordinaires, dans l'ensemble, pas très différentes de celles du Ministre. Du regard, je quêtais l'assentiment de mon supérieur avant de répondre à chacune d'entre elles, et à chaque fois, il me donnait l'équivalent d'un petit coup de pouce mental, genre « Vas-y, tu peux ». La seule fois où il parut rechigner à donner son accord, fut lorsque le Chancelier me demanda :

– Et avez-vous parlé de cette affaire à l'un de vos maîtres ou de vos confrères ?

Le Ministre des instances célestes hésita – je le sentis. Au bout d'un instant, il céda. Mais du coup, je me méfiai. Je ne voulais pas faire courir de risques aux autres, et certainement pas à Sam ni même à son petit toutou de Clarence.

– Pas vraiment. Juste à mon superviseur, Temuel.

Après tout, cela aurait paru suspect que je n'en parle pas du tout à la Mule, et il est sûr et certain que protéger les cadres intermédiaires de direction n'entre pas dans mes attributions.

Comme s'il sentait que je n'étais pas d'une parfaite honnêteté à son endroit, le Chancelier riva sur moi ces espèces de petites baies aplaties fluorescentes qui lui tenaient lieu d'yeux. Il finit par pivoter et repartir, de sa drôle de démarche chancelante. Il dut ouvrir un Zip mais je n'en vis rien. Un instant, le Chancelier était là, devant nous, l'instant suivant, il s'était volatilisé. Il n'y eut plus trace de cette bestiole géante aux allures de masse à demi fondue se dressant à la verticale dans le patio, près de la piscine. Je ne pourrais même pas décrire l'immense soulagement que me procura son départ.

– Merci de ton aide, Ange Doloriel, me dit le Régulateur

masqué. Comme tu le vois, nous apportons dans cette affaire toute la collaboration possible à l'Opposition. Si qui que ce soit te contacte à ce propos, ou témoigne un intérêt inapproprié, tu nous préviens immédiatement. Dieu t'a en Son Amour. Tu peux te retirer.

Pour ce qui est de me retirer, je ne me le fis pas répéter deux fois. Les restes hideusement mutilés de Cirederbe pendaient toujours entre deux arbres, ses yeux figés semblant me jeter un regard empli de déception.

« J'ignore ce que tu attendais de moi, Frère Démon, songeai-je en regagnant l'univers du Temps. Mais je ne veux rien avoir à faire avec les pontes, de mon camp comme du tien ».

Avant de retourner à la résidence de Walker, j'avais été à peu près certain de refaire un saut aux Compas sur le chemin du retour, mais à présent, j'étais profondément ébranlé ; je voulais juste rentrer à la maison et prendre un bon bain – d'eau bénite. Faute d'avoir de l'eau bénite sous la main, de la vodka ferait l'affaire, et mon bain serait de nature intérieure plutôt qu'extérieure. Je gardais une 42 Below dans la glacière pour ce genre d'urgences spirituelles, justement.

Monica m'avait laissé un message sur mon portable ; elle voulait savoir comment ça s'était passé. Sam me rappelait aussi que le lendemain soir après le travail, nous avions notre dîner mensuel (une de nos vieilles coutumes dont je vous reparlerai une autre fois). Mais voilà, je n'étais pas d'humeur à parler à qui que ce soit. Je n'avais qu'une envie : m'offrir une biture express peinard dans mon coin, parce que je me faisais l'effet d'un garage résonnant encore des alarmes stridentes des bagnoles juste après un méga-tremblement de terre.

Dès que je franchis la porte de mon appartement, je sortis ma vodka de la glacière, la débouchai, m'en versai deux doigts puis je m'offris du Miles en guise de musique incitative à la réflexion. Tandis que les arabesques mélodieuses de *So What* commençaient à se déployer dans ma salle de séjour comme autant de ronds de fumée de cigarette, je pris une gorgée de vodka frappée, à température idéale, et m'efforçai de trouver un sens à tout ce qui s'était produit dans la journée, depuis la disparition sans précédent de l'âme d'Edward Walker jusqu'à la mise à mort brutale du procureur Cirederbe de la façon la plus atroce qui se puisse imaginer.

Mon ex-boss Leo avait coutume de dire que lorsqu'on travaille pour une bureaucratie tentaculaire corrompue à souhait, que ce soit la Compagnie britannique des Indes Orientales, le Politburo de l'ex-Union Soviétique ou même la NCAA, la plus grande organisation sportive universitaire au monde, la première leçon à en tirer est celle-là : n'attendez pas de savoir exactement comment on va vous niquer avant de songer à vous protéger – passez à l'action aux premiers signes de remous. L'affaire Walker fuyait de partout et, fort de ma longue expérience, j'avais déjà acquis la certitude que bien d'autres bizarreries – et bestioles suspectes – allaient bientôt se manifester.

Ce gros bordel, avec ses âmes portées disparues et ses procureurs-démons réduits en charpie, présentait de fait tous les signes avant-coureurs d'un des pires imbroglios qu'on ait vus depuis longtemps et si je n'étais pas tout à fait sur le bûcher, c'était tout comme : ça chauffait beaucoup trop pour moi, à mon gré. Il était grand temps de monter la contre-offensive – si du moins j'y parvenais sans aggraver ma situation.

Je me versai une autre rasade et me demandai par où commencer.

Une heure plus tard, je m'aperçus que j'avais fini mon troisième verre en oubliant de m'offrir mon quatrième. Je me levai pour y remédier, remarquai que Miles s'était tu, et sélectionnai du Robert Johnson pour lui succéder : *Me and the Devil Blues*. La nuit paraissait toute indiquée pour Johnson et ce morceau, avec son pacte conclu à la croisée des chemins :

Early this mornin', when you knocked upon my door,

Early this mornin', oooh, when you knocked upon my door,

And I said, "Hello, Satan, I believe it's time to go"[1]

Même dans un corps d'emprunt qui, par définition, n'était pas cent pour cent le mien, je ne pus réprimer un frisson. J'allais devoir faire beaucoup de choses qui n'allaient pas m'apporter que de l'agrément dans les jours à venir, à commencer par la petite conversation que je me proposais d'avoir avec mon meilleur ami Sam, afin de déterminer pourquoi il ne s'était pas montré tout à fait honnête avec moi. En m'attribuant l'affaire, Alice avait bien dit qu'Edward Walker était supposé être le client de Sam. Or, si les rôles avaient été inversés, je n'aurais certainement pas omis d'expliquer à mon vieux pote pourquoi je ne m'étais pas chargé d'un client qui le foutait, lui, dans une merde noire.

Et plus j'y repensais, plus je me rendais compte que je pâtissais d'un fort déficit d'infos sur… à peu près tous les volets de cette triste affaire : le défunt Walker, et jusqu'à Cirederbe en personne. Évidemment, obtenir par les voies officielles des renseignements sur la population active des Enfers était, au mieux, une gageure. J'allais devoir rendre une petite visite à Gras-double.

1. NdT : « Tôt ce matin, quand tu es venu frapper à ma porte »
« Tôt ce matin, oooh, quand tu es venu frapper à ma porte »
« Et que j'ai répondu, « Hello, Satan, je crois qu'il est temps d'y aller »

5

L'homme-cochon

Le lendemain, jour de boulot ordinaire, je fus occupé du matin au soir. Alice m'attribua un client du centre-ville, un délit de fuite sur la 84, du côté de la Shell Mound Road. C'était plié d'avance, du tout-cuit. La victime était un petit écolier de douze ans qui avait traversé sur les clous en rentrant chez lui à l'heure du déjeuner. Le procureur, un nouveau gars du nom de Pleurelimace, jeta un coup d'œil à la scène et leva l'œil d'un air dégoûté (il n'en avait qu'un, plus ou moins central.) Tout aurait dû être jugé très vite normalement – le gosse ne dissimulait pas de secrets hideux –, mais il faut savoir que les règles concernant les enfants sont vraiment très strictes ; nous devions sacrifier à toutes les formalités. Quand le juge rendit son verdict et que je pus enfin quitter les lieux de ce drame pathétique – pendant toute la durée des plaidoiries, la bicyclette tordue du pauvre gamin et une de ses chaussures gisaient encore au milieu de la route –, ma journée de travail était pratiquement bouclée. La victoire n'apaisait en rien mes tourments à voir l'enfant fondre en larmes lorsqu'il comprit qu'il ne rentrerait plus chez lui et ne reverrait plus son papa et sa maman.

Parfois, je hais mon boulot.

À un moment, alors que le juge questionnait le petit défunt – une procédure normale lorsqu'il s'agit de mineurs –, Pleurelimace se tourna vers moi pour me demander :

– Vous êtes au courant, pour Cirederbe ?

Se pouvait-il qu'il n'en sache vraiment rien ?

– Oui, j'en ai entendu parler.

– C'était un salaud mais croyez-moi, personne ne mérite un tel sort.

– J'avais l'impression que pour vous autres, être un salaud est plutôt très bien vu ?

Il me jeta un regard étrange. Pour un démon, je le trouvais plutôt sympa – son œil unique, tout trouble et chassieux, lui donnait une expression déroutante et même s'il faisait quasiment deux fois ma taille, il ne s'en servait pas pour intimider son monde. Même si je ne lui faisais pas confiance pour autant.

– Il y a les bons salauds, et puis il y a les mauvais salauds, me répondit-il. Cirederbe s'était fait des ennemis des deux côtés.

– Parce que vous pensez que quelqu'un de mon côté de la ligne de mêlée aurait pu perpétrer pareille atrocité ?

C'était une perspective inattendue. Ça ne nous ressemblait pas, à nous les anges, mais après tout, c'était peut-être exactement ce que quelqu'un voulait qu'on en déduise. N'empêche, le Filet Sanguinolent… !

Le front du procureur se barra d'un pli soucieux, en une expression manifeste de détresse. Ça lui donnait l'air d'un type qui se serait malencontreusement assis sur un jambon de Noël.

– Moi, ce que j'en dis… Je ne sais absolument rien ! s'empressa-t-il de professer à haute et intelligible voix.

– Moi non plus, lui assurai-je. Il n'est plus grande béatitude que l'ignorance.

– Oh, matez un peu ça, les mecs ! brailla Joli Cœur quand je reparus aux Compas peu avant 18 heures. Le lascar le plus recherché du Ciel !

– Ouais, mignon. Très mignon.

Sam était installé au bar avec une bière au gingembre et la dernière édition du *San Judas Courier* étalée sur le comptoir. Les journaux faisaient partie du petit numéro de mon pote, qui aimait à cultiver des airs de la vieille école.

Comme j'approchais, il me lança :

– Regarde, son vrai nom était Nori Ciraider.

Il me fallut un moment pour percuter.

– Cirederbe ? Il a sa notice nécrologique dans le journal ?

– Notice nécrologique ? Il a droit à la Une, oui ! Après tout, on l'a retrouvé noyé sur les lieux d'un suicide qui venait tout juste de défrayer la chronique. Qu'est-ce que tu croyais ?

J'étais de plus en plus mal à l'aise. Pas plus que nous, l'Opposition ne goûtait les feux de l'actualité, surtout de ce genre-là – voir des journalistes fouiller le passé de gens dont le passé, justement, était largement fictif, n'est jamais une bonne chose, que ce soit pour eux ou pour nous.

– Bon, alors, pourquoi aurait-on voulu liquider Cirederbe sur la propriété même de ce Walker ?

Haussant les épaules, Sam vida cul sec sa bière au gingembre.

– Histoire de faire passer un message ? J'en sais rien, mec. Allons casser la croûte.

Aux Compas, on pouvait s'offrir un casse-dalle – mais rien de très conseillé si on tenait à son hygiène corporelle. Et à garder son corps d'emprunt. On se propulsa donc plutôt du côté de Beeger Square au Boxer Rebellion, mon chinois favori. Un estaminet modeste, sans prétentions et, pour un restaurant chinois (moins convivial, dans mon expérience), très accueillant.

En temps normal, avoir des baguettes entre les doigts et une assiette de mouton aux graines de sésame posée devant moi suffit à me persuader que le Très-Haut trône toujours au plus haut des

Cieux et que tout va pour le mieux dans le meilleur des mondes. Hélas, ce soir-là, la magie n'opérait pas.

– Alors, fis-je à Sam, qu'est-ce qui se trame ? Où étais-tu hier ? Pourquoi me suis-je retrouvé avec ton dossier et ton client, et comment se fait-il que tu ne m'en aies rien dit quand je t'ai revu ?

Il fit tournoyer sa tasse de thé entre ses doigts avant de la vider d'un trait.

– Tu parles de l'affaire Walker ? Pas la moindre idée, vieux frère. Je ne sais pas du tout pourquoi tu t'es retrouvé avec mon affaire sur les bras. Et pourquoi moi, je ne l'ai pas eue… Ou alors, c'était peut-être la faute du gamin.

– De Clarence, tu veux dire ?

Sam estime que les baguettes chinoises, c'était bon pour les frimeurs. Il prit une grande cuillerée de porc et de fricassée *suan cai*, baissant les yeux dessus comme s'il ne savait plus trop ce que c'était, lui qui commande toujours la même chose.

– Eh ouais. Toute la journée, il m'a fait faire la navette entre la Zone et le Hors-Zone ; il voulait que je lui montre le fonctionnement de diverses choses. Quand on a reçu l'appel, on venait juste de franchir un Zip parce qu'il désirait voir si mon apparence changeait en Hors-Zone.

– Le petit curieux… Mais rassure-moi : tu es censé le former à ses nouvelles fonctions, pas le laisser te dicter ton emploi du temps, que je sache ?

J'étais encore en rogne. Non que je veuille que Sam écope de toute cette merde, mais il est sûr et certain que je m'en serais bien passé, moi aussi.

– Ouais, mais là n'est pas le problème. Quand j'ai reçu cet appel donc, je n'ai pas pu y répondre. Et lorsque j'ai voulu réintégrer la Zone, le Zip ne fonctionnait plus correctement. Ça a bien dû durer une dizaine de minutes… Enfin, quoi qu'il en soit, j'ignorais que tu l'avais eu, de ton côté. (Il haussa les épaules.) Vachement bizarre, hein ?

– Vachement, oui. Tu en as parlé à quelqu'un ?

– À quelqu'un ? À tout le monde, tu veux dire ! Tu oublies que j'ai dû rapporter au Régulateur tout ce qui s'était produit ce jour-là. Et je n'en sais pas plus. Ce n'est pas comme si l'un des Régulateurs de la Maison allait m'expliquer ce qui avait bien pu se passer avec les Zips. Mais ça, ce n'est pas ce qui m'emmerde réellement.

Il secoua la tête. Sam fait bien vingt ans de plus que ce qu'il devrait paraître. Ça s'explique en partie par sa manière de se déplacer, le genre de démarche pépère, sans hâte inutile. Il s'exprime de la même façon, ce qui peut vite vous rendre dingue. Et maintenant, il me faisait lanterner le temps de se servir deux cuillerées supplémentaires de son brouet – pardon, de sa fricassée. C'est tout juste s'il ne les expédia pas au laboratoire d'analyse judiciaire pour des tests avant de se décider à mâchonner longuement, posément, les petits bouts de chou. (Ce n'est pas parce qu'on est potes depuis des années qu'il ne me prend jamais l'envie de lui tordre le cou.)

– C'était trop commode, la façon dont tout ça est arrivé, finit-il par reprendre. Sans le gamin, je ne me serais jamais retrouvé coincé en Hors-Zone au plus mauvais moment. Non, il y a quelque chose de vraiment louche avec notre jeune Clarence, si tu veux mon avis.

– Ah ben merde, alors, sans blague ! Dis-moi quelque chose qui m'étonne !

Je lui parlai de mon drôle d'entretien avec la Mule, qui m'avait demandé de garder l'œil sur le petit nouveau.

Sam hocha lentement la tête.

– Haraheliel… C'est son nom d'ange, pas vrai ? Tu avais déjà entendu parler de lui auparavant ?

– Non, jamais. Mais d'autres sont peut-être dans ce cas. Il dit venir des Archives – section Enregistrement et Dépôt. Nous devrions voir si quelqu'un se souvient de lui.

– Je peux m'en charger, dit Sam, en continuant d'avaler son brouet avec de petits bruits de déglutition. Mais pour ça, il faudrait que tu me rendes service et que tu me débarrasses de lui deux ou trois jours. Tant qu'il traîne dans mes pattes, je n'arriverai à rien.

– Alors c'est peut-être moi qui devrais me charger de l'enquête.

Sam fronça les sourcils.

– Écoute, Bobby, le gamin t'aime bien. Il pose des questions sur toi, ce serait tout naturel que tu le prennes un peu sous ton aile. De mon côté, j'ai un ou deux potes du temps passé qui bossent aux Archives. Eux devraient avoir leur petite idée sur la façon dont il a atterri ici, avec nous.

Je réfléchis. Sam connaissait effectivement pas mal de monde, mais notre collègue Walter Sanders connaissait aussi des fonctionnaires aux Archives, de sorte que j'aurais tout aussi bien pu m'adresser à lui. Seulement voilà, quand un ami vous demande une faveur…

– OK. Mais je ne pourrai pas me charger de Clarence avant après-demain. Je serai trop occupé d'ici là.

– Par quoi ?

– Je dois mener quelques petites investigations de mon côté. Je te mettrai au parfum si jamais je découvre quelque chose d'intéressant.

Sam pesa le pour et le contre, puis il leva sa tasse en porcelaine fine remplie de thé. Il me fallut un moment, mais je finis par imprimer, et je levai à mon tour ma bouteille de bière à l'épinette pour trinquer avec lui.

– Trouble et confusion à nos ennemis !

Notre toast de prédilection.

– Amen ! conclus-je.

Jadis, les terres de San Judas étaient surtout dévolues à la culture, avec d'innombrables petites fermes et des vergers. Puis la cité s'étendit, le foncier prenant le pas sur l'agriculture. Aujourd'hui, on ne trouve plus guère de terre cultivée qu'à l'arrière d'entreprises vinicoles, ou dans des plantes en pot au fond des garages… Mais il y avait quelques exceptions notables ; je pris congé de Sam et allai récupérer ma voiture sur une place de parking réservée aux handicapés (eh oui, les anges eux-mêmes resquillent parfois mais, oh, les mecs, sérieux, on accomplit l'Œuvre de Dieu, s'il vous plaît !) Ensuite, je revins chez moi et m'employai à tuer le temps. Peu avant 23 heures, je retournai me glisser au volant et pris la direction des collines à la recherche d'une ferme en particulier.

Retrouver Casa de Maldición dans la journée n'était déjà pas facile, alors de nuit, c'est pratiquement mission-pas-possible. La ferme se situe du côté de la vieille route Alpine, par-delà Ligne d'Horizon ; il faut remonter une longue route sinueuse en rase campagne, dans une de ces zones archi-désertes qui ne sont rattachées à aucune municipalité en particulier. Le genre d'endroit où les gens riches et les ermites viennent généralement élire domicile – ils n'apprécient guère les chaussées macadamisées (qu'arpente la racaille), ni même ces bons vieux réverbères municipaux (qui attireraient aussi les marlous comme des mouches, paraît-il). La Casa de Maldición se dresse sur la crête d'une colline, un chemin de délestage secondaire y donne accès. Dans l'obscurité, à l'écart des lumières de la ville, les lieux seraient demeurés indécelables aux yeux de la plupart des gens. Mais moi, je connaissais l'endroit et, qui plus est, j'avais baissé les vitres. Rien qu'à la puanteur ambiante, je sus que je touchais au but.

Vous avez déjà perçu le fumet d'une exploitation porcine, fût-elle de taille modeste ? Honnêtement, si ça ne vous est jamais arrivé, estimez-vous heureux et ne cherchez surtout pas à ajouter cette expérience à votre palmarès. Il y a bien des choses, dans l'existence, qui n'en valent pas la peine tant qu'on n'est pas obligé – prenez l'amputation par exemple, ou les morpions –, et l'élevage porcin en fait partie. Croyez-moi sur parole.

Je me demandais souvent si Gras-double s'entourait de cochons par besoin pathétique de compagnie ou histoire d'assurer sa protection. Pour le moins, la présence de plusieurs dizaines de porcs sur sa propriété lui garantissait déjà que seuls ceux qu'anime une farouche détermination (ou alors des mecs aux narines prodigieusement déficientes) osaient s'aventurer par chez lui, au sommet de la colline, dans sa maisonnette – plutôt coquette, au demeurant. Dans la nuit, je distinguais à peine la porcherie (d'assez belles dimensions, même si c'était la plus petite du lot), d'où s'échappaient les grognements des quadrupèdes.

Le vieillard répondant au nom de Javier m'ouvrit la porte. Il était pour ainsi dire né au service de la famille de Gras-double, comme son père et son grand-père avant lui. Entre deux de mes visites, il ne me faisait jamais l'impression d'avoir beaucoup vieilli, et pourtant, sûr et certain qu'il ne rajeunissait pas non plus. Rien qu'à le voir, il faisait penser à quelque chose qu'on trouverait gisant en plein désert et dont on se demanderait pendant une bonne demi-heure ce que ça avait bien pu être avant de rôtir comme ça au soleil.

Il battit des cils, alors que c'était moi qui me tenais dans l'ombre, le peu de lumière qui filtrait venant du seuil.

– Bonjour, monsieur Dollar, dit-il enfin. Ça faisait longtemps. C'est bon de vous revoir. Si vous venez parler à M. George, il n'est pas encore visible.

– Pas de problème. Mais je n'ai pas beaucoup de temps ; emmenez-moi jusqu'à lui et ensuite, je patienterai.

Cela ne plut guère à Javier, très à cheval sur les valeurs de l'Ancien Monde, celles qui voulaient que la domesticité tire fierté du statut et du prestige de ses maîtres. Hors de question que le maître paraisse moins qu'à son avantage, en toutes circonstances. Mais bon, Javier me connaissait et il savait qui étaient mes chefs. Acquiesçant enfin, il me fit signe de le suivre. En passant devant la cuisine, je vis une assiette de riz et de haricots à demi consommés ; j'avais interrompu le dîner du gardien. Sur l'écran d'un petit poste de télévision, installé sur le plan de travail, il suivait la retransmission en cours d'un jeu mexicain.

Nous traversâmes la maison pour déboucher à l'arrière de la propriété. Javier me désigna la grande porcherie, qui s'étendait à flanc de colline, à une dizaine de pas de là. Un long escalier la reliait au corps d'habitation principal. Je remerciai Javier, qui retourna à sa collation.

La puanteur, qui faisait déjà monter les larmes aux yeux où qu'on soit dans la propriété, s'échappait de cette porcherie avec toute la violence d'une offensive à l'arme chimique de grande ampleur. J'eus un instant de recul. Je tentai de me ménager un passage dans ces remugles horribles en agitant une main désespérée, mais évidemment en pure perte – ce genre de recours pathétique ne marchait jamais. Au moins, je réussis à m'armer d'assez de courage pour pénétrer à l'intérieur.

Un enclos central d'environ neuf mètres sur six occupait pratiquement tout l'espace, avec une barre courant à hauteur d'homme et une bonne trentaine de centimètres de tourbe puante au fond. À une extrémité de la souille, se distinguant faiblement à la lueur chiche d'un plafonnier, un énorme type chauve, complètement nu et couvert de boue, était comme ramassé sur lui-même. À ma vue, ses petits yeux porcins s'illuminèrent.

– Hello, George.

Nul ne l'appelait Gras-double en face. Ce n'était pas poli. Même si, en cet instant précis, il ne comprenait rien à ce que je pouvais bien dire.

Il laissa échapper un grommellement furieux en entendant le son de ma voix, et traversa l'enclos à quatre pattes en faisant gicler à la ronde force fange, immondices et purin. Il dérapa et percuta la barrière groin le premier en grognant de douleur et de frustration. Sa chute l'embourba dans tout ce fumier et, résigné, il resta là à me fixer d'un air maussade, du sang lui dégouttant maintenant d'une entaille au front. Soupirant, je consultai ma montre : 23 heures 52. Encore huit minutes à patienter.

Je me mis prudemment hors de portée des éclaboussures et me contentai de le regarder tandis que les minutes s'égrenaient. Il soutint mon regard. Ce qui, du reste, était assez déplaisant. Il n'y avait rien d'humain dans ces yeux, pour autant que je puisse en juger – rien qu'une rage assassine. Je me félicitai que ce bon vieux Javier veille à l'entretien de cet enclos. Au moins, la barrière était solide.

La Casa de Maldición signifie en espagnol la « Maison de la Malédiction », mais le sort échu à George était pire encore que cela. Rejeton d'une ancienne lignée de Californios (ces élites de langue espagnole qui possédaient tout jusqu'à l'apparition des gringos), George Noceda avait hérité non seulement de belles propriétés foncières dans la région de Pulgas Rige, mais également d'une dette familiale, ou plus exactement d'un impératif majeur : une créance envers les puissances des Ténèbres (de nos jours, on parle plutôt d'Opposition et autres dénominations respectables, mais c'est toujours de cette même force dont il est question). En échange d'une prospérité anormale pour sa famille, et ce durant plusieurs centaines d'années, tous les fils aînés de la lignée Noceda avaient été des cochons-garous, condamnés chaque nuit que Dieu fait, de minuit jusqu'au lever du soleil, à redevenir une bête immonde et vorace. Tout au long des dix-neuvième et vingtième siècles, la famille avait fait de son mieux pour tenir reclus la nuit ses héritiers mâles touchés par cette disgrâce. Des erreurs furent commises (donnant naissance à ces légendes locales de monstres en maraude) mais dans l'ensemble, la lignée en était venue à accepter ce prix à payer en échange du pacte contracté par quelque lointain aïeul afin de garantir sa bonne fortune dans tous les (autres) domaines.

Puis était apparu George. Enfant de la fin du vingtième siècle, il n'avait jamais douté de la puissance de la magie noire – après tout, il s'était mis à empester le boyau et la vessie de porc à l'âge où du poil commence à peine à pousser au menton des garçons, et il avait subi peu après sa première métamorphose. Mais, à l'instar de la plupart des gens en ces temps modernes, il estimait n'être nullement redevable des actes fâcheux de ses trisaïeuls. Il avait donc passé son propre pacte avec l'Opposition : il sacrifierait la fortune, les propriétés foncières, la prospérité et le prestige de son clan pour peu que les suppôts de l'Enfer lui promettent en échange d'inverser la malédiction.

Pauvre George. Comme tant d'autres avant lui, il avait sous-estimé ceux à qui il avait affaire. Oh, pour ça, il avait eu gain de cause, à la lettre. Celle de son nouveau contrat. Et la malédiction avait bel et bien été inversée. Si bien que dorénavant, toutes les nuits, à partir de minuit, le même phénomène se reproduisait. Comme maintenant, justement.

Le gros tout nu retomba brusquement dans la tourbe puante, en beuglant comme si les flammes de l'Enfer le dévoraient, justement. Il se mit à se débattre dans un geyser de vase. Je reculai à l'entrée de la porcherie, histoire de préserver mon manteau. Ce n'était certes pas un article très onéreux, mais j'y tenais. C'était un de mes favoris. L'être recroquevillé au fond de la bauge à pourceaux se tordait, prenant des teintes sombres et des contours difformes jusqu'à devenir tout autre chose : un immense sanglier noir à la couenne hérissée de soies.

Le sanglier cessa enfin de pousser des couinements. Il se retourna et se cala sur son arrière-train, avant d'orienter ses petits yeux vers moi.

– Ça fait un mal de chien… À chaque fois.

– C'est bon de te revoir, George.

Il plissa le groin.

– Oh, je n'en doute pas, Bobby. J'en mets plein la vue. (Il repéra un truc flottant dans la vase et l'aspira goulûment avant de le mâchonner.) Un épi de maïs, expliqua-t-il devant mon air horrifié. Des fibres. Et mon Dieu, très doux et très précieux, sait que j'en ai besoin…

Il me fournissait plus d'informations que je n'en demandais, et ça n'allait qu'empirer. Sous cette apparence – un corps de sanglier, l'esprit d'un homme –, George était volubile et il n'avait habituellement personne à qui parler à part Javier, ou l'un des fils du vieillard, les seuls à vivre encore dans les vestiges de ce qui avait autrefois été une grandiose propriété seigneuriale. Bien sûr, quand, à l'inverse, il redevenait un sanglier prisonnier d'un corps d'homme de l'aube jusqu'à minuit, il ne risquait plus guère de faire la conversation.

Les puissances des Ténèbres avaient inversé la malédiction, voyez-vous. Comme elles l'avaient promis. Qui donc a inventé les avocats au commencement, à votre avis ?

– Alors ? Quel bon vent t'amène dans mon petit coin de pays, cher Dollar ? s'enquit George. Que puis-je pour toi ?

– J'ai besoin de renseignements sur un homme, un certain Edward Lynes Walker, ainsi que sur Cirederbe, le procureur des Enfers.

Par les temps qui couraient, Gras-double était bien le seul et unique étranger que je puisse aborder avec mes questions. L'Opposition l'avait entubé bien profond, de façon parfaitement légale. George n'avait jamais pardonné aux démons et il consacrait désormais sa vie à les tenir étroitement à l'œil. Voilà pourquoi il avait dévolu une grosse partie de ce qui restait d'une fortune familiale jadis colossale à la fondation d'une petite agence de recherche, dont il était l'unique client. Près de la bauge à pourceaux, le seul objet présent était un écran de projection lui permettant de suivre ce que l'agence lui transférait et de glaner ses informations.

Le tout à commande vocale, bien entendu. C'est un cochon.

– Sûr, je vais voir ce que je peux te dégoter, monsieur Dollar.

Il se racla la gorge et lança : Radieux.

À ce mot code, l'écran s'alluma, baignant les lieux d'une lumière froide.

– Eh, tu veux bien me faire une faveur pendant que je démarre la recherche ? Va prendre ce râteau et gratte-moi le dos, tu seras un ange !

Je m'exécutai en retenant mon souffle. George n'est pas un mauvais bougre, et ce n'est pas sa faute s'il schlingue pire que les couches-culottes de la Mort.

– *Hijole!* s'exclama-t-il en voyant défiler les derniers indices grappillés. Ce Cirederbe, c'est du pur délire, mec ! Est-ce que ça aurait un quelconque rapport avec la mort de Walker ?

– J'en doute.

Je ne tenais pas à lui en dire plus que ce qu'il avait besoin de savoir – non que je me défie de lui, sa haine de l'Opposition étant absolument authentique, mais le fait est que j'ignorais encore à quoi j'avais affaire.

– Je ne sais pas. Peut-être.

– Eh bien, ça s'affole à leur sujet, il y a des tétra-chiées de choses à lire sur eux ! Il va me falloir un bon moment pour rassembler toutes ces données et les tirer au clair. Il te faut mon rapport sous quelle forme, par électronique ou tirage papier ?

– Par électronique. Et sur mon adresse courrielle privée, d'accord ? (Je ne voulais pas que ça passe par Alice ; le mot « privé » ne faisait même pas partie de son vocabulaire.) Oh, et à propos : je dois contacter un représentant de l'Opposition.

Gras-double tourna vers moi ses petits yeux porcins.

– Oublie ça. Je ne le ferai ni pour toi ni pour qui que ce soit, Dollar. On s'est toujours bien entendu, toi et moi, mais s'il te faut un intermédiaire, adresse-toi ailleurs.

– Je ne te demande pas d'arranger un rendez-vous, George, juste de me dire où je pourrai trouver quelqu'un de l'autre camp. Je me chargerai du reste.

Maintenant que je m'apprêtais à aborder le sujet, tout ça me paraissait absurde – suicidaire, même. Je me lançai néanmoins à l'eau :

– J'ai besoin que tu localises une régulatrice surnommée la Comtesse, une grosse pointure. Je ne connais pas son vrai nom.

Je lui livrai un bref descriptif de son physique, en me basant sur la seule fois où son chemin avait croisé le mien, et lui dis le peu que je savais d'elle, sans omettre de préciser qu'elle avait été chargée pour faire le ménage dans l'affaire Walker.

– T'es donc bel et bien mêlé au cas Cirederbe, en déduisit George d'un ton enjoué. Eh bien, en ce qui me concerne, tout démon dézingué est une bonne occasion de faire la fête ! Va donc dire à Javier que ça m'a ouvert l'appétit, et je verrai ce que je peux pêcher sur ta Comtesse.

Je retrouvai Javier en train de jeter à la poubelle les reliefs de son dîner. Dès que je lui fis part des désirs de son maître, il sortit le sac de la poubelle et l'emporta dans la porcherie. Décidant que je n'avais nul besoin de regarder Gras-double se repaître du contenu, je restai dans la cuisine et prêtai une oreille distraite au babil hispanique des émissions qui passaient à la télé. Gagné par l'ennui, je ressortis sur la véranda de derrière, où je subis la bruyante sérénade des grognements que les autres cochons poussaient dans leur sommeil, à proximité.

Javier reparut enfin.

– Il vous attend, monsieur Dollar.

Dès que je l'eus rejoint dans sa porcherie, George me lança :

– Je pense que j'ai ce qu'il te faut. (Les oreilles agitées de tics et de spasmes nerveux, il fixait l'écran mural de projection où défilait toute une colonne d'adresses.) Je n'arrive pas à trouver une destination ou un territoire qui lui soit lié. Les méchants bougent beaucoup plus que vous, *los angeles*. Mais j'ai dégoté autre chose qui pourrait tout aussi bien fonctionner. Essaie donc un endroit appelé Le Point d'Eau sur le Camino Real, du côté des portes nord de l'université.

– Vraiment ? Le Point d'Eau ?

J'en avais entendu parler et, pour être honnête, ça paraissait un peu… léger… pour un poids lourd comme la Comtesse.

– Oui, vraiment, si c'est bien de la Comtesse aux Mains Froides que tu me causes.

Il me montra une image floue, qui avait tout l'air d'un cliché volé, pris avec une mauvaise focale. Même dans ces conditions, il était impossible de se méprendre sur cette silhouette menue, toute pâle et tellement attirante.

– Ouais, c'est bien elle. Mais… Le Point d'Eau ? Je croyais que c'était fréquenté surtout par les étudiants ?

– Peu importe. Je n'ai eu nulle part ailleurs un aperçu d'elle dont tu pourrais tirer quelque chose.

– Tu ne veux pas plutôt dire où je pourrais m'introduire ?

– Oh, pour ce qui est de t'introduire, je ne me fais aucun souci pour toi, Bobby.

Son groin se plissa en un de ses petits sourires aigrelets typiques.

– T'es mignon.

– C'est bien moi, ça, trop mignon ! Je t'enverrai le reste dès que ce sera fait.

– Merci, George. Et n'oublie pas de me facturer vos services.

– Ne t'inquiète pas pour ça. (Il grogna en prenant ses aises dans la fange.) En repartant, tu voudras bien prier Javier de m'amener Meredith ? Un peu de galante compagnie me ferait grand bien.

Là, j'avoue que je ne pigeais pas.

– Meredith ? Qui est-ce ?

– Une jeune femme vraiment très gentille. De type quadrupède.

J'étais ravi d'apprendre qu'il avait enfin trouvé chaussure à son pied…

– Une cochonne-garou comme toi ?

Il resta silencieux un instant... avant d'éclater de rire. Je dois dire qu'il y a peu de choses plus bizarres que d'entendre un cochon s'esclaffer au beau milieu de la nuit.

– Non, non, juste une truie ordinaire de race Landrace américaine. Mais elle est bien roulée, et elle a un bon fonds, non dénué de tendresse. (Il prit soudain l'air sévère.) Ne me juge pas, Dollar. Ne t'avise surtout pas de me juger.

Me gardant bien de commettre pareil impair, je le remerciai et m'empressai de regagner ma voiture. Durant tout le trajet du retour, je gardai les vitres baissées et parvins enfin à me débarrasser de la puanteur en arrivant au bas de la colline.

6

Réveil mouvementé en pleins démêlés

Il faisait encore nuit lorsque ma vessie me tira du sommeil. C'est à peu près comme ça que ça marche : l'usage d'un corps d'emprunt vous rend esclave de son organisme et de ses contingences. D'ailleurs, il n'existe pas de toilettes au Ciel, même si les anges y boivent et y mangent – si on peut dire. Ce qui, maintenant que j'y pense, est assez bizarre.

En général, mes corps terrestres successifs sont en assez bon état de fonctionnement : la trentaine, à vue de nez – et bien plus forts et endurants physiquement que leur apparence ne le laisserait supposer chez des humains ordinaires de cette classe d'âge. Or donc, puisque je me retrouvais à tâtonner dans le noir à la recherche des WC, de deux choses l'une : ou mes reins me lâchaient, ou bien j'avais beaucoup trop bu la veille. Et à en juger par le mal de crâne que je me payais, j'avais déjà ma petite idée sur la réponse.

Des suspicions renforcées lorsque je ne parvins pas à reconnaître le sol des toilettes sous mes pieds nus. Mon appartement avait un carrelage bon marché, alors que je foulais de la moquette. Ma mésaventure se confirma quand je revins sur mes pas pour constater une présence étrangère dans mon lit.

– T'as pas un peu fini de te cogner partout ? Tu fais plus de raffut qu'un putain de rhinocéros ! grommela Monica d'une voix pâteuse, encore lourde de sommeil. Ferme-la, nom d'un chien !

J'aurais voulu lui demander ce que je fabriquais chez elle, mais la mémoire commençait à me revenir – suffisamment pour deviner la réponse. Une demi-heure environ avant la fermeture, j'étais revenu aux Compas, et j'avais fait de mon mieux pour chasser à coups de rasades d'alcool les relents pestilentiels de purin, ainsi que le souvenir des petits yeux ronds de Gras-double : ceux de sa hure de cochon à l'expression si triste comme ceux, noirs et sans âme, mauvais, de son visage humain. À un moment, Monica et moi buvions ensemble dans un coin banquette, nous soufflant mutuellement notre haleine avinée à la figure tout en devisant de façon décousue.

CQFD

Pas moyen de réfléchir plus avant quand on avait, comme moi, une vieille chaussette trempée de sueur et farcie de ciment frais en lieu et place de tête. Je me glissai près de Monica, passai une minute à me faire à la sensation inhabituelle d'un lit aux draps relativement frais, puis m'abandonnai de nouveau au sommeil.

– Debout, petit rigolo !

Monica se tenait à la fenêtre de la salle de bains et se désaltérait d'un verre d'eau en regardant par les interstices des lamelles du store. Elle était pour ainsi dire nue. J'avais un aperçu suffisant de Cedar Street, au-dehors, pour voir que c'était le matin, une matinée pleine de grisaille propice aux grasses mats'. Mais reluquer Monica était bien plus intéressant.

« Si seulement elle n'était pas si mignonne, bon sang ! » me dis-je.

Et les nanas mignonnes, c'était bien un de mes péchés mignons…

– Le frigo est vide et il n'y a que du café instantané, Bobby. (Elle se tourna vers moi.) Va m'acheter un petit-déjeuner.

À part répondre « Oui, M'dame », je ne vois pas trop ce que

j'aurais pu dire. Sans compter que j'avais vraiment besoin de café. Je vous jure, vous ne pouvez pas comprendre à quel point les humains sont assujettis à ces paquets de viande ambulants tant que vous n'avez pas passé de temps hors d'un de ces corps. Et comme je l'ai dit, c'était drôlement agréable d'admirer ma nana, avec les longues lignes gracieuses de sa chute de reins et les courbes généreuses de ses hanches. Monica n'était pas filiforme comme l'héroïne éponyme de *Friends*, et ses formes voluptueuses lui seyaient. Naturellement, qu'elle se dévoile à moi dans le plus simple appareil, après la façon dont notre relation amoureuse avait pris fin, ça voulait dire que j'avais intérêt à marcher sur des œufs. Une malheureuse incartade de picoleur impénitent, c'était une chose, mais le problème, c'était que j'étais très loin de vouloir remettre le couvert avec elle.

– Ton téléphone n'arrête pas de sonner depuis plus d'une heure, ajouta-t-elle. Tu as quelque chose sur le feu ?

Ce devait être le rapport de Gras-double, j'imagine, mais quelque chose, dans son ton intrigué, sonna faux à mes oreilles. Ce n'était pas entièrement naturel en tout cas. Était-ce donc de la jalousie qui revenait dans l'équation Bobby/Monica, ou s'agissait-il d'autre chose – un élan de paranoïa de ma part ? Ou bien encore étais-je trop dur avec moi-même, puisqu'une certaine dose de paranoïa n'était pas malvenue ? Après tout, c'avait été une semaine drôlement intéressante.

– Rien de bien fascinant.

J'avais tâché de répondre de façon aussi désinvolte que possible ; je grognai en me redressant, puis me mis à chercher mon pantalon par terre.

– J'ai mal au crâne ! Bordel, même mon cuir chevelu me fait mal. On a picolé tant que ça ?

Elle me jeta un coup d'œil par-dessus l'épaule tout en passant un pull moulant. Elle paraissait moins atteinte que moi. En fait, elle semblait même trouver tout cela divertissant.

– Suffisamment pour faire crier Chico ! Où veux-tu aller ? La crêperie est ouverte ?

Elle avait parlé d'un ton léger, mais je fus aussitôt sur mes gardes. Monica et moi fréquentions cette crêperie le dimanche matin durant notre phase domestique, lorsque nous dormions tantôt chez l'un tantôt chez l'autre les jours de semaine.

– Non, à cette heure-ci, il faudrait qu'on attende une demi-heure qu'une table se libère. Allons plutôt à l'Oyster Bill.

– L'Oyster Bill ? Le pain a un goût de carton, là-bas ! (Elle fronça les sourcils.) Tu ne serais pas déjà en train de flipper, hein, Dollar ? Une partie de jambes en l'air en fin de soirée, et te revoilà prêt à détaler dans les collines ? Je voulais juste manger une bonne crêpe.

– Non, non, d'accord, répondis-je (sans être entièrement sincère), mais à l'Oyster Bill, on sert de l'alcool dès le matin et il y a une pharmacie sur la route.

À cet instant, j'avais besoin d'une aspirine suivie d'un Bloody Mary, ce que ne pouvait pas comprendre quelqu'un qui n'avait pas récemment eu à soutenir l'hideux spectacle du corps désarticulé, écorché et dépecé d'un des procureurs de l'Enfer.

Nous nous attardâmes jusqu'à près de midi, savourant notre petit déjeuner tardif. Plusieurs verres de Bourbon *on the rocks* m'avaient à peu près remis d'aplomb, paradoxalement, et on se contentait de lire les journaux. Mais tout cela commençait à devenir assez confortable, et ça flanquait la chair de poule. J'aime beaucoup Monica, hein, mais… ça s'arrête là et c'est bien le problème. Elle semblait toujours voir dans notre relation quelque chose que, pour ma part, je ne voyais pas… Et si on faisait les comptes, pour chaque semaine géniale à profiter pleinement l'un de l'autre, il fallait qu'on passe la semaine suivante à se rendre mutuellement malheureux. Je ne tenais vraiment pas à me placer en situation d'avoir une dette karmique à rembourser. La situation était déjà bien assez compliquée comme ça.

– Alors, qu'est-ce qui se trame avec toi, Bobby ? me demanda-t-elle. Tu as à peine ouvert la bouche de toute la soirée.

– C'est pour ça que tu m'as ramené à la maison ? Pour parler ?

Elle me fit les gros yeux – et elle ne plaisantait qu'à moitié.

– Ne le prends pas comme ça. C'était sympa, et tu le sais. C'est juste que je me fais du souci pour toi. Tu paraissais… je ne sais pas, moi… plutôt bizarre, à propos de Cirederbe, de ce Walker et de tout le reste.

La dernière chose que je voulais, c'était bien d'en parler. Au mieux, ça signifiait qu'elle était de nouveau animée par des élans protecteurs à mon égard et au pire… eh bien, au fond, je n'en savais trop rien. Mais en tout cas, ça me tracassait qu'elle s'intéresse autant à ce qui se passait dans ma vie ces temps-ci. La paranoïa peut être un autre nom pour prudence, dans certains cas – surtout quand, comme moi, vous vivez à plein temps dans le monde de l'improbable.

Et de sentir palpiter le retour en force de ces vieilles habitudes commençait vraiment à m'inquiéter – je ne voulais pas redevenir l'homme que j'avais été.

– C'est toujours les mêmes problèmes, mais avec quelques particularités, lui dis-je en faisant signe pour réclamer l'addition. Il faut que j'y aille, j'ai à faire. Prends ton temps, finis tranquillement ton café.

– Tu repars ? (Elle me décocha un sourire pensif.) OK. C'était fun. Comme au bon vieux temps.

– Assurément. (Ne sachant que faire d'autre, je me penchai pour l'embrasser – sur la bouche, sans m'engager.) Je te reverrai sans doute demain. Aux Compas, je veux dire.

– Oui, oui, aux Compas.

En sortant, je sentis son regard peser sur moi. Sur une impulsion, je m'arrêtai un peu plus loin trente secondes, puis revins par un autre chemin en longeant la façade vitrée. Je la vis alors parler au téléphone, l'air grave. Ça ne prouvait rien, bien évidemment, mais de voir ça me rasséréna pas vraiment. Cette fois, je me sentais nettement redevenir ce type incapable de se fier à quiconque. Ce n'est pas drôle du tout, un tel état d'esprit, et c'est principalement pour cela que j'ai décidé de changer.

Il faisait anormalement doux pour la saison, et le front de mer grouillait de travailleurs du centre-ville venus prendre leur pause déjeuner sur la plage, ou profitant simplement de la brise marine qui soufflait sur la baie, du gracieux ballet des bateaux. Mes cellules grises se remettaient à fonctionner, et je me rappelai soudain que j'avais promis à Sam de me charger du gamin dès le lendemain. Si ma charge de travail le permettait, je n'aurais plus que cet après-midi pour les missions de reconnaissance que j'avais en tête ; je comptais me rendre à l'université du côté du Point d'Eau et de ses abords avant la tombée de la nuit.

Je désirais également me ménager un peu de temps à moi, afin de réfléchir à tête reposée. Certains parviennent à cogiter tout en ayant des conversations plus ou moins maladroites avec leurs ex avec qui ils peuvent, ou non, s'être rabibochés. Ce n'est pas mon cas.

Même si vous ne connaissez pas bien San Judas, vous aurez peut-être entendu parler de l'université Stanford, le Harvard de l'Ouest, alma mater de plusieurs présidents américains et (même si on préfère éviter le sujet) berceau d'innombrables armements tactiques extrêmement déplaisants, dont la bombe à hydrogène.

Au milieu du dix-neuvième siècle, il n'y avait qu'une seule ville digne de ce nom en Californie du Nord : San Francisco, dont l'essor avait eu pour origine la ruée vers l'or, sans un regard en arrière. On vendait des équipements de prospection à tous les gogos qui affluaient sur les champs aurifères, avant de leur soutirer toujours plus de fric lorsqu'ils étaient de retour, en échange de toutes sortes de services – certains étant même légaux. À l'embouchure de la baie de San Francisco, Oakland était devenu le point de départ des incursions dans les montagnes dorées.

La baie vit aussi naître deux autres grandes villes : l'une centrée autour de la Mission San Jose, à la pointe sud-est, et l'autre autour d'une seconde mission, San Juda Tadeo, accolée à ce qu'on baptiserait par la suite le fleuve Redwood. Contrairement à ce que croyaient (et croient encore) tout un tas d'imbéciles, le nom San Judas n'a rien à voir avec Judas Iscariote, celui qui trahit Jésus (même si cela devait par la suite en venir à coller de façon amusante avec l'image de l'endroit). La cité est ainsi nommée en l'honneur de Jude, saint patron des désespérés, des sans-amour et autres causes perdues. En d'autres termes, un tel nom lui correspondait encore mieux que celui de l'ancien pote du Christ.

Tandis que la demande en bois de construction augmentait sans cesse pour les bateaux et les maisons, des scieries poussaient comme des champignons sur les collines bordant San Judas à l'ouest, et les émigrants remontaient le Redwood afin de haler les grumes jusqu'au tout nouveau port. Puis, alors que la ville était en pleine croissance, on découvrit un gisement de pétrole à Santa Cruz, dans la chaîne de montagnes, pétrole qu'on acheminait également par voie fluviale jusqu'aux nouvelles infrastructures portuaires de San Judas. Cette vague de prospérité dura une décennie seulement, mais cela suffit à faire mordre la poussière à la Mission San Jose et autres prétendants au titre de deuxième ville de la baie de San Francisco.

Et voilà en somme la nature de San Judas depuis lors : l'expansion-récession, la bombance suivie de la disette. C'aura été une ville pétrolifère, une agglomération portuaire et, pour finir, une conurbation manufacturière grâce à toutes les industries de défense qui vinrent s'implanter là à l'époque de la Seconde Guerre mondiale. Et tous ces universitaires en sciences et ingénierie, diplômés de Stanford et autres universités locales, constituaient un attrait majeur pour ce type de technologie ; voilà pourquoi Jude, ainsi que Berkeley et San Francisco même, finit par se retrouver au centre de la révolution technologique de l'information.

Leland Stanford était un entrepreneur de l'ère victorienne – un exploiteur aux yeux de beaucoup –, qui devint le gouverneur de Californie. Quand son seul enfant mourut de la fièvre typhoïde, il fonda avec sa femme l'université de Stanford en l'honneur de leur fils trop tôt disparu et, les premières années, ce fut une institution dynamique remarquablement tournée vers l'avenir. Après quoi Mme Stanford périt dans un incendie ; son époux lui-même, l'ex-gouverneur de la Californie, n'avait pu lui porter secours et la sauver à cause d'une porte fermée à clef. Il avait entendu les hurlements de détresse de sa femme, durant sa terrible agonie. Après pareille horreur, il ne fut plus jamais le même homme. Et son université ne fut plus jamais le lieu épanoui et doté d'une belle ouverture d'esprit qu'il avait été : il n'y eut plus de bâtiments modernes en grès ni de panoramas ouverts sur les belles montagnes se dressant à l'ouest. L'université s'étendit et se développa néanmoins, transperçant la ligne d'horizon de ses sombres tours gothiques. Le legs du gouverneur à l'État évolua aussi de façon plus intimiste, plus replié sur lui-même, en se dotant d'un mur d'enceinte hérissé de tourelles, lui conférant davantage des allures de château fort d'armée d'occupation que de siège moderne du savoir.

Jadis, le Camino Real, la grande voie rapide nord-sud qui court de San Francisco jusqu'à l'extrême pointe de la baie, traversait l'université elle-même mais, dans les années 1920, le conseil d'administration de Stanford décida que cette démocratisation donnant libre accès à son université onéreuse et exclusive à tous les automobilistes passant par là lui déplaisait souverainement. On creusa donc un long tunnel s'enfonçant sous la partie la plus resserrée de la propriété de Stanford. Si vous refusez d'emprunter ce tunnel, vous avez le choix entre faire la queue à l'une des deux grilles rébarbatives de l'université pour passer un examen d'admission ou bien vous en retourner par où vous êtes venu.

L'incendie dont Mme Stanford avait été victime aurait été le fait d'un serviteur fin soûl, selon certaines rumeurs. Pour cette raison peut-être, ou bien parce que le gouverneur Stanford était un vieux bougre teigneux, tout simplement, il s'opposait farouchement à la consommation d'alcool. Il n'était pas question d'en boire une seule goutte sur le campus ni même aux abords du campus. Cet absolutisme se perpétua durant des années. Au fil des décennies toutefois, cet état de fait s'est quelque peu assoupli. Car si l'université maintient à l'honneur sa réputation d'aridité, des débits de boissons ont fleuri à l'ombre du mur d'enceinte pour répondre aux besoins des étudiants de Stanford. Se préparer à diriger le monde donne sacrément soif parfois, me suis-je laissé dire.

Le Point d'Eau était donc l'un de ces lieux de rassemblement estudiantins, niché entre le Camino Real et la voie de sortie de Stanford, à quelques pas seulement de l'énorme portail Branner éminemment rébarbatif, monstruosité de granite noir auquel son lustre poli donnait un aspect perpétuellement humide. Du moins, j'avais toujours pris le Point d'Eau pour un lieu de fréquentation estudiantin. C'est bien une des raisons qui m'en avaient tenu éloigné jusqu'ici. Un jour, j'avais eu un client écrasé par un professeur d'université en état d'ébriété ; la seule fois où je m'étais jamais rapproché de cette propriété, c'était pour l'aider à accéder ensuite au Ciel.

Si les informations de Gras-double étaient correctes, toutefois, il y avait un peu plus que cela en jeu. Si l'un des plus grands pontes des Enfers traînait ses guêtres par ici, cela en faisait automatiquement un lieu beaucoup plus dangereux qu'il n'y paraissait, le dernier endroit au monde où un ange dans ma position aurait dû être. Et pourtant je me retrouvais bel et bien à partir en repérage, tel un privé mettant en place une minable souricière dans un motel pour un conjoint qui ne se résigne pas à son infortune.

Si je m'engageais dans ce guêpier, c'est que beaucoup de choses incompréhensibles, illogiques et insensées me faisaient encore tiquer à propos de toute cette affaire Walker/Cirederbe. D'abord, je me demandais bien pourquoi ma propre équipe m'avait si prestement – et avec quelle désinvolture ! – livré à l'Opposition aux fins d'interrogatoire. Du coup, je ne me sentais guère protégé, si vous voyez ce que je veux dire. Je désirais donc avoir une perspective différente sur le sujet. Que la perspective en question soit celle d'une créature femelle diablement séduisante, c'était comme ça et pas autrement. Les choses avaient simplement pris cette tournure-là, que voulez-vous. C'est ce dont je m'efforçais à toute force de me convaincre, en tout cas. Mais je devais admettre qu'en dépit de la brièveté de notre rencontre, j'avais du mal à chasser l'ensorcelante Comtesse de mes pensées.

« C'est pour ça qu'elle est faite ainsi, me rappelai-je. C'est délibéré, tout autant que le petit appât factice en forme de ver qui balance au-dessus de l'énorme gueule d'un de ces poissons-pêcheurs des Abysses. »

J'avais dû voir la façade du bar un bon milliard de fois déjà, avec sa fameuse enseigne brisée, Le Point d'Eau… Quant au reste, ça correspondait parfaitement à l'image qu'on se fait d'un tripot estudiantin datant du milieu du siècle : un grand bâtiment en bois, long et trapu, avec de petites fenêtres presque entièrement couvertes de vieux rubans imprimés et de réclames Cinq à Sept, deux consommations pour le prix d'une. Quand je franchis la porte marquée d'éraflures et de rafistolages grossiers à grands coups de pinceau, je fus d'abord surpris par l'envergure du lieu ; la grande salle s'étendait à ce que j'avais d'abord pris pour un autre bâtiment, accolé derrière. Et si le plafond était bas, donc, et l'éclairage plus bas encore, je me rendis compte que l'endroit était bondé, surtout pour un après-midi de semaine.

Une configuration étrange pour un bar universitaire, ça sautait aux yeux. Par certains côtés, le Point d'Eau tenait davantage de la boîte de nuit, avec sa piste de danse marquée, et sa petite estrade dressée à un bout de la salle. Mais c'est la clientèle qui me plongea le plus dans la perplexité. Normalement, les bistrots d'étudiants manquent d'ambiance mais aussi singulièrement de mystère avec leurs tables pique-nique basiques et leurs pichets de bière bon marché. L'atmosphère du Point d'Eau se rapprochait plus de l'établissement interlope où les hommes d'affaires de passage en ville viennent chercher l'ivresse et des femmes au foyer esseulées en mal de compagnie virile. Il y avait certes des étudiants, mais ils ne se comportaient pas franchement comme tels, si vous voyez ce que je veux dire. Je me serais attendu à voir de petits groupes de trois ou quatre, mais au lieu de cela, les clients étaient surtout par deux. Beaucoup d'entre eux buvaient même en solitaire, que ce soit au comptoir ou dans les alcôves sombres garnies de banquettes étroites ; ils y mettaient visiblement tout leur cœur, avec la plus grande gravité – le genre d'alcoolisation sauvage dont j'ai fait l'expérience quelquefois, et qui ne laisse aucun souvenir réjouissant.

Pour être honnête, je ne parvenais pas vraiment à me faire une idée sur cet endroit, et ça commençait à me troubler. J'envisageai de commander une bière au barman tatoué au crâne rasé, la mine revêche à souhait, puis je repérai sciemment l'emplacement des issues et des toilettes afin de bien m'imprégner de la configuration des lieux pour quand je repasserais le soir. Mais, pour une raison quelconque, la perspective de me joindre à ces buveurs solitaires ne me souriait guère, fût-ce au nom d'un repérage en règle des lieux. Je tournai les talons et m'esquivai sur le parking.

Faute de sollicitations au travail – je n'avais encore reçu aucun appel –, et comme je ne tenais pas à composer avec les questions que me vaudrait le fait de revoir Monica, je résolus de couper court à ma visite habituelle aux Compas et de faire plutôt un saut à mon autre bureau, au premier de l'immeuble d'Arch Street. Dans ce local commun que se partageaient les avocats du coin, mes collègues et moi-même peaufinions nos identités dans le monde réel, celles d'experts en sinistres, de reporters et autres couvertures au poil nous permettant de fouiner efficacement tout en exécutant nos tâches angéliques. La seule personne à bosser là est notre secrétaire, l'ange titularisé répondant au doux nom d'Alice. Tout comme moi, les avocats ont pratiquement tous l'air d'avoir la vingtaine ou la trentaine. Je ne sais pourquoi Alice s'est retrouvée à faire un boulot qui lui donne plutôt dans les quarante-cinq ans et la condamne aux méfaits de la restauration rapide (à moins qu'elle se nourrisse effectivement de fast-food à la base, et ne doive donc s'en prendre qu'à elle-même). En tout cas, elle ne pouvait guère se satisfaire de son sort. D'ailleurs, elle ne laissait jamais supposer par un signe quelconque qu'elle pouvait être heureuse.

– Bonjour, Alice. Y a-t-il du nouveau ?

Elle daigna à peine relever la tête de son écran d'ordinateur.

– À part le fait que tu aies tout foiré en beauté avec ce Walker ?

– Merci, ravi de te revoir moi aussi. C'est toi qui me l'avais envoyé, pas vrai ?

Elle haussa un sourcil défini au crayon.

– Tu vois quelqu'un d'autre ici ? Ton pote était injoignable, alors je t'ai refilé l'affaire. Que tu as foutue en l'air tout seul.

Elle ne m'apprenait rien que je ne sache déjà.

– Tu es une perle, Alice. Sam a dit qu'il avait perdu la connexion. Est-ce que ça arrive, d'habitude ? N'y avait-il pas quelque chose d'étrange à propos de cet appel ?

– Ça arrive parfois. C'est en raison du temps qu'il fait Hors-Zone – enfin, pas exactement le temps qu'il fait… (Secouant la tête, elle ouvrit un tiroir pour s'emparer d'un sachet de M & Ms dont elle se versa une généreuse poignée. Elle le rangea ensuite sans m'en offrir et reprit entre deux bouchées, en mastiquant bruyamment :) Pour ce qui est de cet appel, monsieur-le-détective-aux-cent-mille-questions, il nous est parvenu en droite ligne du grand central de répartition, comme d'habitude.

Je laissai Alice à sa frappe, à sa bruyante mastication, et retournai chez moi avec l'intention de m'offrir une tasse de café en potassant les dossiers que Gras-double m'avait transmis. L'après-midi touchait à sa fin ; Stambaugh Street grouillait de gens rentrant à la maison après une journée de boulot. Dans mon immeuble, tous les locataires semblaient s'être donné le mot pour s'engouffrer simultanément dans le hall, comme un seul homme. J'attendis donc qu'un autre ascenseur se libère au lieu de m'entasser dans le premier avec tout le monde.

En remontant le couloir du troisième, je remarquai un détail étrange – une odeur aigrelette, assez alarmante, qui me picota les yeux et les narines. Avant d'avoir analysé le phénomène, j'arrivai devant ma porte et en découvris la source : une empreinte de main, de la taille d'un volant de voiture approximativement, avait brûlé l'huis, noircissant le bois en laissant des écailles de peinture derrière elle. Une empreinte de main déformée par de longues griffures… Mon cœur eut des ratés, cognant douloureusement contre mes côtes tel le cœur bien réel d'un vivant étreint par l'épouvante ; le choc me glaça le sang. Je jetai des coups d'œil affolés à la ronde, mais j'étais seul dans ce couloir.

La Main Ardente… Quelqu'un avait marqué la porte de mon appartement privé du signe de la Main Ardente – un message de l'Enfer, pour vous prévenir que votre temps est compté. D'après ce qu'on m'avait appris, les seuls à recevoir ce message de mécontentement de la part des puissances infernales, c'étaient normalement les pauvres imbéciles qui s'étaient condamnés en tentant de duper le Malin en personne.

Apparemment, quelqu'un prenait votre dévoué serviteur pour ce genre d'imbéciles.

7

Une lionne vient se désaltérer

Mon appartement ? Aussi brûlant que l'intérieur d'un four – infernal ! Dans la droite ligne logique de l'avertissement qu'on m'avait laissé à la porte. Les meubles étaient sens dessus-dessous, les petits objets fracassés, les tiroirs renversés, leur contenu jonchant le sol… Quant aux rares dossiers et livres que j'avais, ils étaient également éparpillés un peu partout. Même mes CD – non, je n'étais pas encore passé au tout-MP3 – avaient été vandalisés et disséminés à l'envi. Je baissai les yeux sur les portraits d'artistes des jaquettes déchirées, ceux de Monk, Buddy Guy, Cannonball Adderly, qui me fixaient en composant une scène de foule figée. Qu'avaient donc cherché mes visiteurs indésirables ?

Ça avait forcément un lien avec cette âme portée disparue et la mort violente du procureur. Pourtant, que quelqu'un ait été suffisamment en rogne pour venir saccager ma piaule en marquant la porte d'entrée du signe de la Main Ardente pour me signifier son intense déplaisir, ça ne m'aidait pas plus à en saisir le pourquoi. Quant à savoir qui, ce n'était pas très clair non plus même si, à en juger par l'empreinte noircie, de la taille d'une des pognes de King Kong, ces types armés de leurs fourches étaient des adversaires majeurs.

Une bonne chose toutefois : l'intrus, quel qu'il soit, n'avait pas été assez malin pour dénicher ma planque secrète d'armes à feu et je ne vais pas vous en donner l'emplacement non plus, des fois que vous passeriez dans le coin. Mon boulot ne nécessite pas le port d'armes, normalement, mais bon, les choses avaient changé – de façon drastique. Je m'emparai donc de mon Smith & Wesson, de deux ou trois clips de chargement rapide et de boîtes supplémentaires de balles à tête creuse. Puis j'appelai Alice au bureau.

– Préviens le QG que j'emménage ailleurs quelques jours, lui dis-je.

– Ça te reviendrait moins cher de te résigner à faire enfin la vaisselle.

– Ha, ha. Très drôle. Mon appartement a été saccagé. Transmets le message.

Je l'entendis pianoter sur son clavier en en prenant dûment note.

– Tu seras joignable où, Dollar ?

– Je le leur ferai savoir quand je le saurai.

– Ça ne va pas leur plaire. (Elle paraissait presque humaine, là. Je me demandai bien ce que sa vie avait pu être, jadis.) Ils n'aiment pas trop les devinettes. Et l'heure paraît mal choisie pour rendre les patrons nerveux.

– Ouais, mais je ne sais pas encore où je vais aller.

– Tu veux que je te donne les coordonnées d'une planque sûre, d'une maison d'hébergement d'urgence ? Je croyais que tu les connaissais toutes par cœur ?

– Maile-les-moi. Je me choisirai une chouette planque bien douillette, et je penserai à toi.

Je raccrochai avant qu'elle me balance gentiment d'aller me faire mettre en me bousillant l'illusion, une minute au moins, qu'elle se soucie réellement de savoir si j'existais encore, ou pas. Alice avait raison, cela dit : la Mule et ses propres superviseurs n'allaient pas apprécier que je déménage à la cloche de bois, sans leur laisser d'adresse de réexpédition. Mais ce n'était pas comme s'ils ne pourraient plus me contacter au besoin. Je n'allais pas me réfugier dans une de leurs planques sécurisées. Pour l'instant, j'entendais être le seul à savoir où Bobby Dollar poserait son baluchon. Cette histoire de Main Ardente m'avait salement secoué.

En planque au Point d'Eau, je sirotais une bière en me creusant la cervelle pour tenter de comprendre qui j'avais bien pu énerver à ce point. Et pourquoi. C'était forcément en rapport avec l'affaire Walker. Forcément… Même si le défunt Cirederbe avait été assez vénal pour vouloir s'en prendre aux témoins de son humiliation (selon ses termes) lors du cas Martino la veille, Sam, et le jeune Clarence surtout, auraient sûrement figuré en tête de liste bien avant moi. Mais si c'était en rapport avec Walker, qu'avais-je donc fait à part me trouver sur les lieux quand l'âme en question avait omis de se présenter ? Et qu'avais-je fait ensuite sinon répondre aux questions officielles de mes supérieurs et du Chancelier de l'Enfer, puis de m'adresser à Gras-double pour requérir un complément d'information ? Ma visite à l'homme-cochon aurait-elle déclenché une sorte d'alarme en lien avec certaines recherches d'informations ? Auquel cas ça ne réduisait guère le champ des possibles car je lui avais demandé des renseignements sur beaucoup de choses, à commencer par la superbe créature des enfers que j'espérais revoir ici ce soir.

Me sentant soudain un brin vulnérable, je me glissai au fond de ma banquette, afin de presser le dos et le flanc gauche à l'angle du mur. Les informations de Gras-double m'avaient mené là où je me trouvais. Mes ennemis le savaient-ils ? Avait-on voulu que la flamboyante empreinte de main apposée à ma porte me dissuade de faire exactement ce que j'étais en train de faire ? Je survolais la salle du regard mais si les buveurs solitaires et les étudiants de l'après-midi avaient été rejoints par d'autres clients, venus se détendre après leur journée de travail, et quelques âmes esseulées savourant une bière au comptoir (en suivant sur grand-écran la partie en cours de basket ball) avant de rentrer à la maison, je ne repérai personne qui ne semble à sa place ou me renvoie mes regards. N'empêche, je desserrai quelque peu mon manteau au cas où je devrais dégainer mon .38 en vitesse. Ce soir, mon insaisissable cible n'était rien de moins qu'un Ministre des Enfers en personne, et de haut rang. Or, ces engeances-là n'étaient pas connues pour la douceur de leur tempérament ni leur caractère raisonnable. Elles n'étaient pas non plus réputées pour avoir particulièrement peur des armes à feu, bien sûr.

Une dizaine de minutes plus tard, il y eut une légère commotion que je ressentis plus que je ne l'entendis. Un gaillard à la carrure et à la taille impressionnantes venait de franchir le seuil et de se frayer un chemin dans la presse, un autre molosse encore plus intimidant que lui sur les talons. Mon cœur s'emballa. Je les avais déjà vus, ces deux-là – oh, sous d'autres incarnations terrestres : les gardes du corps de la Comtesse, ces êtres à la peau grise dénervée qui l'avaient accompagnée Hors-Zone le jour où Edward Walker avait trouvé la mort. Effectivement, ils inspectèrent la salle quelques instants, puis le second de ces messieurs ressortit. Il reparut quelques secondes plus tard, suivi par la créature même que je guettais : la Comtesse aux Mains Froides en personne.

Tandis que ses gardes du corps l'escortaient dans la salle, on voyait tout de suite qui, parmi les clients de ce soir, la découvraient pour la première fois rien qu'à leur air candidement ébahi. Je ne blâmais même pas ceux qui en oubliaient toute retenue, tant l'apparence de la Comtesse était rigoureusement celle que j'avais déjà eu l'occasion d'admirer – ou peu s'en fallait. Une apparence tellement fascinante…

Ce soir, elle avait opté pour une tenue un peu plus discrète que celle de l'écolière ingénument perverse – si on pouvait du moins qualifier de discrets sa chevelure blonde incendiée de reflets roux, son survêt' griffé d'un rose pétant et ses gros diamants bien visibles. Elle aurait pu être l'ado d'un richissime producteur d'Hollywood.

Je fus soulagé de constater que ses gardes du corps étaient un peu moins corpulents qu'ils ne l'avaient été de l'autre côté du Zip. N'empêche qu'ils restaient considérablement plus costauds que moi ou n'importe qui d'autre dans cette salle. Deux ou trois mecs de l'université aux carrures baraquées de footballeurs les lorgnaient d'un air perplexe. Ils ne se demandaient pas tant s'ils arriveraient à les battre que le genre de stéroïdes qu'ils pouvaient bien s'envoyer.

La Comtesse traversait la salle sans hâte, ni gêne particulière ou inhibition notable. Même les hommes qui ne braquaient pas leur regard sur elle frémissaient sur son passage, et tournaient automatiquement la tête pour voir ce qui venait de se produire. Vous vous rappelez ma façon de décrire la démarche de ces petits chiens riquiqui qui se prennent visiblement pour beaucoup plus gros qu'ils ne sont réellement ? C'était apparemment sa façon de bouger quand elle était en mode « Je travaille dur ». Là, elle se déplaçait de manière plus langoureuse –, ce qui ne la rendait que plus dangereuse encore, à l'instar de la lionne qui vient se désaltérer à un point d'eau.

La Comtesse se retrouva à l'opposé de là où j'étais, et s'installa sur une banquette située perpendiculairement à la mienne. Dès qu'elle s'y fut glissée, elle cessa de capter l'attention générale ; tout le monde parut la perdre de vue, exactement comme nous passons inaperçus, nous les avocats, lorsque nous ouvrons un Zip dans les airs. Elle avait rapidement chuté sous leur radar psychique. L'un des gardes du corps se tassa près de la Comtesse tandis que l'autre lui demandait quelque chose. Elle hocha la tête et il se dirigea vers le bar.

La Fortune sourit aux audacieux, me dis-je en me levant. Bien des dictons de ce genre me traversent souvent l'esprit, d'ailleurs ; lorsque je vivais, j'avais dû être prof de littérature. Ou bien c'est juste que je suis une vraie tête de nœud, un blaireau de bibliothèque…

Armoire-à-Glace numéro 1, le garde du corps au crâne rasé, arborait un tatouage de toile d'araignée sous un œil. Au premier mouvement que je fis pour me remettre à la verticale, il vrilla sur moi ses petits yeux perçants. Et ne me quitta pas du regard tout le temps que je mis à traverser la salle de bout en bout. Elle faisait bien dans les vingt mètres de long, et je me disais qu'il y avait une bonne chance qu'il me reconnaisse dans le temps qu'il me faudrait pour les parcourir ; j'allais me prendre un pruneau dans les tripes… Comme je l'ai dit, mourir n'est pas le pire qui puisse arriver à un ange réincarné, mais ça fait certainement partie des façons les plus douloureuses et les moins réjouissantes de passer une soirée.

À mi-chemin, je me rendis compte que j'avais toujours ma bière à la main, ce qui prouvait bien que j'avais réagi d'instinct, sans réfléchir – et pire, je la tenais de la main qui me servait à tirer ! Voilà qui relevait de la bêtise à l'état pur et j'aurais aimé l'attribuer à la tension nerveuse du moment – ce genre de confrontation ne se produit pas souvent. Mais selon toute probabilité, c'était plutôt entièrement dû au fait que la Comtesse aux Mains Froides était une nana d'enfer, à vous faire perdre la tête ! D'une fabuleuse et troublante beauté, le genre de femme pour lequel vous pourriez risquer non seulement votre liberté mais aussi, littéralement, votre âme immortelle. Eh ouais. Ce genre de nana-là.

« Mais son être intérieur, lui, n'a rien de beau, bougre de con ! me morigénai-je. Cesse de penser avec ta queue ! »

Je m'arrêtai devant leur table. Le grand chauve se crispa, muscles des bras bandés, mais n'esquissa pas un geste. Il gardait les mains bien en vue ; j'en fis autant. J'avais toujours une main prise par ma chope de bière, de toute façon. Oui, oui… je n'avais vraiment pas réfléchi avant d'agir.

– Comtesse, la saluai-je. Ravi de vous revoir.

– On s'est déjà vu ?

La seule différence entre son apparence Zone/Hors-Zone, je le voyais maintenant, c'étaient ses yeux. Ici, dans le monde prétendument réel, ils ne rougeoyaient plus d'un vif éclat couleur sang, mais étaient d'un bleu arctique. Elle sourit – d'un sourire infiniment dur.

– Rafraîchissez-moi donc la mémoire.

– L'autre jour… devant la maison de Walker.

– La maison de Walker ? (Dans sa bouche, même deux mots aussi ordinaires prenaient des connotations assez crues et suggestives, comme si je venais de proférer un truc salace.) Je ne connais pas cet endroit, et vous, je ne vous connais pas non plus.

Ce fut à mon tour de sourire.

– Je veux bien croire que vous ne me connaissiez pas avant, Comtesse, mais à l'heure qu'il est, tout le monde sait maintenant qui se trouvait là. C'est un sujet brûlant dans certains cercles. Je m'appelle Bobby Dollar.

Elle me fixa une longue seconde, aussi glaciale qu'une carotte d'échantillonnage extraite des glaces polaires.

– Je crains que vous ne vous mépreniez, monsieur Dollar. Maintenant, si ça ne vous fait rien, j'attends quelqu'un.

– Pas de problème. Je suis prêt à partager.

On m'agrippa le bras droit avec une telle force que la lourde chope échappa à mes doigts brusquement gourds et roula sur la table, l'aspergeant de bière et d'écume.

– La dame vient de vous dire de dégager ! me souffla d'une voix rauque Numéro 1, le type au tatouage de toile d'araignée. Alors, dégagez ! Ou je vous arrache le bras…

Sans attendre qu'il me précise ses intentions, je saisis de la main gauche la lourde chope pour la lui écraser sur les doigts, tant qu'il les étalait encore imprudemment sur la table. Il me lâcha le bras en grognant de douleur – petit grognement sourd que je fis capoter en lui retournant un direct magistral avec la chope, de toutes mes forces. Alors qu'il s'effondrait, le nez en sang, j'entendis des pas précipités, juste derrière moi. Chope instantanément lâchée, je fis volte-face – en dégainant à toute vitesse. Et je braquai mon .38 en mettant Numéro 2 en joue. Qui, lui, en était encore à chercher son artillerie. J'imagine qu'il ne s'était pas attendu à tant d'excitation ce soir, au Point d'Eau. Si les rôles avaient été inversés, et que j'étais accouru au secours de mon boss, j'aurais dégainé bien avant de me rapprocher autant. Mais ça, c'est parce que, comparé à certaines de ces grosses brutes, je ne suis qu'un minus, et que je déteste vraiment souffrir.

– Va te faire foutre ! m'invectiva Numéro 1. (Il avait la coupe militaire, une énorme moustache et une voix vraiment très grave. À part ça, il aurait pu être n'importe quel meurtrier en série, en stand-by dans le couloir de la mort.) Vas-y, flingue-moi ! Elle te massacrera pire que tout ce que je pourrais te faire ! Et après, elle te traînera chez toi et t'infligera pire encore.

– Je ne veux pas te descendre, mon mignon. Je ne veux même pas t'esquinter au risque de compromettre ta carrière de star du porno-gay.

Je me tournai vers la Comtesse, qui suivait la scène avec un certain amusement en dépit des éclaboussures de sang et des giclées de bière maculant sa table et menaçant de couler sur sa tenue à cinq mille dollars au moins – je l'aurais parié.

– Alors, ma petite dame ? On cause, vous et moi, ou bien va-t-il falloir qu'on nous change de table pour pouvoir nettoyer tout ce sang ?

Elle me gratifia d'un regard morne, assommé d'ennui, avant de s'écarter légèrement afin que l'autre type étalé par terre entre dans son champ de vision.

– Sucre Candy ?

Numéro 1 releva les yeux vers elle. Du sang s'échappait encore de sous sa main, et il avait les yeux tuméfiés. Je lui avais bien arrangé le nez.

– Je peux encore le tuer si vous le désirez, Comtesse, répondit-il, le sourire sanguinolent.

– Non, ce ne sera pas nécessaire. Cannelle : ramène Sucre Candy à la voiture et arrête l'hémorragie.

Pour la première fois, le démon que je tenais toujours en joue de mon Smith & Wesson parut troublé.

– Pas question ! Pas question qu'on vous laisse seule !

Elle fronça les sourcils.

– Pour l'instant, vous ne me servez pas à grand-chose, vous deux. Allez. Comme tu viens de le souligner, je suis assez grande pour me défendre toute seule.

Aussi grinçant que les hautes voilures paresseuses d'un gréement, Cannelle aida son pote mal en point à se relever. Au début de l'échauffourée, tout le monde s'était détourné du comptoir pour profiter du spectacle. Mais l'intérêt était vite retombé, comme toujours quand nous autres, les réincarnés, nous donnons en spectacle pour une raison x ou y. Mon ex-mentor Léo appelait cet effet protecteur le « Voile de l'Inconnaissance[1] », mais j'ignore d'où il tenait ça.

Tandis que Cannelle soutenait son ami en se dirigeant avec lui vers la sortie, semant dans leur sillage un chapelet de gouttes rouges sur le carrelage bétonné, la Comtesse me décocha un regard d'où tout amusement avait plié bagage et décarré.

– Tu as deux minutes, l'ange, alors assieds-toi et mets-toi à table. Ensuite, soit je t'arracherai la tête moi-même parce que tu

1. NdT – Titre d'un ouvrage bénédictin au nombre des grands textes de la mystique du XIVe siècle, traitant notamment de l'interrogation essentielle de la liberté et de la complémentarité de la contemplation et de l'action : « *Ce mot* [« Dieu » ou « Amour »] *sera ton bouclier et ton glaive, que tu ailles en paix ou en guerre… Tu frapperas sur ce nuage et cette obscurité au-dessus de toi. Et avec lui tu rabattras toutes manières de pensées sous le nuage de l'oubli…* »

ne m'auras pas fait bonne impression, soit ces deux-là risqueront de s'inquiéter et d'appeler des renforts.

– Ouais. Mais du coup, on ne vous a pas servi votre verre.

Elle me lorgna comme si je plaisantais, forcément.

– Deux minutes, c'était une estimation.

Voyant que je ne m'asseyais toujours pas, elle se remit à sourire – un sourire réticent, qui semblait dire : « J'admire votre bravoure mais il n'empêche que vous allez vous retrouver très-très mort ». Et il faut dire que je suis souvent confronté à ces sourires-là. Plus souvent que je ne l'aimerais…

– Ma consommation est encore au comptoir. Celle avec la tige de céleri.

– Un Bloody Mary ? C'est une blague, c'est ça ?

Elle n'apprécia pas. Et repassa au vouvoiement.

– Si vous continuez avec ce genre de commentaires, je vais vous faire sauter le crâne de votre épine dorsale sur-le-champ, monsieur Dollar.

J'allai lui chercher son Bloody Mary. Il y avait également deux bières en attente sur le comptoir, celles qu'avaient commandées les gardes du corps. Je les pris donc aussi avec moi. J'estimais les avoir bien gagnées. Et maintenant que mon cœur ne battait plus à tout rompre, je voulais boire quelque chose là, tout de suite, avant de prendre conscience de la portée de ce que je venais de faire. Et si j'avais dû abattre le second garde ? À tout le moins, j'y aurais perdu mon job d'avocat céleste de la défense et, au milieu de tout ce battage de folie à propos de l'affaire Walker, tuer pardessus le marché un membre de l'Opposition en public m'aurait très certainement valu des problèmes bien pires qu'une simple rétrogradation comme Boss Angélique des Louveteaux ou autre.

Je me glissai sur la banquette face à la Comtesse.

– Alors, dites-moi, d'où vous vient cette terrible envie de mourir, monsieur Dollar ?

Le temps que j'aille chercher les consos au bar, le petit personnel avait déjà astiqué la table et le parquet. Tout brillait comme un sou neuf, maintenant, au point qu'on se serait cru dans le cadre idyllique d'un premier rendez-vous en amoureux.

– Vous ne trouviez pas la vie assez excitante ces derniers temps, c'est ça ?

– Je ne cherche pas particulièrement à mourir, répondis-je. Je recherche plutôt des informations.

– En vous adressant à moi ? Qu'espérez-vous donc apprendre de moi ? Et pourquoi devrais-je partager quoi que ce soit avec vous ? Dois-je vous rappeler que nos deux organisations sont en guerre depuis des millions d'années ?

– Pas en guerre, non. (Je pris une longue gorgée d'une de mes deux bières. Je me demandais si j'aurais le temps de savourer la seconde avant de mourir.) Souvenez-vous que le terme officiel est conflit. Certains gratte-papiers, dans mon camp, parlent même de rivalité. Ce qui ferait de nous non des ennemis mais des… concurrents.

Elle se mordilla la lèvre, peut-être pour s'empêcher de sourire, ou de se rembrunir, ou peut-être tout simplement parce qu'elle avait conscience que ça la rendait terriblement sexy, au point d'embrouiller l'esprit de quiconque possède un corps.

– Et que désire savoir la concurrence ? Cela m'indiffère parfaitement, mais vous feriez mieux de cesser de hisser votre bravoure en étendard et d'aller droit au but. Ce n'est pas parce que vous avez réussi à surprendre Sucre Candy et Cannelle que vous devez en conclure qu'ils ne servent à rien. Ils peuvent vous faire souffrir une demi-éternité sans vous laisser mourir. D'où je viens, nous avons des programmes de cycles supérieurs rien que pour cela.

– Oh, je sais. Ça fait justement partie des choses sur lesquelles je désirais vous poser des questions. Quelqu'un a obtenu son doctorat avec le procureur Cirederbe comme validation finale de thèse ?

Son ravissant minois se ferma ; mais ses yeux, eux, restaient grands ouverts, avec ce bleu aussi innocent que le ciel des Prairies. Et son timbre de voix était du pur Mary Poppins.

– Est-ce une accusation, monsieur Dollar ? Si c'est le cas, ça me semble extraordinairement stupide.

Je levai une main conciliante.

– Pax, Princesse…

– Comtesse.

– C'est ça, ouais. Je ne suis pas en train de porter une accusation contre vous. Pourquoi le voudrais-je même si j'en étais convaincu ? Cirederbe ne bossait pas pour mon compte, et il n'était certainement pas de mes amis. Si vous voulez le fond de ma pensée, c'était un branleur à mes yeux.

– C'est donc peut-être bien vous le coupable.

– Peut-être. Mais pour le moment, vous devrez me croire quand je vous dis que j'en doute, et que j'aimerais vraiment connaître l'identité du coupable.

– Toute la hiérarchie infernale aimerait le savoir. (Elle plissa le front.) Et encore plus découvrir ce qui est arrivé à son client Edward Walker.

J'eus un petit rire.

– Son client… ! Drôle de façon de parler d'un type que Cirederbe s'efforçait de condamner à passer à la poêle comme un vulgaire pâté impérial !

– Notre procureur faisait son travail, monsieur Dollar. Et je faisais aussi le mien. Je pense que vous pourriez vivre encore un peu – à l'état incarné ou désincarné – si vous repartiez faire le vôtre.

– Ah, ouais ? Eh bien, non seulement je faisais mon job, moi aussi, mais je me mêlais littéralement de mes affaires jusqu'à ce que toute cette merde se mette à gicler un peu partout.

La moutarde me montait au nez, me faisant oublier que j'avais la nuque toute hérissée – sensation que des gens moins expérimentés pourraient prendre pour de l'effroi et de la lâcheté. (Je me plais à penser que c'est plutôt une forme imaginative de circonspection.) La Comtesse avait raison sur un point : il me restait quelques minutes tout au plus avant que ses deux Nounours soient de retour, probablement avec le restant de leurs cousins…

– Navrée que l'affaire Walker vous ait incommodé, reprit-elle, mais je n'ai rien à vous dire à ce sujet. Et vous n'avez rien à m'apprendre qui puisse m'intéresser.

Elle était plus blindée qu'un char d'assaut – un très séduisant char d'assaut étincelant de tous ses diamants montés en boucles d'oreille et de ce qui avait l'air d'un grand médaillon d'argent ornant son cou lisse d'albâtre.

– Vous devriez y aller maintenant.

Toutes ses babioles luisantes détournaient quelque peu mon attention – j'avais pourtant l'impression que les démons exécraient l'argent. Je parle du métal, bien entendu.

– Je ne doute pas en effet que vous aimeriez vaquer de nouveau à vos occupations, Comtesse. Lesquelles consistent à vous encanailler, si je ne m'abuse. (Je me renversai en arrière sur mon siège, vivante image de la décontraction – du moins l'espérai-je.) Je me demande ce qui peut bien vous attirer dans un endroit pareil. J'avoue que cela m'intrigue. La sciure dans les joints du plancher ? Allons, ça ne paraît pas cadrer avec votre univers, Princesse, vous avouerez…

Cette fois, elle eut un franc sourire de prédatrice.

– Vous vous efforcez de m'irriter, n'est-ce pas, monsieur Dollar ? Pour votre gouverne, j'aime bien ce genre d'endroit. Voyez-vous, j'aime bien les étudiants.

– En sandwich dans des petits pains fourrés, avec une sauce

cocktail ? À moins que vous ne vous contentiez de les engloutir tout crus comme des sushi ?

– Rien d'aussi vulgaire, monsieur Dollar.

Sans que je m'en aperçoive, elle s'était penchée un peu plus vers moi et maintenant elle avait posé une main sur ma cuisse. Je sentais ses ongles, sous le tissu de mon jean.

– Je ne suis pas un vampire ou un monstre pitoyable de dessin animé qui passe son temps à dévorer les gens tout crus. J'appartiens à la noblesse des Enfers. Le désespoir, voilà ma véritable sustentation, ce qui fait mon oblation et ma libation. Et, à l'âge tendre qui est le leur, ils passent si vite de l'euphorie à la plus noire désespérance… (Elle se mit à glousser telle une ado chuchotant à l'oreille d'une amie.) Une de mes connaissances me disait que je devrais viser encore plus haut. C'est comme canarder des poissons aveugles dans un aquarium, pour reprendre son expression. Mais j'adore tant les voir sangloter et supplier, alors qu'au départ ils se pavanent, bouffis d'assurance… surtout les garçons !

– Si vous tentez de me foutre les jetons, il va falloir que vous fassiez plus d'efforts que ça. (J'avais pourtant plus conscience de sa main posée sur ma cuisse que d'une araignée venimeuse. Même si ce n'était pas tout à fait comparable.) Je me moque de savoir comment vous passez votre temps, Comtesse. Vraiment. Ça m'a juste permis de vous rencontrer et de vous poser quelques questions.

Elle enfonça un peu plus les ongles dans mon jean. Et s'humecta des lèvres déjà des plus humides.

– Et m'avez-vous demandé tout ce que vous désiriez savoir ?

Voilà qui basculait très vite dans le très bizarre. Oh, ne vous y trompez pas : j'ai déjà eu affaire aux membres de la brigade de séduction de l'Opposition, et ils sont doués d'un sex-appeal qu'un pauvre petit ange comme moi ne pourrait même pas comprendre. Mais la Comtesse, elle, c'était encore autre chose. Et comment ! J'avais peur qu'elle ne fasse remonter sa main sur mon entrejambe et constate par elle-même à quel point je jouais à ne pas être impressionné plus que ça…

– Bon, OK alors, une dernière chose. Hier, je suis rentré chez moi pour découvrir que la Main Ardente m'avait rendu une petite visite en mon absence. Des commentaires, Comtesse ? Aurais-je offensé quelqu'un, dans votre camp ?

– Après vous avoir vu en action, je n'imagine même pas comment cela pourrait être possible… Mais en vérité, j'en doute fort. Quelqu'un a dû vouloir vous jouer un petit tour à sa façon. La Main Ardente… c'est plus un conte de bonnes femmes qu'autre chose. Je n'en avais plus entendu parler depuis des années.

– Il serait peut-être temps d'effectuer une mise à jour de votre banque de données, dans ce cas. (Je sortis mon portable de ma poche et lui montrai une photo de ma porte d'entrée.) Vous l'appelleriez comment, ça ?

Jackpot. Elle eut pour la première fois une expression – fugitive – qui n'appartenait pas à son arsenal de je-me-la-joue-reine-des-démons. Elle ôta sa main de ma cuisse. Le plus étrange, c'est que ce n'était pas tant de l'étonnement que j'avais surpris chez elle qu'un soupçon d'effroi. Et ça, ça me fit flipper. Qu'est-ce qui pouvait bien effrayer l'une des habituées du club des Enfers ?

En tout cas, ce fut fugace, telle une fulgurance de quelque chose en mouvement.

– Vous avez en partie raison, monsieur Dollar. C'est bien une main ardente – mais ce n'est pas la Main Ardente.

– De quoi parlez-vous ?

La sienne, de main, retomba légèrement sur ma cuisse, la serrant avec une grande douceur. Elle avait des ongles assez pointus pour transpercer le tissu de mon jean et effleurer ma peau, en dessous.

– Dans l'ancien temps, les gens qui tentaient de revenir sur leurs engagements envers nous avaient comme réprimande la marque d'une main calcinée sur leur porte… une main humaine, ou du moins à taille humaine. Les traditions sont limpides à ce sujet. Ça ne peut pas être plus clair. À moins que vous habitiez un cabanon artisanal, je dirais que la main qui vous a laissé cette empreinte avait au moins la taille d'une patte d'ours polaire. (Elle leva sa petite main, fine et délicate – celle qui ne me piquait pas la cuisse. Elle avait de longs ongles aiguisés, sans vernis, mais d'une propreté immaculée.) En d'autres termes, ce n'est pas le fait d'un être humain, ou de quelque créature que ce soit de taille humaine.

Je voyais bien qu'elle me cachait quelque chose, mais je sentais aussi qu'elle n'allait pas m'en parler maintenant. Une sorte de mur s'était brusquement dressé entre nous deux. Je résolus de limiter la casse et de voir si je parviendrais à m'éclipser du Point d'Eau sans déclencher de fusillades nourries. Je dégageai ma cuisse de sous sa main et me glissai hors de la banquette. Ce fut à cet instant précis que la porte se rouvrit pour livrer passage à une escouade de gorilles, bloquant de leur masse l'éclat orangé des ampoules au sodium qui filtrait du parking. Les renforts…

– Merci, Comtesse, conclus-je. Votre aide m'a été plus précieuse que vous ne sauriez l'imaginer.

– Vous êtes mignon, Dollar. Si vous survivez aux quelques minutes qui vont suivre, je vous autorise à m'appeler Casimira lors de notre prochaine rencontre. (Le sourire qu'elle me dédia fut si beau que j'en eus le cœur serré.) Mes amis me surnomment Caz, mais je ne pense pas vous revoir suffisamment pour que vous vous rendiez digne de ce privilège-là.

Merde alors, quelle poupée !

Cinq ou six gros bras arrivaient vers nous, comme échappés du Panthéon des méchants patibulaires. Je piquai un sprint en direction de l'autre bout de la salle, furieux tout à coup de ne pas avoir pris le temps de mieux repérer les issues au préalable.

Je m'engouffrai dans les toilettes pour hommes et me faufilai par la lucarne. Par chance, ils ne m'avaient pas estimé assez dangereux ou roublard pour poster l'un d'eux sur le parking. Quand ils firent sauter le loquet des toilettes, donc, je quittais déjà le Camino Real en m'épongeant la sueur du front. Et j'avais presque atteint ma destination – la chambre de motel que je louais à la pointe nord de la ville – lorsque je parvins enfin à chasser de mes pensées le souvenir de la main de Caz posée sur ma cuisse.

8

Posie et *Black Man*, l'agent spécial du FBI

Je me réveillai sous les rayons de soleil filtrant des lamelles poussiéreuses des stores du motel Royal Highway, dardés sur moi tel le couteau à steak préféré de Norman Bates, ainsi que sous les quatre plus célèbres notes du chœur de l'Alléluia que mon téléphone carillonnait en boucle – le signal de messages en attente. Croyez-moi, si ça ne tenait qu'à moi, j'aurais un signal d'attente plus agréable (ou en tout cas plus discret). Mais c'est un portable de fonction et Nikola Tesla lui-même, ce grand découvreur de merveilles technologiques, ne saurait les réinitialiser. Ce n'est pas forcément ce que j'aimerais entendre, mais voilà tout ce à quoi un ange comme moi a droit quand son portable le prévient qu'il a un message en attente… Celui qui s'était chargé de la programmation pour la Maison était ou criminellement stupide ou doté d'un sens de l'humour des plus navrants. Au choix.

Outre tous les éléments que Gras-double m'avait transmis et dont je n'avais pas encore pris connaissance, j'avais aussi reçu plusieurs messages fâcheux du bureau de Temuel pour me demander où je créchais maintenant, ainsi qu'un autre de Clarence, l'ange stagiaire qui, pour sa part, désirait savoir quand je passerais le prendre.

Et merde ! Le truc que j'avais arrangé avec Sam ! J'avais oublié…

Assis en pleine lumière crue, sous un faisceau à l'éclat agressif, je cherchai l'heure du regard et avisai enfin l'horloge du motel : 9 h 22, en diodes luminescentes écarlates. L'aube, pratiquement. Je composai un texto au gamin avec des doigts qui me faisaient l'effet de saucisses crues, lui demandant de me retrouver à midi à Oyster Bill's. Trêve de hâte inutile. En outre, j'avais une course à faire avant cela – mais d'abord, un bon café en guise d'automédication.

Vingt-cinq minutes plus tard, douché de frais et avec une tasse de café de la taille d'un silo à grain calée entre mes cuisses – il n'y a pas de porte-gobelet dans une Matador vintage, ce qui amène à se demander comment les gens ont pu survivre aux années 1970 –, je pris la direction de la baie pour retourner chez Walker. Ce qui ne serait jamais que la troisième fois cette semaine. Le voisinage avait plus ou moins repris le cours normal de ses activités après le bazar de ces deux ou trois derniers jours, les chaussées envahies de facteurs souriants et de badauds aux tenues coûteuses promenant leurs chiens de luxe tout aussi onéreux. Rien que de très ordinaire, en somme, par une matinée de samedi dans le district de Palo Alto, à Jude.

La maison d'Edward Walker ne se distinguait guère des autres habitations de la rue, n'était un monticule de jouets en peluche, de bouquets et de billets d'hommage au disparu, le genre de mer des Sargasses sentimentale qui se constitue rapidement de nos jours près du site des tragédies semi-publiques. Aujourd'hui, il y avait une voiture différente stationnée dans l'allée, une berline nippone de type indéfinissable. On avait du mal à imaginer Walker au volant de ce genre de véhicule. Celui où il avait péri n'était nulle part. Maintenant, comme le garage était fermé et que je n'ai pas la vision aux rayons X de Superman…

Je m'intéressais surtout à ce que j'allais pouvoir découvrir en Hors-Zone, mais cette berline assez bizarre m'intriguait, je dois dire. J'allai donc frapper à la porte. Dans ce genre de situation, je me présente d'ordinaire comme un enquêteur en assurances mais là, au domicile d'un suicidé, ce serait vu d'un mauvais œil et ma couverture de secours, liée au Bureau de la sécurité des transports nationaux, n'avait guère de sens si on considère que la « scène de crime » était une voiture garée, que le moteur ait tourné ou pas à l'heure du drame.

La jeune femme qui m'ouvrit aurait pu sortir tout droit d'un endroit comme le Point d'Eau ou tout autre tripot universitaire – et d'une époque antérieure d'au moins quarante ans à l'instant présent. Elle avait de longs cheveux noirs tressés, ornés de clochettes et autres colifichets ; elle portait un survêtement enveloppant à capuche, de couleur foncée, un jean et des sandales. Elle plissa le front à ma vue, comme si le fait qu'on puisse venir se planter sur son paillasson était en soi complètement loufoque.

– Ouais ?

– Bonjour. Je m'appelle Robert Dollar et je travaille pour *Vista Magazine*. Je suis navré de vous déranger en un moment pareil mais je n'ai pu joindre personne au téléphone. Mme Walker est-elle présente ?

Elle me lorgna comme si je venais de lui demander si les poissons volent.

– Il n'y a pas de Mme Walker ici. Vous devriez le savoir. Ma grand-mère est morte il y a cinq ans.

– Oh, je suis désolé… Bien sûr.

Je ne m'étais pas attendu à avoir affaire à des gens bien réels et, si je tenais un dossier regroupant certains des éléments réunis par Gras-double, je n'avais pas encore eu l'occasion de tout lire.

– Vous êtes donc la petite-fille de M. Walker. Pourriez-vous me consacrer un peu de votre temps ? Nous allons… Enfin, nous préparons un hommage à votre grand-père, et j'aimerais m'assurer de la véracité de certains détails. Ce genre d'article s'écrit toujours dans l'urgence, puisque naturellement, personne ne s'attend à de telles tragédies…

L'irritation de mon interlocutrice fit place à la tristesse. C'était en fait une bien jolie femme, si ce n'est que ses airs maussades la rendaient peu engageante.

– Non, personne, on peut le dire. (Elle haussa les épaules.) Entrez donc. Oh, attendez… Vous n'avez pas une carte professionnelle à me montrer, d'abord ?

J'ai sur moi plus de cartes d'identité qu'un trafiquant international, et j'ai appris à dégainer la plus pertinente en fonction des circonstances avec le doigté d'un prestidigitateur. J'en produisis une, la plus idoine, qu'elle inspecta avant de m'inviter d'un geste à franchir le seuil. Elle me guida vers une vaste salle de séjour et s'affala sur le divan sans me désigner d'endroit particulier où m'asseoir. L'autre canapé était bien trop éloigné du sien. Je m'assis donc sur un pouf, à quelques pas d'elle, et fis de mon mieux pour me donner une touche de flair journalistique. Elle ne m'offrit rien à boire non plus – le temps qu'elle se retire pour aller me chercher un verre, j'aurais au moins pu soumettre la pièce à une fouille minutieuse. Faute de mieux, je m'efforçais donc d'examiner les lieux tout en parlant. D'évidence, la salle de séjour d'un homme d'idées, ou de quelqu'un du moins qui affectait de l'être ; dans cette pièce où le blanc primait, une immense bibliothèque dominait tout un mur, principalement garnie de livres. Mais y trônaient aussi de fabuleuses œuvres d'art artisanal. Quelques photos ornaient les murs, surtout des tirages noir et blanc Ansel Adams de paysages spectaculaires exempts de toute présence humaine. Les divans étaient drapés de peaux de mouton, et de beaux spécimens de poterie mésoaméricaine se répartissaient les surfaces disponibles. L'ensemble, de qualité, se distinguait par son bon goût, et pourtant y perçait un je-ne-sais-quoi de négligé… Il me semblait déceler des grains de poussière à certains endroits.

Je sortis le rapport de Gras-double et y jetai un coup d'œil. Là ! En haut de la bio Walker, ce que j'aurais dû savoir… Veuf, une défunte épouse du nom de Molly. Et la petite-fille…

– Vous devez être Posie, c'est bien ça ?

Elle acquiesça.

Relevant les yeux de la bio, j'eus le regard attiré par un calendrier maya en terre cuite rouge d'une taille écrasante, accroché à la cheminée, derrière la jeune femme.

– Une bien belle pièce, commentai-je. Authentique ?

Elle se retourna en plissant les yeux, puis haussa les épaules. Je commençais à croire qu'elle devait normalement porter des lentilles.

– Je ne sais pas. Mes grands-parents avaient coutume de rapporter toutes sortes d'objets d'un peu partout. Ça doit venir de Mexico, je suppose.

Laborieusement, je passai des sujets auxquels Posie ne connaissait pas grand-chose à ceux auxquels, apparemment, elle ne connaissait strictement rien – par exemple, la raison pour laquelle son grand-père aurait mis fin à ses jours. Même si je ne me risquai pas à lui poser franchement la question.

– Ça a été un tel choc pour tout le monde… (Je secouai la tête.) Tout le monde admirait votre grand-père. Il semblait avoir tout pour être heureux. (Je baissai d'un ton, et me mis presque à chuchoter en témoignage de respect :) Je ne voudrais pas avoir l'air indiscret, et je n'en dirai certainement rien dans l'article à paraître, mais… était-il malade ?

Elle secoua la tête.

– Je ne pense pas, non. Mais il ne parlait pas de ce genre de chose avec nous, de toute façon.

– Avait-il d'autres confidents ?

– Une autre confidence ?

Grognant intérieurement, je me levai et me mis à examiner les rayonnages tout en les photographiant discrètement (du moins l'espérai-je) à l'aide de mon téléphone portable.

– Non, je parlais de confidents, de proches auxquels il aurait pu se confier, amis ou collègues. Un prêtre, peut-être… ?

– Un prêtre ! (Elle laissa échapper un petit rire aigre.) C'est drôle, ça. Mon grand-père exécrait la religion. De son point de vue, ce n'était qu'un ramassis de conneries pour soutirer leur argent aux gens.

Je hochai la tête.

– D'accord, il ne se serait donc jamais confié à un prêtre. Mais il devait bien avoir des amis. Votre grand-père était un homme très apprécié dans sa communauté. Avec qui partageait-il le fardeau de… décisions difficiles à prendre, par exemple ?

De fait, j'étais tout simplement en train de lui demander à qui je pouvais m'adresser pour mes recherches journalistiques, mais visiblement elle était très lente à la détente. Je finis par comprendre : cette fille n'était pas nécessairement stupide, juste défoncée. En passant devant elle, je humai sur son survêt' et dans ses cheveux une bouffée d'herbe.

– Pas vraiment. Il avait ses vieux potes de HT, j'imagine.

– HT ?

Je l'avais de nouveau déconcertée.

– HoloTech ! La société qu'il a fondée !

– Oh, oui, bien sûr. (Fais un peu tes devoirs, Dollar.) Je ne vous avais pas bien entendue.

– Et puis il y avait ce vieux type africain, sympa. Je ne me rappelle pas son nom.

– Un type africain ?

– Ouais, une espèce de médecin. Il rendait visite à grand-père et ils restaient assis à bavarder. Je l'ai vu ici à deux ou trois reprises. Un mec vraiment sympa. À l'entendre parler, il devait être originaire d'Angleterre, mais grand-père m'a dit qu'il venait d'Afrique.

– Pourriez-vous retrouver son nom pour moi ? Il pourrait… apporter un éclairage unique sur notre article.

Elle roula les yeux au ciel en s'étirant.

– Ouais, mais pas maintenant. J'attends de la visite. (Elle leva la tête vers l'horloge.) Il devrait arriver d'une minute à l'autre.

C'était le signal du départ pour moi. Alors que je me dirigeais vers la porte, je tirai une carte de mon portefeuille.

– Appelez-moi ou envoyez-moi un mail si le nom de cet Africain vous revient, ou n'importe quel détail intéressant, voulez-vous ? Vous m'avez été d'une aide précieuse.

– Bien sûr, pas de problème.

Oh, il m'était arrivé d'entendre des accords de principe moins enthousiastes que ça, mais là… je n'arrivais pas à me souvenir desquels.

En quittant le domicile du défunt, j'ouvris un Zip pour accéder au Hors-Zone, mais l'Équipe de Nettoyage avait déjà fait du bon boulot, soigné et méticuleux, et il ne restait franchement plus rien à voir. Pas même un soupçon du sort atroce qu'on avait réservé à Cirederbe, ou quoi que ce soit d'autre d'utile à l'enquête. Je repassai donc dans le monde réel, et remontai en voiture. Il était presque temps pour moi d'aller à mon rendez-vous avec Clarence pour une séance de baby-sitting.

J'avais à peine longé deux pâtés de maisons lorsque je remarquai qu'on m'avait pris en filature. De façon si flagrante, en plus, que je ne savais s'il fallait en rire ou bien en concevoir au contraire une vive inquiétude. Car, à supposer qu'il ne s'agisse pas de parfaits incompétents, cela signifiait que ces types voulaient que je les remarque. Et donc, qu'ils me jugeaient incapable d'y faire quoi que ce soit. Dans un cas comme dans l'autre, je n'allais pas m'écraser mollement – pas question ! Je pris tout mon temps pour remonter l'avenue de l'Université histoire de bien mater l'autre véhicule, de couleur rouge. C'était une voiture très basse, roulant au ras du sol, avec beaucoup trop de chrome pour être honnête. Une sorte de récepteur dépassait du capot. Je me dis que même les pires démons des Enfers ne seraient pas assez subtils pour se conduire de manière aussi voyante. Au lieu de reprendre l'autoroute, j'entraînai le type en direction du pont de Bois aux Corbeaux. Un voisinage aussi opposé à celui du Palo Alto bordé d'arbres où vivait Walker qu'on peut l'imaginer. Au Bois aux Corbeaux la réhabilitation des années soixante avait fait long feu et, du côté huppé de la ville, les gens en étaient revenus à un passe-temps familier, consistant essentiellement à écraser de leur mépris leurs voisins de la zone est. Du côté est de Bayshore donc, la pauvreté avait repris ses droits. Voir se découper dans le ciel l'orgueilleuse silhouette de Palo Alto, d'un côté, et les tours étincelantes des Mission Shores de l'autre, juste au nord, devait être particulièrement exaspérant pour les résidents de Bois aux Corbeaux. C'est un peu comme d'être la seule pom-pom girl moche de toute la fanfare.

Notre camp dispose d'une planque sûre à Bois aux Corbeaux, un petit appartement quelconque dans un immeuble d'habitation banal, du côté de l'avenue de la Baie. La caractéristique essentielle de l'endroit, c'est que le parking est muni d'un portail électronique. Je saisis le code et m'engageai dans le garage, puis ressortis vivement par l'issue de secours pour reprendre la route et faire le tour du bâtiment. La voiture qui me suivait, une Pontiac GTO rouge flamme au cadre bricolé, était toujours dans l'allée d'accès, tenue en échec par le portail qui s'était méchamment refermé devant elle. Le conducteur me vit venir et tenta d'engager la marche arrière, mais je m'étais dépêché de lui barrer la route en stoppant juste derrière lui. Je restai assis là, attendant de voir comment il allait réagir maintenant. Il me confirma son statut de vulgaire amateur en descendant en trombe de son véhicule pour remonter la rampe d'accès au garage ; il venait crânement à ma rencontre, une main derrière lui. Ô, subtil. Il était jeune, maigrichon et sapé comme une star de hip-hop sortie du ghetto, avec sa casquette de baseball vissée de travers, des chaînes à gros maillons m'as-tu-vu, et son futal baissé à mi-cuisses. Quasiment. Mais il était aussi blanc que le petit gars de la boîte de céréales Quaker Oats.

– Tu fais quoi, là ? me lança-t-il, agressif. Tu bloques ma voiture, mec !

Je sortis au moment où il parvenait à ma hauteur.

– Ah, vraiment ?

Il se mettait manifestement en condition pour le truc stupide qu'il mijotait : il se balançait sur la pointe des pieds, comme pris d'une envie pressante, en gardant la main dans le dos. De plus près, je voyais qu'il arborait un de ces fins colliers de barbichette au menton (le poil disséminé et aussi frisottant que des soies de chenille) qui m'amènent toujours à me demander si le gars n'aurait pas oublié un bout de peau en se rasant.

– Arrête un peu tes conneries, mec ! éructa-t-il en se dandinant encore plus sous le coup de l'outrage. Je te suivais !

Alors, telle une vieille effeuilleuse fanée sur le retour, surgie de son énorme gâteau-surprise d'anniversaire, il me sortit son flingue, un 9 mm. Comme pour me confirmer en outre ses aspirations à passer pour un gangster des rues, il le braquait de traviole sur moi – la meilleure façon de mal viser, avec une bonne chance pour que la douille enraye le canon du pistolet. Je souris malgré moi en écartant les bras en un geste conciliant.

– Du calme, mec. T'as le flingue, c'est toi le boss.

– Ouais ! Et t'as pas intérêt à l'oublier ! (Il se trémoussait toujours, au risque que le coup parte tout seul pour peu qu'il presse accidentellement la détente et blesse un passant innocent. Ce qui ne laissait pas de m'inquiéter.) Que faisais-tu chez Posie, mec ?

Soudain, tout fut limpide. Pour un peu, j'aurais fait la grimace.

– Tu veux dire que tu m'as suivi jusqu'ici parce que j'étais garé dans l'allée de ta petite amie ? Pardon, dans l'allée du grand-père de ta petite amie ?

– On s'en fout ! C'est moi qui pose les questions, putain d'enfoiré ! Et si tu veux pas que j't'emplafonne le cul, tu ferais mieux de répondre.

– On manque un tantinet d'assurance, à ce que je vois ? (Je fis décrire un cercle lent et doux à l'une de mes mains.) Écoute, je vais sortir une de mes cartes de visite de ma poche. OK ?

– En douceur, mec, en douceur.

Il grimaça, histoire de me montrer à quel point il était prêt à « m'emplafonner le cul ». Moi, je me sentais désolé pour ses parents, qui avaient visiblement claqué un fric fou pour sa chouette orthodontie correctrice et qui auraient détesté le voir grincer des dents comme ça. Tout en délicatesse, je tirai une carte de ma poche de veston entre le pouce et l'index, et la lui tendis. À l'instant où il fit un pas en avant pour la prendre, je la lâchai. Dans la demi-seconde où il suivit sa chute du regard, j'en profitai pour lui arracher son flingue et le frapper au front avec, lui laissant une marque rouge en forme de fer à cheval. Il tituba en arrière, puis s'effondra piteusement sur son séant, dans la rampe pentue, la mine toute chiffonnée comme s'il allait fondre en larmes.

– Merde, mec ! Qu'est-ce qui te prend de faire ça ?

– Peut-être bien que c'est parce que tu me brandissais un pétard en pleine poire ?

– Calmos, mec, il est même pas chargé !

Je levai les yeux au ciel.

– Alors comme ça, tu vises un parfait étranger sans même une balle dans ton flingue ? (J'empochai le flingue en question en lui exhibant le mien.) Et si moi, j'avais dégainé celui-là ? Fais-moi confiance, celui-là, il est chargé. Et je ne m'amuserais pas à l'agiter bêtement avant de te descendre.

Il ouvrit des yeux ronds comme des soucoupes.

– Tu m'aurais descendu, mec ?

Je poussai un soupir.

– Lève-toi. C'est quoi ton nom, gamin ?

– *Black Man.*

– Je ne parle pas de ton nom de code du club des Têtes de Nœud ! Qu'est-ce qui figure sur ton permis de conduire ? Ta voiture m'apprend déjà que tu vis toujours chez tes parents – personne ne peut s'offrir autant de chrome avec un salaire minable à remplir les sacs des clients à l'épicerie du coin, à moins de sabrer le loyer. (Il marmonna dans sa barbe.) Quoi ? Plus fort, j'entends pas. Nom et prénom ?

– Garcia. (Il était aussi maussade qu'un élève de CE2 surpris à jouer en classe avec sa Nintendo.) Garcia Passavan.

À la façon dont il avait prononcé son patronyme, on aurait pu entendre plutôt « Penche-toi-en-avant ». Ce qui ne devrait pas tarder à lui arriver en prison s'il continuait à se conduire de façon aussi stupide. Ses compagnons de cellule (ravis de l'aubaine) lui trouveraient de ces petits sobriquets, très parlants.

– Oh. Je me disais aussi… Laisse-moi deviner… tes parents sont des hippies.

– Tu sais que dalle sur moi, mon pote !

– Oh, que si. Regarde-toi un peu, mon pote : du suédois, de l'hollandais, du polonais, de l'écossais, tout un tas d'ancêtres caucasiens en veux-tu en voilà, et Dieu sait combien d'autres ascendants blancs encore, un vrai micmac ! Plus blanc que ça, tu meurs. Et tout ça pour quoi ? Pour que ton plus cher désir soit d'être un pauvre Noir !

– Eh non, mec, j'ai pas honte de mes racines. Je représente la rue !

– Ouais. Et il se trouve juste que ta rue a des vigiles scolaires aux carrefours et des escouades d'horticulteurs armés de souffleurs à feuilles. (Je rouvris la portière de ma voiture.) Mets-toi un peu au parfum, le môme.

Il se releva d'un bond.

– Et ma pétoire ?

– Je devrais vraiment te la confisquer – ça pourrait bien te sauver la vie –, mais tu sais quoi ? Tu vois cette carte par terre, Garcia ? Mon téléphone y figure et, crois-le ou pas, je suis de ton côté. Alors, si tu vois rôder des types louches autour de la maison du grand-père de Posie, ou si tu remarques quoi que ce soit de flippant, quoi que ce soit, tu m'entends ? tu n'hésites pas, tu m'appelles. Et tu récupéreras peut-être ta pétoire.

Il ouvrit de nouveau des yeux ronds, en se frottant la marque que je lui avais imprimée au beau milieu du front.

– Vous êtes qui, vous ? Un privé ?

– Non, fiston, je suis l'Ange Exterminateur du Seigneur.

Je le laissai y réfléchir en repartant. J'espérais qu'il n'allait pas prendre racine là, à force de se creuser les méninges avec ça, ou bien quelqu'un allait venir délester sa jolie caisse rouge flamme de ses jantes rutilantes.

9

Une ombre ardente

– Avez-vous des amis qui… euh… ne sont pas comme nous ? me demanda Clarence.

Je levai les yeux de mon bacon et de mes œufs miroir. Non content de servir de l'alcool dès l'ouverture, au matin, Oyster Bill's propose aussi un petit déjeuner vingt-quatre heures sur vingt-quatre. Mon bistrot de prédilection.

– Tu parles de gens vivants ? Réels ?

Il jeta des coups d'œil affolés autour de lui.

– Vous ne devriez pas parler si fort !

– Une des choses que tu apprendras, gamin, c'est que la plupart du temps, les gens ne remarquent rien qui sorte de l'ordinaire, même quand il n'y a pas d'ange dans le coin.

Je l'étudiai. Passer du temps avec Sam ne l'avait pas encore changé. Il s'habillait toujours comme un crack en matos audiovisuel, chemise proprette et pantalon à pinces kaki. Alors qu'il allait bientôt être midi, il avait l'air d'émerger de sa douche. Je n'avais jamais vu de créature aussi portée sur l'hygiène.

– Des amis qui ne sont pas des anges ? Quelques-uns, oui. Certains vivants sont d'une compagnie agréable et amusante. Et certaines femmes sont trop mignonnes pour qu'on les laisse filer.

Mais enfin, je n'arrive jamais à les connaître aussi bien que je le voudrais…

– Des femmes ? (Il eut l'air soufflé.) Vous voulez dire… vous parlez de sexe ? Des anges ayant des rapports sexuels avec les vivants ?

– Rien d'obligatoire. (Je me rencognai dans mon siège et fis signe à la serveuse pour qu'elle vienne me resservir du café.) Merde, à t'entendre, ça a tout de suite l'air louche et effrayant, un peu comme de la nécrophilie inversée ! Nous sommes tous vivants, nous sommes tous incarnés dans un corps, c'est juste que certains d'entre nous sont à différents stades du processus. (Front plissé, je dardai les yeux sur lui.) Pourquoi cette question ? Quelqu'un t'intéresse en particulier ?

– Non ! (On aurait pu croire, à l'entendre se récrier ainsi, que je venais de lui demander s'il comptait aller arroser à la mitrailleuse un pique-nique organisé par le diocèse du cru.) Non, c'est juste que… c'est si différent.

– Ah, c'est vrai, tu es tout nouveau à ChairMonde. (Par égard envers le gamin, qui avait peur qu'on nous entende, je m'interrompis le temps que la serveuse revienne nous servir le café et reparte.) Est-ce différent de ce à quoi tu t'attendais ?

Il avait renversé un peu de sucre sur la table, et s'amusait maintenant à y tracer pensivement des arabesques du bout de l'index.

– Je ne sais pas. Je… C'est étrange d'avoir un corps. De nouveau, je veux dire. C'est vrai, tout ça, hein ? Parce que, pour ma part, je ne m'en souviens pas.

– Moi non plus. Aucun de nous ne se le rappelle. Ça fait partie du jeu, quelle qu'en soit la raison. C'est ce qui fait de nous de meilleurs anges, j'imagine.

– Eh bien, moi, je ne comprends pas. (Il jeta d'autres regards inquiets à la ronde, tracassé à la perspective d'espions célestes, je suppose.) À quoi bon ? Si le Très-Haut veut que les gens soient bons, pourquoi ne les crée-t-Il pas bons ?

– Nous y voilà.

Je reposai ma tasse de café et me renversai de nouveau contre mon siège. Au-dehors, la grisaille s'était installée, et le vent s'était levé, faisant claquer les fanions au-dessus des quais des ferrys.

– Tu viens de prononcer le mot magique, tu gagnes cent biftons.

– Hein ?

– Tu viens de mettre le doigt sur un des avantages de la réincarnation. Voilà des années que je fais la navette entre le Ciel et ici, fiston, et je ne me souviens pas d'avoir eu une seule conversation comme celle-ci Là-Haut. Au Ciel, personne ne pose de questions. Ce n'est peut-être même pas possible si on n'est pas incarné.

– Je ne comprends pas.

– Aucun de nous ne comprend. Les voies de Dieu sont impénétrables, et tout ça. Et même si aucun d'entre nous ne se remémore ce que nous étions de notre vivant, ou ce à quoi nous pouvions croire, il est évident que nous connaissons la vérité maintenant, et c'est exactement, en gros, ce à quoi s'attendraient la plupart des gens. Quant au pourquoi du comment, j'ai justement une question pour toi.

Il lui fallut un petit instant pour réagir.

– Euh… ouais ?

– Qu'est-ce qui te fait croire qu'il y a autre chose ? On ne voit peut-être que ce qui est accessible à notre compréhension limitée, et on ne perçoit de la réalité du royaume des Cieux que ce qu'un marmot de trois ans pourrait concevoir de la physique quantique, disons.

Il parut quelque peu troublé.

– Voilà une idée bien étrange, monsieur Dollar.

– Je suis un mec plutôt étrange, dans mon genre.

Ç'avait été très calme, ces deux ou trois derniers jours, mais l'après-midi suffit à inverser la tendance : trois appels, et je traînai le gosse avec moi à chaque fois. Le premier cas fut celui d'un petit vieux dans une maison de retraite, près de la 84 : mort naturelle, une vie entière d'électricien, de bon mari, de bon père, aucun problème. R.A.S. Le client suivant, un patron de garage de cinquante-neuf ans, avait eu une crise cardiaque en pleine épreuve sur la machine cardio de la maison des jeunes d'Hudson Street. Se présenta ensuite le cas attristant d'un accident domestique mortel survenu dans le quartier latino : une jeune mère de famille s'était ouvert le crâne dans sa cabine de douche.

En arrivant sur les lieux du premier décès, j'eus un message de mes supérieurs à l'instant même où j'accédais au Hors-Zone.

Vous êtes demandé dans la Cité Céleste, Ange Doloriel. (Chaque mot crépitait sous mon crâne. Il n'y avait pas de source d'émission décelable.) *Votre Archange désire vous parler.*

Je n'en étais pas très surpris. Je le savais bien, nos supérieurs n'appréciaient pas que l'un de nous ne soit pas régulièrement en contact, et encore moins que nous déménagions sans prévenir. Ce n'était pas un crime, cela dit. Je me présenterais Là-Haut en soirée.

L'affaire du petit vieux de la maison de retraite et celle de la jeune mère de famille furent vite réglées, sans encombre. Le seul accroc concerna le garagiste, un certain Hilbert Crosley, qui, s'avéra-t-il, avait détourné des milliers de dollars du service des pièces détachées de son concessionnaire, après que l'alcoolisme de sa femme l'avait plongé dans la dépression. Il s'était attaché par la suite à restituer en douce les sommes détournées, petit à petit. Mais la mort avait frappé avant qu'il ait le temps de tout rendre. Nous négociâmes un accord avec le nouveau procureur ; un type gluant et obséquieux (littéralement visqueux, et figurativement aussi, selon toute probabilité). Ce Flaque-de-Pus, de son petit nom charmant, reconnut qu'il allait avoir du mal à remporter la victoire malgré l'escroquerie avérée de son client – le restant de ce qui le concernait étant entièrement bon, sans zone d'ombres –, et notre Crosley s'en tira avec une sentence clémente : il passerait un peu de temps d'abord au Purgatoire.

– Mais ce n'était pas un mauvais bougre ! protesta Clarence ensuite. (Nous étions passés en vitesse nous prendre un hamburger à un petit routier du coin.) Pourquoi avez-vous accepté qu'on l'envoie au Purgatoire ?

– Parce que même s'il s'agissait d'une infraction à caractère lucratif, commise contre la propriété d'autrui, ça n'en constituait pas moins un abus de confiance, ce qui peut justifier des verdicts très sévères. Tu ne connais pas Remiel aussi bien que moi. (Remiel était le juge appelé à statuer sur l'affaire Crosley. Et, pour une entité entièrement composée de lumière sacrée, Remiel avait, comme qui dirait… un balai dans le cul.) Crois-moi, notre homme purgera sa peine au Purgatoire les doigts dans le nez.

– Mais il s'agit de la vie des gens ! (Clarence cherchait tellement à me gagner à son point de vue qu'il ne voyait même pas la sauce tomate et les oignons déborder de son hamburger et couler sur ses cuisses.) Leur éternité est entre nos mains !

Baissant les yeux, il fronça les sourcils, puis entreprit de se nettoyer à l'aide d'une serviette lamentablement inadaptée.

– Exactement, répondis-je. Leur éternité est entre nos mains – c'est même la description de notre boulot, en quelque sorte. Alors mieux vaut minimiser nos pertes plutôt que de prendre le risque de courir à la catastrophe.

Je fis de mon mieux pour lui expliquer que j'en étais passé par là, moi aussi, en m'attaquant à chaque affaire avec toute l'ardeur de l'entraîneur de foot du lycée déterminé à faire décrocher la victoire à son équipe qui ne part pas favorite. Mais rien qu'à voir la façon dont il me regardait, manifestement, il ne pigeait pas. Lui ne voyait pas les choses à ma façon. Autrement dit, si Clarence était vraiment ce qu'on voulait nous faire croire, un tout nouvel avocat-stagiaire, il devrait apprendre à la dure, comme nous autres avant lui.

Les juges des Cieux ont leurs propres convictions dont ils ne démordent pas, et ils détestent qu'on leur fasse la morale en défendant une autre approche de l'éthique. En fait, ils se considèrent comme l'incarnation vivante, la définition littérale de la moralité, et ils ont les moyens de leur politique. Une série noire d'échecs cuisants m'avait appris la leçon la plus cruciale de toutes : il s'agit de faire son possible, de prendre tout ce qui se présente, et de cicatriser au mieux. Si vous ne parvenez pas à amener le juge à partager vos vues, vous devez vous contenter de la maigre victoire que vous réussissez à décrocher. Personne n'aime se résigner au Purgatoire, mais c'est de très loin préférable au fait de miser gros et de tout perdre, car là, c'est sur la vie des gens que nous parions – plus précisément, sur le salut éternel de leur âme. Et quand je perds une affaire, ça fait très mal – sauf que ce sont mes clients condamnés qui paient le prix fort, pas moi.

Comme je ne reçus aucun autre appel pro sur mon téléphone, je fis ensuite un saut aux Compas, dans l'espoir de choper Sam et de lui rendre officiellement Junior. Hélas, mon pote brillait par son absence. J'y retrouvai Monica. Même si elle se contenta de me sourire en me saluant, je trouvais son attitude vraiment bizarre. Je me demandai si elle était passée chez moi la veille au soir et si elle avait découvert que j'avais déménagé. Sauf que, dans ce cas, elle n'aurait pas pu passer à côté de la marque monstrueuse de griffes calcinées, sur ma porte. Le genre de détail qu'on mentionne forcément, non ? Donc elle se demandait juste pourquoi je ne l'avais pas rappelée depuis la nuit que nous avions passée ensemble, j'imagine.

Avec toute la patiente bienveillance que Monica me témoignait ostensiblement, j'avais l'impression d'avoir une cible dessinée dans le dos. Je bus rapidement mon verre, m'attardant juste le temps d'échanger les invectives rituelles avec Joli Cœur, Walter Sanders et les autres potes.

En remettant ma veste, je lançai à Junior :

– Eh, Clarence, tu veux que je te dépose chez toi ?

– J'aimerais bien que vous arrêtiez de m'appeler comme ça. J'ai vu *La Vie est belle*, vous savez. Je comprends.

– Et quand tu auras gagné tes ailes d'ange, nous cesserons de t'appeler Clarence pour t'appeler plutôt Harold, Harry ou tout ce que tu voudras.

– Harrison, grommela-t-il, un tantinet boudeur. Harrison Ely. Et ouais, j'aimerais bien que vous me déposiez chez moi, OK.

Il s'avéra que ce pauvre Clarence, quand Sam ne passait pas le prendre, s'emmerdait avec le bus pour venir travailler. Un ange, bringuebalé dans un de ces autobus municipaux crachotant des nuages de pollution… vous imaginez le tableau ? Putain, je préférerais encore y aller à pinces, je vous jure !

– Ravie de t'avoir revu, mon chou ! me lança Monica tandis que je poussais le gamin en direction de la sortie.

– Tout le plaisir était pour moi, ma beauté.

Mais je me gardai bien de m'attarder.

– Les Hauteurs Brittan ? fis-je tout en filant plein ouest, vers les collines. Je ne savais même pas qu'il y avait des appartements par là-bas. Pas dans ce genre de voisinage, en tout cas.

– Hum, je… je vis dans une maison.

– Depuis quand l'administration alloue-t-elle des allocations logement suffisamment généreuses pour une maison ?

Mes instincts étaient de nouveau en alerte. De qui ce gamin était-il donc l'ami ?

– Non, non, rien de cela, c'est juste que… (Il se tortillait près de moi, côté passager, comme s'il se préparait à se jeter hors de la voiture, alors que je fonçais sur le bitume de l'autoroute 84.) Je loue une chambre.

– Toi, tu loues une chambre ? À des gens réels ? (Je gloussai.) T'es dingue, gamin ! Pourquoi diable ferais-tu une chose pareille ? Tu as pensé au jour où tu auras ton propre cabinet d'avocats, et que tu te retrouveras à faire des heures sup' la nuit ?

– Je ne sais pas. Je m'en préoccuperai l'heure venue. Les gens qui me louent cette chambre sont aimables et tolérants, je m'entends bien avec eux. En plus, ça me permet d'économiser.

Là, plus de doute possible : il était cinglé, le pauvre garçon.

– Ça te permet d'économiser ? Quoi, parce que tu comptes acquérir un petit chez-toi un jour ? Avec coin pelouse et palissade ?

– Inutile de vous montrer désobligeant ! C'est juste que… je crois aux vertus de la frugalité et de l'économie.

Rien qu'à sa façon de dire cela, je voyais bien que je l'avais froissé. Mais je m'en foutais. Tout ça était grotesque. Nous ne sommes pas des gens normaux. On ne devient pas des gens normaux. Ce n'est pas notre job.

Le restant du trajet s'accomplit en silence. Je mis *Blood on the Tracks* de Dylan et écoutai *Lily, Rosemary and the Jack of Hearts* tandis que nous tracions, longeant de jolies résidences hors de prix. Clarence me pria de m'arrêter devant une grande maison de style hispanique, près du parc Crestview.

– L'endroit est sympa, commentai-je tandis qu'il descendait.

Il haussa les épaules.

– Ce sont aussi des gens sympas. Merci pour le tour en voiture.

C'est vrai, je trouvais ce gamin trop sentimental et idiot, mais, alors que je rebroussais chemin en direction des lumières de la ville, plus bas, je me surpris à l'envier. Ce devait être sympa en effet de rentrer là où quelqu'un ou quelque chose, parfois, vous attend – une maison où vivaient d'autres personnes à part vous, voire un animal de compagnie. Je n'avais jamais rien eu de tel, je n'avais jamais voulu m'encombrer. Et quand je serais de retour dans ma planque, je savais déjà que ça me serait passé. Mais, durant ces quelques instants en tout cas, j'éprouvai ce qu'un ange moins indépendant aurait pu appeler solitude.

Sur le seuil de ma chambre de motel, je fus cueilli par une véritable fournaise, comme si j'avais laissé le thermostat du four au maxi en sortant. Puis ce fut l'odeur qui me frappa, si féroce et si méphitique que je titubai de deux ou trois pas en arrière, en franchissant derechef le seuil, et en agitant une main horrifiée devant mon visage. C'est ce qui me sauva : ce qui me guettait s'écrasa de toute sa masse contre la porte entrouverte, et l'impact du choc arracha du mur la charnière supérieure. La porte se mit à pendre de guingois. L'instant suivant, mon visiteur acheva de la pulvériser en mille morceaux en lui passant dessus pour accéder à l'allée bétonnée telle une pieuvre jaillissant gracieusement d'une minuscule anfractuosité, dans la roche.

Sauf que là, ça n'avait rien d'une pieuvre. Ou de quoi que ce soit d'autre que j'aie jamais vu, d'ailleurs. Ça avait vaguement la forme d'un homme, mais d'un homme colossal, mesurant dans les deux mètres cinquante, et d'aspect si sombre que même à la faveur de l'éclairage du parking, j'en discernais à peine les contours. Je pouvais juste voir qu'il avait des cornes frontales et une sorte de museau complexe lui donnant de vagues airs de minotaure – sous forme de sculpture abstraite. À bonne distance, je sentais encore la chaleur douloureusement intense qu'il dégageait.

Hors de question de faire front ! Tournant les talons, je piquai un sprint à travers le parking du motel. Je l'entendis galoper à mes trousses en semant sur sa course force éclats de bois ; je me jetai sous une fourgonnette familiale en cherchant désespérément à tirer mon revolver de mon ceinturon, ce qui n'est pas un mince exploit quand on est à plat ventre sous un 4 × 4 graisseux. La créature ne faisait toujours pas le moindre bruit, si on exceptait ses grognements sourds – *tant mieux*, me dis-je, *si ça respire, ça peut mourir*. Cependant, elle savait parfaitement où je me terrais. Elle contourna le véhicule, puis une énorme main brûlante apparut soudain dessous, manquant ma tête d'un cheveu. Je peux jurer que je sentis mes sourcils roussir instantanément, comme si on avait tenté de me presser un gaufrier sur le visage.

L'instant suivant, la créature se pencha pour soulever le véhicule entier sur ses deux roues arrière. Comme je ne tenais pas à savoir ce qui se passerait si elle le lâchait sur moi de tout son poids, je roulai sur le côté en réussissant enfin à dégainer. Je vidai le chargeur de mon flingue dans son torse – les cinq balles d'un coup. Je n'arrive toujours pas à croire que j'aie pu la rater de si près mais autant que je puisse en juger, la créature tituba à peine, lâchant le 4 × 4 sous l'effet de la surprise. Tandis que celui-ci rebondissait sur ses gros pneus tout-terrain, j'en profitai pour détaler. À nous deux, on faisait un raffut d'enfer, vous n'avez pas idée ! Alors que mourait l'écho des détonations, quantités de lumières s'allumèrent aux fenêtres du motel. Je n'avais pas la plus petite idée du genre de créature qui était à mes trousses, mais je ne tenais pas à ce que des gens ordinaires se retrouvent au milieu de la mêlée. D'après ce que je venais de voir, mon assaillant les faucherait aussi aisément que des épis de blé.

Et voir cette immense ombre cornue se rapprocher de moi ne fit que renforcer ma détermination. Quand elle examinerait la scène, plus tard, la police conclurait que la voiture avait été vandalisée à l'aide d'un fer à souder et d'une pioche, mais moi j'étais là, je savais à quoi m'en tenir. Ces marques avaient été faites par des doigts et des orteils, ou des sabots – ou autre. Entendre crisser le métal éventré par ces griffes suffisait à m'informer du sort qui m'attendait si jamais ce monstre me happait. Je bondis donc à l'écart et piquai de plus belle un sprint à travers le parking, en direction des lumières du Camino Real, tout en tâtonnant pour mettre la main sur mon clip à chargement rapide et en louvoyant pour éviter de m'emplafonner des motards salement surpris qui s'excitaient sur leurs klaxons.

Voilà pourquoi je déteste porter un flingue. D'ailleurs il suffit que j'en aie un pour que d'un coup je n'arrête pas d'en avoir le plus grand besoin !

Par la suite, des témoins oculaires firent à peu près tous état d'une sorte d'ours noir massif affublé d'une perruque d'Halloween en train de pourchasser un homme au beau milieu de la circulation, et sautant même par-dessus un taxi, à un moment. Le conducteur avait dérapé et écrasé sa pédale de frein en une tentative désespérée pour éviter de percuter les autres véhicules, dont les conducteurs pris de court avaient également débrayé en urgence sous l'empire de l'effroi. Selon l'unique témoin à présenter une version différente des faits, l'homme poursuivi avait enjambé le taxi, lui aussi, et ce n'était pas un ours mais un « gorille géant avec un casque viking » qui le pourchassait. En tout cas, lui seul – en plus de moi-même – semblait avoir remarqué que le monstre arborait d'impressionnantes cornes.

J'atteignis l'autre côté du Camino Real avec, royalement, une seconde et demie d'avance sur l'Ombre Ardente. J'en pleurais presque de rage tant ma propre stupidité m'exaspérait – fallait-il être con, bon dieu, pour rester deux nuits de suite au même endroit ! Je haletais, pratiquement à bout de souffle, mais n'osais m'arrêter. J'étais pratiquement certain que la justesse de ma visée n'était pas en cause lorsque j'avais voulu truffer de plomb ce putain de démon, et, sur l'instant, aucune autre idée ne me venait en tête. Lancé dans ma fuite éperdue, j'atteignis un concessionnaire de voitures d'occasion de l'autre côté de la rue. Au lieu de plonger sous un autre véhicule (je ne me fiais vraiment pas à la garde au sol annoncée pour ces modèles économiques d'exposition), je fonçai droit sur la vitrine tandis que le monstre gagnait du terrain derrière moi – je le sentais –, telle une boule de lumière filant à toute allure. Des serres de l'envergure d'un râteau de jardinage sifflèrent en cisaillant les airs juste au-dessus de ma tête. Sentant mes cheveux grésiller, je me dis qu'au moins, j'avais une bonne idée maintenant de ce qui avait laissé la marque sur ma porte d'entrée. Au dernier moment, je me déportai de côté en réussissant, je ne sais trop comment, à rester sur mes deux pieds.

Mais le monstre, lui, était trop corpulent pour dévier de sa trajectoire avec autant de vivacité, et il percuta de plein fouet la grande plaque en verre de la façade du magasin d'exposition, qui faisait bien trois mètres sur dix. Avec un fracas pareil, on aurait pu croire qu'une bombe venait d'exploser dans une cathédrale.

Quand la créature émergea des décombres, j'étais accroupi sur le pare-chocs arrière du bus N 35, de l'autre côté de Camino Real, en direction du sud. Je distinguais vaguement l'Ombre Ardente qui reniflait dans le showroom en ruine, mais apparemment le monstre ne m'avait pas vu cramponné à l'arrière du bus qui s'éloignait. Je repris péniblement mon souffle tout en saignant doucement sur le logo CalTrans.

Le ruban d'asphalte défilait sous moi. Je n'avais pas acheté de billet.

10

Effrayés à ce point

Je sautai du bus dans le quartier Miramonte, à la pointe sud de la ville. Après une longue conversation avec le réceptionniste nerveux d'un motel d'une chaîne bas de gamme (et après lui avoir filé un bakchich de vingt dollars – j'en gardais une liasse de secours, dans mon ceinturon), je finis par avoir droit à une chambre. Une planque serait un terme plus adapté, même si je n'avais pas idée si se soustraire à la détection du monstre auquel je venais d'échapper à grand-peine était seulement envisageable. Il n'empêche, anges, démons et autres esprits malins ne peuvent faire fi des lois cosmiques – c'est juste que certaines de ces lois diffèrent selon qu'elles s'appliquent à vous, ou bien à nous. Si une monstruosité possède une incarnation, et celle qui me pourchassait était certainement dans ce cas (ardente, très forte et très teigneuse, vous vous rappelez ?), c'est qu'elle opère sur le plan physique. Elle pouvait être à même de me pister à l'odeur ou autre, mais dans une cité comptant au bas mot un million d'âmes, il lui faudrait d'abord se rapprocher pas mal de moi avant de me localiser par ce biais. Des espions avaient dû la guider sur ma voie, j'imagine, mais ça voulait probablement dire qu'elle surveillait mes antres de prédilection. En restant toujours en mouvement, je ne devrais pas courir trop de risques. Contre ce genre de monstre, pareille précaution était dérisoire, je sais, et ça ne le ralentirait sans doute pas plus d'une ou deux secondes, mais tout de même, je poussai la chaîne de sécurité de la porte et calai une chaise sous la poignée pour faire bonne mesure.

Je m'étais arrêté à une pharmacie du coin pour m'acheter un kit de premier secours. Après m'être soigné, je pus enfin laisser sur mon lit de motel mon corps endormi, badigeonné de Bétadine et pansé – je souffrais de plaies mineures, compte tenu des circonstances –, pour répondre à l'appel de mes supérieurs.

Je n'étais vraiment pas pressé de connaître le sort qu'on me réservait Là-Haut, et j'aurais bien aimé traîner encore un peu la patte. Je pris donc le plus long chemin pour accéder à la Cité Céleste. Je ne risquais pas de réprimandes particulières ce faisant, puisque le Temps n'a pas cours au Ciel : vous y êtes quand vous y êtes. Tout se déroule Maintenant. Eh ouais, c'est un peu dur à expliquer, et plus encore à comprendre tant qu'on n'est pas passé par-là.

Bref, puisque ça ne ferait de différence aux yeux de personne, sauf aux miens, je pris tout mon temps pour traverser les Champs Élyséens, humant l'air si doux et puisant du réconfort à admirer les danses et les chants des fidèles ravis, dans ces prairies infinies. Si nous faisons ce que nous autres, les anges, faisons, il y a une raison, me dis-je parfois (surtout lorsque les agissements en question sont particulièrement déplaisants, effrayants ou éprouvants) et, dans mon cas, ça consiste à guider les âmes méritantes jusqu'au repos éternel, dans la joie et le contentement. Chaque succès que nous remportons permet à quelqu'un de tourner le dos à toutes ces misères, aux maux de l'existence et aux ravages de la vieillesse pour venir renaître ici à la vie, en goûtant à la félicité d'une jeunesse éternelle dans les Jardins du Seigneur.

Ce genre de pensées m'aidait – comme toujours –, mais ça ne me débarrassait pas de tous mes problèmes. Et ça ne rendait pas toute cette embrouille plus facile à comprendre non plus.

Quelle était donc cette abomination cornue si résolue à m'arracher la tête des épaules ? La puanteur qui s'attachait à ses pas venait des pires fosses de l'Enfer, des plus profondes, alors qu'il est très dur pourtant de manifester quelque chose comme ça dans le monde réel – une des raisons pour lesquelles anges et démons revêtent à peu de choses près l'aspect de gens ordinaires lorsqu'ils résident sur Terre. Rester dans le banal et l'ordinaire est tout simplement plus facile à maintenir comme illusion. Donc, il avait bien fallu que quelqu'un déploie une puissance colossale rien que pour matérialiser ce monstre, et le lancer ensuite à ma poursuite – ce que l'Ombre Ardente faisait manifestement depuis quelques jours au moins. Alors… qui voulait à ce point me faire souffrir ? Qui avait juré ma perte ? Déterminer la nature exacte de cette monstruosité suffirait-il à me livrer un indice sur l'identité de mon ennemi ?

À part qu'elle était corpulente et malveillante au possible, je ne savais rien d'autre. Et si j'aurais pu jurer au départ qu'il s'agissait bien d'un démon, à présent je n'en étais plus aussi certain. Quelque chose d'insolite m'en empêchait. J'avais l'impression que c'était une entité très ancienne… primitive. Même les rapporteurs les plus vicieux, les plus monstrueux de l'Opposition peuvent habituellement communiquer, ou vous donner en tout cas l'impression qu'ils le pourraient s'ils le voulaient. La chose cornue m'avait paru incapable de la moindre pensée intelligente, tant elle était tout entière habitée par la violence. Elle ressemblait davantage à un concept auquel on aurait donné vie qu'à un être doué de raison. Je n'avais jamais rien vu de tel ni n'en avais entendu parler. Mais en tout cas elle était bien réelle, et décidée à me voir mort.

Au fait, vous pourriez vous demander pourquoi je me suis débattu comme un beau diable pour lui échapper, puisque la mort n'est pas quelque chose de définitif pour mon engeance… Vous vous dites sans doute : « Ah, la belle affaire, monsieur l'Ange ! Un vilain pas beau veut vous mordiller un peu les fesses ? Et après ? Vous pouvez toujours vous réincarner dans un autre corps, pas vrai ? » Oui, mais voilà, quelques éléments clés vous échappent encore…

Tout d'abord, et c'est toujours très important à prendre en ligne de compte, surtout en ce qui me concerne, une mort douloureuse fait un mal de chien. Personne à ma connaissance ne tient à finir éviscéré sous les griffes d'un monstre aux allures de harpons chauffés à blanc, même avec la certitude que ce ne sera qu'un bref intermède dans un voyage à travers l'éternité. Ensuite, il arrive parfois que les anges (ou les démons, d'ailleurs) ne puissent être ressuscités. C'était arrivé à mon premier mentor, Léo, et le procureur Cirederbe vient tout juste d'offrir un autre exemple déplaisant du phénomène. On n'en parle guère, du moins au Ciel, mais tout le monde sait que ce n'est pas du domaine de l'impossible. De temps à autre, un ange est annihilé, véritablement renvoyé au néant, et ne peut en aucun cas être ramené à la vie. Nos supérieurs disent toujours que ce genre de « mort non corroborée » (charmant euphémisme dans leur bouche, pas vrai ?) est dû aux manigances maléfiques de l'Opposition. Seulement, certains de mes collègues ont murmuré au fil des ans que ça semblait souvent arriver aux fauteurs de troubles – le genre d'anges qui ne manqueront pas aux instances célestes.

Sacrilège !

Je sais. Mais là, je ne fais que vous rapporter ce que d'autres avancent. J'ajouterai cependant que si mes collègues en question m'en avaient touché un mot, c'est principalement qu'ils s'inquiétaient à l'idée que je rejoigne un jour les rangs de ces anges à problèmes.

Tant de questions… L'une d'elles venait juste de me venir à l'esprit : pourquoi envoyer un monstre avec, à la clé, une absorption phénoménale d'énergie, même pour un puissant suppôt des Enfers ? Pourquoi ne pas se contenter plutôt d'envoyer deux ou trois démons philistins bas du front, voire, à la rigueur, des humains ordinaires munis d'Uzis ? À condition de s'amener avec suffisamment de puissance de feu, on peut flinguer à peu près n'importe quel ange rattaché à la Terre.

Ce qui me souffla une idée des plus troublantes : d'où me venait cette certitude qu'on m'avait expédié ce monstre aux basques pour me tuer ? Possibilité plus effrayante encore : on avait ordonné ma capture.

Si je dis cela, c'est que, si le procureur Cirederbe avait fini par expirer, il est clair qu'on l'avait d'abord mis au supplice. Et même quand on parle des puissances infernales, le mobile de tortures est toujours à chercher sur une liste d'une grande brièveté : soit la bonne vieille soif de vengeance sadique, soit le désir de faire un exemple, soit encore la recherche d'informations à soutirer. Si on prend en considération le fait que ma détresse paraissait liée au mystère Walker et au sort réservé consécutivement à Cirederbe (avec la volonté manifeste de lui arracher tout ce qu'il savait sur cette affaire), j'étais à peu près sûr et certain qu'être capturé vif serait pour moi pire encore que d'être tué – alors même que j'ai horreur d'être tué, comme je l'ai dit.

Quelque peu revigoré par l'apaisante traversée des Champs Élyséens, ma quintessence angélique ne menaçait plus de céder sous le stress et je me laissai porter jusqu'à la Cité Céleste sans revivre cette fois d'expérience subjective. Le voyage ne s'accomplit pas instantanément – pas tout à fait, même si, en fait, c'est plus que cela… un peu comme ces particules qui peuvent être à plusieurs endroits en même temps. On clignote dans un lieu jusqu'à ce qu'on clignote dans un autre – je ne saurais mieux le formuler qu'en ces termes peu satisfaisants, j'en ai peur. Bref, j'entrai dans le bureau de Temuel à l'instant précis où il m'attendait. Il paraissait néanmoins impatient, et nerveux.

– Entre, Doloriel, me dit-il. (Oh, oui, mon superviseur était décidément inquiet ; l'aura qu'il dégageait était fluctuante, aussi floue qu'un sapin de Noël derrière une fenêtre aux carreaux embués.) Ils nous attendent.

Un instant plus tard, nous étions hors du labyrinthe lumineux connu sous le nom d'immeuble California, et nous retrouvions tout aussi vite hors du complexe nord-américain. La Mule et moi nous tenions maintenant devant les portes imposantes d'un palais que je découvrais pour la première fois (ou sinon, c'est que je n'en avais gardé aucun souvenir, j'aurais pu jurer que je ne l'avais encore jamais vu.) D'ailleurs, autre bizarrerie caractéristique du Ciel : il est très difficile de se remémorer des détails lorsqu'on se réincarne dans un corps mortel. Et chaque fois qu'on retourne Là-Haut, on a l'impression en somme de tout redécouvrir. Ce vaste édifice se composait de pure adamantine – ou, si vous préférez, de plaques de diamants de la taille d'une montagne. Ce palais tutoyait effectivement les nuées célestes d'un azur par ailleurs aussi beau mais plus translucide que le ciel de la Terre, les étoiles étincelant au travers. La lueur des âmes mobiles évoluant au sein de ces nuées azurées perçait encore la substance des parois de la tour.

– L'Anaktoron[1] de la Troisième Sphère, me glissa Temuel à l'oreille.

Et la sourde tension perceptible dans sa voix m'apprit tout ce que je ne savais pas déjà à propos du siège du gouvernement consacré aux affaires terrestres.

– Que sommes-nous censés faire là ?

Ma question n'eut aucune réponse. L'instant suivant, nous étions dans la place – où nous étions effectivement attendus, puisque nous n'avions même pas eu à entrer en rapport avec les anges saisissants, terrifiants, postés aux portes du palais. Nous nous matérialisâmes devant une colossale table en pierre, dans une salle qui paraissait de la taille de Pasadena ; les fenêtres, mesurant bien dans les trente mètres de haut, laissaient filtrer la lumière nacrée des Cieux. Une authentique rivière déroulait ses lacets tout autour de la table, à travers la substance du sol au poli brillant, et la mélodie de l'eau vive

1. L'un des principaux sanctuaires panhelléniques, à l'origine dédié aux mystères du culte.

troublait seule le silence de ces lieux des plus imposants. Face à nous, de l'autre côté de la table, cinq silhouettes lumineuses planaient dans les airs : cinq anges éminents. Singulièrement éminents, en fait. Deux étaient (d'aspect du moins) du genre masculin et deux, féminin. Le cinquième ? Impossible de le déterminer à première vue.

– Voici ton éphorat. (Temuel me présenta les cinq éphores qui le composaient, soit, de gauche à droite :) Karael, Chamuel, Terentia, Anaita et Raziel.

Certains de ces noms m'étaient plus que familiers. Je n'avais jamais eu la moindre envie de me retrouver convoqué en présence de l'un d'eux – et encore moins des cinq à la fois. Un éphorat est un conseil de hauts magistrats, réuni pour statuer sur un cas. Personne ne savait au juste comment des anges éminents étaient choisis comme éphores, mais ça conférait en tout cas un caractère décidément officiel à n'importe quelle affaire, et ce, au plus haut niveau. Étais-je donc digne de tant d'attention ? Avait-on constitué un éphorat pour me condamner ? Je n'aurais su le dire, mais force est d'admettre que j'espérais bien que non. Ce qui est sûr, c'est que j'avais décroché le gros lot…

– Bienvenue, Doloriel, me dit Terentia.

Terentia ? Reflets de lumière chatoyante d'une prodigieuse beauté, elle n'était qu'amour et miséricorde. Toute de couleurs submergées par un lustre de blancheur scintillante, elle paraissait être le magistrat en chef de cette petite congrégation.

– Dieu t'a en Son Amour.

Je baissai la tête. Impossible d'être dans une pièce baignée par tant de feux séraphiques sans se sentir soi-même submergé, tel un enfant mis en présence de ses vénérables aînés. Impossible, même, de ne pas en concevoir de la frayeur.

– Merci, Magistrat.

– Les événements récemment survenus sur Terre nous préoccupent, dit Karael.

D'une étonnante jeunesse, il rayonnait dans son armure étincelante d'électrum. Le simple contact de ses pensées à la puissante résonance manqua de peu me faire tomber en pâmoison. Ses couleurs tiraient davantage sur le foncé que celles de Terentia, des ondulations noires et rouges zébrant son éclat comme autant de galets dans le lit d'un torrent. La réputation de Karael le précédait dans toute la Cité Céleste. Il était au nombre des anges militants, des guerriers – un vétéran de la Chute. Et, en sa présence, on ne pouvait que constater à quel point il respirait la puissance. Je ne pus m'empêcher de me demander quelles célestes et complexes règles protocolaires l'amenaient à se placer derrière Terentia, en léger retrait.

– Nous souhaitons entendre tout ce que tu sais à propos de l'âme d'Edward Lynes Walker.

À ces mots, je me sentis tout de suite un peu moins angoissé. Apparemment, cet éphorat avait pour vocation d'enquêter sur l'affaire Walker, et non de statuer sur mon sort. Naturellement, si les éphores concluaient que j'avais foiré, ça ne me sauverait pas. Mais au moins, ce n'était pas juste Bobby Dollar qui était sur la sellette.

Je leur dis donc tout ce que je savais. Oh, il n'était pas question que je mentionne toutes les pensées douteuses que j'avais pu nourrir dans les replis de mon âme, bien évidemment, mais tout le reste – Gras-double, le Point d'Eau, la petite-fille de Walker et son idiot de boyfriend… jusqu'à ma rencontre avec la Comtesse aux Mains Froides. Je n'irai pas jusqu'à dire que les anges éminents lisent dans les pensées, mais en tout cas, il aurait fallu quelqu'un de bien plus fort que votre estimé narrateur pour arriver à passer sous silence des faits cruciaux face à ces cinq éphores assermentés. J'avais une frousse de tous les diables ! Et vous aussi, à ma place, si votre âme immortelle avait été en jeu.

– Pourquoi as-tu éprouvé le besoin de parler coûte que coûte à cette Comtesse ? voulut savoir Anaita lorsque j'eus fini mon rapport.

De tous les éphores réunis, elle paraissait la plus douce, avec le timbre de voix d'une jeune fille innocente, un abord fin et délicat évoquant un arc-en-ciel en surimpression contre l'éclat solaire – juste avant de s'y abîmer tout entier et d'y disparaître. Mais en tout état de cause, je ne m'y laissai pas prendre : la douceur est une notion toute relative lorsqu'on parle d'une créature qui transperçait des hordes de démons en long, en large et en travers durant la dernière grande guerre qui nous avait opposés aux Légions de Satan.

– Pourquoi te placer délibérément en si grand péril, Ange Doloriel ? Tu sais bien que les créatures de l'Adversaire ne te veulent aucun bien.

– Même des menteurs patentés peuvent se révéler utiles, Magistrat, ne serait-ce qu'en prêtant attention aux mensonges qu'ils choisissent de proférer et à leur façon de les proférer, répondis-je courtoisement. Je désirais avoir plus d'informations, j'étais bouleversé au nom du Ciel et troublé qu'une telle chose puisse se produire – la disparition pure et simple d'une âme.

– Voilà qui sent à plein nez l'arrogance et l'orgueil !

L'exclamation de Karael avait résonné comme un coup de tonnerre lointain. Imaginer Anaita frapper des démons n'allait peut-être pas de soi, mais Karael, lui, devait probablement en châtier une dizaine tous les matins avant le petit déjeuner, histoire de se lever du bon pied.

– Tu n'as pas demandé conseil à tes supérieurs. Tu n'as pas fait part de tes interrogations à l'archange Temuel ou à qui que ce soit d'autre.

– Et à présent, enchaîna Chamuel, à cause de ton entêtement bien connu, te voilà aux prises avec l'un des ennemis jurés du Ciel. (Son rayonnement était nacré ; à certains moments, je parvenais à discerner les contours d'un être humain sous cet éclat, un peu comme au travers d'une brume.) Quelqu'un a mentionné ton nom à un terrible esprit primordial : un *ghallu*, un esclave de la Nuit Ancienne. Ce qui a eu pour effet de mettre en péril à la fois ton enveloppe corporelle et ton âme immortelle, qui sont des dons du Ciel.

Je savais maintenant à quoi j'avais affaire (en tout cas, je pouvais désormais mettre un nom sur mon adversaire), même si j'appréciais évidemment très peu le côté « âme en danger » de l'affaire.

– Nous sommes également contrariés que tu aies changé de lieu de résidence terrestre sans juger bon de consulter au préalable ceux qui veillent sur toi, renchérit Raziel, l'ange asexué qui avait gardé le silence jusque-là. (Il était assez foncé – si l'on peut dire d'un ange qu'il est foncé –, avec un rayonnement aussi ancien et vermeil qu'un coucher de soleil.) Tu es un guerrier du Ciel. Agir de ton propre chef, sans consulter personne, laisse à penser que tu ne te fies pas à l'amour que le Très-Haut et Ses ministres te portent.

– J'en suis tout autant troublée, Doloriel, reprit Terentia. Raziel soulève une question que j'aurais moi-même formulée s'il ne m'avait devancée. J'aimerais entendre ta réponse.

C'était peut-être le tournant le plus critique, le plus dangereux, de ma comparution devant ces éphores. Parce qu'ils avaient absolument raison, bien sûr. Je ne me fie pas au Ciel – ou disons du moins pas à tous les résidents du Ciel – pour ce qui est d'avoir mes intérêts à cœur. J'avais érigé ces défenses après des années entières de désappointements mineurs et de vexations mesquines. Mais parfois, il me semblait que le mal était même plus profond que cela – au fond, ça faisait autant partie de moi que la carapace d'une tortue ou les griffes d'un blaireau.

– Je… Seigneurs Magistrats, j'étais perdu. C'est la seule défense que je peux vous présenter. J'étais pris par le temps et les préoccupations prosaïques qui ont cours sur Terre, et je pensais qu'il serait bien temps par la suite de faire mon rapport circonstancié aux instances célestes – comme c'est le cas maintenant. (Plutôt piètre et maladroit, comme excuse, mais sur l'instant, je dois avouer que je n'avais pas de meilleure idée, et il y avait au moins un fond de vérité à cela.) Si j'ai déçu le Très-Haut ou si j'ai péché contre Lui, j'en demande humblement pardon.

– Il est bien présomptueux de ta part de penser que tu puisses décevoir Ton Créateur, répliqua Karael. La Putain des Enfers t'a-t-elle dit quoi que ce soit d'autre – cette Comtesse aux Mains Froides ?

Il prononçait son nom avec tant de dégoût et de mépris cinglant que si jamais elle se trouvait à sa merci, il ne faisait aucun doute à mes yeux qu'il la réduirait instantanément en bouillie, sans l'ombre d'une hésitation.

– Es-tu certain de nous avoir tout dit ? insista-t-il.

Karael m'épouvantait. Rien que de me tenir là devant lui, dans toute sa superbe et sa prodigieuse beauté, je me faisais l'effet d'un misérable, d'un sale petit pécheur, et, en ces instants terribles, je ne pouvais concevoir de lui dire autre chose que l'entière et absolue vérité.

– Je vous ai tout dit, Seigneur. Ai-je mal agi ?

Le silence retomba. Je captai confusément des courants de pensée circulant entre eux cinq, mais c'était bien trop rapide, et d'une sublime hauteur, pour mon entendement.

Chamuel brisa le silence :

– Archange Temuel, qu'as-tu à ajouter ? Après tout, Doloriel est sous ta responsabilité.

Jusque-là, Chamuel n'était guère plus intervenu dans cette audition que Raziel. La flamme qui couvait en lui avait baissé, pour ce que j'en percevais, mais il émanait de lui une impression de profondeur et de solennité : contempler sa merveilleuse forme céleste revenait à concevoir quelque chose de vaste et d'effrayant tapi à la périphérie de son champ de vision.

La Mule prit un moment pour ordonner ses pensées – ou du moins, je l'espérais, car il était tout aussi fort possible que mon archange perso s'apprête à me jeter sous les roues du bus.

– Je suis honoré que le Saint Éphorat sollicite mon avis, dit-il enfin. Doloriel possède un bon savoir-faire, il a des acquis, et de l'expérience. Il est vrai qu'il peut aussi être un des esprits les plus opiniâtres qui soient mais, vous le savez, c'est souvent le cas avec les serviteurs du Ciel dont l'existence s'inscrit dans le plan temporel de l'existence terrestre. Et, ainsi que nous le savons tous, il arrive parfois que de telles caractéristiques aient leur utilité. Un esprit plus calme et plus posé aurait pu succomber aux assauts du démon qui l'a attaqué.

– Un esprit plus posé n'aurait peut-être jamais été pris en chasse pour commencer, fit observer Terentia – non sans un parfum d'injustice, selon moi.

Il va de soi que je me gardai bien d'en faire la remarque.

– Il serait peut-être temps de ramener Doloriel dans la bergerie, dit Anaita. Ce serait sans doute un acte de bienveillance que de le laisser retourner dans la Cité Céleste et exulter d'adoration extatique auprès du Très-Haut, comme nous tous.

Un instant, en prêtant l'oreille à la douceur de ses intonations évoquant une comptine enfantine, je me surpris à le vouloir aussi, en dépit de tout ce qui fait de moi l'ange que je suis.

« Oui, songeai-je, ramenez-moi pour de bon au Ciel ! Laissez-moi y vivre, m'abîmer dans le rayonnement, la chaleur, me perdre tout entier dans la merveilleuse certitude. Plus de questions, plus de responsabilités, plus de craintes de faillir aux espérances d'une âme éperdue… »

En vérité, ça paraissait bien être le mieux qui puisse m'arriver. Mais cela ne dura qu'un instant. Je me ressaisis.

– Votre bonté d'âme me submerge, Magistrat.

Mais soudain, tout changea à nouveau et je ne voulus rien tant, dans toute la Création, que m'arracher à ce lieu de félicité et d'ineffable beauté pour être de retour sur Terre, cet endroit puant, dangereux, imprévisible. Car c'est là qu'était mon travail, et non Là-Haut, dans les rues paisibles, étincelantes, du Paradis.

L'Éphorat dut capter le fil de mes pensées, d'une façon ou d'une autre. Les cinq éphores redevinrent quiets, la flamme qui couvait en eux baissant de nouveau – ou c'est du moins l'impression que j'en retirai. Cela devait vouloir dire qu'ils m'avaient laissé de côté pour délibérer entre eux. Mon regard vola vers Temuel, mais lui aussi avait fait retraite en lui-même ; la lumière composant sa quintessence avait également diminué d'éclat, un peu à la façon d'un rhéostat. L'attente me parut interminable en ce lieu atemporel avant que quelqu'un reprenne la parole.

– Retourne aux missions que le Très-Haut t'a confiées, Doloriel, dit Terentia, ce flamboiement cristallin d'espérance et de réconfort. (Un élan de soulagement me submergea – une sensation moins vive que la joie, mais très réelle.) Sache cependant que ton aptitude à remplir cette tâche a été remise en question et que ton jugement demeure en suspens. Chemine avec prudence. Dieu t'a en Son Amour.

Je baissai la tête tandis que les cinq anges éminents, l'un après l'autre, étendaient leur main sur moi, petites bouffées de feu joyeux, avant de s'éclipser. Comme l'Anaktoron lui-même, qui se volatilisa également. Temuel et moi nous retrouvâmes abruptement au milieu de la grande artère connue comme la Voie Chantante, avec le doux bruissement des passants qui tourbillonnaient autour de nous tels des fantômes de lumière et de brume.

– Tu as eu chaud, Doloriel, me dit Temuel. Ce n'est pas passé loin… Je doute qu'une deuxième réunion des éphores se finisse avec autant de clémence, alors tâche à l'avenir de voler un peu plus au ras des pâquerettes, tu veux bien ?

Ne trouvant rien à y redire, je me contentai de maugréer une vague promesse. Maintenant que le spectre de ma dissolution pure et simple s'était éloigné, au moins pour le moment, je subissais le contrecoup du danger auquel je venais tout juste d'échapper.

– Une dernière chose, ajouta Temuel, je n'ai rien entendu des échanges qui ont eu lieu entre l'Éphorat et toi. Les éphores t'ont-ils questionné à propos des Mages ? Ou du Kephas ?

L'un comme l'autre m'étaient complètement inconnus, et je me demandai si Temuel se la jouait bon flic par stratégie, en me travaillant au corps après que le conseil m'eut ramolli.

– Ça ne me dit rien, répondis-je en toute honnêteté.

– Ah. Peu importe. Simples conjectures de ma part. N'y pense plus.

Voilà qui me rendait fichtrement nerveux.

– Ça veut dire quoi, tout ça ? Pourquoi s'en prennent-ils à moi ? Je n'ai rien fait.

L'éclat de Temuel se teinta des roses et des jaunes chauds du lever de soleil – la version archangélique de la main réconfortante qu'un ami vous pose sur l'épaule.

– Non, Doloriel, mais parfois, il arrive que les choses tournent très mal et que même les plus éminents s'en effrayent. L'innocence n'est pas toujours garante du salut.

Je laissai un instant résonner en moi les échos de cette remarque sibylline. Un frisson glacé s'emparait de moi et maintenant j'avais vraiment hâte de m'en aller, de fuir le lieu même auquel le commun des mortels, sur Terre, aspirait tant.

– Sont-ils à ce point effrayés, Là-Haut ? Juste parce qu'une âme n'est plus là où elle serait censée être ?

Un instant, le rayonnement nacré de la Mule vacilla, à l'instar d'une flamme par grand vent. Il me fallut un moment pour comprendre qu'il était surpris.

– Bien sûr, dit-il. Tu ne sais pas, c'est ça ?

– Je ne sais pas quoi ?

Il me répondit lentement, comme un adulte qui prend des pincettes pour apprendre une mauvaise nouvelle à un enfant :

– L'âme connue sur Terre comme Edward Walker a été la première à se volatiliser, Doloriel. Depuis, d'autres ont disparu. Et pas qu'un peu. (Il baissa la voix en un chuchotement de conspirateur :) Alors, oui, ils sont réellement effrayés, Là-Haut.

11

Foxy le Renard

– Karael ? Karael, le général de l'Hostie Scintillante – ce Karael-là ? Waouh ! C'est du lourd, ça ! (Sam avait l'air impressionné.) T'as eu droit à la totale !

– Ouais, renchérit Clarence, même moi, j'ai entendu parler de lui.

Sam et lui m'aidaient à nettoyer mon appartement et à tout emballer pour stockage – oh, je n'avais pas grand-chose de valeur à sauvegarder, surtout après le passage du ou des vandales. J'y vivais depuis deux ou trois ans, et beaucoup de monde le savait. Le *ghallu* avait commencé par mon adresse. J'allais donc devoir m'en tenir éloigné à partir de maintenant, et pour un bon moment.

– Tout le monde connaît Karael, gamin. (Sam but une gorgée de sa root beer.) Je ne suis pas surpris qu'ils aient fait appel à quelqu'un comme lui, cela dit. Si ce Walker n'était que le premier d'une longue liste, si d'autres âmes manquent à l'appel depuis, merde… ! Pas étonnant qu'un vent de panique souffle Là-Haut, dans la Maison !

Je n'avais pipé mot des deux autres noms cités par Temuel, d'abord parce que je me méfiais du gamin, ensuite parce que je voulais mener ma petite enquête avant de lâcher une bombe. Je préviendrais Sam à la première occasion.

En attendant, il flanqua un coup de pied à des revues de bolides éparses, abandonnées là après la mise à sac de l'appartement.

– Tu ne vas pas garder tout ça, hein, Bobby ? Tu comptes faire quoi, fonder un jour un musée des Daubes & Cochonneries ?

Sans tenir compte de sa remarque, je rangeai mes revues. Sam pouvait parler, il n'était pas précisément une fée du logis ! Il vivait dans les bas-fonds miteux de Southport, et on ne voyait presque plus le tapis de sa salle de séjour sous les journaux et autres cartons de pizza qu'il laissait traîner par terre.

– En tout cas, repris-je, je ne sais toujours pas pourquoi on voudrait m'expédier aux trousses un monstre pareil. Regarde un peu le travail : ces types étaient à la recherche de quelque chose. Et cette créature des Enfers n'était pas seule, ici.

Clarence était en train de ramasser de la vaisselle sur le linoléum quand il releva la tête. J'aurais dû lui demander de tout flanquer dans l'évier pour être soigneusement récuré, j'imagine, mais bon, j'en ai rarement l'usage de toute façon ; je me sers que d'une cuiller pour remuer mon café et d'un couteau pour étaler le beurre sur mes toasts.

– Que voulez-vous dire, Bobby ? me demanda le gamin.

– Ce que je veux dire ? Écoute, cet endroit est un foutoir, c'est certain, mais un *ghallu* est un esprit de désastre élémentaire de la taille d'un bus et aussi brûlant que l'intérieur d'un four crématoire. Il pourchasse, il capture, il tue. On n'invoque pas ce genre de créature pour lui dire : « Eh, au fait, tant que t'y es, tu fouilleras la cuisine de ce type ! » Ce serait comme de demander à un grizzly de vérifier mes impôts !

– Tu ne payes pas d'impôts, rappela Sam.

– La ferme, toi ! Tu comprends, Junior ? Ces démons veulent me capturer ou me tuer, mais ils pensent aussi que je sais quelque chose. Ou que j'ai quelque chose qu'ils veulent.

Clarence eut soudain l'air nerveux.

– Vous pensez qu'ils vont revenir ?

– Si je reste là ? C'est pour ainsi dire garanti. Dès ce soir, je vais me réfugier dans une de ces chambres de motel qui se louent à l'heure. Et demain soir, j'échouerai dans un autre lieu tout aussi coquet et charmant.

– Crois-moi, petit, renchérit Sam, il a dormi dans des endroits pires.

– Merci de me donner le beau rôle devant le gosse ! (Une fois les cartons empilés dans ma voiture, l'appartement vidé avait l'air triste – mais presque bien rangé.) Filons. Je vous paye à manger, les gars, avant que le téléphone se remette à sonner et que l'un de nous doive encore aller zoner avec les morts.

Alors que nous finissions notre déjeuner, Sam reçut un appel pour un client du quartier latino et Clarence repartit avec lui. C'est donc seul que je regagnai ma voiture. J'avais mis ma veste, l'anémique soleil de février ne suffisait pas à me réchauffer. J'aurais voulu que le printemps débarque. C'est drôle mais même des incursions régulières au glorieux soleil éternel des Cieux ne changent rien au plaisir sans mélange qu'il y a à sortir un jour de chez soi pour constater que les beaux jours sont de retour, et que soudain même une veste tient trop chaud.

Je gardai l'œil ouvert, et le bon, en traversant le parc Hoover, quand bien même j'étais à peu près certain que la bête démoniaque qu'on avait poussée dans ma direction était une diversion de type purement nocturne. Je vous ai dit combien d'énergie il faut pour matérialiser quelque chose d'aussi inhabituel et terrifiant, n'est-ce pas ? Alors imaginez que c'est dix fois plus difficile encore d'en faire se manifester un en plein jour. Cela étant, d'autres créatures, plus civilisées que le *ghallu,* avaient mis mon appartement sens dessus dessous, et la monstruosité cornue n'était probablement pour rien non plus dans le supplice raffiné qu'on avait infligé à Cirederbe en le suspendant par ses propres fibres nerveuses à des branches d'arbre. Bref, je tâchais de ne pas me laisser inutilement distraire par les civils insouciants évoluant autour de moi. À un pâté de maisons de distance, je repérai un type qui me guettait, à l'entrée de mon immeuble. Ce qui me laissait amplement le temps de lui en coller une en me rapprochant.

Ma voiture était garée un peu plus loin dans la rue, et j'aurais sans doute pu me glisser au volant et filer en m'épargnant une confrontation, mais il n'était pas très intimidant. Il était d'assez bonne taille, mais fluet et le teint pâle – vraiment maigrichon. C'est une des premières choses qui me frappèrent à son sujet. On aurait dit un collégien dans le costard de son papa. Il ne tenait pas en place, je le voyais sautiller en exécutant machinalement de drôles de petits pas de danse, sans en être le moins du monde embarrassé. Une femme avec une poussette et un vieil homme chargé d'un sac de courses firent un large détour pour l'éviter. L'inconnu avait en plus une peau tellement diaphane qu'il paraissait exsangue. Un instant, j'eus même une vision glaçante – ce sombre costume bien trop ample pour lui aurait pu aussi bien être le linceul dans lequel on l'avait inhumé.

Tenter de l'éviter pour gagner ma voiture n'en valait pas le coup. En fait, j'étais quelque peu intrigué, je l'avoue. Alors je filai droit vers lui. Quand il m'aperçut enfin, il fit volte-face et je découvris qu'il était bien vivant, mais d'une pâleur véritablement extraordinaire. C'était un genre d'albinos, même si ses yeux, loin d'être de cette teinte rosée plus commune, étaient de couleur fauve. Histoire de se singulariser davantage encore, ce n'était pas juste un albinos, il était également d'ascendance asiatique – un mélange qu'on ne voit pas si souvent, fût-ce dans une ville interlope comme San Judas. Plus important, dès que je l'entendis parler, il m'apparut clairement que mon nouvel ami sino-américain dénué de pigmentation n'était pas tout à fait clair dans sa tête.

– Bob Dollar ? me lança-t-il d'un ton enjoué. Bobby Dollar ?

Mister Dollar ? (Il cessa de sautiller un instant et fronça les sourcils, tout son visage se plissant à la façon d'un masque de tragédie.) Ou je me trompe encore ? Tellement de gens m'ont répondu non aujourd'hui ! Non, non, moi pas Dollar, qu'ils disent !

– Qui diable êtes-vous ?

Je n'avais pas tout à fait choisi cette expression au hasard. Il y avait en lui quelque chose de l'Opposition, mais c'était peut-être dû à sa pigmentation.

– Vous ne me connaissez pas ? Allons, tout le monde me connaît ! Partout en ville !

Il se mit à glousser en se lançant dans un petit pas de deux intrigant.

– Eh bien, moi, non – et je n'y tiens pas plus que ça.

Il ne me semblait pas réellement dangereux, pour autant que je puisse en juger. N'empêche, je gardais une main prudente dans ma poche de veste, là où je dissimulais mon .38.

Il ouvrit de grands yeux. Comme je l'ai dit, il avait des iris d'une teinte marron jaunâtre à la verticale, comme ceux des félins ou des renards. Quoi qu'il puisse être, il échappait certainement aux classifications… classiques.

– Oh, mais moi, je vous connais, Mister Dollar ! s'exclama-t-il. Et je pense que vous avez quelque chose que vous pourriez vouloir monnayer. Je connais beaucoup de monde prêt à se porter acquéreur. Je peux vous arranger ça ! Un business juteux, hein ? Qui bénéficierait à tout le monde.

– Je n'ai rien à vendre.

Ce type au visage singulier en forme de masque nô était-il par hasard un genre d'âme errante qui nous aurait vus, Sammy, le gamin et moi, en train de vider mon appartement des débris de meubles, et espérait maintenant en tirer une poignée de dollars ? Les laissés-pour-compte de la grande guerre qui nous opposa, Eux et Nous, finissent souvent vagabonds. Or, entre son costume trop grand et son allure de cinglé, ce pâle petit gars aurait bien pu être l'un d'entre eux. Pourtant, quelque chose, en lui, m'empêchait de l'écarter d'un revers de main.

– Vraiment rien ? Pour de vrai ? (L'albinos se pencha, puis me coula un petit regard par en dessous.) Il n'y a pas un petit quelque chose que vous auriez déniché ? Qui brille joliment ? Un tout petit truc flashy qui aurait besoin d'un débouché ?

Je n'avais pas la moindre idée de ce qu'il racontait au juste, et sa présence commençait à me déprimer. C'était déjà assez moche que les méchants aient eu mon adresse... Est-ce que tous les rats de gouttière de Judas allaient maintenant venir traîner par ici, eux aussi ? En outre, il y avait, chez ce type, quelque chose qui me foutait les jetons. Puis, tout à coup, je me souvins que les mecs qui avaient retourné mon appartement croyaient que je savais quelque chose... ou que je détenais quelque chose qu'ils voulaient. Et maintenant, ce gars-là pensait que j'avais quelque chose à vendre...

– Par pure curiosité, mon pote, dis-je, combien tu pourrais en tirer, à ton avis, de... comment tu disais déjà ? Ce truc « qui brille joliment » ? Si on savait où trouver le truc en question, bien sûr ?

– Oh, on deviendrait un homme très riche. Vraiment !

– Mais comment saurais-je si on parle de la même chose ?

J'essayais de l'amener à me préciser ce qu'il recherchait au juste sans devoir admettre que je n'avais pas ce trésor en ma possession et que j'ignorais ce que c'était.

– Il faudrait être un petit peu plus précis.

Il éclata de rire, comme s'il était sincèrement ravi de ce que je venais de dire ; faisant claquer ses manches, il leva ses bras d'épouvantail dans les airs.

– Si vous l'avez, Mr B-Doll, je connais des gens qui le veulent. Inutile d'en dire plus !

Il pivota. Ses mains imitaient des mouvements de jazz.

J'aurais voulu lui en claquer une, juste pour qu'il se tienne tranquille.

– Écoutez, je n'ai pas de temps à perdre en finasseries. Je ne vous connais pas, et je ne fais pas affaire avec des gens que je ne connais pas.

Il rit de plus belle.

– OK, Bobby ! C'est vous, le boss ! Mais si vous changez d'avis et que vous désiriez parler du brillant-brillant – en parler pour de bon – il vous suffira de demander à n'importe qui. N'importe où en ville. Je vous retrouverai facile ! Fox le Renard, c'est moi !

– Fox le Renard ?

– Ou Mr Renard ! Foxy Renard ! Tout le monde me connaît !

Il eut un sourire éclatant, me dévoilant deux ou trois dents en or, au moins, sur la mâchoire supérieure. L'instant suivant, il tournait les talons et s'éloignait de sa démarche fière, en crânant. Il se dirigeait vers la grand-rue, évoquant le tambour-major du défilé fantôme d'Hiroshima.

– Attendez ! Comment vous contacterai-je si je veux vous revoir et parler ?

– Demandez après moi à n'importe quel coin de rue !

Deux vieux Noirs assis sur la marche palière de leur immeuble d'à côté rirent en voyant passer le drôle d'albinos à la démarche sautillante.

En somme… encore une facette étrange à ajouter à un vaste tableau déjà inquiétant et fort déroutant.

Je m'étais dit que je consulterais ma messagerie une dernière fois avant de m'en aller, mais après ma rencontre avec Foxy le Renard, retourner dans cet immeuble ne me disait rien qui vaille. Et puis, pour ce que j'en retirerais de toute façon… Je n'ai droit qu'à des spams et autres pourriels. Je sautai au volant de ma voiture et repartis en quête d'un sanctuaire doté du câble et d'une machine à glace en état de marche.

Je choisis un motel du côté du Camino Real, pourvu d'un garage – après tout, une Matador de 1971 avec toutes les options, ce n'est pas la voiture la plus discrète du monde. En fait, je n'en ai même jamais croisé d'autre dans Jude qui ait cette peinture métallisée, et encore moins mon habitacle à damiers. Il était hors de question que je la laisse dehors, au vu et au su de tous. En fait, j'envisageais même de m'en débarrasser carrément, le temps que ça se calme.

Mon téléphone continuait de garder obligeamment le silence ; je m'attelai donc à régler de menus détails, des trucs restés sur le feu ces deux ou trois derniers jours. Les documents réunis par Gras-double à propos du défunt Cirederbe (le véritable Cirederbe, pas « Ciraider », son identité terrestre) étaient intéressants ; je les parcourus puis les mis de côté afin d'y revenir par la suite à tête reposée, quand je serais moins bousculé. Mais ce qui me sauta tout de suite aux yeux, c'est qu'il officiait depuis longtemps – davantage que les procureurs de son rang, pour la plupart. Les renseignements sur Edward Lynes Walker se rapprochaient plus de ce que je savais déjà : né en 1928, il avait fondé sa première société dans son garage de San Judas au début des années 1950, succès, prospérité, célébrité, et bla bla bla. Puis il avait fondé HoloTech quand une autre société, qu'il avait également fondée, était devenue trop corporatiste et bla bla bla. Puis venaient le programme spatial, et tout l'argent qu'il avait investi dans des causes écologistes.

Toutes ces fadaises biographiques me rappelèrent que je n'avais toujours pas visionné les photos prises en douce chez Walker, l'après-midi où le jeune Garcia Passavan avait menacé, selon son pittoresque phrasé, de « m'emplafonner le cul ». Les photos étaient toujours sur mon portable, que je retrouvai intact après mes démêlés mouvementés avec le gros monstre cornu chaud-bouillant – ou quel que soit le nom que vous voudrez lui donner.

Il y avait deux ou trois clichés flous de la salle de séjour et un autre de l'épaule de Posie, où on voyait derrière elle une partie du calendrier maya. Mais il s'agissait surtout de vues des rayonnages de la bibliothèque. Je les agrandis au maximum et lus l'intitulé des livres sur leur tranche, recourant à Google lorsque le titre et l'auteur ne me fournissaient pas assez d'indices à eux seuls. La collection de feu Edward Lynes Walker, à l'avenant du reste de la résidence, correspondait tout à fait à mes attentes : beaucoup de beaux livres d'art grand format et de grands recueils onéreux de photographie scientifique, ainsi que d'autres collections photographiques de l'Ouest, faisant pendant aux tirages Ansel Adams qui ornaient les murs. Parmi les ouvrages de format plus courant, les sciences et les arts semblaient se tailler la part du lion, aux côtés de quelques romans, dont certains de science-fiction, comme *Contact,* de Carl Sagan, et d'autres, plus grand public, comme Updike et John Irving. Il y avait même une section Policier, genre charmant petit village anglais. Je me demandai s'ils avaient appartenu à Edward ou à sa défunte femme. Après ce que sa petite-fille m'avait dit, je n'étais pas surpris de voir que Walker ne possédait pas de livres religieux conventionnels, nonobstant quelques volumes de Richard Dawkins, Christopher Hitchens ou même un vénérable exemplaire de *Pourquoi je ne suis pas chrétien*, de Bertrand Russell. Globalement, Walker possédait plus d'une dizaine d'ouvrages ouvertement anticléricaux. Ce qui, pour un savant, n'était guère surprenant. Que des têtes de mule d'enfants de salaud, ces scientifiques !

Je commençais à regretter de ne pas être tombé plutôt sur la discographie de Walker. Dites-moi ce que quelqu'un écoute, et je vous dirai tout ce qu'il y a à savoir sur son âme. (Par exemple, voir chez lui un paquet d'albums de Nickelback m'aurait appris qu'il n'avait jamais eu d'âme, au départ.)

Ainsi que je l'ai mentionné, je ne savais pas trop ce que je cherchais dans ces rayonnages – je ne m'attendais pas vraiment à trouver un livre intitulé *S'évader des Cieux,* ou *Comment faire disparaître votre âme.* J'essayais surtout de me faire une idée sur Edward Lynes Walker, au-delà des simples faits que Gras-double et Internet avaient déjà fournis, un indice qui pourrait m'aider à comprendre pourquoi, parmi toutes les morts survenant dans le monde, la sienne avait pu se placer tellement à part. Mais, à en juger par sa bibliothèque, Walker était semblable à des millions d'autres qui, eux, avaient répondu présents dans leur propre vie-après-la-mort. J'étais prêt à renoncer lorsque quelque chose attira mon attention.

J'avais agrandi une section d'objets en forme de revues qui occupaient tout un rayonnage ou presque. Certains étaient bel et bien des revues, des numéros spéciaux de fin d'année comme *Chemical and Engineering News*. Mais pour l'essentiel, il s'agissait de rapports d'actionnaires pour HoloTech et d'autres sociétés où Walker s'était impliqué. Quelques-uns dataient de plusieurs années et, d'après ce que j'en voyais, l'homme avait dû fourrer là tous ces rapports au fur et à mesure, sans plus jamais s'en occuper par la suite. Coincé entre des rapports de Littleton Bioscience et Metaware, je remarquai une brochure où s'étalait sur la tranche, en belles italiques d'imprimerie, « Club de Magie ».

Un signal d'alarme – bon dieu, une sirène de raid aérien, oui ! – se déclencha sous mon crâne. Car je venais tout juste d'entendre parler de mages. Et pas de la bouche de n'importe qui non plus. On m'avait demandé si j'en avais eu vent, justement. Un archange, un certain Temuel si je ne m'abuse… mon propre superviseur !

Je fis aussitôt de – vaines – recherches en ligne sur les mages, pour ne récolter qu'un délire sur les Rois Mages, mais rien à propos d'un club quelconque. Je passai donc un coup de fil chez les Walker. Posie décrocha au bout de la vingtième sonnerie, à la seconde où je me résignais à devoir laisser un message sur le répondeur.

– Allo ? (De nouveau, elle paraissait un tantinet défoncée. Je me présentai et elle finit par me remettre.) Ah, vous êtes le journaliste…

– Tout à fait. Écoutez, j'avoue que l'intérêt de votre grand-père pour le club de magie m'intrigue.

J'avais parlé comme s'il était entendu que tout le monde connaissait ça, alors que je venais de voir sur Internet qu'apparemment jamais personne n'en avait entendu parler, bien au contraire.

À point nommé, elle lâcha :

– Jamais entendu parler.

– Pas de problème. Quand je suis passé chez vous, j'ai remarqué une brochure… Vous pourriez peut-être la retrouver pour moi ?

Je lui indiquai l'emplacement en question, ce qui revenait un peu à tenter d'inculquer à un môme les règles du jeu d'échecs. Je doutais fort qu'elle passe beaucoup de temps à feuilleter les ouvrages de son grand-père. Je lui répondis que j'allais patienter le temps qu'elle jette un coup d'œil aux rayons.

Elle revint en ligne quelques minutes plus tard.

– Non, il n'y a rien. Rien qui y ressemble.

J'étouffai un juron.

– Vous avez vraiment bien cherché, madame Walker ? Entre Littleton Bioscience et…

– Ouais, comme vous me l'avez indiqué. C'était sans doute là, en effet, car il y a un vide, mais ça a disparu… (Elle s'arrêta, songeuse.) Une des femmes de ménage a pu la prendre.

Ben voyons. Comme par hasard, les toutes-puissantes Femmes de Ménage avaient emprunté le seul et unique texte de tout le rayonnage à m'intéresser pour un nettoyage d'un genre particulier. Voyez-vous ça.

– Écoutez, pourrais-je repasser vous voir à l'occasion et jeter un coup d'œil moi-même ? Prochainement ? Juste au cas où ç'aurait été, je ne sais pas, déplacé… Si je pouvais remettre la main dessus, ce serait vraiment utile pour mon article.

À l'autre bout de la ligne, quelqu'un brailla quelque chose. On aurait dit Garcia le caïd.

– Je suppose, oui, me répondit-elle. Mais pas maintenant. J'ai déjà quelqu'un à la maison. Plus tard.

Elle raccrocha sans attendre ma réponse.

Malgré une forte envie de foncer immédiatement la rejoindre, d'entrer par effraction et de voir ça moi-même, je m'en abstins. Si personne n'avait dérobé cette brochure, c'est qu'elle avait simplement été déplacée et donc elle serait toujours là demain. Alors qu'une entrée par effraction chez les Walker risquait d'avoir de funestes conséquences. Comme par exemple le fait de surprendre Posie et son crétin fini de petit ami en pleins ébats.

La soirée s'annonçait assez belle, et j'aurais adoré refaire un crochet par les Compas pour boire un verre et raconter des conneries. Mais l'agression ne remontait qu'à vingt-quatre heures et, dans l'immédiat, il n'était pas question que j'aille là où mon poursuivant risquait d'être encore à l'affût. En outre – soyons honnête –, je n'étais pas particulièrement pressé de revoir Monica. Oh, ne vous y trompez pas, ce n'est pas que je tenais à tout prix à l'éviter, je voulais juste échapper à une éventuelle conversation avec elle. Je n'avais pas eu le temps de bien mesurer les conséquences de la nuit passée dans son lit. Et puis, quand des idées libidineuses m'accaparaient, ça ne concernait pas Monica mais une certaine créature femelle des Enfers à la beauté renversante, ce qui était plus déroutant encore. Cela dit, comme je ne voudrais pas que vous me preniez pour un lâche, j'aimerais clarifier tout de suite un point essentiel. La raison principale qui me dissuadait de retourner aux Compas ? Je ne tenais absolument pas à connaître la fin atroce que me réservaient des démons sanguinaires.

J'avais envoyé un courriel à Gras-double pour voir s'il pourrait me dégoter quelque chose à propos du club de Magie ou sur le Kephas, mais je n'avais pas eu de retour – normal, il fallait que j'attende minuit, encore quelques heures. Comme j'avais un creux, je quittai le motel pour me rendre dans un petit resto mexicain que j'avais repéré dans une rue transversale. Vu que c'était loin des quartiers louches de Jude, je me sentais étonnamment vulnérable. Chaque mouvement suspect surpris du coin de l'œil me faisait tourner vivement la tête, tant j'étais sur le qui-vive, et des bruits soudains n'arrangeaient pas non plus l'état de nervosité où je me trouvais. Ce n'était pas simplement la perspective d'essuyer une nouvelle attaque du *ghallu* qui me mettait les nerfs en pelote, non : si j'étais maintenant un produit tendance, ça voulait dire que d'autres personnes désiraient probablement en tirer profit – oh, rien de personnel contre moi. Je n'en doutais pas. Mais, du coup, j'avais intérêt à être doublement sur mes gardes : autant contre les démons de huit pieds de haut que contre n'importe qui susceptible de me lorgner d'un air bizarre. Et dans les rues de San Judas, vous pouvez vite vous épuiser à ce petit jeu-là.

Je gagnai le restaurant sans encombre et je fus agréablement surpris de découvrir que les *carnitas* étaient pratiquement aussi bonnes qu'à Mexico – sans blague ! C'était tout à fait le genre d'établissement à avoir un DJ le week-end, mais en soirée, un jour de semaine, c'était presque désert. D'une tranquillité propice à la réflexion. J'arrosai mon repas de deux ou trois Negra Modelos tout en examinant les documents de recherche. Je découvris quelques faits intéressants sur le compte de feu Edward Walker ; par exemple, il était membre de la société des Athées d'Amérique. Il avait même pris la parole lors de quelques-unes de leurs conventions. Ça ne m'éclairait toujours pas sur ce qui avait bien pu se passer, évidemment – aux yeux des instances célestes, l'âme d'un athée vaut tout autant que celle de n'importe quel autre frappadingue. Tant qu'ils ont vécu de façon digne et décente, on les accueille.

Je me livrai aussi à d'autres recherches en ligne sur les mages. Il s'avère que cette appellation ne s'applique pas exclusivement aux Rois Mages bien sûr, mais concerne également les prêtres perses de Zoroastre. Dans un cas comme dans l'autre toutefois, les connotations religieuses auraient dû laisser indifférent un athée convaincu comme Walker. Cette dénomination, « mages », pouvait-elle avoir un autre sens ? En alchimie ou autre ? Pouvait-il s'agir d'une sorte de confrérie de savants ? J'ai aussitôt googlé, tout en finissant mon dîner, mais sans résultat.

En savourant ma seconde bière, je relevai les yeux et remarquai un type assis au comptoir, qui me regardait. Dès qu'il vit que je l'avais repéré, il se détourna. Un travailleur ordinaire en bottes et casquette de camionneur, à première vue, d'origine probablement mexicaine ou mésoaméricaine. En d'autres circonstances, j'en aurais juste déduit qu'il me regardait par pure curiosité, mais ce soir-là en particulier, j'avais une tout autre tournure d'esprit. Je surpris son regard insistant sur moi deux ou trois minutes plus tard, et lui en décochai un à ma façon – bien menaçant. Il baissa vivement les yeux, et je remarquai un peu de sueur sur sa nuque. Il n'avait pas l'air de quelqu'un qui me reluque en me trouvant mignon, il paraissait plutôt m'avoir reconnu, ce qui n'augurait sans doute rien de bon. Voilà l'inconvénient d'avoir des amis dans des endroits insolites – d'autres gens, qui fréquentent ces endroits bizarres, commencent à vous remettre.

Si je m'attardais, j'avais comme dans l'idée qu'il trouverait un prétexte quelconque pour sortir et appeler des renforts. Je le coiffai donc au poteau ; finissant ma bière à longs traits, je laissai sur la table le règlement de mes consommations et me dirigeai vers la sortie – en passant tout près de l'inconnu que ma manœuvre inattendue prit au dépourvu. Il ouvrit des yeux ronds ; je me penchai vers lui pour chuchoter :

– Si des types me prennent en chasse, ils feraient mieux de se préparer au pire, pigé ? *Duro y fuerte. ¡Porque yo soy un Àngel de Díos !*

Je le plantai là, bouche bée. Ou je venais de lancer un avertissement à la loyale à l'un des suppôts des Enfers, ou bien je venais de terrifier un type qui en pinçait pour un bel *extranjero* comme moi.

Je rebroussai chemin en ouvrant bien l'œil au cas où il aurait prévenu quelqu'un de l'endroit où je me trouvais, mais je revins au motel sans incident. C'est alors que mon portable sonna.

– Yo, mister Dollar ? Ici, Black Man, vous vous rappelez ?

– Garcia ? Celui à qui j'ai caressé le crâne avec sa propre pétoire ? Eh ouais, je te remets bien, mon pote. Tu veux quoi ?

Rien qu'à l'entendre, il avait vachement dû se préparer psychologiquement avant de se risquer à me contacter.

– Vous aviez dit… que peut-être je pourrais récupérer mon outil ?

– Mon revolver, Garcia. Un gamin de Palo Alto ne peut pas parler d'« outil » sans avoir l'air d'un parfait crétin. Tu as des infos à me filer ?

Je l'avais froissé.

– Ouais, OK, désolé. Si je vous dis un truc… je pourrais ravoir mon… revolver ?

– Je ne sais pas. Qu'avais-tu à me dire ?

– Eh bien, Posie… Je parlais avec elle… C'est ma petite amie, d'accord ? Quand vous êtes passé, vous vous intéressiez à un type africain que son grand-père aurait connu ?

– En effet. (Même si les mages m'intéressaient bien davantage maintenant.) Et alors ? Tu as son nom ?

– On peut dire ça. Mais encore mieux, mec : il était là.

– Quoi ? Comment ça ? Où çà ?

– Chez Posie – enfin, chez son grand-père. Cet Africain, il était là. Elle ne savait pas s'il venait ou quoi, il est juste apparu d'un coup, et il a parlé un long moment avec Posie. Elle lui a même fait du thé. Et quand vous avez rappelé, il était toujours là. Bref, il vient tout juste de repartir, il y a quelques minutes.

– Il était là quand j'ai rappelé ? (J'eus bien du mal à ne pas me mettre à gueuler en pleine rue.) Et c'est maintenant que tu me le dis ? (J'avais soudain de forts soupçons sur la raison qu'avait eue ce gentleman africain de rendre une petite visite à Posie qui, bien sûr, ne trouvait plus la brochure.) Putain de bordel, pourquoi as-tu attendu jusqu'à maintenant pour me prévenir ?

– Eh, mec, je ne voulais pas que ce type se doute de quelque chose ! Genre, que vous le recherchez ! Je connais tout de ces conneries de privé, mec. Alors j'ai attendu qu'il file.

– Bon dieu ! (Je dévalais l'escalier qui menait au garage du motel.) Restez où vous êtes, tous les deux. J'arrive tout de suite.

– Bon, et alors, je peux ravoir mon flingue ?

– Oh, je vais te le rendre, t'inquiète – exactement comme la dernière fois. Je vais t'en coller une sur ton crâne de débile à la con !

Furibard, je lui raccrochai au nez et grimpai au volant.

12

Fenêtres noires

Tout en fonçant vers le quartier de Palo Alto, je songeais à toutes les questions en suspens. Pour commencer, il fallait que j'en apprenne plus sur les Mages – beaucoup plus que ce que je pourrais glaner seul, de mon côté. Mais je devais encore patienter des heures avant de pouvoir rappeler Gras-double – à moins de me contenter d'écouter ses grognements et ses couinements. (J'ai déjà quantité d'amis qui peuvent faire ça pour moi, surtout si je les cueille avant qu'ils aient eu leur dose de caféine.)

N'empêche, les choses s'accéléraient assez pour que je commence à estimer qu'une petite visite chez l'une de mes autres sources s'imposait. Gras-double était très doué dans sa partie, si bien que c'était toujours lui que je sollicitais en premier. Mais à San Judas et dans les environs, d'autres auraient un aperçu différent, et peut-être plus éclairant, sur ce que tramait l'Opposition. Le Garçon Brisé et les Sœurs Sollyhull me vinrent tout de suite en tête, mais lui en particulier pratiquait des tarifs sacrément élevés et, dans le meilleur des cas, bosser avec lui n'était pas simple. Comparé aux problèmes qu'avait le Garçon Brisé, mon nouvel ami Foxy le Renard paraissait aussi stable et équilibré que le président de la section locale des Jeunes du Rotary Club. Je décidai donc d'attaquer par les sœurs Sollyhull. Pas tout de suite, cela dit. De retour dans l'avenue de l'Université, je tournai dans la rue transversale des Walker et m'enfonçai dans leur quartier cossu. Je commençais à en avoir ma claque du parfum des arbres tricentenaires et de la vue des haies impeccablement taillées.

– Tiens donc ! s'exclama Posie en m'ouvrant la porte.

Elle portait un caftan ample, le genre de fringues prisées par les hippies en 1973 ; de toute évidence, Posie s'était plantée d'époque. Elle aurait dû naître un peu plus tôt.

– Il vous a vraiment appelé ! Je ne savais même pas que Black Man et vous, vous vous connaissiez !

– Eh ouais, on est pratiquement des frères blancs. Le gentleman africain que vous aviez mentionné, il est revenu vous rendre visite ce soir, c'est bien ça ?

Elle acquiesça en me faisant entrer dans le vestibule, puis la salle de séjour.

– Il s'est ramené comme ça, sans prévenir ! C'est un chouette type. Je n'avais jamais vraiment eu l'occasion de lui parler avant.

– Que voulait-il ?

– Oh, nous remercier pour la contribution financière de mon grand-père à sa cause. Une école, ou une sorte d'hôpital je crois, en cours de construction. (Elle agita une main désinvolte.) J'ai pas tout saisi. Black Man n'arrêtait pas de me tourner autour. Ca m'empêchait de me concentrer, je vous jure !

– Oh, la ferme ! grommela Garcia en réapparaissant de la cuisine, une boîte de crackers *Cheez-Its* au fromage dans les mains et des miettes plein son fin collier de barbe. J'aidais M'sieur Dollar. Hein, pas vrai ?

Encore un petit coup de main de ce style-là et je serais bientôt rétrogradé à l'état d'ectoplasme promu aux visions béatifiques des nonnes.

– Votre visiteur vous a-t-il dit autre chose, madame Walker ?

Vous aurait-il laissé de la documentation, quelque chose ? Quel est son nom ?

Il y avait une chance pour que ce gars n'ait rien de louche, tout compte fait. Je n'avais rien qui me permît d'en douter. Ce n'est pas parce qu'il était venu voir quelquefois son grand-père, selon Posie... N'empêche, sa visite de ce soir était une drôle de coïncidence avec la brusque disparition de la brochure du club de Magie.

– Il s'appelle Mubari, Nabari... un truc comme ça, me répondit Posie. Un nom bizarre.

– Sauf votre respect, vous me tuez, là. Vous a-t-il remis une carte de visite, ou n'importe quoi où figureraient son nom, une adresse... quelque chose ?

– Pas cette fois. Je crois que Black Man l'a un peu effrayé. Il n'arrêtait pas de poser des questions stupides à ce pauvre gars, justement.

– C'était pas stupide ! se rebiffa Garcia, outré. Je lui ai simplement demandé ce qu'il voulait au juste.

Je grimaçai. Si le pauvre gars n'avait rien à se reprocher, il avait sûrement été mal à l'aise. Sinon... eh bien, disons qu'il était maintenant tout à fait conscient d'avoir éveillé les soupçons.

– Une minute, une petite minute... Madame Walker, il y a une seconde, vous m'avez dit « pas cette fois ». C'est donc qu'il vous avait remis une carte de visite, une autre fois ?

– Je crois, ouais.

Je dus me faire violence pour conserver mon calme.

– Est-il possible que vous l'ayez gardée ? Que vous puissiez remettre la main dessus ?

– Ça pourrait être dans le tiroir de bric-à-brac, avec les bandes élastiques des piles de journaux, les trombones et toutes les saloperies inutiles de ce style.

Elle se fendit d'un doux sourire béat, comme si cette percée révolutionnaire dans l'ordre et l'harmonie domestiques était de son seul fait.

Je lui fis en retour un sourire aussi charmant que possible.

– Pourrais-je vous demander d'aller voir si ça y est toujours, madame Walker ?

Parce que si ce type était un imposteur, il n'aurait certainement rien laissé derrière lui ce soir. Il était probablement venu s'approprier la brochure en douce, faire subrepticement le ménage, et il ne reviendrait sûrement pas.

– Ça m'aiderait vraiment à rédiger mon article, l'hommage que je rends à la mémoire de votre grand-père.

Deux minutes plus tard, après avoir farfouillé en grommelant des jurons, Posie Walker réapparut, triomphante ; elle agitait un petit rectangle en papier bristol blanc.

– Je l'ai !

Je tâchai de ne pas paraître trop avide en tendant la main. Black Man me dévisageait avec le genre d'intense attention caractéristique du culte de la personnalité, ce qui allait forcément rajouter à mes difficultés à un moment ou à un autre. Le bristol était des plus simples : quelques lignes imprimées dans la même police cursive que la brochure que j'avais discrètement photographiée…

Révérend docteur Moses Habari

Club de Magie

4442 East Charleston Road, Suite D, San Judas, Californie 94043

Figurait également un numéro de téléphone, que je composai aussitôt. Et qui n'était plus en service, naturellement.

– Quand est-il reparti, m'avez-vous dit ?

– Il y a une demi-heure environ, m'informa Garcia. Vous allez le suivre ? Je peux venir ?

J'envisageai brièvement de lui faire part du fond de ma pensée, mais me ravisai en songeant que Posie ou lui pourrait encore m'être utile par la suite.

– Non, j'ai besoin que tu restes là au cas où il vous contacterait de nouveau. Et dans ce cas, ne fais surtout rien de tordu, s'il te plaît ! (Je le gratifiai de mon regard le plus sévère.) Tu m'appelles tout de suite, c'est bien compris ? Discrètement ?

– C'est sous contrôle, Dollar.

Il me salua presque. Deux ou trois jours plus tôt, il me brandissait un flingue sous le nez, et voilà maintenant que cet idiot était prêt à me suivre partout comme un chien. Parfois, j'ai vraiment l'impression d'être un aimant à crétins.

Quelques minutes plus tard, de retour à Bayshore, je me dirigeai vers Southport. Je connaissais assez bien l'East Charleston Road vu que ce n'était pas loin d'où Sam habitait, un quartier qui avait par deux fois connu des temps difficiles, dans les années 1970, lorsque l'industrie de la manutention du fret avait subi les revers de la concurrence, puis une vingtaine d'années plus tard, quand le parc d'attractions portuaire avait fermé pour de bon. Subsistaient quelques zones d'activité, des locaux commerciaux et des entrepôts de fournitures groupées, ainsi que des immeubles d'habitation et des points de restauration pour une population locale de débardeurs à la retraite, de petits Blancs et, bien sûr, d'anges qui passent par là de temps à autre.

Tandis que je descendais la Charleston en direction de la baie, j'avais sous les yeux les vestiges squelettiques du parc d'attractions, avec à ma droite la grande arche ajourée des montagnes russes tourbillonnantes, drapée sur l'orbe de la lune ascendante telle une toile d'araignée. Il y avait toujours de nouveaux projets visant à refaire de l'île artificielle la dynamo de l'économie locale – avec des hôtels, des complexes de bureaux, et même un projet de parcours de golf –, mais voilà, rien ne semblait devoir aboutir. Le parc d'attractions à l'abandon, lui, rouillait année après année, et tombait en décrépitude. De nos jours, on s'en servait surtout comme extérieurs, dès que se tournait un nouveau film apocalyptique de zombies à petit budget.

Le 4442 sur l'East Charleston correspondait assez bien à ce que je m'étais imaginé : un de ces hangars sans étage destinés aux petits grossistes et aux modestes commerces de détail, soit l'équivalent commercial de l'île des Jouets Inadaptés. La suite D était déserte, la grille fermée. Là aussi, je m'y étais attendu. J'aurais dû apporter mes rossignols (d'accord, c'est mes oignons, ça vous regarde pas). Hélas, j'avais laissé dans un des cartons de déménagement ma panoplie du parfait petit cambrioleur, faute de temps pour la récupérer. De toute façon, vu de l'extérieur, pas moyen de dire si quelqu'un avait récemment occupé ces bureaux mais, par simple acquit de conscience, j'allai tambouriner à la porte.

Aucune réponse des membres du club de magie. Par contre, un type échevelé et débraillé arborant une barbe de plusieurs jours finit par sortir de la suite C voisine pour me demander ce que je voulais. Quant à moi, je me demandai si sa femme l'avait foutu dehors, le contraignant à venir crécher sur son lieu de travail (j'appris par la suite que j'avais vu juste.) Il tenait une petite affaire de meulage, spécialisée dans l'affûtage d'exotiques lames d'obturation industrielles, et il ne demandait qu'à bavarder un peu – je le trouvais même un peu trop empressé. Dès la première minute, il me sortit qu'il n'avait jamais vu les locataires de la suite D, qu'il n'avait pas idée de ce que ces gens-là pouvaient faire ou vendre, et il s'était souvent demandé d'ailleurs si le moindre péquin passait par là. Il me fallut une bonne dizaine de minutes avant d'arriver à me défaire de lui – après avoir dûment admiré ses machines-outils, et décliné ses offres insistantes de bière à décapsuler.

En traversant la ville en sens inverse pour regagner mon motel, je revins sur ces tout derniers recoupements. Je venais d'avoir confirmation d'un lien existant entre le gentleman africain et le club de magie, et j'avais appris son nom, ou du moins un pseudonyme. À en juger par la rapidité avec laquelle il s'était précipité pour effacer ses traces chez les Walker, j'étais à peu près sûr qu'il me savait lancé sur sa piste. J'avais obtenu du voisin loquace le nom de son bailleur, à Charleston, et décidé que je pourrais toujours commencer par là dès le lendemain, si du moins le taux de mortalité dans les environs ne grimpait pas en flèche d'ici là et me laissait un peu de temps libre.

Évidemment, cette pensée ne m'avait pas plus tôt traversé l'esprit que mon téléphone se remit à sonner ; une crise cardiaque, dans le quartier latino.

Le défunt, patriarche apparemment très apprécié d'une grande famille originaire du Honduras, s'avéra être un vieux salopard qui se joua outre-tombe de tous mes efforts pour le présenter comme l'enfant de sa culture et de son époque. Sans qu'il ait été jusqu'à tuer ou violer, le coco n'avait rien de reluisant. J'eus bien de la chance de le voir seulement condamné à un millier d'années au Purgatoire. Je ne pus m'empêcher de penser que ça lui ferait les pieds. Alors que son âme libérée contemplait le cadavre de sa propre enveloppe charnelle, tout comme sa famille plus ou moins endeuillée (tous avaient les yeux secs), il se plaignait encore qu'il aurait mérité mieux. Quand la Lumière l'emporta, il râlait toujours, l'animal.

Bref, c'était une pénible corvée, et quand je franchis de nouveau le Zip pour réintégrer le quartier latino du monde réel, il était presque 2 heures du matin. (Dans la Zone, le temps continue de s'écouler quand vous êtes Hors-Zone, des fois que je ne l'aurais pas déjà précisé – encore que le cours ne soit pas tout à fait le même.) Tout ce que je voulais, c'était rentrer au motel m'envoyer un verre et rappeler Gras-double, qui avait dû maintenant revenir à son cycle nocturne de cerveau-d'homme-dans-un-corps-de-cochon, puis m'affaler de tout mon long sur mon lit. Mais toutes ces récentes péripéties me tapaient sur les nerfs. Si bien que lorsque je captai un bruit suspect à l'autre bout de mon garage de location, je me pétrifiai et dégainai vivement mon .38, avec une tension artérielle sautant au plafond.

– Histoire de vous prévenir, qui que vous soyez, je suis fatigué, énervé et armé ! (Ben quoi ? Pourquoi pas ?) Alors, évitons de graves erreurs, vous voulez bien ? Sortez de là, que je vous voie !

Celui qui se désolidarisa des ombres était si colossal qu'un horrible instant je craignis le pire. Mais je vis rapidement qu'il était bien plus humain d'aspect que le *ghallu* qui m'avait pris en chasse. Non sans soulagement, je reconnus mon vieil ami le garde du corps n° 1 de la Comtesse.

– J'aimerais qu'on ait plus de temps, Dollar, me dit-il. J'adorerais te voir tenter de m'arrêter avec ce pistolet à bouchon avant que je ne te plie proprement comme une serviette.

– Eh ouais, dommage qu'on n'ait pas le temps, mon poussin. Si tu veux qu'on esquisse un pas de deux, reviens me voir quand je serai moins crevé, qu'on fasse ça sérieusement. Pour l'instant, je suis tellement sur les rotules que je te foutrais juste une bastos histoire que tu me lâches un peu les baskets et que j'aille enfin dormir.

– T'as une grande gueule, auréole boy.

– Écoute, connard, tu veux quoi ?

Je ne plaisantais pas, j'étais vraiment d'humeur à le flinguer rien que pour aller me coucher plus vite.

– Une dame veut te parler. Et elle attend.

Mon esprit s'emballa. Qu'un démon vous cherche au beau milieu de la nuit ne présageait rien de bon, et pourtant, ça m'excitait – en toute perversité.

– D'accord. Une chose quand même, euh… Sucre glace ? Ah, non, attends… Sucre en poudre ?

Ça ne l'amusait pas.

– Sucre Candy.

– Oh, pardon. Je voulais juste savoir… Où est ton pote à la moustache de porno star ?

– Cannelle ? Au volant.

– J'espère bien. Car tu noteras, je te prie, que c'est moi qui tiens le flingue – et toi qui es de l'autre côté du canon. Si un de tes sbires surgit sans crier gare pour me prendre en traître, je te dégomme la bite juste par principe.

Par bonheur pour lui, Sucre Candy disait vrai. Dès qu'on émergea du garage, j'avisai, au pied d'un lampadaire, une longue voiture aux vitres teintées noires, dont le moteur tournait au ralenti. Le conducteur avait sa vitre baissée, et Cannelle était effectivement assis au volant, dans toute sa gloire moustachue. Il me toisa, m'écrasant de son mépris, tandis que Sucre Candy ouvrait la portière arrière et me faisait signe de grimper.

Je détestais devoir lui tourner le dos – vraiment. Histoire de compenser, je braquai mon flingue sur son ventre avant de me pencher pour jeter un coup d'œil dans l'habitacle. La Comtesse me renvoya mon regard. Sous l'éclairage du lampadaire, elle avait de grands yeux de biche, mais que je sache, aucune des relations de Bambi n'avait jamais eu un tel éclat. Rassuré sur ce point – Sucre Candy et Cannelle ne cherchaient pas à se venger en loucedé –, je montai en voiture. La portière claqua derrière moi avec un bruit sourd.

– Salut, Comtesse. Ou le fait que vous me suiviez la nuit signifie-t-il que nous sommes assez bons amis pour que je puisse vous appeler Caz… ?

Elle me gifla à la volée, manquant de peu me disloquer la mâchoire. Je la fixai, interdit.

– Mais que… ?

Elle recommença, et cette fois ses ongles m'accrochèrent les joues comme autant d'hameçons. De petits points noirs plein les yeux, je levai une main pour m'essuyer le sang.

– Qu'est-ce qui vous prend, nom d'un chien ?

– Je savais que vous étiez égocentrique et suffisant, monsieur Dollar… !

À la faveur du plafonnier, je vis qu'elle avait un peu de couleurs sur les pommettes, ce que je n'avais pas remarqué auparavant. Vous allez me juger irrémédiablement superficiel quand je vous aurai dit que cela me plut, en dépit de la douleur que me valaient ces gifles retentissantes.

– Ce que je n'avais pas réalisé, c'est que vous étiez aussi suicidaire !

– Je ne sais pas de quoi vous parlez.

– Oh, je crois que si.

– Au contraire, et j'ai même l'impression d'en savoir de moins en moins.

Qu'est-ce qui n'allait pas chez cette femme – pardon, cette démone ? Je n'arrivais vraiment pas à la cerner. Les créatures des Enfers que je croise n'ont très clairement qu'une idée en tête, vous infliger mille morts. Hélas pour elles, la convention du Tartare les en empêche, mettant un frein à leurs ardeurs. Mais là, je ne voyais vraiment pas ce que la Comtesse voulait.

– Pourquoi ne pas commencer par me poser vos questions, la prochaine fois, au lieu de me faire mal ?

– Ah ! parce que vous appelez ça avoir mal ? Croyez-moi, si je décidais un jour de vous infliger des douleurs, Dollar, vous n'auriez plus le moindre doute sur la question.

– Écoutez, dites-moi juste ce qu'il se passe.

Garde du corps n° 2 venait juste de descendre de voiture pour s'en griller une avec garde du corps n° 1, au pied du lampadaire. La Comtesse et moi restions seuls.

– Est-ce que ça aurait un rapport avec ce Foxy ?

– Le taré japonais ?

Elle se renversa contre son siège. Elle portait une robe noire, très courte, qui mettait en valeur le galbe raffiné d'une longue jambe. Je me forçai à relever les yeux vers son visage. Et à m'adjurer de revenir à la raison…

« Ce n'est pas réel, Bobby. Ne t'y laisse pas prendre ! En réalité, c'est probablement une sorte de limace géante… »

– Non, répondit-elle, il s'agit bien de vous, l'ange. En ville, on ne parle plus que du trésor que vous auriez en votre possession… Et pas uniquement aux abords de votre petit appartement crasseux.

– Ah, vous l'avez vu, donc. Je compte refaire la déco – vous savez, des fougères, des meubles scandinaves modernes en bois naturel…

– La ferme ! Je parlais de ce qu'on raconte sur Via Dolorosa. (Un des noms attribués à la voie principale de Pandémonium, capitale des Enfers.) Vous auriez quelque chose d'important et vous rechercheriez un acquéreur – une marchandise comme on n'en trouve qu'une fois par ère.

– Mais je n'ai pas… !

– Bouclez-la ! Il se chuchote aussi à Dis Pater Square et partout ailleurs en ville que c'est de moi que vous tiendriez ce trésor incomparable ! Par-dessus le marché, j'ai le Chancelier Urgulap qui fourre son nez dans mes affaires et qui me rend la vie infernale ! Je ne suis pas heureuse.

J'en restai pétrifié. Je la dévisageai et, pour la première fois, je vis non une tentatrice à l'impossible beauté ni même un esprit démoniaque tapi sous des dehors séduisants, mais une âme tourmentée – peut-être tout autant que moi – par la situation dans laquelle nous nous débattions. Et il est sûr et certain que je n'enviais pas ceux que cette abjecte bestiole géante à demi fondue d'Urgulap, rencontrée chez Walker, surveillait de près…

– OK, vous avez dit ce que vous aviez à dire. À mon tour. (Je levai une main pour la dissuader de m'interrompre et, à mon grand étonnement, elle se tint coite.) Je ne sais absolument rien à propos de cette marchandise si spéciale, sinon qu'un albinos asiatique du genre timbré m'a demandé aujourd'hui si je désirais la mettre en vente, quoi que ça puisse être, et vous semblez persuadée que je m'en serais même vanté. Mais, je le répète, je ne sais même pas ce que je suis censé avoir en ma possession, et si je l'ai, je ne suis pas au courant. Une minute, je n'ai pas fini !

Je levai de nouveau une main impérieuse quand elle fit mine de m'interrompre mais, au lieu de lui retourner une gifle, je tendis le bras et posai doucement l'index sur ses lèvres rouges. Je ne sais pas ce qui me prit au juste, en tout cas c'est ce que je fis. Elle m'écarta la main d'un geste vif, mais d'une façon étrange, quasi indifférente – très différente de la manière dont elle m'avait souffleté.

– Bon, alors, voilà la suite : vous vous rappelez la marque calcinée que je vous avais montrée, sur mon portable ? Cette empreinte de main qui avait brûlé le bois de ma porte d'entrée ? Eh bien, maintenant, j'ai vu l'auteur de cette empreinte de très près, et en personne. Cette créature a même tenté de me tuer la nuit dernière, et d'ailleurs elle a failli réussir à me renvoyer au néant. Quand je vous ai montré ce cliché, j'ai bien vu que ça vous parlait. Vous avez déjà rencontré quelque chose de semblable, pas vrai ? Alors, au lieu de me les briser, si vous me disiez plutôt ce que vous, vous savez, pour changer ? Histoire de prouver un peu votre bonne foi ? Quelque chose vous tracasse, Comtesse… Voyons si nous pourrions nous faire mutuellement du bien. Toute cette folie concerne-t-elle exclusivement l'affaire Walker ?

Elle me fixa longuement et, soudain, l'inspiration qui m'avait permis de progresser jusque-là me déserta. Que croyais-je donc accomplir, là ? Je ne pouvais vraiment pas me fier à cette chienne des Enfers maquillée comme une voiture volée, même si elle avait décidé de m'accorder sa confiance – ce qui n'arriverait jamais, au grand jamais. Sans compter ce qui se produirait si mes supérieurs venaient à découvrir que j'avais rejoint dans sa voiture la Comtesse aux Mains Froides, en pleine nuit, pour un échange d'informations – un des puissants Régulateurs des Enfers, rien que ça ! Ma prochaine convocation, ce serait pour une Cour Martiale – à supposer qu'ils ne m'incinèrent pas sans autre forme de procès. Ce genre de connerie ne se concevait pas sans la supervision d'un archange, et j'avais déjà reçu de sévères avertissements à ce sujet – j'avais intérêt à ne plus m'écarter du droit chemin. Mais de mon côté, les événements s'étaient précipités, et j'étais las de jouer à cache-cache, las de tâtonner dans le noir et de jouer aux devinettes…

– Tout ne se rapporte pas seulement à l'affaire Walker, admit-elle enfin. Mais il est sûr que ça a ébranlé mes maîtres.

– Vraiment ? Ce n'est pas juste un de leurs sales tours pour rendre dingues les instances célestes ?

Elle secoua la tête.

– Ça n'en a pas l'air. Autant que je puisse dire, ils sont vraiment inquiets. Et depuis que c'est arrivé, d'autres âmes ont encore été… égarées.

J'en retirai un léger réconfort. J'étais sûrement fou d'en envisager ne serait-ce que l'éventualité, mais il était possible qu'elle se montre franche avec moi – pour autant qu'elle en soit capable, du moins.

– J'en ai aussi entendu parler. Mais si l'un et l'autre camp sont en train de flipper, où a bien pu se volatiliser Walker ? Et les autres ?

Elle sortit de son sac un miroir compact pour vérifier d'un coup d'œil la bonne tenue de son maquillage appuyé.

– Je l'ignore. Et, pour être honnête, je m'en fiche. On m'a bombardée de questions dès la minute où ça s'est produit. J'ai assez de problèmes comme ça sans qu'on m'en rajoute.

– Genre ?

Ses yeux lancèrent des éclairs – et ce n'est pas une licence poétique : quelque chose rougeoyait réellement dans les profondeurs de ses iris.

– Ce n'est pas vos putains d'oignon, Dollar !

– OK, pas de problème. Mais… et la créature qui a brûlé ma putain de porte d'entrée, alors ?

– C'est un *ghallu*… (elle avait pris le ton assommé d'ennui d'une écolière récitant une leçon particulièrement dénuée d'intérêt)… un fragment vivant de la Nuit Ancienne, l'autre nom du Chaos, au cas où vous auriez perdu dans un incendie vos copies d'examen de la vie-après-la-mort. Une créature très coûteuse en énergie si on veut l'invoquer, et quasiment impossible à arrêter. Et, oui, j'avais déjà vu cette marque.

– Où ça ? Et qui l'a envoyée à mes trousses ?

– La réponse à votre première question est de nouveau que ce ne sont pas vos oignons, Dollar. Quant à la seconde, je ne sais pas, mais c'est une mauvaise nouvelle en tout cas. Si vous ne savez vraiment pas ce qui se passe, je vous suggère fortement de dégager, de filer le plus loin possible. Rien de bon n'en ressortira.

Ce fut à mon tour d'ouvrir des yeux ronds. Pour la première fois depuis le début de notre conversation, je n'arrivais pas à croire ce qu'elle disait, du moins quand elle prétendait ignorer qui m'avait lancé ce *ghallu* aux basques. Pour le reste, elle s'était montrée remarquablement ouverte. Je m'abstins donc d'abuser. Ou pas trop, disons.

– Bon, OK, Comtesse, une dernière question : et nous, alors ?

De nouveau, elle écarquilla les yeux.

– Quoi ? (Elle paraissait plus surprise qu'irritée.) Je suis censée comprendre quoi, l'ange ?

– On s'entraide, pas vrai ? Supposons que je découvre quelque chose que vous devriez savoir ? Je ne vais pas retourner traîner du côté du Point d'Eau dans l'éventualité où vous reviendriez cueillir deux ou trois étudiants en médecine tout frais tout roses ?

– Est-ce vraiment ce que nous sommes en train de faire ? (Elle s'amusait, décidément, comme si elle venait de mordre dans un fruit un peu trop mûr). De nous entraider ? À ce que je vois, c'est moi qui vous apporte mon aide, et pas l'inverse. Que pourriez-vous bien faire pour moi en échange ?

– Ne précipitons pas les choses. Donc, si le cas se présentait, comment je vous contacte ?

Elle rit soudain, avec une apparente sincérité.

– Vous êtes vraiment quelqu'un, Bobby Dollar ! Vous avez une très haute estime de votre propre importance.

– Navré, sœurette, mais c'est bien dans votre voiture que je suis assis en ce moment, et pas l'inverse. C'est bien à moi que vous vouliez parler. En me distribuant quelques bonnes baffes au passage.

J'en avais encore la mâchoire tout endolorie.

– Très bien. (Elle prit dans son sac à main une carte de visite, y griffonna quelque chose de son stylo plume très classe.) En cas d'urgence, faites ce numéro et laissez un message. C'est moi qui vous contacterai ensuite.

– Merci, Comtesse.

Je me demandais toujours dans quel pétrin j'étais en train de me fourrer, mais reconnaissons que c'était en tout cas un guêpier sacrément insolite.

Soudain, un petit sourire, délicat et mystérieux, ourla ses lèvres rouge sang.

– Oh, vous pouvez m'appeler Caz maintenant, je crois. Jusqu'à ce que vous vous fassiez tuer, en tout cas. Faites de beaux rêves.

Elle me congédiait. Clairement. Je me glissai sur la banquette pour atteindre la portière quand je m'arrêtai soudain.

– Je voulais vous demander… l'origine de votre nom ?

– Casimira ? C'est polonais.

– Non, votre autre nom, la Comtesse aux Mains Froides ?

Elle se pencha et prit mon visage en coupe de ses doigts fins. Elle avait en effet la peau aussi glaciale qu'un ventre de poisson.

Une étrange tristesse transfigura ses traits.

– Vous savez ce qu'on dit… À mains froides, cœur de glace.

Comme par magie, la portière s'ouvrit derrière moi… et Sucre Candy m'aida à m'extraire du véhicule – sans trop de ménagement.

Son pote sinistre et lui remontèrent en voiture.

– Bonne nuit, les gars, leur lançai-je. Rêvez de moi !

La longue voiture noire aux vitres teintées s'éloigna dans un silence feutré ; je regagnai la mienne en titubant de fatigue, et retournai à mon motel.

13

Un Léviathan suspendu à un hameçon

Couché à une heure aussi tardive, aussi recru de fatigue, malade d'angoisse et en rogne que je l'étais, on aurait pu croire que pour une fois l'univers aurait pu me donner un peu de mou, se montrer indulgent… et on aurait eu tort. Mon téléphone se remit à sonner à 5 heures 30 du matin et j'eus beau faire la sourde oreille, ça recommença toutes les deux minutes. Jusqu'à ce que je craque et roule par terre, puis que je rampe à quatre pattes sur le sol de ce motel qui ne m'était pas familier pour décrocher. Ce n'était pas un numéro relié au Ciel, ce qui renforça ma conviction que cet appel-là ne valait pas la peine de me tirer de mon sommeil.

– Qui a décidé de mourir, si tôt le matin ?

– C'est moi, Bobby.

Ah ! L'homme-cochon.

– Il est foutrement tôt, George, au cas où ça t'aurait échappé.

– Personne ne le sait mieux que moi. Tu veux parler du temps qui passe ? Il me reste environ dix minutes avant que le soleil se lève et ensuite, tu n'entendras plus que des grognements de porc. Oink, oink, oink !

– Désolé, George. Vas-y, je t'écoute.

– Bon, alors, d'abord, Kephas. C'est de l'araméen antique, qui veut dire « pierre ». C'est ainsi que Jésus avait baptisé l'apôtre Pierre. Tu sais bien : « Tu es Pierre, et sur cette pierre je bâtirai mon Église ». Divers sites bibliques en ligne y font référence des tonnes de fois, mais uniquement dans ce contexte. Pour ce qui est des Mages, je n'ai encore rien trouvé d'intéressant ou qui sorte de l'ordinaire… Mais laisse-moi te dire que tu es sacrément hype, Dollar ! Carrément branchouille ! En ce moment, c'est dingue, tout le monde s'intéresse à toi. À en croire mes sources, les requêtes secondaires où figure ton nom ont triplé de volume ces derniers jours.

– C'est quoi, des requêtes secondaires ?

– C'est quand un autre que moi pose des questions.

Un sentiment aigu d'impuissance m'affectait, la peur panique menaçait, et je fis de mon mieux pour refouler tout ça.

– Pourquoi moi, George ? Qu'est-ce que tout le monde cherche tant à savoir ? Et qui pose ces questions ?

– Pour ce qui est de savoir qui, il s'agit surtout d'agents opérant aux frontières de l'un et l'autre camp. Des chasseurs d'informations, principalement. Je n'arrive pas encore à comprendre ce qui les rend si curieux, à part que certains parlent de toi et que les autres veulent savoir pourquoi. Il y a une tétra-chiée d'articles à lire rien qu'en .ky !

Bon sang, il était beaucoup trop tôt pour que j'intègre autant de conneries d'un coup.

– Point ky ? C'est quoi ? Du lubrifiant anal ? Je suis la dernière star à la mode sur un site dédié à la vaseline ?

– Non, ça, c'est le nom du domaine des îles Caïmans. Beaucoup de créatures paranormales y ont recours parce que les comptes sont intraçables, on ne peut pas remonter à leur source. Bref, je m'occupe avant tout des informations qui tournent en boucle, mais là, épingler quoi que ce soit de substantiel sur cette affaire est encore plus difficile que d'habitude. Je traque une rumeur sans même savoir de quelle rumeur il s'agit, tu vois ? En tout cas, dès que je tiendrai quelque chose, je t'avertirai. Promis.

– Merci, George. Tu es un brave type. Du nouveau sur la monstruosité qui me pourchasse ? Le grand ténébreux cornu ?

– Oh, bordel, oui, bien sûr ! Je suis vraiment désolé de te voir dans cette merde noire, Bobby.

– Ouais, George, et moi donc ! (Je l'appréciais, le bonhomme, mais là, je n'étais pas d'humeur particulièrement patiente.) Alors ? Tu aurais des détails utiles à me fournir ?

– Là encore, j'ai pas grand-chose, j'en ai peur. Ces monstres ne sont pas monnaie courante. « Allu » ou « ghallu », c'est ce qui s'en rapproche le plus.

– J'en ai déjà eu la confirmation. Ce serait une sorte d'esprit mercenaire. Et antérieur au Christianisme.

– Ouais. Encore une mauvaise nouvelle.

– À qui le dis-tu.

– Le problème, c'est que ces monstres-là se montrent rarement, si bien qu'on a peu d'informations datant d'après le dix-neuvième siècle. Il faut un gros truc pour mettre ces petits chéris au turbin.

– Nom d'un chien, George, tout ça, c'est pas nouveau ! Ce que je dois savoir, c'est comment réagir face à ce genre de menace ! Comment en tuer un, ou au moins le renvoyer d'où il vient ?

– Je n'en sais rien, Bobby. La dernière observation confirmée d'un de ces monstres remonte aux années 1980, en Syrie.

– Eh bien, moi, je te confirme que l'un d'eux vient de tenter de me cramer le cul en cavalant après moi sur la Camino Real il y a deux ou trois nuits de ça ! Alors il me faut des réponses, mec !

Un long silence suivit. Quand George voulut reprendre la parole, sa voix avait mué de façon bizarre.

– Je… je…

– George ? Ça va ?

– Rrrrrunk…

On y était. Il en était déjà réduit à des grognements porcins. Je jetai un coup d'œil à ma fenêtre et, dans l'interstice des rideaux, j'entrevis les premières lueurs grisâtres de l'aube. Le point du jour.

– Rrrrrunk…

Un faible couinement perçait maintenant sous les grognements. Ce qui subsistait en lui d'humanité devait abominer pareille métamorphose.

– Ouais, bon, merci de m'avoir appelé, George.

Je raccrochai et me glissai de nouveau sous les draps – un endroit qui en valait bien un autre pour expirer en paix.

Histoire de s'assurer que je ne dorme pas trop, Alice m'envoya un client à 8 heures pétantes. Je dus filer du motel en me passant de petit déjeuner, et foncer à l'hôpital Sequoia, où j'eus cependant la chance de représenter une adorable vieille dame qui avait passé sa vie à aller à l'église et à prendre soin de sa famille, ainsi que de son entourage – une deuxième Mère Teresa en somme, la soif de publicité en moins. La voir s'éloigner dans la Lumière, la félicité et la sérénité me rappela que l'essentiel de mon activité consiste à m'assurer que les gens de bien obtiennent ce qu'ils méritent.

L'affaire bouclée, il était presque l'heure de déjeuner. Je n'étais plus repassé aux Compas depuis deux ou trois jours, et un élan de nostalgie me poussa à composer le numéro. Chico décrocha et posa le combiné sur le comptoir, organisant une petite conférence téléphonique avec les membres du Chœur présents : Walter Sanders, Joli Cœur, Jeune Elvis et Cie. Pas de Monica ni de Sam dans le coin, en revanche.

– Que se passe-t-il, Bobby ? s'enquit Kool Filtre.

Il avait un timbre de voix à la Louis Armstrong – un Louis Armstrong qui s'efforcerait de juguler ses quintes de toux –, et il avait presque toujours l'air de s'amuser.

– Je me suis laissé dire qu'une vieille mocheté te poursuivait un peu partout ?

– Rien d'ingérable pour moi. (Un mensonge éhonté, mais j'ai autant horreur d'exciter la pitié qu'un chat exècre l'eau du bain.) T'aurais pas vu Sam dans le coin ?

– Il était là hier soir, lança Jeune Elvis.

Son sobriquet, au fait, il le doit à ses cheveux. Je n'ai jamais vu d'être humain vivant passer autant de temps à se bousiller les tifs que cet ange-là. À cause de lui, le miroir des toilettes est auréolé d'une tache solidifiée de laque. Une coiffure assez spectaculaire, cela dit, il faut bien le reconnaître. À la hauteur de la moumoute du King en personne, du temps de sa gloire corsetée de cuir. Notre ange adore se parer de toutes ces conneries rockabilly, les talonnettes d'espingouin et tout le toutim.

– Eh, l'un de vous saurait-il par hasard où on peut trouver les sœurs Sollyhull ces jours-ci ?

Kool gloussa.

– Merde, Dollar, tu es vraiment maso, toi ! En ce moment, elles hanteraient un petit resto, en ville.

– Superior Grill, sur la 84, précisa Walter Sanders à sa façon dédaigneuse. En tout cas, elles y étaient encore la semaine dernière. Ce qui a achevé de gâcher un déjeuner déjà très médiocre.

Je les remerciai et raccrochai. Traîner avec le Chœur Malade au complet me manquait. Mais je n'allais pas revoir mes potes ces prochains jours, c'était l'évidence même. Si ma visite au bailleur des locaux du club de Magie ne me prenait pas des heures, et si personne ne tentait encore de me dessouder, je me disais que j'irais consulter les sœurs dès ce soir. Elles m'en apprendraient plus que Gras-double et, justement, j'avais un besoin urgent de décrocher de nouvelles infos.

Alors que j'enfilais prestement ma veste pour sortir, le téléphone se remit à sonner. Monica…

– Hello, bel étranger, me salua-t-elle.

Sympa, hein ? Sauf qu'en réalité son ton était aussi glaçant.

– Je viens d'arriver aux Compas, et les garçons me disent que je t'ai raté de peu. Ça va, la vie, la femme, les enfants… ?

– Ouais, ouais, cool. (Je ne pouvais plus me dérober, manifestement.) Tu as une minute ?

Je pouvais presque l'entendre hausser un sourcil.

– Une minute entière ? C'est vraiment mon jour de chance !

J'espérais qu'elle était assise seule, dans un coin, que le Chœur au complet n'était pas à l'écoute autour d'elle. Rien de tel qu'une famille de taverne dysfonctionnelle pour rendre une scène sentimentale encore plus embarrassante.

– Écoute, je sais que j'ai été un peu distant ces temps-ci…

– Ne te sous-estime pas, Bobby, mon chéri. En vérité, tu t'es conduit comme un parfait salopard avec moi.

Je voulus protester… et capitulai :

– Ouais, je sais, tu as raison.

– Qu'est-ce qui t'a pris ? (Rien qu'à l'écouter parler, je comprenais maintenant à quel point mon attitude l'avait rendue malheureuse.) On a passé une nuit de folie, tous les deux – et alors ? Tu crois peut-être qu'après ça, j'attendais ta demande en mariage ? Hein ? Je suis une immortelle, exactement comme toi ! Si quelqu'un peut comprendre qu'on tienne à son intimité, à son espace personnel, c'est bien moi. Sans compter que tu avais énormément insisté là-dessus par le passé.

– Je sais. C'est juste que…

Voilà bien pourquoi je déteste les portables : le lien avec le monde extérieur est à portée de main, mais ça ne fait aucune différence. J'étais bel et bien connecté, que je le veuille ou non, et je ne pouvais pas me déconnecter de façon honorable, tant que la conversation ne serait pas terminée. Et j'étais trop vieux pour jouer au petit jeu de « Oh, la communication est mauvaise, je ne t'entends plus ! » La vieille esquive archi-classique et faisandée. Je soupirai.

– Honnêtement, Monica, ma chérie, les choses sont vraiment compliquées. Avec ces démons qui tentent par tous les moyens de me renvoyer au néant, et tout et tout… Mais au-delà de ça, tu as raison. J'ai très mal agi. Cette nuit-là, c'est vrai, j'ai passé du bon temps avec toi, et le lendemain matin aussi… Mais bon, il fallait que je fasse les choses à ma façon, j'imagine. J'espère même qu'on pourra remettre ça un de ces jours. Seulement, j'avais peur que…

– …Que je prenne notre relation plus au sérieux que toi. (Cette fois, elle était moins amère.) C'est possible. Mais je te rassure, ce n'est plus du tout le cas depuis que j'ai vu que tu restais un pauvre zob de base sitôt que tu recommences à paniquer. Tout rapport futur Naber/Dollar devra prendre ce fâcheux paramètre en ligne de compte. (Je l'entendis déglutir en buvant une gorgée de sa conso.) Car je ne veux pas te perdre comme ami, Bobby. Je suis très sérieuse, là. Tu as toujours été un fieffé crétin, mais le truc, c'est que tu me fais rire.

– Je ne veux pas te perdre non plus, Monica. Comme amie, je veux dire, ou… ou ce que tu voudras. Quand on remettra le couvert. Alors au fond, je ne sais pas exactement sur quoi on est en train de se mettre d'accord, toi et moi. Mais tope là, d'accord ?

– OK. Essaie juste de ne plus être un connard fini.

Tout le reste me rendait encore nerveux, mais au moins, j'éprouvais déjà moins de culpabilité vis-à-vis de Monica en entamant mes recherches sur l'identité du propriétaire du 4442, East Charleston. C'était le genre de travail sur le terrain dont je pouvais me charger en personne, et ça tombait bien car les Sollyhull, elles, ne s'encombraient pas d'investigations dans le monde réel. Quant à Gras-double, il ne serait utile à personne – excepté aux truies du coin – avant encore onze heures environ.

Comme je m'en doutais, un coup d'œil rapide aux titres de propriété, aux archives du fisc et autres joyeusetés administratives me confirma ce que je soupçonnais déjà : le propriétaire qu'avait mentionné le roi de la meule renvoyait en fait à une société de portefeuille, une société fantôme. Et il s'avéra vite que ce n'était jamais que la première d'une longue liste de sociétés écrans. Quelqu'un avait eu soin d'enfouir les données sous des montagnes de paperasses. Mais moi, je suis un petit curieux, du genre qui aime avoir des réponses. Du coup, je sais mieux que personne déterrer ce qu'on voudrait tellement enterrer sous des tonnes de paperasseries fastidieuses. Une heure passée à turbiner dans les donjons des archives du comté, quelques petits pots-de-vin, et j'obtins finalement ce que je cherchais : l'identité du véritable propriétaire de l'adresse figurant sur la carte de visite du club de Magie qu'avait laissée Habari. Un élément très instructif, je dois dire.

L'après-midi n'étant pas finie, je me rendis ensuite à l'autre bout du quartier de Palo Alto pour suivre le fil de mes investigations – pas les faubourgs résidentiels cette fois, mais les grands immeubles scintillants de Page Mill Square, le long de Camino Real, un peu au sud du campus de Stanford. En deux ou trois petites décennies à peine, les tours de bureaux s'étaient élevées au-dessus du Wells Fargo building lui-même, et celui vers lequel je me dirigeais était l'un des plus hauts, le Five Page Mill, également connu comme le Vald Credit building.

Le plus intéressant, ce n'était pas qu'une institution pesant des milliards de dollars comme le Vald Credit soit la détentrice en bout de chaîne d'un ridicule petit trou à rat – à savoir, ce fameux club de Magie –, mais bien les peines que quelqu'un s'était données afin de dissimuler ce fait, de le noyer sous une ribambelle de titres de propriété longue comme un jour sans pain. J'imagine que ça pouvait être purement fortuit, car, après tout, un empire commercial de cette envergure ne pouvait que multiplier les biens et les acquis. Mais ce qui donnait à tout cela un tour encore plus intéressant, c'était qu'un seul type trônait tout en haut de la pyramide Vald Credit, et qu'à San Judas à peu près tout le monde le connaissait, ce type.

Non que Kenneth Vald se soit enrichi de façon particulièrement suspecte, à la base : il avait commencé par se faire un peu d'argent, qu'il avait su investir à bon escient, et, de fil en aiguille… En chemin, il n'avait pas même fait quoi que ce soit d'affreux, à l'aune des critères des millionnaires, même si, bien sûr, personne ne fait fortune au niveau mondial sans écraser quelques orteils au passage. Non, s'il était aussi célèbre, c'était précisément parce que ses richesses et lui-même restaient tellement en vue. Cet homme-là jouissait de ses dividendes au vu et au su de tous – il n'y avait pas animal mondain plus public que lui. Il adorait les fêtes, l'exposition médiatique, les jouets onéreux et les femmes plus coûteuses encore. Vald avait le comportement de quiconque a pactisé avec le Diable, et il savourait pleinement chaque instant de son existence enchantée, buvant à la coupe ses délices jusqu'à la lie, jusqu'à l'ultime seconde – celle où le Malin reviendrait prendre son dû. Mes collègues et moi en avions la conviction depuis longtemps : il y avait plus qu'un soupçon de soufre dans le curriculum vitae de Vald.

Naturellement, avec des personnalités aussi puissantes que ce Ken Vald, pas question de se pointer comme une fleur pour avoir un rendez-vous, là, tout de suite. Et j'aurais beau dire, j'aurais beau faire, je n'étais pas près d'en décrocher un. Du moins, tant que je me cantonnerais à l'ordinaire et au légal. Donc, eh bien, qu'à cela ne tienne : au diable l'ordinaire et le légal !

Et, oui, je le reconnais, tout cela était stupide dès le départ. J'aurais dû rebrousser chemin et me préparer à fond, sérieusement, avant de venir rôder dans les parages. C'est la tactique qu'on m'avait enseignée, et si j'avais daigné envoyer un rapport complet aux instances célestes, j'aurais peut-être même pu m'en tirer vis-à-vis de mes supérieurs. Mais en cet instant précis, j'étais assez intrigué pour couper court aux précautions d'usage, et suffisamment nerveux, vu la situation dangereuse dans laquelle je m'étais fourvoyé, pour me ficher d'agir de façon intelligente ou bien stupide. En outre, j'avais la sensation de tenir enfin un début de piste : il paraissait assez significatif que l'affaire Edward Walker, qui avait suscité les plus vives réactions aux Cieux comme provoqué les plus troubles remous aux Enfers, soit en rapport (fût-il lointain) avec les affaires d'un homme richissime et arrogant.

En y repensant, c'était plutôt une raison de plus pour ne pas y aller.

Il bruinait lorsque je descendis de voiture, dans le parking d'un restaurant situé de l'autre côté du Camino Real, sur la place Page Mill. Je savais qu'il suffirait d'un simple appel pour fermer le parking souterrain, commun à tous les bureaux et centres du coin, et je ne tenais pas à m'y retrouver coincé si d'aventure je cassais trop les couilles à un type ou à un autre – et avant ce soir, ce serait sûrement le cas. J'ignorais juste combien de mecs au juste j'allais faire chier, et dans quelle mesure.

Beaucoup de mecs, s'avéra-t-il, et dans les grandes largeurs.

Le hall d'entrée du Cinq était conforme à mes attentes : des flux de travailleurs entrant et sortant, des coursiers chargés de paquets, des agents de maintenance poussant de lourds chariots... Un grand comptoir de surveillance dominait un bout du hall, avec ses cinq agents en uniforme. Il faisait face à un autre comptoir de dimensions plus modestes, à l'autre bout, et, où que je tourne mes regards, je repérais partout des caméras de surveillance. Je remarquai également qu'ils ne laissaient passer personne sans une inspection visuelle – et il fallait montrer patte blanche, avec le badge d'employé bien en évidence. Même les messagers à bicyclette étaient priés de laisser leurs paquets à l'accueil, afin probablement de passer lesdits paquets aux rayons X. Bref, ça ne rigolait pas, côté sécurité. Je lambinai un peu, faisant mine d'attendre quelqu'un en jetant des coups d'œil à ma montre, puis en allant faire un tour dans un kiosque d'articles divers, qui vendait entre autres des chewing-gums et des cigarettes.

La tour numéro Cinq ?

Un complexe de bureaux tout ce qu'il y a de plus ordinaire à première vue, même si les employés y semblaient un peu plus sur la réserve qu'ailleurs, dans les grosses sociétés. On y recueillait davantage le genre de vibrations auxquelles on s'attendrait, disons, dans une ambassade étrangère en territoire hostile. N'empêche, ainsi que je l'ai mentionné, j'étais joliment surexcité ; je me dis donc que mon imagination me jouait des tours. Ce fut alors que se produisit une chose impossible à mettre sur le compte d'une imagination débordante : des agents de sécurité, indéniablement, émergèrent d'un des monte-charge de service, arborant des lunettes noires et des oreillettes, leurs armes de poing formant des bosses sous leurs costumes. Les agents préposés à l'accueil les saluèrent respectueusement, alors qu'ils se dirigeaient en formation vers l'entrée principale.

De toute évidence, ces types bossaient là, et avaient tout de la ménagerie usuelle des malabars que le sens de l'humour n'étouffe pas. Le gorille de tête me paraissait des plus familiers, cela dit, avec ses sourcils joints qui semblaient ne former qu'une seule et longue ligne broussailleuse, et ses épais cheveux noirs coupés court. Il lança un coup d'œil dans ma direction (sans me voir, son regard glissant sur moi) tout en entraînant ses hommes vers la sortie. Et soudain, je le reconnus, lui et sa vile engeance. Il y avait tout simplement trop de bestialité, dans ses traits, pour qu'il puisse paraître totalement humain et donner le change… Ses cheveux drus lui poussaient trop bas sur le front, et il avait l'arête du nez trop épatée. C'était bien Fourrhurle, le garde du corps de Cirederbe, la nuit où Clarence avait sauvé des Enfers la petite dame Martino. Le type dont j'avais presque écrasé le cou d'un genou malencontreux…

Je le regardai disparaître au-dehors en me disant qu'on ne pouvait décemment pas y voir une coïncidence de plus. Plus de doute désormais, il fallait vraiment que j'en sache plus sur Vald Credit, et le meilleur moyen de m'y prendre était de faire un tour dans les bureaux de la direction en l'absence de Fourrhurle et de son équipe de sécurité. Ce n'était certes pas la façon la plus subtile de procéder, mais comme j'ai déjà dû vous le dire, lorsque je suis stressé j'ai tendance à retomber dans mes vieux travers. Je voulais des réponses ou, à défaut, je tenais à faire savoir que j'étais en pétard.

Le mieux, décidai-je, ce serait encore de tenter ma chance avec le petit comptoir de surveillance, à l'autre entrée du bâtiment, où circulait moins de monde. Il n'y avait là que deux agents de faction. Je rongeai mon frein quelques minutes de plus, jusqu'à ce que l'un d'eux aille faire un tour aux toilettes, puis je m'avançai pour aborder son collègue à l'instant où il finissait de passer son lecteur de codes barres sur le badge d'une personne.

– Excusez-moi, mais je crois que vous devriez venir voir, il y a quelque chose qui cloche avec ce monte-charge. Quelqu'un pourrait se blesser.

L'agent eut une petite hésitation, jetant un coup d'œil vers les toilettes pour voir si son collègue revenait. Puis il grommela de mauvaise grâce en se levant. Il y a dix ans encore, il devait se réclamer d'un superbe physique d'athlète. Mais visiblement, ça faisait trop longtemps qu'il restait vissé sur son siège.

– Quel monte-charge ? grogna-t-il en me suivant vers le groupe d'ascenseurs du fond.

De façon intimidante, il gardait ostensiblement la main sur la crosse de son Taser.

– Celui-ci, répondis-je en appuyant sur un bouton.

La cage s'ouvrit et il jeta un coup d'œil à l'intérieur. Vide.

– Qu'est-ce qui ne va pas, là ?

– Eh bien, fis-je en pressant discrètement le canon de mon .38 sur son épine dorsale, vos tripes vont gicler partout là-dedans dans une seconde si vous n'entrez pas bien sagement.

Cette fois, ce fut le choc qui le fit grogner. Je le poussai à l'intérieur. Dès que la porte se fut refermée sur nous, il s'exclama :

– Par l'enfer, que… ?

De la crosse de mon revolver, je lui assenai un coup derrière l'oreille. Comme elle était caoutchoutée, je dus user de pas mal de force, et il s'effondra sans un cri. J'avais quand même fait de mon mieux pour ne pas lui causer de lésions irrémédiables, au cas où ce serait un innocent pigeon plutôt qu'un laquais accrédité des Enfers – ce qui était bien plus probable si l'endroit était d'une importance aussi névralgique que ce que je commençais à soupçonner. J'insérai sa carte d'identification dans la fente du lecteur, et appuyai sur le bouton du quarantième étage. L'ascension débuta. Après un coup d'œil au nom inscrit sur le badge de l'agent, je pris le talkie-walkie accroché à son épaule et j'ouvris la fréquence d'appel.

– Ici, Daley, à l'accueil, annonçai-je en m'efforçant d'avoir l'air aussi enthousiaste qu'on peut l'être pour neuf dollars de l'heure. Un individu vient de s'enfuir sur le parking de derrière avec le sac à main d'une femme. Je crois bien que c'est un vol à l'arraché. Je pars à sa poursuite !

Je coupai la transmission et remis le talkie-walkie en place.

Par chance, personne n'attendait qu'arrive un des monte-charge au quarantième étage. Je traînai Daley dans les toilettes les plus proches, puis le hissai sur la lunette d'un des WC. Je fourrai son talkie-walkie dans la cuvette des WC voisins, histoire qu'une sonnerie intempestive ne vienne pas troubler son petit somme, ni qu'il donne trop vite l'alerte si jamais il reprenait connaissance plus tôt que prévu – c'est-à-dire avant que j'aie le temps de filer. Je m'assurai qu'il respire toujours, au cas où ce serait un homme tout ce qu'il y a de plus… euh… humain, si vous me passez l'expression, et pas autre chose… Eh ouais, je suis comme ça. Je suis un ange, vous vous rappelez ?

Et c'est à ce moment-là de mon histoire que vous avez débarqué.

Je vous ai déjà expliqué, en prologue, ce qui s'est produit ensuite. J'avais atteint le dernier étage du Five Page Mill et rencontré la secrétaire-démone de Vald, qui avait fait fi de l'étiquette du monde des affaires en enjambant son bureau d'un bond pour me sauter dessus toutes griffes dehors. Je l'avais flinguée en pleine face, à deux reprises, lui causant de gros dégâts sans freiner de beaucoup ses élans sanguinaires. Je lui avais aussi brisé la mâchoire, la disloquant à la façon d'une porte qui pend de guingois et malgré ça elle en voulait toujours à ma peau. C'est quand elle m'a plaqué au sol et a fait de son mieux pour m'arracher la tête des épaules qu'il m'est clairement apparu que j'étais en train de perdre ce round-là.

Quand il ne vous reste plus que quelques secondes à vivre, plus question de vous soucier de putain de code d'honneur à la noix. Si vous êtes aux prises avec un mâle, vous le frappez aux couilles de toutes vos forces. Si c'est une démone qui se prend pour un boa constrictor en tentant de vous étouffer de ses anneaux tout en vous déchiquetant le visage de ses crocs, visez ses seins. Ma réaction prit mon adversaire femelle par surprise – suffisamment pour qu'elle s'écarte avec un feulement de rage. J'en profitai instantanément pour dégager une de mes mains et tirer sèchement sur les lambeaux de chair qui pendaient de sa face bousillée. Dieu merci, même nos corps d'emprunt ont des terminaisons nerveuses, car la douleur atroce que je lui infligeai alors suffit à faire diversion et à me permettre de me libérer enfin de son étreinte démoniaque. J'étais couvert de sang – le sien, mais pas seulement. Il m'est arrivé de livrer des combats où je me sentais mieux que ça.

Là, je me hâtai de repasser dans le bureau adjacent, alors qu'elle titubait à ma poursuite, tentant encore de me repérer au travers des lambeaux de chairs qui bloquaient sa vision. Quand elle comprit que je devais être acculé à la grande baie vitrée qui courait du sol au plafond, elle me bondit dessus au jugé, bras en croix, émanation vivante et littérale de la haine sans visage. Je ne tenais pas à ce qu'elle me lacère de nouveau de ses ongles rouges ; je braquai mon pistolet sur le panneau de verre et tirai à bout portant à deux reprises avant de m'esquiver d'un saut latéral. Les impacts fissurèrent le verre de sécurité à la façon d'une toile d'araignée ; le choc frontal de l'élan de la démone acheva de le faire voler en éclats.

J'attendis quelques secondes, puis me penchai au-dehors, dans l'air froid, pour aviser sa dépouille gisant, inerte, sur un toit voisin, à une centaine de pieds en contrebas. Dans son élégant costume en soie, digne d'une puissante femme d'affaires. Elle était aussi morte que les démons peuvent l'être, ou disons plutôt que son corps d'emprunt dans le monde réel était anéanti. Voilà qui risquait de me valoir une arrestation.

Et merde, Bobby Dollar, dans quelles embûches t'es-tu fourré maintenant ?

Trop tard pour faire demi-tour. Je repoussai la porte d'un coup d'épaule pour regagner le spacieux bureau intérieur, garde haute. Je ne me rappelais déjà plus combien de coups j'avais tirés sur la démone. Même avec de la chance, il ne pouvait pas rester plus d'une balle dans la chambre. Mais que je sois damné si je laissais qui que ce soit le constater à mes dépens ! Cela dit, l'homme qui m'attendait à présent ne paraissait pas outre mesure bouleversé par la vue de mon .38… Il se détourna lentement de la fenêtre, d'où il contemplait les restes de sa secrétaire. Kenneth Vald avait toute la prestance et la mâle beauté de ces Grands d'Espagne peints par Velasquez.

– Alors comme ça, vous ne pouviez pas prendre rendez-vous comme tout le monde ? fit-il.

– Très drôle.

Je me déplaçai de manière à garder entre lui et moi l'immense bureau en teck. Il devait avoir la quarantaine, à tout casser ; il affichait la désinvolture sélect' des élites de la haute finance, sanglé dans son chemisier Lacoste bleu et son pantalon tissé kaki. Il avait glissé ses pieds nus dans des mocassins de prix. Il arborait un joli hâle, et ses cheveux blonds tirant sur l'or blanc étaient moins gominés mais tout aussi impressionnants que la tignasse de Jeune Elvis. Une barbichette impeccablement taillée soulignait les contours de sa mâchoire virile. On aurait dit un chasseur de têtes en mission pour les Jeunesses Hitlériennes.

– Que savez-vous du club de Magie, monsieur Vald ? lui demandai-je.

Il fronça légèrement les sourcils.

– Juste comme ça ? Vous vous pointez, vous massacrez mon assistante – avez-vous idée du temps que ça prend de former une assistante de direction réellement compétente ? – et puis vous exigez des informations ? Pourquoi diable devrais-je vous parler ? J'imagine que vous avez combiné cette petite diversion comme vous l'entendiez, mais ce n'est qu'une question de minutes avant que la sécurité ne déboule. Oh, et si vous croyez que vous allez m'intimider avec ce revolver de pacotille… allez-y. (Il me désigna l'alligator emblématique de son polo, juste à l'emplacement de son cœur.) Collez-moi deux ou trois pruneaux ici. Et vous verrez si ça va m'empêcher une demi-seconde de vous arracher la tête !

Vald fit un pas vers son bureau. Comme je ne voulais pas qu'il s'en rapproche, j'affirmai ma prise sur mon revolver, en le tenant bien en joue.

– OK. Mais si je vous truffe la face de plomb, ça vous bousillera pour le moins votre week-end, Ken. Et j'ai une raison encore meilleure que celle-là pour vous inciter à bien vous tenir.

– Oh ? Et laquelle, je vous prie ?

– Disons que vous ne tenez pas à ce que tout le monde à Pandémonium découvre vos relations avec le club de Magie. (J'observai très attentivement ses réactions – je ne savais toujours pas si c'était un vendu ou bien un membre de l'Opposition à part entière, à jour de ses cotisations – mais il garda une mine impavide.) J'ai tendance à penser que vous avez un peu plus de quelques amis là, en bas, Ken – et je ne suis pas en train de parler du hall d'entrée de la tour numéro 5. Oh, et la Cité Céleste pourrait également s'intéresser à vos activités aussi. Alors rappelez-vous, s'il m'arrive quoi que ce soit, tout le monde va être au courant, comptez sur moi. J'ai pris mes précautions.

– Quoi ? Vous me ressortez ce vieux truc minable, « Si mon avocat n'a plus de mes nouvelles, il préviendra les autorités » ? (Tout à ses spéculations, il me calcula longuement.) C'est mignon… lâcha-t-il enfin. Et que croyez-vous que ça puisse vous rapporter ? Vos ailes ? Car vous devez être un ange, ou en tout cas un ex-ange.

Ce qui, je l'avoue, me fit un tantinet flipper, moi qui n'avais jamais entendu parler « d'ex-anges » ni même, à la réflexion, de nouveaux anges depuis la Chute. Je commençais à me dire que ce type n'était pas un pécheur ordinaire. Écouter des démons trop attentivement est une erreur classique de bleu, pourtant. Et on dira ce qu'on veut de moi, mais je ne suis pas une bleusaille.

– Quelle importance ? Je veux juste des informations. Si vous me donnez du concret, du réel, je débarrasse le plancher et tout le monde sera content.

– Tout le monde ? Que faites-vous de cette pauvre Holly ? Elle était la lanceuse de l'équipe de softball de l'entreprise. (Il recula de nouveau jusqu'à la fenêtre et regarda au-dehors.) Ah, la police est là. On dirait que quelqu'un a remarqué le cadavre. (Il se retourna vers moi en me souriant.) Votre nom, l'Ange ? Qui vais-je voir traîné au fin fond des fosses de l'Erebus ?

– Je ne vous le donnerai pas tant que vous ne me direz pas le vôtre. (Il y a des règles à respecter sur le sujet, bon sang.) Mais au fond, je m'en fiche. Je suis là avant tout pour avoir des renseignements sur les Mages. Alors, pressons, Ken ! Si vos agents se pointent, vous aurez plus de problèmes que moi…

Avec un soupir, il secoua la tête, puis écarta les bras en un geste de résignation amusée. Une sorte d'aura de puissance – difficile de l'appeler autrement – émana alors de lui, aussi écrasante que l'implacable rayonnement solaire quand on se réveille avec la gueule de bois… Aura suffisamment forte pour me faire battre des cils et me filer mal au crâne. Le maître de Five Page Mill revêtait maintenant un éclat doré, avec la folle assurance d'un lion se pavanant dans la savane sud-africaine.

– Que je vous dise mon nom ? Parce que vous n'en avez vraiment pas idée ? En le découvrant, vous vous imaginez peut-être pouvoir exercer une sorte d'ascendant sur moi ? (Il éclata de rire, comme si toute cette situation l'amusait follement, comme si je m'étais pointé rien que pour son divertissement perso.) Je suis Eligor le Cavalier, espèce de misérable crétin : le Grand Duc des Enfers en personne !

Oh, merde ! (Le juron tournait en boucle dans ma tête, tellement j'étais effaré et sous le choc.) *Oh, merde ! Oh, merde !*

Eligor, une des grosses huiles des puissances infernales – sans déc' ! J'avais lancé mon petit hameçon en espérant que ça mordrait… et voilà que je venais de pêcher un Léviathan !

– J'ai combattu aux côtés du Porteur de Lumière devant les murailles des Cieux ! (De seconde en seconde, sa voix enflait, terrible.) J'ai été abattu quand Il a été abattu, et entraîné avec Lui dans Sa chute. J'ai partagé Son exil dès le début. Et toi… ! Toi, tu n'es rien ! Misérable moustique !

Sur cette invective, il se mit à grandir ; des ombres portées de lumière éblouissante et de noirceur insondable s'étirèrent tout autour de lui. Son visage s'allongea en quelque chose de grotesque et de terrifiant, au-delà de toute description. Bientôt, il me domina de toute sa masse, couronnée de flammes et drapée d'ombres. Du coup, la pièce même parut réduite à la taille d'une tombe.

– Et tu sais quoi ? (Sa voix tonnait, multidirectionnelle, assourdissant les battements de mon cœur affolés qui cognaient à mes tempes.) Je ne crois pas à ton histoire, petit ange ! Je ne pense pas que tu aies pris la moindre précaution. Non, je dirais que tu es du genre à improviser, que tu es venu là de ton propre chef sans aucun plan de secours. Et c'est aussi comme ça que tu vas mourir : seul.

Il tendit la main vers moi. Moi qui ne pouvais plus du tout bouger… Faiblement, si faiblement, j'entendis à travers le grondement de mes artères les gardes marteler la porte du bureau et l'enfoncer sous leurs coups de bélier, mais je ne pouvais plus me tourner ni voir quoi que ce soit… à part la face terrible d'un Eligor triomphant.

14

Des amis *bas* placés

Eligor m'enserrait le visage de ses longs doigts glaciaux. J'étais de nouveau en présence d'une entité capable de déchiqueter mon corps mortel comme de la vulgaire mie de pain, mais cette fois, j'étais bel et bien harponné. Le fondateur de Vald Credit me tenait à bout de bras, mes pieds pendant à quelques centimètres au-dessus du sol ; mon cou me faisait l'effet de tige d'érable mâchouillée.

– Allez-y ! m'étranglai-je, résolu à ne pas l'implorer. (Ça devait plutôt être un grognement genre « grrrhurhrhdd », vu qu'il était en train de tirer comme pas possible sur les traits de mon pauvre visage à la torture.) Tuez-moi !

Krrmrrr…

– Oh, avec plaisir. Et le plus tôt sera le mieux. (Il sourit. Il y avait, dans sa gueule, des trucs aiguisés qui ne ressemblaient pas à des crocs – même pas de loin.) Mais d'abord, je vais invoquer des Nergalis et on va te cuisiner jusqu'à ce qu'on sache qui tu es et pourquoi tu as fait irruption dans mon bureau avec ces conneries de club de Magie !

Me tenant toujours à bout de bras dans les airs, telle une truite, il atténua son rayonnement doré et rapetissa pour reprendre l'apparence du mortel Kenneth Vald. Ses yeux, eux, restèrent distinctement ceux d'un bouc, d'un jaune purulent avec des pupilles fendues à la verticale. Ma situation n'aurait guère pu être pire. Eligor n'était peut-être pas Vieille Eraflure en personne, mais il occupait un rang élevé dans la noblesse infernale, avec une puissance et des dons à l'avenant. L'Enfer n'a pas vraiment de hiérarchie clairement établie, mais à ce stade je ne pouvais plus me bercer d'illusions – c'était un membre de l'élite et moi, l'un des plus humbles joueurs en réserve.

Le seigneur démoniaque fit papillonner les doigts de sa main libre et la porte s'ouvrit à la volée. Du coin de l'œil, je vis surgir une demi-douzaine de gardes armés et en tenue de commando. L'un d'eux fut si surpris de voir la porte s'ouvrir brutalement qu'il en perdit l'équilibre et tira par réflexe une rafale de son M4 dans un fracas assourdissant. Des morceaux de plafond nous dégringolèrent dessus pendant quelques secondes, tandis que me cernaient les autres gardes munis de fusils automatiques. Manœuvre qui me paraissait un brin redondante, dans la mesure où j'étais toujours suspendu au-dessus du sol et que je ne représentais plus de menace pour qui que ce soit.

Des agents de sécurité en tenue civile entrèrent sur les pas de leurs collègues lourdement armés. Leur boss tenait son arme d'une main, un portable de l'autre : Fourrhurle.

– Chef, s'exclama-t-il, euh… je veux dire Votre Grâce… On a un problème !

– Je le tiens justement entre mes griffes, ce problème ! cracha Eligor en m'imprimant un brutal mouvement de va-et-vient. (J'aurais juré entendre mes vertèbres cervicales craquer comme du petit bois.) Cours me chercher Sharh-e Sukhteh, eux qui adorent jouer avec les épingles et le feu. On va découvrir qui est ce petit rat ailé au juste, et qui l'envoie.

– Oh putain ! marmonna Fourrhurle. Je crois savoir qui est ce type.

Il se fraya un passage au milieu des gardes et vint se planter devant moi en se hissant sur la pointe des pieds histoire de bien me dévisager, moi qui me débattais toujours entre les griffes implacables d'Eligor. Même dans son corps humain, Fourrhurle n'était certes pas un premier prix de beauté – non content d'être moche comme tout, il avait une haleine fétide de pâtée pour chien périmée. Après un instant, il m'exhiba ses crocs en un rictus genre langue-pendante-de-contentement.

– Eh ouais, c'est bien Bobby Dollar. Je l'ai croisé deux ou trois fois… c'est l'un des anges avocats.

S'il se souvenait de moi, il ne pouvait pas ne pas se rappeler, du coup, que je lui avais à moitié écrasé la trachée.

Répondant à son rictus d'un sourire carnassier, je lui crachai à la gueule avec l'espoir de le faire sortir de ses gonds en oubliant la présence de son boss, et de le provoquer suffisamment pour qu'il me tue involontairement (vu ce qui m'attendait, mourir me paraissait définitivement mieux que l'alternative). Mais même si mon jet de salive lui atterrit bien sur la joue, Fourrhurle n'eut pas le temps de réagir – hormis en reculant vivement –, car Eligor se mit soudain à rugir comme un lion blessé en me jetant à terre.

– Bobby Dollar ? gueula-t-il. Tu veux dire que c'est Doloriel ? Le petit mac qui m'a volé ?

Toute cette histoire merdique tournait de mal en pis. Alors, donc… ce truc mystérieux que j'étais supposé détenir (et que je n'avais pas) appartenait à l'un des Grands Ducs des Enfers ? À l'archi-démon même qui venait de me mettre la main au collet avec la folle aisance d'un homme qui n'a qu'à se pencher pour attraper au creux de sa paume un misérable hamster cherchant à fuir ? Un archi-démon qui avait décidé de déchaîner sur ma tête les foudres des démons sadiques du Moyen-Orient alors qu'il ignorait encore qui j'étais ?

Putain, fabuleux !

– Dis-moi où tu l'as mis, misérable ! Tout de suite !

Eligor se pencha pour me relever violemment, les doigts vissés sur mes bras cette fois, puis il me maintint bien en face de lui. Son haleine puait beaucoup moins que celle de Fourrhurle mais, un instant, je plongeai dans les abysses infinis de ses yeux à fentes noires, et, de battre, mon cœur faillit s'arrêter. Eligor n'était pas le seul et unique Grand Duc des Enfers, mais ceux-ci ne sont pas nombreux, et tous plus redoutables et dangereux les uns que les autres. Pauvre blaireau que j'étais, je m'étais lancé dans une bagarre de bar avec un inconnu – lequel se révélait être un champion du monde catégorie Poids Lourds !

– Dis-moi tout de suite ce que je veux savoir, dit-il, et je me contenterai peut-être de t'éplucher le visage et de t'épargner quelque temps comme ça, enchaîné à mon bureau.

– Je… je peux vous l'apporter… Je vous le jure… Seulement, il faudrait que vous me lâchiez… Sinon, jurai-je en sursaut, vous n'obtiendrez rien de moi !

– Oh, tu ne garderas rien pour toi, espèce de sale petite vermine ailée !

Le seigneur démon avait du mal à conserver l'intégrité du visage de son Kenneth Vald ; sa face se ridait comme sous l'effet d'une trop forte chaleur menaçant de faire fondre ses chairs. C'était un peu comparable à la salle de contrôle d'une centrale nucléaire en pleine apocalypse – fascinant, non ? Car c'est le genre de spectacle auquel on n'assiste qu'une fois dans sa vie… juste avant de mourir.

– Ta sueur, ton sang et tes excréments, pour commencer ! grogna Eligor. Beaucoup de sang ! Sache que toutes les cellules de ton corps vont progressivement se liquéfier sur le sol de mes chiottes !

Il me lâcha de nouveau, ce qui me valut une rude réception. Je réussis à me redresser sur les genoux. Autant mourir la tête un peu au-dessus du sol, me disais-je (ne me demandez pas pourquoi ça me paraissait préférable, au fond.)

– Mais, Maître, geignit Fourrhurle, vous ne pouvez pas… je veux dire, pas maintenant !

Vald, alias Eligor, se tourna vers lui, sa tête pivotant lentement à l'instar d'un cobra royal jaugeant la distance de frappe optimale.

– Je ne peux pas ?

Fourrhurle blêmit et se mit à se tortiller. Je crus qu'il allait se prosterner près de moi et se rouler sur le dos pour exhiber son ventre vulnérable à Eligor en signe de soumission.

– Non, c'est à cause des flics ! Il y en a au moins une quarantaine, dans le hall d'entrée… (Il brandit son portable.) D'après eux, il y aurait un fugitif ici… ils doivent parler de ce Dollar. Il est recherché pour l'assassinat de Cirederbe, le procureur… Euh, je veux dire de Grazuvac. Ils craignaient qu'il vous ait pris en otage. J'ai eu toutes les peines du monde à les convaincre de patienter cinq minutes, le temps que mes hommes et moi montions vérifier sur place par nous-mêmes !

Eligor renifla de dédain.

– Pauvres abrutis… Comme si un minable joueur de ligue mineure allait… (Il secoua la tête, irrité.) Écoute, tu n'as qu'à leur dire qu'on vient d'abattre cette petite merde, et qu'ils pourront bientôt venir enlever le corps. Ça nous laissera le temps de…

De façon étonnante, Fourrhurle l'interrompit. Il était plus couillu que je ne l'aurais cru – encore qu'à voir l'expression d'Eligor, le fol impudent allait bientôt devoir faire ses adieux à ses grosses couilles velues…

– Mais, Maître, ça fait déjà plus de cinq minutes, et ils sont en chemin. Parlez à leur chef, Votre Grâce, moi, il ne m'écoutera plus !

– Donne-moi ce putain de téléphone ! (Eligor le lui arracha des pognes.) Allo ? Quelqu'un m'entend ? Ici, Kenneth Vald. Officier, j'ignore qui vous êtes, mais j'exige que vous preniez contact avec mon directeur adjoint, Bryant, et il vous dira… (Il écouta un instant. Puis :) Bryant ? C'est vous ? Que diable se passe-t-il ? Comment osez-vous pénétrer dans ma tour sans…

Un autre motif de colère transperçait maintenant dans le ton qu'il avait pris, si bien qu'il en avait momentanément oublié mon existence. Les yeux troubles, je cherchais vainement du regard une échappatoire quelconque. Aucun espoir d'évasion en vue, dans l'immédiat. Mon revolver, peut-être vide, peut-être chargé, gisait par terre ; il m'avait échappé des doigts quand le Grand Duc m'avait empoigné, puis l'un des gardes avait dû le chasser d'un coup de pied dans la bagarre. Au contraire de la baie vitrée du bureau adjacent, celle-ci était intacte et, sans le concours d'une arme à feu, je doutais fort de réussir à briser un verre de sécurité, à supposer même que j'arrive à tromper la vigilance des gardes qui pointaient toujours sur moi leurs fusils d'assaut.

– Comment ça, vous n'êtes pas le plus haut gradé ? Mais je m'en contrefous !

Le duc Eligor commençait à être franchement remonté. Si ses cheveux et sa barbe étaient toujours de cet or si pâle, son épiderme avait pris la teinte de la brique flambant neuve.

– Eh bien, jc vous emmerde, vous et vos autorités supérieures, Bryant ! Je vais hacher menu ce petit salopard, et vous pourrez toujours récupérer ses restes quand vous serez là. Et alors ? Je m'en fous si c'est une fréquence publique ! Et puis, d'ailleurs, qui ira vérifier si vous déclarez que le type était déjà… ? (Sourcils froncés, il tendit une main vers Fourrhurle.) Va voir à la fenêtre.

Son sbire obtempéra presto.

– Que voulez-vous savoir, Votre Grâce ?

– Vois-tu des snipers sur le toit du building Courier ? Qui seraient en train de viser notre fenêtre ?

– Oui, Maître, confirma Fourrhurle. Et ils sont nombreux. Dois-je rester là ? Et si jamais ils me prenaient pour lui ?

Parfaitement indifférent au sort de son sous-fifre, Eligor reprit sa conversation au téléphone :

– À qui est-ce que je dois ce coup fourré, Bryant ? Parce que c'est une drôle de coïncidence. Je veux un nom ! (Ses pupilles fendues s'étrécirent.) Oh, vraiment ? Très bien, vous pourrez emmener le suspect. Amenez vos hommes, et les miens lèveront l'état d'alerte. (Il coupa et se retourna vers Fourrhurle. Son expression furibonde aurait pu faire s'écailler la peinture de revêtement d'une coque de cuirassé.) On va les laisser l'emmener. Sinon, ça fera trop de merde à nettoyer ensuite.

Fourrhurle se précipita, me happant le bras sans ménagement pour me redresser de force, histoire de bien me faire sentir qu'il n'avait rien oublié de notre précédente rencontre. Je suis prêt à jurer que mes os s'entrechoquèrent sous sa poigne.

– Mais si vous désirez le questionner, Maître, ne pourrait-on l'emmener faire un petit tour Hors-Zone ? Où vous aurez tout le temps souhaitable pour l'interroger ? Tant qu'il respire encore quand on le livrera aux flics…

Eligor lâcha un juron – ou du moins c'est ce que je crus. Je ne compris pas ce qu'il éructait, mais rien qu'au son strident de sa voix, une bourrasque surnaturelle fit soudain frémir les fenêtres et, sur son long bureau en bois de teck, des documents s'enflammèrent.

– On est dans le concours du plus con, ou quoi ? Parce que t'as gagné ! (Il foudroya du regard Fourrhurle, qui se recroquevilla.) Tu ne peux pas traîner l'un de nous Hors du Temps contre son gré sans tout flanquer par terre ! C'est un manquement grave aux Conventions, ça déclenchera des alarmes depuis le pinacle de la Création jusqu'aux culs-de-basse-fosse ! Ça alertera ses chefs suprêmes comme les miens, en ravivant probablement les conflits. Alors, tu penses toujours que c'est une bonne idée, pauvre débile ? Hein ?

– Non, Maître…

J'aurais pu jurer que le chef poilu de la sécurité était sur le point de s'uriner dessus en un acte servile de soumission.

Eligor se tourna vers moi.

– Quant à toi, l'ange, ne t'imagine surtout pas que tu es à l'abri grâce à l'intervention des forces de police. Pense juste à combien d'amis tu as en prison… (Il ricana, même s'il n'avait nullement l'air heureux.) Tu as quelque chose qui m'appartient, et non seulement je vais le récupérer, mais tu vas souffrir comme tu n'aurais jamais cru qu'on puisse souffrir. Tu croyais pouvoir traiter Eligor le Cavalier comme une espèce de truand de bas étage, c'est ça ? Je te reverrai bientôt… très bientôt.

Avant même que j'aie pu répondre à l'une quelconque de ces charmantes promesses, il m'avait flanqué un coup de pied bien senti dans les couilles, puis un autre à la tête quand je m'effondrai, plié en deux de douleur, m'expédiant là où sombrent même les anges lorsqu'on cogne assez fort.

Je ne vous assommerai pas avec les détails – comme quand on me traîna dans le parking souterrain du palais de justice de San Judas, hébété, menotté, mon entrejambe pulsant douloureusement. On me jeta ensuite au fond d'une cellule, meurtri et ensanglanté, sans avoir droit à un avocat ou même à des soins médicaux. Corps plus robuste que la normale ou pas, j'étais gravement blessé. Une demi-heure plus tard environ, lorsque je pus de nouveau me redresser et m'asseoir sans dégobiller, deux officiers de police de San Judas vinrent me chercher. Les flics de service auraient tout aussi bien pu traiter le dossier d'un ectoplasme vu le peu de cas qu'ils faisaient de moi – c'est à peine s'ils daignaient me jeter un regard, m'adressant juste la parole pour les photos et les prises d'empreintes requises, avant de me ramener derrière les barreaux. Plutôt étrange que j'aie une cellule à moi tout seul au beau milieu de la journée, alors que, de notoriété publique, le système carcéral du comté de San Judas était surpeuplé. Tout aussi louche, le fait qu'un prévenu accusé de meurtre comme moi – surtout avec cette exposition médiatique d'enfer – se retrouve au palais de justice sans un seul reporter présent pour couvrir l'événement, alors pourtant qu'une escouade d'intervention tactique de la police avait été déployée sur les toits de la tour San Judas Courier, un immeuble bondé de journalistes, tandis que tout allait au tapis sous les yeux de ces policiers d'élite, dans le bureau-terrasse de l'un des hommes les plus riches d'Amérique…

J'avais d'abord été soulagé d'être en vie – ne serait-ce que ça – et loin du Five Page Mill, mais à présent, je commençais à me demander si on ne m'avait pas fait sauter hors de la poêle brûlante pour mieux me précipiter sur d'autres feux pires encore. Sans parler de mon aine et de ma tête qui, après les mauvais coups de pied d'Eligor, me faisaient un mal de chien ; ils me lançaient tellement qu'une castration et une décapitation m'auraient paru de bonnes solutions pour mettre fin à mes misères. J'allai tambouriner à la porte en exigeant de voir un avocat ou de passer un coup de fil (on m'avait évidemment confisqué mon portable). Inutile de préciser que mes geôliers m'ignorèrent superbement.

Enfin, à l'instant même où je me disais que quelqu'un finirait bien par m'apporter à manger, en me demandant si je réussirais à ne pas tout régurgiter, quatre flics en uniforme passèrent me chercher. Il avait apparemment été décidé que j'étais un individu dangereux, ce qui est précisément pourquoi je les suivis avec la docilité du plus doux des agneaux. *Ne jamais agir comme on s'y attend,* telle est ma devise, surtout quand je n'ai pas idée de la gravité des problèmes dans lesquels je me suis fourré. Je savais juste que c'était gravissime… mais à quel point ? Eligor, l'une des pires Bêtes de l'Opposition, croyait dur comme fer que je l'avais volé, et quelqu'un, plus puissant encore que lui, venait de me mettre aux arrêts. Oh, au cas où j'aurais omis de l'expliquer, ces Brèches auxquelles nous les anges, nous recourons, ne mènent nulle part sinon hors du Temps, ce qui fait que vous êtes toujours au même endroit lorsque vous en revenez. Je ne risquais donc pas de m'évader de prison par ce biais.

Les flics m'entraînèrent vers une partie du complexe que je n'avais encore jamais vue (oui, il m'était déjà arrivé une ou deux fois de transiter par le palais de justice. Réponse suivante : « Ça ne vous regarde pas ».) C'était une salle d'interrogatoire, mais s'il y avait bien une table en acier lourd rivée au centre du sol, je ne voyais pas de miroirs sans tain pour les observateurs ; les murs étaient complètement nus en fait, à l'exception d'une vieille affiche sur la réanimation cardio-pulmonaire – des murs ébréchés et grêlés, dont la peinture s'écaillait par endroits (peut-être sous les ongles de détenus… je préférais ne pas y penser). Je me dis que certains interrogatoires officieux avaient dû s'y dérouler plus tôt dans la journée, ou peut-être même dans la semaine ; j'en avais l'estomac noué. On me fit signe de m'asseoir sur une chaise pliable, devant la table en métal, puis les flics reculèrent contre le mur du fond, aussi impénétrables que des robots sous leurs masques faciaux en plexiglas et leurs casques. Trois ou quatre minutes durant, nous attendîmes, en silence. Je passai le temps en imaginant des plans d'évasion sophistiqués, mais je savais déjà qu'aucun d'eux ne marcherait. J'ai beau être sacrément coriace, je n'allais pas terrasser à moi tout seul quatre flics en gilet pare-balles, munis de Tasers et de matraques, surtout après avoir été malmené comme je l'avais été par le *ghallu* et Kenny Vald.

La porte s'ouvrit soudain et les flics se redressèrent encore un peu plus, eux qui étaient déjà au garde-à-vous. Je ne reconnus pas tout de suite la femme de haute taille, aux cheveux foncés, qui entra, mais j'avais le sentiment que j'aurais dû. Elle m'était vaguement familière. Elle devait avoir la cinquantaine, probablement ; elle portait un tailleur sombre d'un strict franchement austère. Elle avait un beau visage qui respirait l'intelligence, avec un nez très affirmé.

– Robert Dollar ? s'enquit-elle en baissant les yeux sur la liasse de papiers qu'elle tenait, avant de les relever vers moi – comme si je pouvais être différent de ce à quoi elle s'attendait.

– Oui, M'dame. Pour vous servir.

– Épargnez-moi vos facéties, monsieur Dollar. (Elle se coula dans le siège qui me faisait face, puis me tendit un paquet de lingettes humides.) Nettoyez-vous. Je suis Jennifer Taccone, membre du Congrès. Et vous, vous êtes un homme chanceux.

– Dites donc ça à mon scrotum, madame le député. (Mon visage me faisait mal tandis que j'essuyais le sang séché, et j'étais fatigué de jouer au doux petit agnelet de Marie.) Le salaud au dernier étage de l'immeuble Vald m'y a flanqué un sacré coup de pied, figurez-vous, et contrairement à ce qu'affirment ces brutes ou la police de San Judas, je n'ai rien fait de mal.

À moins qu'on élève des objections au fait d'annihiler des démons, bien sûr, mais je comptais sur Eligor pour nettoyer derrière moi. Il cherchait à éviter la publicité, et il n'avait pas voulu que j'aille en prison. Il avait clairement annoncé qu'il avait pour moi des plans d'ordre plus… personnel.

– J'espère que c'est vrai, monsieur Dollar, dit Taccone. Car quelqu'un a pris de gros risques pour vous. Vous n'êtes plus seulement un importun, vous êtes un privilégié, je n'ai même jamais accordé de faveur aussi élevée.

Qui donc avait le bras aussi long ? Une pensée soudaine me flanqua des sueurs froides.

– Vous ne seriez pas sur le point de me livrer pieds et poings liés à Kenneth Vald, par hasard ?

Cette question me valut un regard glacial.

– M. Vald n'est plus impliqué dans cette affaire. Et très bientôt, je ne le serai plus non plus.

– Honnêtement, je n'ai aucune idée de ce dont vous êtes en train de parler.

– Une bonne chose, approuva-t-elle, car quand vous sortirez d'ici, vous ne garderez aucun souvenir de ce qui s'est passé… et surtout pas de notre petit entretien. (Elle me décocha un autre regard, fort déplaisant.) Vous et moi, nous ne nous sommes jamais rencontrés. Rappelez-vous-en.

– Je m'en vais ?

– Dès que je sortirai de cette pièce, les gardes m'emboîteront le pas, monsieur Dollar. Vous compterez au moins jusqu'à cent avant de suivre notre exemple. La porte ne sera pas verrouillée. Si vous tournez à gauche et prenez l'ascenseur, il vous mènera au parking des employés. D'où vous trouverez plusieurs issues. Et une fois que vous aurez quitté l'enceinte du palais de justice, je n'aurai plus à me soucier de votre sort. Est-ce bien clair ?

La mémoire commençait à me revenir à propos de Taccone, membre du Congrès. Notamment le fait qu'il ne s'agissait pas d'une politicienne ordinaire. Elle exerçait plusieurs mandats dans quelques-uns des plus éminents comités de Washington, et si les Démocrates reprenaient le pouvoir, on misait déjà sur elle, que ce soit comme chef de file ou comme présidente. Toutes choses qui m'amenaient à me demander : qui diable avait suffisamment d'influence pour la faire plier, elle ?

Mais bon, à cheval donné on ne regarde pas les dents. Je n'étais pas con à ce point.

– Limpide, l'assurai-je. Merci, m'dame. Merci beaucoup.

– OK. (Elle poussa vers moi mon téléphone et mon revolver – déchargé.) Dans ce cas, tout est réglé.

Je rangeai mon arme au barillet vide dans mon holster et glissai mon portable dans ma poche tandis qu'elle se relevait en lançant un coup d'œil aux flics derrière moi. Et en effet, ils la suivirent hors de la pièce.

« Sacrément tordue, comme situation… » pensai-je.

Je comptai jusqu'à cent, puis pris à mon tour la porte, m'attendant à moitié à la trouver verrouillée, comme s'il s'était agi d'une sorte de canular infernal bizarre, conçu pour me bousiller le moral avant de me soumettre à un interrogatoire musclé. Mais non, la porte était bel et bien déverrouillée et le couloir, désert. Je m'efforçai de prendre l'air calme et innocent, même si ça ne devait guère faire de différence. Les employés municipaux que je croisai me jetèrent à peine un coup d'œil, alors que j'avais pourtant tout l'air d'avoir perdu la bagarre contre un type armé d'une pelle à neige.

Même topo au parking : des voitures me dépassèrent, en une sorte de parade de flics impassibles, des véhicules civils, des tout-terrains et des berlines qui devaient être des voitures de police banalisées. Au lieu de déboucher sur Broadway, je gravis l'escalier du côté de Marshall Street. Il faisait sombre ; les ampoules pendaient le long des banderoles du carnaval, en prévision de la parade prochaine, les rues étaient pleines de gens qui rentraient du boulot, et moi, j'espérais encore héler un taxi sans trop m'exposer à découvert. J'avais affreusement conscience que mon revolver n'avait plus de balles. Dès que je me campai au bord du trottoir, une longue voiture noire approcha, et la vitre se baissa côté passager. Le siège était vacant. Je me penchai avec nervosité pour glisser un coup d'œil à l'intérieur, sombre, et distinguai une ombre au volant. Puis j'aperçus une chevelure aussi pâle et brillante que l'armure de Karael.

– Vous êtes très prévisible, monsieur Dollar, dit la Comtesse (elle était au volant.) Je vous suggère de monter avant de vous faire remarquer. Non, pas ici, derrière.

– Alors, que faites-vous là ? demandai-je sitôt qu'elle se remit à rouler. Vous venez souvent au palais de justice récupérer des criminels tout juste relaxés ?

– Et qui a obtenu votre libération, d'après vous ? Pauvre abruti… (Aucun rapport avec notre dernière rencontre, lorsque j'avais brièvement réussi à me persuader qu'elle pouvait plus ou moins me tolérer, à défaut de m'apprécier.) J'ai fait jouer pour vous la plus grande faveur qu'on me devait. Et je le regrette déjà.

– Ah ! C'est vous qui avez contacté ce membre du Congrès ? Comment se fait-il que vous connaissiez quelqu'un comme ça ?

– Fac de droit.

Elle gardait les yeux braqués sur la route.

– Vous étiez à la fac de droit ?

Elle laissa échapper une sorte de sifflement.

– Non, crétin, c'est juste que j'adore les étudiants. Je vous l'ai dit.

Je ne relevai pas.

– Alors pourquoi l'avez-vous fait ? Vous ne me devez rien. Et qu'est-ce donc que tout le monde croit que j'aie ?

– Vous n'avez pas besoin de connaître la réponse à l'une ou l'autre de ces interrogations. En fait, mieux vaut pour vous que vous l'ignoriez. Alors au lieu de me poser des questions grossières dignes du petit privé minable pour lequel vous vous prenez, vous feriez mieux de me remercier de vous avoir épargné de finir à l'état d'accordéon désaccordé comme notre ami Cirederbe, et restons-en là.

– Eh, ma sœur, c'était pas un ami à moi !

– Vous avez tout à fait raison là-dessus, Dollar, parce qu'il vous a mis dans une belle merde. (Elle tourna sur Jefferson. C'était bizarre de la voir conduire sa propre voiture.) En fait, je vais vous faire une fleur, en vous révélant une chose que même le chancelier Urgulap et son Inquisition ignorent : c'est Cirederbe qui vous a balancé. C'est lui qui a affirmé à Eligor que vous aviez ce qu'il veut.

– L'enfoiré ! Avec ses ouïes de poiscaille, celui-là ! Je ne sais même pas de quoi il s'agit… Pourquoi Cirederbe aurait-il voulu m'impliquer dans ce vol ?

– Oh, peut-être parce qu'on était en train de l'éviscérer pour le pendre par ses propres terminaisons nerveuses, que ça faisait vraiment très mal et qu'il a donné votre nom comme il aurait donné n'importe quel autre afin que ses bourreaux cessent de lui infliger les pires souffrances… (Elle freina à l'approche d'un feu rouge. Je regardais maintenant par la vitre arrière en ouvrant l'œil, cherchant à déterminer si on nous suivait.) Peut-être qu'il se disait que vous ne manqueriez à personne, et qu'après sa défaite cuisante de la veille contre vous, il ne pouvait plus vous blairer ?

– Et merde, je n'avais rien à voir avec ça, moi ! (Une idée subite me traversa l'esprit.) Eh, pourquoi vous conduisez vous-même ? Où sont passés Mon-petit-Canard-en-Sucre et Miches-au-Miel ?

– Si vous parlez de mes gardes du corps, la situation a quelque peu changé. Pour vous comme pour moi. Parce que par ici, les choses sont parties sérieusement en sucette. Où créchez-vous ?

– Hein ? Euh… je ne sais pas encore. Il faudrait que je trouve un point de chute. Vous pouvez me ramener à ma voiture ? Je l'ai laissée en face du Five Page Mill…

Elle se tourna vers moi, le regard dur. Avec les reflets de l'éclairage de ville sur ses cheveux d'or pâle, elle m'évoquait un portrait (furibard) de Piero della Francesca.

– Si vous vous imaginez que je vais m'approcher de cet endroit, vous êtes encore plus bête que je ne l'aurais cru, Dollar, et ça, je n'aurais même pas imaginé que ce fût théologiquement possible !

– Merde… Bon, d'accord, tournez par ici et prenez par le boulevard des Vétérans. Je vais prendre une chambre dans un hôtel. Je récupérerai ma voiture demain. (Accablé, épuisé, je m'affalai sur mon siège.) Alors, si Cirederbe m'a mis dans la merde, je ne comprends toujours pas pourquoi c'est vous qui vous chargez de me tirer d'affaire, Comtesse. Bien sûr, je sais que je suis charmant et beau et mignon, tout ça, mais…

– Épargnez-moi vos conneries, Dollar. (Elle tourna à droite puis, à l'intersection suivante, à droite encore.) J'ai mes raisons, aucune n'ayant un quelconque rapport avec ce que vous pouvez représenter aux yeux de qui que ce soit.

– OK, Comtesse… non, Casimira. C'est votre prénom, pas vrai ? Bon alors, comme vous disiez si bien, trêve de conneries. Il me semble que c'est à vous maintenant de me fournir des explications. Parce que non seulement nous appartenons à des camps opposés, vous et moi, mais nous sommes même des ennemis jurés. Donc, si vous voulez bien me suivre une minute dans mon raisonnement…

Quelqu'un a dérobé quelque chose à Eligor, on est d'accord ? Et le Grand Duc, ou quel que soit son nom, fait la gueule. Il pense d'abord que c'est Cirederbe le coupable et, avec ses âmes damnées, il se charge de lui vider les entrailles à sa façon, et sans anesthésie. Puis notre défunt procureur balance avant d'expirer qu'il ne détient pas ce quelque chose, parce qu'il me l'aurait remis. Ce qui est un mensonge absolu. Mais au fond, en quoi tout cela vous concerne-t-il, Casimira ? (Je m'adressais à sa nuque et ne pouvais donc voir si mes arguments faisaient mouche, ou pas.) Non, d'ailleurs, je vais plutôt vous appeler Caz, c'est plus court – exactement comme ma patience, qui est en train de diminuer à toute vitesse… Allez-y, Caz, expliquez-moi donc pourquoi Miss Mains Froides et Cœur de Glace voudrait venir en aide à un ange que même ses pairs n'aiment pas plus que ça ?

J'attendis en silence une réaction de sa part. Elle tourna enfin sur le boulevard des Vétérans, un fouillis d'immeubles commerciaux tous coulés dans le même moule et scintillant de tous leurs néons. Des parkings à foison, des centres commerciaux et des ensembles de bureaux brillants : les feux du désespoir, comme si l'idée même qu'on puisse ne pas les remarquer les frappait d'effroi…

– Je vais vous donner une raison, finit par lâcher Casimira. Cette chose qui manque à Eligor, vous vous rappelez ? Eh bien, c'est moi qui la lui ai prise. Et je n'avais rien à craindre tant que le Grand Duc croyait que je la détenais toujours. Maintenant, ce n'est plus le cas.

Je ravalai la douzaine de questions qui se bousculèrent aussitôt sur mes lèvres, formulant celle qui me parut la plus pertinente.

– Alors, qui la détient ?

– Cirederbe l'a eue – pendant quelque temps. Mais de toute évidence, il s'en était débarrassé. (Elle se gara dans l'allée d'accès à l'*Holiday Inn.*) Où, personne ne sait. Vous êtes arrivé, Dollar.

J'envisageais de faire le tour de la voiture pour aller me camper côté conducteur et lui proposer de continuer cette conversation autour d'un verre, mais je n'eus pas plus tôt claqué ma portière qu'elle redémarrait en trombe et se réinsérait dans le boulevard des Vétérans et son flot de lumière, avec la vivacité d'un poisson tout frais pêché qu'on rejette dans les eaux vives d'un torrent.

15

Un agité du bocal un tout petit peu mort

– Bon, alors, qu'est-ce que t'as appris ? me demanda Sam pendant qu'on nous préparait du café. Qu'il vaut mieux éviter de faire irruption dans des bâtiments bizarres et d'y tuer des secrétaires ? (Il plissa le front en déchiffrant l'ardoise du menu.) Tu crois que tout ce jargon incompréhensible maquille des trucs merdiques et hors de prix ?

– On dirait qu'il n'y a que de la merde, en effet, lui répondis-je.

L'air horrifié, Clarence parut sérieusement envisager de jeter illico à la poubelle son macchiato au caramel.

– Hein, quoi ? Vous plaisantez, c'est ça ?

– Il ne plaisante pas, dis-je. Tu n'es donc pas au courant ? Où vivais-tu quand tu étais vivant ? Dans un panier à linge ? (Mais je n'étais pas d'humeur à blaguer, pas même en présence d'une cible à quolibets irrésistiblement attirante comme le gamin. Je me tournai vers Sam.) Tout cela a fait en quelque sorte boule de neige.

– Eh ouais, grogna-t-il. Tu te rappelles le dicton, en rapport avec les puissances infernales ? Pas l'ombre d'une chance qu'il neige en Enfer ? Abruti, va ! Pourquoi tu ne m'as pas appelé ?

– Je ne peux pas savoir ce que je faisais quand j'étais vivant ! intervint Clarence à voix haute. (D'autres clients attendant leurs commandes se tournèrent pour le dévisager, et il rougit.) Comment le saurais-je ? ajouta-t-il, un ton plus bas. Je ne suis même pas sûr que j'étais vivant.

Je fis de mon mieux pour l'ignorer.

– OK, Sam, tu as raison, j'aurais dû t'appeler. J'étais désespéré, je me suis précipité... Je sens sur moi le souffle des éminents Là-Haut tellement ils m'ont dans le collimateur. En-Bas, un gros Cornu a l'air résolu à m'arracher la tête et à m'aspirer les entrailles par le cou... Et pour faire bonne mesure, voilà que Vald Credit voudrait aussi me balancer dans le vide-ordures à coups de pompes, alors si on s'arrachait ? J'ai comme dans l'idée que, d'un instant à l'autre, quelqu'un va me reconnaître...

– Du calme, Bobby, me dit Sam. Tu es avec moi. Les méchants nous connaissent et ils nous fichent la paix !

Il continua de fredonner tout bas *I Get Around* – il chantait faux.

– Comment pourrait-on savoir si ce que nous disent nos patrons est seulement vrai ? continua Clarence, toujours sur son petit nuage tangentiel. C'est peut-être comme dans *Matrix*, avec les ordinateurs qui contrôlent notre esprit !

– C'est beau, la foi ! m'exclamai-je. Personne n'a encore essayé de te dévorer tout cru que tu renonces déjà au Plan Divin ?

Sam leva les yeux en l'air.

– Pars juste du principe que tout le monde te ment, fiston. Pour moi, ça marche toujours.

Le double expresso de Sam et mon café crème arrivèrent enfin, et nous ressortîmes. Avec ses motels et ses mini-centres commerciaux, le boulevard des Vétérans, au soleil, était comme un succédané de site balnéaire pour le quartier d'Anaheim. Nous montâmes dans le break de Sam (d'un moche, cette caisse !) et il me conduisit au restaurant où j'avais laissé ma Matador en stationnement.

– Tiens, dis-je au gamin en lui tendant les clés. Tu as dit que tu aimerais la conduire, alors on te retrouvera sur le parking de Mayfield Station.

– Vraiment ? fit Clarence, en ouvrant de grands yeux avant que la méfiance ne reprenne le dessus. Une minute, vous me demandez ça au cas où quelqu'un surveillerait la voiture en attendant que vous vous repointiez !

– Exactement.

– Mais… et si on tente de me kidnapper ?

À le voir, il était prêt à remonter en voiture par la vitre côté conducteur.

– On volera à ta rescousse, lui assura Sam. Allez, fais pas ta chochotte, fiston ! Tu es un ange du Seigneur, tu te rappelles ?

Il obtempéra à contrecœur.

– C'est pas très sympa, ça, d'utiliser le gamin, reprit Sam quand il se fut éloigné.

Malgré tout ce qu'il peut dire, il a bon cœur, au fond.

– Crois-moi, ce n'est pas lui que nos ennemis veulent. Les êtres véritablement dangereux ne réagiront même pas à sa présence.

Nous ne quittions pas Clarence des yeux ; il ouvrit la portière de ma voiture en jetant des regards un peu fous à la ronde, comme si, à tout instant, il s'attendait à ce que des paras de l'Enfer fondent du ciel en piqué sur lui. Mais rien de tel ne se produisit. Il monta au volant et mit le contact. Aucune explosion ne vint le foudroyer. Il quitta le parking, direction le nord. Sam attendit de voir s'il était pris en filature avant de démarrer.

– Apparemment, les Seigneurs de l'Enfer ont pensé que tu ne serais pas assez stupide pour conduire ta propre voiture, dit Sam, je ne peux pas croire qu'ils auraient raté cette caisse peinturlurée s'ils s'étaient donné la peine de chercher.

– Nan, ils savaient juste que cette fois j'aurais des renforts. Tu sais, deux types du coin, des durs, des vrais de vrais !

– Eh ouais, moi et l'Angelot Riquiqui. Oh, sans parler de cette démone qui en pince pour toi. D'ailleurs, je n'arrive pas à croire ce qu'elle a fait pour toi. (Il tourna sur l'avenue California, prenant la direction de la station.) Elle a dû te confondre avec moi.

– Dans tes rêves, mon vieux ! C'est mon charme naturel qui opère. L'Enfer lui-même n'est pas immunisé. (Mais je ne tenais pas vraiment à parler d'elle, pas même avec Sam. La Comtesse, c'était un sujet un peu trop… épineux.) À propos de Clarence, comment s'en sort le gamin ? On peut espérer qu'il devienne bientôt un bon avocat ?

– Eh bien, comme tu vois, il est un peu geignard sur les bords et il traverse une sorte de crise existentielle, répondit Sam. Comme ça nous arrive à tous. Mais il n'est pas si mal, ce petit, au fond. S'il joue vraiment les mouchards pour la Maison, on a déjà vu pire que lui. (Sam avait toujours eu la conviction qu'on était cerné par les espions de nos supérieurs. Il avait probablement raison, mais je refusais de vivre ma vie en y pensant.) À propos, demanda-t-il, qu'as-tu de prévu cet après-midi ? Tu ne comptes pas prendre d'assaut les portes du Tartare ou autre chose de ce goût-là, par hasard ? Rassure-moi…

Je fronçai les sourcils.

– Si personne ne perd la vie aujourd'hui tant que je suis de garde, je pensais aller parler aux sœurs Sollyhull, histoire de glaner quelques réponses à mes questions. Sûr et certain que je ne résoudrai pas ce puzzle avec le peu d'éléments que j'ai pour l'instant.

– Eh, ce serait parfait pour le gosse ! s'exclama Sam. Tu pourrais l'emmener avec toi, pas vrai ? Crois-moi, Bobby, c'est pas un mauvais gamin, mais je vais me remettre à boire si j'ai pas un peu de temps à moi pour souffler !

Dans la bouche d'un homme qui avait bu au point de bousiller deux de ses précédents corps d'emprunt, ce n'était pas exactement une menace en l'air.

– Mais tout ça ne te perturbe pas, Bobby ? me demanda Clarence tandis que nous quittions le parking de la droguerie.

Je planquai le sac de provisions dans ma poche de veste et pris la bretelle d'accès pour la 84, plein ouest. Ces dix dernières années, des bâtiments avaient poussé un peu partout le long de ce qui avait été l'ancienne voie rapide Woodside. Cependant quand la circulation tournait au ralenti, on apercevait encore les plaines du bassin du quartier latino, entre les petits immeubles d'habitation de deux ou trois étages.

– Je veux dire, il y a tant de questions à propos de ce que nous faisons… des questions sans réponses…

– J'en ai déjà suffisamment comme ça, Junior, et les miennes me mèneront à ma perte si je ne trouve pas des solutions. Alors je n'ai vraiment pas le temps de m'intéresser aux autres. Écoute, comme je l'ai dit, le Ciel est une réalité, tout comme l'Enfer, et c'est ce qui arrive à notre mort. Qu'y a-t-il de si dur à assimiler à propos de tout ça ?

Il se renfrogna.

– Vous ne me comprenez pas.

J'écrasai la pédale frein quand un crétin voulut passer à l'orange sur Valota Road, rata son coup de trois secondes et passa en trombe. Il m'aurait embouti si je n'avais pas pris mes précautions avant de m'engager dans l'intersection.

– Quand tu te tueras, espèce de connard, braillai-je, j'espère qu'on enverra Jeune Elvis plaider ta cause ! Et non, Clarence, continuai-je, j'ai très bien compris au contraire ; lorsque j'ai débuté, j'avais plus de questions que toi, et je continue d'en poser tout le temps. Mais il y a des choses qu'on ne saura sans doute jamais. En tant qu'êtres vivants, les humains ne comprennent pas complètement le fonctionnement de l'univers, et, en tant qu'anges, il y a également des choses qui ne nous ont pas encore été entièrement révélées. J'ai fini par l'accepter.

Ce qui n'était pas tout à fait vrai. J'en avais franchement marre des questions sans réponses, mais voilà, on ne peut pas se cogner éternellement la tête contre les murs. Tôt ou tard, il faut bien changer d'approche, ou alors autant se faire sauter le caisson.

– Mais… et la religion ? Pourquoi toute l'opération serait-elle aux mains des Chrétiens et des Juifs ? Avaient-ils donc raison sur toute la ligne ? Est-ce que les Bouddhistes, les Bah'ái, les Musulmans et tous les autres se trompent ? Ça paraît tellement… américain.

Je gloussai tout en abordant le parking du petit café-restaurant.

– Oh là, gamin ! Qui a dit que tous les autres se trompaient ? Que Chrétiens et Juifs avaient vu juste ?

– Comment ça ? C'est évident, si…

– Rien n'est évident, l'interrompis-je. Est-ce que tu es tombé sur Moïse ou Jésus Là-Haut, par hasard ? Non, n'est-ce pas ? On voit ce qu'on voit, et ça ne va pas chercher loin… (Je soupirai.) Écoute, fiston, pour ce qu'on en sait, le Très-Haut – celui qui distribue tous les ordres – peut bien s'appeler également Allah, Ahura Mazda, l'empereur de Jade ou même Brahma. Et on nous dit peut-être qu'on est des anges parce que c'est tout ce qu'on est capable de comprendre, même après notre mort. En réalité, on ne sait rien du tout, et comme tu aurais dû le piger maintenant, on ne peut pas davantage s'arrêter aux apparences et s'en contenter. (Je descendis de voiture.) Tu vas devoir apprendre cette leçon.

Il descendit à son tour du véhicule et fronça de nouveau les sourcils comme s'il souhaitait poursuivre la discussion.

– Qui sont ces gens que je vais voir ?

Je secouai la tête.

– Pour commencer, tu vas juste me suivre et observer. Ensuite, il ne s'agit pas de gens. Enfin, il se peut que tu ne voies rien du tout – à moins qu'ils décident qu'ils t'aiment bien, tout compte fait.

– Hein ? Pardon ?

– Boucle-la un peu pour changer, d'accord ? Allons déjeuner.

En entrant au Superior Grill, je compris pourquoi Walter Sanders avait été moins qu'enthousiaste : c'était le style de gargote ordinaire aux menus imprimés dans les années 1970 et où les serveuses avaient l'air de turbiner depuis plus longtemps que ça encore. Même les tourtes, sagement alignées derrière la vitre du comptoir, semblaient embaumées sur les bords, façon cadavres de leaders communistes exposés à la vénération du public. Notre serveuse avait de faux airs de Wallace Beery dans un de ses films de boxeur professionnel – et au moment où il est complètement sonné. Cette fille-là ne paraissait guère ravie de servir les gens, mais au moins elle prit nos commandes sans trop rouspéter avant d'épingler la petite note et de retourner parler à l'autre serveuse (qui aurait pu passer pour Lon Chaney Junior avec une coupe choucroute du plus bel effet).

– Je ne pige pas, me chuchota Clarence, on est les seuls clients ici. Où sont censés être vos amis ?

– Eh quoi, *bab* ? fit le pichet de crème, soulevant et refermant son couvercle à la façon d'une minuscule bouche d'argent. Tu voudrais inviter une serveuse à sortir avec toi ?

Le gloussement qui suivit était un peu plus graveleux que le doux tintement auquel on est en droit de s'attendre de la part d'esprits invisibles. Clarence glapit comme un chien qui vient de laisser traîner sa queue sous le pied d'un quidam, et il bondit à travers la salle avant que j'aie pu le convaincre de revenir. À l'autre bout de la longue pièce rectangulaire, les serveuses relevèrent machinalement des yeux au regard morne, où ne brillait nul intérêt, puis reprirent le fil de leur discussion sur la physique des particules ou autre sujet tout aussi fascinant qui les empêchait de m'apporter mon verre d'eau.

– Qui a parlé ? s'écria Clarence d'une voix blanche, les yeux ronds.

– Moi, *bab*, fit le pichet de crème avec un accent des Midlands de l'Ouest à couper au couteau. Je ne voulais pas te flanquer les jetons, marmot.

– C'est bien ce qu'elle a fait pourtant, commenta le thermos à café en faisant également rebondir son couvercle tout en parlant, comme dans un cartoon minable d'outre-mer. Elle adore faire sursauter le pauvre monde !

Je levai les yeux au plafond. Les deux sœurs s'éclataient encore avec ce genre de puérilités, après tant d'années de vie-après-la-mort.

– Je vous présente Haraheliel, mesdames, dis-je. Mais nous l'appelons Clarence. Clarence, je te présente les sœurs Sollyhull, Betty et Doris. Elles connaissent tous ceux qui ont compté un jour.

– Il a l'air d'un charmant garçon, dit le pichet de crème. Pas un vieux ronchon comme toi, mon Bobby-d'amour.

– Oh, mais notre Bob a de bonnes raisons d'être ronchon, pas vrai ? fit le thermos. Regarde un peu, il a le visage couvert de bleus et de meurtrissures, le pauvre chéri !

La clochette d'entrée tintinnabula et des chauffeurs-livreurs en uniforme se présentèrent. Ils attendirent une minute que les serveuses concluent leur fine analyse de la théorie des champs quantiques, puis, jugeant que ça n'était pas près d'arriver, ils allèrent s'asseoir sur une banquette non loin de la nôtre.

– C'est un tour de passe-passe ? fit Clarence dans un chuchotement théâtral, en cherchant encore du regard la source des voix désincarnées. Qui parle ?

– Ne me dis pas qu'il est lent à la comprenette, fit Betty. Pas plus que la normale chez les jeunes gens, hein ?

– C'est juste qu'il est nouveau dans le coin, répondis-je à ces dames. Betty et Doris sont des esprits rattachés à la Terre, expliquai-je à Clarence. Elles existent autant ici qu'au plan spirituel, même si on peut dire qu'ici elles sont plutôt en simple visite. Elles viennent d'un autre secteur du Hors-Zone, en quelque sorte – en passant par les Zips, si ce n'est que c'est en fait partie intégrante du Purgatoire. Enfin, je crois. (Je haussai les épaules.) C'est assez confus, j'avoue.

– Ce qu'il veut dire, c'est qu'on est des esprits, répondit fièrement Doris. Des vrais. Sauf qu'on n'a aucun endroit bien à nous à hanter. Une fois qu'on a perdu le pavillon où on avait grandi, on s'est mis à flotter un peu partout. Et on a fini par échouer là !

– Sacrée Norah, avec elle, ça a l'air si simple ! s'exclama Betty. On a hanté une cabine de seconde classe à bord du *Franconia* pendant deux ans avant de pouvoir enfin aller flotter ailleurs ! Les eaux vives, c'est pas de la tarte pour les fantômes ! C'est même carrément moche. Tout le monde sait ça. Mais qui aurait cru que ça s'appliquait aussi à l'océan ?

– Oh, et nous sommes restées un bon moment à New York aussi, enchaîna sa sœur.

À l'oreille, leurs deux voix se confondaient presque, et ces dames adoraient alterner, comme si un dj espiègle s'éclatait à jouer avec la table de mixage de la réalité. Même pour quelqu'un comme moi, censé s'y essayer à la maison, ça pouvait être assez déboussolant.

– Il faisait trop froid. C'est pour ça que nous sommes venues là !

– Les fantômes attrapent froid… ?

Clarence était franchement surpris par ce qu'il découvrait du monde surnaturel, qui ne lui apportait pas les réponses qu'il attendait…

– Sur un plan conceptuel, disons, expliqua Doris. Mais l'hiver, n'empêche, ça picote.

– Oh, et notre Doris n'a jamais aimé ça, pas vrai ?

– Non, *bab*, tu as raison. Sûrement pas !

– Mesdames, dis-je, si vous en avez terminé avec vos souvenirs, nous pourrions peut-être passer à des choses un peu plus sérieuses ?

La bouteille thermos se mit à cliqueter dans un affreux bruit de crécelle en crachotant un peu de vapeur.

– Oh, qu'as-tu donc là ?

Je sortis un sachet de ma poche de veste et le posai sur la table à l'instant où la serveuse revenait avec notre eau, quinze minutes à peine après notre arrivée. Dès qu'elle fut repartie, je sortis le flacon d'échantillon, et le pichet de crème eut à son tour la tremblote.

– Oh, ravissant ! s'écria Betty. Regarde, Doris ! De la lavande anglaise de Yardley !

– Humez un peu ça, lui dis-je en débouchant le flacon-témoin.

Les couvercles du thermos et du pichet se rouvrirent aussitôt pour en laisser s'exhaler les esprits résidents, avides de se rapprocher de l'échantillon de parfum et d'en humer le bouquet.

– Ça nous renvoie drôlement au passé, fit Doris, songeuse (et toujours invisible).

Les chauffeurs-livreurs, eux, avaient maintenant remarqué l'odeur prenante de la lavande et, vu leur mine suspicieuse, ils se demandaient bien ce que Clarence et moi étions en train de fabriquer…

– Ça me rappelle la salle de bal un samedi soir, chantonna Betty. Oh, grommela-t-elle dès que j'eus rebouché la bouteille, ne sois pas cruel ! Pourquoi as-tu fait ça ?

– Parce que j'ai besoin d'informations, mesdames, et pas qu'un peu ! On en veut à ma peau, figurez-vous – toutes sortes de créatures sanguinaires et patibulaires ont juré ma perte. Je voudrais savoir ce que vous pouvez m'apprendre sur eux.

– Faut-il vraiment qu'on fasse la conversation à des pichets et à des thermos ? fit Clarence. Où sont passés ces esprits maintenant ? Vous pouvez les voir ? Moi, non, en tout cas.

– Quel étrange petit gars, observa Doris. Pauvre gamin !

– Estime-toi heureux, *bab*, lui répondit Betty. Si tu n'apprécies pas qu'on investisse le pichet de crème, dis-toi que ça pourrait être pire. On envahit parfois les sandwichs. Ça te ferait perdre du poids, pas vrai ? Que ton petit pain au bacon te réponde ?

– Des sandwiches ? répéta le bleu, dépassé. Des petits pains ?

– Eh oui, fis-je. Vous êtes prêtes à écouter, mesdames ?

– Laisse-nous d'abord prendre nos aises, demanda Doris.

Et soudain, toutes deux furent là. Enfin, pas exactement *là*, au sens tridimensionnel du mot, disons, mais présentes et visibles d'une façon… vaporeuse : deux dames d'âge mûr, aux nuances légèrement bleuâtres tirant sur le violet, plutôt translucides, et sacrément rondouillardes. Elles étaient vêtues à la mode des années 1940 – ou ce que j'en imagine, en tout cas : des robes sombres, d'épais pardessus et des chapeaux. Nous occupions un coin banquette à quatre places ; Betty était près de Clarence et Doris près de moi. Clarence tentait de prendre sur lui, de feindre que tout cela ne l'affectait nullement. Mais il ne cessait de s'écarter, et il finit par se coller au mur.

– Quel petit boudeur, hein ? fit Betty.

Tandis que la serveuse revenait avec nos commandes, je racontai à nos amies les péripéties de ces quelques derniers jours. Je dus passer sous silence certains détails que je ne tenais pas à révéler au gamin, mais l'essentiel y était. Les sœurs Sollyhull semblaient m'avoir écouté avec attention. Leur première question, cependant, m'amena tout de suite à en douter.

– Tu te souviens de ce garçon d'Erdington avec lequel nous allions en classe ? demanda Doris. Celui qui avait de vilaines bestioles rampantes au fond de sa poche ?

– Cet Hamish ? C'est drôle, répondit sa sœur, c'est justement à lui que j'étais en train de penser.

– Il était comme ça, pas vrai ? Toujours à vouloir cacher des choses à l'institutrice, qui voyait clair dans son petit jeu à tous les coups.

– Vous deux, vous n'aurez pas droit à une autre bouffée de lavande si vous ne vous décidez pas à me donner un coup de main ! m'insurgeai-je d'un ton sévère.

– Mais c'est ce que nous sommes en train de faire ! répliqua Betty avec impatience. Alors, boucle-la un peu et écoute : cet Hamish fourrait dans ses poches des bestioles qu'il n'aurait pas dû : des serpents, des scarabées, et un jour même, une souris vivante, si tu peux croire ça ! Mais il était aussi son pire ennemi, pas vrai, Doris ? Il s'agitait toujours dès que l'institutrice le regardait, il se dandinait et avait le regard fuyant, si bien qu'elle savait pertinemment qu'il était encore en train de faire des siennes. Il aurait aussi bien pu dire carrément qu'il détenait des trucs qu'il n'aurait pas dû.

– Et je suis censé comprendre ?

– Ne te fais pas plus bête que tu ne l'es, pigeon, insista Doris. Ça te va mal au teint. Elle est simplement en train de t'expliquer qu'on voit mieux les choses quand on est face à face avec quelqu'un. Les gens se trahissent eux-mêmes, ils ne peuvent pas s'empêcher d'exprimer le fond de leur pensée, d'une façon ou d'une autre. Il suffit de les fréquenter assez pour le voir.

– Tout à fait.

Betty hochait la tête comme si cela expliquait tout.

– Mais ça veut dire quoi ? Écoutez, mesdames, ces derniers jours, j'ai failli à plusieurs reprises finir écorché vif ! Je n'en ai peut-être pas l'air, mais je suis terrifié. Vous pourriez être plus claires ?

Doris soupira.

– Fais croire que tu as bel et bien cet objet. Et vois qui se pointe pour le marchander. Ça va mordre à l'hameçon.

– Mais je me fous de savoir qui voudrait me l'acheter ! Je veux juste trouver l'objet en question, car si je ne le lui rends pas, un des plus grands Seigneurs des Enfers va se faire un plaisir de pratiquer à vif l'ablation de mon système nerveux et de mes organes ! Ce qui ne me fera franchement aucun bien…

– On s'efforce juste de t'aider, chéri. Tu ne sais même pas ce qui a été volé. Mais si tu fais courir la rumeur que tu détiens cet objet, quand tu verras ce qu'on t'en offre, tu le découvriras peut-être. Ce qui, du coup, t'aiderait aussi à mettre la main dessus, pas vrai ?

– En fait, commenta Clarence, ça paraît sensé.

– Ouais, fis-je, si je cherche à mourir dans des souffrances inimaginables. Et moi qui m'inquiétais juste des bonnes vieilles exécutions…

Je repoussai mon assiette. Brusquement, je n'avais plus envie de finir ma gaufre, moi qui arrive habituellement à avaler tout ce qui est sucré, même déglingué, même roué de coups.

– À propos de bonnes vieilles méthodes d'exécution, mesdames, auriez-vous des lumières sur notre grand ami cornu, le *ghallu* ? Je ne sais pas, mais quelque chose me dit qu'il n'en a pas encore fini avec moi…

Fronçant les sourcils, Doris hocha la tête avec compassion.

– Oh, celui-là est un gros vilain. Nous nous sommes renseignées auprès de tous nos amis de l'Autre Côté ces dernières minutes, mais personne ne veut en parler, même ceux qui sont assez âgés pour s'en rappeler. Ces *ghallu*, ce sont vraiment des agités du bocal, des loufoques tout ce qu'il y a de plus mort, et tout ce qu'il y a de plus cinglé ! Ils sont capables de creuser un tunnel sous une montagne rien que pour aller briser le cou d'un malheureux lapin de l'autre côté !

– Merci pour ces perles de sagesse, fis-je. Comment puis-je l'arrêter ?

– Tu n'y peux pas grand-chose, *bab*, me répondit Betty. À part psalmodier un sortilège de rejet. Mais pour ça, il faudrait que tu retrouves celui qui a invoqué ce *ghallu* pour pouvoir le rejeter aussi.

– Super… Je suis à peu près certain que ça n'arrivera pas, car celui qui l'a invoqué est probablement ce même Eligor, le roi des durs à cuire, qui voudrait me buter !

J'y avais peut-être mis un peu plus d'emphase que je n'aurais dû, et j'entendis un des chauffeurs-livreurs en lâcher sa cuiller.

– Chut ! (Betty agita ses doigts boudinés.) Ne prononce pas son nom à voix haute !

Les deux chauffeurs-livreurs finirent par se lever pour partir. Ils nous observaient depuis quelques minutes, Clarence et moi, et naturellement, si nous nous adressions parfois l'un à l'autre, nous parlions aussi au vide le reste du temps, selon toute apparence. Déconcertés, les gars laissèrent une pile de monnaie sur leur table et passèrent devant nous en arborant un sourire peu convaincant.

– Oh, il me plaît bien celui-là ! s'exclama Betty. Quel cul il a !

Doris hurla de rire.

– Espèce de vieille cochonne, va !

– On se concentre, mesdames, s'il vous plaît. (Je recommençais à avoir mal au crâne. Pour des défuntes, les sœurs Sollyhull ne sont pas de mauvaises bougresses, mais pour tenter de leur soutirer des infos, il faut vraiment avoir une patience… d'ange !) On en était au *ghallu*, vous vous rappelez ? Comment en terrasser un ?

– Ça, mon chéri, nous l'ignorons, répondit Doris. L'argent fonctionne contre certains démons, mais avec ces gros cornus-là, eh bien…

Sa voix mourut.

– Peut-être que si tu l'atteignais en plein cœur avec une balle en argent ? avança Betty, en s'efforçant, je suppose, de prendre les inflexions de voix de Jimmy Cagney – sans y gagner en conviction.

– Croyez-moi, je tenterai le coup avec les balles en argent, mais, à en juger par ce que j'ai déjà vécu, ça revient un peu à viser à l'élastique un tigre décidé à vous arracher la tête du cou !

Je me dandinai un peu sur mon siège, histoire de soulager mon dos meurtri et endolori. Puis je pris une dernière gorgée de café.

– Autre chose, mesdames ? À propos du *ghallu* peut-être, ou d'autre chose ?

– Ah oui, dit Dolly, ton Cirederbe, tu sais, le procureur ?

– Je ne l'ai pas oublié. Je me souviens très bien de ses dehors rébarbatifs, comme de ses organes internes.

– On entendait parfois parler de lui, reprit Betty, comme si c'était elle qui venait de lancer le sujet.

À leur façon de finir mutuellement leurs phrases ou de reprendre l'une l'autre le fil de leurs pensées, on aurait dit qu'elles n'étaient qu'une seule et même personne. Mais j'imagine que ça n'a rien d'extraordinaire quand on vit ensemble (ou qu'on meurt puis qu'on revit ensemble) pendant plus de cent ans.

– Il avait des dettes de jeu. C'est ce qu'on a entendu dire.

J'attendis la suite…

– Et… ? C'est tout ? Mesdames, c'était un suppôt des Enfers ! Bien sûr qu'il avait des vices ! Quand on n'a pas de vices, je vois mal ce qu'on irait faire aux Enfers… Être exempt de tout péché y serait considéré en soi comme un vice, si vous voyez ce que je veux dire ! Alors, donc, où était le problème ?

Betty fronça les sourcils – en un pli quasi transparent sur son visage quasi translucide.

– On te l'a dit, Bobby chéri, ne boude pas comme ça. Quand on est possédé par le démon du jeu, on multiplie les dettes, c'est forcé. Dettes d'argent ou faveurs. On s'est juste dit que ça valait la peine de le mentionner.

Je les dévisageai, et elles me renvoyèrent mon regard scrutateur, dans l'expectative.

– Entendu. (Je n'avais rien dégoté de mieux de mon côté, de toute façon.) Je vous remercie, mesdames. Je vais réfléchir à tout ça. Allez, viens, Clarence.

Tandis que le gamin se demandait comment se lever de sa

banquette sans traverser le fantôme de Betty Sollyhull, je sortis à nouveau le sachet de ma poche, en tirai le flacon de lavande et en répandis discrètement le contenu par terre. Tandis que s'élevait cette odeur quasi asphyxiante qui nous enveloppait de ses effluves pénétrants, je laissai derrière nous un autre billet de vingt. À la sortie, je hélai la serveuse.

– J'ai peur d'avoir renversé un de mes échantillons de parfum. Navré pour ce surcroît de travail, mais je dois filer. Je vous ai laissé un billet de plus en dédommagement.

Les sœurs Sollyhull s'étaient dressées tels des nuages de vapeur, perdant en substance à mesure qu'elles voletaient au-dessus de la table, jusqu'à ce que je ne discerne plus du tout leurs contours. Tandis que je poussais le gamin vers la sortie, on les entendait encore glousser comme des écolières.

– Oh, c'est exquis, exquis ! Ça me ramène tellement en arrière !

– Tu te rappelles ce garçon, Tom Kippers, qui t'emmenait au cinéma ? Et qui avait toujours sur lui du sucre d'orge ?

– Du sucre d'orge ! Qu'est-ce que je ne donnerais pas pour en avoir aujourd'hui ! Oh, Doris, quelle pensée charmante !

Alors que nous regagnions ma voiture, Clarence me demanda :

– Comment sont-elles mortes ?

– Je crois qu'elles ont foutu le feu à leur maison. Un truc dans ce goût-là. Elles ont aussi tué leurs parents dans le sinistre, mais je ne pense pas qu'elles voulaient mourir – c'est juste qu'elles n'ont pas réussi à fuir à temps. Un cas resté célèbre, à Birmingham.

– Quoi ? s'écria le gamin, horrifié. Elles avaient délibérément mis le feu ?

Je claquai ma portière et bouclai ma ceinture de sécurité.

– Elles sont mortes il y a longtemps. Comme je viens de le dire, le cas est resté célèbre. On est condamné à hanter des lieux uniquement lorsque l'affaire est grave, pour un compromis au Purgatoire – le genre de compromis qui permet aux âmes sur la sellette de ne pas plonger directement en Enfer. (Je haussai les épaules.) Elles ne traîneraient plus dans les parages s'il s'était agi d'un incendie accidentel, pas vrai ?

Durant tout le trajet de retour en centre-ville, le bleu ne desserra plus les lèvres.

16

Brady n'a pas la foi

Autre nuit, autre motel minable. Jusque-là, j'avais gardé une longueur d'avance sur mes problèmes, qu'ils proviennent de l'Opposition ou de mon propre camp. Mais je ne comprenais pas comment ma petite mésaventure dans la tour d'Eligor avait pu échapper à l'attention de mes supérieurs. Je ne m'attendais pas à ce que le Grand Duc en fasse lui-même le rapport, même si c'était là une infraction outrageuse de toutes les conventions, en remontant jusqu'au Tartare, mais le lien entre le club de Magie et le Vald Credit suggérait qu'Eligor avait bien quelque chose à cacher. Après tout il était assez haut placé, un de ses séides aurait pu protéger les Mages. Mais qu'importe, j'avais la quasi-certitude que les liens existant entre une méga-corporation fondée par les instances infernales, le fuyant docteur Habari et l'ex-garde du corps de Cirederbe ne pouvaient pas tous être des coïncidences. Pour commencer, pourquoi Fourrhurle se serait-il éloigné de son boss Eligor pour assurer la protection d'un simple procureur – soit des responsabilités de bas niveau –, à part sur décision du Grand Duc ? Selon toute probabilité, des gens dans les deux camps finiraient par entendre parler de mon incursion au Five Page Mill, et mes supérieurs le découvriraient dans la foulée. Je ne pouvais qu'imaginer ce que l'Éphorat penserait de ma petite équipée. Rien de bon, c'est certain.

Alors, quand un appel professionnel me réveilla à quatre heures du matin, au *ComfortRest Inn*, pour m'envoyer sur les lieux d'un accident routier, près de Mission Shores, je me doutai que j'allais entendre parler de la Cité Céleste dès mon arrivée Hors-Zone. Et ça ne loupa pas.

La cliente n'avait rien d'insolite : une femme partie de Morgan Hill, qui se rendait à son boulot. Elle s'était assoupie au volant, avait dévié de sa voie et percuté dans sa course folle le terre-plein central de l'autoroute avant de finir par plusieurs tonneaux. Par chance, l'accident avait eu lieu aux petites heures du jour, la route était presque déserte et personne d'autre n'avait été tué. Son ange gardien expliqua que la défunte était une chouette grand-mère d'une cinquantaine d'années, une laborieuse ; assurer sa défense ne relèverait pas de l'exploit, *a priori*. Mais je n'eus guère le temps de m'en réjouir : le juge apparut dans un violent éclat d'impénétrabilité et m'informa que mes supérieurs me convoquaient au Ciel dès que nous en aurions terminé.

La dernière chose que je voulais, c'était d'affronter une nouvelle fois les cinq brillantes et puissantes entités pour expliquer comment je faisais profil bas en allant canarder un type jusque dans ses bureaux. Mais je ne me fatiguai pas à me justifier auprès de la Principauté porteuse du message. Tout d'abord, ça n'aurait servi strictement à rien, et ensuite, ça aurait pu compromettre les chances de cette pauvre Gloria Dubose de monter au Ciel. Je suis peut-être dingue, mais je ne suis pas un salaud. Ou rarement, disons.

Je fis donc mon devoir envers Dieu et le Chœur avant d'aller retrouver l'hygiène douteuse de ma chambre du *ComfortRest.* De retour au motel, je n'essayai même pas de me recoucher. Je n'étais certes pas pressé de refaire un saut à la direction. Comme je l'ai dit, le cours du Temps est différent au Ciel. On ne verrait donc pas d'un trop mauvais œil, *a priori*, que j'attende que la nuit revienne pour dormir. Dans l'intervalle, je veillerais à avoir ma dose de caféine et à rester à la verticale. Je m'empressai donc d'engloutir quatre tasses de café – pardon, de pur jus de chaussette se faisant passer pour de la caféine – au café du coin ouvert 24 heures sur 24, tout en m'efforçant de décider de la marche à suivre.

Plus j'y songeais, plus j'en venais à apprécier le conseil des sœurs Sollyhull – faire semblant de mettre aux enchères l'objet-mystère d'Eligor, quoi que ça puisse être. Une prise de risque particulièrement stupide et dangereuse, j'en conviens, mais je n'avais pas vraiment le temps d'imaginer un plan d'attaque plus subtil. Mes supérieurs s'apprêtaient probablement à m'arracher mon halo et à m'extirper de ce corps d'emprunt au son des roulements de tambour, tandis que certaine monstruosité cornue et rougeoyante rôdait dans les parages, toujours à ma recherche – avec le restant des laquais d'Eligor, probablement. Seules ma mobilité perpétuelle et ma tournée des motels entravaient quelque peu ses recherches. (En des moments pareils, je me demande à quoi pouvaient bien penser les anges éminents en nous incarnant dans des corps terrestres soumis au besoin d'être alimentés, hydratés et reposés très exactement comme si nous étions des gens réels.)

Autant donner un petit coup de pouce pour faire bouger les choses, donc. Quitte à finir rétrogradé (ou pire), je n'avais pas l'intention de me laisser docilement faire sans me débattre comme un beau diable jusqu'au bout. Ça allait chier !

Je me garai en centre-ville, pas très loin de la place Beeger. La matinée était déjà bien avancée, et je commençais à envisager un petit déjeuner tardif (jus de chaussette ou pas, le café me creusait). J'appelai d'abord Sam, sans résultat. Des fois qu'il serait attablé aux Compas et ait oublié de rallumer son portable, je composai le numéro du bar. Chico m'informa que Sam n'était pas venu ; par contre, Monica venait d'entrer et désirait me parler. Je n'eus même pas le temps de réagir qu'elle était déjà en ligne avec moi.

– Ne viens pas ici, Bobby !

– Hein ? fis-je – ou autre interjection tout aussi éblouissante d'intelligence et d'à-propos.

– Si tu comptais passer aux Compas, surtout abstiens-toi !

– Ce n'était pas mon intention. C'est une manière tordue de me faire comprendre que tu m'en veux toujours ?

– Qui pourrait en vouloir à un ange comme toi ? (Elle avait pris un ton tellement sarcastique que, tout à coup, le téléphone pesait une tonne.) Non, sérieux, Bobby, c'est très bizarre par ici. Tout autour de l'immeuble, il y a des clochards, des paumés qui se sont comme agglutinés…

– Oui, et donc ?

– Ta gueule, écoute-moi. Je connais la faune du quartier, ces types-là sont inconnus au bataillon. Ils ont placé le quartier entier sous surveillance, et ils se relayent pour que ça ne se remarque pas trop. Quelqu'un a les Compas à l'œil. Tu serais prêt à parier que ce n'est pas toi qu'on guette ?

– T'as pas tort, je ne parierais pas là-dessus.

Je soupirai. Eligor avait dû découvrir que j'avais filé en douce juste après mon arrestation.

Allais-je vivre en cavale, désormais ? Et pour combien de temps ? En matière de vengeance, il est difficile de faire plus obstiné qu'un Seigneur des Enfer.

– Et il y a autre chose, reprit Monica. On a encore eu quelques cas de clients qui ne se sont pas présentés, si tu vois ce que je veux dire. Comme ton Walker.

– Une petite minute… Tu veux dire ici, à San Judas ?

– Un pour Sanders, un pour Jimmy la Table. Je te transmettrai les infos sur ces clients dès que je pourrai. Mais c'est à peu de choses près la même chose qu'avec toi – tout le monde était présent sauf l'invité d'honneur.

Je pestai *in petto*. Si d'autres âmes avaient déjà disparu rien qu'à San Judas, ça pouvait vouloir dire que le phénomène s'accélérait partout ailleurs. Ça commençait à prendre des allures d'épidémie.

– Merci pour ces infos, ma beauté. Je te revaudrai ça.

– T'as intérêt, Dollar. M'inviter à dîner et m'offrir des cocktails pourrait me dédommager en partie de mes peines. Préviens-moi dès que tes ennemis feront un break. (Elle marqua une pause ; là, en temps normal, elle aurait déjà raccroché. Mais elle ajouta :) Sois prudent, Bobby. Je ne plaisante pas. Tout ça est plus que bizarre.

Si les sales types me guettaient aux Compas, la place Beeger était également à proscrire, du coup. Il me fallait pourtant un point de chute en centre-ville, puisque c'est là que Foxy le Renne au Nez Blanc m'avait demandé de le recontacter. Je descendis l'avenue Broadway jusqu'à Beech, où circulaient encore beaucoup de piétons, puis je fis un saut à Marshall, non loin de la tour Kaiser Health. Plus que deux ou trois jours avant l'ouverture du carnaval ; toutes les décorations étaient en place, les réverbères et les feux de circulation drapés de guirlandes. L'installation des tréteaux devait être achevée, ainsi que celle des podiums du défilé place Beeger, avec les lumières multicolores spéciales pour l'occasion. Dieu seul savait si je pourrais admirer le spectacle.

Je me mis à surveiller l'angle le plus proche quelques minutes, mais personne ne paraissait traîner là, à part le type accroupi au pied du feu de circulation, derrière sa pancarte « SDF, AIDEZ-MOI, DIEU VOUS BÉNISSE ». Je lui filai vingt dollars pour qu'il s'achète de quoi becqueter et il me remercia. Se levant, il se dirigea aussitôt vers le café du coin, à l'angle opposé de la rue. Resté seul, j'inspirai vivement en me sentant incroyablement stupide, et lâchai :

– Fox !

Rien ne se produisit. Je renouvelai ma tentative : « Mister Fox ! » Les minutes suivantes, je tentai même un « Foxy, Foxy ! », toujours en pure perte. J'étais près de baisser les bras, en me disant que j'avais voulu trop faire mon malin en essayant de le contacter de cette façon, qu'il m'avait simplement demandé de le joindre de manière tout à fait normale, comme un type ordinaire vivant dans la rue au milieu d'autres déshérités de la Terre, quand il me vint une idée. Un nouveau flot de piétons ayant traversé la rue au feu vert, j'ouvris une Brèche, une toute petite, et chuchotai « Renard ! » dans les espaces atemporels du Hors-Zone.

– Dollar Man ! me hurla-t-on à l'oreille.

Je fis volte-face en sursautant et le découvris devant moi, dans toute sa gloire hâve ; une écharpe tricotée aux rayures rose et noir véritablement affreuse ajoutait la touche finale à son costume sombre trop ample. Avec son teint de cachet d'aspirine et sa manie continuelle de caracoler à petits pas, on eût dit l'agneau sacrificiel envoyé en première ligne par ses camarades chétifs afin de distraire les caïds de l'école le temps qu'ils détalent à toutes jambes.

– Vous avez appelé Foxy ! lança-t-il tout guilleret. Est-ce l'amour, le véritable amour ?

Un groupe de piétons guettait le feu vert pour traverser. Personne ne nous prêtait attention. Était-ce le glamour angélique qui nous protégeait ainsi ou bien juste le fait qu'en centre-ville, à San Judas, toute une faune cosmopolite avait la même dégaine et le même comportement que Mister Fox ? Difficile à dire. Ai-je précisé qu'il y a quelques années, après la fermeture de l'asile psychiatrique, les aliénés se sont égaillés dans la nature, et qu'ils vivent maintenant dans la rue ?

– Alors, vous êtes revenu faire affaire, Mister Bob Dollar ? (Il écarta ses longs doigts blancs.) Vous êtes décidé à vendre, ou bien d'autres produits de Foxy Foxy vous intéressent ? J'en ai de toutes tailles et de toutes senteurs, tout le temps ! Et je n'ai que ce qui se fait de mieux !

Tout ce que je souhaitais, c'était en finir au plus vite. Chaque instant que je passais planté à l'angle d'une rue du centre-ville, j'avais une grande cible peinte dans le dos. Ou peut-être une étiquette de prix.

– Vous avez dit que vous aviez des… acheteurs, dis-je à mi-voix. Pour cette… chose. Finalement, j'aimerais la mettre aux enchères. Tout régler d'un coup. En tirer du pognon et en être débarrassé.

– Ah ! (Fox eut un large sourire, qui me dévoila encore ses dents en or. On aurait dit un personnage de dessin animé.) Il commence à faire un peu chaud à Bobby-ville, hein ? Hein ? L'éléphant barrissant du Grand Duc fout le bordel dans ton magasin de porcelaine, mec ?

Je lui rendis son sourire, à l'albinos fondu du bulbe, mais franchement, je n'étais pas d'humeur à me marrer.

Mon nouvel ami était au courant, pour le *ghallu*. D'évidence, il savait deux-trois petites choses. Qui était ce foutu désaxé ? Je n'arrivais pas à le cerner – était-ce un des parias des Enfers (on en croise parfois), une de ces âmes errantes comme les Sollyhull, ou une autre entité encore, tout aussi mystérieuse, et dont je n'aurais pas entendu parler jusqu'à présent ?

– Dites-moi juste si vous pouvez m'arranger l'affaire.

– Sans problème, l'angelot ! m'assura-t-il avec entrain. (Il souriait de toutes ses dents, tel l'animateur d'un de ces jeux télévisés nippons qui font ingurgiter des mille-pattes aux candidats.) Pas de problème ! Je trouve un deal, vous apportez la chose et on se fait une petite valse !

– OK. Mais une dernière chose : pas de démons, pigé ? Personne venant des Enfers. Si je sniffe la moindre corne à l'horizon, je me barre.

– Pigé, Bob Dollar ! Écouter et exaucer, c'est ma devise.

– Super. Comment je vous remets la main dessus ?

Un bruit suspect me fit tourner la tête, mais ça n'avait aucun rapport avec moi – une voiture avait failli écraser un piéton pressé qui avait traversé au feu vert, et le conducteur lui beuglait dessus par la vitre baissée.

– Inutile, mon nouvel ami, m'assura Renard, toujours enjoué. C'est moi qui vous recontacterai pour vous donner la date et l'heure de l'événement.

– Je ne sais pas si vous me retrouverez si facilement…

Quand je me retournai vers lui, je vis qu'il n'y avait plus personne avec moi au coin de la rue, à part le clochard qui revenait avec un petit pain à la cannelle et une tasse de café, sa pancarte sous le bras.

– Il faut que je me remette au turbin, me dit-il en manière d'excuse.

– Avez-vous vu où est passé ce gars ? L'Asiatique tout pâle qui portait une écharpe ringarde ?

L'homme secoua simplement la tête.

– Désolé, mec, mais vous parliez à personne quand je suis arrivé… juste à vous-même.

Je n'avais que l'embarras du choix pour tuer le temps d'ici à ce que Renard organise la vente. Retournant à mon motel, je rappelai Gras-double et lui laissai un message en ajoutant Foxy Foxy et le Grand Duc Eligor à la liste des personnages sur lesquels je désirais en savoir plus. Je donnais tellement de boulot à George que j'allais bientôt devoir lui refaire une avance en tapant dans mon compte en banque déjà bien diminué par mes notes de motel. Je laissai également un message à mon ami Orban, l'armurier, en lui listant ce dont j'allais avoir besoin. Puis je passai dans une supérette renouveler mon nécessaire de rasage et mes articles de toilette car, à vue de nez, ce ne serait pas demain la veille que j'arrêterais la folle tournée des motels. Or, rayon entretien et toilettage justement, je commençais à avoir le teint gris et brouillé – bref, à accuser un certain relâchement. Si *vous* étiez mort, voudriez-vous d'un ange avocat qui, selon toute apparence, a recommencé à se pinter après six mois d'abstinence ? Non, n'est-ce pas ?

Une fois réglés les petits détails de ce genre, je me dirigeai vers Southport vitres baissées, avec l'espoir que le bon air marin de la baie m'insufflerait le souffle de la vie. Il ne me restait que cette soirée pour obtenir des réponses. Ensuite, il me faudrait retourner affronter mes maîtres – car c'était bien ce qu'ils étaient au fond, n'est-ce pas ? J'ai beau les appeler mes « employeurs » ou mes « boss », à moins d'être dans la Mafia ou à l'armée à essuyer le feu ennemi, en règle générale vos chefs ne vous tuent pas quand ils sont en pétard contre vous.

Je tâchais de savourer l'air frais – mais pas trop, juste ce qu'il faut –, car j'ignorais quand je pourrais y goûter de nouveau. Je remontai Charleston Road jusqu'à la petite zone commerciale où je m'étais déjà rendu lors de ma visite aux locaux du club de Magie. Cette fois, j'avais pris soin de ranger dans mon coffre mon matériel de cambriole, car je me promettais de tout retourner là-dedans, si du moins il restait quoi que ce soit à retourner.

Alors que je m'engageais dans l'allée du parking, une autre voiture quittait les lieux, une vieille berline mastoc qui avait pu jadis être d'un gris nacré mais qui ressemblait maintenant à une poubelle, avec une fine nuance de rouille sur la carrosserie. Au passage, je jetai un coup d'œil au conducteur, en me demandant si ce ne serait pas par hasard mon pote Meulage, de la suite C. Mais non, l'individu qui me renvoya mon regard était un type noir d'âge mûr, avec une bouille ronde de type lunaire, des cheveux gris et – dès qu'il me vit – une expression de surprise totale. Il m'avait immédiatement reconnu, comme s'il venait tout juste de voir une photo de moi. Habari… C'était forcément lui. Il démarra pied au plancher, faisant crisser ses pneus, et la vieille poubelle roulante fit un grand dérapage avant de retrouver de l'adhérence et de disparaître en vrombissant. Le siège arrière était encombré de cartons – il y avait même des affaires enroulées dépassant des vitres, dans le plus pur style marchand de tapis douteux.

J'étais coincé dans l'allée étroite, et je commis l'erreur de vouloir exécuter un demi-tour en braquant d'un seul coup de volant, ce qui m'amena à chevaucher le haut trottoir de l'allée pendant une bonne seconde. Quand ma voiture retomba sur ses quatre roues, je fonçai à la poursuite du type, mais sa berline en avait plus sous le capot que je ne l'aurais cru ; Habari avait déjà plusieurs centaines de mètres d'avance, et il filait à toutes blindes sur Charleston.

Je ne vous ennuierai pas avec les menus détails – vous voulez une course de bagnoles ? Attendez un peu qu'ils fassent un film de ma vie ! Après environ quatre à cinq cents mètres, je faillis rattraper le fuyard, mais lui m'empêchait de le dépasser en multipliant les embardées et il y avait trop de voitures autour de nous pour que je ne provoque pas un accident. De nouveau, je crus le choper sur l'avenue Rengstorff, à l'autre bout de Bayshore, jusqu'au moment où un feu rouge nous barra la route. Il se retrouva coincé derrière d'autres voitures à l'arrêt, tout comme moi, mais il était maintenant sur la dernière voie de gauche, et ce fou furieux traversa carrément le terre-plein central en laissant derrière lui une partie de son tuyau d'échappement. Il disparut bientôt sur l'autoroute. En dépit des ronds de fumée noire et du raffut qu'il faisait, quand le feu repassa au vert et que je pus me relancer à sa poursuite, je ne vis plus trace de lui.

Je revins au club de Magie et entrai dans les locaux, mais Habari avait nettoyé les lieux. Il ne restait rien à part des fils de téléphone coupés et des câbles électriques dépassant des prises de courant. Ce n'était plus qu'une cave vide, avec des murs en placo, de la moquette industrielle et du béton. Pas même un calendrier de compagnie d'assurance punaisé.

Je me maudis d'avoir trop lambiné avant de revenir. Je m'étais laissé obnubiler par tout le reste – même si, évidemment, j'avais échappé de peu à l'annihilation en étant arrêté par l'unité d'élite de la police de San Judas. N'empêche, je n'aurais pas dû négliger cette piste. J'avais raté l'enfoiré de quelques minutes à peine. Je mourais d'envie de l'avoir là avec moi, dans ce bureau vide et désert, où j'aurais pu lui poser des questions pointues. Mais maintenant, ça ne risquait plus d'arriver, n'est-ce pas ?

Je rebroussai chemin et regagnai les quartiers plus animés du centre-ville.

Les Compas me manquait vraiment. Devoir éviter mon repaire de prédilection aurait déjà été dur en temps normal, mais pour un gars réduit à passer de motel en motel, c'était horrible. Je me retrouvais coupé de mes amis, de mon foyer, de tout. Qu'une chose pareille m'arrive m'inspirait pas mal de colère – j'étais furieux, en fait –, mais aussi d'appréhension. Et puis… je m'ennuyais, tout simplement. En fin de compte, c'était un peu comme d'être seul au front.

Je jetai mon dévolu sur un nouveau motel pour la nuit, un établissement d'un bon rapport qualité/prix sis près de Bayshore. Puis je suivis à la télé un match d'avant-saison des Giants en sirotant une bière. Sam me rappela pour me prévenir qu'il était sur une affaire qui risquait de lui prendre pas mal de temps. J'aurais été disposé à passer la soirée en compagnie de Clarence, mais le gamin était rentré chez lui pour la nuit, comme m'en informa Sam. Dans un spasme d'ennui abyssal, je composai quand même le numéro de Clarence… qui ne décrocha pas. Je me demandai s'il passait une soirée agréable à dîner avec sa famille d'adoption et à se sentir, temporairement, presque humain.

Quand mon téléphone se décida à sonner un peu plus tard, c'était Alice qui m'envoyait un nouveau client. L'avouerai-je ? Je fus rarement aussi heureux d'apprendre la mort de quelqu'un ! Pas terrible, je sais… Mais là, je suis on ne peut plus honnête. Voyez combien je cherchais désespérément une occupation autre que regarder d'un œil morne des joueurs de ligue mineure en train de se mesurer aux grands ?

Le défunt s'avéra être un môme de Stanford, victime d'une chute mortelle en tombant de la fenêtre de son dortoir. En un clin d'œil, je produisis donc une de mes fausses cartes d'identité aux gardes des portes Teller, et gagnai le campus. Le dortoir en question était situé à la pointe ouest du complexe universitaire, où les bois étaient touffus et les collines toutes proches. Du coup, on se croyait dans un décor de film d'horreur. Je descendis de voiture et couvris à pied le reste du trajet, en montrant un badge de journaliste à quiconque paraissait susceptible de remettre en cause mon droit d'être présent sur les lieux. Sinon, je m'efforçais juste de passer inaperçu. Et j'y réussis si bien que j'aurais pu être invisible, du moins jusqu'à ce que j'atteigne le dortoir en question, îlot de lumières clignotantes au milieu d'un océan d'obscurité. Je passai la barrière formée par les véhicules de la police du campus de Stanford, trois voitures de patrouille régulières et plusieurs voiturettes de golf. La maison était ornée de drapeaux et banderoles, de pancartes peintes à la main – il fallait croire qu'on fêtait Mardi Gras ce soir-là. Je jetai un coup d'œil à la tente mortuaire qu'on érigeait au-dessus du corps de l'infortuné étudiant, puis j'ouvris un Zip et pénétrai en Hors-Zone.

Ce fut un soulagement de voir que l'âme du gamin attendait bien là, dans une toge maculée et des colliers de perles scintillantes de défilé, l'air probablement aussi mignon qu'il l'avait été dans la vie (il avait indubitablement l'air mieux que dans la mort, après s'être écrasé tête la première sur le bitume du haut d'un bâtiment de trois étages). Il arborait une de ces coupes de cheveux qui ont le don de m'agacer, avec une sorte de crête médiane à l'iroquoise, dite aussi « aileron de requin ». Tout de suite, ça vous donne des allures de tête de nœud.

– Brady Tillotson, dis-je, Dieu t'a en Son Amour.

– C'est quoi ce bordel ? fit-il en me foudroyant du regard, comme si j'avais pu manigancer sa chute fatale.

Encore qu'à en juger par les bouteilles fracassées gisant près du cadavre maintenant recouvert d'un linceul, on pouvait d'ores et déjà conclure à une mort accidentelle – la formule juridique pour « mort par connerie ».

– Vous êtes décédé, Brady. Je suis navré, mais je ferai de mon mieux pour que tout se passe en douceur pour vous. Je suis Doloriel, votre ange avocat.

Je n'avais pas encore vu son ange gardien, ni l'Opposition ; aussi, je lui donnai un bref aperçu de ce qui allait suivre.

Ce qui ne l'impressionna pas particulièrement. C'était un grand et beau garçon ; rien qu'à le voir, il était manifeste qu'il avait toujours eu tout ce qu'il avait voulu.

– Vous me prenez pour un con, c'est ça ? Je ne crois pas à ce ramassis de conneries !

– Eh bien, le Ciel croit en toi, Brady, alors peu importe au fond ce que tu en penses.

– Fais chier, putain ! Je me casse !

Joignant le geste à la parole, il pivota et s'en fut en titubant dans les ténèbres. En règle générale, la Mort a le don de calmer très vite les gens. Mais bon, il y a d'inévitables exceptions à la règle. Je n'avais pas franchement peur que Brady se casse bien loin, cela dit : il faut savoir que le Hors-Zone n'est pas un lieu à proprement parler, puisqu'il désigne en réalité l'atemporalité rattachée à un lieu – une tranche d'éternité, on pourrait dire. Il est lié aux gens qui vivent physiquement cet instant, en en observant les effets ; si bien que plus vous vous éloignez de ce que vos yeux en perçoivent, en cet instant originel, moins c'est réel… Jusqu'à ce que vous vous retrouviez dans l'obscurité, entouré de quelques sons familiers. Enfin, quand le silence tombe, vous vous surprenez généralement à rebrousser chemin la trouille au ventre, pour revenir vers cet instant comme suspendu hors du temps. Oui car, en fait, il n'y a nulle part où aller. Sinon, tous les anges et démons que compte la Création n'arrêteraient pas de surgir du Hors-Zone et d'y re-disparaître à tout bout de champ, façon télétransportation de *Star Trek*, en s'espionnant à qui mieux mieux à travers les Zips ! Eh non, ça ne fonctionne pas comme ça. Bref, ce que je suis en train de vous expliquer, c'est que Brady Tillotson n'irait nulle part.

Quelques instants plus tard, son ange gardien fit son entrée en scène – un pétillement lumineux appelé Gefen. Le procureur

Boispourri suivit peu après, un démon tellement âgé, et tout noueux, qu'il aurait pu avoir peint les Enfers lorsque le Diable en personne y a pris ses quartiers. J'avais déjà eu l'occasion de plaider contre Boispourri – il connaissait sa partie, et certains juges appréciaient sa maîtrise des règles du jeu. Néanmoins, force est d'admettre qu'il y avait des procureurs plus flippants que lui.

– Ce ne sera pas facile, observa Gefen à mi-voix tandis que le procureur s'entretenait avec la version infernale de l'ange gardien.

– Pourquoi ? voulus-je savoir.

– Parce que notre client est un petit merdeux.

En ce lieu atemporel, le juge se manifesta à nous dans un flamboiement. C'était mon vieux pote Xathanatron, la Principauté qui avait envoyé Silvia Martino au Ciel la nuit où Clarence nous avait collé aux basques pour la première fois.

Ange Doloriel, me dit-il, vous êtes de nouveau convoqué dans la Cité Céleste. (Il y eut une pause, puis :) *Il semblerait que je doive ajouter « Clerc d'Avocat » à mes nombreuses fonctions.*

C'était une boutade d'ange éminent ou je ne m'y connaissais pas, aussi laissai-je échapper un petit gloussement que j'espérais (au moins) vaguement sincère.

– Très amusant, Votre Honneur. Merci de m'avoir transmis le message. J'espère que nous ne vous retarderons pas trop cette nuit.

Peu importe. Ma Contemplation est interrompue, maintenant.

Je mis fin à mon aparté avec Gefen à l'instant où mon défunt étudiant revenait en notre présence, les jambes flageolantes, sa toge claquant telles les voiles de la *Marie Céleste*. Il avait l'air quelque peu dégrisé à présent, mais toujours en pétard. Si le rapport complet de l'ange gardien fut un peu plus développé que sa remarque initiale, la conclusion fut bien la même… Brady Tillotson ? Un ivrogne et une grosse brute, doublé d'un pervers, pas loin même d'un violeur. En tout cas, c'était le genre de mec à aimer que ses proies soient trop éméchées pour avoir encore leur mot à dire. Il trichait aux examens – c'était un défenseur débutant de deuxième ligne dans son équipe de football, et c'est drôle mais il avait toujours plein de potes autour de lui pour l'aider à réussir ses partiels –, il volait ses amis et il faisait aussi partie de cette catégorie de caïds de cour de récré qui, même des années après le lycée, continuent de s'éclater à terroriser leurs camarades. En somme, un vrai connard. Et, ce qui me compliquait encore la tâche, c'est qu'il refusait de coopérer.

– Je ne pense pas que tout ça soit juste, ne cessait-il de répéter en beuglant comme un putois. Où est-ce que je dois me plaindre ? J'ai rien demandé ! Putain, j'y crois pas ! C'est des conneries ! Les anges, ça existe même pas.

Le juge ne fit pas de commentaire sur ces pénibles et continuelles jérémiades, mais ça n'arrangeait certes pas le cas de Tillotson. Moi, je faisais mon possible pour obtenir les circonstances atténuantes – en faisant valoir la jeunesse de mon client, le divorce de ses parents, le fait que ses entraîneurs et ses professeurs n'aient jamais osé punir un athlète d'élite comme lui. Mais, je le reconnais, je n'étais pas à mon top niveau. Moi-même, je trouvais ce gosse par trop antipathique. Il était bon pour aller moisir un sacré moment au Purgatoire si ça continuait. Hélas, je dois bien admettre qu'il le méritait.

Les plaidoiries touchant à leur fin, Xathanatron s'abîma ensuite dans un silence étincelant afin de soupeser les arguments avancés par les deux parties. Soudain, Brady se tourna vers moi et, pour la première fois, son expression perdit toute la colère et l'humeur rebelle qui l'avaient animée. Il était enfin rattrapé par l'immense sobriété *post mortem*.

– Oh, mon Dieu… Tout ça, c'est réel. Bien réel ! Je suis mort !

– J'en ai bien peur, lui répondis-je. Mais les choses peuvent encore s'améliorer…

– Que se passe-t-il ici ? Pourquoi êtes-vous… ? Oh merde, je ne reverrai jamais ma mère !

De chagrin, il se décomposa ; une larme roula sur sa joue et vint mourir sur ses lèvres.

– Jamais…

Xathanatron parla :

Le verdict est la damnation.

Le juge n'ajouta pas un mot. Il s'évanouit.

De plaisir, Boispourri frappa dans ses vieilles mains flétries avant de se volatiliser à son tour. Un vortex se forma autour de Brady Tillotson. Il eut beau se débattre, il commençait déjà à se déliter, à être aspiré par les abysses.

– Non ! hurla-t-il. (Il avait un regard terrible.) Ne les laissez pas faire ! Je vous en supplie, par pitié ! Ce n'est pas censé finir comme ça… Vous étiez censé me sauver ! *Aaaaaaahhhhh !*

Ses hurlements varièrent de registre et montèrent dans les aigus à mesure que son visage fondait de façon obscène pour adopter la forme épouvantable qu'il porterait En Bas pour l'Éternité.

Puis il disparut, lui aussi.

Je traversai la ville au ralenti pour rentrer, m'arrêtant en chemin dans un bar que je ne me rappelais pas avoir jamais vu auparavant, et dont je ne retrouverais ensuite jamais l'emplacement si je le devais. Je commençai par vider deux verres cul-sec, puis je m'avisai que j'aurais tout intérêt à ne pas tenter le diable – littéralement. Même si j'avais sacrément besoin d'une bonne biture. Trop de créatures malveillantes en avaient après moi pour que je prenne le risque de finir au ballon, en cellule de dégrisement, ou que j'aille m'amuser à tituber dans un parking, la nuit. Je regagnai ma voiture et fis un autre crochet par un magasin de vins et spiritueux de Camino Real, pour m'y acheter une bouteille de vodka et un pack de glace. Cela fait, je rentrai au motel.

Avant de me retrouver trop défoncé pour ça, je rappelai le bureau. Je tombai sur le répondeur d'Alice.

– Dites aux patrons que Bobby Dollar ne retournera pas cette nuit à la Cité Céleste. Je ne veux plus qu'on m'explique comment faire mon job. Dites-le-leur bien. Dites-leur aussi que s'ils tiennent tant que ça à me voir, ils n'ont qu'à descendre ici me chercher. Sinon, je resterai là en continuant à faire ce que je fais, du mieux que je peux.

Il me fallut vider la moitié de ma miséricordieuse bouteille de vodka pour enfin ne plus entendre cet étudiant hurler comme un gamin brûlé vif englouti dans les Ténèbres.

17

Avare de vérité

Le lendemain matin, ma tête me faisait l'effet d'être le ballon de quelque jeu médiéval brutal, le genre à coûter invariablement la vie à deux ou trois manants. Mais même cet horrible mal de crâne ne pouvait me faire oublier ma réaction pas très maligne de la veille… quand j'avais littéralement envoyé les instances célestes se faire foutre… Hum… Pourquoi n'étais-je pas en ce moment même face à un peloton d'exécution céleste – ou quel que soit le mode d'annihilation réservé aux mauvais anges ?

Je caressais l'espoir qu'Alice avait tenté de me sauver en omettant de transmettre mon message à qui de droit, mais moi-même, je n'arrivais pas à y croire. Autre possibilité : que Là-Haut, dans l'intemporel des Cieux, ils n'en soient pas encore à presser le bouton « Explosion de Bobby Dollar » mais, d'après ce que j'en avais vu jusque-là, les instances célestes tardaient rarement à sanctionner et à assouvir leur Sainte Vengeance.

Restaient donc les deux cas de figure les plus probables : soit le Ciel ne se préoccupait pas trop des problèmes dans lesquels je me débattais, et il laissait donc le champ libre pour me pendre moi-même, soit Il approuvait mes actes passés, et, vraisemblablement, ceux que j'allais aussi tenter dans un proche avenir. Ce qui aurait été assez drôle d'ailleurs, vu que je n'avais pas la plus petite idée de ce que je devais faire maintenant.

Muni de lunettes de soleil, je descendis clopin-clopant dans le hall me chercher deux/trois tasses de mauvais café à remonter dans l'obscurité apaisante de ma chambre aux rideaux tirés. Quelques comprimés d'aspirine, suivis d'autres comprimés d'aspirine, et je fus de nouveau – ou presque – fin prêt à affronter la journée, avec son cortège d'épreuves et de tracasseries. Mais avant tout, je devais assurer mes arrières. Au Five Page Mill j'avais perdu dans la bagarre mon Smith & Wesson, et me promener sans flingue me paraissait déconseillé vu l'atmosphère en ville.

Orban l'armurier décrocha au bout de la dixième sonnerie.

– J'écoute.

Il avait un accent d'Europe de l'Est et la voix éraillée de l'homme qui a un hérisson au fond de la gorge. Il m'avait confié un jour qu'il avait pris une balle perdue dans le cou au cours de la Première Guerre mondiale. Depuis, il n'avait jamais recouvré sa voix normale. Je voulais bien le croire.

– Bobby Dollar à l'appareil. J'ai besoin de munitions.

– Hmmm… (On aurait dit qu'on faisait courir un bâton le long d'une palissade.) Des balles en argent ?

– Oui. Mais il faut que je t'en parle. Tu es là aujourd'hui ?

– Quatorze heures, conclut-il avant de raccrocher.

L'armurerie d'Orban se dressait au bout de la jetée 22 – l'un des embarcadères Salt. Il y a de cela trente ou quarante ans, la pointe sud du port de San Judas appartenait à la société Leslie Salt. Elle recueillait le sel des eaux de la baie et laissait sécher les monticules au soleil, Alpes miniatures dominant les splendeurs pas vraiment tyroliennes de Belle Haven et de Bois aux Corbeaux. À partir des années 1990, les sauniers adoptèrent une technique différente, qui permettait de réduire l'espace utilisé, et ils monnayèrent le terrain ainsi libéré à la pointe méridionale de la baie. On en fit essentiellement une réserve naturelle, mais certaines des jetées où on chargeait naguère le sel récolté à bord de porte-conteneurs avaient été recyclées en immeubles d'habitation et en commerces. Les plus délabrées, tout au bout, avaient été recyclées en lofts et en espaces de travail. Beaucoup d'artistes s'y étaient installés grâce aux subventions municipales, mais quelques petits fabricants comme Orban avaient également pu s'y implanter. Il voulait un site d'installation où il pourrait faire du raffut à toute heure du jour et de la nuit.

Et du raffut, il en faisait ! Depuis le parking où j'étais venu me garer, j'entendais déjà les machines-outils et le fracas métallique des marteaux. À cette heure de la journée, le parking à l'asphalte lézardé était déjà plein. À minuit, il serait quasiment aussi vide que le désert de Gobi. Au bout de la jetée 22, Orban avait monté une petite affaire tout à fait florissante, conglomérat de bâtiments bas tout en longueur, gorgés de meuleuses et de rectifieuses à métaux, de riveteuses et de machines à cintrer, et Dieu sait quoi d'autre encore. Les ouvriers étaient en grande majorité des Noirs et des Latinos. Au fond, des établis servaient aux tâches manuelles ; affairés à mesurer, travailler à la lime et polir, nombre d'ouvriers blancs barbus (qui, à en juger par leur apparence, auraient eu toute leur place dans la milice antigouvernementale de faction les week-ends) y bidouillaient diverses pièces d'armes à feu. Soustraite aux regards indiscrets, tout au bout, il y avait la pièce où s'alignaient des seaux remplis de sciure qu'Orban utilisait en guise de stand de tir. Au-delà s'étendait, en plein air, ce que l'armurier appelait sa terrasse : une plateforme métallique surplombant l'eau. Il y gardait deux ou trois sièges pour pouvoir y contempler la baie à son aise, jusqu'au port de Newark quand le beau temps était de la partie.

Le maître armurier arborait une courte barbe grisonnante et des cheveux à l'épaisse tonsure naturelle. On lui eût donné dans les soixante-cinq ans, mais, à l'en croire, il avait déjà vécu cinq siècles de plus que ça. Au XVe siècle, il s'était attiré les foudres des instances célestes suite au siège de Constantinople (c'est du moins ce qu'il m'avait confié une nuit, autour d'un vin rouge corsé, tandis que nous attendions que l'un de ses assistants finisse de fignoler une arme à mon intention). Le Ciel refusant de l'accueillir de nouveau en Son giron, jamais, et puisqu'il refusait quant à lui de plonger en Enfer, il avait décidé de ne pas mourir. Tout simplement.

Ne vous fatiguez pas à me poser la question – je vous répète juste ce qu'il m'a dit.

Orban, qui me tournait le dos, releva les yeux lorsque j'atteignis le comptoir de fortune, comme s'il m'avait entendu venir par-dessus le vacarme des machines-outils. Il portait des oculaires spéciaux qui lui donnaient des allures de crabe-robot. Il les repoussa sur son front et se leva – ce qui ne fit pas un grand différentiel avec sa position assise, au demeurant. Il n'est pas bien grand.

– Que veux-tu, Dollar ? Sois bref et concis – j'ai de vrais clients à satisfaire, tu sais.

– Ouais, c'est un plaisir de te voir pour moi aussi. J'ai besoin de tes lumières et de ton soutien. Oh, et de balles. En argent, les balles.

Je lui expliquai en deux mots qui était après moi, et tout ce que j'avais appris jusque-là, mais il secouait la tête continûment, comme si je parlais à tort et à travers.

– Quoi ? m'exclamai-je. L'argent ne marche pas contre cette engeance ?

– Seulement s'il est spécial.

– Spécial ? Comment ça, spécial ? Béni par un prêtre ?

Il fit une grimace dégoûtée.

– Inutile de faire appel à des prêtres, ça ne servirait à rien. Ce qui te pourchasse est plus ancien que les Juifs, et *a fortiori* que les Chrétiens. Viens.

Je continuai de le bombarder de questions tandis qu'il m'entraînait à travers l'immense salle éclairée aux néons où régnait une cacophonie infernale. Il ne pouvait pas préciser ce que ces balles avaient de spécial, il savait juste qu'il était dans l'incapacité de m'en fournir sur-le-champ. Ce qui me fit frissonner d'appréhension, moi qui gelais déjà sur pied – le toit de l'armurerie d'Orban n'est pas isolé, si bien qu'il y fait froid pratiquement toute l'année. Voilà peut-être le secret de la conservation de l'armurier… lui qui porte beau depuis cinq cents ans et plus !

Il s'arrêta à la hauteur d'un type basané en tablier pour débattre avec lui de ma commande.

– Combien en veux-tu ? me demanda Orban en se retournant vers moi. Rien que pour l'argent, ça va te coûter dix dollars pièce – je sais, c'est cher. Je peux t'en faire une centaine à quinze la cartouche – un bon prix pour du fait sur commande.

Bordel, me dis-je, sauver ma peau va me coûter un bras, et le Ciel ne nous verse déjà pas de salaires somptueux.

– Bon, alors fais-m'en cent. Je ne sais pas combien de temps cette histoire va durer.

Orban me proposait toujours des prix honnêtes, mais je dois avouer que là, ça ne m'emballait pas. Ces nouvelles munitions allaient taper dans mes fonds d'urgence, et j'étais à peu près certain que mes boss n'allaient pas couvrir mes faux frais en locations de chambre de motel et autres balles-en-argent à-dessouder-les-monstres.

Une fois qu'Orban eut fini de passer en revue les spécificités techniques avec son assistant, il m'entraîna vers sa terrasse rouillée. On était en plein après-midi ; les bateaux chargés de marchandises croisaient sur toute l'aire navigable de la baie – ils paraissaient assez petits vu leur éloignement dans la partie sud du port. Nous, nous étions surtout entourés d'eaux peu profondes et d'estuaires.

Il m'invita à m'asseoir en me désignant l'une des chaises bancales et en soulevant une bouteille de vin de l'énorme touret en bois qui lui faisait office de table.

– Tu veux un peu de Sang de Taureau ?

En règle générale, j'appréciais ce cru. Mais pas aujourd'hui. En fait, rien que l'idée, après la biture que je m'étais payée la veille, j'en avais déjà le fond des orbites qui pulsait douloureusement.

– Non, merci. Mais il faut pas que ça t'arrête.

Haussant les épaules, il remplit un verre à ras bord.

– Bon, alors, tu t'es fourré dans une merde noire, reprit-il après avoir goûté une gorgée. Moche, ce gros Cornu… Je connaissais un homme, à la bataille d'Hadrianopolis, qui en avait vu un terrasser un mauvais prêtre. Ce n'était pas joli à voir. Ce témoin oculaire, ses cheveux ont blanchi d'un coup.

– Saurais-tu quoi que ce soit qui puisse m'aider ?

Orban caressa sa barbe.

– D'après la forme de leurs cornes, ces entités viendraient des Indes ou de Mésopotamie – les taureaux et les buffles étaient des objets de vénération auprès de ces peuples antiques, et c'est le genre d'esprits démoniaques qu'ils invoquaient parfois. Mais, à ce que je crois savoir, les Égyptiens connaissaient ces salauds de *ghallu*, qu'ils prenaient pour le dieu Seth. Ils n'ont pas réussi non plus à le mettre hors d'état de nuire. (Il fronça les sourcils.) Tu veux la vérité, Dollar ? Je n'ai jamais entendu dire qu'on avait réussi à en tuer un.

– Merci. Tu me remontes vraiment le moral, là, mec. Tu m'as amené là juste pour un discours d'encouragement, ou tu as autre chose à m'offrir pour me sortir de là ? Tu as dit qu'il fallait des balles d'argent d'un genre particulier, mais pas bénies. Alors… spéciales, comment ?

– Je ne sais pas. (Il haussa de nouveau les épaules en prenant une longue gorgée d'Egri.) C'est juste ce que j'ai lu dans les manuels.

Je devrais préciser que les manuels dont parle Orban sont du genre plutôt obscurs puisque, autant que je sache, les points d'affût d'où viser les chimères et les meilleures munitions à utiliser contre toutes sortes de zombies ne se trouvent guère dans les guides courants *Smith & Wesson*.

– Mais je vais y réfléchir, et je te préviendrai si j'ai quelque chose sur la question.

– Super. OK, alors voilà du vraiment bizarre : que peut-on faire face à un Grand Duc des Enfers ?

– Dire ses prières. (Il renifla.) On ne peut pas en venir à bout – pas avec les armes que je fabrique, quoi qu'il en soit. Ça ne sert qu'à les mettre en colère. (Orban but à longs traits.) Tu veux attendre que tes balles soient prêtes ? Ça prendra bien les trois quarts de la journée.

Dépité, je me relevai. Je n'avais pas vraiment escompté qu'Orban ait des conseils utiles pour moi, mais n'empêche, j'avais espéré quand même…

– Nan. Je ne peux pas attendre. J'ai trop de trucs sur le feu. (Il me revint d'un coup où j'étais.) Je ne disais pas ça littéralement bien sûr. Je voulais dire que j'ai beaucoup trop à faire.

Il s'essuya les lèvres du revers d'une main en me décochant un regard froid.

– Je comprends la métaphore, Dollar.

– Navré.

Parfois, c'est dur d'oublier que même les très anciens vivent les temps modernes depuis aussi longtemps que nous autres, c'est juste un pourcentage plus faible de la somme totale de leur expérience. Je lui serrai la main – une main aussi râpeuse que son timbre de voix.

– Tu veux un acompte ?

Il me fit la grimace.

– En temps normal, je te répondrais non. Il n'y a pas de problèmes avec toi. Mais avec un *ghallu* à tes trousses… ? (Il hocha la tête.) Ouais, fais-moi un chèque de la moitié. (Il avait un air étrange, et il lui fallut un moment pour reprendre la parole :) Je pensais que tu avais arrêté ce genre de traquenard, Dollar. Il s'était écoulé beaucoup de temps depuis. Je croyais que tu étais avocat maintenant – un bon petit job. Pourquoi un monstre pareil s'est-il lancé à tes basques ?

– Quelqu'un a dit quelque chose qui n'était pas vrai à quelqu'un qui n'est pas sympa. En gros, c'est ça.

– Garde les yeux ouverts, Dollar. (Comme je tournais les talons, il ajouta :) Tu as toujours été le genre de crétin qui attire les problèmes.

C'était dit avec douceur et affection.

Très bien, très bien, je l'admets, je n'ai pas été tout à fait honnête avec vous sur tous les plans. Je n'ai pas menti – je suis un ange, vous vous rappelez ? – mais disons que j'ai été, selon le mot fameux d'un politicien britannique, quelque peu avare avec la vérité. Oui, je faisais un autre métier avant de devenir ange avocat. C'est là que j'avais rencontré Orban. Sam aussi. Et mon vieux mentor, Léo ? C'était là encore qu'il officiait. Mais pour vous expliquer un peu le topo, je dois remonter dans le passé.

Comme la plupart des anges (ou du moins, ceux avec qui j'ai parlé), j'avais d'abord repris connaissance à la lumière de la Cité Céleste. En un sens, je suis né là – non sous la forme d'un bébé qui a tout à apprendre, mais sous une tout autre forme : celle d'un être angélique doté des connaissances générales (mais non spécifiques) d'un adulte humain. Je voudrais pouvoir vous dire dès maintenant ce que je faisais et ce que j'ignorais au début, mais tout ce qui s'est produit depuis a brouillé ces souvenirs.

Au fil des ans – j'ai du moins l'impression que des années s'écoulèrent –, je pris de plus en plus conscience de ce qui se passait au Ciel, autour de moi, aussi bien que sur Terre (même si je n'avais pas encore visité mes vieilles pénates.) Néanmoins, je n'avais pas oublié que mes racines étaient là, ou qu'elles l'avaient jadis été, en tout cas. Ouais, comme beaucoup de choses relatives au Ciel, c'est dur à expliquer. Et après un temps, je m'avisai qu'on avait des attentes à mon égard, que je n'étais pas simplement là pour me laisser vivre en grandissant, tel un enfant gâté, mais que, dans l'enceinte du Ciel, il était de mon devoir de prendre la place qui m'était prédestinée. Et de la défendre contre la menace continuelle de l'Opposition. Le Très-Haut et Son adversaire étaient en conflit depuis la nuit des temps, depuis la scission de la Lumière et des Ténèbres. Et s'il régnait la paix maintenant, c'était uniquement grâce aux protocoles établis. La Terre était une zone neutre, accessible aux deux camps – une cité ouverte, dirions-nous, un peu comme Casablanca durant la Seconde Guerre mondiale. Mais la Terre constituait aussi le principal champ de bataille des forces en présence.

Et tandis que je grandissais au Ciel, de plus en plus conscient de mon devoir, j'étais aussi observé et façonné (de la façon la plus subtile, par des autorités que je n'avais encore jamais connues) pour tenir le rôle qui me conviendrait le mieux selon elles : un Ange de la Vengeance du Seigneur – un membre de l'unité de Contre-attaque. Les ambitions que nourrissait le Très-Haut à mon égard me furent finalement révélées, et je fus envoyé sur Terre pour y entamer mon long entraînement.

Si, comme je le supposais, je vivais ma vie pré-angélique sur Terre, je redescendis des Cieux au début des années 1990. Quitter la Cité Angélique et investir un corps de chair et de sang était déjà tellement étrange, ça dépassait l'entendement. Sentir l'ignition des nerfs, le sang pompé dans les veines, être couvert d'une enveloppe de chairs vivantes… Sur Terre, tout, autour de moi, semblait si présent, tout ce que je voyais et sentais juste sur moi, submergeant presque mes sens humains, étranges et frêles. Les couchers et les levers de soleil avaient le pouvoir de me faire fondre de joie, et les étoiles paraissaient soudain distantes et mystérieuses.

Ma première étape, dans cette nouvelle vie, fut un camp fortifié au nord de Barstow, du côté du désert californien. Le camp Sion – voilà un endroit intéressant. Mais c'est une autre histoire. On en reparlera une autre fois. Je dirais cependant que si les couchers de soleil terrestres étaient douloureusement intenses, passer du chatoiement frais et réconfortant du Ciel à la fange brûlante couleur bourbier du Mojave était tout aussi ahurissant, mais d'une façon entièrement différente.

Dès l'instant où je pénétrai à Sion, mon éducation fut aux mains de mon sergent-chef (tel que vous l'appelleriez probablement – son titre céleste serait davantage à rapprocher du grec *lochagos*, chef d'une petite escouade de combattants, raison pour laquelle nous le surnommions « Léo le Loke »). Léo était un Afro-Américain, ou du moins son corps rattaché à la Terre l'était. Il avait un regard terne, sans éclat, capable de faire bafouiller les meilleurs d'entre nous. Il avait l'agilité d'un danseur, et sa force le rendait capable de broyer des pierres à mains nues – pierres que nous autres pouvions à peine soulever à deux mains. Quand je dis « nous », je parle des nouvelles recrues de l'unité de combat, au nombre d'une demi-douzaine. (Même si nous n'étions pas encore devenus amis, mon pote Sam était l'un des vétérans de cette brigade.) Nous faisions maintenant partie de l'unité de Contre-attaque (UC) *Lyre*, comme la constellation – dénomination officieuse : les Harpes.

Entendons-nous bien : les bleus et moi-même ne recevions pas un simple entraînement militaire, comme à l'armée, à se coltiner le parcours du combattant et à s'entraîner au tir – ou disons du moins que cela constituait une faible partie de notre apprentissage.

Nous étions les Anges de la Vengeance, après tout. Alors, notre sujet d'études principal, c'était l'Opposition : son organisation générale, ses forces et ses faiblesses, la façon dont Elle s'attaquait aux innocents sur Terre, et tout ce qu'il nous était autorisé afin de La contrer dans Ses basses manœuvres. Comme je l'ai dit, la Terre est un lieu très complexe pour les forces du Ciel et de l'Enfer : les apparences de la neutralité entre les deux camps doivent être préservées en toutes circonstances, même si, en réalité, on sait tous parfaitement que ce n'est qu'un ramassis de conneries.

Bref, j'essaie de la faire courte. J'ai donc été incorporé à une unité de combat forte de vingt-cinq anges. Notre chef, Léo le Loke, avait deux caporaux sous ses ordres. Sam – ou Sammariel comme nous l'appelions alors – était l'un d'eux. Soyons honnête, Sam avait le don de nous flanquer une frousse bleue. Il avait toujours eu de grands corps terrestres, et il est bâti à la Jack Dempsey, l'un de ces vieux boxeurs, avec un torse très développé et des bras noueux. Il parlait lentement, avait l'esprit vif et pouvait vous couvrir de honte en deux/trois remarques bien senties. Par la suite, je découvris qu'il pouvait tout aussi facilement vous faire éclater de rire. Ce n'est que plus tard que j'appris aussi que, quand je l'avais rencontré, il envisageait déjà un changement de carrière. Comme par hasard, il s'ingéniait à épuiser son corps terrestre d'emprunt à grands renforts de picole.

Après un an et demi environ, nous passâmes de l'entraînement aux missions sur le terrain : la contre-attaque concernait des situations problématiques, là où ça s'était mal passé, et où il s'agissait de rectifier le tir tout en envoyant à l'Opposition un message très fort : « Ce genre de choses n'est pas toléré ». J'ignore ce qui pouvait se passer dans d'autres UC, mais la *Lyre* était par nature un organisme d'élite strictement réactif.

Je passerai rapidement sur les huit ans suivants, temps terrestre, que j'ai traversés en qualité d'Ange de la Vengeance. Disons simplement que j'ai vécu des moments exaltants, beaucoup de choses terrifiantes, pas mal d'expériences écœurantes aussi, et que le danger était un compagnon de tous les instants. Notre territoire, comme par la suite dans la magistrature, était principalement circonscrit à San Judas, même s'il nous arrivait d'étendre notre périmètre d'intervention à l'océan Pacifique, de l'autre côté de la chaîne de montagnes, ou parfois également à d'autres zones de la Californie du Nord. Après tout, la Vengeance du Seigneur n'a pas de limites, alors que représentent des frontières de comtés ? C'est ce que Léo avait coutume de dire. Une de ses sentences favorites : « Plus idiots que les anges, ce sont bien les salauds qui s'imaginent qu'on peut les entraîner ! » Il avait bon fond – quand il ne cherchait pas à vous faire disparaître dans un trou de souris, tant vous aviez honte d'un truc stupide que vous aviez fait. Je voudrais bien savoir si quelque chose de lui a survécu – rapport à son âme. Ce serait chouette de penser qu'on se reverra peut-être un jour, au plus haut des Cieux.

Quant à savoir comment j'en suis venu à quitter les Harpes… Eh bien, je ne peux pas franchement vous éclairer sur ce point. Pour l'excellente raison que je ne m'en souviens pas. Un jour, j'ai repris connaissance dans un complexe hospitalier d'UC. La dernière chose dont je me souvenais ? Nous étions aux trousses d'un gang particulièrement teigneux de caïds de la drogue, bénéficiant (d'après Léo) du soutien de l'Opposition ; ces nuisibles avaient mis en coupe réglée une grande partie de Belle Haven et de Bois aux Corbeaux. Selon Sam, qui était près de moi à l'hôpital lorsque je repris conscience, j'avais été victime d'un guet-apens, et deux des anges rattachés à la Terre, mes compagnons, avaient été déchiquetés sur place. Les méchants m'avaient traîné dans leur QG, un entrepôt, pour m'interroger. Lorsque Sam, Léo et les autres m'avaient enfin retrouvé, j'étais aux griffes de mes bourreaux depuis trois jours, et mon corps d'emprunt était on ne peut plus mort… La chance s'en mêlant, mes frères d'armes avaient réussi à me ramener à notre QG et à m'octroyer un autre corps. Mais je restai longtemps très éprouvé par cette expérience. Les instances démoniaques peuvent vous infliger des séquelles qui ne se limitent pas aux maux physiques, bien entendu. Rien que de penser aux dernières heures de Cirederbe, à son interminable agonie… j'en avais la gorge nouée.

Quoi qu'il en soit, après ce drame, mes supérieurs décidèrent que je n'étais plus en état de poursuivre l'aventure avec les Harpes. Je les suppliai de me confier d'autres responsabilités du même acabit. À la place, ils m'offrirent un transfert dans la Cité Céleste, afin que j'achève de m'y rétablir et que j'y reçoive une nouvelle formation. Mais je ne voulais toujours pas y revenir. J'aimais la Terre. D'une étrange façon, que je ne peux toujours pas expliquer de manière satisfaisante, je m'y sentais bien – bien mieux qu'au Ciel, au fond.

Je me lançai donc en quête de jobs à San Judas, et on m'informa qu'il y avait des opportunités à saisir du côté de la plaidoirie.

Après cela, je revis quelquefois Léo à San Judas – il venait de temps à autre aux Compas et on partageait de bons moments ensemble, à blaguer et à trinquer, mais, naturellement, il ne pouvait plus me confier ce qui occupait son temps puisque je ne faisais plus partie de l'équipe. Sam et moi avions également gardé des relations amicales, même si, à l'époque, nous étions moins proches qu'aujourd'hui. Puis Léo fut anéanti.

Je ne connais pas les détails de l'histoire, et y penser me rebute toujours autant. Comme je l'ai peut-être mentionné, ce ne fut pas tant son annihilation que j'eus du mal à encaisser – d'autant que ce n'était guère surprenant, il avait un job éminemment dangereux – que le fait qu'on ne pouvait plus le ressusciter, certains laissant même entendre qu'il fallait y voir l'intervention d'ennemis qu'il se serait faits Là-Haut… ce que personne ne voulait croire parce que… eh bien, où cela nous aurait-il menés, nous autres ?

Peu après la disparition de Léo, Sam quitta les Harpes et enfila à son tour une robe d'avocat. Il me dit qu'il y songeait déjà avant que je sois déclaré inapte pour la Contre-Attaque. Mais, pour lui, perdre Léo avait été le coup de grâce. Il aurait eu beaucoup à dire sur ses raisons, mais il préférait les garder pour lui. Il me confia juste que certaines de ses dernières missions avaient été vraiment très éprouvantes. Pires que tout ce que j'avais pu connaître.

OK, vous aurez sûrement deviné maintenant les réponses à certaines questions que vous vous posiez. Par exemple, comment j'ai pu faire la connaissance d'un armurier aussi singulier qu'Orban ? Comment j'ai rencontré certains de mes amis plus obscurs ? Et, naturellement, pourquoi je ne désirais rien tant qu'échapper à ce sac de nœuds de façon aussi rapide et indolore que possible ?

Je roulais en direction de l'est lorsque le téléphone sonna ; je retournais sur la Camino Real en quête d'un nouveau motel où passer la nuit – on attire moins l'attention lorsqu'on se présente de jour à l'accueil – en remarquant que les décorations du carnaval semblaient avoir débordé du centre-ville pour s'étendre à la cité tout entière. Je plissai les yeux en lisant l'affichage : un numéro que je ne connaissais pas.

Je décrochai.

– J'écoute.

– Content de vous joindre, Mister Bobby ! Et de voir que vous n'êtes pas encore mort !

C'était Renard, le sautillant albinos déjanté.

– Comment diable avez-vous eu ce numéro ?

Il se contenta de glousser.

– Pas le temps de papoter, Dollar Man ! Vous vouliez qu'on se revoie ? Des enchères d'enfer ? Au meilleur prix ? Un auditoire en studio ? Vous l'avez !

– Vous êtes en train de dire que c'est bon ? Ça marche ?

– Demain soir, minuit. (Il fredonna un petit air, que je ne parvins pas à reconnaître.) Soyez là ou soyez ringard, Mister Bobby !

– Où ça ?

– Je ne sais pas encore. Mais dès que je le saurai, promis, je vous rappelle.

– Vous ne leur avez pas dit que j'apportais… ce qui les intéresse, n'est-ce pas ? Parce que ça, ça n'arrivera pas. Je veux qu'on convienne d'un prix. Et ensuite, je m'occuperai de la livraison.

– Pas de souci, Dollar-Bob, pas de souci. Tout se passera comme sur des roulottes.

Avant que je puisse lui demander s'il ne voulait pas plutôt dire « comme sur des roulettes », il avait raccroché, l'animal. Voilà que, par-dessus le marché, il me restait vingt-quatre heures pour déterminer comment tenir des enchères avec un ramassis de criminels de la pire espèce pour une chose que je n'avais jamais vue et à laquelle j'aurais été bien en peine de donner un nom.

Sûr qu'on sait s'éclater à San Judas…

18

Dards de poison et sirène des îles Fidji

J'ai toujours préféré la ville la nuit. J'ai la conviction que San Judas, ou n'importe quelle agglomération d'ailleurs, appartient aux gens qui y dorment la nuit. Ou, pour ceux qui n'y dorment pas en tout cas, disons ceux qui y *vivent*. Tous les autres sont de simples touristes de passage.

Prenons l'exemple de Venise, Italie, où la saison du carnaval draine un million de touristes alors que la population locale n'est « que » de trois cent mille âmes environ. La nuit, rues et canaux sont déserts, et c'est particulièrement vrai dès qu'on s'éloigne des grands hôtels. Les habitants ne reprennent pas possession de leur ville avant la morte saison, l'hiver.

Jude a du charme, du cachet et de la personnalité – tout le monde en convient. Elle a aussi ce que j'aime le plus à propos d'une cité : on ne se l'appropriera jamais. En revanche, pour peu que vous la traitiez avec respect et déférence, elle finit par s'ouvrir à vous, par vous accueillir et faire de vous un de ses authentiques citoyens de plein droit. Mais, comme je l'ai dit, il faut pour cela que vous y habitiez. Si vous n'êtes jamais dans le coin à la fermeture des bars, ou bien, au bout de la nuit, quand les premiers travailleurs se préparent à affronter le jour qui se lève, que les cafés et les marchands de journaux rouvrent grilles et barrières de sécurité, c'est que vous ne connaissez pas vraiment l'endroit, si ?

Quoi qu'il en soit, c'est la cité que j'aime, à la nuit tombée. Mais hélas, je ne pouvais guère en profiter pour le moment, vu que tant d'entités et de créatures éprises des Ténèbres me voulaient tellement de mal.

N'empêche, je me sentais un tout petit peu mieux. À la fin du jour, j'étais retourné voir Orban et maintenant, j'avais cent cartouches en argent du plus excellent aloi, calibre .38. J'en avais transféré sans attendre une trentaine dans mes clips de chargement rapide. Ce qui me faisait des poches comme lestées de plomb. Orban m'avait déjà prêté une voiture – il en gardait plusieurs disponibles sous le coude –, et ma Matador était maintenant en sécurité, dissimulée derrière la jetée où Orban conservait sous bâche certains de ses plus gros projets. (J'étais garé près d'un char de combat léger américain, un M41 Walker Bulldog, et je ne pouvais m'empêcher de me demander si l'engin était destiné à un client du coin.) Voilà donc que maintenant, je zonais dans une Pontiac Bonneville pataude, datant d'une vingtaine d'années, dont les trois quarts seulement de son armature étaient achevés. Mais qui diable voudrait équiper de pareil blindage une baleine de vingt ans comme celle-là ? Lorsque l'heureux propriétaire de cette Pontiac avait perdu son pucelage, j'imagine qu'il avait voulu marquer le coup… Bref, piloter pareil engin, c'était comme se retrouver aux commandes d'un yacht de croisière dans les hauts-fonds d'une anse. Mais au moins, c'était du robuste. Oh, et je me sentais *beaucoup moins* vulnérable et en évidence maintenant. J'adore ma tire grand luxe, mais reconnaissons qu'elle se remarque à peine moins que la Batmobile.

Avant de retourner voir Orban dans son antre, j'étais allé piquer un roupillon dans mon motel-du-jour[1], ce qui avait en partie calmé ma gueule de bois. J'avais aussi pris mon dîner et deux ou trois tasses de café, et j'étais de nouveau de sortie, au volant de ma nouvelle

1. En français dans le texte.

caisse. Conduire me redonne les idées claires et m'aide à réfléchir, surtout lorsque je baisse les vitres pour laisser l'air frais me ballotter un peu. Cette nuit-là, j'avais décidément besoin d'oxygène ; je pris donc l'autoroute Woodside direction les collines et roulai plein sud le long de Ligne d'Horizon, admirant au travers des rangées d'arbres le tapis constellé d'étoiles qu'est une ville la nuit.

Je sais que ça va paraître singulièrement bizarre venant d'un ange, mais j'ai toujours eu un sentiment quasi mystique à propos de San Judas. C'est une cité étrange à bien des égards, pas aussi cosmopolite que San Francisco ou branchée-ethnies qu'Oakland, cela dit ; elle avait un historique mouvementé, avec ses bulles sporadiques d'essor économique suivies de déclins, tout cela s'étalant sur une longue période. Nonobstant l'implantation et le rayonnement notables de Stanford, elle n'a pas véritablement le statut d'une mégalopole d'envergure mondiale, mais il y a malgré tout quelque chose qui fait que je l'ai dans le sang. Et c'est tenace. Je peux envisager d'aller habiter ailleurs – seulement, pas à titre définitif. J'aime l'air iodé de la mer, la vue des collines la nuit, les bâtisses historiques avec leur opulence de l'Age d'Or – opulence quelque peu frappée de honte de nos jours –, j'aime les ruelles, les arrière-cours dissimulées aux regards et les églises blanchies à la chaux de la vieille ville espagnole. J'aime bien les bars du front de mer, et les récits qu'on y glane. Jude ? Au fond, c'est comme l'un de ces livres favoris où il y a toujours du nouveau à découvrir chaque fois qu'on l'ouvre.

Côté fréquences radio, il n'y a pas grand-chose à capter à Ligne d'Horizon, à moins d'avoir le satellite. La Pontiac n'ayant pas achevé sa conversion, elle n'avait qu'un misérable lecteur de cassettes à offrir, si vous pouvez imaginer ça. N'empêche, la musique me manquait beaucoup, et comme je suis un piètre chanteur, je fis un arrêt à un endroit panoramique et farfouillai dans la boîte de vieilles cassettes, posée sur le plancher côté passager, jusqu'à ce que je déniche une collection de chants grégoriens – une musique plus propice à la réflexion que les alternatives impossibles qui s'offraient à moi (exemple Loggins, Messina ou encore *Chicago VI*). La cassette passa sans problème, ce qui ne laissa pas de m'étonner tout de même – elle devait moisir dans cette voiture depuis des décennies. Je me demandais même si quelqu'un n'était pas mort dans ce « traîneau » à quatre roues, dans les années 1970-1975, et ne s'y était pas momifié en compagnie de ses stupides cassettes avant qu'Orban ne vienne nettoyer tout ça.

Accompagné à présent des plaintes et des soupirs mélodieux des moines, j'atteignis la brumeuse Santa Cruz et fis demi-tour, attendant toujours que tout se mette en place, que le secret du Grand Dessein soit enfin révélé, ou du moins que l'Univers me donne un indice sur ce qu'il convenait de faire maintenant. Mais voilà, l'Univers se la bouclait soigneusement. Je revins par la voie la moins rapide en longeant des lignes de séquoia, *via* l'autoroute 9. Quand je fus parvenu au niveau le plus élevé de l'autoroute Woodside, j'étais tellement absorbé par mes réflexions que la brusque sonnerie de mon téléphone faillit me faire sursauter au point que je finisse dans le fossé. J'espérais que ce n'était pas encore un client, et cette fois j'eus de la chance : c'était Gras-double. Minuit passé, donc. J'étais surpris que le temps ait filé si vite.

– Mister D, c'est bien toi ?

– Je suis là, George. (J'entamai la descente de la colline.) Je ne suis plus très loin de ta maison, en fait.

– Tu veux faire un saut ? Je crois que Javier a mis quelques bières au frais.

J'avais pris une bonne douche chaude avant de sortir, et la perspective d'avoir cette odeur tenace s'incruster de nouveau dans mes vêtements ne me souriait guère. En outre, j'avais besoin de réfléchir.

– J'ai un client à aller voir, George, navré. Je te reverrai avant longtemps, ne t'en fais pas.

– Ouais. (Il paraissait mélancolique.) C'est toujours sympa

d'avoir de la visite. (Il sembla s'écouter lui-même, et se ressaisit vite en repassant aux choses sérieuses.) Eh, *D-man*, c'est sûr que tu n'arrêtes pas de m'en rajouter ! Ce Walker, Cirederbe, Habari... et puis qui encore ? Ah ouais, l'albinos, Eligor, ton *ghallu*-machin-chose, ton club de Magie, et voilà maintenant que tu voudrais tout savoir à propos de tous ces types récemment décédés ?

Je suppose que par « types récemment décédés », il faisait allusion aux récipiendaires des âmes qui venaient encore de se volatiliser.

– Eh bien, si tu avais de l'aide dans la journée, tu ne trouverais pas toutes ces merdes qui t'attendent quand tu reviens de Cochonville.

Je n'avais pas plus tôt dit cela que je le regrettai instantanément – ça paraissait tellement bas et mesquin ! Mais si George s'en émut, il n'en montra rien.

– Ouais, c'est ça. Comme si j'allais embaucher un employé à temps plein grâce aux émoluments que *tu* me verses, Bobby, c'est-à-dire de la roupie de sansonnet ! C'est le premier travail que tu me confies depuis deux ou trois mois, en plus. Ce n'est pas parce qu'on essaie de te trouer la peau, que soudain tout devrait devenir hyper-méga-urgent !

– Très drôle. Écoute, ces récents défunts sont... (je marquai une pause.) J'ai du mal à me rappeler, George... Est-ce que je t'ai expliqué ce qui se tramait ?

– Tu veux dire, les âmes portées disparues ? Ouais, sinistre. Et il s'agit d'elles, là ?

– Pour *certaines*, oui. (Monica m'avait transmis une liste comportant à présent cinq noms.) Juste des habitants de la région.

– *Ouh !* (Il eut l'air sincèrement impressionné.) Alors ce phénomène s'observe aussi ailleurs ?

– Pour autant que je sache. Mais il faut étouffer l'affaire – en fait, si tu n'en as pas entendu parler, c'est que les deux camps doivent chercher à l'escamoter comme des *oufs*.

– J'ai eu vent de pas mal de rumeurs, mais les gus des Opérations

Psy de l'un et l'autre camp sont des petits malins, Bobby. Ils ne cherchent pas à nier ou à miner une histoire pareille, ils font simplement courir toujours plus de rumeurs jusqu'à étouffer sous les parasites le signal d'origine.

– Eh bien, j'aurai besoin de tout ce que j'arriverai à dégoter là-dessus.

J'avais décidé que, puisque l'âme d'Edward Walker n'était plus la seule à avoir disparu, il pourrait s'avérer utile d'apprendre ce qu'il avait éventuellement en commun avec les tout nouveaux cas déclarés.

– Tu as du nouveau sur les Mages ou, comment c'est déjà… Kephas ?

– Rien que tu ne puisses trouver par toi-même, à part d'obscures références au club de Magie, sur des forums de discussion principalement d'orientation religieuse. Tout ce que je peux dire, c'est que ça a tout l'air d'être une sorte d'œuvre caritative ou autre, et que ces gens auraient des accointances avec d'autres formations : *Der Dritte Weg*, en provenance de Berlin et la Fondation philosophique Shaw, à Londres et Dublin. Mais quant à connaître leurs liens ou leurs *activités*… Ça, c'est vachement plus dur à déterminer.

Je soupirai. Dire que je m'étais retrouvé nez à nez avec cet Habari, et sa voiture chargée en toute hâte de toutes sortes d'objets et de souvenirs du club de Magie…

– OK. Merci. Rappelle-moi si tu as autre chose. Je n'ai pas besoin de te le dire.

– Entendu. Oh, et dans la rue, il se murmure que ton pote Cirederbe, non content d'avoir de gros problèmes de dettes de jeu, était également dans la mouise jusque-là.

– Pourquoi est-ce que tout le monde ne cesse d'appeler ce misérable salaud de démon mon « pote » ? Ah, peu importe, vas-y, explique !

– Eh bien, tu sais, ton autre ami… (Il eut la grâce de marquer une pause embarrassée et de reprendre :) Tu connais cet Eligor qui, en ce moment, ne te porte pas vraiment dans son cœur… ? Et tu sais qu'il est très haut placé, en Enfer ? Eh bien, celui qui détenait les dettes de jeu de Cirederbe est encore plus haut dans la hiérarchie infernale qu'Eligor en personne !

– Hein ?

– C'est pourquoi je remonte diverses pistes çà et là. Il s'appelle Sitri – le prince des Enfers Sitri. Apparemment, lui aussi a le démon du jeu. Mais il n'aime pas perdre très souvent, et il déteste vraiment que les gens manquent de parole en rechignant à tenir leurs engagements.

– Sitri ?

Ce nom ne m'était pas inconnu, mais bon, je ne le connaissais pas plus que ça. Sitri était un gros balèze – à plus d'un titre. J'en avais la tête qui tournait. Fallait-il comprendre qu'un prince encore plus haut placé qu'Eligor voulait également ma peau ?

– Je ne peux pas dire que je me souvienne de grand-chose à son sujet. D'ailleurs, que peuvent bien signifier des titres comme « prince » ou « duc », là En Bas ?

– Il s'agit avant tout de puissance, bien sûr, me répondit Grasdouble. De rappeler à quel point l'Enfer leur appartient. Et inutile de préciser qu'ils se haïssent les uns les autres. (Il gloussa.) Sinon, il y a déjà belle lurette qu'ils vous auraient battus, les mecs.

– Probablement. Donc, le défunt Cirederbe avait contracté des dettes auprès de ce prince ? De quelle nature ? S'agissait-il d'argent ? D'âmes ?

– Je l'ignore, mister D. Mais d'après les articles que j'ai lus, Sitri serait le genre de démon qu'il est vivement déconseillé de faire lanterner, quels que soient les enjeux. Dévoreur des Morts, Immonde Chasseur de Satan, Fléau des Âmes Rebelles, et j'en passe !

– Ouais, comme je disais, j'ai entendu parler de lui. Mais je te confirme que je sais peu de choses à son sujet. Alors trouve-moi tout ce que tu pourras d'utile, d'accord ? Mec, on s'embourbe de plus en plus dans ce cloaque !

J'allais raccrocher lorsqu'il ajouta :

– Oh, une minute, Bobby, j'oubliais une dernière chose !

– Ouais ?

– Ce truc que tu serais censé avoir en ta possession ? Qu'Eligor se serait fait piquer ? Eh bien, je suis tombé sur des individus qui en parlaient. Des types mauvais, bizarres, sur un canal privé d'un réseau souterrain dont tu ne veux même pas connaître l'existence. Sauf que tout cela est bien réel, Bobby, tu peux me croire. En tout cas, sans se montrer trop précis, l'un d'eux y a fait allusion avec le « petit souvenir du Cavalier », et l'autre lui a répondu que ce n'était pas un modèle ordinaire, mais un *en or*. Je n'ai rien capté d'autre là-dessus, pas même un murmure, et l'échange dont je te parle avait lieu entre deux sales types qui pensaient être sur une fréquence protégée, inviolable.

– Soyons clair : ils ont bien dit que « ce n'était pas un modèle ordinaire, mais un *en or* » ?

– Tout à fait.

– OK. Je vais réfléchir à cela aussi. (Ce qui ne me rassurait pas vraiment pour autant rapport aux enchères bidons que j'allais affronter dans vingt-quatre heures.) Merci encore, George. Prends soin de toi.

– Oh, tu me connais. Heureux comme un cochon dans… Enfin, tu vois.

– Toi et moi, on patauge dans la même mouise en ce moment, mon vieux. Je suis heureux que l'un de nous au moins s'y vautre avec plaisir.

Le lendemain matin, j'avais deux clients avocats, l'un après l'autre, et aucun signe que le Ciel veuille me réserver un traitement différent, après mon petit message bougon de démission. Ce qui me prouvait bien à quel point je comptais dans les hautes sphères des Cieux… J'imagine que le bon vieux « les affaires continuent » avait effectivement du bon puisque ça m'empêchait de trop m'angoisser par avance avec la soirée de joyeuse célébration qui m'attendait… Je n'avais toujours pas idée de ce que j'allais faire, ou comment je me proposais de m'y prendre, et je commençais à me demander si je n'avais pas laissé les sœurs Sollyhull m'entraîner dans une aventure que j'allais amèrement regretter. Mais bon… J'en avais vraiment ma claque de dormir dans une chambre minable différente tous les soirs, tel un Staline résolu à tout pour échapper à ses assassins, et j'en avais encore plus marre de regarder sans cesse par-dessus mon épaule en guettant un *ghallu* qui s'était fait tellement discret depuis si longtemps maintenant que je commençais aussi à me demander si sa traque n'était pas d'ordre psychologique autant que physique. Eligor cherchait-il à me plonger dans la panique, au point que j'en vienne à révéler moi-même la cachette de son « souvenir » ? Bonne chance, dans ce cas, puisque je l'ignorais !

Sam me rejoignit pour un déjeuner tardif. Il avait confié à Clarence son premier cas à plaider en solo.

– Je ne voulais pas le superviser, Bobby. Je l'ai laissé assurer l'argumentation pour notre dernière affaire, et le gosse s'en est très bien tiré. Cette affaire-ci avait l'air d'être du tout cuit. Ça concernait un diacre, et d'après son ange gardien, comme annoncé, c'était véritablement quelqu'un de bien.

– Qui l'Opposition avait-elle envoyé ?

– Ce petit mec chétif qui a l'air de porter des lunettes, c'est quoi son nom déjà ? Gerbescarabée ?

– Celui qui ressemble à Urkel en costume de bestiole ?

– Celui-là même.

Tandis que nous finissions notre repas, et que Sam demandait l'addition, mon téléphone sonna.

– Monsieur Dollar ? Monsieur Robert ?

– Ouais, c'est moi, Renard.

J'avais oublié de demander à Gras-double s'il avait dégoté quoi que ce soit sur mon nouvel ami l'albinos ; je notai dans un coin de ma tête qu'il me faudrait de nouveau passer en revue les documents qu'il m'avait transmis ces deux ou trois derniers jours. Mes premières lectures sont toujours rapides, en quête d'éléments saillants qui sautent aux yeux. Je me devais d'y revenir de façon plus approfondie.

– Notre *deal*, ça tient toujours ? Vous avez une salle pour moi ?

– Oh, oui, absolument ! Comme vous dites, mec, nous deux, ça tient toujours, complètement ! Vous connaissez la résidence des Insulaires, Dollar Bob ? King Street, du côté de Jefferson ?

– L'endroit est fermé depuis des années.

– Le lieu idéal pour une réunion de minuit, dans ce cas, vous ne trouvez pas ? (Il s'esclaffa d'une façon vraiment agaçante. Je pouvais presque visualiser le petit *merengue* auquel il devrait être en train de se livrer.) Comme ça, on ne risquera pas d'être dérangé ! Retrouvez-moi là quelques minutes avant le début, et je vous guiderai vers le lieu convenu.

Sur ces mots, il raccrocha.

– Piège, lâcha Sam, laconique, dès que je lui eus expliqué ce que je préparais. Et sacrément évident. Tu sais que tu n'iras pas seul. Même toi, tu ne peux pas être stupide à ce point !

– Tu te portes volontaire, c'est ça ?

– Il faut bien que quelqu'un se dévoue pour t'éviter qu'on te fasse exploser, mon pote. Je connais l'endroit. Je t'y retrouverai vers minuit moins le quart, devant le perroquet de la façade. (Il extirpa son grand corps du coin banquette.) Et je viendrai *lesté*. Je te suggère de faire de même.

J'étais profondément reconnaissant à l'idée que Sam soit là avec moi, mais je n'étais pas prêt à le lui avouer – ç'aurait été mauvais pour son karma, il avait besoin de cultiver l'humilité, mon pote.

– J'essaierai de ne pas oublier, Sammy-boy, mais je me disais que je pourrais toujours ramasser un bâton ou deux-trois cailloux quand je serais sur place.

Il me tendit la note qu'une serveuse de passage venait de déposer sur notre table.

– Tu ferais mieux de payer. Tu ne survivras probablement pas pour régler la suivante.

Le restant de la journée s'écoula à toute vitesse. J'eus un autre client, une affaire que je perdis sans être responsable en rien de cet échec : le type était un parfait salaud, un ivrogne invétéré qui battait sa femme comme plâtre ; quand sa malheureuse épouse l'avait « enfermé dehors », il avait fait une chute mortelle du haut de son propre toit. (Il tentait de revenir par la lucarne afin de lui « donner une bonne leçon », selon sa tournure d'esprit.) Le voir aspiré par les abysses infernaux m'affecta bien moins que de voir Brady le sportif être condamné aux flammes de l'Enfer. Mais ça m'amenait toujours à m'interroger… Qui tenait les rênes au juste ? De sales types comme ce client-là, eh bien… C'est exactement pour cela que les Enfers existent. Ça au moins, c'était clair. Mais… pour l'éternité ? Expédiait-on vraiment les mécréants criant et se débattant dans des abîmes de lave et de fèces embrasées pour toujours et à jamais ? J'étais à peu près sûr et certain que même les ivrognes battant leurs épouses comme plâtre ne méritaient pas de brûler vifs plus longtemps que les étoiles elles-mêmes.

Je veux dire… ça fait vraiment *très* long comme supplice !

À la nuit tombée, je quittai ma dernière chambre de motel en date pour aller m'offrir un dîner tardif. Après un repas paisible et une tasse de café, je me dirigeai là où tout allait se passer, en éprouvant tout ce qu'on peut éprouver dans un état d'agitation extrême dans un corps humain d'emprunt soumis à un gros stress. J'aurais sans doute dû planifier beaucoup mieux les choses, pour ce qui était des enchères elles-mêmes, mais j'avais survécu jusque-là en me fiant à mes instincts, et je n'avais pas le temps de changer en une nuit. De toute façon, je ne risquais pas de produire le mystérieux trésor, objet de toutes les convoitises, j'avais été très clair sur ce chapitre. De sorte que personne, normalement, ne devrait pouvoir espérer me le subtiliser d'une façon ou d'une autre. Je n'allais pas laisser échapper de stupidités ou dévoiler le pot-aux-roses – Sam, pas plus. Autre que cela, je me contenterais juste de voir venir, d'observer attentivement ceux qui se pointeraient et d'écouter plus attentivement encore ce qu'ils diraient.

Je me garai sur la rue King, au bout de la Jefferson, à un pâté de maisons à peu près de la résidence des Insulaires, et passai un petit moment à observer simplement la rue, où les gens revenaient de leurs soirées ou bien promenaient leurs chiens avant d'aller se coucher. Il y a des années, ce même quartier était un secteur résidentiel de la fin du XIXe siècle, avec ses bâtiments en brique recyclés et réaménagés en appartements. Maintenant, on n'y trouvait plus que des magasins et des cafés à tous les coins de rue ou presque. Vers 23 h 30, les trottoirs étaient devenus quasiment déserts. J'omis de verrouiller le break blindé d'Orban en me disant qu'il y aurait moins de risques qu'on le désosse en mon absence que je ne sois vraisemblablement contraint de filer à tombeau ouvert. Puis je me dirigeai vers la masse sombre du lieu du rendez-vous, la résidence des Insulaires.

L'Ordre Indépendant des Insulaires était l'une de ces confréries comparables à celles des Maçons et des Élans, florissant au début et au milieu du siècle dernier. Mais, au contraire des Élans et Cie, la confrérie des Insulaires s'était comme qui dirait « éteinte », et leur lieu de réunion avait définitivement fermé il y a de cela une dizaine d'années. On la louait encore pour diverses occasions – mais pas du genre à débuter à minuit. La propriété est enclose par une vieille palissade en fer afin de la protéger des curieux ou des squatters, mais en façade un petit porche s'ouvre sur la rue, avec des bancs, des haies et une fontaine Benny Bufano (tarie depuis belle lurette) sous la forme d'un gros perroquet dodu à souhait. Voilà où je devais retrouver Sam, maintenant qu'il était minuit moins le quart. Sauf qu'il n'y était pas.

J'attendis une quinzaine de minutes, en vérifiant régulièrement qu'il n'y avait pas de messages sur mon portable. Mais rien à faire, aucun signe de lui. Il ne répondait pas non plus sur son téléphone. J'étais sur le point de me rapprocher du lampadaire municipal, à quelques pas de là, afin de voir s'il n'arrivait pas enfin, lorsque la grille grinça derrière moi ; mon pâle ami Renard m'apparut, dansant comme à son habitude le shimmy, tel le spectre d'une danseuse des Indes. Le plus étrange, c'est que la grille était verrouillée à l'aide de chaînes. Or, je n'avais pas entendu un seul grincement.

– Pile à l'heure, D-Man ! De l'argent directement ! Entrez… Ils sont nombreux à vous attendre.

Voilà qui me déplaisait déjà souverainement.

– Combien ? Et comment sont-ils entrés ? J'étais là, je n'ai pas bougé !

– Dollar Bob, vous ne croyez tout de même pas que ce rusé Goupil, là devant vous, irait choisir un terrier à accès unique, des fois ?

Sa propre boutade le fit rire en esquissant un autre de ces petits pas de danse dont il avait le secret. Puis il m'entraîna ; côte à côte, on franchit la grille, on gravit les marches du perron et on entra.

La résidence des Insulaires ? Un lieu véritablement troublant, et à plus forte raison à la nuit tombée. La confrérie avait choisi comme thème de prédilection les mers du Sud, et la salle du rez-de-chaussée jouait certainement là-dessus, avec ses tapisseries en écorce martelée s'étirant le long des murs, ses masques en bois sculpté aux regards obscènes suggestifs dans l'ombre (et dont beaucoup pourraient passer pour des procureurs des Enfers que je connais personnellement, en chair et en os) ainsi que d'autres œuvres exposées plus exotiques encore, tels des bouquets de flèches et de dards empoisonnés, des costumes emplumés, des têtes rapetissées et même une sirène des îles Fidji sous vitrine. Celle-ci était le genre de triste souvenir de marins en bordée, en général un cadavre de singe momifié cousu à un poisson. Mais là, le visage de la « sirène » sous vitrine avait davantage l'air d'être celui d'un enfant desséché, recroquevillé, que d'un grand singe. Je dus bien vite en détourner le regard, quoi qu'il en soit. Pour être honnête, ces globes oculaires vaguement pisciformes, au voile laiteux, me flanquaient la chair de poule.

Au bout de la salle vestibulaire, un canoë de combat hawaiien grandeur nature était suspendu au plafond par de longues chaînes, avec ses mannequins antiques en tenue de guerriers emplumés. Juste au-dessous, une porte ouvrait sur la salle principale. J'y entrai à la suite de Renard, comme s'il était un feu follet. Comme nous pénétrions dans la vaste salle plongée dans la pénombre, l'assemblée réunie là se tourna vers moi ; il y avait peut-être une vingtaine de personnes à m'accorder en silence toute leur attention. Beaucoup de participants se tenaient debout. Et, dans leurs tenues sombres se confondant avec la demi-obscurité qui régnait, ils donnaient de prime abord l'impression de n'être que des visages flottant dans les airs, un océan de têtes sans corps… Tandis que nous remontions les rangs par la travée centrale, j'en reconnus quelques-uns – une poignée, tout au plus. Au passage, Renard me chuchotait les noms de certains d'entre eux. Trois types blancs au crâne rasé, en tenue sombre, provenaient de la branche européenne d'un culte nippon d'Aleister Crowley. Ce qui ne laissait pas de m'intriguer. Renard attira ensuite mon attention sur deux autres gars à la tenue cléricale ostentatoire, apparemment membres de l'Opus Dei. Il y avait également un certain « M. Vert », selon Renard, qui paraissait on ne peut plus normal – pour peu qu'on fasse abstraction de l'antique boîte en verre fumé qu'il tenait à pleines mains, de la taille d'une boule de bowling, et qu'il ne cessait de relever à hauteur d'épaule comme pour l'aider à mieux y voir.

Parmi la quinzaine d'autres participants, je reconnus l'ado de quinze ans aux oreillettes Bluetooth, qui avait tout l'air de revenir du collège après les cours. Il s'agissait d'Edie Parmenter, l'une des spirites ou extra-lucides les plus respectées de la Californie du Nord ; elle avait un don quasi infaillible pour détecter les phénomènes psychiques. Je ne pus m'empêcher de me demander qui l'avait engagée. Et ce que ses parents pensaient de sa sortie à une heure aussi tardive. Outre d'autres « suspects usuels », des trafiquants connus en *objets occultes*[1] qui ne pouvaient pas ne pas faire leur apparition en pareille circonstance, Renard me désigna également des prêtres coptes, des représentants du Cirque Russe du Mystère et un trio de femmes de si haute taille qu'un instant je crus qu'elles étaient montées sur échasses ou bien qu'elles portaient des costumes de carnaval, avec de fausses têtes dodelinant au bout de piques. Fox me chuchota qu'il s'agissait de prêtresses scythes – « des Amazones, des vraies de vraies, mon cher Bobby ! » pour reprendre son expression. Une sacrée galerie de sacrés numéros… Mais ça ne me disait toujours pas ce que j'étais censé vendre à l'encan, tout ça.

Renard frappa dans ses mains.

– Mesdames, messieurs, avant que ne soient déclarées ouvertes les enchères, un mot du commanditaire de l'événement ! J'ai nommé, M. Dollar.

Pas loin de quarante paires d'yeux se braquèrent sur moi tandis que j'avançais d'un pas. Par la force de l'habitude, je glissai une main sous mon veston, histoire de retrouver sous mes doigts le contact rassurant de mon revolver aux balles d'argent. J'aurais tellement *tellement* voulu que Sam soit avec moi – mais cela dit, je m'inquiétais pour lui, *aussi*. Il ne m'avait encore jamais fait faux bond comme ça.

– Mesdames, messieurs, enchaînai-je, je serai bref.

1. En français dans le texte

Les échos de ma prise de parole moururent rapidement. Pour la première fois, je remarquai la présence de sculptures sur bois de frégates grandeur nature, également suspendues au très haut plafond comme autant de fantômes figés en plein vol.

– Vous savez ce que j'ai à proposer. Je suis ici pour répondre à vos questions, puis pour prendre les enchères. J'arrangerai le transfert en accord avec le gagnant.

– Mais pourquoi ne pourrions-nous examiner d'abord l'objet ? demanda l'un des Coptes. Comment renchérir sur une chose qu'on ne peut même pas voir ?

J'inspirai vivement. Je m'étais attendu à ce qu'on me pose la question d'entrée de jeu. Mais j'étais heureux d'entendre le mot « objet », que j'allais dorénavant utiliser à mon avantage.

– Vous aurez la chance de l'examiner tout à loisir avant tout paiement, vous pouvez vous fier à moi. Mais en attendant, pas question pour autant de le soumettre à l'inspection de tous les Pierpoljack du coin ! Vous voudrez bien vous rappeler que mon titre de propriété de l'objet en question reste légèrement… controversé.

Je souris. Dans l'assemblée, personne ne daigna lâcher un petit rire poli.

Edie Parmenter, qui était en communication *via* son Bluetooth, leva les yeux vers moi et annonça :

– Cent mille.

Elle avait un cheveu sur la langue.

Un murmure parcourut la salle.

– Sait-on vraiment si c'est bien réel ? lança un des suppôts euro-japonais de Crowley.

Je décidai de prendre un petit risque :

– Ça l'est. Tout ce qui brille n'est pas or, si vous voyez ce que je veux dire, mais là, ça l'est indubitablement.

Les adeptes de Crowley hochèrent la tête.

– Cent cinquante mille, renchérit l'un d'eux.

Renard entra alors dans la danse et se mit à orchestrer les enchères comme s'il s'agissait d'une session ordinaire (si ce n'est que fort peu d'enchères ont comme commissaire-priseur un albinos féru de claquettes). Les prix grimpèrent très vite au-delà des six cent mille. Box-man, Edie Parmenter mandatée par son principal et les prêtres de l'Opus Dei prirent la tête des enchérisseurs, les idolâtres de Crowley et certains négociants en objets occultes cherchant courageusement à rester un peu dans la course. J'anticipais des enchères finales à hauteur d'un million environ – là, les choses se tasseraient, à mon avis. Ce qui serait déjà hallucinant pour un objet que personne n'avait encore pu examiner, et dont la possession pouvait aisément coûter la vie (j'étais bien placé pour le savoir). Dire que je n'avais *toujours pas* idée de ce que j'étais en train de vendre au plus offrant ! Qu'allais-je donc faire lorsqu'on viendrait me remettre l'argent ?

Je n'eus pas à m'en inquiéter bien longtemps. Tandis que le fluet Foxy Foxy soutirait aux Catholiques une nouvelle enchère – les trois quarts d'un million de dollars ! –, j'entendis un choc sourd derrière moi, à la porte. Une drôle d'idée me traversa l'esprit, une horrible fulgurance – Sam, qui arrivait en retard, flingues tous azimuts pour me sauver, moi qui n'avais, pour l'instant, pas besoin de l'être… La seconde suivante, le bois qui entourait le loquet vola en éclats ; des objets de la grosseur de balles de tennis (pas plus) rebondirent dans la salle. Je me couvris les yeux d'instinct, une demi-seconde avant l'explosion. Tous ceux qui n'avaient pas détourné les yeux à temps en furent aveuglés. Mes tympans n'étaient pas à la noce non plus, merci de vous en inquiéter. Dans des nuages de fumée envahissants, un groupe d'hommes armés fit irruption. Je plongeai à plat ventre à l'instant où l'unique plafonnier s'éteignit d'un coup. Des cris de colère et d'angoisse mêlées éclatèrent, suivis de hurlements quand le commando fit parler les armes. Les cliquetis des armes automatiques se répercutèrent le long des murs, le flamboiement des canons balayant la salle de leurs fulgurances stroboscopiques.

19

Une nuit seulement

Alors que les armes commençaient à cracher le feu dans la salle ténébreuse, il me vint à l'idée que si quelqu'un était bien la cible de ce raid, ça ne pouvait être que moi. Même si ces tueurs n'étaient pas ceux d'Eligor, ils étaient presque certainement à la solde de quelqu'un convoitant ardemment ce que j'étais censé détenir. Il fallait que je me barre de là, et en vitesse ! Certes, rien que de voir les participants se faire canarder à cause de moi, je me sentais mal. Mais en vérité, je me faisais plus de mouron encore à propos de ce qu'il allait advenir de l'ange le plus mal aimé des Cieux.

Confronté à ces troupes de choc, je ripostai puis changeai vivement de position d'un roulé-boulé, histoire que les déflagrations de mes tirs défensifs ne me trahissent pas. Les pétarades s'enchaînèrent furieusement tandis que je rechargeais avant de reprendre ma contre-attaque, le tout sans interrompre mon flot d'invectives bien senties – dire que j'étais en train de gâcher des balles d'argent à dix dollars la cartouche face à ce qui était probablement un ramassis de mercenaires de bas étage, des Jack Bauer à la petite semaine ! Voilà que j'avais déjà cramé l'équivalent d'une centaine de dollars sans doute, tout ça pour un coup d'épée dans l'eau… Et ça me fichait sacrément en rogne déjà.

– J'ai coupé l'électricité, Dollar Bob ! me chuchota-t-on à l'oreille durant une brève accalmie dans les échanges de tirs.

Je l'avoue, ça me fit glapir comme un chiot surpris. C'était Fox, qui m'avait prouvé à de nombreuses reprises combien il lui était facile de s'approcher sournoisement de moi et de me prendre au dépourvu.

– Mais ils trouveront bientôt l'interrupteur, je pense, alors tu ferais peut-être mieux de te carapater fissa, *partner* !

Sous le feu de l'ennemi – forcément, ça rapproche –, il ne s'encombrait plus de vouvoiements. Et moi non plus.

– Eh ouais, toute cette histoire d'enchères est allée vite fait au diable, pas vrai ?

Mon crypto-asiate d'ami se mit à glousser tout bas.

– Eh, pas d'inquiétude, on finira notre business une autre fois, mister D-Bob. File maintenant : rampe vers le fond de la salle, derrière les totems.

Il faisait allusion à une forêt de sculptures de Nouvelle-Guinée, celles que je venais de remarquer tantôt ; chaque mât totémique s'ornait d'une déco tellement extravagante (et polie avec soin) qu'on eût dit autant de bougies psychédéliques à demi fondues. À la lueur des déflagrations intermittentes, je discernai ces mâts totémiques dressés à quelques pas de distance, formant comme un îlot de la pâleur d'un bosquet de bouleaux. En mode commando, je me mis donc à ramper à plat ventre sur le parquet, me félicitant d'avoir judicieusement opté pour des vêtements sombres, moi aussi. Des balles de carabines à tir automatique vinrent s'écraser juste devant moi, me ratant d'un cheveu en m'arrosant d'éclats cinglants. Je dus aussi ramper par-dessus deux cadavres qui gisaient en travers de mon chemin. L'un d'eux était sanglé dans ses robes cléricales empesées. J'atteignis enfin la forêt totémique sans recevoir de balle. La seconde suivante, je découvris le dispositif coupe-feu, tout au fond de la salle, et l'issue de secours dissimulée derrière. Verrouillée. Me redressant sur les genoux, j'attendis que passe la rafale suivante avant d'ouvrir la porte à la volée d'un bon coup de pied et de plonger à l'abri – mon nouveau roulé-boulé me valut cette fois d'aller me cogner le crâne contre la rampe en fer forgé du palier arrière protégé de la salle ; j'en fus quitte pour un méchant horion à la tête. Dans le cirage, je me relevai péniblement à la chiche lumière des lieux, vacillant sur des jambes flageolantes. Je m'avisai que j'étais maintenant de l'autre côté du bâtiment, à l'opposé de l'endroit où j'avais garé ma voiture. J'étais sur le point d'enjamber la rampe d'un bond, et de filer me perdre entre les immeubles avoisinants, lorsque j'entendis des éclats de voix, derrière moi, venant de la salle principale, *et* devant moi. Des bribes de voix qui se rapprochaient…

Nulle part où fuir sans que je ne sois à découvert… pendant au moins quelques secondes. J'offrirais une cible facile pour des types armés de carabines à tir automatique et, même si je pris le temps de recharger mon .38, je n'avais aucune chance, face à ce commando de choc, de m'en tirer en me mettant à canarder tous azimuts à la façon des gangsters. De la crosse de mon arme, je fracassai la lampe, au-dessus de ma tête, avant de rempocher mon pistolet et de bondir par-dessus le surplomb du porche – à peine plus grand que le sommet d'une bonne vieille cabine téléphonique. Je réussis à balancer mes jambes en hauteur puis à me plaquer à plat ventre sur le débord, au-dessus de la porte, à l'instant où les premiers mercenaires surgissaient après avoir contourné l'immeuble. Certains enchérisseurs avaient pris la fuite, bien sûr, mais je ne me donnai pas la peine de vérifier cela d'un coup d'œil, vu que j'étais déjà très occupé, muscles crispés, à rester tapi sur mon perchoir improvisé. L'instant suivant, la porte claqua à la volée, et un trio armé surgit à son tour, rejoignant les autres types. L'un des trois tueurs campés sous moi parlait dans une oreillette sans fil ; il la repoussa ensuite pour mieux grogner ses directives à ses quatre comparses :

– On ne l'a pas trouvé à l'intérieur, mais on continue de ratisser les lieux. Ce salaud a sûrement pris la fuite, mais on le rattrapera avant qu'il file bien loin. Déployez-vous dans la rue pendant que j'appelle des renforts. Allez, ouste !

Je reconnus le timbre de voix du leader – mon vieux pote velu Fourrhurle. Sitôt que ses séides, tout en se bousculant avec un bel ensemble, furent repartis en mode quick-step militaire, il se remit à parler dans son oreillette. J'attendis que ses troupes d'assaut aient disparu à l'angle de l'immeuble pour interrompre sa conversation en lui tombant dessus de toute ma hauteur – avec un bon coup de pied balancé de toutes mes forces, talons joints pour mieux lui percuter sa sale trogne. Il portait un casque d'assaut en fibres aramides ; si donc je ne parvins évidemment pas à lui fracasser le crâne, ce ne fut pas faute d'essayer. Il s'effondra sous le choc, et je lui tombai dessus à bras raccourcis, lui plantant un genou en travers de la gorge pour la deuxième fois en une semaine. Histoire de faire bonne mesure, je lui braquai simultanément mon .38 dans les tripes.

– Tu te souviens de moi, Hurleur ?

– Va te faire foutre, Dollar ! hoqueta-t-il, avant d'être pris de nausées. (J'étais content de voir que je l'avais frappé assez fort, ainsi que je l'avais voulu.) T'es un homme mort !

– Je suis *déjà* mort, crétin ! C'est comme ça qu'on devient un ange, figure-toi !

J'exerçai une pression accrue sur son cou.

– Combien d'hommes as-tu sur le terrain ? (N'obtenant pas de réponse, je lui enfonçai la bouche de mon revolver dans le ventre.) Tu te rappelles nos précédentes rencontres ? Moi, oui, c'est certain. Et j'en chéris chaque minute précieuse comme l'or ! Pourquoi jouais-tu les baby-sitters avec Cirederbe alors que tu bosses pour Eligor ? Si tu es vraiment son chef de la sécurité, tu occupes de trop hautes fonctions pour t'abaisser à jouer les gardes du corps de procureur.

Il continua de me dévisager, la ligne fournie de ses sourcils rapprochés lui barrant le front d'un pli en *V* tout renfrogné.

– Je te dirai que dalle, Dollar ! Tu es un *ange mort*, voilà ce que tu es ! Le genre de *mort* irrémédiable ! Comme pour Cirederbe. Le Grand Duc va te dévorer le cœur !

– Peut-être, mais si tu me dis pas ce que je veux savoir, tu ne seras plus là pour savourer le spectacle !

Je bluffais, et il le savait probablement – je n'avais pas le temps de le cuisiner sérieusement pour lui extirper des infos.

Oh, il le savait, pas de doute là-dessus.

– Bon voyage en Enfer, Dollar ! hoqueta-t-il d'une voix rauque, la gorge toujours comprimée par mon genou. Vas-y, tue-moi ! Mon boss me donnera un autre corps, et voilà tout.

– Vraiment ? (Je me redressai, remplaçant vivement mon genou par mon pied sur sa trachée-artère.) Et crois-tu qu'il en aura quelque chose à battre si je me contente de t'exploser les couilles ?

Je pris le temps, brièvement, de savourer l'expression qui s'afficha alors sur son museau bestial avant de lui tirer dans la région de l'aine deux ou trois balles d'argent à pointe creuse – et de détaler en prenant mes jambes à mon cou. Les oreilles pleines des cris de souffrance de Fourrhurle, je rechargeai tout en fuyant, comme poursuivi par des hurlements de sirènes de raids aériens. En moins d'une demi-minute, tous les mercenaires de son commando de choc patrouillant encore le périmètre allaient se rappliquer.

Avant d'atteindre la façade du bâtiment, je fis une brusque embardée pour enjamber d'un bond la haute palissade en fer forgé ; dans mon élan, j'accrochai mes jambes de pantalon sur la pointe des piques. Le coup sec me retint brutalement dans mon élan et, les bras battant, je m'écroulai en plein sur une ombre angulaire, douloureuse, surgie de nulle part. Sous la violence du choc, je rebondis en parvenant à me rétablir « au vol » et, revolver au poing, je me préparai à fuir de plus belle, ou bien à ouvrir le feu. Mais ce n'était qu'Edie Parmenter, étalée sur la chaussée, sa bicyclette gisant près d'elle ; les roues tournaient dans le vide. Horrifié, je me précipitai pour l'aider à se relever, et redressai sa bicyclette.

– Edie, chuchotai-je, filez vite d'ici ! *Vite !*

– Tout est OK, me répondit-elle, aussi calme que si nous nous étions croisés devant son internat au lieu d'être pourchassés par des commandos armés jusqu'aux dents. Je vis tout près d'ici. Ça ira bien. Ce n'est pas moi que ces gens-là veulent. (En remontant sur sa bicyclette, elle ajouta :) Est-elle en sécurité ? la plume ?

Un instant, je ne compris pas de quoi elle parlait. Puis soudain, la lumière se fit dans mon esprit.

– Pas d'inquiétude. Je ne l'ai pas apportée. Soyez prudente !

– Vous aussi, monsieur Dollar.

Elle s'éloigna à grands coups de pédales et disparut dans la nuit.

Je n'avais guère le loisir de savourer cette révélation – à savoir que l'objet tant convoité d'Eligor n'était autre, apparemment, qu'une sorte de « plume » – car, à l'arrière de la résidence des Insulaires, j'entendais déjà Fourrhurle beugler des ordres. Et ses soldats se rapprochaient rapidement – j'entendais également le bruit précipité de leurs foulées. Je bondis de plus belle et fonçai en direction de ma voiture, en tâchant de rester éloigné de la lumière des réverbères. Débouchant en trombe de la rue King, je piquai un sprint sur la Jefferson. Et repérai mon véhicule de prêt à quelques dizaines de mètres plus loin. Si de nombreux éclats de voix montaient maintenant dans mon dos, je commençais à croire que j'allais arriver à m'en tirer ; je cherchais même mon trousseau de clés d'une main fébrile dans ma poche de pantalon – ce qui n'est pas une mince affaire quand on est lancé en pleine course, un revolver dans l'autre poing, et qu'on multiplie les coups d'œil affolés par-dessus son épaule – lorsque quelqu'un hurla mon nom pour m'avertir :

– *Bobby, attention !*

Tout ce qui survint alors parut se dérouler en une sorte de tourbillon kaléidoscopique d'obscurité et de lumière, une confusion de lampadaires éclatants, d'ombres griffues et de choses qui ne devraient pas exister – mais qui *existaient* bel et bien, exactement là où je ne voulais pas qu'elles soient. Une noirceur *ardente* « claqua » près de mon visage avec une telle violence que, si je n'avais ralenti, alerté par le cri d'alarme, l'entité démoniaque m'eût arraché la tête aussi aisément que si j'étais un divertissement carnavalesque de second ordre. C'était le *ghallu*. Cette pure saloperie flamboyante m'avait guetté, et elle avait bien failli m'avoir. C'est Sam qui venait de me sauver.

Je vacillai en cherchant désespérément à me soustraire aux gesticulations au jugé de la créature ; elle me rata de si peu que mes cheveux crépitèrent en frisant littéralement sous l'action de la chaleur brûlante. Toujours sans réussir à recouvrer l'équilibre, je fis quelques pas et finis par succomber aux lois de la gravité en m'écroulant. Je roulai douloureusement sur l'asphalte. Emporté par l'élan de mes « tonneaux », j'achevai ma course au beau milieu de l'avenue Jefferson, à quelques mètres encore de la Pontiac qu'Orban m'avait prêtée. À cette heure de la nuit, il n'y avait plus beaucoup de véhicules de passage dans la rue, mais toutes durent faire des embardées afin d'éviter de me rouler dessus. Ce n'est qu'ensuite que les conducteurs retrouvaient le bon vieux réflexe du klaxon, qu'ils actionnaient sous l'empire de l'indignation tout en reprenant le contrôle de leur voiture – sans jamais paraître remarquer l'énorme silhouette noire qui martelait le sol dans sa course-poursuite.

Je n'avais lâché mon arme qu'en roulant follement sur l'asphalte, et elle ne devait donc pas être bien loin. Mais, tandis que je me ruais pour la récupérer, je doutais encore de l'atteindre à temps – le *ghallu* me talonnait toujours. C'est alors que Sam, béni soit-il, bondit à découvert de derrière ma voiture pour ouvrir le feu sur la monstruosité, lui vidant dessus un chargeur entier de son automatique. Ce genre de charges, quelles qu'elles puissent être, ne semblaient guère l'atteindre, la surprenant juste un peu. De fait, elle hésita avant de se remettre à ma poursuite, ce qui me laissa le temps de récupérer mon arme, et de reprendre l'offensive.

J'appuyai à trois reprises sur la détente avant de percuter une chambre vide ; j'en jurerais, mes trois balles d'argent à tête creuse atteignirent ce gros salaud en plein torse. Mais le *ghallu*, lui, resta dressé tel un ours mal léché, grognant de douleur ou peut-être simplement d'irritation. C'était le premier cri que je lui entendais – un rugissement sonore qui fit claquer mes tympans en déclenchant les sirènes de voiture tout autour du pâté de maisons. Les échanges de tirs nourris avaient déjà dû réveiller le voisinage ; d'un bout à l'autre de l'avenue Jefferson, on entendait maintenant les fenêtres s'ouvrir, les gens désirant savoir qui était en train d'assassiner au marteau-piqueur un lion d'Afrique échappé devant la station Arco. Le *ghallu* secoua sa grosse bouille cornue et difforme avant de me foncer dessus. Moi, j'avais déjà renoncé à tenter de recharger en pleine rue, et je piquais maintenant un sprint vers ma voiture.

– Elle n'est pas verrouillée ! beuglai-je à Sam. Monte, grouille !

J'ouvris violemment la portière et me jetai au volant tandis que mon pote s'engouffrait côté passager. Je lui lançai mon .38 et un clip de chargement rapide tout en mettant vivement le contact, infiniment soulagé de ne pas avoir lâché mes clés dans la bagarre, et tout aussi heureux que le vieux bolide d'Orban ait des bougies décentes ; au premier coup d'accélérateur, le moteur vrombit. J'enclenchai la marche arrière à la seconde où le monstre se plaquait sur le capot blindé de toute sa masse. L'impact nous fit écraser contre une voiture garée juste derrière, mais le *ghallu* se cramponna. Un instant, je discernai en partie son faciès, au travers du pare-brise, une vision que je n'aurai probablement jamais la chance d'oublier… Une haine démente croquée dans les flammes, des traits aux lentes ondulations liquides, une « barbe » composée de serpents acéphales se tordant en tous sens… La créature me fixait tel le masque ardent d'Hammurabi, avec juste ce qu'il faut de symétrie humaine dans les traits pour lui conférer une indicible qualité *alien*. Le *ghallu* était d'essence primitive, me rappelai-je, et de là découlait son pouvoir ; il provenait de fosses encore plus profondes et plus noires que les Enfers eux-mêmes.

Le monstre leva des poings comme des marteaux-pilons ; il s'apprêtait à fracasser le capot et le moteur en nous clouant sur place. Je mis les gaz à fond et emboutis la voiture garée devant nous afin de dégager la Pontiac à toute vitesse, tout en transformant les deux véhicules en branches improvisées de casse-noisette, le monstre jouant le rôle de la « noix ». Le *ghallu* se mit à beugler et à se débattre ; il ne paraissait pourtant guère affecté par la manœuvre. J'empoignai la crosse de revolver que Sam me pressait dans la main, et vidai le chargeur sur le *ghallu*, qui se débattait encore pour se dégager. Nouveau beuglement – cette fois, je perçus une note de souffrance et de détresse, j'aurais pu en jurer. Si je l'avais débouté de force de mon capot, il était en train de se dégager rapidement des pare-chocs de l'autre véhicule.

– Foutons le camp ! cria Sam.

Je n'avais pas besoin qu'on me le dise !

La Bonneville recula dans un crissement de pneus brûlant l'asphalte. Le *ghallu* tomba sur un genou avant de se redresser en prenant appui sur l'autre voiture de toute sa masse ; le châssis entier céda sous pareille pression ; arrachée, l'une des roues dévala l'avenue Jefferson. Je n'attendis pas de voir dans quelle forme ce monstre était maintenant – je savais bien qu'il n'était pas grièvement blessé. Après avoir encaissé sept à huit décharges de balles d'argent, il restait parfaitement d'attaque, comme je le constatai rapidement d'un coup d'œil à mon rétroviseur : il avait repris sa course à grandes foulées, tel quelque horrible grand singe noir carbone. Je louvoyai entre les véhicules qui roulaient en klaxonnant sur la Jefferson, pied au plancher.

Sam se pencha par la vitre baissée et tira au jugé deux ou trois cartouches sur le monstre.

– Si ce ne sont pas des balles en argent, lui criai-je par-dessus les rugissements du moteur à explosion V8, pas la peine ! Et même… ça le ralentira probablement pas assez. Que diable t'est-il arrivé, Sam ?

– Ce qu'il m'est arrivé ? hurla-t-il à son tour. *Cette chose* m'est arrivée, voilà ! J'avais peut-être deux ou trois minutes de retard, et j'attendais devant l'immeuble. Il m'a presque attrapé, mais j'ai réussi à me faufiler dans une bouche d'égout où il n'a pas pu me suivre. J'en suis ressorti à temps pour te voir foncer dans ma direction, alors je me suis dit que tu cherchais sans doute à lui échapper toi aussi.

– Merci ! Et *merde !*

Je donnai un furieux coup de volant pour éviter une bande de fêtards en costume de carnaval venant tout juste d'émerger en titubant d'un magasin de vins et spiritueux pour faire irruption au beau milieu de la rue.

J'ignore ce qu'il advint d'eux quand le *ghallu* arriva à leur hauteur mais je ne tenais pas à voir ça. J'entendis des hurlements en tout cas. J'accélérai en pure perte, car je voyais toujours cette ombre immense bondir le long des rues ruisselantes de pluie, derrière nous, à une vitesse terrifiante. Et voilà que les feux de freinage s'allumaient au-devant de nous, sur la Camino Real – vaste butée de voitures à l'arrêt…

– Ce monstre est juste derrière nous ! Où allons-nous foncer ?

– Au bureau ou au *Compas*, me répondit Sam. L'un et l'autre ont des protections qui devraient refouler cette horreur. Rien d'autre n'y fera. (Il était en train de recharger mon arme.) Tu as eu ces balles d'Orban ?

– Ouais. Mais elles ne semblent pas avoir beaucoup d'effet.

– Joli boulot, néanmoins. (Plissant le front, il mordilla l'une des balles.) De l'argent de très bon aloi.

– 'Y a intérêt ! J'en ai déjà pour quatre cents dollars avec ça, et à part des types de l'escouade d'assaut d'Eligor, je n'ai encore réussi à dessouder personne avec ! Putain !

Je livrai à Sam un rapport abrégé des derniers événements survenus dans la salle des Insulaires. Quand j'eus fini, je m'étais rapproché de la bretelle d'accès à la Camino Real ; le feu était toujours rouge. Pire, la route de l'immeuble Alhambra, où se situait *Les Compas*, était embouteillée.

– Tourne vite à droite avant qu'on se retrouve bloqué là, dit Sam. Merde, je viens de me rappeler... La parade était programmée pour ce soir ! Tout le centre-ville va être comme ça.

Au volant de la Pontiac, je me mis à slalomer pour atteindre Adams, zigzaguant si follement que je faillis perdre le contrôle du véhicule ; sur mon passage, des piétons costumés bondirent à l'abri sur les marches du perron des demeures victoriennes bordant le trottoir en poussant force cris d'orfraie. Une fois le péril écarté, je risquai un coup d'œil par-dessus mon épaule, et vis le *ghallu* attaquer le tournant à fond de train, toujours lancé à mes trousses tel un lévrier forçant un lièvre.

Je déteste jouer les lièvres.

Quand j'atteignis la jonction en *T* de l'avenue du Chêne, je braquai vivement sur la Camino Real, prenant le virage en tête d'épingle à plus de quatre-vingts km à l'heure ; l'espace de deux ou trois secondes, la Pontiac se redressa en équilibre sur ses deux roues gauches avant de retomber lourdement sur les quatre, en rebondissant comme ces caisses américaines qui roulent au ras du sol. Au bout de la rue, côté Camino Real, les barrières étaient toujours dressées, mais seules quelques voitures se trouvaient à l'intersection. Lancé à pleine vitesse, je percutai donc les barrages jaunes de sécurité en traînant derrière moi les cordons d'urgence dont les bouts se mirent à battre au vent tels des fanions. L'espace d'un instant, on aurait pu croire qu'une surtension du réseau électrique venait de frapper un circuit d'autos tamponneuses tellement je partis en vrille entre les véhicules, façon bille de flipper. Au passage, j'infligeai de rudes dégâts à deux ou trois voitures mais sans blesser de conducteurs ou de passagers. Une chance. Autant que je puisse dire, en tout cas. Nous percutâmes plein fouet le barrage érigé de l'autre côté, et je me remis à zigzaguer follement dans l'avenue principale avant de prendre la direction du centre-ville.

Je savais que nous n'arriverions jamais à rallier le trajet prévu pour la parade avant que le monstre ne nous rattrape, et je ne voulais pas prendre le risque de faire de nouveau valdinguer les barrages. J'étais juste soulagé que la parade en elle-même soit passée.

Après la parade justement, le centre-ville grouillait de noceurs. Nombre d'entre eux formaient de petits groupes éméchés, mais d'autres avaient réintégré leurs véhicules et vadrouillaient lentement dans les rues qui n'avaient pas été barrées pour l'occasion, en quête de divertissements supplémentaires ou d'action, à une heure du matin. San Judas cristallise à elle seule plusieurs traditions carnavalesques ; je voyais défiler des « faiseurs de pluie » en somptueux couvre-chef maya, les Aînés de Guymas dans leurs longues robes et leur noble barbe pointue, les Chevaliers de Numa, les participants masqués de Bois aux Corbeaux et toutes sortes de fêtards inspirés par Mardi gras. Rien qu'à voir la joyeuse pagaille et l'afflux de bambocheurs pullulant dans les rues du centre, on pouvait aisément en déduire que la parade avait été d'enfer ! Au lieu de me faire canarder du côté des Insulaires, j'aurais nettement préféré être de la fête, moi aussi.

Je faillis écraser une paire de danseurs montés sur échasses en traversant à tout berzingue le passage à niveau de la voie ferrée. Le *ghallu*, lui, ne les rata pas, chassant leurs longues « jambes » sous eux et les envoyant valdinguer au diable.

Ce que je voyais dans mon rétroviseur était de plus en plus psychédélique ; et, au-devant, ce n'était guère mieux. On se rapprochait à toute vitesse des barrages du centre-ville. Or, c'est là que ça allait chauffer pour de bon. Ça allait être le chaos ! Des voitures de flics et des camions de pompiers s'alignaient un peu partout, avec leurs lumières stroboscopiques rouge et bleu, et même la Bonneville blindée n'allait pas pouvoir forcer tant de barrages et percuter autant de véhicules à l'arrêt sans faire un max' de victimes, en semant les blessés ou les tués dans son sillage. Sans parler de ce qu'il allait advenir de nous deux, Sam et moi, si jamais le *ghallu* finissait par nous rattraper dans cette immense pagaille. Nous allions devoir nous résoudre à abandonner la Bonneville et à tenter de gagner le *Compas* à pied.

Mais alors même que cette pensée me venait à l'esprit, la monstruosité nous rattrapa bel et bien ; elle bondit sur le coffre dans un bruit sourd, suivi du grognement le plus douloureux et du grincement le plus irritant qui aient jamais frappé mes tympans – le fracas d'une imposante entité démoniaque cherchant à arracher le « couvercle » d'une berline blindée afin d'atteindre les appétissantes « friandises » nichées à l'intérieur... À savoir Sam et moi. En tout cas, je m'estimais heureux ; si j'avais encore été au volant de ma Matador, la créature nous aurait déjà tenus entre ses griffes – sans parler de la peinture et des finitions, qu'elle aurait copieusement salopées en nous réduisant en bouillie.

La portière côté conducteur, en oxynitrure d'aluminium censée résister jusqu'aux volées de projectiles perforants perce-blindage, se fracassa sous la violence de l'impact, en une trouée palmée arachnéenne ; une griffe noire ardente en jaillit, déterminée à me happer par la tête hors du véhicule – que ladite tête soit ou non toujours rattachée à mon corps... Je plongeai en une esquive désespérée tout en freinant à mort, et me retrouvai face plaquée contre le bon vieux volant dur comme un coup de trique. Je m'avisai alors qu'avoir stoppé avec le monstre étalé sur notre voiture n'était peut-être pas mon idée la plus scintillante... Le *ghallu* s'acharnait maintenant à arracher le métal renforcé du toit tout en s'efforçant encore, de son autre grosse paluche griffue, de me happer par la tête pour me la faire sauter du cou à la façon d'un grain de raisin bouilli. Alors que je me dévissais le cou en une folle tentative de rester hors de sa portée, je voyais monter de la couenne noire comme charbon de ce monstre de petites volutes de fumée ou de vapeur. Sam avait toujours mon revolver au poing, et je commençais à perdre foi en mes balles d'argent – du moins contre cette horreur-là. Je fis alors ce qu'on nous enseignait à l'école de conduite *d'urgence* de Léo le Loke : quand un truc indésirable encombre le toit de votre véhicule, débrayez et délogez-le. Maintenant toujours mon cou selon un angle absurde et on ne peut plus douloureux, j'écrasai le champignon en m'orientant droit sur l'immeuble le plus proche.

– *Mais qu'est-ce que… ?*

Ce fut tout ce que Sam eut le temps de hurler avant que nous ne percutions le trottoir, ne rebondissions dans les airs et n'allions emplâtrer la façade de la banque Wells Fargo, à la jonction de la rue principale, voltigeant à la vitesse folle d'un missile incontrôlé. Des éclats de brique et de plâtre volèrent à la ronde, nous arrosant copieusement. Un énorme tronçon de barre nervurée transperça le pare-brise façon image choc à la Van Helsing, fusant proprement entre la tête de Sam et la mienne alors que l'impact nous faisait brutalement rebondir. Le projectile improvisé se ficha dans le siège arrière dans un saisissant tournoiement de roulé-boulé. J'aurais tellement aimé que ça ait percuté du même coup le *ghallu* en lui réduisant la tête en bouillie ! Mais bon, j'en doutais fort. Si près d'une dizaine de cartouches d'argent en plein torse ne l'avaient pas arrêté, une « petite chose » comme une partie de la façade d'une banque n'allait pas y réussir non plus.

Quoi de plus terrible que de fuir un ennemi qui vous écrase de sa supériorité ? Le sentiment d'impuissance, la façon dont vous perdez vos forces et vos moyens comme autant de grains de sable vous filant entre les doigts… D'instant en instant, vous sentez le froid vous gagner, vos mouvements ralentissent inexorablement… Vos pires appréhensions relèvent triomphalement la tête.

Je ne pris pas le temps de me tourner vers Sam – je l'entendais se débattre pour tenter de s'extirper de son côté. Je défonçai ma portière d'un magistral coup de pied, tout bêtement, et piquai un sprint en direction de la place Beeger, me frayant un passage à coups d'épaule dans les rangs des fêtards fins soûls. Aucune chance de jeter un coup d'œil en arrière – et je n'y tenais pas. Je savais que le démoniaque « Rapporteur » nous talonnait toujours, avec l'infernale ténacité d'une Ombre Ardente, les yeux étrécis en un pli menaçant, la gueule évoquant une déchirure de rideau… Encore quelques instants à peine et nos pauvres forces terrestres atteindraient leurs limites. Pour nous deux, ce serait la fin.

Sam me devançait, son pardessus voletant furieusement au rythme de ses foulées. Je ne l'avais jamais vu réagir aussi vite, tel un grand cheval de labour dévalant une colline pentue – tout bougeait de façon synchrone, et rien n'allait pouvoir s'arrêter de son propre chef vu l'impétuosité de pareil élan.

– Garage ! hoqueta Sam dans sa fuite éperdue.

Il tenait quelque chose devant lui ; un instant, je crus que c'était un pistolet et qu'il allait descendre un des idiots éméchés qui nous bloquaient la voie. Mais non, il s'agissait d'une télécommande dont il ne cessait plus de presser le bouton d'ouverture, tel un de ces rats de laboratoire qu'on aurait trop sollicités dans une expérience gratifiante. Nous bondîmes entre deux voitures de police vacantes, plongeant sous une barrière en bois, puis nous piquâmes de plus belle un sprint en direction de l'avenue principale, droit sur l'immeuble Alhambra qui se dressait tout au bout. Au-delà, la place Beeger était encore noire de monde, et j'eus brièvement une vision cauchemardesque, où j'entraînais cette créature monstrueuse au beau milieu des innocents fêtards. Elle n'en ferait qu'une bouchée, avec l'inéluctable violence d'une tondeuse à gazon dépeçant vif sur sa trajectoire des poussins de Pâques.

– Entrée ! brailla Sam.

Il vira brutalement à droite et dévala la rampe cimentée qui menait au garage de l'Alhambra. À mon immense soulagement, la zappe avait enfin fonctionné : la porte s'était ouverte et la voie était dégagée. Dès que nous l'atteignîmes, Sam pressa de nouveau le bouton, et la grille commença à se baisser.

Tandis que nous plongions dessous, avant que l'ouverture ne se referme tout à fait, je risquai un coup d'œil par-dessus mon épaule et vis le *ghallu* atteindre à son tour la rampe d'accès au garage. Il hésita une seconde, visiblement dérouté, puis s'avisa que nous n'étions plus en train de détaler devant lui. Il pivota et sauta par-dessus la rampe en ciment, à la façon d'une grenouille noire géante. À mon immense soulagement là encore, il vint s'écraser de toute sa masse contre la grille métallique, rebondit, puis se recroquevilla tel un chien craintif. Il posa un regard noir sur les barreaux avec un grondement sourd, lourd de frustration mais aussi – qui l'eût cru ! – de douleur.

– Les protections occultes ! hoqueta Sam, plié en deux en cherchant son souffle. Elles le repoussent… Dieu nous tient réellement en Son amour !

Je ne voyais plus les lumières municipales – le *ghallu* bloquait de sa masse la grille métallique sur toute sa longueur, et il ne semblait pas disposé à tourner les talons.

– Ouais… pour combien de temps ? Allez, viens, montons.

Trépignant et soufflant, le monstre se mit à longer la grille, à en explorer la base et les montants latéraux, sans doute en quête d'une faille dans la toile invisible de charmes ou de noms sanctifiés qui protégeait les lieux en le tenant en échec. Épuisé comme je l'étais, je n'avais aucune envie de me tenir sous les lumières froides du garage à attendre l'ascenseur sous le regard sanguinaire de l'entité impie. J'entraînai donc Sam dans la cage d'escalier. Après quelques paroles bien senties, histoire de me signifier son désaccord, il m'emboîta néanmoins le pas.

Nous atteignîmes le troisième d'un pas chancelant et remontâmes le couloir pour entrer au *Compas*. Une enseigne légèrement affadie proclamait : « Soirée exceptionnelle : Gabriel et sa Trompette Torride au summum de l'absurde ! » Cela faisait bien des années que Chico accrochait tous les soirs cette pancarte. Une plaisanterie, à l'origine, qui s'était muée en tradition. Tout comme la tradition voulait que la porte reste déverrouillée aux heures d'ouverture.

Cette tradition-là, j'y mis un terme vite fait.

– Eh, Dollar, à quoi joues-tu ? protesta Chico, derrière son comptoir, en me voyant claquer la porte et tirer le battant en place. Il y a des règlements anti-incendie ! L'Opposition ne cesse de lancer des réclamations juste histoire de nous harceler… !

– Pas le temps ! Ça secoue salement, là-dehors !

Je jetai des regards éperdus à la ronde. Il y avait là quelques personnes seulement : Jeune Elvis et Jimmy la Table campaient devant le comptoir en compagnie de Kool Filtre et d'un sien ami, un ange appelé Teddy Nebraska, que je connaissais assez mal. Ce n'était pas tout à fait l'équipe de survie que j'aurais choisie pour le jour du Jugement Dernier ; Jimmy la Table a la carrure d'un George dans la série Seinfield, et Kool a tout l'air de sortir d'une tournée des Brasseries Duff. Nebraska, par contre, semblait assez futé, l'esprit vif ; il était lesté et, à mon annonce alarmiste, s'emparait déjà d'une de ses armes. Je me surpris à me demander quel genre d'occupation il avait pu avoir *avant* de devenir ange avocat.

– Que se passe-t-il ? (Chico, qui n'était pas une mauviette non plus, cherchait déjà sa pétoire sous le comptoir.) Qu'y a-t-il ?

– Un démon appelé *ghallu*, répondis-je. Aussi brûlant que l'Enfer. L'eau bénite ne marche pas contre lui. L'argent… en partie, peut-être. C'est ce que j'utilise, en tout cas. À part ça, je suis à court d'idées.

– OK, dit Chico en se redressant. Sam, argent ou plomb ?

– Tout ce que j'ai, ce sont des Brand X.

– Alors attrape !

Chico lui lança un fusil Mossberg à pompe et deux ou trois boîtes de douilles. Sam les happa au vol et remplit aussitôt le chargeur. Chico se pencha de nouveau pour attraper l'arme la plus moche qu'il m'eût été donné de voir depuis bien longtemps : un fusil de chasse noir massif doté d'un tambour rond à l'image d'un bon vieux pistolet automatique.

– Un AA12, annonça Chico.

Jadis, il a dû être dans le business des représailles, mais il n'en parle jamais. Il n'empêche, je ne l'avais jamais vu jubiler à ce point depuis les émeutes consécutives au verdict rendu dans l'affaire Davis.

– Un petit bijou d'automatique. Ça emmerdera bien la saloperie surnaturelle qui vous pourchasse !

– Oh, mon Dieu ! Ça tire quoi, ce machin-là ?

– Du nitrate d'argent – ou du sel d'argent si vous préférez, mes frères néophytes. (Son visage aux traits aztèques et à l'expression stoïque s'illuminait maintenant d'un sourire très inquiétant.) Ça va faire mal ! jubila Chico de plus belle.

Son propre pistolet rechargé, Sam avait entrepris de renverser sur champ les tables vacantes en les repoussant contre la porte d'entrée du *Compas.* Je m'empressai de lui prêter main-forte. À cet instant précis, Monica sortit des toilettes pour dames, flanquée d'Annie Pèlerin, une autre collègue que je n'avais plus beaucoup revue récemment. Une fraction de seconde, je me demandai si elles étaient sorties en couple avec Kool et Nebraska ? Et puis je me dis, qui diable en avait quelque chose à battre ?

En avisant Chico, son flingue monstrueux et moi, Monica ouvrit des yeux comme des soucoupes.

– Bobby, que… ?

– Le *ghallu* qui était à mes basques ? Il est là-dehors, en train de chercher la faille dans les protections occultes… ! Tu as une idée de la force de ces entités ?

Monica était notre historienne officieuse, et elle en savait beaucoup plus que moi sur l'immeuble de l'Alhambra.

– Elles sont très fortes. (Elle réfléchit.) Celle-ci vole ?

– Le *ghallu* ? Pas que je sache. Mais sûr et certain qu'elle est véloce ! Pourquoi ?

– Parce que les protections sont les plus fortes à la base de l'immeuble bien sûr, aux portes et aux fenêtres du rez-de-chaussée.

(Elle fronça les sourcils, toute à ses cogitations.) Et je suis à peu près certaine que la toiture est également protégée. Mais pour le reste, là, je n'ai plus de certitudes.

– Comment ça ? (Un sombre pressentiment me glaça soudain la région du cœur.) Monica, ce monstre peut faire des sauts de puce… Et je te parle d'une puce géante croqueuse d'hommes à la température corporelle de deux mille degrés…

– Pousse ! me cria Sam.

Nous avions presque entièrement enfoui la porte d'entrée sous un entassement de tables atteignant les trois mètres de haut. Ça ne freinerait peut-être guère le *ghallu,* mais au moins, le temps qu'il fracasse tout cela, ça le rendrait vulnérable aux contre-attaques. Sam, Chico et moi pourrions le larder d'argent.

– C'est juste que j'ai des doutes à propos des fenêtres aux étages…

Monica n'avait pas plus tôt fait cet aveu que l'éclairage fut brutalement coupé ; derrière nous, quelque chose d'immense fracassa une des grandes vitres rectangulaires avec l'impétuosité d'un jet incontrôlé. Échardes de brique et éclats de verre voltigèrent à la ronde. La noirceur du monstre suffisait à occulter jusqu'aux étoiles du firmament.

20

Roues et protections

Une fois de plus, je me retrouvais dans une salle enténébrée assourdie par les rafales de flingues tout autour de moi. Mais là au moins, ce n'était pas moi la cible.

Chico avait calé sa prise frontale sur le comptoir et arrosait d'un feu nourri l'ombre massive qui avait surgi en fracassant la fenêtre, son fusil crachant la mort en tir continu ; ses déflagrations trouaient la pénombre de façon stroboscopique. Près de moi, Sam se servait posément de son Mossberg, de manière méthodique, s'efforçant de faire mouche à tout coup. J'entendais hurler Teddy Nebraska, Annie, Monica et Jimmy mais les tirs continus faisaient trop un raffut d'enfer pour que j'arrive à saisir ce qu'ils braillaient. Un truc du genre « Oh merde, c'est quoi, *ça* ? », j'imagine.

Le *ghallu* n'appréciait pas du tout le nitrate d'argent de Chico, auquel nous devions probablement notre survie en ces instants fatidiques. Tel le sel gemme d'une vieille pétoire de fermier, ce nitrate d'argent cinglait davantage qu'il ne blessait, visiblement, mais à en juger par les hurlements et les furieuses contorsions du *ghallu*, ça le cinglait un *max*. L'instant suivant, ce fut d'autant plus flagrant lorsqu'il bondit près de moi pour fracasser l'antique comptoir en acajou du *Compas,* laissant un trou fumant sur son passage, tout cela pour atteindre Chico. Notre barman esquiva d'un bond latéral mais, pour le moment du moins, il n'était effectivement plus en mesure de tirer.

– Annie, suis-moi ! cria Monica tandis que le *ghallu* creusait une « tranchée » dans les débris du bar tel quelque monstrueux blaireau résolu à débusquer sa proie.

J'ignorais ce que Monica avait en tête – chercher son salut dans la fuite, espérai-je – mais toujours est-il qu'il fallait que je la couvre. Alors, je bondis à découvert en position de tir. Tandis que le monstre tournait vers les femmes en fuite son masque inhumain lui tenant lieu de sale trogne, j'ouvris le feu. Le « Rapporteur » fit mine de chasser telles des mouches les éclairs de mes déflagrations, en se cabrant face à ce qui devait être pour lui le crépitement insignifiant de mes petites balles d'argent sur sa couenne. Mon flingue capota sur une chambre vide, et je plongeai de côté pour éviter de me retrouver proprement embroché sur le pieu improvisé que le *ghallu* me jeta à la tête – un des débris du comptoir dévasté, de la taille d'une planche de surf. Je reconsidérai sérieusement mon petit Smith & Wesson à cinq coups, et me hâtai de le vider en quelques secondes sur l'entité satanique. Cela faisait bien longtemps que je n'avais plus été contraint de recourir à une puissance de feu militaire de cet ordre-là, mais là, je regrettais amèrement de ne pas disposer d'un plus gros calibre. Genre, canon antiaérien crachant des obus d'argent.

Sam avait réussi à se frayer un passage au fond de la salle, au milieu des chaises et des tables que nous avions entassées et qui bloquaient maintenant notre seule et unique issue de secours. De sa position défensive improvisée, il opposait à l'ennemi un feu roulant de barrage aussi continu que le lui permettait son Mossberg. Je savais que Chico lui avait lancé deux ou trois boîtes de cartouches seulement ; à ce compte-là, il allait rapidement être à court de munitions. De l'autre côté du bar, Jimmy (faisant honneur à son sobriquet) avait renversé une table devant un coin banquette pour en faire une barricade de fortune ; Nebraska, Kool et lui se terraient derrière. Ils devaient tirer de bonnes vieilles balles en plomb, mais, à la réflexion, le *ghallu* était forcément en chair et en os – *quelque part* – puisqu'il se trouvait là, sur Terre, très occupé à faire vigoureusement des siennes. Une flopée de balles même ordinaires, voilà qui ne nuirait pas à notre cause, et pourrait même agacer le monstre. Derrière le trio retranché, Jeune Elvis gisait en un petit monticule... bien coiffé, assommé par un des débris volants. Je ne voyais plus trace de Monica ou d'Annie. Tant mieux, d'ailleurs. Qui sait si elles n'allaient pas survivre à cet infâme merdier et prévenir tout le monde de ce qui s'était passé ? Ensuite, je pouvais toujours espérer qu'il se trouverait bien quelqu'un pour rendre à Eligor la monnaie de sa pièce, lui qui avait lâché son monstrueux sbire sur le *Compas* pour le saccager ! Un lieu pratiquement consacré en tant qu'ambassade souveraine... !

Le monstre en était maintenant à arracher des pans entiers du malheureux comptoir pour faire *griffe* basse sur Chico et son fusil de chasse semi-automatique ; dans un grondement incessant de roulements de tambour assourdissants, notre vaillant barman lui crachait son AA12 à la gueule. Dans sa retraite improvisée, hors du champ visuel du *ghallu*, Sam se redressa et entreprit de lui arroser le dos de tirs nourris afin de faire diversion en l'empêchant de massacrer Chico. Une manœuvre couronnée de succès dans la mesure où Sam s'attira ainsi toute l'attention du démon élémentaire.

Le *ghallu* se tourna vers lui en poussant un hurlement dont je ressentis autant la vibration que je ne l'entendis, en une sorte d'éclatement de bulle de pression et de chaleur aux relents d'égout en ébullition. Il jeta à la tête de Sam un immense débris du comptoir en acajou. L'affreux « missile » percuta les tables en les faisant voler à la ronde comme autant de quilles de bowling, imposant le silence à mon pote et à son Mossberg. La violence de l'impact me renversa également sur le cul. Quand toute cette adrénaline retomberait, je savais déjà que je me mettrais à boiter. Avant que je puisse voler à la rescousse de Sam, le *ghallu* avait bondi pour dégager les décombres à bras raccourcis en rugissant comme une Harley qui aurait perdu son silencieux d'échappement. Même à quelques pas de distance, je sentais la chaleur qui s'en dégageait à la manière d'un soleil noir. Fou d'angoisse à l'idée que Sam puisse être inconscient, dans l'incapacité de se défendre, je me relevai pour grêler l'inhumaine trogne du hideux bâtard de mes dernières cartouches d'argent. Alors que le chien de fusil percutait l'ultime d'entre elles, la lueur de la déflagration cisaillant l'épouvantable demi-masque qui se tournait vers moi, et que défigurait davantage encore une rage quasi élémentale, je m'avisai brusquement que nous avions tout faux : Sam et moi avions espéré trouver ici refuge en raison des protections occultes du lieu ? Mais voilà, contre cet antique hobgobelin, les instances célestes n'avaient visiblement rien prévu de valable. Le *Compas* n'était plus un refuge sûr, mais bien au contraire une chausse-trape sans issue de secours – à moins de vouloir risquer le tout pour le tout en sautant dans le vide d'une hauteur de quinze mètres minimum, en dévalant les escaliers ou en se jetant à corps perdu dans la cage d'ascenseur de la même hauteur.

Plus critique encore : c'est après *moi* que le monstre en avait, et non après Sam ou les autres. Donc, s'ils ne pouvaient m'aider à le mettre hors d'état de nuire – et si l'extraordinaire mitrailleuse de Chico crachant du sel d'argent n'en était pas capable, c'est que véritablement rien n'y ferait –, j'avais sacrément intérêt à décarrer. Autrement, mes amis y laisseraient aussi leur peau, et… à quoi bon ?

Naturellement, toutes ces belles considérations étaient d'ordre purement théorique puisque maintenant le *ghallu* s'était entièrement recentré sur ma personne – une petite chose toute tendre, molle, douce et spongieuse « armée » d'un minable revolver (vide), dressée à deux ou trois mètres de lui seulement. Le monstre laissa choir la table fracassée qu'il brandissait, puis me bondit dessus tel le chat sur une souris estropiée.

Un jet d'eau le percuta en plein élan, le rejetant de côté. J'en fus aussi proprement arrosé, mais le sentis à peine. La créature beugla de colère et – Alléluia ! – de réelle douleur sous les nuages de vapeur fumante et grésillante qui l'enveloppaient. En contrebas, dans la rue, les feux des spots de police trouaient à présent de leurs faisceaux la fenêtre brisée. Mais même à la faveur de leur dur éclat, tout ce que je voyais de notre assaillant, c'était une masse noirâtre qui se contorsionnait de douleur, ombre parmi les ombres.

Monica et Annie Pèlerin s'encadraient dans l'embrasure du seuil des toilettes, aux prises avec une énorme lance à incendie aux allures d'anaconda vivant ; elles fustigeaient le démon sous cette pression phénoménale de l'ordre de cent litres d'eau au centimètre carré. Les vapeurs s'épaississaient mais la créature tenait encore debout ; pire, elle semblait même commencer à « remonter le courant » à la source.

Les filles avaient eu une merveilleuse idée, mais il n'y aurait pas assez d'eau pour « refroidir » complètement l'infernale créature, ni même assez de pression pour la ralentir durablement. C'était suffisant en revanche pour me souffler une idée désespérée et me fournir l'occasion de la mettre à exécution. Tandis que, lentement, la salle se transformait en sauna torride, et que le monstre continuait de se débattre en rugissant contre le jet d'eau, j'enjambai le comptoir d'un bond et fouillai les décombres à la recherche des flexibles du bar pour l'eau gazeuse et tonique. J'arrachai le plus proche, avec le robinet au complet, puis rampai vers le mur à tâtons jusqu'à ce que je tombe sur une lourde rallonge, modèle industriel, que je débranchai. Au milieu des gravats, j'entendais les râles de Chico.

– Chico ? lui criai-je. Ça va, mec ?

– J'ai des côtes cassées, je crois. J'ai besoin de recharger mon flingue, mais je ne trouve plus ces putains de cartouches !

– Je vais sortir de là – je crois qu'il va me suivre si je fais ça.

Je coinçai le flexible à siphon sous mon ceinturon, happai la rallonge puis me redressai en bravant le torrent pour gagner tant bien que mal, le plus vite possible, la fenêtre fracassée. Les épais nuages de fumée m'aveuglaient, mais par chance le *ghallu* était logé à la même enseigne ; je pus ainsi passer près de lui en titubant sans qu'il me voie, et me glisser hors de sa portée. À cause de l'infernale chaleur corporelle qu'il dégageait, le niveau de l'eau, qui atteignait maintenant mes chevilles, devenait presque brûlant. Arrivé au juke-box, j'y enroulai la rallonge en gardant un bout dans chaque main, à la façon d'un exploitant forestier qui s'apprête à escalader un grand arbre. Si je sautais par la fenêtre, je m'y briserais une cheville au moins, à coup sûr – nos corps d'ange sont certes robustes, mais ils ne bénéficient pas pour autant d'une invulnérabilité à caractère magique ! Bref, j'escomptais néanmoins écourter la hauteur du saut grâce à ce petit subterfuge. Je me hissai sur le rebord de la fenêtre en explosant à coups de poing les derniers éclats de verre hors du cadre puis, dès que les beuglements de la créature retombèrent un instant, j'en profitai pour crier :

– Monica, détourne la lance du *ghallu* !

– Tu es fou !

– Fais-moi confiance !

Le jet d'eau dévia et le *ghallu* se redressa. Un moment, j'en discernai mieux les contours, sans l'effet de distorsion produit par la chaleur, avec sa couenne noueuse aux teintes foncées brillantes ; on eût dit une des gravures de facture éminemment apocalyptique de Billy – William – Blake. La pression brutalement disparue, le *ghallu* vacilla ; avant qu'il recouvre l'équilibre, et ait le temps de fondre sur les deux anges qui avaient excité sa colère de la sorte, je lui beuglai à tue-tête :

– *Eh, toi ! Le gros stupide, oui, toi, là !*

Alors que la créature fumante se retournait vers moi, je bondis du haut de la fenêtre dos au ciel, une extrémité de câble industriel de rallonge serrée dans chaque main, telle une corde géante de saut à l'élastique. Après un temps de chute libre, la secousse fut douloureuse, manquant de peu me faire sauter les bras des rotules des épaules. Je n'eus pas long à souffrir cependant ; le poids mort de mon corps se balançant dans le vide, au bout du câble électrique brutalement tendu, fit basculer le juke-box, conséquence que je n'avais pas anticipée. Au lieu d'avoir un instant pour me préparer à me laisser choir ensuite à terre, je rebondis follement dans les airs… et ma chute libre reprit.

Ma réception fut rude, mais je réussis à reprendre contact avec le sol à la façon des parachutistes, en accompagnant le mouvement de tout mon corps afin de disperser la violence du choc. Tandis que je gisais là, haletant, me demandant si j'avais écopé de fractures ouvertes, je vis le *ghallu* se pencher à la fenêtre, au-dessus de moi ; lance de nouveau braquée sur lui, le jet d'eau torrentiel lui faisait comme un nimbe liquide. Malgré l'incroyable pression, il demeurait quasi immobile, me cherchant des yeux… ou cherchant à me repérer à l'odeur. La chaussée grouillait d'officiers de police et de sapeurs-pompiers, alertés par ce qu'ils devaient prendre pour une sorte de braquage qui aurait très mal tourné dans l'immeuble de l'Alhambra – raison de plus pour en éloigner ce monstre au plus vite, avant qu'il fasse un carnage. Je roulai sur moi-même, me relevai tant bien que mal et filai en boitant loin des lumières clignotantes, du côté de la place Beeger, poursuivi par des hurlements. Des agents de police firent même mine de vouloir me rattraper.

Ça, ça n'arriverait pas.

En atteignant le centre de la place, j'entendis les premières clameurs stupéfaites monter de la foule des noctambules, et je sus que le *ghallu* me donnait de nouveau la chasse. Une calamité de moins à peser sur ma conscience : au moins, j'étais en train de l'entraîner loin de mes amis. Mais si jamais le volet suivant de mon plan concocté à la hâte capotait, je ne survivrais certainement pas assez longtemps pour fêter le mercredi des Cendres cette année.

Des ados chevauchant une moto faillirent me renverser dans leur empressement à fuir cette place cauchemardesque et son monstre surgi de la nuit – ce faisant, ils s'auto-sélectionnèrent comme éléments clés de la deuxième partie de mon plan. En effet, si je ne réussissais pas à fuir moi-même aux commandes d'un quelconque véhicule motorisé, je ne survivrais pas assez longtemps pour traverser la place avant que le démon ne m'empoigne et ne me démembre vif. Je piquai un sprint pour rattraper les mômes à moto – j'y parvins en quelques foulées à peine. J'attrapai le passager à bras-le-corps pour l'arracher de son siège, et bondis derrière le conducteur, qui n'eut même pas le temps de réaliser avant que je lui fasse subir le même sort. Penché au-dessus du guidon, j'enclenchai la seconde à tâtons – c'était une Yamaha dernier cri, et ça faisait un moment que je n'avais plus fait un tour sur ce modèle-là. Je braillai au motard, qui gisait sonné sur le bitume :

– Dis-moi que tu es assuré ! Tu l'es, hein ?

Il me beugla un truc que je ne réussis pas à saisir. Ce devait être du genre : « *Ouais, mec, et comment !* » Je mis les gaz à fond, et la bécane se cabra. Elle en avait sous le capot, c'en était même surprenant. Je dus me pencher en avant de tout mon poids pour qu'elle retombe sur ses deux roues – sous la puissance de l'accélération, elle s'était cabrée en équilibre sur la roue arrière. Je traversai la place en trombe en slalomant entre les fêtards médusés, certains commençant à paniquer et à s'égailler en tous sens – peut-être à cause de moi, peut-être à cause de la terreur géante à la couenne fumante et au front cornu qui me pourchassait.

À l'autre bout de la place Beeger, je faillis déraper en jaillissant entre deux véhicules officiels ; je réussis à recouvrer à temps mon assiette, et accélérai de plus belle le long de l'avenue principale en laissant la cohue derrière moi. Je ciblais le centre commercial Riverside à ciel ouvert, vu qu'il serait fermé pour la nuit, et je ne pouvais vraiment pas me permettre de zigzaguer plus longtemps entre les piétons. Le *ghallu* me talonnait toujours, je l'entendais, même si, à l'allure trompe-la-mort où je fonçais, je n'osais risquer de coup d'œil par-dessus mon épaule pour achever de m'en assurer. Je prenais les tournants à fond de train et traversais des allées piétonnières à plus de quatre-vingts à l'heure. À ce rythme-là, l'antique monstre démoniaque n'aurait bientôt plus à se salir les mains, je me chargerais bien de m'éliminer tout seul en lui évitant cette peine. Je réussis pourtant à gravir un escalator immobilisé pour la nuit sans crever, et à atteindre l'esplanade supérieure du centre Riverside. Alors seulement, je risquai un coup d'œil en arrière, et vis la sombre silhouette gravir à son tour l'escalator. Séché, il s'était remis à rougeoyer, des flammèches léchant sa masse imposante ; implacable, il rivait sur moi son regard ardent.

Au niveau supérieur de Riverside, les commerces s'alignent sur un côté ; en face s'étire la berge bien entretenue du fleuve Redwood qui coule en contrebas. Il fallait que je traverse tout le centre commercial pour en atteindre la pointe, là où le cours d'eau s'évase et se creuse. Avant d'y arriver, j'eus quantité de bancs, de cache-pots en ciment et de kiosques à friandises à éviter (le jour, on y vend des gaufres, du sucre d'orge et autres nécessités très utiles). J'étais donc obligé de réduire les gaz et de décélérer pour naviguer entre tous ces obstacles. Derrière moi, j'entendais toujours les lourdes foulées du *ghallu* marteler le sol de l'esplanade… il me traquait de très près. Ce monstre était proprement infatigable, ce qui n'était vraiment pas mon cas.

Pas moyen de bondir par-dessus la clôture en fer forgé, au bout de l'esplanade ; en désespoir de cause, je me résolus à l'unique alternative qui s'offrait dès lors à moi : à la dernière seconde, la clôture n'étant plus qu'à dix mètres… cinq… quatre… trois…, je me redressai de toute ma taille, me hissant debout sur le siège et, bras en croix, sautai le plus haut possible.

La Yamaha s'écrasa contre la clôture à plus de soixante km à l'heure dans un grincement métallique explosif. Emporté par mon élan, je « pourfendis » une pluie d'étincelles tandis que la moto arrachait au passage une longueur de clôture, tel un dauphin empêtré dans un filet de pêche. La ferraille déracinée dévala la berge, entraînant avec elle la bécane au fond du fleuve. La scène se déroula sous mes yeux avec la netteté d'un ralenti, alors que je décrivais également une parabole dans les airs, en direction de l'eau verte.

Eau verte que je percutai dans ma chute de la façon la plus douloureuse et maladroite qui se puisse concevoir, à l'instar d'un boulet de canon. En vérité, il m'est arrivé d'assister à des amerrissages en catastrophe de machines volantes dévorées par les flammes plus gracieux que ça. Mais l'important, c'est ce qui se produisit ensuite : dans ma mésaventure, j'avais eu du moins la chance de me recevoir dans un bras d'eau suffisamment profond pour amortir l'énergie cinétique de ma chute. J'avais également réussi à ne pas perdre connaissance. Dès que je me mis à flotter, je dégageai de sous mon ceinturon le flexible à siphon du bar, en arrachai le petit robinet de l'embout et le fourrai dans ma bouche. Me laissant ensuite flotter à la dérive, je retins mon souffle le plus longtemps possible avant de crever la surface de l'autre extrémité du siphon. Lorsque j'eus de nouveau pied, je m'immobilisai et tâchai de rester ainsi, sans bouger.

J'étais à peu près au milieu du fleuve, et je doutais qu'une créature craignant à ce point l'humidité (il n'était qu'à voir les beuglements assourdissants qu'elle avait poussés sous le jet de la lance à incendie, au bar) veuille plonger dans autant d'eau si elle n'arrivait même plus à me repérer. Rester sous l'eau masquerait aussi mon odeur, espérais-je.

Un plan dicté par le désespoir… Un des éléments que je n'avais pas eu le temps de prendre en ligne de compte, c'était le fait de rester immergé dans une eau à 10° Celsius en respirant *via* un tuyau en plastique. Les deux ou trois premières minutes, c'était encore supportable. Mais même avec ma constitution surhumaine, je me mis à frissonner tellement au bout de dix minutes que je commençais à me demander si être capturé et/ou achevé par cette créature serait réellement pire que de mourir de froid dans ce fleuve glacial.

Encore une minute, décidai-je. Puis je gagnai lentement les hauts-fonds avant de reprendre pied tant bien que mal sur la berge bétonnée, à l'abri d'un pont pédestre, trempé et tremblant de la tête aux pieds. Plus aucun signe du *ghallu* – mais je m'abstins de tout mouvement inconsidéré avant de repérer les forces de police et les secouristes réunis sur l'esplanade, à l'endroit où la Yamaha avait percuté la clôture en fer forgé. La ferraille tordue crevait en partie la surface de l'eau. Bientôt, on enverrait vraisemblablement des hommes-grenouilles sonder le fleuve à la recherche de ma dépouille. Je me reportai à l'autre bout du pont, et fis de mon mieux pour essorer mes vêtements en espérant avoir l'air d'un clochard qui viendrait de passer une nuit dure, dure, dure… Glacé et misérable, moi ? Ne demandez même pas !

Je donnai un coup de fil à Sam, mais personne ne décrocha. Je laissai un message assez sec pour l'informer que j'étais toujours de ce monde, avec l'espoir que c'était aussi son cas. Seulement, la créature infernale l'avait salement amoché, et j'étais inquiet. Je tentai aussi de joindre Monica – toujours en pure perte. Mon incompétence aurait-elle donc signé la perte de mes plus chers amis et collègues ? En tout cas, je ne pouvais me payer le luxe de me ronger les sangs bien longtemps avec le *ghallu* qui restait à l'affut dans les parages. Et moi qui n'avais plus ni véhicule ni balles d'argent… À l'heure qu'il était, Eligor devait avoir déployé ses espions aux quatre coins de la ville.

Recroquevillé dans mon coin en tremblant de tous mes membres, je n'avais même pas la possibilité de contacter Clarence le stagiaire. Est-ce que par hasard tout le monde cherchait à m'éviter par simple souci de survie ? Poussé par l'instinct de conservation ? Dans l'état pathétique où j'étais, je n'avais pas envie de me pointer sur le boulevard brillamment éclairé des Vétérans à la recherche d'un motel, et je ne connaissais même pas de refuges pour sans-abris où j'aurais pu tenter ma chance à cette heure tardive. Ce qui, là encore, me laissait une alternative, et une seule.

Je composai le numéro que j'avais cru ne jamais devoir vraiment utiliser un jour. Et, là encore, nul ne décrocha. Je laissai néanmoins un message.

Quinze minutes plus tard, la grande voiture noire familière vint se ranger près de l'endroit où je me pelotonnais toujours, trempé comme une soupe, du côté des Vétérans. Je gravis péniblement la berge et, tête basse, ouvris la portière côté passager. À la seconde où je montai dans le véhicule, quelque chose de dur, m'évoquant furieusement un canon de revolver, me percuta au front sans douceur.

– Vous réalisez que cette course en taxi n'est pas gratuite, n'est-ce pas, Dollar ? (La Comtesse aux Mains Froides me tenait en joue d'une poigne d'acier, sans le moindre tremblement.) Ou vous allez me révéler tout ce que vous savez, et tout ce que vous croyez savoir, ou on repêchera bientôt un cadavre vous ressemblant… comme deux gouttes d'eau. D'ici demain matin.

Difficile d'argumenter face à un canon qui vous comprime la glabelle (ou le bas du front, si vous préférez.)

– Vous avez ma parole d'Ange.

– Adorable, lâcha-t-elle, non sans une pointe de sarcasme. Bouclez-la.

Elle écarta son flingue de mon front, sans se dispenser pour autant de le pointer sur moi. C'était un gros 9 mm tchèque, avec ce qui avait tout l'air d'un placage en argent. J'aurais dit du platine ou du chrome. Diablement flashy, quoi.

Elle me foudroya d'un regard lourd de désapprobation tandis que je cherchais à prendre mes aises sur le siège capitonné de cuir. Puis elle se remit en route, remontant le boulevard.

– Vous empestez la fiente de canard et l'écume verte des marais, Dollar. Vous vous êtes retrouvé cul par-dessus tête, dites-moi tout ?

– Ah, ah ! fis-je, morose, mes tremblements redoublant de violence. Vous pourriez monter le chauffage ?

– Ça chauffe déjà bien assez comme ça pour votre matricule, vous ne croyez pas ? (Tout en s'insérant dans le flot de la circulation, elle monta cependant le chauffage d'un ou deux crans ; elle avait maintenant calé son automatique étincelant entre ses cuisses.) Et quand vous m'aurez dit ce que je veux savoir, où voudrez-vous que je vous conduise ?

– En cet instant, même l'Enfer serait un changement appréciable.

Elle fronça les sourcils.

– Vous n'avez pas idée à quel point ce n'est pas drôle.

21

Duel au couteau dans un harem

Je n'ai pas connu tant de femmes que ça, humaines ou angéliques, qui aiment véritablement conduire. Dans l'expérience que j'en ai, elles me paraissent beaucoup plus pragmatiques que nous dans leur approche. Pour les mâles de l'espèce, la plupart du temps, conduire est une extension de leur virilité. Continuellement, ils nourrissent de petits fantasmes sympas – des courses, des courses-poursuite, des duels spectaculaires entre conducteurs, à fond la testostérone. Les femelles de l'espèce, elles, envisagent généralement la conduite comme un moyen de parvenir quelque part. Je sais, c'est dingue.

Tandis que nous nous éloignions du site de ma toute dernière escapade loin des griffes ardentes du *ghallu*, je remarquai non sans un vif intérêt que la Comtesse aux Mains Froides ne se rangeait pas dans cette catégorie. Agressive, elle conduisait vite, mais avec, aussi, je dirais, une sorte d'inattention pleine d'aplomb. Et d'une seule main, qui plus est ; peut-être du fait que son automatique CZ 75 (pas si menu et délicat que ça) était maintenant dans sa main gauche, reposant sur sa cuisse gauche – et toujours obstinément pointé sur moi.

– Alors pourquoi aviez-vous un chauffeur auparavant ? Car vous semblez aimer la conduite.

– Vous parlez de Cannelle ? Le plus souvent, j'ai mieux à faire que de conduire. Mais comme je vous l'ai dit, les choses ont changé... J'ai été contrainte de réduire quelque peu nos effectifs.

Elle s'inséra entre deux camions, puis glissa efficacement sur la droite, vers la bretelle de sortie. Nous étions à Bayshore et à présent, en prenant la direction de l'ouest, vers l'université, je sentais tous mes sens en éveil. Je crus même un instant que nous allions chez les Walker retrouver Posie et son crétin de petit ami, et je me demandais déjà si je n'allais pas découvrir que j'étais un plus gros nigaud encore que je ne l'aurais cru – que la Comtesse avait dès le départ fomenté un coup contre moi pour une raison qui m'échappait toujours. Mais là encore, pourquoi lui aurait-il fallu une raison particulière ? Elle et moi appartenions à deux camps adverses, non ? Nous étions des ennemis jurés.

Alors que j'étais là à planifier mon échappée belle (ou disons ma contre-attaque, pour faire plus viril), elle quitta brusquement la voie centrale pour bifurquer dans un petit quartier brillamment éclairé mais sordide, surnommé le Vallon du Whisky. Cette « oasis » prospérait aux limites légales de la croisade anti-picole que menait la famille Stanford. Dans les années 1950, elle avait été la plaque tournante de la scène locale du jazz et avait connu, vingt ans plus tard, une brève renaissance avec deux ou trois discothèques du coin. Mais depuis, elle connaissait des temps difficiles. Cela dit, des clubs comme le *Glo-Worm* se maintenaient à flot depuis la Grande Dépression et, au fil des ans, il n'y en avait guère eu qui n'aient leur lot de citoyens notables arrêtés ou abattus sur place. Dire que cet antre d'iniquité et d'ivrognerie jouxtait les rues soigneusement entretenues du quartier huppé d'Edward L. Walker & Cie, aux feuilles soufflées par les machines des agents municipaux... ! Ça ne manquait pas de sel.

– Rabattez-vous ! m'ordonna-t-elle soudain alors qu'on remontait la grand-rue. Trop de regards indiscrets par ici.

– Et les vitres teintées, alors ?

– Ce ne sont pas les regards humains qui m'inquiètent.

Je me tassai sur mon siège puis me laissai glisser, la tête à niveau avec le compartiment à gants. De si près, je ne pus m'empêcher d'examiner plus attentivement mon chauffeur, en réalisant d'un coup que Caz portait non une sorte de jupe portefeuille exotique mais un déshabillé en soie, qui avait entièrement glissé de sa jambe gauche. J'avais sous les yeux une cuisse et un mollet dont la fine musculature roulait sous la peau au gré des changements de vitesse, freinages et accélérations successifs. C'était fort intéressant.

– Gardez vos yeux dans votre poche, Ailé, m'admonesta-t-elle au bout d'un moment.

– Vous ne voulez vraiment pas que je vous reluque ? Je croyais pourtant que ces dames démoniaques ne juraient que par la séduction.

– Ce que vous ignorez à propos de « ces dames les démones » remplirait des livres entiers que vous n'auriez jamais le temps de lire, Dollar.

Je ris malgré moi, malgré mes côtes fêlées et malgré le canon qu'elle braquait toujours sur moi.

– Tout ce que vous voudrez. Où m'emmenez-vous ?

– Dans un endroit où vous sécher, le temps que je réfléchisse à un autre endroit adéquat où vous déposer. Vous aurez ainsi la chance de me dire en privé tout ce que vous savez.

– Et ce serait… ?

– Ça vous arrive de la fermer ? Juste la fermer ?

Oh, pour ça… souvent.

On traversa un secteur sombre aux grands immeubles d'habitation – pas franchement le genre de l'avenue de l'Université avec leurs belles façades immaculées et leurs majordomes en uniforme, mais plutôt celui où le linge séchait aux balcons et où les jouets cassés des enfants, décolorés, se fossilisaient lentement sur des lopins de terre battue colonisés par les digitaires, et qui avaient jadis été des carrés de pelouse. Les trottoirs étaient déserts, naturellement – il était plus de 2 heures du matin, après tout –, mais rien qu'à voir les poubelles dégueuler, on voyait bien que le coin grouillait habituellement de désœuvrés qui n'avaient pas grand-chose à faire de toute la journée. Les pneus de la bagnole crissèrent sur des bris de verre et autres bouteilles éparses lorsque nous tournâmes dans une allée à la déclivité prononcée.

– Je passe beaucoup plus de temps que je ne le souhaiterais dans des garages souterrains ces jours-ci, fis-je observer lorsqu'elle s'engagea dans la rampe d'accès d'un immeuble d'habitation de quatre ou cinq étages.

Autant que je puisse en juger, il était indifférenciable des bâtiments adjacents bordant la rue sombre, tranquille et d'aspect nettement défavorisé.

– Vous n'allez pas rester là longtemps.

Elle longea plusieurs places vacantes de parking, se dirigeant vers le fond du garage. Là, elle leva la main vers le pare-soleil pour activer un dispositif ; le mur du fond se leva entièrement comme par magie. Dès que nous fûmes passés, il se remit en place derrière nous.

– *Waouh !* (J'étais impressionné.) Comment avez-vous trouvé ça ?

– C'est à moi. Je l'ai fait construire. Et tous les entrepreneurs qui s'en sont occupés sont morts. (Elle me lança un regard – honnêtement, je n'aurais su dire si elle plaisantait ou pas.) Vous allez la boucler sur ce sujet ?

– Vous m'emmenez chez vous ?

J'eus un élan d'excitation juvénile, j'imagine – parce que je ne me souviens pas d'une telle période dans ma vie passée, et parce que, d'un coup, j'eus l'impression qu'il me poussait des poils un peu partout sur le corps, et que je n'étais plus capable de formuler un discours structuré. En vérité, il pouvait s'agir de l'action des phéromones, ou bien de la magie la plus *teigneuse* des Enfers, mais en tout cas, la Comtesse aux Mains Froides aurait pu inspirer de chouettes raideurs à des macchab'. Si vous voyez ce que je veux dire.

– Oui, c'est chez moi, mais ce n'est pas le seul endroit où j'habite. Alors n'espérez pas pouvoir me trahir. C'est une toute petite information. Et vous n'êtes pas le seul à l'avoir.

Voilà qui éveillait d'étranges échos, mais je ne me donnai pas la peine d'y donner suite tandis que nous descendions de véhicule.

– Merci. Vous avez le don d'accueillir vos hôtes pour qu'ils se sentent comme chez eux. (Je lui emboîtai le pas dans un escalier étroit.) À propos, vous braquez toujours cette arme sur moi ?

– À votre avis ?

– Ah ouais, je me disais…

Au sommet de l'escalier, elle déverrouilla une porte – je ne pus m'empêcher de remarquer qu'elle était du genre des abris gouvernementaux anti-raids aériens, très lourde. Puis Caz me fit entrer dans un lieu réellement surprenant.

Surprise numéro un : elle pressa sur un interrupteur, inondant l'endroit de lumière… un arc-en-ciel voilé aux rouges, aux jaunes et aux orange crépusculaires. Pour ce que j'en découvrais, l'appartement n'avait que des murs aveugles, comme si nous étions sous terre – ce qui n'était pas le cas.

Surprise numéro deux : à en juger d'après le mode vestimentaire de la Comtesse, et d'après son mode d'expression, je me serais plutôt attendu à une déco moderniste à la saisissante sévérité ou, à tout le moins, à une sorte de simplicité bohême. Au lieu de quoi, sa tanière évoquait une version antique de harem de sultan – on s'y voyait presque déjà dans ce décor de sérail pour roman d'amour. Les murs étaient recouverts de ruissellements de gaze, de petits lampions éclairant des alcôves ou jalonnant les murs, sous l'étoffe diaphane. Un immense miroir en bronze occupait un angle de la salle, drapé dans des versions visiblement onéreuses de perles de carnaval. En face se dressait un lit à baldaquin aux multiples rideaux tirés, d'un rouge vaporeux. De sorte que je ne voyais pas le lit proprement dit, dissimulé sous toutes ces strates. Mais sa proximité à elle seule était investie d'une puissante charge érotique.

Mauvais ange! me tançai-je. *Ange stupide! Les artifices de l'Ennemi, tu te rappelles?*

Je me rendis compte que je fixais le lit. Mais loin de jubiler en constatant les effets que cette démonstration exerçait sur un de ses ennemis jurés, fût-ce un vétéran comme moi, Casimira parut s'en irriter. Était-ce même une pointe d'embarras que je croyais discerner chez elle?

– Chouette piaule, fis-je. Qui était votre décorateur, Cecil B. DeMille?

– Il se trouve que je l'aime bien. (Elle avait l'air en colère.) Si vous désirez prendre une douche, la salle de bain est par là.

Elle désignait une porte à demi dissimulée par d'autres drapés vaporeux; elle s'installa dans un antique fauteuil volumineux, devant un pupitre de facture tout aussi ancienne – un tableau que venait seul gâter le portable ouvert qui trônait dessus, avec l'incontournable fouillis de câbles se déroulant par en dessous.

– Vous devriez trouver dans l'armoire des vêtements à votre taille. Prenez tout ce que vous voudrez.

Elle se tourna vers l'écran de son moniteur comme si, brusquement, je n'existais déjà plus.

Cette femme, je n'arrivais décidément pas à la calculer.

Non, me repris-je, *pas* «cette femme». *Elle l'a peut-être été jadis, mais ce n'est plus le cas maintenant. Elle fait partie de la classe dirigeante des Enfers – une démone, vouée par serment à la perversion et à la destruction de tout ce qu'il y a de bon, et si elle t'aide en ce moment, c'est qu'elle y a intérêt. Ne te fie à rien de ce qu'elle dira ou fera.*

N'empêche, quand je quittai le sol carrelé du coin douche à la chaleur délicieuse, et que je me mis à fourrager dans le réduit moquetté faisant office d'armoire, je ne fus pas particulièrement ravi de découvrir une rangée entière de vestes coûteuses en tweed, sur cintre, du fait sur mesure couleur kaki, ainsi que des pantalons, des chemises sans col à manches longues et des polos de toutes les couleurs d'une jungle tropicale luxuriante. J'en eus des crispations, car je venais récemment de rencontrer quelqu'un faisant justement preuve de ce genre de style cossu BCBG. Un Grand Duc des Enfers, pour être précis. Je vérifiai le monogramme brodé sur la poche intérieure de l'une des vestes. KV, comme je l'avais soupçonné – Kenneth Vald.

Je sélectionnai ce qui me blessait le moins l'œil, un pantalon noir et une chemise blanche boutonnée, et repassai dans la salle principale.

– Chouette armoire. À qui appartiennent tous ces vêtements ?

– Ça ne vous regarde pas, Dollar.

– Vous en êtes sûre ? Ça pourrait être quelqu'un que je connais.

– C'est moi qui pose les questions, n'oubliez pas. À moins que vous ne souhaitiez repartir dès maintenant, alors que ce n'est pas une heure géniale pour se balader seul dans les rues… surtout si vous êtes à pied, et qu'on vous recherche.

Echec et mat. Je m'affalai sur un siège, près de son bureau, et puisai du réconfort à enfoncer mes orteils dans l'épais moelleux laineux du tapis en me disant que c'était bien plus agréable que de grelotter dans un fleuve glacial à respirer par le truchement d'un flexible empestant l'eau gazeuse.

– OK, Comtesse, je vous suis bel et bien redevable sur ce coup-là. Que désirez-vous savoir ?

– Tout.

Elle m'épingla de son regard bleu clair. Je ne pus m'empêcher de me remémorer les yeux qu'elle avait tournés vers moi la première fois que je l'avais vue : des yeux aux prunelles aussi écarlates que la vitrine d'une pute d'Amsterdam.

– Dites-moi tout ce qui vous est arrivé depuis que vous vous êtes retrouvé empêtré dans cette histoire.

– Et si je m'exécute, accepterez-vous de répondre à quelques-unes de mes questions ?

– C'est sans garanties, Dollar. Vous venez de l'admettre, vous m'êtes redevable sur ce coup-là.

Je lui dis donc où j'avais été, et ce que j'avais fait. Il se peut qu'au passage j'aie raboté certains bords bruts de coupe dans le fil de mon récit, çà ou là, et je passai certainement sous silence toutes les frayeurs que la traque du *ghallu* m'avait inspirées, m'abstenant soigneusement d'entrer dans les détails. Je tus également quelques éléments relatifs aux Cieux et au secret du *Compas* – après tout, je ne faisais que rendre une faveur et non trahir mon propre camp dans ce conflit immémorial. Et je ne me fatiguai pas davantage à lui signaler les non-dits, je voyais bien que la Comtesse avait conscience de tout ce que je passais sous silence. Elle me fit la grâce de ne pas m'en demander compte, jusqu'à ce que j'en arrive à ce que mon ami Gras-double m'avait appris.

– Cirederbe avait contracté des dettes de jeu auprès du prince Sitri ? Vous en êtes sûr ? Qui vous l'a dit ?

– À mon tour de vous rétorquer que ça ne vous regarde pas.

Je n'allais pas lui dévoiler mes sources. Non que ça lui soit si dur de le découvrir par elle-même – beaucoup de gens connaissaient le cochon-garou, et sa haine farouche des instances démoniaques. N'empêche, c'était une question de principe. Eh bien oui, il se trouve que j'ai des principes.

– C'est quoi le problème ?

– Le problème, pauvre con, c'est que je vous ai déjà dit que j'avais donné… l'objet… à Cirederbe ! Pour qu'il le cache. Lui aussi m'était redevable, et je savais à son sujet des choses qu'il ne tenait pas que ses supérieurs apprennent, surtout. Seulement, j'ignorais qu'il avait contracté des dettes envers le prince Sitri. Le petit salaud !

– Sitri ou Cirederbe ?

– Cirederbe ! Sitri devait lui faire plus peur que moi. (Elle se leva et fit les cent pas.) Quel intérêt Sitri a à tout cela ?

Je mentirais si je disais que la voir aller et venir ainsi sous mes yeux était pour me déplaire. Elle avait ôté les pantoufles qu'elle avait passées pour aller me repêcher près du fleuve, et admirer la pâleur laiteuse de ses mollets, de ses chevilles et de ses pieds avait quelque chose de fascinant. D'absorbant aussi.

– Une minute, je n'arrive pas à saisir… (Je détournai un instant le regard, histoire de me recentrer.) Vous avez dû courir un risque énorme pour subtiliser quelque chose à Eligor. Pourquoi iriez-vous ensuite le confier à un petit sournois visqueux comme Cirederbe ?

– Parce que j'étais suivie, et que je devais m'en débarrasser ! Parce que… l'objet…

– Allez-y, vous pouvez parler de « plume » maintenant.

J'avais lancé cette saillie de but en blanc, rien que pour voir sa réaction – qui fut assez impressionnante : elle écarquilla les yeux sous l'empire d'une émotion qui, j'aurais presque pu en jurer, s'apparentait à de la peur, à un sentiment d'impuissance.

– Comment l'avez-vous découvert ?

Comme je ne tenais pas à ce qu'Edie Parmenter ait des problèmes par ma faute, je m'en tirai d'une simple pirouette :

– Mon petit doigt me l'a soufflé… Mais là n'est pas le problème. Je sais tout à ce propos.

Un des mensonges les plus éhontés que j'aie proférés de toute la journée, j'en ai peur… Je n'avais toujours pas idée de ce que pouvait être une « plume dorée », ou de la raison pour laquelle Eligor & Cie mouillaient tellement leur chemise avec ça, mais en cet instant précis je tenais à ce qu'elle s'imagine que j'en savais plus que ce n'était le cas.

– J'ai besoin de connaître tout le reste. Allons, Comtesse,

aidez-moi à remplir les blancs. Vous étiez suivie. Vous déteniez cet objet d'une inestimable valeur – et vous l'avez donc donné à Cirederbe ? Un fourbe doublé d'un menteur, un démon des Enfers doublé d'un *procureur* ? Pourquoi auriez-vous fait une chose pareille ?

– Pourquoi ? Parce que je croyais avoir un ascendant sur lui. J'avais promis que s'il le gardait en sécurité je détruirais en contrepartie certaines preuves que je détenais contre lui.

– Pourquoi aviez-vous des choses contre lui ? De quoi s'agissait-il ?

De toute évidence, mes questions la frustraient.

– Peu importe ! Vous ne comprenez donc pas, espèce d'idiot ? Là d'où je viens, *tout le monde* détient des éléments compromettants sur *tout le monde* ! C'est ainsi qu'on assure notre survie. Tout le monde épie tout le monde, et trompe tout le monde, et *tout le monde* passe des marchés. C'est comme ça qu'on s'extirpe du cloaque où on patauge, du merdier, de toute cette lave, afin de s'assurer un peu de liberté, de fonder une petite vie pour nous-mêmes…

– Comme ici, à San Judas, où vous vous êtes construit ce joli pied-à-terre pour votre usage personnel…

– Cet endroit ? (Caz jeta un regard circulaire autour d'elle, avec une expression de dédain.) Un parmi une dizaine d'autres. J'avais des maisons un peu partout. Et pas seulement en Californie, d'ailleurs.

– Que s'est-il passé ?

Elle me toisa comme si j'étais un crétin fini – et heureux de l'être –, mais il y avait par là-dessous autre chose d'étrange… une colère sourde qui couvait, et que je décelai en elle pour la première fois.

– Vous n'avez toujours pas pigé ? Sacré privé que vous faites, Dollar.

– Je ne suis pas un détective privé, je n'arrête pas de vous le répéter. Ça, c'est *votre* fantasme. Moi, je suis juste un type qui tâche de faire son boulot en restant en vie. En ce moment même, ma survie, *c'est* mon job. Eh ouais, je pense savoir ce qu'il s'est passé. Car ce n'est pas simplement par le chantage que vous pouvez acheter votre liberté, n'est-ce pas ? Consentir des faveurs – toutes sortes de faveurs – a également ce pouvoir pour ceux qui comptent. Pour des gens importants comme Kenneth Vald, *alias* le Grand Duc Eligor. Votre papa gâteau.

Elle secoua la tête, faisant virevolter ses mèches d'un blond platine avant qu'elles ne retombent toutes raides en place.

– Vous pouvez le présenter comme ça, si ça vous amuse. Vous n'iriez jamais croire que j'aie pu tomber amoureuse de lui pour de bon.

– Ah, ça, vous avez raison, je ne risque pas de le croire ! Mais je suis un grand garçon, je peux comprendre. Il est puissant. *Très* puissant. Aussi riche que Bill Gates, mais probablement beaucoup plus intéressant, avec la damnation éternelle, les soixante Légions des Enfers et *tutti quanti*. Ouais, je peux certainement comprendre qu'une petite dure à cuire maligne comme vous l'êtes jette son dévolu sur quelqu'un comme ça. Ce que je ne pige pas en revanche, c'est pourquoi vous avez décidé de le voler. Ça ne pouvait que vous attirer les pires ennuis. Et pourquoi une plume dorée ?

Elle s'arrêta d'arpenter la pièce et me jeta un tel regard furibond, à glacer les sangs, que, j'aurais pu le jurer, je sentis tout mon organisme se cristalliser au niveau cellulaire.

– Que j'aie décidé de le voler… Oh, oui, plutôt que de rester la maîtresse comblée d'une des entités les plus puissantes de cet univers, j'aurais juste décidé de l'arnaquer ! C'est exactement ce que vous attendriez d'une mauvaise petite *créature* comme moi, pas vrai ?

– Peu importe ce que je pense. Je veux juste des réponses.

Elle se détourna de moi. Regagnant son bureau antique, elle ouvrit un tiroir d'un coup sec et y fourragea à la recherche de quelque chose.

– J'aurais dû m'en douter. (Elle parlait d'une voix basse qui paraissait étranglée, et bizarre.) J'aurais dû m'en douter. *J'aurais dû m'en douter.*

– Écoutez, épargnez-moi la grande scène du II de Lady Macbeth ou autre, fis-je en la rejoignant. Je me fiche de savoir pourquoi tout ça est arrivé, et je ne suis certainement pas en train de vous juger. Si j'avais été condamné aux Enfers, je ne pense pas que je m'inquiéterais beaucoup de ce que j'aurais pu faire ou non par la suite. Mais j'ai toujours besoin de savoir ce que vous avez fait et pourquoi, vu que votre joli cœur d'Eligor m'a apparemment dans le collimateur à cause de ça.

Je posai la main sur son épaule mais, même au travers de la robe, le contact glacial de sa peau me surprit suffisamment pour que je m'écarte en sursaut – et c'est ce qui me sauva. Elle fit volte-face. L'énorme couteau incurvé qu'elle brandit siffla à un cheveu de ma jugulaire, m'égratignant malgré mon bond instinctif en retrait. Il s'agissait d'une de ces grandes lames prisées des combattants Gurkhas, et qu'on appelle un *khukuri*. Or, visiblement, la petite Casimira savait les manier.

Je levai la main à ma gorge pour m'assurer que je n'avais pas sous-estimé la gravité de l'estafilade, que je n'étais pas déjà en train de me vider de mon sang à mon insu. Mais lorsque je baissai le bras, je vis que je n'avais qu'une fine coulure de sang sur les doigts.

– Par l'enfer… ?

– Salaud ! éructa-t-elle, de la voix tendue de quelqu'un qui se parle à soi-même. Vous n'êtes pas en train de me juger, hein ?

D'un nouveau revers, elle me visa au ventre cette fois, et je m'écartai juste à temps. Mais elle revint très vite à la charge, sans me laisser le temps de souffler. Je voulus la happer par le bras, elle trompa ma garde en plongeant dessous ; elle réussit même à presser la pointe de son couteau contre mon abdomen, mais un *khukuri* est bien mieux conçu pour taillader que pour poignarder ; je réussis à bondir de côté, en étant quitte pour une autre coupure. J'étais déjà en piètre état après mes multiples échauffourées avec le *ghallu*, et là, je savais déjà qu'il ne s'agissait pas juste d'une chamaillerie avec une nana mécontente – la Comtesse avait ma force, elle était en rogne et c'est elle qui maniait un objet tranchant. Pas moi.

– Arrêtez ça tout de suite ! criai-je. Je ne plaisante pas !

Je cherchai des yeux une arme de fortune avec laquelle assurer ma défense mais, dans ce boudoir turc d'appartement, je ne trouvai rien de plus utile qu'une chaise. J'en empoignai prestement une pour m'en faire un bouclier. Il me vint à l'idée que si j'avais aussi eu un fouet, j'aurais eu une chance de dompter cette tigresse. Faute de quoi, je ne pouvais guère espérer accomplir davantage que ce que j'étais en train de faire – c'est-à-dire la tenir maladroitement en respect.

Bras écartés, elle revint une nouvelle fois à la charge, en garde basse, et feinta. Je levai aussitôt ma chaise-bouclier pour protéger mon visage, et elle me flanqua un violent coup de pied au mollet – suffisamment pour me déstabiliser, menaçant mon équilibre. Je titubai de côté. Elle en profita pour me sauter à la gorge, mais je réussis à lui marteler un petit pied pâle avec un des barreaux de chaise et, recouvrant l'équilibre, à lui faucher l'autre jambe. Elle s'effondra. En un éclair, j'envisageai de la frapper avec cette lourde chaise mais, même si elle venait de tenter de m'égorger, je pressentais confusément qu'il se passait quelque chose de bizarre : elle luttait à la façon de quelqu'un qui cherche à se défendre, alors pourtant que c'était elle l'agresseur, selon toute apparence. Elle avait un regard distant, quasi désespéré, rempli de ce qu'un ange à la fibre plus poétique que moi aurait pu qualifier d'horreur résignée. Pas le type d'émotions qu'on attendrait d'une bête des Enfers faisant tout son possible pour vous égorger.

Sitôt que la Comtesse roula au sol, je me jetai sur elle de tout mon long, en prenant garde surtout à la grande lame du *khukuri* qui, pour l'instant, se retrouvait coincée sous elle. Elle se dégagea et me visa au visage, m'éraflant la joue et l'oreille. Je parvins à bloquer son bras armé pour le dévier de moi et le plaquer au sol. Je me jetai de plus belle sur elle, faisant jouer tout mon poids en lui coinçant le poignet, histoire qu'elle ne puisse plus me taillader – plus avec son poignard en tout cas. De l'autre main, elle réussit à me griffer puis à libérer ses jambes pour me les passer au cou en un brutal mouvement de cisailles. Aussi finement galbées soient ses jolies gambettes blanches, elle m'eut pratiquement coupé la circulation en quelques secondes chrono – elle ne manquait pas de muscles… Ma vision se brouillait rapidement, le sang n'irriguait presque plus mon cerveau, et tout ce qui était Bobby Dollar menaçait de disparaître, aspiré par un siphon d'une noirceur infinie, dans un rugissement infernal qui me battait les tempes… Je n'étais pas vraiment certain de comprendre ce qui se passait avec la Comtesse et sa folle attaque, mais j'avais le sentiment très net que si je perdais connaissance, jamais je ne reviendrais à moi. C'en serait fini. Je fis alors la seule chose qu'il m'était encore possible de faire : de toutes mes forces, je lui flanquai un coup de poing à la tête. Tête qui rebondit contre la moquette. Un instant, son étonnante cisaille se relâcha quelque peu, autour de mon cou. J'en profitai aussitôt pour inspirer goulûment quelques bouffées d'air avant d'imprimer une vive torsion à son bras armé, jusqu'à ce qu'elle lâche prise en crachant, en feulant, en grognant… Une haine démentielle tordait ses traits, la défigurant. J'avais réussi à lui faire lâcher son arme ; je repoussai le grand couteau le plus loin possible, mais ce léger changement dans l'équilibre des forces lui donna l'opportunité de glisser partiellement sous mon corps par un vif mouvement de reptation. Et, en un éclair, je me retrouvai sur le dos, sans comprendre ; elle me tira les cheveux de la manière la plus douloureuse qui soit tout en me martelant de l'autre poing une oreille droite déjà tout ensanglantée.

À pleines mains, je l'empoignai par le cou en un réflexe défensif et la tirai brutalement en avant, par-dessus ma tête et mes épaules, lui faisant percuter le sol du front. Même compte tenu de l'épaisseur de la moquette laineuse, ça ne lui fit sûrement aucun bien. Mais, sans la moindre hésitation, notre démon femelle me prit de nouveau en cisaille d'un vif balancement des jambes ; cette fois, ce fut sous les côtes flottantes qu'elle me saisit en tenailles, s'efforçant de me les rompre sous la brutalité de son étau. Moi, je me débattis comme un beau diable, cherchant par tous les moyens à desserrer son infernale étreinte. Et nous ne parvenions pas tout à fait à nos fins, ni elle, ni moi. En revanche, nous nous infligions mutuellement de vives douleurs. Ce duel au couteau tournait à la rixe entre deux ivrognes pris d'une folie meurtrière ; nous ne savions plus au juste qui était en passe de l'emporter, ni même pourquoi nous nous battions comme des chiffonniers – d'ailleurs, je pense qu'on s'en fichait éperdument, de ce genre de « détails ». Une seule chose comptait désormais : nous étriper.

Je finis par reprendre le dessus, quand bien même elle avait passé une jambe par-dessus mon épaule, me comprimait le plexus solaire de l'autre genou, et s'acharnait à me « refaire le portrait » à coups d'uppercuts ; je réussis à faire suffisamment abstraction de ce festival de douleurs pour lui plaquer mon avant-bras contre sa trachée-artère. Et à tenir bon en dépit de ses coups redoublés. Simplement, je m'efforçais d'« accompagner » ses uppercuts en leur opposant le moins de résistance possible afin d'en minimiser l'impact, d'en disperser la force au maximum. Au bout de quelques secondes, elle desserra les poings, puis ses gifles et ses griffures perdirent de leur vigueur. Ses bras finirent par retomber, sans force, le long de ses flancs, et elle s'affaissa sous mes yeux. Je ne voulais pas la tuer – même si *elle* était déterminée à me trucider, elle détenait toujours des informations dont j'avais besoin –, mais je pesais toujours sur elle de tout mon poids. Et si je relâchai *légèrement* la pression que j'exerçais sur sa trachée-artère, je me gardai bien d'écarter le bras.

L'espace de vingt secondes peut-être, elle resta immobile sous moi, sans réaction, la respiration heurtée. Le sang coulait de mon visage et de mon oreille, s'écrasant sur sa joue pour se mêler au sien avant de suivre les contours de sa mâchoire et de détremper la moquette, sous elle. Une tache rouge l'auréolait, s'étalant à vue d'œil. Casimira rouvrit les yeux en papillotant et, un instant, riva sur moi le regard d'un animal aux abois, qui ne connaît rien au-delà de ses instincts combatifs. Puis ses yeux bleu pâle retrouvèrent leur éclat en se focalisant sur *moi,* et… elle eut un sourire décontracté. Du sang lui maculait les lèvres et les dents. Elle souleva le bassin pour presser son petit ventre contre moi. Un instant, je crus qu'elle cherchait encore à se dégager, mais elle garda la pose, pelvis comprimé contre mon corps de façon insistante.

– Si tu ne t'apprêtes pas à me tuer, mon ange, dit-elle, envisageons une autre activité pendant que je suis toute surexcitée.

22

Mains Froides

Je n'avais jamais encore embrassé de « bête immonde des Enfers ». Je sais, on jurerait le début d'une blague d'ex-épouse, mais c'est vrai. J'ai été avec des serveuses, des petites motardes canon, des nanas d'âge mûr (en ayant à raconter !), et des tendrons (à peine en âge) commençant tout juste à écrire leur propre histoire. J'ai aussi eu plus d'une aventure avec des femmes de confession angélique, sans parler de ces étranges relations asexuées mais intenses, de type préado, qu'on entretient aux Cieux. Ai-je précisé qu'il n'y avait pas de sexe, Là-Haut ? Eh ouais… à placer dans la catégorie « mais ça, c'est une autre histoire ». J'avais même failli, quelquefois, avoir des rapports intimes avec des ressortissantes de l'Opposition, mais seulement parce que j'ignorais tout de leur nature réelle, au moment des faits. À chaque fois, j'avais réussi à voir clair dans leur petit jeu juste à temps. Bref, jusqu'à maintenant, je n'avais jamais eu motif à embrasser une démone en toute connaissance de cause.

Waouh !

Je ne voudrais pas avoir l'air romantique – l'instant n'avait rien de romantique… enfin, pas vraiment. Pas sur le moment. Une seconde, j'étais allongé sur cette folle furieuse qui avait juré de m'assassiner, la suivante, on se roulait de plus belle sur la moquette, mais cette fois *sans* la distraction d'armes affûtées… Ce ne fut qu'en percutant son pupitre dans la fougue de nos ébats que je m'avisai soudain d'une chose… En entrant ici, où diable avait-elle posé son flingue ? Et d'ailleurs, n'avait-elle pas d'autres armes, plus redoutables que son *khukuri*, planquées dans ce tiroir ? Je ne sais pas, moi, un tomahawk tactique, un *yatagan* ottoman ou autre horrible petite chose exotique… Mais, apparemment, la Comtesse ne semblait plus résolue à me zigouiller – du moins pas de façon conventionnelle, disons.

Je ne voudrais pas que vous alliez croire que je venais d'oublier comme par magie une existence angélique entière de haine et de défiance. Des sirènes d'alarme hurlaient sous mon crâne – j'en aurais eu les tympans crevés si ç'avait été des vraies. Mais là, tout de suite, je m'en fichais éperdument.

Le déshabillé (portant si bien son nom) de Casimira avait déjà glissé de ses épaules ; le sang et la sueur lustraient nos corps enlacés. Sa bouche était plus torride que du Tabasco, offrant un saisissant contraste avec sa peau au contact d'un froid choquant. Dans la ferveur de notre corps-à-corps, on aurait pu croire qu'on faisait tout pour se fondre l'un dans l'autre. Les aréoles de ses seins, comprimés contre mon torse, avaient la dureté de balles d'argent. J'avais du sang plein la bouche moi aussi, mais j'en trouvais le goût délicieux. Oui, c'était la *bonne* saveur. Devais-je l'attribuer à de la magie démoniaque ? À ces bons vieux atomes crochus ? Je l'ignore, mais une chose était sûre : réfléchir devenait de plus en plus ardu, et s'en inquiéter, encore plus.

Je m'écartai pourtant.

– Une minute !

Nous nous faisions maintenant face – en une position qui n'avait rien de « passif » : elle avait enroulé sur mes hanches une longue jambe fine au grain de peau velouté, passé les bras autour de mon cou et rapproché son visage tout près du mien, si bien que le bleu pâle de son regard remplissait presque tout mon champ de vision. Du moins, je crois qu'elle avait encore les yeux bleus mais, à la chiche lumière de son harem d'appart', ils auraient pu se remettre à rougeoyer sans que je le voie, en vérité. D'ailleurs, on aurait pu crever le parquet et dégringoler au fin fond du Tartare sans que je le remarque, probablement.

– Attends une petite minute… Que sommes-nous en train de faire ?

Elle se pencha pour lécher sur mon torse une traînée de sang puis, la pointe de la langue toute de vermeil luisant, elle me dédia un large sourire.

– On ne vous enseigne pas grand-chose au Ciel, je vois…

– Je voulais dire, qu'est-on en train de faire, toi et moi ? Nous ne sommes pas… On n'est pas censé…

Elle se redressa afin de m'embrasser sur le front – un baiser d'une surprenante douceur, quasi sacramentaire, de ses lèvres de la froideur d'une statue de marbre –, puis elle se remit à frotter son pelvis au mien en une sensuelle invite.

– Je m'en fous ! (Elle paraissait presque ivre, partagée entre larmes et rire.) Tout ça, je m'en fous, Bobby. Pas maintenant. Ces instants nous appartiennent, ils ne sont rien qu'à nous deux. Ensuite, ce qu'il adviendra…

Laissant sa voix mourir, elle releva son visage vers le mien afin que je l'embrasse – elle, si belle, si fourbe, si indigne de confiance. Et soudain, je n'en eus plus rien à foutre, moi non plus. Que m'importaient, franchement, mes coupures sanguinolentes, mes côtes fêlées, mes amis, mon clan angélique, le rôle qui m'était dévolu dans ce grand conflit immémorial… que m'importait l'univers entier ! Si le *ghallu* en personne avait choisi cet instant pour venir fracasser la porte, rougeoyant de tous ses feux démoniaques et rugissant à tue-tête, j'aurais fait de mon mieux pour l'ignorer, du haut de ma superbe. Je m'inclinai vers elle, et sentis fondre mes ultimes réserves.

Dans nos bouche-à-bouche enfiévrés, nos lèvres parcourant notre peau en d'exquis frissons, il ne me fallut pas longtemps pour la débarrasser de son déshabillé déchiré et dénuder ses petits seins blancs, la cathédrale délicate de sa cage thoracique au fur et à mesure que je faisais glisser le riquiqui carré d'étoffe vaporeuse sur ses hanches, le long de ses jambes… Enfin, elle fut nue, entièrement nue, offrant sa pâle splendeur à ma vénération. Elle m'aida alors à ôter mes propres vêtements, tirant dessus sans patience aucune jusqu'à ce qu'on éclate de rire tous deux, à la vue de la pagaille qu'on mettait ; on n'en continuait pas moins à se frotter sensuellement l'un à l'autre, en une grisante frénésie des sens. On multipliait nos affleurements caressants, peau à peau, nous embrassant, nous léchant, nous mordillant, avec le goût salé du sang et de la sueur à la bouche. Casimira restait plutôt silencieuse, seules de légères exclamations de surprise ou de feintes protestations lui échappant parfois lorsque j'écartais d'elle l'objet de ses tendres attentions – pour n'en que mieux feuler de plaisir quand je lui offrais généreusement autre chose à lutiner. Nous nous étions rapidement et mutuellement couverts de suçons et autres mordillements d'amour. Mais sur le moment, dans cette pièce aux murs aveugles, même ces petites douleurs ne faisaient qu'attiser et étendre la riche palette de notre volupté.

Elle avait la peau aussi glaciale qu'un ventre de poisson, avec un grain lisse et sec là – en de rares endroits – où je n'avais pas encore frotté ma peau lustrée de transpiration contre la sienne ; elle exsudait juste ce qu'il fallait de lancinants effluves de sang et de musc iodé, s'insinuant dans le parfum doux et sucré de son odeur, tel le serpent s'immisçant dans le jardin. Visage pressé contre la peau fine de son estomac, j'eus un instant – un instant seulement – la sensation que Casimira était une sorte de cadavre animé, que je venais d'être amené par ruse à faire l'amour à une *chose morte*. Sous le choc, je m'écartai en sursaut, mais un regard vers elle, vers son expression de désir effrayé, suffit pour que je comprenne que ce qui se passait entre nous était bien plus complexe que toute duperie, toute horreur ou tout stratagème au cours de cette guerre sans fin. Nous étions des créatures différentes issues d'univers différents mais, en cet instant, il se trouve que nous désirions tous deux la même chose, même si, elle comme moi, nous n'étions pas tout à fait certains de ce que ça pouvait recouvrer au juste.

Elle avait le physique d'une ballerine – pas une once de graisse, une gorge de la finesse délicate d'une toute jeune femme, avec des aréoles couleur amarante aussi fermes et fraîches que de la crème glacée tout juste sortie du congélateur. Partant de son nombril, courant le long du tendre renflement de son abdomen pour venir mourir à la naissance de son pubis, il y avait cet exquis chatoiement de poils translucides traçant une ligne quasi indécelable jusqu'à son mini blason duveteux d'une teinte quasi neigeuse, écrin raffiné de sa fente.

Tandis que je lui écartais les jambes pour mieux admirer les tendres replis de ses chairs secrètes, je vis frémir les muscles de ses cuisses et un faible gémissement lui échappa, comme si elle cherchait à refouler des larmes. En un élan teinté de désespoir, plus que jamais, elle se redressa pour m'apposer ses mains sur le torse et me pousser à la renverse. Puis elle prit ma verge dans sa bouche et me fit, de sa langue à la fraîcheur ahurissante, des choses indicibles que je ne peux toujours pas m'expliquer, et dont, même, je n'arrive toujours pas à me remémorer clairement. En tout cas, les sensations qui m'assaillirent suffirent pour que je retombe sur le sol de tout mon long, où je restai un bon moment pâmé, incapable d'une quelconque réaction. Privé de tous mes moyens, je n'étais plus que sensation pure, vivant pleinement l'instant présent, laissant faire les choses, avec l'espoir fou que ça n'aurait plus de fin, jamais. Elle faisait aller et venir ses mains sur mon corps, en d'incessantes incursions ; ses tendres doigts, si frais, faisaient courir leur caresse partout sur ma peau, me procurant de délicieuses diversions.

Bien trop vite, hélas, elle se redressa en appui sur un coude, me tenant toujours au creux de sa paume pour exercer sur moi une douce pression ; une lueur espiègle faisait pétiller ses prunelles.

– Tu en veux encore ? Ou tu préférerais souffler un peu ?

Je lui répondis de la seule façon dont j'étais encore capable en cet instant : roulant sur moi-même, je la plaquai de plus belle au sol, pour entreprendre de la lécher, de la baiser, de la mordiller tout entière, du visage jusqu'aux orteils et inversement. À mon deuxième voyage exploratoire, je fis une pause impudique au creux du vallon fabuleux qui se nichait entre ses cuisses. Elle tira sur l'un des rideaux vaporeux de la couche pour nous en recouvrir, puis se saisit d'un bout et m'en entoura le cou, lentement, amoureusement, pour s'en servir à la façon d'une bride, afin de m'inciter à accélérer ou à ralentir, moi qui me gorgeais de sa merveilleuse, de sa fantastique cyprine. Je l'entendis crier mon nom jusqu'à ce qu'elle soit à son tour réduite à des râles inintelligibles. Mais, autant j'adorais butiner son sexe, avec ses petites lèvres froides et sa chaude humidité saline, autant je ne pouvais plus me retenir bien longtemps – en fait, je ne pouvais plus me retenir du tout. Tandis qu'elle cherchait à reprendre son souffle, je me redressai et me mis en position entre ses cuisses. Mais elle n'était pas disposée à me laisser faire… pas encore. Elle me repoussa sur le dos, posant un index sur mes lèvres pour refouler mes questions, puis s'accroupit sur les talons, à califourchon ; elle agaça mon sexe dressé des doux replis satinés du sien, s'y frottant d'avant en arrière sans me permettre de la pénétrer – au point que j'en fus bientôt réduit à un désespoir presque aussi grand qu'au plus fort de notre lutte effrayante, quand elle avait pressé son couteau contre ma gorge. Puis, comme si nous étions encore aux prises, je mobilisai en un brusque sursaut toutes les forces qu'il me restait afin de la faire basculer à son tour sur le dos. Cette fois, ce fut moi qui la « poignardai », et ce fut elle qui hoqueta – un cri de souffrance, aurait-on presque pu croire. Froide, froide, sa peau était si froide… Alors que le fourreau velouté de son sexe, lui, était torride – une fournaise. À mon tour, je poussai un grand cri, choqué, médusé, terrassé à l'idée que ça puisse être ainsi… que quoi que ce soit puisse être ainsi.

Plus tard, nous nous délassions, tout alanguis, nus et en sueur, sur son lit.

– Il n'est jamais venu ici, me dit-elle. Il ne connaît même pas cet endroit.

– Je l'avais déjà deviné, à vrai dire. Ce ne serait pas une très bonne cachette s'il en connaissait l'existence, et c'est bien lui que tu cherches à éviter, non ?

Elle acquiesça. Je ne pouvais m'empêcher de la dévisager, elle qui était d'une beauté parfaite, avec son frais minois d'écolière, son regard où brillait l'éclat d'une conscience très ancienne, en me demandant de nouveau de quoi elle avait *réellement* l'air. Mais, d'une certaine manière, ça ne m'importait plus autant qu'auparavant.

– Non éviter, mais fuir.

– Comment ça ? Et s'il n'est jamais venu ici, pourquoi tiens-tu toute une garde-robe à sa disposition ?

– Parce que les entrepreneurs en bâtiment qui ont construit cet appartement ont aussi construit toutes nos autres… planques. Afin d'éviter d'éveiller les soupçons, j'ai tout fait à l'identique, y compris les armoires remplies de ses vêtements. J'ai réglé moi-même les factures et, de toute façon, il n'est pas très regardant sur le coût des choses. En général, il s'en fiche. C'est un Grand Duc des Enfers – pour lui, l'argent coule à flots ; il lui suffit d'ouvrir les robinets pour que ça ruisselle. J'ai donc fait construire cette cachette-là à mon usage exclusif. Et je me suis aussi chargée en personne de la déco. Je sais, tu la trouves affreuse.

– Non… Non, pas du tout. Juste… surprenante. Ce n'est pas ce à quoi je me serais attendu.

– C'était quelque chose dont je rêvais dans mon adolescence. Oh, ne t'en fais pas, il y avait aussi l'assommante cabane emblématique en bois de tremble des Rocheuses, avec sa fabuleuse vue panoramique, l'assommant appartement-terrasse emblématique de Manhattan, sans oublier l'assommant petit chalet emblématique de Gstaad. Mais ça, c'est *à moi*. Alors, si tu éventes son secret en m'obligeant à y renoncer, je te jure que je te tuerai, Bobby Dollar !

Un instant, le ton de sa voix, à lui seul, me poussa à me redresser sur un coude afin de voir si elle plaisantait. Ou pas. Apparemment, non, elle ne blaguait pas.

– As-tu vraiment… craqué pour lui ? Comme tu as dit tout à l'heure ?

Elle haussa les épaules, puis bascula sur le flanc pour farfouiller dans le tiroir de sa table de chevet. Elle y prit un fin étui doré et en tira une cigarette, avant de me tendre l'étui.

– Non, merci. J'ai dû m'arrêter il y a des années.

Elle s'en grilla une nonobstant, puis se renversa sur son oreiller, et contempla les ronds paresseux de fumée qui dérivaient sous un plafond d'une hauteur stupéfiante.

– Je ne sais pas… Tu avais peut-être raison. Cela dit, je n'ai peut-être pas tant craqué pour *lui* que pour ce qu'il avait, ce qu'il pouvait faire – ce que quelqu'un comme lui pouvait représenter pour quelqu'un comme moi. (Elle fronça les sourcils.) Je ne tiens vraiment pas à en parler.

– Alors dans ce cas, n'en parle pas, Casimira.

– Caz. Ça fait bien deux ou trois cents ans que plus personne ne m'appelle Casimira.

Je la regardais. La surprise dut se lire sur mon visage.

– Oui, je suis vieille, dit-elle. Ça fait un bon moment que je roule ma bosse. Et toi ?

– On ne peut jamais savoir, en fait. Il est sûr et certain qu'on nous tient dans l'ignorance. Mes souvenirs ne remontent pas plus loin qu'aux années 1990, quand je suis arrivé sur Terre la première fois.

Elle tira sur sa cigarette, laissant un panache de fumée monter en geyser.

– Une chance.

– Comment ça ? Quelle chance ?

– Peu importe. (Elle écrasa sa cigarette dans un cendrier, sur sa table de chevet, avec une force surprenante.) Je ne voulais pas t'entraîner là-dedans, mais bon… sache que j'en suis navrée.

Même maintenant, après tout ce qui était arrivé entre nous, je me surpris à retrouver mes vieux réflexes de défiance à son encontre. Qui a jamais entendu parler d'un démon, mâle ou femelle, disposé à *présenter des excuses* ? Est-ce que, par hasard, elle n'en ferait pas un peu trop ? Est-ce que je venais de tomber dans la plus vieille arnaque du monde, depuis l'affaire de la pomme ?

– D'après ce que tu me dis, ce n'était pas ta faute, avançai-je, conciliant. Mais celle de Cirederbe.

– Tout à fait, mais si je n'avais pas tenté de quitter Eligor… Si je ne l'avais pas volé histoire d'avoir une assurance contre lui…

– Une minute, Caz. Tu l'as volé *parce que* tu l'as quitté ? Et pas l'inverse ?

Un instant, elle eut un de ces regains de colère qui m'étaient désormais familiers. Mais très vite, quelque chose d'infiniment plus triste brilla au fond de ses yeux.

– Sans ça, il ne m'aurait jamais laissée le quitter, Bobby. Une fois que quelque chose lui appartient, c'est à lui pour l'éternité. Il est comme ça même avec ses possessions vivantes – non, *plus encore* avec celles qui sont vivantes. Quelqu'un comme moi, susceptible de vivre aussi longtemps que lui, et qui représenterait à ses yeux un reproche vivant… Disons qu'il préférerait de beaucoup m'anéantir plutôt que de me laisser partir, et peu importe qu'il éprouve encore du désir pour moi ou non.

– Alors tu lui as volé… cette plume. Pour l'obliger à vous ficher la paix ?

Je naviguais à vue, en fait, dans la mesure où je n'avais toujours pas idée de ce que pouvait bien être cette plume au juste. Mais naturellement, je ne tenais pas à dévoiler l'étendue de mon ignorance sur le sujet. À mon grand soulagement, je la vis hocher la tête.

– On pourrait dire ça, oui. Mais je ne veux plus repenser à lui – ni à tout ça. Tu es là, avec moi. Je suis là, avec toi. Et il se peut qu'on n'ait plus jamais pareil moment à savourer ensemble. (Elle secoua la tête.) Mais qu'est-ce que je dis ? Un moment pareil, nous ne l'aurons *plus jamais*. (Elle eut un petit sourire dur.) D'évidence, toi et moi, nous n'étions pas destinés à être ensemble.

J'étais méchamment tiraillé… l'assurer, comme je le voulais tant, que jamais je ne la quitterais ? Et qui était ce que je ressentais sincèrement en ces instants ? Ou bien continuer à croire que tout cela n'était qu'une complexe arnaque – en somme, j'en étais encore à me demander si je n'avais pas tout gobé, avec l'hameçon, la ligne et le bouchon, victime du cynique stratagème mis en place par une démone servant ses propres intérêts. Je savais certainement quelle cote les parieurs invétérés auraient choisi de soutenir. Mais, rien que de croiser le grand regard presque larmoyant de ma belle, il devenait difficile à mon côté plus critique et analytique de faire son job.

– Quelle que soit notre nature, ou notre destinée, tu as raison, nous avons l'instant présent.

Je l'attirai vers moi afin de l'embrasser dans le cou. Elle se rapprocha, puis s'attacha tout entière à moi afin que je sente, sur ma cuisse, tout le nectar de nos épanchements.

– Oooh ! minauda-t-elle en baissant une main pour me serrer de façon encourageante. Il semblerait que je vous fasse beaucoup d'effet, Mister Dollar. (Elle me souffla d'une voix d'un rauque sensuel :) Que dirais-tu qu'on remette ça, Ailé ?

Caz s'était assoupie, sa chevelure d'or blanc étalée en corolle sur l'incarnat de sa taie d'oreiller, le dos presque aussi mince que celui d'une enfant. Je pouvais presque compter les protubérances de ses vertèbres en regardant jouer ses muscles sous la peau chaque fois qu'elle changeait un tant soit peu de position.

Je m'extirpai en douceur du lit pour aller prendre une douche. Après m'être séché, je tâchai de nouveau de joindre Sam et les autres. Pas de signal. Les murs de la planque de Caz étaient peut-être munis de dispositifs anti-transmissions. Quand on avait vu son garage d'agent secret, ce n'était pas difficile à croire. Quoi qu'il en soit, il faudrait que j'arrive bientôt à contacter un des miens, rien que pour m'assurer que Sam et Monica s'en étaient bien tirés, à défaut d'autre chose. Et puis, m'éloigner quelque temps de la Comtesse, prendre mes distances, ne me ferait pas de mal non plus, j'en avais conscience. Toute objectivité que j'avais pu nourrir à son égard par le passé s'était maintenant envolée depuis un sacré moment, et même si j'ignorais encore beaucoup de choses à son sujet, et si j'avais une flopée de raisons de ne surtout pas lui faire confiance, je ne pouvais m'empêcher de la regarder dormir, le cœur serré – sensation que je n'avais plus éprouvée depuis des lustres. L'avais-je même connue *une seule fois* dans ma vie, cette émotion qui vous étreint le cœur ? Avec n'importe quelle femme, ç'aurait déjà eu quelque chose d'effrayant. Avec elle, c'était quasiment suicidaire.

Comme si elle captait mon trouble, Caz s'agita légèrement dans son sommeil, puis elle se mit à gémir. Roulant de côté, elle poussa d'une main faible quelque chose – de virtuel – avant de se mettre à griffer son oreiller, d'une façon qui me rappela irrésistiblement ce qu'elle m'avait infligé à la joue une paire d'heures plus tôt, durant notre farouche et chaude empoignade. À tel point que je levai la main pour palper mes égratignures, qui commençaient à peine à cicatriser.

– Non ! l'entendis-je protester d'une voix faible, elle aussi. Non, non !

Caz se débattit de plus belle, prise dans les rets d'un cauchemar implacable. Je m'assis près d'elle, lui relevant doucement les paupières du bout des doigts, toujours d'avis qu'il pouvait s'agir d'une ruse. Mais ses pupilles, exposées à la lumière, ne se rétractèrent pas, ce qui n'aurait pas manqué d'arriver sinon, à la faveur d'un éclairage même aussi chiche. Elle m'agrippa les mains pour me repousser, mais de manière si gauche et si vulnérable que je voyais bien qu'elle se débattait toujours dans son rêve oppressant. Ses cris gagnèrent en force ; des larmes coulèrent sous ses paupières closes, ruisselant sur ses joues.

Je la secouai.

– Caz ! Caz, réveille-toi ! C'est juste un cauchemar. Tu fais un mauvais rêve.

Je n'arrivais pas à en croire mes oreilles ! Voilà maintenant que j'essayais de réconforter une des âmes damnées du Malin ! Mais je ne pouvais pas rester assis là à la regarder souffrir sans rien tenter. Hélas, rien ne semblait y faire ; je finis par la pousser hors du lit en la serrant fort contre moi pour la remettre sur pied. La manœuvre parut la rendre au moins partiellement à la conscience – encore que j'eus matière à regretter presque aussitôt ma décision. Car je ne l'avais pas plus tôt aidée à assurer son équilibre qu'elle m'attaqua avec presque autant de sauvagerie que tantôt. Seulement, cette fois, il était clair qu'elle ne savait pas qui j'étais. Je me défendis, en évitant de mon mieux de la blesser. Après une brève algarade, ses élans agressifs perdirent de leur frénésie. Lentement, comme s'arrachant à l'étreinte d'eaux profondes, elle revint à elle.

– Que… ? (Elle promena un regard dérouté sur ce qui aurait dû être le spectacle familier de sa pièce aux murs aveugles, puis elle baissa les yeux sur sa nudité.) Pourquoi… ?

– J'espère vraiment que tu te rappelles pourquoi tu n'es plus habillée, Caz, parce que, sinon, je vais avoir bien du mal à te convaincre de ce que je dis !

Elle leva vers moi un regard troublé.

– Ne plaisante jamais avec ça, Bobby. Nous sommes là. Et tout ça est bel et bien arrivé. C'est juste que je ne savais pas pourquoi…

Elle secoua la tête.

– Tu faisais un cauchemar. J'ai voulu te réveiller, mais je n'y arrivais pas.

Brusquement, ses yeux s'embuèrent de larmes. Et ce furent précisément ces larmes contenues qui auraient dû déclencher encore tous mes systèmes d'alarme, qui finirent au contraire par me persuader de cesser de douter d'elle. Une émotion si vive, si pudique… Personne, sûrement – pas même une actrice aguerrie – n'aurait pu me jouer pareille comédie, en étant à peine réveillée de surcroît.

– Ce n'était pas un cauchemar, me dit-elle. Mais un souvenir.

Elle retourna au lit, remontant les couvertures sur sa taille. Avec son beau visage plein de fraîcheur, ses grands yeux et sa luxuriante chevelure d'or blond cascadant sur ses épaules nues, elle aurait pu être le portrait vivant de l'Alice que le révérend diacre Dodgson (*alias* Lewis Carroll) aurait séquestrée en la tenant loin de tous les regards – y compris de celui de Dieu.

– C'était lui… Je rêvais de lui, dit-elle en baissant les paupières avec un frisson.

– Eligor ?

Elle rit.

– Non ! Le premier « lui » dans ma vie. L'homme qui me possédait. Celui que j'ai tué.

Je ne soufflai mot – je n'osai. Mais elle dut capter quelque chose de particulier, dans mon silence. Elle rouvrit les yeux, et me décocha un petit sourire en coin.

– Tu n'as tout de même pas cru qu'on m'avait condamnée aux flammes de l'Enfer par erreur, si ? Crois-moi, Bobby, j'ai largement mérité chaque instant de ma damnation éternelle.

– Tu n'as pas à en parler si tu ne le souhaites pas. Mais dans le cas contraire, je suis prêt à t'écouter.

– Oh, il n'y a pas grand-chose à en dire… Ça s'est passé il y a bien longtemps. C'était un homme important, le *hrabia* – le comte, dirait-on maintenant. Il s'appelait Pawel, et sa famille détenait toutes les terres entourant Lublin.

– En Pologne… (Je comprenais mieux maintenant ce léger accent d'Europe de l'Est, sous sa diction de parfaite petite écolière *british*.) À quand cela remonte-t-il ?

– Tu veux vraiment le savoir ? (Elle sourit – amère.) J'espère que les femmes d'âge mûr ne te font pas peur. *Très* mûr. Présentons-le comme ça : tu as entendu parler de la Renaissance ? Eh bien, je parle d'une époque antérieure.

Je ne répondis rien. Il se passait quelque chose… de particulier, en effet. D'aussi puissant et inéluctable qu'une tempête. J'avais décidé de me recroqueviller dans mon coin, le temps qu'elle déferle sur nous.

– On me livra en pâture à cet homme. Ainsi le voulaient les us et coutumes de l'époque. J'avais à peine quinze ans. Une vieille fille, déjà, en ce temps-là ! (Elle eut un rire horrible, qui me serra le cœur.) Et le comte Pawel était plus vrai que nature, dans son genre… une véritable caricature ! De haute taille, fringant et bien tourné de sa personne, un vaillant homme d'armes, et un dirigeant sévère. Hélas, il avait un fond perverti, mauvais. (Elle frémit.) Il l'a toujours. Même au fin fond des Enfers, on le considère encore comme dangereux.

– Parce que tu es obligée de… le revoir ?

Elle secoua la tête.

– Toutes affaires à régler entre nous l'ont été il y a bien longtemps déjà. Il est plus heureux maintenant à persécuter les morts qu'il ne l'a jamais été de son vivant, sur Terre. Mais, durant un temps, quand nous étions tous deux en vie, j'étais son jouet favori.

– Tu n'as pas à…

Elle leva une main dissuasive.

– J'y tiens. Tu… mérites de connaître la vérité. Mais viens plutôt t'asseoir près de moi. Ce serait moins pénible avec toi à mon côté.

J'obtempérai, lui prenant la main. Je sentis qu'elle ne voulait plus que je la regarde. Aussi, je m'allongeai et contemplai plutôt le plafond, ainsi que les tentures qui oscillaient doucement au gré de la soufflerie du climatiseur.

– C'était un monstre. Certains monstres sont démasqués, d'autres n'en viennent jamais à être connus – excepté par leurs victimes, bien sûr. Lui appartenait à cette seconde catégorie de monstres, ceux qui sont trop subtils et malins pour se laisser percer à jour. Il ne tuait jamais personne de puissant, ne tourmentait jamais quiconque serait capable de lui tenir tête et de se défendre. Maintenant, vu qu'il était de haute lignée, il ne manquait pas de proies toutes offertes à sa rapacité, naturellement.

« Avec moi, c'était différent. Oui, il me violait continuellement, mais, pour l'époque, ça n'avait rien d'inhabituel ou d'anormal. J'étais son épouse, lui appartenant corps et âme. Libre à lui de faire de moi tout ce que bon lui semblait. Et des vétilles comme la réticence, l'absence de consentement, voire la terreur pure et simple de son épouse ne faisaient que pimenter ses plaisirs. Plus j'étais terrifiée, plus il jouissait. Il se découvrait des trésors d'imagination dès qu'il s'agissait d'exciter mes appréhensions, de m'infliger des douleurs toujours plus aiguës. Et il ne rechignait pas à en torturer d'autres sous mes yeux, surtout des femmes… et des damoiselles. Les servantes ? Elles faisaient partie du décor. Non – pire, car à ses yeux, ce n'étaient que des bêtes. Bref, de vulgaires possessions. Or, au contraire d'une Elizabeth Báthory, la tristement célèbre Comtesse Sanglante, ou d'un Gilles de Rais, il s'y entendait pour effacer toute trace de ses crimes – suffisamment pour que nul n'éprouve le besoin de l'arrêter.

« Et comme si Dieu ne m'avait pas suffisamment punie comme cela, je devais aussi vivre avec sa mère Justyna, la comtesse douairière, une vraie harpie. Si elle n'a jamais tué personne, pour sa part, elle savait être tout aussi inhumaine et cruelle que son fils. Pire même, à certains égards, car elle comprenait les subtiles cruautés dont seules d'autres femmes savent user. Et elle y recourait avec une joie mauvaise. Ma famille était de petite noblesse seulement, et pour elle, je n'aurais jamais été digne de son Pawel.

« J'ai donné à ce monstre et à sa chienne de mère deux héritiers mâles, et, chaque jour de ma triste existence, j'ai vécu dans la terreur. Si l'une ou l'autre des servantes me témoignaient de quelconques élans de compassion, me gratifiaient de quelques bontés que ce soit, outrepassent les strictes limites de leurs devoirs et obligations, aussitôt, Pawel ou sa mère se faisaient fort de les châtier. Justyna a pratiquement arraché mes enfants à mes bras pour les *dresser* elle-même, afin de s'assurer qu'ils seraient les dignes fils de Pawel, et certainement jamais les miens…

Sa voix mourut. Après une profonde inspiration, Caz reprit le fil de son terrible récit.

– Une nuit, c'en fut véritablement trop. Je t'épargne les détails, mais mon mari venait de massacrer une douce et innocente soubrette, une fillette encore, qui avait eu mes faveurs et, le jour même, je l'avais fait inhumer au cimetière de l'enclos paroissial. Ce soir-là, il revint me forcer et, tandis qu'il me possédait comme à son habitude, il m'exhiba fièrement une mèche de ses cheveux, qu'il avait tranchée sur sa tête, dans son cercueil, et insérée dans un médaillon qu'il me remit. « Afin que vous gardiez toujours sur vous un souvenir de votre petite manante », me dit-il. Afin que je n'oublie jamais comment il l'avait arrachée à mon amour et massacrée. Voilà ce que je devais comprendre. Et afin que je sache bien qu'il pouvait m'arracher tout ce qui me tenait à cœur – ce dont il ne se priverait jamais.

« J'ignore ce qui me prit alors. Je ne savais qu'une chose : j'avais atteint les limites de ce que je pouvais encore supporter. Dès qu'il s'assoupit, je lui tranchai la gorge avec sa propre lame. Alors qu'il s'étouffait dans son sang, je le lardai de coups de couteau, au torse, au visage et dans le dos. Puis, ruisselant de sang telle quelque horrible goule, j'allai tirer les deux garçons de leur lit – s'ils avaient six et sept ans, à l'époque, c'était le bout du monde –, et je leur imposai le spectacle de l'affreuse dépouille sanguinolente de leur père. Je riais aux éclats, hystérique, je n'arrivais plus à me ressaisir. « Voilà le cadeau que je vous offre, afin que vous gardiez toujours le souvenir de lui ! » Je leur répétai cela, encore et encore. Ou c'est du moins ce qu'on m'apprit par la suite. Ils s'enfuirent, terrifiés – mais pas avant que je tente de les occire à leur tour. Car, à présent, un seul souci m'animait : tarir une fois pour toutes la lignée maudite de Pawel dans le sang.

« De nouveau seule, livrée à moi-même, je m'agenouillai pour essayer de prier. Mais j'avais les mains engourdies, et le cœur me semblait de glace dans ma poitrine. Comme si mon crime venait de priver mon corps de toute chaleur.

« Les garçons rameutèrent leur grand-mère, et la garde. On me retrouva près du cadavre de Pawel, les mains et les avant-bras enfouis dans ses plaies les plus profondes, baignant dans le sang jusqu'aux coudes. Je tentai d'en expliquer la raison, mais on m'écarta de force en hurlant que j'étais en train de profaner sa dépouille. Je ne cherchais plus à le blesser – je voulais juste me réchauffer les mains, tant elles étaient glacées.

Elle se tourna vers moi. Je pus à peine supporter le spectacle de l'indicible souffrance qui transcendait ses traits.

– Et maintenant, mon cher Bobby, tu sais d'où vient mon nom.

Elle détourna de nouveau les yeux.

– Je fus reconnue coupable de meurtre, naturellement, et après avoir été longuement soumise à la question, j'avouai être également coupable de sorcellerie. Comment expliquer autrement qu'une femme puisse vouloir tuer si bon et si noble époux avant de s'attaquer à ses propres enfants – à moins qu'elle ne soit possédée par Satan en personne ? (Caz faiblissait visiblement maintenant, sa tête dodelinant comme une enfant épuisée, à l'arrière d'une voiture.) Les autorités ne me réservèrent certes aucun traitement de faveur, que ce soit en ce monde ou dans l'autre. Ce qui n'est guère surprenant, hein ? Le comte Pawel ne m'avait rien infligé qui ne fût la prérogative de tout époux en ce temps-là, dans la lettre sinon dans les faits. Si j'avais eu un avocat malin comme toi, j'aurais peut-être bénéficié d'un verdict plus clément que celui qui me condamna aux flammes éternelles de l'Enfer. Mais hélas, ce ne fut pas le cas.

Je ne savais que dire. Je réalisai que j'avais gardé le silence trop longtemps.

– Rien… Il n'est rien…, bafouillai-je. Tu ne méritais pas…

– Chut ! (Elle se redressa un petit peu en position assise, posant un index sur mes lèvres.) C'est du passé, désormais. Que disait Marlowe, déjà ? « Mais c'était dans un autre pays. Et qui plus est, la gueuse est morte » ?

– Caz…

– Non, plus un mot. Je te l'ai dit, cette gueuse-là est morte. Viens plutôt faire l'amour à celle-ci… tant que nous en avons encore la possibilité.

Et que me restait-il, dans l'horreur et le chagrin sans borne qui m'étreignaient, à part faire ce qu'elle me demandait ?

23

Blasphèmes de tous poils

Nous nous étions endormis, et, une fois de plus, je me réveillai le premier. Ou, en tout cas, j'en eus l'impression. La tête de Caz blottie au creux de mon bras, je restai allongé sans bouger, à contempler le plafond. La lumière n'avait pas changé, mais les oscillations des rideaux couleur de feu et la faible lueur filtrant au travers me donnaient l'impression que c'était l'aube, même si, au-dehors, dans le monde réel, la matinée devait être bien avancée.

Je pris mon téléphone sur la table de chevet et essayai encore d'appeler Sam ; pas de tonalité. Je me dis que je devais rater un tas d'appels, y compris de clients… Pire, si je ratais ceux de mes patrons de la Cité Céleste, avec les dégâts que le *ghallu* avait faits la nuit passée, ils risquaient de croire que mon corps était mort ou agonisant, et seul le Très-Haut aurait pu dire quel incroyable bordel ce genre de désagrément peut provoquer. Si j'avais eu le moindre brin de bon sens, je me serais tiré de la planque de Casimira depuis des heures déjà, et j'aurais fait tout mon possible pour me remettre en contact avec le Ciel.

Je reposais le téléphone quand Caz s'agita.

– Tu peux pas utiliser ton portable, ici, dit-elle d'une voix ensommeillée.

– Merci, j'avais pigé.

– Si t'as vraiment besoin d'appeler quelqu'un, sers-toi de la ligne fixe. Mais fais attention de ne pas te connecter à quelqu'un qui aurait envie de pister ton appel.

La ligne fixe… J'étais vraiment abruti ! Je saisis le petit combiné posé sur sa base, sur le bureau.

– T'es pas mal comme ça, à poil, Ailé, ajouta-t-elle.

– Merci. J'ai payé mes études d'ange en faisant le gogo dancer.

– Menteur !

– Et en apportant aux gens des cartes d'anniversaire cochonnes avec strip-tease à l'appui.

Je ne faisais plus vraiment attention à Caz, parce que cette fois j'avais la tonalité. Toutefois, à mon étonnement, ce ne fut pas Sam qui répondit dès la deuxième sonnerie.

– Ici le téléphone de Sam Riley.

– Monica ? C'est toi ?

– Bobby ? Tu es vivant ? (Ma foi, elle avait l'air vraiment contente !) Où es-tu ?

– T'inquiètes. Comment va Sam ? Et toi, au fait ?

– Sam ne va pas fort, mais il s'en sortira. Nous sommes avec lui aux urgences de Sequoia, Jimmy, Annie et moi. Le pauvre, il s'est fait salement amocher…

Un fort élan de culpabilité et de chagrin mêlés me transperça.

– J'arrive.

– Non !

Pas difficile d'imaginer les autres, dans la salle d'attente, en train de sursauter à cette exclamation… Quand Monica reprit la parole, ce fut presque en un murmure :

– À moins que tu aies réussi à *tuer* la créature cornue. Ce dont je doute.

– T'as raison. C'est tout juste si j'ai réussi à lui échapper sans y laisser ma peau.

– Alors, ne viens pas ici. On n'a vraiment pas besoin que cette monstruosité de deux tonnes défonce les portes de l'hôpital pour revenir te choper !

Bref, j'avais donc ordre de ne pas m'approcher du lit de souffrance de mon meilleur ami, qui s'était fait déglinguer en tentant de voler à mon secours.

– D'accord. Je comprends ta logique, même si je ne l'aime pas. Sam est-il conscient ? Je peux lui parler ?

– Il est complètement *out*, Bobby. Vu la gravité de son œdème au cerveau, les médecins ont jugé préférable de le plonger dans un coma artificiel. Je me demande comment les Régulateurs, Là-Haut, vont pouvoir expliquer ça. On dirait qu'un train fou a traversé le *Compas*, au quatrième étage ! Chico s'y trouve toujours, enveloppé de bandages comme une momie, rouspétant à cause du dégât des eaux. Quant à moi, j'étais plutôt fière de l'idée du tuyau.

– À juste titre. C'était sacrément astucieux ! Ne te fais pas trop de souci sur la façon dont ils vont devoir expliquer ça. Ils pourront toujours dire qu'un avion monomoteur s'y est écrasé. C'est déjà fait, sans doute. Ce ne sera pas la première fois qu'ils recourront à ce type d'excuse. L'Équipe de Nettoyage garde en réserve des carcasses d'avions crashés, des voitures en morceaux et tout un tas d'autres épaves bien commodes de ce genre, dans un entrepôt de Milbrae.

– Comme on dit, la Maison de mon Père recèle de nombreuses demeures.

– Tu vas bien, réellement, Monica ? Sérieusement ? Tu n'as pas été trop malmenée ?

– J'ai quelques bleus, mais je survivrai. Comment as-tu réussi à en réchapper ?

– Je te le raconterai plus tard. Pour le moment, j'ai à faire. Comme à la télé, *Vis Ma Vie,* ce genre de choses, quoi...

– Ne fais rien de stupide, hein ? Je… On était tous inquiets à ton sujet, Bobby. J'ai pensé que…

Je n'avais pas envie qu'elle dise quelque chose qu'elle risquerait de regretter plus tard, surtout avec la Comtesse allongée nue près de moi, et qui tendait l'oreille. Même si Caz ne pouvait pas entendre Monica, ça me gênait beaucoup.

– Merci, mais je vais bien. (Je changeai de sujet.) Et Clarence ? Il est venu ? Il est au courant, pour Sam ?

– Comment pourrait-il ne pas l'être, Bobby ? Le *Compas* a un trou énorme au beau milieu, et le bloc entier a été isolé et quadrillé en tant que scène du crime !

– D'accord. Si tu vois le gamin avant que je le trouve, dis-lui que je veux lui parler. Salue tout le monde de ma part, et présente-leur mes excuses pour les avoir fourrés dans ce pétrin innommable. Je te recontacterai. Prends soin de toi, surtout.

– Toi aussi, Bobby.

Je passai un autre coup de fil rapide à Alice, au bureau. Si on excepte ce qui était arrivé au pauvre Sam, on pouvait dire que j'avais eu de la chance : je n'avais pas raté un seul client depuis que mon téléphone avait été coupé. J'avais quand même un message de mes supérieurs m'ordonnant de contacter au plus vite un Ministre (le nom officiel des Régulateurs, si vous vous souvenez) au sujet des événements survenus au centre-ville la nuit précédente. J'assurai Alice que j'allais le faire sur-le-champ (et je disais vrai : pas question de me dérober à une injonction comme celle-là), puis je la priai d'adresser tout nouveau client aux autres avocats pendant vingt-quatre heures, le temps que je me remette. Je me hâtai de raccrocher avant qu'une urgence de plus se produise.

J'eus l'impression que Caz s'était rendormie, mais dès que je me rallongeai près d'elle, elle me dit :

– Tu vas devoir y aller, non ?

– D'ici pas très longtemps, oui…

Je regardais l'ovale étincelant, sur la chaîne qu'elle portait autour du cou, puis je tendis la main et l'effleurai.

– C'est ça, alors ? Le médaillon que ton mari t'a donné ?

Elle ouvrit les yeux.

– Oui. C'est tout ce qu'il me reste de la petite Anna, ma soubrette. Elle n'avait que onze ans quand ce salaud l'a tuée.

– On dirait de l'argent…

– C'en est.

– Mais… ça ne te brûle pas ? Je croyais que l'argent…

Elle poussa le médaillon sur le côté. Là où il avait reposé, une marque rouge vif tranchait sur la peau laiteuse de Caz.

– Est-ce que ça me brûle ? fit-elle. À chaque instant, tout le temps. Ça m'aide à me souvenir. À ne pas oublier.

La manière dont elle le dit me donna le frisson, une fois de plus. Puis sa voix se fit plus douce :

– Tu dois vraiment repartir tout de suite, Bobby ? Ou est-ce qu'il nous reste un peu de temps… ?

J'avais envie de… Dieu, comme j'en avais envie ! Hélas, j'avais des priorités et, durant mon coup de fil, j'avais pris une décision – qui me flanquait déjà la frousse, mais bon… J'étais décidé.

– Écoute, j'ai des questions à te poser.

– Vas-y.

Elle tendit la main et se mit à jouer avec mon service trois pièces, comme l'appelait Léo.

– Arrête, ça me déconcentre ! Allez, arrête de… *Ouille !* (Elle avait des ongles sacrément effilés.) Vilaine fille !

– Tu m'étonnes !

– Bon, je vais commencer par une chose réellement stupide : te dire la vérité.

Elle se figea.

– Vraiment ?

– Oui, vraiment. Je n'ai jamais su ce que tu as pris à Eligor. Voilà, c'est dit ! Et je ne le sais toujours pas. J'ai découvert – peu importe comment – qu'il s'agissait d'une plume en or, mais j'ignore totalement ce que ça signifie. Je n'arrive pas à comprendre pourquoi un des acteurs majeurs de l'Enfer devrait se mettre dans tous ses états, tout ça pour un simple bijou. Il doit pouvoir se procurer tout l'or qu'il veut, non ? Il ne peut donc s'agir d'une simple plume.

Allongée sur le flanc, Caz me faisait face. Elle porta une main à sa gorge, comme pour se prémunir.

– Continue.

– Alors, cette chose, c'est *quoi* ? J'en ai marre de bluffer, Caz. Tu as été honnête avec moi, pour autant que je sache. Et je me pose la question depuis trop longtemps. De quoi s'agit-il ? Pourquoi tout ce tintouin à propos d'une plume ?

Elle se redressa dans le lit, et les couvertures glissèrent de son torse menu comme autant de vagues refluant de la plage. Illusion ou pas, elle était si belle que j'eus du mal à m'empêcher de tendre la main pour l'attirer à moi.

– Tu as raison, Bobby, reprit-elle enfin, la main toujours pressée sur sa gorge. L'or et les bijoux ne signifient pas grand-chose pour… des êtres comme nous. Dans certains cas, rares il est vrai, ils peuvent avoir une valeur sentimentale. (Écartant la main, elle me dévoila son médaillon.) Comme ceci, par exemple. Qui vaut à peine quelques dollars, mais que je porte depuis cinq cents ans. Est-ce que j'invoquerais un *ghallu* pour le récupérer ? Je l'ignore. J'ignore si je serais assez puissante… Mais je l'envisagerais très sérieusement, tu peux me croire.

– Eligor ne me semble pas particulièrement sentimental dans son genre.

– Je disais simplement qu'il peut y avoir d'autres raisons au fait qu'on convoite quelque chose.

– Donc, la plume aurait une signification particulière pour Eligor ?

– Pour n'importe qui sachant ce qu'elle représente. Et pour quiconque la verrait, en fait. Difficile de ne pas la reconnaître, dès qu'on l'a sous les yeux.

– Je ne comprends pas, Caz.

– Alors, c'est que tu es un peu lent à la comprenette, Bobby. D'où vient une plume ?

– D'un oiseau.

– Là, tu en fais trop. Plus simple ! D'où vient une plume ?

J'y réfléchis, puis inspirai à fond quand l'idée me frappa enfin.

– Une aile !

– Et qui a des ailes ? Les oiseaux, les abeilles et... ?

– Non. Pas ici, sur Terre. Pas dans le monde réel. J'en sais quelque chose, Caz, je suis un ange ! Nous n'avons pas d'ailes, Ici-Bas.

– *Toi*, tu n'en as pas, Bobby. Parce que tu es rattaché à la Terre. Tu joues dans la cour des petits, si je peux me permettre de le présenter ainsi. Tu es un simple « fantassin », de la piétaille. Mais quand les anges éminents se manifestent ici, eh bien, ils gardent leurs attributs célestes. S'ils sont suffisamment puissants, assez haut placés dans la hiérarchie.

J'eus l'impression, une fois de plus, qu'elle m'avait flanqué son poing dans la figure.

– Donc, tu es en train de dire que ce qu'Eligor possédait, c'était une plume provenant d'un ange éminent ? C'est vraiment ce que tu crois ?

– Si j'y crois ? Je l'ai tenue entre mes mains, Bobby. Je l'ai volée dans le coffre d'Eligor et je l'ai fait sortir en douce du bâtiment, avec l'aide d'agents de la sécurité dûment soudoyés, qui ont accepté de détourner les yeux. Si tu avais vu cette plume de tes yeux, tu saurais que j'ai raison.

– Ouais, mais le *hic*, c'est que je ne l'ai pas vue. Voilà bien où le bât blesse. Tout le monde pense que je l'ai. Et ça finira par me coûter la vie !

La mine de Caz s'altéra alors ; ses yeux bleus s'arrondirent, lui donnant une expression de culpabilité et de chagrin si convaincante que, pour la première fois depuis un bout de temps, je me demandai si j'avais été idiot de lui accorder ma confiance.

– Sincèrement, Bobby, je n'avais pas l'intention qu'il t'arrive tout ça. C'était mon jeu, mais il a mal tourné. J'ai pris le risque de me fier à Cirederbe. Oh, juste un peu – mais ça a suffi pour qu'il me trahisse, en fin de compte.

– Explique-toi.

– Il fallait que je me débarrasse de la plume, je te l'ai dit. On me surveillait, et j'étais suivie. Dès qu'Eligor a su que son trophée avait disparu, il a compris ce que j'avais fait. Il savait qu'il était en ma possession, et que je n'hésiterais pas à m'en servir contre lui.

– Et *ça*, qu'est-ce que ça veut dire ?

– Tu vois, on ne peut pas arracher comme ça une plume à l'une des Puissances de la Principauté. Et elles ne muent pas non plus. Eligor avait cette plume pour une raison bien précise.

Je commençais à piger.

– Un gage, ou un repère… Et je suppose que, quelque part au Ciel, quelqu'un a fourré au fond d'un tiroir de bureau quelque chose appartenant à Eligor, histoire de rappeler à ceux de son bord qu'il a déraillé en passant des accords qu'il n'était pas censé passer. Ainsi, si l'un des deux dévoile ce secret, l'autre tombe aussi. Et de très haut !

Je commençais à voir comment tout ça s'imbriquait, mais j'avais toujours beaucoup de questions.

– Donc, un de mes chefs et le Grand Duc ont dû conclure un marché. Mais à quel sujet ? Quel secret pourrait bien valoir de courir ce genre de risques ?

Elle haussa les épaules.

– Si je le savais… ou même si j'avais la plume, je ne serais pas en train de me cacher, à l'heure qu'il est.

– Car si cette plume appartient à l'un des anges éminents, un autre pourrait certainement dire de qui elle provient. (Je sifflai entre mes dents.) Bon sang, tout ça est encore plus dingue que je ne l'aurais cru ! Donne-moi des détails, au sujet de Cirederbe. Quand lui as-tu donné la plume, et quand a-t-elle disparu ?

– Je la lui ai confiée la veille de sa mort.

– Le jour où Sam et le gamin l'ont confronté au sujet de la femme Martino ?

– Je suppose. Le lendemain, il m'a dit qu'il l'avait cachée, et qu'il me révèlerait où dès que nous pourrions parler en privé. (Un air de surprise naquit sur son visage.) Tu étais là ! Quand il m'a dit ça…

– Chez Walker ? Quand tout le monde a découvert l'histoire de l'âme disparue ? Un peu bizarre, comme coïncidence… Deux événements majeurs depuis des années, et qui se produiraient simultanément ? (Je réfléchis.) C'est alors que Cirederbe t'aurait dit qu'il s'était débarrassé de la plume ?

– Oui, dès mon arrivée sur les lieux. J'étais en rogne au sujet de cette affaire Walker parce que je pensais que Cirederbe avait fait un truc stupide et attiré l'attention au moment où nous n'en avions vraiment pas besoin. Je n'avais pas compris qu'il y avait bien plus important en jeu. Et je n'ai pas eu la possibilité de lui parler de nouveau avant qu'ils le tuent. (Elle pinça les lèvres.) C'était un sale type, un traître et un fourbe qui s'apprêtait à m'arnaquer, mais même lui, il ne méritait pas de crever comme ça !

– Es-tu certaine qu'il allait te trahir ? Peut-être n'a-t-il pas eu l'occasion de te révéler où il l'avait planquée avant que…

– Il l'a eue, l'occasion. J'ai essayé de lui parler en privé, juste après. Il devait me faire son rapport sur le cas Walker, et ça n'aurait donc pas attiré l'attention. Mais il m'a roulée, en prétextant qu'il avait un truc important à faire ailleurs, et qu'il devait s'assurer que la plume était bien en lieu sûr. En réalité, il allait la proposer à Sitri, j'en suis convaincue maintenant, histoire d'éponger ses dettes de jeu. Mais Eligor a dû le choper le premier.

Je me forçai à ne pas m'appesantir sur les horribles réminiscences que tout cela faisait remonter : les restes de Cirederbe exposés aux quatre vents, dans la cour de la propriété de feu Edward Walker.

– Donc, ça signifie que la plume disparue n'est pas uniquement le problème d'Eligor, n'est-ce pas ? Celui dont elle provient doit être tout aussi inquiet que lui. Davantage même, si ça tombe. Une idée de qui ça peut être ? Un nom qu'Eligor aurait mentionné ?

– Devant moi ? fit-elle, méprisante. Il n'aurait pas couru un tel risque. D'où je viens, personne ne fait confiance à personne, non sans d'excellentes raisons. J'ai su qu'il gardait quelque chose de capital dans son coffre parce que j'avais épié une de ses conversations.

– Et cette conversation… ?

– J'en ai juste surpris des bribes, il y a de cela plusieurs semaines. Il était au téléphone, et je l'ai entendu dire : « *Je m'en fiche. J'ai toujours le gage de votre chef dans mon coffre, et nous allons procéder comme nous en étions convenus. Si quelque chose tourne mal, je vous ferai tous exploser ! Le Très-Haut en personne ne retrouvera rien ! Pas le moindre lambeau…* »

– « *Le gage de votre chef* »… Il parlait donc à un subalterne. Notre ange mystère aurait au moins une personne à ses ordres, ici sur Terre.

– Tu as un air qui ne me plaît guère, fit-elle soudain remarquer. Comme si tu étais sur le point de partir.

– Mon meilleur ami est aux Urgences, Caz. Il était presque mourant, à cause de ce petit cauchemar de familier d'Eligor ! Et je viens de comprendre que tout ce que j'ai pu dire à mes collègues, ici ou au Ciel, est peut-être déjà arrivé aux oreilles du mystérieux allié d'Eligor. Alors, qui sait quel genre de dégâts j'aurais déjà provoqués ? J'ai besoin de réfléchir.

– Mais quand tu partiras, nous n'aurons plus jamais… *ça.*

– Que veux-tu dire, Caz ? Tu crois que je me sers de toi à seule fin d'obtenir des informations ? (Je la dévisageai, m'ingéniant à deviner les secrets tapis au fond de ses yeux.) Douterais-tu que notre couple compte aussi à mes yeux ?

Elle secoua la tête, comme si celle-ci était trop lourde pour son cou frêle.

– Je l'ignore, Bobby. Je n'ai jamais été dans ce genre de situation.

– Moi non plus.

– Alors, reste encore un peu. Une heure.

Elle tendit la main et effleura ma poitrine nue, puis fit doucement glisser ses ongles à travers mes poils, en descendant vers mon ventre.

– Donne-moi encore un peu de toi, quelques souvenirs de plus. Les nuits sont très longues, parfois, même ici, dans le monde réel, Bobby. C'est mieux que… d'autres endroits où j'ai été, mais ces siècles ont été bien solitaires pour moi…

Elle me passa les bras autour du cou et se redressa, sa peau sèche et froide glissant sur la mienne tel le souffle d'une bise, qui fit se dresser presque tout en moi.

– Oooh ! badina-t-elle en rapprochant son visage du mien, on dirait que Lazare a ressuscité.

– Ne blasphème pas, dis-je avant d'embrasser ses lèvres fraîches, qui s'ouvrirent sur sa langue chaude. Nous sommes au-dessus de tout ça, maintenant.

Et ce n'était pas une façon de parler, pour moi.

– Oh, oui, dit-elle. Oh, oui !

24

Soirée pyjama

Caz dormait toujours quand je partis. Je me dégageai délicatement de son étreinte, ignorant ses murmures ensommeillés de protestation. Quitter ce lit chaud fleurant bon le sexe – celui de nos fougueuses étreintes – fut une des choses les plus difficiles que j'aie jamais eu à faire.

Mais quand tu partiras, nous n'aurons plus jamais… ça.

Et si elle avait raison ? Si nous survivions, elle et moi, passerions-nous le reste de notre vie à regretter ce qui était arrivé, ou à souhaiter au contraire que tout recommence ? Était-ce seulement possible, que ça se reproduise ? Je ne voulais même pas imaginer quel châtiment on réservait à ceux qui frayaient ainsi avec l'ennemi, d'une manière que mes chefs jugeraient forcément répréhensible et inacceptable.

Et moi, qu'est-ce que j'en pensais, au fond ? Elle était un démon, un suppôt de l'Enfer ! Qu'est-ce que l'amour pouvait bien signifier pour elle ?

Ce qui ne m'empêcha pas de souffrir tandis que je la quittais. Non, ça ne m'aida pas du tout.

Je pris un taxi et me rendis chez Orban – pas seulement parce que j'avais besoin de remplacer mon revolver, qui gisait au fond du fleuve Redwood, mais aussi parce que la moindre des courtoisies exigeait que je lui explique de vive voix comment avait fini la Bonneville qu'il m'avait prêtée. De plus, ça me distrairait de ce que je venais de laisser derrière moi. Orban ne fut pas ravi, bien entendu. Le niveau de son langage se dégradait beaucoup quand il était de mauvais poil. Tout au long de mon angélique vie, on ne m'a jamais traité de « trouduc » aussi souvent en si peu de temps…

– Comment t'as pu faire un truc pareil ? C'était ma préférée, cette bagnole ! Tu as idée à quel point je me démène le fion pour trouver des pièces de rechange ? Une caisse de 1971 ! Et tu sais combien ça coûte ? Presque deux cents biftons pour une simple fixation de pare-soleil ! Tu m'as rapporté mes fixations de pare-soleil ? Tu m'as rapporté *quoi que ce soit* ?

Il finit quand même par se calmer, après une bonne demi-heure de rouspétances, d'imprécations et de jérémiades, sans compter deux verres d'Egri. J'en pris un ou deux avec lui, puisque c'était l'heure du repas. Par l'Enfer, pourquoi m'en serais-je privé ? Je lui promis de récupérer la Bonneville à la fourrière et de payer les dégâts, ce qui nous permit de changer de sujet. Pas trop tôt !

Avant de pouvoir repartir de chez Orban, au volant d'une autre voiture de location (une vieille Mercedes Diesel couleur mastic, bien moins glamour et nettement moins blindée), je dus vider mon compte en banque et lui laisser la carte grise de ma bien-aimée Matador. Ce qui me serait plus utile, du moins dans le cas présent, c'était un pistolet semi-automatique belge avec un chargeur de vingt coups. J'avais aussi raqué pour cent cartouches d'argent supplémentaires, qu'Orban avait fabriquées pour l'acheteur d'origine du semi-automatique.

– Ce type était « un peu trop mort » pour venir prendre sa commande, alors je te les fais bon marché, dit-il, grand prince. On pourrait adapter le semi-automatique pour en faire un trente coups, mais moi, j'ai pas confiance. Trop délicat. Reste avec ton vingt coups. Vingt, c'est bien. (Il sourit dans sa barbe.) Ah ! Voilà qu'Orban fait des rimes !

Je laissai le poète des pétoires derrière son comptoir et retraversai la ville en direction de Five Page Mill, au volant de la Benz qui brinquebalait comme une vieille casserole.

Je repensais à ce que Caz m'avait dit depuis que je l'avais quittée, et même si j'avais envie de lui faire confiance, ou plutôt *besoin*, puisque j'avais foulé aux pieds tant de règles rien que pour être avec elle, des doutes me taraudaient encore, et j'avais décidé de procéder à quelques vérifications.

Je me garai à distance du Numéro Cinq, mis des lunettes de soleil et coiffai une vieille casquette des Giants qu'un mécano d'Orban avait laissée traîner sur le siège arrière, puis je m'installai et observai ceux qui entraient et sortaient de Vald Credit. Je vis Fourrhurle sortir à plusieurs reprises, réglé comme un coucou d'horloge, toujours flanqué d'au moins deux autres types de la sécurité. Je restai planqué dans ma voiture. Je n'avais pas besoin d'une autre fusillade dans Page Mill Square. Au milieu de l'après-midi, j'abandonnai ma surveillance le temps de faire un saut jusqu'au traiteur le plus proche, où je pris un sandwich à la dinde et une tasse de café à emporter. Puis je revins à ma place de parking, prêt pour un long siège.

Après 17 heures, les employés de Vald Credit et beaucoup d'autres travailleurs des bâtiments environnants, autour de la place, avaient quitté les tours de bureaux, se déversant dans la rue. Certains gagnèrent les arrêts de bus, s'y agglutinant. Vald Credit possédait son propre parking, sous la tour, qui commençait aussi à se vider. Mais le parking public était encore monopolisé par les clients des magasins situés aux étages inférieurs des tours, et je ne me sentais donc pas dans l'obligation de me déplacer dans l'immédiat.

Enfin, 19 heures approchant, ma patience fut récompensée. Fourrhurle sortit seul du bâtiment, et attendit qu'une longue voiture aux lignes aérodynamiques se présente. Il grimpa dedans.

Je la pris en filature sans trop de mal, à la faveur de la nuit tombante. Sans compter que le Camino Real était bondé, et qu'on était en pleine heure de pointe. Des conditions idéales pour une filature. Quand la voiture s'arrêta devant *Il Milanese*, à quelques kilomètres de la rue principale, Fourrhurle y entra, seul, et le chauffeur attendit dans le parking, comme je l'avais espéré. Je le vis allumer le plafonnier pour lire un magazine. Je gribouillai une note vite fait, que je fourrai dans une enveloppe puis dans ma poche, avant d'entrer dans l'établissement.

C'était un lieu intéressant, au décor résolument moderne mais regorgeant de photos en noir et blanc d'Italiens du XIXe siècle ; les hommes avaient des cols montants et les femmes de volumineuses robes noires, comme si elles avaient passé le siècle entier à porter le deuil. La paroi donnant sur le Camino Real était en verre ; cet endroit n'aurait-il pas été, autrefois, un café ouvert 24 heures sur 24 ? Le comptoir, avec sa rangée de tabourets pivotants, confirma mon impression, même si les camionneurs aux casquettes caractéristiques avaient été remplacés par de jeunes cols blancs prenant des en-cas arrosés de vodka et de Red Bull.

Fourrhurle était dans l'arrière-salle du restaurant, son front bas plissé par la concentration tandis qu'il étudiait la carte des vins. Il ne sursauta, ni même n'eut l'air étonné quand je me glissai en face de lui, sur la banquette. Le voyant fourrer la main sous la table, je compris qu'il voulait dégainer son revolver en douce.

– Pas de conneries, Hurleur, lui dis-je en guise de préambule. Je suis juste venu parler.

Il grimaça, ce qui le fit ressembler à un *truc* qu'on s'attendrait à surprendre au poulailler, une poule crevée entre les mâchoires.

– T'es bien placé pour parler de conneries ! C'est toi qui viens encore d'en commettre une.

Sa main revint lentement en vue, tenant braqué sur moi un automatique noir, l'index sur la détente. Puis il posa consciencieusement sa serviette sur sa main et le revolver afin de les dissimuler aux autres clients.

– Pourquoi tu viens me gâcher mon repas, Dollar ? Qu'est-ce que je t'ai fait ?

– Rien de plus grave que ce que je t'ai fait, *moi*, en réalité. Tu te souviens, quand je t'ai marché sur le cou ? Le bon vieux temps… Ah, t'affole pas ! J'ai moi aussi un petit flingue pointé sur toi, sous la table. Ne laissons pas les choses dégénérer en un concours sur la quantité d'argent que nous pourrions mutuellement nous expédier dans le corps.

– L'argent ? Tu crois que j'ai peur de l'argent ? Tu as déjà tenté le coup, tu te rappelles ? fit-il, tordant ses babines en un rictus amer. Tu as raté mes couilles d'un cheveu, mais il me faudra quand même des semaines pour guérir à cet endroit – et je guéris vite ! Mes petites amies sont furax contre toi. Sans compter que ça m'a fait *sacrément mal.* D'ailleurs, je suis déjà fatigué rien qu'à l'idée d'écouter encore les conneries que tu voudrais me débiter. Je vais te faire sauter la tronche, et *basta !*

– Arrête. Ce n'est pas avec de l'argent que je te menace, cette fois. C'est pire.

Je levai la tête. Un serveur se dirigeait vers nous. J'espérais que personne n'avait été surpris.

La serviette dissimulant la main de Fourrhurle tremblota.

– Pire ? Comment ça ?

– Je parle de ton chef. Une seconde !

Le serveur prit deux verres d'eau sur un plateau et vint les poser devant nous.

– Bonjour, je suis Eric, votre serveur pour ce soir, dit-il avec un manque d'intérêt total pour les vibrations bizarres entre ses deux clients, et qui n'avaient pas pu lui échapper. Que puis-je vous servir, messieurs ?

– La vodka, ça colle pour moi, dis-je. Je vais juste prendre quelques gressins, mais mon ami va sûrement vouloir commander son repas.

– Je passerai commande plus tard, grogna Fourrhurle. Apportez-moi un verre de Chianti. Le Castello dei Rampolla.

Pendant que le serveur s'esquivait, je souris à mon hôte involontaire.

– Alors, tu as vraiment appris à apprécier les bons crus ? Pas mal pour un gosse qui a grandi sur les trottoirs brûlants de la Via Dolorosa, Hurleur. Ou est-ce juste que tu te fourrerais n'importe quoi dans la bouche, du moment que c'est rouge et humide ?

– Ta gueule, Dollar. Si t'as quelque chose à dire sur mon chef, fais vite. J'en ai ras le bol de ta tronche.

– Entendu.

Je pris un gressin et en croquai le bout, gardant mon autre main cachée sous la table.

– Je vais te raconter une petite histoire. Sur la manière dont l'ex de ton chef l'a escroqué. Et sur la manière dont *toi*, tu l'y as aidée.

– De quoi foutre parles-tu ? (Il se redressa à demi, la serviette qui dissimulait son revolver commençant à glisser, mais il se ressaisit vite et se rassit. Des voisins se tournèrent vers nous et nous dévisagèrent.) Sale trou du cul ! fulmina-t-il à mi-voix. J'ignorais tout à ce sujet !

C'était un sacré risque : il pouvait décider de se lancer dans un duel en règle, ici même, en plein restaurant. Mais la petite zone de mon cerveau gardant un brimborion de bon sens avait besoin de savoir que Caz m'avait dit la vérité. Après le Grand Duc, Fourrhurle était le seul encore en vie qui puisse confirmer la version de la Comtesse. Or, les menaces seraient vaines contre ce démon-là ; elles ne contraindraient pas Fourrhurle à me parler. Après tout, il était là, attablé au restaurant, alors que moins de vingt-quatre heures plus tôt, je lui avais logé des balles en argent dans le pelvis, à un cheveu de ses bijoux de famille… De toute évidence, c'était un sacré dur à cuire. Son unique motif de frayeur ? Le même que pour moi : Eligor, son dingue de chef, prêt à passer au meurtre. *Ça*, ça me flanquait les jetons.

– Sincèrement, le Frisé, lui dis-je, et dans ton propre intérêt, ne fais rien de stupide avant d'avoir au moins écouté ce que j'ai à te dire.

Il m'exhiba une rangée impressionnante de dents.

– Ce qui serait stupide, ce serait bien de te laisser sortir d'ici vivant.

Je lui rendis son sourire carnassier.

– À toi de voir. Mais voilà ce qu'il te faut d'abord savoir. D'après mes informations, si le Grand Duc chope la Comtesse, elle affirmera que vous étiez d'accord, elle et toi, et que c'est ainsi qu'elle a pu s'esquiver avec la… propriété personnelle d'Eligor (j'eus un subit accès de discrétion, puisque, après tout, j'ignorais si Fourrhurle savait ce qui avait été dérobé.) Tu as délibérément détourné le regard.

Il vira au rouge cramoisi – au point que je craignis qu'il se pète une veine.

– Cette sale pute de menteuse ! J'ignorais tout de sa combine ! Elle a réussi à circonvenir un des gars de mon équipe…

– Alors, c'était une simple coïncidence, c'est ça, si le chef de la sécurité du Grand Duc s'est vu rabaissé au rang de garde du corps pour le compte d'un vulgaire procureur ? (Je lâchai un rire supérieur – un rien affecté.) C'est ça, prends-moi pour une bille ! Non, en vérité, tu gardais un œil sur ton *investissement*.

– Va te faire enculer, sale ange ! C'est Eligor en personne qui m'a chargé de garder Cirederbe à l'œil ! Je le surveillais parce que le chef savait qu'il était de mèche avec cette putain, mais j'ignore comment !

Fourrhurle commençait à s'énerver pour de bon. L'idée que son patron le blâme pour ce vol le terrifiait, vraiment, et il n'arrivait déjà plus à réfléchir – ce que j'avais espéré.

– Tout ça, c'est des foutaises que tu viens d'inventer. Tu crois vraiment que ça suffira à te ramener dans les petits papiers de ton chef ?

La serviette bougea de nouveau – il assurait sa prise sur son arme.

– Ah, ah ! Tu ne veux pas vraiment d'un esclandre ici, pas vrai, Hurleur ? Tu aimes bien cet endroit, souviens-toi. Sans compter qu'après m'avoir raté, il faudra que tu expliques à la police pourquoi tu as tué accidentellement tous ces sympathiques clients. Moi, il y a belle lurette que je me serai éclipsé, naturellement.

Fourrhurle prit son couteau à beurre et passa ostensiblement un doigt sur le fil, sa pogne velue tremblant légèrement.

– J'ai pas besoin de mon revolver pour te descendre, l'ange. Je pourrais te tuer sans problème avec ça. Ou à mains nues.

– Je ne comprends pas pourquoi personne ne tient à te fréquenter, Hurleur. Tu es tellement *sympa* comme mec. (Je me levai sans mouvement brusque, afin d'éviter toute méprise surtout, et je sortis la note que j'avais préparée.) Je vais y aller, maintenant. Avant que tu ne rameutes des renforts, ou décides de me liquider avec ton joli petit couteau, je te suggère vivement de lire ça. Mais seulement si tu aimerais continuer à vivre tranquille, bien sûr. Comme tu ne cesses de me le faire remarquer, ton chef est quelqu'un qu'il vaut mieux ne pas contrarier.

Je posai l'enveloppe sur le coin de la table en me détournant. Je dus être un peu maladroit, car elle tomba par terre. Sous son regard étincelant de haine, je me dirigeai vers la sortie. Je dois avouer que tous mes muscles étaient bandés ; à chaque seconde, je m'attendais à ce qu'il craque et me tire une balle dans le dos.

Je jetai un coup d'œil derrière moi et le vis ramasser l'enveloppe. Je me hâtai donc de sortir du restaurant. Quand il déchira l'enveloppe et lut ma note (*« Ne touche pas à l'osso bucco ce soir, j'ai entendu dire qu'il n'est pas terrible »*), j'étais en train de remonter fissa en voiture.

Et lorsque Fourrhurle surgit en trombe d'*Il Milanese*, revolver brandi, avec une trogne furax rappelant furieusement une gueule de pitbull au poil ras prêt à me réduire en lambeaux, j'étais déjà loin sur la rue Camino.

Une fois effectuées mes dangereuses vérifications préalables, donc – jusque-là, la version de Caz concernant Cirederbe et la fameuse plume tenait la route –, je passai au restant de ma liste. Pour commencer, je téléphonai à Clarence. J'avais toujours mes doutes à son sujet, mais là, j'avais trouvé le moyen de faire d'une pierre deux coups.

– Oh là, Bobby, tu vas bien ? dit-il quand il décrocha. Que s'est-il passé ? J'ai vu le *Compas*…

– Ouais, c'était très excitant ! Le truc le plus drôle qui me soit arrivé depuis que grand-père Dollar a confondu l'essence et la gnôle de maïs. Tu es chez toi ?

– Euh, oui, en fait, j'y serai d'ici quelques minutes. Je reviens du restaurant. Mes colocataires sont de sortie, ce soir.

Je n'avais pas la plus petite idée de ce dont il parlait.

– J'étais aussi dans un bon restaurant, il y a peu, mais tout ce que j'y ai mangé, c'était des gressins, alors je vais sans doute m'acheter quelque chose en chemin. Je serai là dans une petite demi-heure.

– Mais… !

Je raccrochai avant qu'il perde son temps à vouloir me dissuader de venir.

Traverser la ville au volant de cette Benz n'était pas follement excitant. Je n'ai jamais aimé les Diesels, ils gigotent et grognent – pire que Gras-double en quête de truffes –, et ils ont un temps de réaction à peu près équivalent à celui du département des réclamations des entreprises importantes. Bon, je dis pas, c'était tout de même mieux que d'y aller à pinces. Alors, vitres baissées, je tâchai de profiter de la soirée. J'achetai deux tacos à un drive-in, que je mangeai en roulant, semant des bouts de tortillas et de tomates sur mes genoux ou la moquette de la bagnole d'Orban. Je me demandais où était le *ghallu.* Toujours à ma recherche, ou bien allait-il seulement là où on l'envoyait ?

En me dirigeant vers les Hauts de Brittan *via* Whipple, je longeai le bâtiment blanc de l'hôpital Sequoia, et repensai à Sam, aux Urgences, avec des tuyaux et des fils partout. Si jamais il était sorti du coma, le pauvre n'avait sûrement rien de mieux à faire qu'écouter Jimmy La Table ressasser ses ennuyeuses histoires du temps de son investiture comme avocat, dans les années 1970. Un sort que je n'aurais souhaité à personne, et encore moins à mon meilleur ami qui n'avait pas même la possibilité de se lever et de filer. Un instant, j'eus très envie de rendre une visite surprise à Sam. Mais la tentation passa vite. J'étais plutôt content de moi, car mon bluff avait marché avec Fourrhurle. Cela dit, j'aurais intérêt à éviter de pousser le bouchon trop loin.

J'avais déjà eu l'occasion de déposer Clarence devant cette grande maison perchée sur les collines. Cette fois, il me fallut descendre de voiture et chercher la porte d'entrée, qui était plus difficile à repérer qu'on aurait pu le croire. Je trouvai enfin une porte, et je dus y frapper un bon moment avant que Clarence vienne ouvrir.

– Oh, alors… Te voilà.

Il portait une tenue de jogging grise démodée, comme s'il venait de faire de l'exercice, et des baskets blanches. Je préférerais mourir que porter des baskets blanches. C'est peut-être même ce qui a signé mon arrêt de mort, d'ailleurs. Si je suis un ange aujourd'hui, c'est peut-être bien parce que la mafia des chaussures de sport blanches m'a descendu.

– C'est ta façon de rendre hommage à Rocky Balboa ? m'enquis-je.

Il baissa les yeux sur ses fringues.

– Je suppose. Allez, entre.

Il n'avait pas de bière à m'offrir ; il me fila une boisson sans alcool, qu'il sortit d'un frigo presque aussi grand que mon appartement. La maison était immense, elle aussi, de style Frank Lloyd Wright, toute en bois, en tuile et en béton, et pratiquement sans cloison, de sorte que, d'une pièce, on avait vue sur d'autres, sans avoir à se déplacer. Une des plus vastes était même à ciel ouvert, mais, par mauvais temps, il était possible de la fermer à l'aide de portes coulissantes, ce qui avait le don de la transformer en une cour intérieure, sorte de moderne atrium. Je me demandai de nouveau qui pouvaient bien être les colocataires de Clarence. Sans doute des gosses de la vallée aux boulots bien payés. Et ils devaient aussi avoir une femme de ménage, car tout était très propre.

Dans la cuisine, je lui narrai les dernières péripéties, jusqu'au moment où je m'étais extirpé du fleuve Redwood et où j'avais appelé Caz à mon secours parce que, de toute évidence, je n'étais pas le seul en cause. Et puis, ça allait totalement contre les règles – donc, pas le genre de choses dont j'irais discuter avec un bleu dont, de surcroît, je ne savais pratiquement rien. Mais bon, quand même, je l'aimais bien – à défaut de lui faire confiance… Une situation paradoxale assez familière pour moi (qui ne fais réellement confiance à personne, vous pigez ?)

– J'ai vu l'arme de Chico une seule fois, observa Clarence quand je lui relatai l'épisode *Règlement de Comptes au* Compas *Coral.* Cette « mitraillette », là, elle est géniale ! (On aurait dit Porcinet en train de s'extasier devant les bretelles bleues de Jean-Christophe.) Il m'avait demandé de le débarrasser d'un plateau de consommations le temps qu'il réponde au téléphone, et c'est là que je l'avais remarquée, derrière le bar. Cet engin est énorme !

– Et pourtant, il a à peine réussi à ralentir cette saloperie de *ghallu,* grommelai-je. Je dois réfléchir encore à toute cette situation. En attendant, j'ai besoin de ton aide pour une chose.

Un instant, il eut l'air d'un animal pris au piège.

– Vraiment ? Et… de quel genre ? Parce que j'ai des tas de trucs à faire, là…

Manifestement, il se voyait déjà enrôlé de force et entraîné dans une nouvelle fusillade à la *Cauchemar de Ninive.*

– Ah, tais-toi, va ! Tu n'as rien à faire. J'ai parlé à Alice, et je me suis assuré que tu aurais la nuit de libre. Nous retournons Là-Haut.

Malgré lui, il jeta un regard en direction de l'escalier.

– Je ne parle pas d'ici, Clarence, dans ta grande maison sur la colline, mais des Quartiers Généraux. *Au Ciel.*

Un bruit suspect, de l'autre côté de la porte, me fit saisir mon arme par réflexe ; avant que j'aie le temps de dégainer, Junior avait bondi de son siège et s'était interposé entre quiconque arrivait par la porte dérobée et moi. (Je découvris par la suite qu'elle donnait sur l'allée.) Un couple de Blancs bien habillés, et ayant légèrement dépassé l'âge de la retraite, s'arrêta à l'entrée.

– Oh, bonjour, Harrison, dit la femme à Junior. (Elle était agréable à regarder, dans le style hippie chic – une sorte de libérale sur le retour, mais friquée.) Nous ne voulions pas vous déranger, ton ami et toi. Le film était épouvantable et Burt a eu la migraine.

– C'est ce film qui m'a flanqué la migraine, grommela son compagnon – Burt, probablement. Le genre de débilité que Sheila apprécie, et qui, moi, me laisse froid. Sous-titré, des acteurs qui se reluquent sans moufter, et c'est comme ça jusqu'à la fin. Il ne se passe jamais rien.

– Nous ne l'avons pas vue, la fin, alors comment le saurais-tu ?

Sheila nous sourit, comme pour bien nous montrer qu'ils jouaient là des rôles très familiers.

– J'en ai assez vu. Je le sais ! (Il traversa la cuisine.) Je monte. Tu viens, Sheila ?

Elle nous regarda.

– Il a raison, ajouta-t-elle en un « murmure » théâtral. Le film n'était pas très bon. Mais il est toujours persuadé que les films étrangers sont forcément mauvais, alors je ne veux pas lui laisser cette satisfaction. Oui, Burt, j'arrive ! lança-t-elle à voix haute. (À l'entrée, elle se retourna :) Au fait, en faisant les courses aujourd'hui, j'ai vu ces céréales que tu aimes, Harrison, aux fruits secs et aux noix. Je t'en ai pris quelques paquets.

– Merci, Sheila, répondit Clarence, avec l'air de vouloir disparaître sous terre.

– Ma foi, je me suis souvenue que tu les aimais, dit-elle, allègre. Prenez ce que vous voulez, mes garçons. Bonne nuit !

Il continua à fixer la porte un moment, sans doute de peur d'affronter mon expression incrédule.

– C'est une blague, hein ? Ce sont eux, tes *colocataires* ?

– Et alors ? Ce sont des gens sympas.

– Tu es allé *t'acheter* un papa et une maman ? Ou tu as répondu à une petite annonce, genre « *couple d'âge mûr cherche un enfant de substitution* » ?

Il rougit de manière impressionnante.

– Laisse tomber, Dollar. Tu n'es pas drôle.

Je me mis à rire. Il me fallut un bon moment avant de retrouver mon sérieux.

– D'accord, désolé. Peu importe. J'ai plus important à faire qu'évoquer tes bizarres dispositions domestiques. (Je me penchai et lui tapotai l'épaule de ma façon la plus amicale.) Après tout, aujourd'hui, c'est soirée pyjama.

– Soirée… ?

– En d'autres termes, je vais rester dormir ici, et on montera au Ciel tous les deux.

– *Chut !* fit-il, l'air absolument paniqué. Et s'ils t'entendaient ? Tu imagines à quoi une tournure pareille fait tout de suite penser ?

J'éclatai de rire en percutant. Mais c'est qu'il avait raison, le môme !

– Oui, c'est assez rigolo, maintenant que tu me le fais remarquer. Et ça va empirer, car je vais dormir dans ta chambre. Trouve-moi juste une couverture et un oreiller. On se racontera peut-être des histoires de fantômes.

– Tu vas dormir dans ma chambre ? Est-ce que ça ne fait pas un peu… gay ?

– Non. Si je suggérais que nous jouions à *Twister* en slip, *ça*, ça ferait gay. Et maintenant, boucle-la, dégote-moi une couverture et conduis-moi à ta chambre. Tu as bien une chambre, non ? Tu ne dors pas dans un berceau au pied du lit de Sheila et de Burt, rassure-moi ?

Oui, je sais, j'étais un peu salaud sur les bords avec le gamin, mais je ne lui faisais toujours pas confiance, et je voulais voir si j'arriverais à l'irriter au point qu'il en oublie cet air malheureux (affecté ?) qu'il affichait en permanence.

Il se contenta de me jeter un regard morose.

– Tu te crois marrant, Bobby, mais tu ne l'es pas.

– J'aime bien voir un ange junior bouder, lui répondis-je. Ça vous a un chouette parfum de victoire. Et maintenant, finis ton lait et allons au lit. Le petit Clarence a une nuit bien remplie devant lui.

25

Faux souvenirs

Nous nous sommes rejoints dans les Champs de Gloire, le gamin et moi. Clarence était en retard et il s'est pointé au sommet d'une colline élyséenne verdoyante, agitant les bras tel un nostalgique des sémaphores. Je n'étais pas ravi. Ce n'était pas tant d'avoir dû l'attendre que d'avoir eu le temps de réfléchir. Et donc, de repenser à Caz. Ce que je voulais justement éviter en pareil moment – surtout qu'elle me manquait déjà cruellement. Le sujet était tout simplement trop délicat, sans compter qu'il réduisait encore la malheureuse poignée d'options qu'il me restait, et qu'elles m'apparaissaient toutes dix fois pires encore. Soit j'avais trahi le Ciel, soit j'étais tombé amoureux de quelqu'un d'impossible pour moi. En comparaison de Caz, l'intouchable Béatrice de Dante prenait des allures de pute des rues de Vegas.

– Désolé, dit le gamin. J'ai eu du mal à m'endormir !

– Nous avons une longue marche. Tu y es déjà allé ?

Il se redressa, indigné.

– Bien entendu ! Plus d'une fois !

Malgré moi, ça m'amusa. Il réagissait vraiment comme un môme. Pour ce que j'en savais, c'était peut-être un traître fini, infiltré dans le Chœur Malade par mes supérieurs afin de dénoncer mes moindres rouspétances contre le Ciel. Mais si sa niaiserie était une façade, force était d'admettre qu'elle était très convaincante dans le genre. Je ne pouvais m'empêcher de *vouloir* le trouver sympa, et, en même temps, je me demandais quel genre d'ennuis ça allait encore m'attirer. César avait-il pris plaisir à taquiner Brutus… jusqu'à ce que son fils adoptif chéri le poignarde ?

Nous partîmes ensemble à travers des champs d'un vert étincelant, sous le soleil invisible qui réchauffait tout au Ciel. Ce qui me plaisait notamment, avec Clarence, c'était qu'il posait autant de questions que moi. Ce que j'appréciais moins ? Qu'il les pose à voix haute ! Comme d'habitude, le fonctionnement des choses en coulisses, au sujet de nos affaires angéliques sur Terre, excitait sa curiosité. Il me demanda même comment marchaient les Zips et le Hors-Zone – autant demander à un Juggalo d'expliquer le magnétisme.

– Bon, tu ne sais pas comment ces trucs fonctionnent, insista-t-il, mais est-ce que tout le monde peut les utiliser, à part les avocats ? Et si quelqu'un les referme derrière toi ? Est-ce que tu resterais coincé dedans ?

– Tous les anges peuvent le faire, même toi. Sam ne t'a pas montré ?

– Il en a parlé, mais il ne l'a pas encore fait.

Il essaie sans doute de minimiser les dégâts que tu pourrais provoquer, pensai-je.

En gardant mes réflexions pour moi.

– Je suis sûr qu'il le fera bientôt.

– J'espère qu'il va mieux. Il avait vraiment l'air amoché. Des tubes dans le nez, dans la gorge…

Je me sentais vraiment coupable de ne pas être allé voir Sam à l'hôpital – même si Monica m'avait recommandé de m'abstenir.

– Être piégé en Hors-Zone, non, ça ne peut pas arriver, *pas* sans provoquer un accident *inter-après*. Les règles sont très strictes. Les instances des deux camps ont dû passer une bonne partie de la Convention à bûcher sur toutes ces réglementations.

– Inter… après ?

Je souris. C'était une expression de Léo.

– Un de mes potes a inventé ce mot. C'était aussi un ami de Sam. *Inter-Vie-après-la-mort*. Entre *eux* et *nous*.

– Et quand tu parles de la Convention, tu veux dire la Convention du Tartare, non ? Quand nous nous sommes réunis avec l'Opposition et que nous avons décidé des règles à suivre ?

– Ouais. Lorsque le Très-Haut a banni Satan et ses adeptes, sans les renvoyer au néant, tout le monde a dû s'entendre sur la façon dont nous allions jouer le jeu. (Une chose me revint soudain en tête.) Il est impossible de forcer quelqu'un à se rendre en Hors-Zone, ou de l'y emmener sans son consentement. C'est même grâce à cela que j'ai récemment eu la vie sauve.

– Je sais. Avec Eligor, dans son bureau.

Je plissai les yeux.

– Comment sais-tu ça ?

– Tu me l'as dit, souviens-toi ! Allons, Bobby, tu deviens paranoïde. Quand nous prenions le café, avec Sam ? Tu as déjà oublié ?

– Oh. Ouais.

Mais ça m'avait quelque peu déstabilisé, et, un moment, nous continuâmes en silence.

Je suis passé rapidement sur le voyage à travers Champs, et je n'aurais pas dû, car c'est une *sacrée* expérience. Croyez-moi, les mortels feraient la queue sur des kilomètres et paieraient plus cher que pour Disneyland, juste pour pouvoir s'y promener sur quelques centaines de mètres. Le plus étonnant, ce sont les couleurs, la manière dont elles luisent, crépitent et étincellent. Les gens qui ont une expérience du peyotl, des champignons hallucinogènes ou du LSD ont sans doute une idée de la façon dont les couleurs semblent s'intensifier, pulser d'une lumière intérieure, pendant un trip. La différence, au Ciel, c'est qu'il n'y a jamais les retombées difficiles que provoquent les drogues psychédéliques, sans parler du potentiel d'un mauvais trip. En fait, une balade à travers les collines et les champs qui entourent la Cité Céleste est, par définition, l'inverse d'un mauvais trip.

Bien sûr, je ne sais rien, personnellement, des effets du peyotl ou de ces autres trucs. Après tout, je suis un ange. Et même un ange qui s'est retrouvé coincé dans un camp d'entraînement en plein désert, avec une troupe d'autres anges portant des corps humains pour la première fois et qui s'ennuyaient à mort, ne se hasarderait pas à expérimenter l'alcool, les drogues illégales et autres vilaines habitudes humaines. Ça ne risque pas d'arriver, c'est tout. Vous le comprenez bien, j'espère ?

De toute manière, comme j'avais décidé de me montrer un peu plus réticent et réservé avec Clarence, j'eus le temps d'apprécier la singulière beauté des Champs, tout comme les choses qui étaient, elles, très spéciales. Pour commencer, même s'il y avait des gens autour de nous – les Bienheureux, peut-être, ou en tout cas leurs âmes –, les atteindre s'avérait très difficile. Les Champs revêtaient une qualité onirique, à l'instar de la Cité Céleste même, mais la nature de ce rêve particulier faisait qu'atteindre les *objets,* en revanche, était facile. Prenez par exemple un bosquet ombragé ou une butte à l'herbe engageante. Ce sont les *gens* qui étaient toujours plus loin qu'on ne l'aurait cru. On pouvait arriver à leur hauteur, mais s'ils avaient l'air de se trouver à quelques dizaines de mètres seulement, en termes de temps terrestre, les rejoindre pouvait prendre en réalité un bon quart d'heure. J'ignore si c'est lié aux lois de la physique particulière qui a cours au Ciel, ou bien à la volonté du Très-Haut, réticent à ce que la Vie-après-la-mort soit trop facilement perturbée. De toute façon, on n'obtenait pas grand-chose des gens quand on leur parlait, dans les Champs.

Ils avaient toujours l'air à moitié endormis, joyeux, prêts à vous répondre, mais perdus dans les souvenirs de la vie qu'ils avaient vécue ou de la Vie-après-la mort qu'ils vivaient à présent, et ils n'avaient pas une très grande capacité d'attention. Aux premiers jours, quand je posais encore les questions à haute voix, je quittais parfois les Champs du Ciel en ayant l'impression d'être un adulte pernicieux qui aurait épié un terrain de jeu plein d'enfants.

Les Champs, eux, sont d'un accès bien plus facile que leurs habitants. Le soleil y brille en permanence. Comme dans un rêve, aux endroits les plus sombres, les recoins obscurs ou les vallées boisées, on s'aperçoit rapidement que la pénombre est celle d'un lieu naturel plaisant, sans danger, et d'une grande beauté. On découvre des endroits qui semblent tout droit issus de nos réminiscences les plus agréables. Bien sûr, quand on est comme Clarence ou moi, on n'a pas de souvenirs à proprement parler, juste une *sensation.* Partout où on va, c'est ainsi : un lieu inconnu mais pas menaçant, ou familier mais quand même mystérieux, comme si le *déjà-vu* faisait partie de l'air ambiant. Et, à l'exemple de la Cité, être dans les Champs du Ciel apporte un sentiment de justesse, de *bien-être.* Chaque fois que je les traverse, je me dis, *il faut que j'en voie plus, que j'en apprenne davantage. Peut-être pourrais-je être heureux, ici. Peut-être.*

Mais toutes les bonnes choses ont une fin, même les Champs infinis. Tôt ou tard, on parvient à un endroit surélevé d'où on aperçoit les murailles scintillantes de la Cité, au loin. Pour la plupart, ce serait le meilleur moment du voyage. Quant à moi, un léger frisson d'appréhension me saisit immanquablement à cette vue. Je n'ai jamais eu réellement l'impression d'appartenir au Ciel. Chaque fois que je reviens ici, même quand j'y suis mandé par les instances supérieures, et même les rares fois où j'y ai goûté la félicité, j'ai toujours le sentiment que je suis en danger d'être découvert.

Découvert à quel sujet ? Je l'ignore. Et j'aimerais bien le savoir.

– Alors, pourquoi voulais-tu que je vienne avec toi ? demanda Clarence tandis que nous franchissions la grande porte pour nous fondre au flot d'habitants angéliques qui remplissent continuellement les rues.

À propos, même si les rues du Ciel ne sont pas pavées d'or, certaines semblent l'être – mais c'est un or agréable au toucher et à fouler, un peu comme de la terre battue ; en somme, excepté sa beauté, il ne présente guère les caractéristiques de l'or réel.

– Est-ce au sujet de Sam ? insista Clarence.

– D'où te vient une idée pareille ?

Il haussa les épaules. Il commençait à avoir l'air un peu distrait, perdu dans l'euphorie communicative du Ciel. Je le ressentais aussi, mais je me raccrochais avec âpreté à ma détermination, comme toujours quand j'étais de retour. Je me suis aperçu d'une chose : si je m'y prends à la façon d'un type saoul qui doit accomplir une tâche difficile, j'y arrive à peu près. Le maître mot : concentration, concentration ! Puis il suffit que je passe sous un arbre en fleur, dont chaque bourgeon brille de l'intérieur comme s'il était magique, et je dois tout reprendre à zéro.

– Pourquoi ? Je l'ignore, répondit-il. Peut-être parce que Sam est à l'hôpital, après avoir tenté de t'aider à affronter ce *ghallu.* Et qu'il est mon chef, en quelque sorte.

– Pas mauvaise, ton idée. Mais non, ce n'est pas pour ça. Je voulais que tu viennes parce que tu travaillais aux Archives, exact ?

Pour la première fois depuis notre entrée dans la Cité, son calme enjoué se troubla quelque peu. Il plissa le front comme si je venais de prononcer le nom d'une ex-petite amie particulièrement déplaisante – même si, à mon avis, il n'a pas dû en avoir beaucoup, de petites amies, déplaisantes ou pas.

– Vraiment ? fit-il. Mais je n'y ai plus bossé depuis un moment…

– Il n'y a pas si longtemps que ça, en fait. Quelques semaines, en temps terrestre, plus la durée de ta formation avant qu'on t'envoie

En-Bas. Et je parie que ton entraînement n'a pas été bien long non plus, vu tes maigres connaissances.

Il s'empourpra. Je n'avais encore jamais vu personne rougir ainsi, au Ciel. C'était charmant – quoiqu'un brin pathétique.

– Je suis vraiment si nul ?

– Tu sais que la nature a fait les bébés totalement sans défense, afin que nous n'ayons pas l'idée de les manger ? Eh bien, je suis sûr qu'avec toi, même le monstre cornu d'Eligor se contenterait de te prendre au bras, de t'ébouriffer les cheveux et de jouer à « je te tiens, tu me tiens, par la barbichette ! » (Il eut l'air si défait que j'en eus presque honte, mais j'étais déterminé à le tester.) Bon, cela dit, il y a plein de choses que tu peux faire pour aider, et voilà l'une d'elles. Allons aux Archives, je t'expliquerai.

Nous traversâmes la place de la Miséricorde et empruntâmes la Voie Éternelle, avec ses colonnades blanches à perte de vue. Des anges passaient sans arrêt près de nous, mais certains des plus éminents apparaissaient et disparaissaient sans se soucier d'imiter (plus ou moins) la vie terrestre. Ceux-là n'avaient peut-être même jamais été des mortels. De temps à autre, j'apercevais les courbes d'une aile dorée dans le scintillement d'un ange éminent, et cela me rappelait que l'un de ces résidents de tout premier plan de la Cité Céleste pouvait parfaitement être un traître. Je me forçais à penser à autre chose, et je montrais à Clarence certains des sites les plus ésotériques de la Cité.

– Voilà le Panepistimion : on y apprend à travailler avec les Dominations de la seconde sphère. Je ne sais pas réellement de quoi il retourne, mais c'est en rapport avec le mécanisme de l'univers.

– Tu vois, c'est le problème, avec Sam, fit soudain Junior. Il ne me dit jamais rien. C'est pas comme toi.

Sa remarque me hérissa.

– Sam a sa façon de procéder. Ne le sous-estime pas.

– Ce n'est pas ce que je voulais dire. Mais j'aimerais qu'il… je ne sais pas, moi. Qu'il ne me tienne pas autant à l'écart. Une fois sur deux, je n'ai pas de réponse. Pas même un « *Boucle-la, je ne te le dirai pas !* » Tu pourrais peut-être lui demander de me parler un peu plus, Bobby.

J'éclatai de rire ; maintenant, je me sentais un peu moins protecteur vis-à-vis du gamin.

– Écoute, s'il répondait ne serait-ce qu'à la moitié de tes questions, il se retrouverait à jacter vingt-quatre heures sur vingt-quatre ! Il a à cœur de te former, et il le fera à sa façon. Si tu deviens un avocat à moitié aussi bon que Sammariel, tu auras de quoi être vraiment fier de toi !

Clarence me dévisagea avec une attention soutenue. Il était très présent, maintenant, comme si notre petite discussion l'avait aidé à s'abstraire de la joie omniprésente qui règne au Ciel.

– Lui aussi, il prend toujours ta défense. Un jour, Elvis a fait une remarque à ton sujet, pas si méchante que ça d'ailleurs, et j'ai cru que Sam allait lui voler dans les plumes !

Cette fois, je ris de bon cœur.

– Ouais ! Ma foi, le Jeune Elvis peut être une vraie teigne parfois. Et Sam et moi, on se connaît depuis longtemps. Est-ce qu'il t'a dit… ?

– Que vous étiez tous deux rattachés à l'unité de Contre-attaque ? Oui, vous étiez des harpistes, un truc comme ça.

– Des *Harpes*, gamin. Unité *Lyrae*. Ce n'est pas le genre de fraternité qu'on oublie, ni le genre d'amis qu'on renie. (Nous approchions la rue bordée de gratte-ciel étincelants où les Archives se trouvaient.) Un jour, j'avais pris la tête, lors d'une mission REEC, dans la ville espagnole…

– Une mission REEC ?

– Ouais : « Recherche et Extermination Cible ». Ce qui signifie réduire en cendres ladite cible et purifier le sol au nitrate d'argent.

Nous allions investir une église désacralisée que des Contestables avaient choisie comme base des Opérations…

– Des Contestables ?

– Tu vas me laisser raconter l'histoire, petit ? Les Contestables sont des démons censés échapper à tout contrôle. L'Opposition les dirige toujours, bien entendu, mais Elle peut prétendre qu'ils ne suivent plus les ordres et agissent pour leur propre compte. Or, ces ordures se livraient aux pires exactions dans cette zone de la ville espagnole : trois possessions d'enfants du voisinage, une vague de suicides, des rixes d'ivrognes en augmentation exponentielle, des gens poignardés, de la violence familiale à gogo… Leur job consistait à brader le désespoir, et leur clientèle s'accroissait d'heure en heure.

« Bref, j'étais en tête de l'escouade et, cette nuit-là, Sam était notre chef quand nous avons fait irruption en force à San Juan Soldado. Les combats furent âpres, et je n'ai pas envie d'en parler ici, ce n'est pas approprié. Bref, nous avions à peu près purgé l'endroit, jusqu'à ce que nous atteignions la dernière salle, l'ancienne sacristie… Ces salauds avaient une Horloge de la Mort cachée là. Tu vas probablement m'interrompre de nouveau. Ou bien sais-tu de quoi il s'agit ?

Clarence fit un signe de dénégation.

– C'est un démon d'aspect humain, mais constitué en réalité… d'insectes, ou assimilés. Des coléoptères du genre grosse vrillette, en général, d'où son nom. Nous avions bouclé le périmètre avec des protections occultes, et l'Horloge de la Mort ne pouvait donc plus aller nulle part, mais pour autant, elle n'était pas décidée à se rendre. Toutes ses composantes se sont envolées et jetées sur moi, comme un essaim. (Je m'interrompis un instant. Je n'avais plus évoqué ce terrible souvenir, qui me retournait toujours l'estomac, depuis bien longtemps.) Oh, et j'oubliais, à propos de ces insectes : ils sont venimeux. Dès que l'un d'eux te plante ses petites mandibules dans la peau, la douleur est… indescriptible. Le temps s'arrête. Il n'existe plus que la souffrance… Tu en es réduit à hurler et te débattre, à supposer même qu'il t'en reste la force.

« Et tu sais ce que Sam a fait, quand l'Horloge de la Mort s'est jetée sur moi ? Il m'a attrapé et serré dans ses bras, tel un ivrogne en mal d'affection. Ces bestioles lui ont aussi sauté dessus, du coup, et il s'est éloigné en titubant, les emportant avec lui. Il a hurlé au gars au lance-flammes de l'arroser.

– *Quoi ?* (Clarence parut sur le point de gerber, ce qui soulevait une question intéressante : peut-on être malade et vomir, au Ciel ?) Comment ça ?

– Tu m'as bien entendu. Il a hurlé à la Harpe de l'arroser au lance-flammes !

– Mais comment Sam aurait-il pu y survivre ? Son corps, je veux dire ?

– Impossible qu'il en réchappe, bien entendu. Mais il m'avait montré la voie – le seul recours possible… Donc, quand le gars a orienté sur lui le jet de flammes, j'ai bondi à mon tour sur sa trajectoire, comme s'il s'agissait d'un jet tiède de douche.

J'affichais crânement un air désinvolte, alors que tout me revenait en mémoire, ces instants d'indicible souffrance, comme suspendus hors du Temps… D'une certaine manière, et particulièrement durant mes nuits blanches, je peux dire qu'une telle souffrance n'a jamais *réellement* pris fin. Le temps ne se déplace pas toujours *en avant*, quoi qu'on en dise. Ce genre de souffrance est une éternité en soi, et le souvenir ne me quittera jamais. On prétend aussi que la douleur vécue s'estompe au fil du temps, qu'on ne se souvient jamais véritablement. Eh bien, ça aussi, ce sont des foutaises.

– Tu… tu as *brûlé vif* ?

Il me fallut un moment pour refouler de mon œil mental cette vision d'horreur.

– Ouais. C'était le seul moyen de bousiller ces damnés insectes.

Mais, crois-le ou pas, ce fut très rapide. En quelques terribles secondes, tout fut consommé.

Clarence jetait des regards éperdus autour de lui, comme s'il espérait surprendre quelque part la preuve que j'aie pu inventer cela de toutes pièces.

– Mais alors… Pour… pourquoi Sam n'a-t-il pas simplement braqué le lance-flammes sur toi ? Pourquoi s'est-il laissé aussi… ?

– Parce qu'il était notre chef. Jamais encore nous n'avions été confrontés à pareille situation. Et Sam tenait à nous montrer que le Ciel était avec nous. Il n'exigerait jamais de nous ce à quoi il n'était pas prêt lui-même à se résoudre. Crois-moi, tout le monde s'en est souvenu. Où qu'ils puissent être maintenant, ils s'en rappelleront *toujours*, je te l'assure. Et moi donc ! À la seconde même où j'ai repris conscience dans un nouveau corps. Sam et moi, nous sommes restés un certain temps à l'unité de Résurrection. Tu comprends, une période d'adaptation est nécessaire avant de se faire à un nouveau corps, surtout quand on a « perdu » le précédent dans des circonstances aussi violentes. Et c'est là que nous avons noué une grande amitié, lui et moi.

Ce fut également durant cette période que Sam s'adonna à la boisson avec une belle persistance, jusqu'à ce que son nouveau corps en crève. Mais ça, je m'abstins de le mentionner au gamin. Ça n'était pas ses oignons.

L'expression horrifiée de Clarence me fit presque regretter de lui avoir raconté l'histoire de l'Horloge de la Mort. On aurait dit un chiot battu. Levant les yeux, je vis se dresser devant nous le premier bâtiment des Archives, tour d'ivoire couverte de volutes d'or et d'argent, aiguille massive sans botte de foin… L'intérieur aussi ne manquait pas d'intérêt, mais ça, je ne le verrais pas – pas aujourd'hui, en tout cas. Si j'y avais mis un pied ? Autant sonner le tocsin aux quatre coins de la Cité Céleste pour le crier sur les toits : « *Bobby Dollar est de retour en ville !* »

– Voilà ce que j'attends de toi, Clarence. (Je lui énumérai une demi-douzaine de noms, à commencer par celui du Révérend docteur Moïse Habari.) Rapporte-moi tout ce que tu trouveras à leur sujet. Tout ce qui les concerne.

– Mais je ne peux pas sortir les archives du bâtiment ! s'écria-t-il, horrifié. Je ne suis même pas censé y remettre les pieds après mon transfert !

– Tu as toujours des amis ici, j'en suis sûr. Sam a bien dû t'apprendre deux ou trois petites astuces tout de même, Junior ! Baratine-les ! Si tu ne peux pas me rapporter des copies, mémorise les documents. Souviens-toi, tu es un *ange.* Je te retrouverai dès que tu auras terminé. Allez, vas-y, ou je serais obligé de te coller un blâme pour manque de zèle caractérisé !

Il me regarda me détourner. Quand je jetai un coup d'œil par-dessus mon épaule, je le vis se diriger vers l'entrée des Archives, le dos voûté comme s'il avait été convoqué dans le bureau du Proviseur.

Quant à moi, je gagnai le bâtiment où les Régulateurs organisaient leurs réunions, en vue de leur expliquer précisément ce qui avait – littéralement – fait exploser le *Compas.*

La Mule leva les yeux de son travail, si, du moins, la boule de feu glacial, en lévitation face à lui, était vraiment du travail. Le visage qui se découpait au milieu du scintillement angélique changea d'expression, mais quant à qualifier l'une ou l'autre de ces expressions… ç'eût été très délicat. Les Archanges ne sont pas aussi… inhumains, disons… que les Principautés, loin de là, mais ils restent quand même difficiles à déchiffrer.

– Ange Doloriel ! m'accueillit-il d'un ton – raisonnablement – amical, toujours aussi circonspect. Dieu t'a en Son Amour. Quelle surprise ! Tu vas bien ?

En fait, non, pas vraiment. Je suis amoureux d'une des petites assistantes de Satan, et un de ses copains de poker a juré de me tuer – et ça, c'est si j'ai de la chance…

Cette question éminemment rhétorique, même au Ciel, j'y réponds rarement avec franchise.

– Oui, je vous remercie, Archange Temuel. C'est très gentil à vous de vous intéresser à ma santé.

– Le Ministère des Renseignements aimerait s'entretenir avec toi. Avez-vous été en contact ?

– Oui, j'en avais terminé avec lui avant de venir ici. Mais je désirais aussi voir quelque chose avec vous. Vous auriez un moment à me consacrer ?

Il hésita un instant – presque indétectable tant il fut bref, mais je m'y étais attendu et ça ne m'échappa donc pas.

– Bien sûr. Sortons, veux-tu. Le parc de la Contemplation te plaît ?

– C'est un endroit absolument génial.

Sait-il à quel point je suis dans la merde ? me demandai-je. *A-t-il appris, au sujet de Caz ?* Sinon, pourquoi aurait-il voulu m'emmener là où nul ne pourrait surprendre notre conversation ?

Me vint alors une autre interrogation, qui me fit encore plus frémir.

Existe-t-il un tel endroit, au Ciel ?

Nous fîmes cette étrange transition céleste du Hors-Zone, celle où l'on a l'impression de glisser à travers tout ce qui se présente, comme si on se fondait au travers des objets, puis nous déambulâmes au milieu de la foule avant de gagner le parc de la Contemplation. Les résidents de la Cité sont plus affairés, et davantage à ce qu'ils font, que ceux des Champs. Si eux aussi semblent perdus dans leur propre monde, ce monde-là paraît néanmoins s'inscrire dans l'*ici* et le *maintenant*. Abordons l'un d'eux, posons-lui une question, et il y répondra, dans toute la mesure du possible. D'une certaine façon, les Citadins pourraient presque passer pour des citoyens ordinaires, n'était cet imparable sentiment de flou (que je n'ai jamais vraiment réussi à sérier), et cette sensation de bonheur indifférencié qui… bref, qui me rend nerveux. Je n'y peux rien, c'est plus fort que moi.

Une idée me frappa, et je compris aussitôt que j'aurais tout intérêt à l'envisager avec beaucoup plus d'attention que je ne le faisais. *Et si je n'étais pas le seul à ressentir les choses ainsi ?* C'était important, mon instinct me le soufflait, même si j'ignorais pourquoi. Je priai pour parvenir à me le remémorer par la suite, puisque tout ou presque de ce qui survient au Ciel semble se dissiper comme un rêve dès qu'on est de retour sur Terre.

– Donc, la situation dans laquelle tu te trouves est encore un peu délicate, paraît-il, reprit la Mule tandis que nous longions des chemins bordés de fleurs.

Sur une butte herbeuse, des enfants folâtraient ; charmant tableau… jusqu'à ce que je me demande comment ils étaient morts, et pourquoi il avait fallu que ça leur arrive à un âge aussi tendre.

Oui, je sais. Je suis un ange vraiment paumé… Naze. La question ne se pose même pas.

– Délicate… On peut dire ça. Avez-vous eu mon message, Archange ? Celui où je demandais à avoir quelques jours de répit sans clients ? Est-ce possible ?

Temuel hocha la tête à la manière des archanges… Je n'arrive pas à décrire ce geste précisément, même si je sais l'interpréter.

– Oui. Et même si tout le monde n'en est pas ravi, tu as droit à une certaine marge de manœuvre. Du moins pour le moment. Sans doute en raison de la conférence au sommet qui s'annonce.

– La… quoi ?

– Ah. Tu n'étais pas au courant. (Le chant d'un oiseau solitaire, étrangement obsédant, montait du parc ; pour la première fois, il me fit mesurer à quel point ce secteur du Ciel était calme et silencieux.) La conférence portera sur les âmes disparues, bien entendu. On nous a donné à entendre que le Très-Haut était troublé. L'Opposition affirme ne rien savoir de plus à ce sujet que nous-mêmes. Il y a une chance infime que ce soit la vérité, mais une réunion a été décidée. Tu seras invité à y prendre part, Ange Doloriel. (Sa voix posée revêtit soudain une certaine dureté de ton.) Ce n'est pas le genre d'invitation que tu puisses décliner.

– Pourquoi moi ?

– Tu es le premier avocat à avoir été confronté à ce problème sans précédent, même si de nombreux cas se sont présentés depuis et que tu n'es plus le seul, loin de là. Depuis ce fâcheux incident, tu es aussi pourchassé par un esprit malin, ce qui peut être lié à ces événements. (Une légère altération, dans le scintillement de Temuel, me fit comprendre qu'il m'adressait un demi-sourire.) Après tout, tu t'es fait un certain nombre d'ennemis au cours de tes années passées sur Terre, Doloriel.

Je ne relevai pas. Pure courtoisie de ma part.

– Je vous en prie, dites-moi toute la vérité, Archange Temuel. S'agit-il d'une véritable enquête, ou cherche-t-on juste un bouc émissaire ? Parce que, étant le premier pauvre type à qui c'est arrivé, je me vois déjà ligoté au poteau d'infamie !

– C'est une enquête de grande envergure, Doloriel, menée en toute impartialité et honnêteté, j'en suis convaincu. Quoi que nos supérieurs pensent de toi, c'est un problème dont on ne peut raisonnablement pas se défausser en se contentant d'accuser quelqu'un. Il s'agit de le résoudre.

L'attention de Temuel se détourna de moi ; à quoi songeait-il ? Son regard, distant, semblait porter au-delà de la périphérie brumeuse du parc, en direction du scintillement lointain de l'Empyréen. Temuel était opaque à mes yeux – et pas uniquement du fait de sa nature d'archange. Simplement, je ne suis jamais arrivé à le cerner.

– À moins que tu aies besoin d'autre chose, reprit-il enfin, nous devrions rentrer. Sois assuré que, quelques jours encore, je ferai de mon mieux pour te donner la liberté dont tu estimes avoir besoin sur Terre. Mais surtout… quelle est cette vieille expression, déjà ? Surtout, ne pousse pas le bouchon trop loin.

Au ton qu'il avait pris, mieux valait, visiblement, se le tenir pour dit. Hélas, on m'avait déjà très souvent fait cette recommandation en très peu de temps, dernièrement…

– Merci, Archange. Quand cette conférence au sommet aura-t-elle lieu ? Et savez-vous qui y participera ?

– Qui y participera ? Tous ceux qui comptent en l'occurrence, j'imagine – des deux côtés. Personne n'a intérêt à prendre l'affaire à la légère, ni même à en donner l'impression. Quant à la date, tout ce que je peux te dire, c'est que c'est prévu pour bientôt. Tu auras les détails dès que possible.

Super ! Tous mes ennemis allaient être réunis en un seul et même lieu. Étais-je à nouveau paranoïde, ou le Ciel avait-Il juré de me liquider ?

– Oh, une dernière chose, dis-je, tandis que nous retournions vers le bâtiment California et le bureau de Temuel. Vous vous souvenez, vous m'aviez prié de garder un œil sur le nouvel avocat, Haraheliel ? Celui que Sam formait ?

Je vous jure qu'à cet instant le scintillement nimbant la Mule diminua d'intensité ; je crus même voir les contours frémir, telles des flammes vacillant sous une bourrasque. Mais ce fut fugace.

– Non. Je ne m'en souviens pas.

Sur le coup, j'en restai bouche (angélique) bée de stupeur. Je n'ai pas souvenir qu'un de mes supérieurs ait jamais « oublié » quoi que ce fût.

– Attendez, dis-je, peut-être me suis-je mal exprimé ? Je parlais d'Haraheliel, celui que nous avons surnommé « Clarence », par boutade. Son nom terrestre est Harrison Ely, et il avait Sam comme maître. Lors de notre dernière entrevue, vous m'aviez demandé de…

– Non. (Je n'avais jamais entendu la Mule prendre un ton aussi aride. Austère. Jamais.) Tu te trompes.

– Mais… !

– Tu te trompes, Ange Doloriel. Me comprends-tu ? Je crains qu'il s'agisse de faux souvenirs. Cette conversation n'a jamais eu lieu.

Il me laissa sur cette injonction sans réplique, seul, et pourtant cerné par des anges.

26

L'arrogance précède la ruine

Je rêvais que je tendais les bras vers Caz. Le rêve aurait dû être sexy ou alors rempli d'une contrition toute catholique – un truc de ce genre. Mais non : je me débattais dans la poussière, rampant tel un dogue, tandis qu'une force infernale l'aspirait loin de moi, au fond d'un trou noir, d'un siphon s'enfonçant en pleine terre. Elle disparut, soustraite à ma vue, et j'eus beau lutter avec l'énergie du désespoir pour tenter de la rattraper encore, de la sauver, je n'entendis plus que des hurlements étouffés. Je me réveillai dans mon corps terrestre, ruisselant de sueur et, d'interminables moments durant, j'eus la pénible impression que mes membres ne m'appartenaient plus, qu'ils étaient ceux de quelqu'un d'autre.

Les anges rattachés à la Terre rêvent, mais pas souvent. Moi, ça ne m'arrive presque jamais. Parfois cependant, un événement particulièrement troublant en provoque un – comme la réaction de Temuel. J'ai toujours voué une méfiance instinctive au Ciel, surtout en ce qui concerne les intérêts d'un certain Bobby Dollar… Toutefois, même si mes supérieurs peuvent être avares de la vérité, aucun ne m'avait encore éhontément menti à ce point. D'ailleurs, le pouvaient-ils seulement ? Des anges éminents du Seigneur ! Pourtant, à moins que la Mule ait *réellement* oublié une conversation d'une importance critique qu'il avait eue avec moi – et les anges n'oublient jamais rien –, il niait effrontément une chose qui, nous le savions fort bien tous deux, était bel et bien arrivée.

Il y avait une troisième explication possible, bien entendu : j'aurais perdu la tête, ou en tout cas, les fonctions de mon cerveau sur lesquelles j'avais toujours compté, comme la mémoire et mon sens de la logique, connaissaient une nette défaillance… Une possibilité que je n'avais nulle envie de creuser sérieusement. Tout récemment, je m'étais de plus en plus coupé de mes soutiens célestes. Mon meilleur ami était à l'hôpital, peut-être dans le coma, mon antre favori avait été pulvérisé, et mes boss étaient furieux contre moi. Si je ne pouvais plus me fier à mon propre jugement maintenant, j'étais vraiment mal barré…

La lumière de l'aube filtrait à travers les rideaux de la pièce que Clarence louait, au sous-sol. Je sais, j'ai dit « louée », mais c'est plutôt le genre de chambre qu'un fils adulte aurait chez ses parents, toujours prête à l'accueillir pour une visite. Un modèle sophistiqué (et exempt de poussière) de biplan pendait au plafond, suspendu à un fil quasi invisible, un poster des Giants décorait un mur, et la bibliothèque regorgeait de livres de sport et de voyage, ainsi que de romans de science-fiction. Même le lit sur lequel le corps (présentement inoccupé) de Clarence reposait avait l'air d'avoir appartenu à un enfant. Le couvre-lit était décoré du logo des San Judas Jacks, une franchise locale de ligue mineure de basket-ball qui avait coulé quelques années plus tôt.

Mais, même si l'âme de Clarence était toujours au Ciel, son corps n'était pas mort pour autant. Nos maîtres avaient pris des dispositions plus avisées que ça. Le gamin paraissait dormir, tout simplement. Et la bande son allait avec ! Je restai allongé en attendant son réveil, revenant sur tout ce qui m'était arrivé lors de cet étrange voyage, Là-Haut. J'avais cherché à me souvenir d'une possibilité en particulier – que je ne sois peut-être pas le seul à avoir des problèmes d'autorité. Mais, comme souvent, je ne me rappelais déjà plus en quoi cela était si important. Je pouvais juste y réfléchir, bercé par les doux ronflements de Clarence.

J'eus envie d'appeler Caz. J'y avais souvent pensé, au cours de ces dernières vingt-quatre heures, mais qu'aurais-je bien pu lui dire ? Par l'Enfer, je ne savais même pas exactement ce que j'éprouvais ! Ou plutôt, si, je ne le savais que trop bien. Et c'était bien là le problème, au fond. Je n'étais pas censé cultiver ce genre de sentiments pour un tenant de l'Opposition.

– Où est le café ? demandai-je dès que vis frémir les paupières de Clarence.

Il gémit.

– Hé, mec, donne-moi une minute !

– Une minute ? Allons, mon angelot, je t'en prie ! Je suis allongé là à t'écouter grogner comme un basset asthmatique depuis au moins une demi-heure. Tu devrais aller voir un toubib pour ce problème. Des apnées du sommeil, peut-être ? On aurait dit que tu essayais d'avaler ta langue.

– Vraiment ?

Inquiet, il s'était assis abruptement.

– Non. Mais tu me vois ravi que ton cœur se soit enfin mis à battre. Trouve-moi du café, puis raconte-moi ce que tu as découvert aux Archives.

– Tu es un trou-du-cul, Bobby !

– Je m'efforce juste d'accomplir la sainte œuvre de Notre Seigneur, fis-je, plein de componction.

Il me conduisit dans la cuisine et remplit une cafetière à pression d'une concoction à la noirceur corsée. Rien que de voir ça, je me sentais déjà mieux.

– Tu vas te mettre en rogne si je t'avoue que je n'ai pas trouvé toutes les réponses ?

– Ça dépend. Parle.

Il eut tout l'air d'un môme persuadé qu'il allait être privé de sortie pendant un mois.

– C'est que... Eh bien, à part ce Patrillo, il n'y avait absolument *rien* sur les autres noms que tu m'as fournis.

– Vraiment ?

Je lui décochai un regard sévère, mais au fond j'étais satisfait. Il avait passé le test, me confirmant du même coup ce que j'avais deviné au sujet de ces noms. José Maria Patrillo, chef d'une œuvre caritative chrétienne appelée la Fondation du Sixième Ange, était le seul nom, dans la liste que j'avais donnée au gamin, à ne *pas* être en rapport avec le club de Magie, selon Gras-double. Comme prévu, Clarence n'avait trouvé aucun dossier sur Habari ou les autres. Seul ce Patrillo, sans connexion avec l'affaire qui nous occupait, figurait aux Archives. Autrement dit, les noms liés au club de Magie étaient forcément des pseudonymes.

– Vraiment, petit ? Tu n'as rien découvert sur les autres ? Rien du tout ? Pas même des rumeurs ?

– Ça ne marche pas comme ça !

Il avait l'air perturbé à l'idée que je doute de lui. En fait, je m'étais attendu à son rapport, et me réjouissais d'avoir confirmation de mes soupçons. Du coup, je me sentais un peu rassuré quant à l'honnêteté de Clarence, même si, dans l'absolu, ça ne prouvait pas qu'il soit réglo.

– Ce n'est pas comme une recherche internet, reprit-il. (Je fis celui qui ignorait tout du problème.) Les Archives concernent des gens réels, tu comprends. J'ai trouvé des tas de choses sur ce type, Patrillo, mais les autres noms, Habari, et les Allemands, tous ceux-là... ça ne donnait absolument rien. Ils ne font pas partie des vivants actuellement recensés, à supposer d'ailleurs qu'ils en aient jamais fait partie.

– Probablement parce que ce ne sont pas des gens *réels*,

soulignai-je. Calme-toi, petit. Je te crois quand tu dis que c'est tout ce que tu as trouvé, et je ne pense pas qu'un autre aurait pu découvrir quoi que ce soit de plus, mais…

À cet instant, Sheila, la colocataire/maman de substitution de Clarence entra dans la cuisine, m'interrompant. Elle portait des mules et un peignoir en velours vert bouteille.

– Bonjour, Harrison, dit-elle d'une voix mélodieuse. (Elle s'arrêta soudain, visiblement étonnée de me voir.) Oh ! Ton ami est resté pour la nuit ?

Elle parut intriguée, même si, selon toute apparence, elle ne tenait pas à se mêler de la vie privée de Clarence.

– Oui, madame, dis-je d'un ton enjoué. Nous sommes restés si tard à jouer à *Twister* que j'ai fini par m'effondrer par terre, dans la chambre d'Harrison. (Je me tournai vers le gamin, qui avait avalé de travers et s'était arrosé de café.) Ça va, mon gars ?

– À *Twister ?* fit-elle, incertaine.

– Oui, c'est un jeu de cartes. Une variante du poker Stud à deux mecs. J'espère que ça ne vous dérange pas que j'aie passé la nuit ici ? C'était un peu tard pour que je rentre chez moi.

– Non, bien entendu, ça ne me dérange pas. Vous voulez un petit déjeuner, les garçons ?

– Lui, peut-être, répondis-je en me levant. Moi, je dois repartir travailler. À plus tard, Harrison. Merci pour la partie.

Clarence eut l'air de regretter vivement que le *ghallu* n'ait pas déjà réussi à me faire la peau, tout compte fait.

Je ne connaissais qu'en partie les raisons qui avaient poussé Eligor à m'expédier aux trousses son monstre favori. Je savais pourquoi il croyait que je possédais la plume en or, mais pas pourquoi Cirederbe m'avait fait porter le chapeau à ce sujet, ni quel genre de pacte tordu la plume avait pu ratifier. Une chose était sûre : la coïncidence était vraiment trop improbable pour que Cirederbe, Caz, Eligor et moi soyons tous quatre impliqués dans la disparition des âmes *et* celle de la plume, surtout quand on savait que les deux événements avaient (apparemment) eu lieu le même jour. En fait, plus j'y repensais, plus je me disais que la plume avait un rapport avec tout ce micmac d'âmes disparues, et qui avait commencé avec la mort d'Edward Walker. Pourquoi donc avait-on ravi les âmes de Walker & Cie ? S'agissait-il de victimes prises au hasard ? Mais, dans ce cas, pourquoi Walker aurait-il fait si tôt l'objet d'une telle attention ? Pourquoi toutes ces visites qu'Habari lui avait rendues à titre personnel ? Habari œuvrait-il *avec* les voleurs d'âmes, ou contre eux ?

Que le Révérend docteur Habari & Cie (des groupes vraisemblablement liés au club de Magie) semblent n'avoir aucune existence indépendante renforçait ma conviction qu'il existait un lien entre la plume d'Eligor et les âmes disparues. Les écrits laissés par le club de Magie, et qui menaient à Eligor, suggéraient une chose : même s'il n'était pas l'auteur du Vol Qualifié d'Âmes, le Grand Duc avait quelque chose à cacher concernant son rôle dans ce bordel apocalyptique. Cela me fit aussi toucher du doigt la nécessité de mieux m'informer sur les âmes disparues, ou du moins, il faudrait que j'en apprenne assez pour voir si elles avaient un point commun. J'avais intérêt à faire bouger les choses – et peu d'espoir, au fond, que la conférence au sommet entre le Ciel et l'Enfer apporte des réponses qui me seraient utiles… surtout alors qu'il s'agissait de couvrir tant d'entités des deux bords.

En abordant Camino Real, je me dégotai un café juste assez fréquenté pour que je ne me retrouve pas le seul client du local, et je commandai un petit déjeuner tardif. Puis je sortis les notes que Gras-double m'avait envoyées sur ceux de San Judas. D'après Monica, leurs âmes comptaient parmi les disparues. Ce n'était pas la première fois que je revenais sur ces rapports, mais comme plusieurs jours s'étaient écoulés, j'espérais que quelque chose, qui aurait pu m'échapper jusque-là, me sauterait aux yeux.

Même l'angle d'approche de l'athéisme, pourtant important aux yeux de Walker et d'autres, ne tenait pas la route. Quelques-unes des âmes disparues étaient celles de fidèles ; il y avait même celle d'un pasteur chrétien bien connu, chef d'une Église évangélique moderne qui remportait beaucoup de succès au sein des catholiques non pratiquants de la ville espagnole. Au premier abord, les âmes disparues semblaient être surtout réunies par le hasard…

J'avais terminé mes pommes de terre sautées, mon bacon, ma deuxième tasse de café, et je m'attaquais à ma salade de fruits quand je m'aperçus enfin que j'avais passé mon temps à chercher des connexions secondaires entre tous ces cas, comme le voisinage, le lieu de travail, les comités, voire les écoles de leurs enfants, sans avoir prêté la moindre attention au dénominateur commun probablement le plus crucial : leur mort. Walker s'était suicidé. Rubios, le pasteur, était tombé du balcon d'un bureau quand la rambarde avait cédé. Une chercheuse estimée de Stanford avait glissé d'un quai du métro BART, tombant sous les roues d'un train qui entrait en gare, alors qu'il n'y avait eu personne autour d'elle. La police avait conclu à un tragique accident. Et pour les autres ? Deux suicides, et trois morts (apparemment) naturelles.

C'était donc ma première interrogation. Trois suicides ? Cela ne constituait-il pas une proportion anormale sur sept morts (apparemment) aléatoires ? Avaient-ils réellement tous choisi de s'ôter la vie ? Un des « suicidés » avait été très malade, ce qui rendait un assassinat moins probable – sans qu'on puisse pour autant en écarter complètement l'éventualité.

Mais si Eligor, ou quelque autre stratège des Enfers, avait découvert un moyen de s'emparer des âmes des défunts à notre nez et à notre barbe angéliques, pourquoi ce besoin de maquiller le fait ? Des gens quittent leur enveloppe charnelle en permanence, et les deux camps avaient des milliers d'agents en fonction à seule fin de traiter ces transitions vers la Vie-après-la-mort. Pourquoi se casser la tête à faire quitter leurs corps mortels un peu plus vite à certains « élus », tout ça pour leur piquer leur âme ? À moins qu'un type particulier de mort soit nécessaire pour qu'une âme puisse être kidnappée. Était-ce là qu'un intermédiaire comme l'insaisissable Habari intervenait ? Pour « aider » les élus à quitter leur corps, de gré ou de force ? Seulement voilà, pour quelqu'un dont le boulot était le meurtre pur et simple, le Révérend docteur semblait avoir passé beaucoup de temps avec Edward L. Walker. Même s'il était nécessaire de donner quelque chose à la cible avant qu'il ou elle meure – une sorte de « récupérateur d'âme » ou autre dispositif relevant tout autant de la science-fiction –, il aurait paru plus simple de recourir aux services d'un pickpocket professionnel pour glisser la chose sur eux avant qu'ils soient tués, plutôt que d'envoyer quelqu'un comme Moïse Habari faire copain-copain avec la victime désignée, des semaines à l'avance.

Non. De toute évidence, je ne disposais pas d'assez d'informations pour ne serait-ce que commencer à comprendre cette affaire de morts disparus. Je n'avais pas la plus petite idée de la méthode, ni du motif. Pourquoi voler des âmes et s'ingénier en outre à le dissimuler ? Non que l'Opposition n'eût adoré être capable de tels tours de passe-passe, mais quand il y a seulement deux joueurs en lice, et que l'un d'eux triche toujours, de toute façon, pourquoi se donnerait-il la peine de cacher son avantage ? Il y avait bien *seulement* deux joueurs en lice, n'est-ce pas… ?

Je continuai à passer en revue les informations que Gras-double m'avait envoyées sur les morts, les autopsies, les rapports des premiers intervenants sur les lieux… Mais rien n'en ressortait, hormis le gâchis de ces vies importantes, au fil prématurément coupé…

Ce fut à cet instant que quelque chose me frappa. J'eus même l'impression qu'elle me bondit dessus, me flanqua par terre et me fit « *bouh !* ». *Des vies importantes…* La méthode utilisée pour achever ces vies semblait peut-être aléatoire, et ces existences en question n'avaient sans doute pas eu beaucoup de rapports entre elles, mais pourtant une chose les liait bel et bien : il s'était agi de personnalités de premier plan. De gens importants.

Quand cette idée se manifesta à moi, je sentis un frisson me parcourir l'échine. Des scientifiques, des éducateurs, des entrepreneurs, et même un pasteur… J'examinai de nouveau la liste, et, maintenant que je savais quoi chercher, ça sautait aux yeux, effectivement. Sans être aussi riches qu'Edward Walker, loin de là, tous avaient été des gens accomplis, qui avaient fait leur chemin dans le monde et avaient très bien réussi. Des gens fiers de leurs accomplissements, avec de bonnes raisons de l'être. Des gens brillants, déterminés, et probablement lucides.

Des gens fiers.

Sous une impulsion soudaine, je composai un numéro que je n'avais plus fait depuis un moment : celui des Walker. Et j'eus de la chance, ce fut Garcia Passavan que j'eus en ligne.

– Salut. *Black Man* à l'appareil.

– Ici Bobby Dollar. J'ai besoin que tu me fasses une faveur.

– Super ! Je m'en occupe, chef.

Chef ? Est-ce qu'il se prenait pour mon adjoint, maintenant ?

– Euh, d'accord. Écoute, si Posie est là avec toi, fais-lui quitter la maison pendant environ deux heures. Tu peux t'en charger ? Tu vois, je suis inquiet. Elle est peut-être en danger, chez elle. (Je vous ai déjà expliqué comment même des anges comme moi sont parfois obligés d'exagérer un peu, n'est-ce pas ?) Donne-moi deux heures, et je te ferai savoir quand elle pourra revenir sans risque.

Je lui expliquai qu'il serait préférable même de l'amener carrément à quitter le quartier pour l'après-midi.

Il me promit de faire tout son possible.

– Je vais lui dire qu'il y a eu une alerte à la bombe, un truc de ce genre.

Ce n'était pas une très bonne excuse, mais, de toute évidence, elle n'était pas non plus la jeune femme la plus futée que je connaisse. Je décidai de ne pas chercher la petite bête.

– Merci… *Black Man*. Je me remettrai en contact avec toi d'ici quelques heures.

Me sentais-je coupable ? Bonne question, mais je ne les avais pas mis en danger, Posie et lui, plutôt l'inverse. J'allais me rendre chez les Walker incognito, et plus ils seraient loin de moi, meilleures seraient leurs chances de jouir d'une vie longue et heureuse, vu qu'en ce moment j'étais une sorte de porte-poisse ambulant…

Je laissai la Benz de location d'Orban à l'angle de la propriété des Walker, et j'entrai dans la cour par la porte latérale. La maison était vide – *Black Man* avait fait son boulot. Je ne lui avais pas demandé de laisser les portes ouvertes pour moi, à cause d'une terrifiante possibilité : le risque qu'il veuille revenir « m'aider », si jamais il apprenait que je serais là. Quoi qu'il en soit, toute Harpe digne de son auréole pourra toujours forcer une serrure les yeux fermés et les mains liées. Je n'avais pas besoin de démontrer mes talents à quiconque ; en une petite minute à peine, je m'étais introduit dans la maison par effraction. Les lieux n'avaient guère changé depuis ma dernière visite, à part une couche supplémentaire de poussière sur les livres et les objets d'art. J'eus le sentiment que Posie était davantage une squatter que la maîtresse des lieux. La demeure allait-elle être vendue ? Auquel cas, trouver ce que je cherchais sans plus tarder s'imposait.

Il y avait juste un petit problème : le fait incontournable que j'ignore ce que je devais chercher. Tout en relisant les informations que Gras-double avait réunies sur les victimes locales, je m'étais persuadé que quelqu'un comme Edward Lynes Walker, un homme bien connu et prospère, n'aurait pas mis fin à ses jours sans essayer au minimum d'expliquer son geste – à moins qu'il n'ait été plongé dans une dépression sans bornes. Il aurait sans doute laissé une note pour demander pardon, à l'exemple de nombreux suicidés.

Mais voilà, Walker n'avait souffert d'aucun épisode dépressif connu, et, d'après les articles relatifs à sa mort, tous ceux qui le connaissaient avaient été sidérés en apprenant qu'il s'était ôté la vie. Il est très difficile de prouver une non-existence, bien entendu, et l'absence de note ne suffisait pas à conclure au meurtre maquillé en suicide. Mais si par hasard je trouvais une lettre, qui aurait échappé aux autres, ou si je tombais sur quelque chose indiquant quel avait pu être son état d'esprit aux derniers jours de sa vie, je pourrais peut-être éliminer l'hypothèse de l'homicide et me concentrer sur ce qui était arrivé après sa mort.

Mon seul coup de chance ? Ce fut qu'apparemment Edward Walker circonscrivait ses activités professionnelles à la pièce qu'il avait probablement appelée un « cabinet », mais que les jeunes générations appelleraient un bureau. C'était une grande pièce ensoleillée à l'étage, organisée autour d'un beau bureau antique, sur lequel trônait toujours son ordinateur, un Dell Precision de grand prix. Les murs étaient couverts de bibliothèques ; une table basse et deux grandes armoires métalliques de classement flanquaient la porte. Je ne m'intéressai pas à l'ordinateur – et pas seulement parce que les techniciens de la police et sans doute l'avocat l'avaient déjà examiné sous toutes les coutures. Même s'il était très versé dans les nouvelles technologies, Walker me paraissait être un homme à l'ancienne mode, enclin à garder une copie papier de tout ce qu'il estimait important. D'ailleurs, pour peu qu'il redoute suffisamment des piratages toujours possibles, il n'aurait vraisemblablement pas confié *tout* ce qu'il estimait important à la mémoire électronique. Après tout, Edward Lynes Walker appartenait à la dernière génération analogique.

Il existe deux façons de fouiller une pièce, suivant que l'on sache ce que l'on cherche – ou pas. La première méthode est la plus simple, car on peut éliminer d'emblée tout un tas de paramètres. Par exemple, si on cherche un panier de pique-nique, inutile d'ouvrir toutes les enveloppes au cas extraordinaire où il se cacherait dedans !

Mais là, faute donc de savoir ce que je cherchais, j'entrepris de vider d'abord les tiroirs au plus vite. Au bout d'une demi-heure, la moquette ressemblait déjà au centre-ville de San Judas reproduit en piles de papier et en boîtes en kraft. Je m'assis et me mis au travail.

Je sortis chaque feuille de papier de chacun de ces dossiers, une par une, et l'examinai aussi rapidement que possible. Pour un type autant paresseux que moi, je suis assez minutieux, mais au bout de mes deux heures de dur labeur, je n'avais rien trouvé qui sortît de l'ordinaire, même si, après avoir étudié des milliers de fragments de la vie de Walker, j'avais le sentiment de commencer enfin à le connaître. D'abord, lire sa correspondance de travail rendait évident le fait que ce type n'était pas un jobard. Même s'il avait été un peu trop persuadé de posséder un bon sens imbattable (ce qui, j'ai pu le constater plus d'une fois, est souvent vrai avec ce genre d'homme versé en ingénierie), je suis sûr qu'il n'aurait pas avalé des couleuvres sans vérifier. L'athéisme que suggéraient ses lectures ne semblait pas lié à un rejet de la religion en soi, mais plutôt au sentiment que toute chose impossible à prouver scientifiquement ne vaut pas qu'on perde de temps à se pencher dessus. Cette approche n'aurait-elle pas fait de lui un agnostique plutôt qu'un athée ? De toute façon, peu importe l'angle sous lequel on l'abordait, Walker n'était pas croyant. Si, par hasard, sa disparition était volontaire, pourquoi un tel homme, qui ne croyait pas à la Vie-après-la-mort, aurait-il brusquement décidé de jouer à cache-cache avec les instances célestes ?

Il s'était écoulé plus de deux heures, et, à tout moment désormais, Posie risquait de convaincre son petit ami de la ramener à la maison. Moi, je n'étais pas prêt à baisser les bras. Je me hâtai d'examiner les livres, les sortant un à un des rayonnages pour vérifier s'il y avait des enveloppes ou des bouts de papier dissimulés entre leurs pages. Chou blanc. C'était long, mais j'étais déterminé à faire preuve de méthode et de méticulosité. J'avais remis les livres en place et rangé la pièce quand j'entendis une voiture aborder l'allée d'accès à la propriété. Je n'en fus pas inquiet outre mesure : je savais que je pouvais faire gober à peu près n'importe quoi à Posie l'Empotée, et je voyais mal *Black Man* se livrer à des cogitations complexes. Cela étant, je ne tenais pas à prendre trop de risques, au cas où j'aurais besoin de revenir dans cette maison – quitte d'ailleurs à ce que ça n'en vaille pas la peine. Après tout, ma fouille minutieuse ne m'avait pas permis de découvrir ce que je cherchais, et je commençais à douter de la soudaine certitude qui s'était emparée de moi, une intuition qui avait pourtant semblé très aiguë quelques heures plus tôt.

Je descendis l'escalier et… pilai net, sidéré. J'avais complètement perdu de vue les livres du salon ! Des livres d'art et des ouvrages de marketing pour l'essentiel, avec quelques romans. Mais, juste devant moi, il y avait également des rangées entières de documentation religieuse – enfin, anti-religieuse, pour la plupart – qui me semblaient maintenant un tout aussi bon endroit qu'un bureau pour laisser une note de suicide. J'entendis une clé tourner dans la serrure… J'avais intérêt à filer. Il faudrait que je revienne plus tard.

C'est alors que je *la* vis, au bas de l'étagère la plus proche, coincée entre une des œuvres de Dawkins et les *Lettres de la Terre* de Mark Twain… le dos en cuir noir doré à l'or fin d'une Bible du roi James. Comme on le chantait dans *Sesame Street*, « *une de ces choses est différente des autres.* » La porte était en train de s'ouvrir ; je tendis vivement la main. Puis l'Ange avec la bible volée cachée sous son manteau (moi-même…) traversa la cuisine au pas de course, sortit en trombe par la porte de derrière et s'enfuit dans la cour, quelques secondes avant que la petite-fille du propriétaire de la Bible et son *faux* gangster de petit ami fassent leur entrée.

27

La Bible de l'athée

J'avais eu de la chance qu'elle n'ait pas glissé à terre à mon insu, lors de ma sortie précipitée. Y était juste inscrit : « *À lire après ma mort* », dans une écriture correspondant aux quelques échantillons que j'avais pu voir rédigés de la main de Walker.

Jackpot ! Et tout le monde l'a raté sauf moi !

Je produisis un mouchoir pour décacheter l'enveloppe, au cas où j'aurais besoin ensuite de la laisser là où la police la découvrirait, et la maniai avec les mêmes précautions idoines. S'y trouvaient au bas mot une dizaine de feuilles dactylographiées sur papier fin, à l'ancienne. Ce qui conférait au document un cachet encore plus ancien, en effet, que la date de sa rédaction, qui remontait à peine à deux ou trois semaines. Soit quelques jours avant la mort d'Edward Walker. D'un coup d'œil à la ronde, je m'assurai que j'étais bien seul, dans cette rue tranquille, avant d'entamer ma lecture.

« *À qui de droit,*

Ceci n'est pas mon testament, même s'il s'agit d'une sorte d'ultime témoignage. Sa teneur ne devrait avoir aucune incidence sur mes affaires personnelles, mais je doute que le corps juridique se range à mon avis. Raison pour laquelle je me suis abstenu de confier cet écrit à mes avocats. Si l'un quelconque de mes chers amis était encore de ce monde, je le lui aurais remis. Hélas, cette possibilité ne m'était plus offerte.

Il n'empêche que coucher ces faits sur le papier constitue un risque. Ce que je m'apprête à relater paraîtra incroyable à nombre de gens, sinon à tous ceux qui en entendront parler. Je peux néanmoins assurer à quiconque lira ces lignes que je suis sain de corps et d'esprit, et que j'ai eu des preuves plus que satisfaisantes à mon sens de tout ce dont je fais présentement état.

Voici donc ce que je sais maintenant, et qui m'a été prouvé au-delà du doute raisonnable, sans plus prêter au débat. Il y a une vie après la mort. L'âme existe hors du corps, et sans corps. Et même si, comme j'en ai depuis toujours la conviction, les dogmes dirigistes des religions organisées de ce monde ont toujours été dans l'erreur, quand on en vient aux fondamentaux, je dois bien admettre en revanche que lesdites religions étaient dans le vrai, et que nous, les sceptiques, nous nous trompions. Il est un Ciel et il est un Enfer.

J'ai suivi une conférence de l'Alliance Internationale des Athées, à Los Angeles, où je donnais l'une de mes interventions, peu fréquentes au demeurant, mais venant du fond du cœur, à propos des diableries causées dans le monde en général, et en Amérique en particulier, par les tenants des religions organisées, que ce soit les Chrétiens, les Juifs, les Islamistes ou autres épiphénomènes du théisme. Je fus ensuite approché par un petit homme à la peau sombre et aux cheveux gris que, de prime abord, je pris pour un Afro-Américain. Après l'avoir écouté parler, je me dis qu'il devait bien être en fait africain, ou bien afro-caribéen, puisqu'il avait, me semblait-il, un léger accent britannique. Il m'assura qu'il avait pris plaisir à m'entendre discourir, et qu'il souhaitait justement m'en parler. Amusé et intrigué par les airs d'importance qu'il se donnait, je lui répondis oui, bien volontiers.

Autour d'un café, ma toute nouvelle relation commença par m'interroger, non pas tant sur ce que j'avais eu à dire à la conférence, que sur mes véritables croyances. Pensais-je que Dieu était un concept impossible, ou simplement improbable ? Pourquoi les êtres humains s'obstinaient-ils à en revenir sans cesse à des croyances qui les dépassaient, siècle après siècle ?

Je ne parvenais pas à saisir tout à fait où il voulait en venir ; quand il produisit enfin une carte de visite à son nom, Révérend docteur Moïse Habari, je crus alors comprendre. Je lui laissai entendre qu'il devait être un de ces ministres du culte qui partent à la pêche aux convertis aux endroits les plus invraisemblables. Or, même si je n'étais pas aussi hostile à la spiritualité que d'aucuns, je n'étais certainement pas venu participer parce que je cherchais à réaffirmer des croyances ébranlées (ou plus exactement des non-croyances). Il s'esclaffa et me répondit que je faisais partiellement fausse route, et que ce qu'il recherchait quant à lui, c'était non des hommes et des femmes de peu de foi qu'on pouvait intimider et effrayer à loisir à seule fin de les ramener sur le droit chemin, mais au contraire les sceptiques convaincus, ceux qui restaient fidèles à leurs convictions même face à de terrifiantes révélations.

Naturellement, le terme « révélation » me remplit de défiance, puisqu'il relève d'une des nombreuses phrases codées relatives aux fantasmes chrétiens de fin du monde. Mais les dehors apaisants et amicaux du docteur n'étaient pas pour me déplaire, et nous devisâmes donc civilement de tout et de rien, du moment que ça ne touchait pas aux questions religieuses. À sa requête, j'acceptai volontiers que nous restions en contact.

Une année environ, ce furent les limites précises de nos fréquentations, par voie épistolaire sporadique. Il m'écrivait qu'une affaire très importante l'accaparait, et qu'il entendait me dévoiler un jour, et je lui répondais que mon travail mobilisait également mon temps et mon énergie. Molly était décédée deux ou trois ans plus tôt et, en toute honnêteté, j'étais désemparé, je l'avoue. Chose dont je ne m'ouvris jamais vraiment au docteur Habari. Il dut néanmoins déterminer que je serais le cobaye idéal pour son projet, car si notre amitié continua de suivre son bonhomme de chemin, de loin en loin, avec un échange de lettres tous les mois ou tous les mois et demi, il commença aussi à me faire parvenir des articles que je prenais comme purement politiques de nature, à propos du mouvement de la Troisième Voie en Europe *et dans d'autres parties du monde, en une tentative assez re-connue de trouver un moyen terme entre les ordres du jour politiques de la droite et les visées de la gauche.* »

Eh bien, je dois reconnaître une chose à propos de feu Edward Walker : il semblait certainement lucide. Affreusement verbeux et prolixe, cela dit, et je dus parcourir en diagonale les deux ou trois feuillets suivants, où il n'était question que des sensibilités politiques d'Habari, et de son intérêt pour les grands schémas sociaux, afin d'arriver plus vite à ce que je prenais pour le plus intéressant – ce qui, découvris-je, ne manquait pas de sel. Jugez plutôt :

« *Mais vint le jour où le docteur Habari ne parla plus de son projet en termes vagues, ni ne se répandit davantage en généralités sur la « liberté religieuse » et « le meilleur moyen de trouver une nouvelle voie », mais au contraire comme quelque chose de très concret, en cours de réalisation, et qu'il estimait, pour reprendre son expression,* « idéal pour quelqu'un comme vous, mon cher Edward ». *J'entretenais depuis assez longtemps maintenant des relations amicales avec Habari pour savoir qu'il n'était pas payé pour représenter les vues des convertis dans sa conception discrète, dépouillée, du christianisme ; j'acceptai donc d'en débattre plus longuement avec lui.* « Encore mieux, mon cher Edward », *me dit-il,* « je vais vous proposer une démonstration ». *Je n'avais pas idée de ce que ça pouvait vouloir dire. J'envisageais une excursion au centre d'aide sociale du coin, ou autre institution à caractère caritatif. Même les fidèles qui désespèrent de me convertir un jour espèrent toujours me soutirer un peu d'argent. Un veuf fortuné est l'objet de toutes les sollicitations de la part des œuvres humanitaires de tous bords.*

Mais Habari vint chez moi en avril, il y a de cela deux ans. Je me le rappelle parce que c'était une belle journée de printemps ; en accédant à la propriété, il y avait cet abricotier en fleur. Habari nous fit traverser la ville à bord de son vieux tacot défoncé. Il me prévint que ce à quoi j'allais assister serait surprenant mais, peu importe ce que je verrais, et ce que ça m'inspirerait, il comptait sur mon entière discrétion.

« Pourquoi ? » *lui demandai-je, amusé.* « Allons-nous être en délicatesse avec la loi ? »

« Ce sont seulement les lois de la physique que nous nous apprêtons à transgresser », *me répondit-il.* « Non à les briser, vous noterez. Vous allez juste voir ce qui se dissimule derrière le voile. »

Je commençais à me poser des questions sur mon ami à la voix douce ; m'emmenait-il voir quelque statue de Madone aux larmes miraculeuses ? Ou autre chose de plus moderne, comme les soi-disant victimes de rapt par les petits hommes verts ? Mais Habari ne voulait rien m'en dévoiler par avance. Nous arrivâmes enfin à l'hôpital Stanford, nous garâmes, et entrâmes en passant devant l'accueil des urgences. Une main enfouie dans la poche de son manteau, le Révérend s'absorbait dans une grande concentration.

« Maintenant, ne dites plus rien et ne bougez plus », *m'enjoignit-il. Nous avions atteint un couloir momentanément désert de l'hôpital. Il agita sa main libre, juste devant nous. Rien ne se produisit, ce qui n'était pas pour me surprendre. Mais Habari fixait intensément le vide, comme s'il s'était véritablement passé quelque chose. Et ça, ça me rendait nerveux. Puis il ôta l'autre main de sa poche.*

Au début, je crus qu'il tenait une lampe à arc incroyablement lumineuse, voire une fusée éclairante au magnésium. Mais cette lumière-là ne jetait pas d'étincelles ni ne produisait d'effet fontaine, de ces jaillissements crépitants caractéristiques des fusées éclairantes. Non, le dispositif offrait un éclat aveuglant au point que je dus m'en détourner.

« Non ! », *s'exclama-t-il.* « Soyez courageux, Edward, et voyez ! »

Je sentis sa main sur mon épaule. La lumière éclatante qu'il avait tenue à bout de bras s'éclipsa subitement ; une autre, de moindre intensité, lui succéda dans les airs, telle une boucle de conducteur électrique. Il me guida au cœur du phénomène – j'avoue que je ne pus réprimer un petit cri d'effroi, en pensant que j'allais m'y brûler. Mais, je le constatai aussitôt, il n'y avait là nulle chaleur. Quand nous eûmes traversé cette lumière, rien n'avait changé, hormis peut-être une légère altération, dans la qualité de la luminosité habituelle, et un écho insolite aux bruits que nous faisions.

Habari me pria de ne pas parler, de garder mes questions pour plus tard ; il m'entraîna au bout du couloir, dans un secteur de l'hôpital où nous recommençâmes à croiser des gens : infirmières, patients, familles dans l'expectative. Pourtant, tous, jusqu'au dernier, se tenaient parfaitement immobiles. On eût dit des insectes préhistoriques enchâssés dans l'ambre. Je ne pouvais entrer en contact direct avec eux – une force physique de l'ordre de la résistance magnétique m'en empêchait –, mais il m'était du moins loisible de me rapprocher suffisamment d'eux pour voir que rien ne les emprisonnait. Simplement, le cours du temps s'était arrêté. Pour eux, pour eux tous, mais pas pour nous. J'en étais très effrayé.

« Oh, mon Dieu ! », *m'exclamai-je.* « Qu'êtes-vous donc, Habari ? »

Il sourit.

« Votre ami, Edward. Je vous l'ai assuré. »

Il m'entraîna, et nous laissâmes derrière nous le personnel figé pour gagner les services de l'hôpital. Là aussi, tout s'était pour ainsi dire statufié, patients et visiteurs indifféremment, comme sous l'effet d'une montre cassée. Tandis que nous passions entre ces statues humaines, j'avais du mal à respirer. Devant une des chambres, un petit garçon surpris en train de gambader dans le couloir était maintenant suspendu en plein élan, la pointe d'un pied touchant à peine le sol.

Nous pénétrâmes dans la chambre en question, et mes frayeurs grimpèrent en flèche. Là, les occupants bougeaient normalement. Oh, pas tous : une infirmière, et plusieurs membres de la famille se tenaient autour du patient alité, aussi pétrifiés que les autres, dans les couloirs. D'autres, par contre, évoluaient comme à leur habitude, tenant un conciliabule. Plus troublant encore, le patient, qui n'était guère plus âgé que moi, très maigre, le corps marbré par de nombreuses et vilaines meurtrissures, se tenait également près du lit… en train de contempler son propre cadavre avec une expression d'ahurissement complet !

Sous l'effet du désespoir et de la confusion, je hoquetai en tressaillant. J'étais totalement dépassé. Bouleversé.

Puis l'un de ceux qui n'étaient pas en « animation suspendue » se tourna et nous avisa. Il ne nous regarda pas directement, comme si nous étions aussi visibles que les autres, mais son attention avait été attirée, par un bruit ou peut-être un mouvement surpris du coin de l'œil. Sauf que cet œil-là et son homologue étaient proprement hideux ! Des yeux composites rappelant ceux des insectes. Et, quoique vaguement humain, ce faciès était couvert d'écailles à la façon d'un reptile : des écailles vives, aux teintes marron et rouge cuivré.

J'avoue, je tentai de prendre la fuite. Mais Habari me happa le bras, et refusa de me lâcher.

« N'ayez crainte. Il ne peut pas vous voir et, à condition que vous restiez immobile, il n'y prêtera vite plus attention du tout. »

Seulement, moi, je ne voulais pas « rester tranquille ». Je voulais fuir cet hôpital ! Fuir ce cauchemar, et tout ce que j'y découvrais. Hélas, la poigne d'Habari, sur mon bras, se révélait d'une force stupéfiante.

« C'est un procureur des âmes que vous avez sous les yeux », *m'informa mon guide.* « Beaucoup le qualifieraient de démon. Au pied du lit, vous avez ce qu'on appellerait un ange. Elle est là pour assurer la défense de l'homme qui vient de mourir. Celui qui contemple sa propre dépouille… Le défunt a nom Morton Kim, et c'était un brave homme, il avait un bon fond. Je pense qu'il goûtera une éternité de bonheur. »

Le monstre aux yeux insectoïdes ne jetait plus de regards intrigués dans notre direction, alors qu'Habari parlait sur le ton de la conversation.

« Pourquoi ne nous entendent-ils pas ? » *demandai-je.* « Qui êtes-vous ? »

Habari secoua simplement la tête. Sa main droite, celle qui avait produit ce soleil miniature quelques instants plus tôt, paraissait presque ordinaire maintenant, encore qu'elle luisît faiblement.

« Ils ne m'entendent pas parce qu'en cet instant, je sers quelqu'un de plus puissant que l'un ou l'autre ».

« Quelqu'un de plus puissant… comme Dieu ? »

Habari sourit.

« Nous sommes tous des serviteurs du Très-Haut – même Arêtedethon, ici présent, le procureur des Enfers. Mais mon sponsor est au moins aussi puissant que ce démon, ou cet ange. Maintenant, laissons-les à leur affaire ».

Il m'entraîna hors de la chambre, pour me ramener le long des couloirs, jusqu'à ce que nous soyons de retour face à la trouée éclatante par laquelle nous avions pénétré. Une fois que nous l'eûmes traversée en sens inverse, tout revint à la normale. Un instant plus tard, un aide-infirmier tourna au bout du couloir, évoluant comme le faisait tout être humain à ma connaissance jusque-là. Il nous jeta un coup d'œil, ne nous trouvant manifestement aucun intérêt, et passa son chemin.

En me ramenant à bord de son tacot, Habari ne m'offrit pas la moindre explication sur ce qu'il s'était passé. Pas de cours magistral non plus, ni de sollicitations, et encore moins de prosélytisme. À vrai dire, il n'en avait nul besoin. Ce que je venais de découvrir transcendait tellement la somme de mon expérience jusqu'à cette heure, que je tremblais autant qu'un homme pris de fièvres malignes. Il me ramena chez moi, me versa un verre de vin, se fit du thé, puis s'assit près de moi jusqu'à ce que je me calme un peu. Il prit ensuite congé avec la promesse de revenir me voir dès le lendemain débattre de notre « aventure », ainsi qu'il l'appelait.

Qui que vous soyez, vous qui lisez ces lignes, vous avez probablement plusieurs idées déjà qui vous viennent en tête, de nature à expliquer ce qui m'était arrivé – l'hypnose, les drogues, voire un accès de folie passagère, tout bêtement. Moi-même, c'était tout ce à quoi j'avais conclu. Alors, après une nuit (quasi) blanche, j'étais passablement courroucé lorsque Habari revint me rendre visite comme promis. Il semblait s'être préparé à cette réaction de ma part, et il me fit vivre une nouvelle expérience, ayant pour théâtre cette fois un immeuble d'habitation, sis dans le quartier de Bois aux Corbeaux.

« C'est triste, il y a eu un décès par électrocution », *annonça-t-il.* « À cause d'un sèche-cheveux défectueux. »

La scène était pratiquement la même, mais sans docteurs ni infirmières. Les aides-soignants sanglaient sur un brancard le corps d'une femme d'âge mûr. Lorsque nous traversâmes l'ouverture scintillante, son âme avait déjà quitté son corps, regardant les brancardiers et la petite fille au cœur brisé qui l'avait découverte inanimée pleurer comme si, de fait, son cœur se brisait. Son chagrin était immense. En quelques instants, un ange avocat et un procureur démon firent leur apparition ; le premier avait l'apparence d'un jeune homme aux traits lumineux, le second, celle d'un autre jeune homme acéphale – ou, plus exactement, il avait le visage au milieu de son torse nu. La défunte l'envisageait avec crainte, mais le bel ange avança et lui dit des paroles apaisantes.

« Tachefaucon », m'annonça Habari, désignant d'un signe du menton le démon sans tête. En qualité de procureur, c'est un redoutable adversaire. Mais là, je crois qu'il devra s'incliner.

Ce fut alors qu'apparut le juge.

Nous avions un jour acquis un jouet à l'occasion de l'anniversaire d'un des enfants ; un drôle de petit dispositif à fixer à un tuyau d'arrosage, à la façon d'un arroseur ; et ça bougeait en tout sens comme un carrousel en faisant gicler l'eau à la ronde. Les gamins l'adoraient et jouèrent avec tout l'été. Sous un certain angle, les rayons du soleil irisaient les geysers en formant un magnifique arc-en-ciel miniature en suspens dans les gouttes, restant en place tandis que les jets d'eau montaient et retombaient dans toutes les directions, à mesure que le dispositif pivotait.

Le juge divin m'évoquait l'une de ces merveilles : une pluie figée de lumière – mais intimidante et effrayante aussi.

« Nous devrions y aller », *me chuchota Habari.* « Les Puissances ne sont pas comme les anges de rang inférieur. Ce juge risque de détecter notre présence si jamais nous nous attardons. »

Au fil des jours suivants, le Révérend docteur Habari m'emmena avec lui dans plusieurs de ces sidérantes incursions échappant au cadre de la vie telle que nous la connaissons, jusqu'à ce que même un sceptique comme moi finisse par se rendre à l'évidence, et par l'admettre ; si tout cela était un vaste tour de passe-passe, je ne voyais vraiment pas comment Habari s'y prenait. Une fois que je le lui eus concédé, il me répondit que maintenant peut-être, j'étais enfin prêt à entendre la vérité – la vraie de vraie… Mais il attendait plus de moi que le simple fait de recruter un croyant de plus.

Et, le jour où, finalement, il m'expliqua tout, il me posa la question suivante :

« À quoi sert, Edward, de se soumettre aux règles arbitraires et aux abus de pouvoir, ceux-là mêmes que vous avez combattus toute votre vie sur Terre ? Vous vous êtes toujours battu pour défendre vos convictions, surtout lorsque c'était difficile – ce que vous soufflaient votre cœur et votre raison devait être vrai. »

« Sauf que ça ne l'était pas », *admis-je.* « C'est bien le problème. J'avais tort. »

« Ah, mais juste concernant la nature du champ de bataille. Le conflit est tout aussi féroce que ce que vous en perceviez. »

J'étais plongé dans la perplexité, et je m'en ouvris à lui. De quel conflit parlait-il donc ?

Au fil d'un long après-midi et de toute une soirée, il m'expliqua qu'au sein même des Cieux s'affrontaient des éléments dissidents – aujourd'hui encore, ça paraît si étrange d'en parler en ces termes, si démodés ! –, d'avis que le sort réservé à l'homme était par trop arbitraire, et que des sentences pour lesquelles nul recours n'est possible n'avaient aucun sens pour des entités immortelles comme les âmes, que les instances Célestes elles-mêmes avaient fini par verser dans l'arbitraire obtus et le dictatorial. Loin d'être le refuge atemporel d'âmes gagnées par la lassitude, c'était devenu le lieu où des règles abusives étranglaient la liberté, où les dogmes avaient submergé le droit pourtant imprescriptible des êtres humains – de tous les êtres humains, sans exception : le droit de remettre en cause, de questionner. Un don de Dieu. Les éléments dissidents dont parlait Habari avaient le sentiment que le temps du changement était venu. C'étaient ceux-là mêmes qui se cachaient derrière le club de Magie du Révérend docteur – un genre d'organisme caritatif très différent de ce que j'avais soupçonné !

Tandis qu'il m'exposait en détail ses doléances à propos de l'ordonnancement des Cieux, je me mis à l'envisager avec une appréhension certaine.

« Oh, mon Dieu ! », *m'exclamai-je soudain.* « Seriez-vous… un suppôt du Malin ? »

Maintenant que j'avais foi en l'Eden, il fallait bien que je croie aussi *aux Enfers. Durant tout ce temps, le masque philosophique d'Habari aux traits respirant la bonté de l'âme m'aurait-il dissimulé en réalité le regard mauvais de l'Ennemi Juré de l'Humanité ?*

Il éclata de rire. À s'en tenir les côtes, ma foi.

« Non, non, non ! » *hoqueta-t-il, au comble de l'hilarité.* (*Il se calma enfin.*) « Pas moi ! L'immense détresse des résidents des Enfers est bien pire que tout ce qu'on pourrait connaître au Ciel. Non, même s'il y a sans doute quelques âmes piégées au fond des géhennes et qui mériteraient mieux, autrement plus nombreuses sont celles coupables d'avoir perpétré des crimes tellement atroces que tout Créateur venu les aurait immédiatement renvoyées au néant. Dieu, dans Son infinie miséricorde, et Ses desseins impénétrables, demeure un mystère appelé à défier notre pleine et entière compréhension. » (*Il secoua la tête.*) « Non, mon maître, mes pairs et moi-même représentons bien autre chose. Vous rappelez-vous certains des articles que je vous avais fait parvenir ? À propos de philosophie politique ? »

« Certainement », *l'assurai-je.* « À propos de… comment, déjà ? La Troisième Voie ? » *Ce fut alors que ça finit par faire* tilt, *pour reprendre une vieille expression.* « Est-ce cela que vous représentez ? Une sorte de secte sécessionniste ? »

« Nous ne souhaitons pas tant faire sécession avec le Ciel que coexister avec Lui », *me répondit-il.* « D'où l'une de nos dénominations, précisément – celle de Mages. Les Rois Mages étaient porteurs de trois dons, voyez-vous, représentant trois voies distinctes. Car c'est bien cela que nous souhaitons devenir, Edward : une voie médiane. La troisième. »

Il enchaîna, m'expliquant que ses collègues et lui avaient découvert (ou bien créé ? ce n'était pas très clair) un lieu outre-Terre apte à accueillir les âmes des trépassés, un lieu n'appartenant ni au Ciel ni à l'Enfer ; ils se proposaient d'y fonder une sorte d'État libre pour ceux qui avaient fait le bien de leur vivant, et qui ne trouveraient pas le bonheur dans une Vie-après-la-mort percluse de codes rigides, où la « félicité » se réduisait paradoxalement à un état imposé. Les rebelles d'Habari recherchaient des libres-penseurs, des francs-tireurs auxquels bénéficierait cette troisième voie alternative.

« Des gens comme vous, Edward », *conclut-il en me tapotant la main.* « Vous êtes un candidat parfait. Vous serez le premier, mais certainement pas le dernier – loin s'en faut. »

Je voulus savoir s'il ne s'effrayait pas à l'idée de ce que Dieu allait penser d'eux dans tout ça… de nous. Pour la première fois de ma vie, j'avais à envisager très sérieusement le Yahvé d'une jalousie féroce qu'évoquait l'Ancien Testament, et cela ne laissait pas de me terrifier.

« Je n'ai jamais vu le Très-Haut », *me confia-t-il.* « Et, situés bien plus au-dessus que moi dans la hiérarchie du Ciel, d'autres avouent qu'eux non plus n'ont jamais eu à contempler l'Éternel, ni reçu la moindre indication qu'Il régnait de fait au plus haut des Cieux. Nous n'entrons pas en résistance contre Dieu, Edward, mais bien contre l'inertie céleste. »

« Mais… et si c'était une seule et même chose ? N'en concevez-vous donc aucune frayeur ? »

« J'ai prié, à ce sujet. Nous avons tous prié. Et une réponse revient toujours, même si je la soupçonne de n'être que la conclusion à laquelle aboutit mon propre raisonnement logique. Nous avons rendu nos intentions limpides, du moins aux yeux du Très-Haut que nous vénérons tous dans le secret de notre cœur. Or, Il n'a rien fait pour nous arrêter. Cela seul ne donne-t-il pas à penser qu'Il pourrait n'en avoir cure – ou mieux, qu'Il pourrait même approuver notre démarche ? »

Je restai un long moment à fixer la lettre tapée à la machine. Je me sentais comme Edward Lynes Walker avait dû se sentir – tel le nageur qui croit se rapprocher des côtes pour s'apercevoir soudainement qu'en réalité le courant est en train de l'emporter au large… Tout cela pouvait-il avoir une quelconque réalité ? Habari représentait-il réellement quelque faction dissidente du Ciel, ou était-ce un agent d'Eligor ? À moins qu'il ne s'agisse d'Eligor en personne ? Quel qu'il fût, l'être qui se faisait appeler Moïse Habari avait manifestement des aptitudes dont je ne saisissais pas pleinement la nature. S'il avait entraîné Walker, un homme bien vivant, en Hors-Zone *via* un Zip, avant de lui donner à voir une âme en instance de Jugement, le tout à l'insu du procureur ou de l'ange avocat présents sur les lieux, voilà qui outrepassait tellement les règles que ç'aurait pu revêtir les apprêts d'un fabuleux tour de magie. Les anges éminents et avec eux, vraisemblablement, les démons supérieurs peuvent accomplir de prodigieux tours de force qui restent impossibles à nous autres, vile piétaille. Mais ils n'en demeurent pas moins soumis à de rigoureuses contraintes par les Conventions lorsqu'ils se manifestent sur Terre, et même en Hors-Zone. Je pouvais croire qu'Habari et les siens (s'il n'agissait pas du moins en loup solitaire) étaient disposés à passer outre les Conventions, mais alors… comment comptaient-ils s'en tirer avec ça ? Le système entier était conçu de manière à garantir qu'une Principauté ou un Duc des Enfers ne puisse aller s'amuser à violer toutes les règles à Mortel-Land. Je n'imaginais même pas qu'on arrive à contourner pareille loi, en faisant ce qu'Habari avait réussi à accomplir.

Je n'avais aucune réponse. Et là, je me faisais l'effet de Woodward et Bernstein en train de parler à Gorge Profonde, au fond d'un garage de Washington, en apprenant que leur article explosif était remonté jusqu'à la Maison-Blanche… Ces deux reporters s'étaient-ils inquiétés à l'idée que leurs trouvailles puissent ébranler non seulement leur âme immortelle mais également les fondements mêmes de l'Univers ? Que voulez-vous, j'en doute…

Il me fallait absolument un verre. Mais non… Je me replongeai dans ma lecture de ce document hors du commun, que j'avais découvert dissimulé dans la Bible d'un athée.

« Mais même si, les semaines suivantes, j'ajoutais de plus en plus foi aux déclarations d'Habari, à propos de ce qu'il avait entrepris avec ses pairs, même si je me mettais à y croire de plus en plus, restait un point d'achoppement : afin d'être bien assuré du succès de l'expérience (car c'en serait une, sans précédent, puisque Habari affirmait qu'aucune âme jamais n'avait encore été soustraite au nez et à la barbe du Ciel comme de l'Enfer !) la toute première « extraction d'âme », selon ses

termes, devrait s'accomplir à la façon d'une opération militaire : avec soin, rigueur, précision et un sens impeccable du chronométrage. Ce qui ne laisserait pas le loisir d'attendre que le premier volontaire veuille bien mourir de mort naturelle. Inutile de préciser qu'apprendre cela ne me remplit pas de joie.

Il chercha à me flatter.

« Vous êtes notre candidat idéal, Edward. Mais le temps que la nature fasse son œuvre avec vous, nous risquerions de perdre des centaines, voire des milliers d'autres âmes éligibles qui passeraient encore à l'un ou l'autre de nos concurrents. »

Je lui demandai naturellement s'ils ne pouvaient trouver quelque autre candidat présentant les mêmes dispositions d'esprit, et qui serait sur le point de passer de vie à trépas. Ce qui ne nécessiterait donc pas de forcer ainsi la main du destin. Il m'assura que non. Ce pourrait peut-être être fait une fois qu'ils seraient certains du succès de leur entreprise, me répondit-il, mais pour commencer, il leur fallait un homme sain de corps et d'esprit, robuste et d'une belle force de caractère, quelqu'un qui aurait pleinement conscience de ce qui allait se passer.

« Mais… et mon épouse ? » *protestai-je.* « Je vais perdre tout espoir d'être réuni avec elle à ma mort ! »

Maintenant que j'avais foi en la Vie-après-la-mort, je ne désirais rien tant que revoir Molly.

Habari eut l'air triste.

« À supposer même que vous la revoyiez, Edward, vous ne la reconnaîtriez pas. Et elle, elle ne vous reconnaîtrait certainement pas non plus. Les âmes des disparus ne conservent pas le souvenir de leurs existences antérieures ou, du moins, c'est là ce que nous percevons du phénomène, ce que nous en comprenons. Les porte-paroles du Très-Haut sont muets comme des carpes sur la question. Ce que nous savons en revanche, c'est que les défunts ne sont plus ceux qu'ils ont pu être par le passé – en tout cas, pas au Ciel.

En Enfer par contre, il n'en va hélas pas de même. C'est une des raisons pour lesquelles une Troisième Voie s'imposait. Mais nous nourrissons un dessein ultérieur, et même si je ne peux pas vous en confier la teneur, je peux au moins dire qu'en cas de succès de notre cause, dans tout ce que nous planifions, il est possible qu'un jour, votre bien-aimée Molly et vous-même soyez réellement réunis, et cette fois pour l'éternité. »

Plongé dans la mélancolie, je pleurai longuement sur tout cela. Mais au moins, après bien des débats intérieurs, des remises en question et du vague à l'âme (expression qui, pour moi, revêtait maintenant un sens bien différent), je me résignai à jouer les cochons d'Inde au nom des Mages. Habari et moi préparâmes ma mort…

Je passai rapidement sur les deux feuillets suivants, relatant comment Walker avait réglé ses affaires – discrètement, en s'abstenant d'éveiller les soupçons sur ses intentions suicidaires. Naturellement, il n'était ni le premier ni le dernier à agir de la sorte pour préparer sa « sortie » en laissant derrière lui ses affaires en ordre, mais il était certainement le tout premier à planifier de berner *et* le Ciel *et* l'Enfer ! Mon admiration pour Walker ne fit que croître à mesure que j'y repensais. Ce qu'il avait fait exigeait du cran – vraiment ! À l'instar des pionniers de l'astronautique, il s'était vu confier un rôle solitaire à jouer, sans aucun espoir d'accéder à la gloire si jamais son entreprise était couronnée de succès. Il parlait même de lui comme d'un « *après*-naute », sur le modèle d'« astro-naute », boutade qu'il avait reprise de la bouche d'Habari.

De façon décevante, mais guère surprenante, Walker avait très peu à dire sur ce qui était censé lui arriver une fois qu'il aurait fixé le tuyau au pot d'échappement de sa BMW Series 7, à ceci près qu'il avait reçu l'assurance qu'il n'aurait rien besoin de faire, et qu'Habari et les « siens » (un terme très vague, vous en conviendrez) se chargeraient du reste. Je ne pouvais m'empêcher de me demander s'ils avaient réussi. Une seule certitude : l'âme de Walker était allée *quelque part.* J'en étais témoin.

Il concluait avec un extrait du poème d'un auteur dont je ne reconnus pas le nom, un certain R.W. Raymond :

« La vie est éternelle, l'amour est immortel, la mort n'est qu'une ligne d'horizon, et l'horizon n'est rien d'autre que la limite de notre regard. »

Il avait signé la dernière page,

Vôtre en l'espérance
Edward Lynes Walker

28

Pèlerinage à La Mecque

Ça me fait tout bizarre de l'admettre, mais la première personne que j'ai pensé à appeler en achevant ma lecture du stupéfiant témoignage de Walker, ce fut non pas Sam ou Monica, ni même mes boss Là-Haut (même si je n'y couperais pas, bien sûr), mais Caz. Depuis que nous nous étions quittés, je gardais le souvenir de ce que nous avions fait ensemble – de la *façon* dont nous avions été ensemble –, et je n'arrivais toujours pas à lui trouver une place appropriée, que ce soit dans mon cœur ou dans ma tête. Je ne cessais de repenser à elle, et je n'aurais su dire si ces pensées persistantes, telles des ondées estivales, apportaient un quelconque apaisement à mon esprit enfiévré, ou étaient au contraire les précurseurs de terribles orages à venir. Par l'Enfer (c'est le cas de le dire !) mais à quoi diable avais-je donc pensé ? Qu'étais-je en train de faire ? Comment pouvais-je espérer cacher un tel secret au Ciel ?

Mais, ô doux Seigneur, comme elle me manquait ! Il ne s'agissait pas juste de désir, de concupiscence, ou même simplement d'amour – comme si d'ailleurs l'amour pouvait être « simple » ! Notre couple, c'était quelque chose de tout naturel. Pour moi, ça allait de soi. Nous étions des âmes sœurs séparées par un million d'années de conflit, de haine, de traîtrise. Si tout cela n'avait pas été si douloureux, ç'aurait même pu en être cocasse. Pouvait-on rêver pires amours contrariées que celles-là ?

Sûr que je n'y vais pas de main morte, moi, quand je m'y mets !

Mais il était maintenant temps pour notre ami Bobby Dollar de revenir au témoignage-confession-*slash*-lettre-de-suicide d'Edward Walker. Tout ce qu'Habari lui avait dit était peut-être vrai – manifestement, il n'avait rien d'un Révérend docteur ordinaire. Mais Walker avait néanmoins pu être dupé, surtout si Habari était en réalité le suppôt d'Eligor, par exemple. Et, au vu des pouvoirs du bon docteur, ça paraissait même de plus en plus vraisemblable. J'avais déjà établi un lien de locataire à bailleur entre les Mages et le Grand Duc des Enfers. Oh, ça ne constituait pas une preuve irréfutable en soi mais, dans la partie qui s'était engagée, toute coïncidence m'apparaissait comme éminemment suspecte. Le Ciel évolue de façons bien mystérieuses, et l'Enfer, *idem.* Mais les uns comme les autres ont leurs doigts dans un peu toutes les combines, partout, et c'est rarement fortuit.

Où que mes propres spéculations m'entraînent, cependant, il fallait que je fasse mon rapport à mes chefs, et vite. Je suis peut-être un ange à la gomme doublé d'un « employé » ingrat et grincheux, mais je ne suis pas un imbécile, et l'histoire de Walker pouvait constituer la pointe de la cale qu'enfonçait l'Opposition dans le système établi afin de *lifter* toutes les âmes humaines après la mort. Même si la manigance ourdie revêtait un aspect moins sinistre que celui-là, ça n'en restait pas moins quelque chose de bien trop énorme pour que je joue ma timide avec mes découvertes. L'honneur, le devoir, et le souci toujours d'actualité de couvrir ses arrières, de protéger son propre *tuchis*[1], tout cela exigeait que je contacte les instances célestes au plus vite.

Non pour lui faire part de toute cette problématique, mais rien qu'en raison de mes émois, et des tiraillements dont je viens de parler, je fis le numéro que Caz m'avait confié pour les urgences.

1. NdT – terme d'argot signifiant « cul » en hébreu

J'étais tout près de laisser échapper ce que je ressentais véritablement pour elle, mais j'eus la brusque vision effrayante d'une Cour Martiale Céleste repassant mon message sur boîte vocale tandis que mes juges m'aveuglaient de leurs éclats menaçants. Je lui laissai donc un message « blême », sans la moindre effusion, lui disant juste que je désirais lui parler. Puis je traversai la ville pour regagner les bureaux de la société et y faire mon rapport.

J'avais ensuite composé le numéro de Sam, mais là aussi, j'eus droit à son répondeur. Monica & Cie n'avaient donc plus à monter la garde à son chevet et à répondre aux appels pour lui ? Je l'espérais. En plus de tous mes soucis, je me faisais l'effet d'un parfait salaud, moi qui n'arrivais pas à distraire cinq minutes de mon temps précieux pour aller rendre visite à mon meilleur ami ! Mais à quoi bon tenter le diable… J'appelai le *Compas*, et fis un brin de causette avec Chico. À mon grand soulagement, il m'apprit que Sam était hors de danger – ce qui signifiait qu'il n'allait pas se voir attribuer un nouveau corps d'emprunt. Une aventure toujours incertaine dans le meilleur des cas – car cette période transitoire exige une longue récupération et un suivi de convalescence qui, quoique plus rapides, ne sont pas si différents que ça d'un cas d'AVC ou de congestion cérébrale. Après la mort de Léo sur la table d'opération « céleste », j'avais naturellement beaucoup plus de réserves que mes pairs, dans l'ensemble.

– Et moi, alors ? lança Chico alors que je m'apprêtais à raccrocher. Pas de « *ça baigne, ma poule ?* », j'ai même pas droit à un « *merci, mec* » pour avoir sauvé ton petit *culo* rachitique l'autre nuit ? Pendant qu'une espèce d'enfoiré d'antique démon *allumé* défonçait complètement mon bar ? *Chupa mi verga*, Dollar !

Chico se prend pour un Mexicain pur sucre, et pas rien que d'apparence – il pense que son âme *même* est mexicaine. Et peut-être bien que c'est le cas, encore que j'ignore comment diable son appartenance à *La Raza* pourrait survivre à la mort puis à la métamorphose angélique. Mais… à quoi bon argumenter avec un bougon de salopard qui garde à portée de main un fusil de chasse automatique chargé de sels d'argent, hein ?

– Navré, mec. Que puis-je dire ? Je t'en dois une belle sur ce coup-là. Je ne savais pas que tu déchirais à ce point, *hombre!*

– Seulement quand j'ai pas le choix. (Il semblait s'être radouci.) Quoi qu'il en soit, ça devient franchement pénible par ici. Fais gaffe, BD.

– Je ferai de mon mieux, *hombre!*

Je me garai de l'autre côté de l'immeuble, au cas où les sicaires d'Eligor auraient placé nos bureaux sous surveillance, puis j'enjambai discrètement la clôture de la cour de l'immeuble de bureaux voisin. Celui d'Alice était installé à proximité d'une fenêtre. Elle me regarda en train de grimper, de m'agripper puis de me laisser maladroitement choir de l'autre côté de la clôture comme si j'étais un clown vraiment pas terrible faisant son numéro à une fête d'enfants.

– On manque d'exercice physique, Dollar ? ironisa-t-elle dès que j'eus monté l'escalier pour venir la rejoindre dans son bureau et m'effondrer.

Ahanant juste un petit peu, je m'affalai sur un siège puis examinai l'accroc que je venais de faire à mon pantalon. À ce rythme-là, j'allais bientôt être à court de jeans, et devoir opter pour du tissu plus résistant, comme ces mochetés de kakis d'unités tactiques.

– Non, Alice, c'est juste que l'idée de revenir te voir fait toujours ressortir le fringant romantique bravache qui se cache en moi !

Elle secoua la tête, pleine de commisération.

– Trêve de fadaises ! J'ai un chimichanga tout pourri de GoGo Burrito, et c'est en train de me dégouliner dessus ! Je vais rentrer chez moi plus tôt. Tu voulais quoi ?

– J'ai besoin d'envoyer un *courrier-prière*. En mode privé. Je dois m'en charger moi-même.

Elle haussa un sourcil.

– Ooooh, quel homme d'action tu fais, Dollar ! J'en ai le cœur qui bat la chamade… mais ça pourrait aussi bien être ce chimichanga de malheur. (Elle gesticula vaguement en direction du bureau adjacent.) Tu connais le chemin. Je vais faire la fermeture, tu n'auras plus qu'à repartir ensuite comme tu es venu. N'essaie *même pas* de dormir ici !

– Je ne suis pas un SDF !

– Tu le seras vite fait si tu t'obstines à ajouter à tes faux frais des notes de motels chicos.

– *Chicos ?* C'est le genre d'endroit où on te refile le savon du dernier client à être descendu là !

Elle roula des yeux au plafond, retournant à ses occupations avant de décrocher et de s'octroyer le restant de la journée.

Les envois de *courrier-prière* en mode privé, Sam appelle toujours ça un « Pèlerinage à La Mecque ». Oh, non qu'on se retrouve au milieu d'une foule de pèlerins. Disons que le procédé proprement dit s'apparente moins à l'une de ces églises baroques regorgeant de petits nuages dorés et de chérubins en stuc, pour évoquer davantage l'imposant monolithe minéral que tous les fidèles de l'Islam vont vénérer. La pièce est petite, avec des murs aveugles. On y trouve uniquement un bureau en bois standard, et la seule chaise présente en ces lieux lui fait face. Il y a aussi un de ces grands sous-mains noirs de bureau d'assurances, glissé sans autre forme de décorum sous un cube de cristal translucide d'environ quarante-cinq centimètres carrés. Du moins ai-je toujours supposé qu'il s'agissait de cristal – pour ce que j'en sais, ce pourrait être de la verroterie qu'on achète dans une de ces boutiques de déco maison. Ce qui ne me choquerait pas plus que ça. Une chose à savoir, à propos de mes boss, du moins dans les opérations qu'ils mènent ici sur Terre : que ça fonctionne, voilà tout ce qui leur importe – bien plus que l'esbroufe.

Je m'assis face au cube, et me composai une mine de circonstance.

J'avais fermé les yeux, car si jamais je les gardais ouverts quand viendrait la lumière des Cieux, je continuerais à « voir » un cube vert brillant devant toute chose pendant au moins la demi-heure suivante. Ça vous *crame* les nerfs optiques, je vous dis que ça ! Alors, je patientai. Sous mes paupières baissées, je « vis » un premier éclat éblouissant, éclat qui s'atténua ensuite, moins cru, moins violent. Et je rouvris les yeux.

À quoi ressemble sur Terre la lumière des Cieux ? À un flot de soleil perçant les nuages dans la peinture de vide-grenier la plus kitsch que vous ayez jamais vue. En vérité ! C'est si beau que c'en est embarrassant. Nulle subtilité d'aucune sorte.

Une voix désincarnée s'éleva. Autant que je puisse me prononcer, elle n'était audible que de moi seul – l'une de ces voix douces et indéfinissables qui caractérisent les anges, de l'un ou l'autre sexe.

– *Dieu t'a en Son Amour, Doloriel.*

La question corollaire « *alors pourquoi viens-tu encore nous déranger ?* » était, comme toujours, implicite.

J'énonçai la formule garantissant la sécurité de notre communication, puis décrivis à mon interlocuteur ce que je venais tout juste de découvrir et de lire. Cela fait, je sortis l'enveloppe de ma poche et l'exhibai face au cube, puis présentai les feuillets un par un à ce presse-papier géant rempli de nuées et de soleil éclatant. Ensuite, la douce voix androgyne me répondit :

– *Ton rapport a bien été reçu.*

J'étais en train de me relever lorsque la voix reprit :

– *L'Archange Temuel va s'adresser à toi.*

J'en étais quelque peu surpris.

– *Doloriel, je viens de voir ton message.* (Mon superviseur, lui aussi, n'était qu'une voix désincarnée tombant des brillantes nuées.) *Il est d'autant plus crucial maintenant que tu assistes à la conférence au sommet, qui est officiellement décrétée. Sois mes oreilles et mes yeux.*

Ce qui était plutôt étrange à dire. Car, à cette conférence, les anges allaient autant affluer que des comiques à grandes godasses entassés dans un tacot de clown de cirque. Temuel voulait que je sois sa propre source perso d'infos ? Était-ce ce qu'il impliquait en disant cela ? Je pouvais comprendre, j'imagine – quiconque a bossé au sein d'une bureaucratie le comprendrait –, mais en repensant à sa remarque à propos de son Clarence sur lequel je me trompais (dans mon « faux » souvenir), ça ne laissait pas de me troubler quelque peu.

Trouble que je passai sous silence, bien entendu.

– Donnez-moi juste les détails.

– C'est prévu pour ce vendredi. Tu n'auras pas à aller loin. La conférence se déroulera à l'hôtel Ralston, dans ta ville.

J'eus sans doute l'air un rien surpris. J'ignore si nos interlocuteurs peuvent nous voir à travers le cristal céleste, mais je me hâtai néanmoins d'expliquer ma réaction :

– Ici même, à Jude ? Pas… je ne sais pas, moi… au Vatican ? À Vegas ? Je sais que les mecs des Enfers adorent se réunir en convention à Vegas.

– C'est peut-être que le… problème… a pour origine San Judas, en tout cas, nos supérieurs et l'Opposition estiment que ce serait le meilleur endroit pour en délibérer. (Était-ce moi ou avait-il l'air inquiet ? Ou bien s'irritait-il juste de mes questions ?) *Et, ça ne t'aura pas échappé, Ange Doloriel, il y a beaucoup de problèmes d'une importance cruciale à résoudre. Or, ton nouveau rapport ne fait qu'attiser encore un incendie qui se propage à la vitesse de chevaux au galop. Puis-je compter sur ta coopération ? Et ton application ?*

Le crédo Bobby Dollar : dès qu'il est question de management, recourir à la polysémie – rien ne vaut les formules ayant plus d'un sens, comme si le plus évident était le seul qu'on ait en tête.

– Bien sûr, Archange. Je vous remercie de placer ainsi votre confiance en moi.

– *Je t'en prie. Merci pour le dur travail que tu as fourni dans l'affaire Walker. Je suis certain que ton rapport suscitera bien des remous dans les plus hautes sphères.*

Et, sur cette sortie plus ambiguë encore, il disparut. Le cristal s'adoucit en une faible lueur dorée, qui s'estompa à son tour. Mais pas avant que quelque chose, dans la qualité surnaturelle de ce flamboiement, n'ait attiré mon attention. Je ne pus m'empêcher de repenser à l'étonnante démonstration de pouvoir d'Habari, Edward Walker parlant de la main du Révérend docteur comme d'une sorte de « fusée éclairante au magnésium » lorsqu'il avait ouvert un Zip à l'hôpital. S'était-il agi de la même lumière d'un ineffable brillant devant laquelle je venais de baisser les paupières ? Habari pouvait-il avoir un lien quelconque avec les Cieux, tout compte fait ? Ou bien les Enfers avaient-ils la possibilité de reproduire cette luminosité reconnaissable entre toutes ? J'imagine que c'était entièrement possible – après tout, c'était même l'artifice traditionnel du Diable, que de maquiller le Mal des apprêts du Bien… ou finasserie de ce goût-là. Mais là encore, c'était un mortel vivant qui avait été dupé. Il n'y aurait donc pas nécessité de déployer tant d'efforts, normalement. Je me demandai soudain si quelqu'un comme moi aurait pu être capable de ce tour-là – si du moins un ange le pouvait.

Je laissai les portes des bureaux verrouillées en partant, et escaladai de nouveau la clôture pour sauter dans la cour du petit complexe voisin de bureaux. Dès que mes pieds touchèrent terre, je pivotai et… me retrouvai nez à nez avec une face cadavérique grimaçante. J'avais dégainé le nouvel automatique d'Orban, le doigt sur la détente, avant même de réaliser que j'avais devant moi ma toute nouvelle connaissance gigotante… Mister Renard.

– Seigneur ! jurai-je en m'écartant d'un pas en sursaut, et en rengainant. (Je déteste invoquer en vain le nom de notre Seigneur, justement – dans notre secteur d'activité, c'est mal vu. Mais parfois, que voulez-vous, il faut que ça sorte…) Pourquoi diable faut-il toujours que tu te faufiles derrière moi ? J'ai failli te descendre !

– Je ne me glisse pas « derrière toi », *Dollar man* ! Je t'ai vu escalader la clôture et je me suis dit qu'on pouvait faire un brin de causette.

Éclatant de rire, il se livra à un autre de ses irrépressibles petits quick steps. Alors seulement, j'eus l'idée de jeter un coup d'œil aux bureaux qui nous environnaient, dans la cour. Il n'y avait, visible à sa fenêtre, qu'une employée au travail : une jeune Noire. Et qui nous fixait d'un air alarmé, l'Asiatique d'une blancheur de craie et moi. Horriblement fascinée, elle cherchait déjà son téléphone à tâtons.

– Allez viens, dis-je, on se barre ! Tu me raconteras ton histoire en marchant – pardon, en te trémoussant ! Je crois que cette jeune dame là-haut s'apprête à appeler les flics.

– Pas de crainte à avoir. Renard a des potes dans la police. Des potes partout.

– Ravi d'apprendre que tu es si populaire, mec. Moi, c'est pas mon cas.

Nous gagnâmes ma voiture, et il bondit sur le siège passager sans même attendre que je l'y invite pour la forme. Il jeta des coups d'œil appréciateurs autour de lui, comme si j'étais sa copine de bal de promo et cette caisse, sa limousine.

– Tu n'as plus ta vieille guimbarde, Mister Bobby ?

– Eh non. Je te dépose où ?

– Peu importe ! s'exclama-t-il avec une bonne humeur débordante tandis que je démarrais. Quand allons-nous reprendre les affaires, Mister BD ? Aux enchères, il n'y a eu que deux morts – c'est rien, ça… Encore plein de monde pour la prochaine fois !

Avais-je quoi que ce soit à gagner à poursuivre dans cette voie ? Après avoir vu avec quelle brutale sauvagerie Eligor avait fait irruption dans nos « enchères secrètes », je ne tenais pas à ce qu'il y ait d'autres victimes.

– Je crois que je ne suis plus dans le coup, pour ce qui est de la vente d'artefacts.

Il me gratifia d'un air chagriné du plus haut comique.

– Vraiment ? Mais voyons, il y a tellement d'expériences fascinantes à vivre ! Tu as bien réfléchi ? Je pourrais mener l'affaire de façon plus discrète, avec un seul acquéreur à la fois, que ton dévoué serviteur Foxy Foxy aura dûment passé au crible au préalable !

Je commençais à me demander si ce petit mec n'allait pas continuer à resurgir à l'improviste tout au long de mon existence.

– Non – sérieux. Je n'ai rien à vendre.

– Arrête-toi là, m'enjoignit-il, abrupt. (Nous étions au milieu d'une rue, à quelques pâtés de maisons de la place Beeger.) Réfléchis-y, Dollar Bob. Il y a… oh, tellement de manières de s'y prendre !

En moi, la frustration l'emporta momentanément sur la prudente réserve.

– Écoute, je ne l'ai *pas,* voilà ! Je n'ai pas cette plume. Je ne l'ai même *jamais eue*, j'essayais juste de comprendre pourquoi tout le monde était persuadé du contraire ! Maintenant que je sais pourquoi, je n'ai plus besoin d'acheteurs.

Je stoppai à un arrêt de bus, devant *Sélection Naturelle* ; à l'intérieur, les clients s'exerçant sur les tapis de course et les rameurs regardèrent la portière s'ouvrir et Renard en surgir dans toute sa pâle splendeur pirouettante. Il riait de nouveau mais gardait un regard perçant, et cet affect-là était encore le plus grave que je lui eusse jamais vu.

– Ah, n'essaie pas de duper Goupil, D-man ! Renard est trop malin pour ça. Crois-tu que j'aurais mis ma si belle réputation en jeu si je n'avais pas su sans l'ombre d'un doute que tu étais bel et bien en possession de cette plume ? Je l'ai sentie sur toi !

– *Quoi… ?*

Il se pencha contre la limo, en trémoussant de plus belle son petit cul maigrichon devant la baie vitrée du club de gym. Les clients durent avoir l'impression que je venais déposer là l'escort-boy que j'avais ramassé en front de mer. Renard avait une expression tellement étrange que j'envisageai un instant de bondir sur le trottoir ; c'est que… eh bien… son rictus dénudait la rangée supérieure de sa denture et ses narines paraissaient… voleter… Oui, c'est ça, voleter !

Il hocha la tête.

– Je la sens encore. Ce n'est peut-être plus aussi marqué maintenant, mais l'odeur d'un ange imposant, c'est quelque chose que Renard connaît très bien ! (Riant de nouveau, il recula.) Quand tu auras fini de raconter des histoires à dormir debout, fais-moi signe ! Et souviens-toi, si tu as un véritable ami, Mister Bob du Ciel, c'est bien Foxy Foxy ! Il ne prend pas parti, lui. Il veut t'aider !

Il m'esquissa le plus léger des petits gestes jazzy de conclusion, puis s'en fut de sa démarche primesautière en sifflotant un air qui m'évoquait un thème musical mongol.

Tandis que je restais assis là à me demander de quoi diable il avait bien pu parler, comment je pouvais avoir sur moi l'odeur d'une chose que je n'avais même jamais possédée, ou encore *que pouvait être* en réalité notre étrange et insaisissable M. Renard, mon téléphone se remit à sonner. Cette fois, ce fut le numéro de Caz qui s'afficha.

– Je suis ravi que tu me rappelles ! m'empressai-je de lui dire. Je tenais vraiment à t'avoir.

Elle hésita avant de répondre – d'un ton bizarre, monocorde.

– Désolée, je voulais juste te prévenir que je ne serais pas disponible dans l'immédiat. Peut-être plus tard dans la journée. Je suis à une réunion importante.

– Tu ne peux pas parler pour le moment ? OK, alors quand ? J'ai vraiment besoin de…

– Oui, merci. Ravie de voir que tout va bien.

Elle me raccrocha au nez.

Je n'eus que quelques secondes le loisir de m'interroger sur ce que ça pouvait bien vouloir dire, tout ça, avant que mon téléphone ne se remette à sonner.

– Sam ?

– Alors comme ça, on en est de nouveau à s'appeler par nos prénoms ? Plutôt chouette à savoir, quand on songe que tu as bien failli me faire tuer, puis que tu n'as même pas jugé bon de faire un crochet par l'hôpital alors que j'étais réduit à l'état d'épave sur mon lit de douleur !

– Sam, je voulais venir te voir, je le jure ! Monica m'a dit que je ne devrais pas…

– Eh, mec, te mets pas la rate au court-bouillon ! Je te fais marcher, mon grand ! Alors, quoi de neuf ? Ça boume ?

– Comment ça va ? T'es toujours à l'hosto ?

– Non, je me suis fait la belle ce matin. Les gus armés de bassins hygiéniques me coursent encore dans cinq États à la fois ! Déjeuner ensemble, ça te dit ?

15 heures déjà… mais je n'avais plus rien avalé depuis le petit déjeuner.

– Ouais, ça roule. Si on allait là où personne ne nous connaît ?

Il suggéra un petit birman dont je n'avais jamais entendu parler dans le quartier Mayfield, et on convint d'un rendez-vous.

Alors que je roulais dans Broadway, je revis le mendiant que j'avais croisé, en demandant après Renard, et ça me rappela une de mes interrogations, tantôt. Je me garai sur une aire de chargement, puis m'aventurai de nouveau dans « l'îlot piétonnier » où il avait repris ses marques, toujours avec sa pancarte « DIEU VOUS BÉNISSE », et sa boîte en carton en guise de sébile. Apparemment, les passants n'étaient guère d'humeur charitable, contribuant fort peu à sa cause. En approchant, j'étudiai attentivement le bonhomme, mais il ne semblait pas être autre chose que ce qu'il paraissait être, juste un pauvre hère de plus, un des innombrables laissés-pour-compte de la société moderne. À Jude, les anciens combattants clochardisés pullulent en centre-ville, et il avait tout l'air d'être de leur triste confrérie, jusqu'au bout de ses ongles crades – *et* de son treillis caractéristique, qui devait lui tenir assez chaud d'ailleurs, en cette radieuse journée de printemps.

Je tirai une coupure de vingt de mon portefeuille en la lui exhibant.

– Tu sais quoi, mec, je vais te montrer quelque chose. Si tu peux me le décrire, ce bifton est à toi.

D'intéressée, son expression vira au vinaigre.

– Eh *mec,* tu comptes quand même pas me sortir ta queue pour me la faire frétiller sous le nez, hein ? Je joue pas à ça.

– Oh, non, sûrement pas ! (Je jetai des coups d'œil à la ronde, histoire de m'assurer que personne n'approchait, puis j'ouvris un Zip, du genre Céleste – eh, *oh !* Je ne parle *pas* de la fermeture Éclair de mon futal, là ! C'est fou ce que vous avez l'esprit mal tourné !) La Brèche scintillante lévita, juste à la périphérie de l'îlot de béton ; longiligne, elle brillait en son centre, émettant un éclat plus diffus sur les bords, tel l'arc d'un soudeur à l'arc de la marine.

– Que voyez-vous ?

Son regard suivit la direction de mon index pointé.

– Euh… je ne sais pas, mec. Le concessionnaire, là-bas ? Ou l'immeuble où on voit un laveur de carreaux ?

– Non, je parle pas des buildings. Ici, juste sous ton nez.

Il eut l'air attristé.

– Je ne sais pas ce que tu veux que je te dise, mec. C'est une voiture que tu désignes ? (Il plissa le front, son regard glissant sans la voir sur la Brèche qui scintillait toujours tout près de lui.) Autre chose ?

– Écoute, je vais te prendre par le bras et faire un pas dans cette direction. Je sais, ça peut paraître bizarre, mais je… euh… j'aimerais vérifier des micro-changements atmosphériques. Dis-moi si tu sens ou vois quoi que ce soit qui sorte de l'ordinaire.

Je lui empoignai un avant-bras filiforme et le guidai. Sous mes doigts, je le sentis très tendu – il s'apprêtait vraisemblablement à prendre la fuite. Un pas de plus, et il fut au pied du Zip… ou du moins il l'aurait été si le Zip avait existé pour lui. Mais alors même que j'étais en contact avec lui, il n'avait aucun moyen de le traverser.

– Eh, je ne… ! protesta-t-il.

Il était de plus en plus nerveux. Je le lâchai.

– C'est pas grave, mec. C'est exactement ce que j'avais besoin de vérifier. Voilà, tu l'as bien mérité.

Je le laissai planté là, à me fixer en frottant du pouce son tout nouveau billet de vingt dollars. Quelle que soit la façon dont Habari avait pu s'y prendre, il était évident qu'un simple ange rattaché à la Terre ne pouvait entraîner un simple mortel par une Brèche.

Alors que je regagnais ma voiture, le téléphone se remit à sonner. Caz, cette fois.

– Hello ? Je peux te parler maintenant ?

– Juste une minute, me répondit-elle.

Elle parlait toujours d'une voix sans inflexions, ce qui m'effraya. On aurait dit que quelque chose l'avait complètement vidée. Anéantie.

– Dans ce cas, je serai bref : j'ai vraiment besoin de te voir.

– Non. (Pour la première fois, j'entendis percer autre chose, dans sa voix – de la peine.) Non, pas possible. C'était une erreur. Sur toute la ligne.

– Sûrement pas ! Rien de… Rien d'aussi bon ne saurait être une erreur ! Pas si tu partages mes sentiments.

– Je ne peux pas ! (Elle avait la voix toute… râpeuse.) Tu ne comprends donc pas ? C'est impossible. *Nous deux*, c'est impossible ! Oublie que ça ait pu arriver un jour. Et oublie-moi. Juste… prends garde à toi, Bobby. Parce que là, ça va vraiment chauffer.

– Caz, attends… !

– Ne m'appelle plus. Fais comme si c'était un rêve – fais comme moi. Même en Enfer, il nous arrive de rêver parfois.

Et ce fut tout. Je m'acharnai à recomposer son numéro, encore et encore.

Elle refusait de décrocher.

29

Pointe filtrante

Sam avait l'air mal en point, mais quiconque n'est pas un ange aurait eu l'air pire encore. Il avait le visage meurtri de contusions (aux nuances gris-mauve) et, sur le front, une cicatrice impressionnante en forme de zigzag. À le voir marcher comme ça, on aurait aussi pu croire qu'il souffrait de rachitisme.

– Essaie les petits pancakes en sauces asiatiques, tu m'en diras des nouvelles ! me lança-t-il en se glissant sur sa banquette, face à moi – non sans une grimace de douleur.

– Tu as vraiment une sale bobine, mon pauvre vieux ! Je croyais qu'on devait déjeuner là où on n'avait jamais mis les pieds, toi et moi ?

– Ces gens sont à la tête de deux restaurants, dont l'un est situé près du quartier du Littoral, où je vais tout le temps manger. Je n'avais encore jamais mis les pieds dans celui-ci.

Je hochai la tête, puis commandai les pancakes qu'il me recommandait, avec, en accompagnement, une sorte de daube épicée. Comme il n'y avait pas de bières birmanes, je me rabattis sur une Singha, qui provient du moins de cette partie du monde. Sam avait opté pour une soupe au poisson, et une bière au gingembre.

– Commande aussi du pain, me conseilla-t-il. C'est un peu

comme un « mille-feuille » de naans indiens dégoulinant de beurre – un rêve, pour les cardiaques !

– Tu as l'air en meilleure forme que je ne l'aurais cru, admis-je. Bon, évidemment… comme tu étais déjà moche avant, ça ne fait pas grande différence, tu me diras.

Il gloussa, puis entreprit de me raconter son séjour à l'hôpital. Où on avait aussi entendu parler de l'explosion de la conduite de gaz au *Compas* (la version officielle concoctée par nos Régulateurs), et le personnel soignant lui avait témoigné beaucoup de compassion. Sam étant ce qu'il est, il me régala des portraits irrévérencieux qu'il me brossa des infirmières et aides-soignants qu'il avait pu croiser, le temps que nos commandes arrivent.

Il siffla d'un coup sa boisson gazeuse au gingembre, en commandant aussitôt une autre. Campée derrière son comptoir, la femme à qui il avait fait signe le toisa comme s'il venait d'exiger qu'on mette à sa disposition une navette spatiale. Elle finit par lui en apporter une deuxième.

– OK, reprit-il, à ton tour, Bobby. Tu vas maintenant m'expliquer pourquoi, à te voir, on jurerait que tu as égaré ta biroute et que la pièce de rechange va mettre six semaines à t'être expédiée de Corée.

– Ça se voit à ce point-là ? (Je ne pus m'empêcher de sourire.) Ravi que tu n'aies pas cassé ta pipe, Sam. Je ne connais personne d'autre qui sache aussi bien que toi déconner à pleins tubes !

Je n'allais pas lui parler de Caz – non qu'il en eût été horrifié (ça, j'en doute), mais c'est simplement que je ne voulais pas le mettre dans une position où il se serait vu obligé de raconter des craques à nos boss afin de me couvrir. J'ignore même s'il est possible de mentir aux instances célestes, autrement que par omission – ce dont je m'étais déjà rendu coupable. Je lui parlai plutôt de ce qu'il ne tarderait pas à apprendre par d'autres sources, de toute façon : l'ultime témoignage qu'Edward L. Walker avait légué au monde des vivants.

Quand j'en arrivai à l'épisode où Habari entraîne Walker en Hors-Zone, Sam en resta comme deux ronds de flanc, une longue nouille se balançant aux dents de sa fourchette figée en l'air. L'incrédulité se lut sur son visage.

– Sans déc', mec? Il a fait traverser un Zip à un homme *de son vivant*? Mais comment?

– Attends un peu, c'est pas fini!

Je lui racontai la suite, avec la fameuse «Troisième Voie» dont Habari se réclamait. Sous le coup de l'irritation, Sam brandit un morceau de son pain *platha*.

– Je me fous de l'aspect philosophique, et le reste n'est qu'un ramassis de conneries! On ne peut pas emmener Hors-Zone un mortel vivant. En tout cas, les anges comme toi et moi n'en ont pas la possibilité. Les instances infernales ont peut-être remporté la guerre technologique, note bien, mais je te fiche mon billet que ça, c'était un tour de passe-passe!

Eh bien, moi, je continuais d'en douter parce que tout ce que Walker avait décrit ressemblait beaucoup trop à ce que nous, anges et démons, expérimentions en empruntant les Zips. En revanche, j'étais obligé d'en convenir avec Sam: en temps normal, ça ne fonctionnait pas sur les mortels. Le pauvre hère à la pancarte «DIEU VOUS BÉNISSE» en était probablement à se demander encore ce que j'avais tant voulu qu'il voie.

– Mais… et dans le cas contraire, Sam? Si ça s'est vraiment passé, ce genre de connerie?

– Écoute, Bobby, nous savons tous que Dieu n'a pas créé un monde parfait. S'Il avait fait Ses anges parfaits, il n'y aurait même pas d'Enfer, on est d'accord? Il a accordé à tous leur libre arbitre, tout comme aux peuples ici-bas, sur Terre. Sinon, il y aurait eu un soulèvement au Ciel, et les vaincus auraient tous fini au fond de la grosse salle de chauffe! Alors, même s'il s'agit d'une sorte de conspiration – ce qui est loin d'être une certitude – continuons comme ça, comme si de rien n'était. OK?

– OK…

Quoi qu'il en soit, je me sentais déjà mieux. C'est ce que j'aime, avec Sam. Il est exactement comme ces pilotes de ligne capables de faire une annonce apaisante au moment où l'avion pique du nez du haut des nuées à près de six cent cinquante kilomètres à l'heure, du style: «*À propos, vous aurez peut-être remarqué, mesdames et messieurs, que notre vol rencontrait quelques difficultés; sachez cependant que tout est sous contrôle*»… Certes, Sam peut vous dégoiser de sacrées fadaises, mais sûr et certain que c'est vachement mieux que de couiner un «*Oh, putain, merde, chié, on va tous crever!*»

– Bref, reprit-il, voilà maintenant qu'il y a cette grande conférence au *Ralston*, à propos des âmes portées disparues, avec, au programme, les gros tringleurs des deux camps; et je suis censé y assister. Moi aussi maintenant, j'aurai probablement à répondre à toute une batterie de questions à propos de Walker.

– Ne t'en fais pas, nous serons en terrain neutre.

– Ouais, mais je ne sais toujours pas comment j'ai fait mon compte à me retrouver au centre de la mêlée! Pourquoi moi? Qu'est-ce que j'ai fait?

Sam avait une expression étrange. Un instant, je crus qu'il s'apprêtait à me faire une révélation proprement stupéfiante, mais il se pencha plutôt vers moi et… me chaparda mes deux derniers pancakes, dont il ne fit qu'une bouchée.

– Ah! Dame Fortune sourit aux gourmets les plus lestes! Écoute, Bobby, ne fatigue pas tes deux neurones comme ça, je serai du voyage pour t'éviter les problèmes et te préserver des désagréments.

J'avais vaguement espéré qu'il se porte volontaire, mais pour autant, je ne voulais vraiment pas qu'il soit encore blessé en cherchant à m'aider.

– *Nan*, tu as ton boulot et tes propres problèmes, mon pauvre vieux ! Et tu sors à peine d'hosto.

Il sourit d'un air gamin.

– Officiellement, je suis toujours hospitalisé, c'est juste que je mets un temps fou aux bogues ! J'ai laissé une note sur mon oreiller, comme quoi je serais bientôt de retour. En outre, tu n'as pas encore entendu tout ce que j'avais à dire. Il faudra de toute façon que je me présente à la conférence, donc je suis d'ores et déjà relevé de mes missions habituelles. Le jeune Clarence assurera l'intérim en se chargeant de mes prochains clients. J'ignore ce qui se passera pour les tiens, à propos. Il leur faudra bien aussi un macaque de remplacement pour toi !

Ça me surprit.

– *Toi ?* Mais pourquoi y vas-tu ?

– Parce qu'à l'origine, souviens-toi, Walker était mon client. On te l'a refilé simplement parce que, sur le moment, j'étais dans l'incapacité de prendre l'appel. J'ai donc ordre d'assister à la conférence. La Mule ne t'en a rien dit ?

Je commençais décidément à me poser des questions sur la Mule, mais je gardai mes réserves pour moi. Si je basculais encore plus que ça dans mes gros délires « conspirationnistes », j'allais finir comme un de ces mecs qui appellent les émissions-débats nocturnes afin d'expliquer comment l'Amérique s'y était prise pour monter l'énorme canular de l'alunissage. Néanmoins, ça me remit une question en tête.

– Au fait, comment le gosse s'en sort-il ? Je sais que maintenant tu lui laisses les coudées franches, mais que penses-tu de lui ? As-tu jamais découvert comment il était directement passé des Archives à une antenne locale de missions sur le terrain comme la nôtre ?

Sam haussa les épaules.

– *Nan*. J'ai posé la question à droite, à gauche, mais aux Archives, personne n'a avoué savoir quoi que ce soit. Et *lui,* c'est sûr qu'il semble ne se douter de rien. Quelqu'un occupant un poste élevé a pu le reconnaître, si tu vois où je veux en venir.

Parmi nous autres, les anges rattachés à la Terre, se profile un net penchant à la paranoïa dans notre mode de raisonnement – à savoir que, si nous ne gardons aucun souvenir de nos existences passées, ce n'est à coup sûr pas le cas de nos chefs.

– Oui, peut-être.

– « *Peut-être* », c'est le nouvel euphémisme en vogue pour « *décidément* », souligna Sam. Il faut que tu t'y fasses, Bobby, mon garçon. Tu dois apprendre à embrasser l'incertitude.

– C'est bien le genre de foutaises que tu proférais chaque fois que tu avais un coup dans l'aile, ça !

J'avais *peut-être* pris un ton un brin trop aigre avec cette remontrance ; car, non content de me rappeler la Mule, Sam me rappelait également ma nuit torride avec Caz en disant cela. D'ailleurs, si le fait qu'un ange tombe amoureux d'un démon, ça ne compte pas au rayon « *embrassons l'incertitude* », je me demande bien ce qui pouvait l'être !

– Ouais, t'as raison. (Vidant sa boisson gazeuse au gingembre, il sortit son portefeuille.) Crois-moi, quand ton gros truc-bidule-machin tout cornu était si occupé à me botter le cul, moi, j'en étais *décidément* à reconsidérer ma décision de ne plus picoler. Je veux dire, qui tient à mourir sobre ?

– Pire, conclus-je en poussant sur la table un billet de dix et un de cinq pour partager la note, qui tient à mourir sobre plus d'une fois ?

Je déposai Sam devant son appartement, à Southport, et remontai lentement en direction de la Baie – non par choix, mais parce que c'était l'heure de pointe, et qu'on roulait maintenant au pas. En temps normal, je m'en serais tenu aux rues et aux voies municipales, sans passer par le réseau autoroutier, mais la Benz d'Orban avait une clim'potable, et je n'étais pas aux pièces. Je n'avais nulle part où aller, après tout – je n'avais pas encore choisi de motel pour la nuit, et je venais de finir de manger. Quand je me lassai enfin de contempler les feux de freinage des autres, je passai par l'autoroute et remontai l'avenue de la Baie à l'est du quartier de Palo Alto, direction l'hôtel *Ralston*. Il y a quelques années encore, lors du dernier boum internet, les immeubles de bureaux et de copropriétés bordant la baie étaient tous occupés. Mais ensuite, les temps étant durs, nombre des nouveaux propriétaires avaient dû retourner dans des quartiers moins huppés de la ville, meilleur marché, ou même quitter complètement le secteur. Les pancartes « à louer » avaient poussé comme des champignons ; j'en voyais plein, ainsi que des terrains en friche. C'était plutôt déprimant, mais bon, je n'étais pas là en visite touristique ; je suivais les lacets de la route en longeant bureaux et entrepôts, de l'est de la Baie jusqu'à Pointe Filtrante : la langue de sable où s'était jadis dressé un grand phare. L'antique tour avait subsisté à l'extrémité de la pointe sablonneuse, par-delà l'hôtel. On eût dit un cadet attendant son frère aîné pour la baignade… La nuit, le phare pittoresque continuait d'illuminer les eaux portuaires, mais je doutais qu'il eût encore une quelconque utilité, hormis pour les amoureux de cartes postales.

Le *Ralston* s'inscrivait dans la droite lignée de ces imposantes et majestueuses bâtisses du temps jadis ; il avait été construit au tout début du vingtième siècle. S'il bénéficiait d'un excellent entretien, et d'importants travaux de rénovation mis en œuvre à la fin des années 1990, étrangement, il ne semblait toujours pas à sa place, dans l'air du temps ; dans un splendide isolement, il dressait ses augustes façades face à une baie portuaire aux eaux d'un vert maussade. Ça aurait dû être la pièce maîtresse d'un ensemble architectural, tel un Mark Hopkins à San Francisco ou un Waldorf à New York. Mais là, aucune construction n'entourait l'hôtel isolé, à l'exception de petits complexes de bureaux qui le flanquaient à respectable distance. Et ce n'est pas le grand drapeau ornant la toiture en cuivre verdi par la patine du temps claquant au vent (la baie était parcourue par une forte brise) ni toutes les voitures alignées sur le parking, en contrebas, qui risquaient de venir mettre à mal cette forte impression de déréliction… telle la statue du pharaon Ozymandias, oubliée de tous, que le poète Percy Shelley décrit au beau milieu du désert.

La dernière strophe du sonnet me revint en mémoire, bizarrement – d'où me revenaient pareils souvenirs ? Je ne me rappelais même pas avoir lu ces vers durant mon existence d'ange. Un vestige de ma vie antérieure, peut-être. Nos boss affirment qu'aucune fuite n'est possible, mais que voulez-vous, on a du mal à les croire.

« *… Autour de la décomposition*
de cette colossale épave, illimités et nus,
seuls les sables plats s'étirent au loin. »

Et j'avais beau tâcher de me concentrer sur les grands pots de fleurs alignés au-dehors, ou sur l'auvent aux rayures vives ondoyant à l'entrée telle la traîne d'hermine d'un souverain le jour de son couronnement, je n'arrivais pas à apprécier l'allure de l'endroit. Après deux ou trois autres minutes, je fis demi-tour et rebroussai chemin plein ouest, face au soleil couchant.

Alors que je me réinsérais dans le réseau autoroutier, je tentai de nouveau de joindre Caz, qui refusait toujours de prendre mes appels. Or, que pouvais-je ajouter que je ne lui eusse déjà dit dans mes trois précédents messages ? La circulation restait dense et pénible. Je décrochai donc plus tôt que prévu, le long de la voie rapide Woodside. Mû par une impulsion subite, je me décidai pour un motel situé juste à la périphérie de la ville espagnole, le *Mission Rancho Motor Lodge*, et me présentai à l'accueil. Je pris, tout au bout du dernier étage, une chambre dominant le parc tout proche. Je ne savais trop pourquoi cet endroit m'avait plu, mais le fait est qu'il me « parlait ». Et j'ai appris à me fier à mes instincts.

Je ne saisis pas réellement de quoi il retournait avant de rentrer d'un dîner tardif de *tacos al pastor*, dans un modeste estaminet du voisinage, et de tirer un siège sur le balcon pour contempler les lumières de la ville la nuit. Elles commençaient à s'allumer. Non loin, à l'orée du parc, et presque dissimulée par les immeubles d'habitation et autres buildings commerciaux qui avaient poussé de tout côté, se dressait la hacienda de la Mission San Judas Tadeo, le berceau même de cette ville cinglée bruissant de fantômes… Le lieu d'où tout était parti. La bâtisse de la mission était plongée dans la pénombre ; seule une loupiote éclairait la porte d'entrée, et les réverbères municipaux du parc voisin se reflétaient à peine sur la façade en adobe. Même alors, la bâtisse trapue paraissait accueillante, au même titre qu'un feu de camp aux yeux d'un randonneur égaré au cœur des bois. Alors que j'étudiais la mission, en repensant à ces pauvres diables d'Amérindiens enrôlés de force par les prêtres espagnols comme main-d'œuvre taillable et corvéable à merci, quelque chose, en moi, cliqueta en place… non pas au sujet des grandes interrogations avec lesquelles je me débattais, mais concernant la raison de ma présence ici, en cet instant précis, et celle qui expliquait ma réaction épidermique à la vue de l'hôtel *Ralston*. Toutes ces dorures, ces frises minérales, la masse écrasante de l'ensemble, tout cela m'avait irrépressiblement rappelé le Vatican – que je n'avais vu qu'à la télévision, d'ailleurs, mais qui, en toute honnêteté, m'avait toujours laissé une impression… nauséeuse. Car, si vous voulez mon avis, quand on entasse autant de trésors en un seul et unique lieu, il ne s'agit plus de glorifier Dieu au plus haut des Cieux mais bien d'étaler à la face du monde la puissance dont on jouit ici-bas, sur Terre. Les *padres* qui avaient recouru à la persuasion ou à l'intimidation pour que ces Amérindiens Ohlenes bâtissent la mission (du moins les rares à avoir survécu aux épidémies déjà importées par les Européens) n'étaient peut-être pas si différents de leurs homologues à Rome mais, à leur façon, ils avaient tenté d'édifier un lieu où leurs ouailles et eux-mêmes pourraient s'adresser à Dieu et être pénétrés de Son Esprit Saint – une maison sanctifiée tout juste assez grande pour Lui et quelques fidèles, mais non pas un « Allez vous faire ! » géant crié à la face du monde comme la fameuse basilique Saint-Pierre… Jadis, le Vatican avait pu participer de cette démarche, toute d'humilité et de piété, mais sûr et certain que ce n'était plus le cas depuis des lustres. Je voyais encore ce que la mission avait pu être, cela dit : un lieu qui, pendant cent ans et plus, avait été le cœur palpitant de toute une communauté, en apportant un réel soutien aux fidèles – sans les menacer, ni perdre son âme en spectacles.

Je ne sais pas, j'étais peut-être de méchante humeur, ce qui expliquait que je m'abîme en de si sombres ruminations. Outre le côté tape-à-l'œil de l'hacienda, j'avais maintes raisons de redouter ma prochaine incursion au *Ralston*, et sans doute aussi que je faisais trop de sentimentalisme avec cette petite mission accueillante. Mais, tandis que je restais assis là, au balcon de mon motel, à regarder passer le flot de la circulation nocturne, à l'écoute du bruit de fond des télévisions allumées, les bribes de conversation et les accords de musique voletant au-dessus des futaies du parc, le brouhaha du motel et du voisinage mêlé, j'avais l'impression d'avoir fait une découverte critique au milieu de tout cela – une raison de continuer à faire toutes ces choses étranges et frustrantes que je fais…

30

Sagace panda

Pour la plupart des gens, plier bagage pour se rendre à une conférence, ça consiste à fourrer des vêtements et des articles de toilette dans une valise, à appeler quelqu'un pour qu'il nourrisse les animaux de compagnie en son absence, voire à prendre ses dispositions auprès du bureau de poste le plus proche. Dans le quotidien de Bobby Dollar, ange vagabond, la liste ressemblait davantage à : *nettoyer le flingue, empaqueter le flingue et des balles d'argent extra supplémentaires. Envisager de se procurer une seconde pétoire.*

Il m'arrivait bel et bien de sélectionner des tenues correctes, tant pour remplir des fonctions officielles qu'en vue d'une course-poursuite, face à un monstre démoniaque dévoreur d'âmes dont l'unique faille était une légère détestation de l'eau… Ce qui m'avait d'ailleurs fait regretter de ne pas avoir de smoking en caoutchouc… J'optai pour mon seul et unique costume. Dans mon domaine d'activité, et vu ma singulière coterie de potes, je me rends rarement à des funérailles (ou à des noces). Mon costume était donc (raisonnablement) propre.

Je me prononçai aussi contre le port d'une seconde arme car le week-end qui s'annonçait semblait avoir un bon côté : selon toute vraisemblance, je n'aurais pas à y subir les furieux assauts du *ghallu*, voire de Fourrhurle ou d'Eligor – même si ces deux derniers allaient probablement y participer. On peut reconnaître au moins un avantage à ces conférences au sommet, dans le cadre de nos activités : tout le monde marche sur des œufs. Personne ne tient à provoquer l'Apocalypse d'une malencontreuse étincelle et, en conséquence, nous redoublons tous de prudence. Si Eligor était derrière le monstre cornu (ce dont j'étais à peu près certain), il n'allait pas, selon toute probabilité, le lâcher dans le décor edwardien du *Ralston* pour qu'il saccage tout sur son passage – surtout en présence de têtes couronnées des Enfers comme Son Infernale Altesse le prince Sitri, et autres tringleurs encore mieux placés dans la chaîne alimentaire que le Grand Duc en personne.

J'appelai le jeune Clarence, et le chopai entre deux affaires à plaider. Il me parut de bonne humeur. Quel était le *deal* avec lui ? Pourquoi Temuel m'avait-il prié de garder l'œil sur lui, avant de nier me l'avoir demandé ? Se pouvait-il que le gosse trempe dans les manigances des initiés célestes dont Habari avait parlé ? Jouerait-il en quelque sorte les agents infiltrés pour le compte de ces mystérieux adeptes de la Troisième Voie ? Et mon superviseur, alors… ? En était-il ? Mais dans ce cas, pourquoi le gamin n'avait-il pas été sur les lieux le jour du tout premier vol-éclair d'âme ? Puisqu'il s'était agi de l'affaire de Sam, il aurait été aisé pour lui de s'y présenter. Tout naturel, en somme. Et ça, ça venait juste de me frapper, car à l'époque des faits, ils avaient été coincés ensemble. Si quelqu'un avait bombardé Clarence dans notre fine équipe à seule fin qu'il assiste à la Grande Extraction Walker, on peut dire que le gamin avait merdé dans les grandes largeurs… Mais alors, pourquoi était-il encore là, avec nous ? Les Mages ses maîtres jouaient-ils par hasard un jeu plus subtil, en sous-main ? C'était pourtant difficile à croire de Clarence, tandis que je lui parlais au téléphone. Si ses airs attendrissants de petit-frère un tantinet neuneu sur les bords n'étaient *que* poudre aux yeux, je dois bien reconnaître que la méthode, les techniques théâtrales, le jeu d'acteur, tout cela était vraiment brillant !

– À ce que je crois savoir, tu vas assister à la conférence au sommet ? me dit-il du ton vibrant de toute l'admiration intimidée d'un marmot de onze ans parlant du prochain match des All-Star. Ça va être follement excitant ! Ça t'excite, non ?

– Ah, ouais, petit – rien de tel que de se tenir dans un urinoir près d'un suppôt de l'Autre Équipe dont la mission dans l'univers consiste principalement à répandre ces bonnes vieilles maladies vénériennes !

– C'est drôle, ça ! T'es vraiment drôle parfois, Bobby. J'ai entendu dire que quelques-uns de nos plus grands chefs allaient également être présents. Karael et les anges guerriers, pour commencer. J'ai même ouï dire qu'Eremiel serait là ! Je ne l'ai jamais vu mais, à ce qu'il paraît, il est impressionnant !

Je l'avoue, je levai les yeux au plafond. Sur Terre comme au Ciel, les groupies seront toujours les groupies.

– Eh, ouais, Eremiel est l'un des anges à très bien connaître les Enfers, alors bien sûr qu'il sera là lui aussi, l'Ange des Abysses… Je crois qu'il mènera la délégation.

Clarence commença à dire quelque chose, puis éclata de rire. À sa décharge, il avait l'air embarrassé.

– J'ai bien failli te demander de prendre des photos !

– Ah, ouais ? Pas de danger ! Ne rêve pas, mon grand.

– C'est pourtant hallucinant… Même toi, tu dois bien l'admettre, Bobby ! Combien de fois retrouve-t-on tous ces anges et tous ces démons réunis en un seul lieu ?

– Ce n'est pas facile. Ils y parviennent assez fréquemment pour marquer d'une pierre noire les guerres mondiales qui éclatent à l'occasion.

– Sam a dit qu'il en serait aussi.

– Il me l'a également annoncé. Si tu veux m'en croire, abstiens-toi de lui demander de te rapporter un cendrier en guise de souvenir.

Au fait, comment te traite-t-il ? Il te lâche complètement la bride maintenant ?

– Oh, il reste en contact avec moi… (Clarence s'était fait vague sur la question.) Il va bien, enchaîna-t-il. Ce n'est pas le plus doux des hommes dans sa façon de s'exprimer, mais il me montre les ficelles du métier, et il répond à mes questions.

– Il t'a aboyé dessus deux ou trois fois, je n'en doute pas. Mais ça, c'est bien de Sam. Il est de la vieille école. (J'avais conscience que le temps pressait.) Bon, à la revoyure, mon ange ! Si j'arrive à t'obtenir un autographe de Karael, je le ferai pour toi.

– Alors là, tu me mets en boîte !

– N'en sois pas si certain, Junior. Tout le monde sait que je suis sans vergogne.

Durant tout le trajet qui me ramenait à Pointe Filtrante, je ne cessai de chercher à joindre Caz – qui refusait toujours obstinément de décrocher. C'est dingue, je sais. J'aurais dû faire comme si nous deux, ça n'était jamais arrivé, en priant pour que personne, jamais, ne découvre le pot-aux-roses. Au lieu de cela, je voulais désespérément lui parler, entendre de nouveau le son de sa voix… Quel sort m'avait-elle donc jeté ? Que m'avait-elle fait ? Ou, plus justement, que m'étais-je fait à moi-même ? Je n'arrêtais plus de penser à elle. J'ai pourtant noué des idylles plus d'une fois dans ma vie, que ce soit avec des anges ou des mortelles, et jamais encore je n'avais eu la moindre difficulté à couper les ponts, à aller de l'avant. Bien au contraire. Monica d'ailleurs prenait un malin plaisir à me le rappeler sans cesse – je ne suis pas précisément « M. Histoire d'Amour ». Trop de films de privés jouant les loups solitaires, trop de polars bien noirs où la femme se révèle immanquablement infidèle, déloyale… Ou c'est peut-être tout simplement que je suis un salaud d'égoïste. Sous quelque angle qu'on aborde la chose, dès que je ne me forçais plus à réfléchir à autre chose, j'avais aussitôt la tête farcie de visions où je revoyais les fines courbes laiteuses de la Comtesse, les traits de son visage à l'expression d'une farouche gravité, et où me revenait en mémoire le contact inoubliable de sa peau lisse à la fraîcheur saisissante.

Ce ne pouvait être de l'amour, pourtant. Qui, à part un ado de goth déjanté à la tête de bois, irait s'amouracher pour de bon d'une démone ? Certainement pas un gars comme moi ! L'œuvre de toute ma vie ne consistait-elle justement pas à combattre ces créatures sans trêve ni répit, voire à les anéantir dans la mesure du possible ? Mais voilà, chaque fois que je réécoutais son message d'accueil, sur sa boîte vocale, avec son petit accent craquant tandis qu'elle répétait son numéro, puis que j'avais le *bip* signifiant que personne ne décrochait, je me sentais mourir un peu plus.

L'accès au *Ralston* était déjà noir de monde, avec les nouveaux arrivants, leurs bagages, les chasseurs et les porteurs empressés. Régnait sur le parking une activité tout aussi fébrile. Je passai bien quinze minutes à tourner en rond avant de dénicher une place, aux abords immédiats. Voyez, je songeais déjà à filer en quatrième vitesse, même si une agression en terrain neutre paraissait hautement improbable. Et à plus forte raison en un lieu où se bousculaient des figures de proue majeures des deux camps. Mais, quoi qu'il en soit, l'idée même de devoir esquiver les offensives du *ghallu* ou de Sa Seigneurie Eligor suffisait à elle seule à me convaincre de laisser la Benz d'Orban à découvert, aisément accessible. J'aurais juste aimé pouvoir me garer plus près d'une des sorties.

Si vous étiez entré dans le hall du *Ralston* à mes côtés, je suis bien certain que vous auriez remarqué qu'il y planait quelque chose d'étrange – aussi réfractaire soyez-vous à tout ce qui a trait au surnaturel. Pour commencer, les participants qui évoluaient sous les hauts plafonds décorés et leurs lustres immenses paraissaient tous d'une saisissante beauté ou au contraire d'une repoussante laideur – à vous faire mal aux yeux ! Pour vous dire : lorsque les anges éminents investissent des corps humains, ils ont toujours l'air splendides – certains se parent d'une beauté plutôt androgyne, mais eux aussi ont cette superbe hollywoodienne. Ils s'habillent peut-être comme des Mormons endimanchés (et la plupart sont bel et bien dans ce cas, d'ailleurs), mais il est bien difficile, avec eux, de passer à côté de ce petit supplément de grâce – grâce du mouvement, perfection de la plastique, prêt-à-porter d'une assommante élégance… Quant aux seigneurs démons, eux non plus ne sont pas en reste. Ils aiment tout autant faire sensation. C'est juste que, avec l'état-major des Enfers, ça peut vite s'avérer à double tranchant. Certains « officiers » rivalisent de beauté avec les anges les plus sublimes – dont la seule vue pourrait vous faire fondre en larmes. À ce moment-là, le seul indice laissant à penser qu'ils puissent ne pas être angéliques, de nature, ce serait leur goût vestimentaire – bien meilleur. Ou disons, plus extravagant que celui des anges. Les teintes de leurs costumes ne se trouvent pas dans la nature (ou tout au moins hors des forêts tropicales et de leurs orchidées sauvages). Quant à leurs chevelures, elles sont tellement fabuleuses que les gamins des clubs les plus cools jetteraient immédiatement l'éponge rien qu'en voyant ça, se raseraient illico le crâne de dépit, et iraient bosser à *Kentucky Fried Chicken*. Le plus pur glamour de rock star ! *A contrario,* le restant des représentants des Enfers semblaient prendre un malin plaisir à se présenter sous les abords les plus horripilants possibles, du moment que ça restait dans les limites (tout juste) de l'humainement concevable.

À peine venais-je d'entrer que j'avisai un homme aussi blanc de peau que Fox le Renard, sauf que lui mesurait bien dans les deux mètres quinze et, qu'entre ses doigts d'une longueur tout aussi hors normes, son verre avait l'air d'un dé à coudre. Un grand brûlé (ou ce qui en avait également tout *l'air*) était emmailloté de pansements, pire que la momie de Boris Karloff. Et je ne vous parle pas de la triade de femmes terriblement émaciées (qu'on eût dit *dévorées* de famine), au mascara tout *barboucha* et aux yeux d'un éclat trop vif : les tristement célèbres Filles en Pleurs. J'avais déjà eu l'occasion de les croiser, en des circonstances des plus étranges. Je vous en reparlerai un jour, mais pour l'heure je me gardai bien de passer près d'elles, décrivant un large détour en m'orientant vers l'accueil.

Le grand échalas, la momie et les Filles n'étaient certes pas les seuls phénomènes présents. Dans le hall, un tiers environ des arrivants présentaient des caractéristiques tellement insolites que je me demandais bien comment la direction expliquait cela au personnel. À voir le hall de l'hôtel *Ralston*, on aurait pu croire à un *happening* Halloween réellement dangereux au beau milieu d'une conférence d'agents du FBI.

Alors que je m'enregistrais à l'accueil, soulagé que tout soit en ordre et que je ne doive pas trop m'exposer à découvert le temps de régler des arguties de dernière minutie (avec, à la clé, le risque d'être reconnu à tout instant par un quelconque des indésirables que je tenais tant à éviter), je surpris une commotion, aux portes d'entrée ; grooms et bagagistes se précipitèrent tels des garde-côtes qui foncent secourir un riche nageur en train de boire la tasse. Ils ouvrirent simultanément les immenses portes vitrées, puis six gaillards en livrée grise du *Ralston* entamèrent un étrange ballet. Je crus d'abord qu'ils étaient aux prises avec le plus gros tas de bagages du monde. Je me demandais d'ailleurs qui diable pouvait avoir besoin de tant d'affaires pour deux malheureuses journées à l'hôtel. Mais alors que nos gaillards se débattaient pour manœuvrer laborieusement le colossal chariot à travers le seuil, je m'aperçus soudain que le « plus gros tas de bagages du monde » était en fait le client lui-même. Un colosse, en effet ! Dans les deux cent cinquante kilos, je dirais. Et s'il avait jamais eu un cou autrefois, le poids de son énorme tête au crâne chauve avait dû l'enfoncer dans son torse jusqu'à l'y faire disparaître. Il ressemblait furieusement à la plus grosse grenouille-taureau du monde, « empaquetée » dans un costume de soie beige de la taille d'une Mini Cooper.

Un haut responsable de l'établissement, à coup sûr le directeur *himself*, se porta en hâte à la rencontre de son imposant client de marque, réussissant à donner à son sprint de parfait dératé l'allure (et la classe) d'un improbable Fred Astaire se lançant sur la piste de danse à Rio. Alors qu'il approchait en « dérapage contrôlé » du monstrueux tas de graisse, le dôme-tête du démon pivota insensiblement vers lui, à la façon d'une tourelle, et les yeux minuscules luisirent au fond de leurs replis de chairs, entre sourcils et joues. Je craignis que le directeur ne soit happé par une longue langue gluante et, en un clin d'œil, gobé tout vif. Mais non… bien au contraire : il se fendit d'un large sourire, comme si de voir ce hideux goitre à visage (vaguement) humain était la plus belle chose qui lui soit arrivée depuis au moins un mois.

– Votre Seigneurie ! s'écria-t-il. Ça faisait si longtemps ! Quel honneur de vous avoir de nouveau parmi nous ! (Il frappa dans ses mains en faisant signe aux bagagistes en sueur qui venaient de haler à grand peine dans le hall cette flasque ordure, ce monceau avachi sur son chariot à roulettes.) Veuillez conduire le prince dans la suite Roosevelt !

Le prince… ah, mais bien sûr… Je le comprenais maintenant, ce devait être Sitri – celui qui surclassait jusqu'à Eligor. Celui contre lequel Cirederbe avait parié… et perdu. Maintenant que je le voyais dans la gangue (éphémère) de ses chairs – ô combien plantureuses –, il me semblait encore moins le genre à apprécier qu'on se défile en reniant ses engagements. Était-il impliqué dans toute cette histoire de plume dorée, lui aussi ? Je voulais une réponse. Par l'Enfer, j'avais *besoin* de savoir !

J'interceptai le prince et son entourage à l'instant où ils atteignaient le monte-charge – seul dispositif capable d'accueillir une masse pareille, avec sa « voiturette de golf » à l'échelle industrielle pour traîner ce tas de graisse. Ses doigts boudinés étaient de la grosseur de saucisses polonaises kielbasa, des anneaux d'or scintillant sous les bourrelets adipeux des phalanges. Tant de lumière s'y reflétait que, pour peu qu'il agite un peu les mains, on aurait dit des balises d'atterrissage nocturne d'avions militaires de transport en approche. Mais, le plus souvent, il gardait les doigts croisés sur l'immensité de sa bedaine. Vous voudrez bien garder en tête, cela dit, qu'il s'agissait d'un corps d'emprunt, donc transitoire, et qu'en somme, il aurait pu se donner l'apparence de qui bon lui semblait : celle de Brad Pitt, de Nijinsky ou même, si le cœur lui en avait dit, du révérend Billy Graham. Mais non, il avait sciemment choisi ce physique-là. Il l'avait *choisi*. Si ça, ça ne vous donne pas une petite idée de ce que sont les Monarques des Enfers, au fond, je ne sais pas ce qu'il vous faut.

Bref. Sitri était l'un des plus gros flambeurs des Enfers, et, si j'avais eu le moindre bon sens, je ne me serais jamais rapproché de lui. Mais bon, vous savez déjà que côté jugeote, j'ai certaines lacunes. Je me disais que l'occasion était trop belle de le choper, celui-là, que je n'étais pas près de le revoir hors de la salle de conférence, et je voulais voir si j'arriverais à lui soutirer quelques tuyaux intéressants. L'attaque éclair est parfois le meilleur des choix tactiques. Rien ne vaut le bon vieil effet de surprise.

– Pardon, excusez-moi ! beuglai-je en lui fonçant dessus. Votre Seigneurie !

Les malheureux chasseurs luttaient pour présenter son chariot sous le bon angle et le faire entrer dans le monte-charge, ce qui nécessitait force manœuvres. Quelqu'un d'autre devait piloter la « voiturette » pour enchaîner les mises en marche/arrêts successifs, car Sitri, lui, ne levait pas le petit doigt. Sous le plus haut de ses multiples mentons, je ne voyais pas frémir un seul de ses muscles gélifiés.

– Prince Sitri, un mot avec vous, je vous prie !

Il tourna les yeux vers moi. Noirs, infiniment noirs. Et brillants.

– Bobby Dollar…

Un timbre de voix m'évoquant une bétonnière remplie de boules de bowling et de pétrole brut, descendant si *bas* dans les graves que l'entendre suffit à me donner l'impression de mordre une plaque d'égout.

– Je vous connais, freluquet. Mais vous vous trompez sur mon nom. (Son énorme… bouche… adopta un pli maussade au milieu de toute cette face graisseuse.) Je suis le prince Sajatapandra.

Je détestais le fait qu'il sache tout de suite qui j'étais. Vraiment !

– Ah, génial. Sagace Panda, ou tout ce qu'il vous plaira, moi ça me va. En toute honnêteté, je me fous pas mal de savoir si vous vous faites appeler princesse Grace de Monaco, je voudrais juste vous parler un instant…

– Mais vous êtes qui, *vous* ? s'étrangla le directeur, frisant l'apoplexie. Vous ne pouvez pas venir importuner Sa Seigneurie comme ça !

Deux autres malabars – qui, *eux,* n'avaient rien de monceaux de gélatine géante – firent mine de ressortir du monte-charge. Sur leur passage, les grooms chargés de bagages s'égaillèrent vivement comme autant de souris apeurées. D'un simple coup d'œil, Sitri pétrifia ses gardes du corps. Ceux-ci me toisèrent de toute leur superbe. Leur faciès n'aurait pas dépareillé les statues de l'île de Pâques. À mains nues, ils pouvaient toujours me réduire en charpie.

– Allez, Dollar, reprit le tas de lard gigantesque, vous avez toute mon attention. Ce que vous ne tarderez sans doute pas à regretter.

Le prince Sitri émit un bruit *gluant* de crécelle rappelant un mur de brique de bonne taille en train de s'écrouler dans la boue – un rire ? Il se gaussait de sa propre boutade ?

– Je désirais juste vous parler d'un procureur, un certain Ciraider. Le *très* défunt Niri Ciraider… Que vous avez peut-être mieux connu sous le nom de Cirederbe.

À ce nom, Sitri tourna ses petits yeux en billes de silex vers le directeur de l'hôtel, qui en était encore tout rouge d'indignation, tel du crabe bouilli.

– Vous. Dégagez.

Sans mot dire, l'homme se hâta de décarrer docilement, hors de portée d'oreille, et il s'affaira à « arranger » une des compositions florales qui ornaient les tables de toute leur magnifique perfection. Sitri braqua sur moi ses orbes noirs de squale.

– Cirederbe est mort. Et bien mort. Ce que vous saviez probablement déjà. Et alors, mon petit ange ?

Je ne surpris, au fond de son regard, pas la moindre lueur d'inquiétude, de (vague) culpabilité ou autre. Mais bon... je n'aurais probablement rien surpris de tel l'eussè-je vu de mes propres yeux étrangler Cirederbe de ses doigts-saucisses... On ne se hisse pas à la haute distinction de prince des Enfers sans maîtriser un minimum l'art du bluff.

– Il était de vos débiteurs à ce qu'il paraît, Votre Altesse. Ou disons en tout cas qu'il était votre obligé. Il avait contracté des dettes de jeu envers vous.

Autre sourire bouffi – assez grand cette fois pour me dévoiler son jeu... de dents, toutes plus aiguisées les unes que les autres. Si, d'aventure, vous vous amusiez à croiser un piranha avec une salamandre géante en bombardant ensuite votre mignon hybride de rayons gamma, le prince Sitri serait probablement le premier résultat de pareille expérience. Et le *dernier* aussi – pour vous...

– Cirederbe... dettes de jeu... Oui, je crois me souvenir qu'il avait en effet un faible pour la montée d'adrénaline et ses grisantes palpitations. Il a dû perdre quelques paris contre moi sur les champs de courses. Sous-entendriez-vous que j'aurais pu le faire supprimer pour de telles vétilles ?

Autre titanesque gloussement grinçant de pierraille. Quelques secondes durant, ses multiples mentons n'en finirent plus de tressauter en rythme.

– Ah, mon cher, quelle idée !

Le sourire se volatilisa. Il avait toujours une voix de char tournant au ralenti, mais cette fois, elle vibrait de toute la haine que mon engeance inspirait à la sienne. Et ça n'avait rien d'agréable – croiser son regard suffit à me filer des aigreurs d'estomac. Sitri était un démon de la nuit des temps, doté d'une puissance faramineuse.

– À supposer même, petit ange, reprit-il en haussant quelque peu le ton, en quoi ça vous regarde ?

Pour la première fois, je mesurai l'incroyable gravité de ma propre stupidité. Pourquoi avais-je cédé à pareille impulsion ? Quelle mouche m'avait encore piqué ? Même si nous n'étions pas exactement au centre du grand hall de l'hôtel, il y avait beaucoup de monde – et nombre des tenants de l'un ou l'autre camp suivaient maintenant la scène, avec le genre d'expression qu'on peut avoir en visitant un zoo, surtout lorsqu'un crétin de mariole *lambda* se croit malin en enjambant la palissade de l'enclos aux grizzlis... Trop tard pour prétendre que j'étais tombé accidentellement dans la fosse aux ours.

– J'ai ouï dire que Cirederbe détenait quelque chose appartenant à Eligor, quelque chose de très particulier. Vous connaissez Eligor, n'est-ce pas ? Ce grand gaillard ? Qui possède les trois quarts de la ville ?

– Vous parlez de notre hôte ? M. Vald ? (Fat Boy retrouva brusquement le sourire.) Naturellement que je le connais. Il possède également cet hôtel. (Mon expression dut l'amuser car il se remit à glousser.) Oh, parce que ça, vous l'ignoriez ?

Eligor, le démon qui voulait m'assassiner – si du moins j'avais la chance qu'il me tue – était le propriétaire du *Ralston* ? J'avais maintenant la nette impression que notre Grizzly nouait son tablier « *Embrasse le cuistot !* » et allumait le barbecue en se pourléchant les babines. Mais je persévérai, envers et contre tout.

– Ouais, celui-là même. Je me demandais si vous seriez en mesure de me dire si, par hasard, Cirederbe aurait pu dérober ce *quelque chose* à Eligor dans l'espoir d'éponger les dettes qu'il avait envers vous ?

– Ah. (Il acquiesça – c'est-à-dire du moins qu'il comprima l'un de ses nombreux mentons.) Donc, vous n'êtes pas en train de me demander si *j'ai* tué ce minable pourri de Cirederbe mais si mon cher ami Eligor, si le Grand Duc des Enfers, mon pair, l'a fait ?

Le directeur de l'hôtel consultait ostensiblement son bracelet-montre. Il avait *grave* « arrangé » ses décorations florales de table, et s'impatientait de plus belle. Je décidai que j'avais assez attiré l'attention comme ça pour cet après-midi – et ça, c'était vraiment déconseillé pour ma santé.

– J'imagine, oui. Et alors ?

M'évoquant une paire d'anguilles copulatrices, Sitri plissa les lèvres de dégoût.

– Cirederbe était un idiot qui n'avait même pas conscience de ses limites.

Une grosse langue d'un bleu grisâtre darda entre les petites dents blanches aiguisées pour humecter ces lèvres, conférant encore plus l'aspect de créatures marines à ces longues *choses* caoutchouteuses.

– Tout ce qui a pu lui arriver, il l'avait amplement mérité. Nul ne le pleure et il ne manque à personne. Ce sera aussi votre épitaphe, petit ange.

– Venez, Votre Altesse.

Comme rappelé par quelque signal invisible, le directeur venait de reprendre sa place au côté du démon.

Ne trouvant pas moyen de creuser davantage ma propre tombe que ça, je lui fis mon salut le plus débonnaire.

– Bon, eh bien… Bon séjour.

En me détournant, j'entendis grincer le monte-charge ; ses laquais avaient réussi à y faire entrer Sitri.

Je me retrouvais en possession de quelques pièces supplémentaires du puzzle. Sitri avait connu Cirederbe et, je l'aurais parié, il savait très bien pourquoi on avait réservé au procureur pareil sort, de façon à le renvoyer définitivement au néant. Pour moi, ça ne faisait pas un pli. Bon, maintenant, il est vrai que les démons mentent en permanence. Mais si ça les arrange, il leur arrive aussi de dire la vérité. Sa Flaccidité n'avait pas trouvé gênant de parler de Cirederbe – c'est donc qu'il se réjouissait que les problèmes d'Eligor se soient si bien ébruités, dût-il légèrement en pâtir au passage, ou alors, qu'il était aussi « innocent » de ce crime atroce qu'un prince démon puisse l'être.

Ou encore… il n'avait pas vu en quoi en parler à un mort en sursis (votre dévoué) représentait un quelconque risque pour lui. S'il était raisonnablement certain que le temps m'était compté, il n'avait pas vu la nécessité de faire sa timide. Aucune des trois possibilités ne me remplissait de joie. Et toute l'affaire ne m'avançait guère, à vrai dire. Ma démarche n'avait eu qu'un effet – garanti, celui-là : attirer un peu plus l'attention d'un des plus gros salauds de cet univers, ou de n'importe quel univers d'ailleurs. Moi et mon naturel de petit fouineur…

Bien joué, Bobby.

31

Une chose à mon avantage

Je n'avais pas même traversé le hall en direction des ascenseurs qu'une main pleine de doigts impérieux se referma sur mon bras – façon étau. Secoué, je plongeai l'autre main dans ma poche pour empoigner mon automatique tout en pivotant. Réflexes mis à part, je savais bien que personne n'allait vraisemblablement m'attaquer au beau milieu de la plus grande conférence au sommet à s'ouvrir depuis des décennies. N'empêche que je fus (légèrement) soulagé de voir que l'individu en cause était de mon côté. Autant que je sache, en tout cas.

L'ange qui me retenait ainsi par le bras avait la dégaine d'un aviateur de l'armée dans la fleur de l'âge – en milieu de carrière, si vous préférez. Bronzé, la grande forme. En fait, tout en lui respirait le militaire, avec des plis si nets, dans son costume gris anthracite de prix, que ç'aurait tout aussi bien pu être un uniforme d'apparat.

– Halte-là, fiston.

L'étau de sa poigne garantissait que j'obtempère.

Je ne l'avais encore jamais vu revêtir d'enveloppe charnelle, ne le connaissant que sous une forme bien distincte, mais je me jetai à l'eau :

– Karael ?

Il ne daigna pas confirmer. Ni infirmer.

– J'ai vu ton rapport. Tu témoigneras demain, mais auparavant, je désirais te dire un mot en privé.

La façon dont il prononça « un mot » me fit penser à des matraques en caoutchouc et autres méthodes douloureuses visant à « favoriser » l'esprit d'équipe. Mais je crois que c'était juste son style.

– Tu vois maintenant tout le mal que se donnent ces salauds pour maquiller la nature de leurs activités, et faire comme si la rupture venait de nous.

Je jetai des coups d'œil à la ronde, inquiet à l'idée que des indiscrets puissent épier notre conversation. Mais si Karael ne s'en préoccupait pas plus que ça, je décidai que je n'avais pas à m'en soucier non plus. Cet ange-là affrontait déjà l'Opposition avant même le Septième Jour de la Création. Il fallait croire qu'il savait ce qu'il faisait… Mais au fond, c'est bien ce qui m'inquiétait – plus que la crainte que des démons puissent tendre l'oreille. N'empêche, je baissai d'un ton :

– Une minute… Vous êtes en train de dire que la Troisième Voie n'est qu'une couverture ? Que l'autre camp pique les âmes, et que c'est son camouflage ?

Il fronça les sourcils, comme si j'étais un petit écolier qui venait tout juste d'épeler « c-h-a-t ».

– J'affirme qu'on ne doit *rien* leur faciliter, à commencer par cette conférence. Dis-leur la vérité sur ce que tu as vu lors de la disparition de la première âme, mais ne t'emballe pas pour autant. Tiens-t'en à ça, n'ajoute rien de plus. À moins que ce ne soit vraiment indispensable.

Rien de tel que des directives du sommet tellement vagues que, quoi qu'il puisse advenir, ce sera immanquablement de ma faute. Je ne suis pas idiot, cela dit – enfin, pas la plupart du temps –, et je n'allais pas me prendre le chou avec lui au beau milieu du grand hall du *Ralston*. En fait, je n'allais pas protester du tout. Pas de chamailleries avec lui. C'est l'une des façons les plus futiles de s'y prendre avec un ange éminent.

– Naturellement. (Voilà tout ce que je répondis.) Pourrions-nous revenir sur le sujet avant que je doive prendre la parole devant tout le monde ?

Il acquiesça.

– Excellente idée. Petit déjeuner à 8 heures – heure locale. Ici même, au restaurant. Tu m'écoutes, fiston ?

Je dus détourner les yeux en sursaut de ses chaussures, qui brillaient d'un noir si profond que je croyais presque voir la gravité s'y incurver, attirée.

– 8 heures. (Je vérifiai l'enseigne.) Le *Café Belmont.*

Il me toisa de pied en cap, dans mes habits civils. Après la semaine que je venais d'avoir, il se pouvait qu'il y ait quelques petites taches…

– Tu ne vas pas porter ça, dis-moi ? Nous sommes les représentants des Cieux, mon garçon. Il n'y a pas plus élevé.

– J'ai un costume.

– Bien. (Il marqua une pause, comme s'il réfléchissait à ce qu'il allait ajouter. Après la célérité et l'efficacité de sniper de son mode d'élocution jusqu'à maintenant, ça ne lui ressemblait pas.) J'ai mené ma petite enquête sur toi, Ange Doloriel.

Ah, ouais ? Là, tout de suite, plusieurs raisons me venaient simultanément à l'esprit de détester ça.

– Oh ?

– Je me suis laissé dire que l'Archange Léo Lochagos avait assuré ta formation, au camp Sion. Si tu es l'un de ses guerriers, c'est une sacrée distinction.

– Euh… oui.

Karael, ce parangon, cet *über-leader* des Anges du Seigneur, avait connu Léo ? Mon Léo ?

– C'était un bon élément. (Pause éloquente.) J'ai plus d'une fois eu l'occasion de travailler avec lui.

Dans la bouche de Karael, le terme « travailler » signifiait à tout coup « guerroyer » et, à l'entendre, c'était l'œuvre la plus glorieuse qu'un ange puisse accomplir – pour lui, je suppose que c'était bel et bien le cas.

– Nous n'aurions jamais dû le perdre dans de telles circonstances. (Il se décida enfin à me lâcher le bras.) À 8 heures donc. Garde à l'esprit que tu n'es pas juste un ange, tu étais une Harpe. Ce qui signifie *beaucoup*. Que je ne te revoie plus dans ces affreuses loques !

Les yeux ronds, je le regardai tourner les talons et s'éloigner, mesuré et droit comme des outils d'architecte. Indubitablement, il avait un des physiques les plus impressionnants, parmi tous ceux en lice dans ce hall, et des plus moches que lui, ça, il n'en manquait pas ! Quoi qu'il en soit, je n'aurais pour rien au monde voulu m'attirer ses foudres. Mais… c'était quoi, *ça*, à propos de Léo ? Un Léo disparu depuis trop longtemps et au-delà de toute résurrection ? Une suggestion ? Un avertissement ? Dans un cas comme dans l'autre, le bras me picotait encore, là où Karael, Fléau des Démons, avait sûrement écrasé quelques petits milliers de mes vaisseaux capillaires sous ses doigts vertueux de Juste.

Si son enveloppe charnelle m'était à peu près apparue telle que je me la serais imaginée, ça n'en restait pas moins étrange comme sensation, que de le voir sous l'apparence d'un mortel – lui, comme bien d'autres anges de premier plan, d'ailleurs. Ils ne descendent pas Ici-Bas bien souvent – pour ne pas dire jamais. Au contraire des Seigneurs des Enfers qui, eux, adorent retourner s'ébattre et folâtrer sur Terre, bien entendu. Si votre décoration d'intérieur faisait la part belle aux coulées de lave et aux fosses de fèces humaines embrasées, le tout sous les hurlements incessants des âmes damnées, vous aussi, vous passeriez le plus clair de votre temps « au bureau ». Les anges éminents, quant à eux, étaient au-dessus de tout ça – si vous me passez l'expression. Vous les avez vus de l'autre côté des Zips, bien entendu, mais ici, ils n'avaient pas à se réincarner.

Je fonçai en droite ligne vers l'ascenseur, en jetant des coups d'œil circulaires, soucieux d'éviter coûte que coûte tout nouveau heurt indésirable, mais je ne voyais pas de visages connus autour de moi. Ce qui ne me fendait pas le cœur.

Ma chambre était assez chouette, constatai-je, même si quelqu'un avait paru se donner du mal pour rapprocher encore plus les murs qu'à l'ordinaire, dans une chambre d'hôtel standard. Se faufiler entre le pied du lit et le meuble TV n'était déjà pas un mince exploit ; impossible d'y arriver sans se présenter de profil, déjà. Mais bon, rien qu'à la perspective de pouvoir enfin passer deux nuits d'affilée au même endroit, j'en étais heureux comme tout ! Le décor du *Ralston* ? Pensez Âge d'Or du Capitalisme Triomphant : moulures à gogo, au plafond, ameublement (excessivement) ornementé, et une tête de lit tellement « bosselée » de roses ouvragées que je dus y caler tous les oreillers disponibles rien que pour pouvoir m'y adosser sans trop d'inconfort en position assise.

J'avais à peu près autant envie de retourner dans ce hall que Dante dans son *Inferno*, mais il était bientôt l'heure de descendre dîner, et je commençais à avoir faim. Je commandai des nachos au room service, allumai le poste de télévision et suivis le bulletin d'informations. Parfois, ça détend étrangement de voir les malheurs qui arrivent aux autres – surtout quand on est bien placé pour savoir qu'il y a une Vie-après-la-mort. Du coup, on se sent tout de suite moins minable, dans ses petits plaisirs coupables.

Au moment où mes nachos auraient dû arriver, on vint frapper à la porte. Or, votre ami Bobby Dollar n'est pas *qu*'un imbécile fini. Je mis la chaînette de sûreté avant d'ouvrir bêtement. C'était Sam. Je fus quelque peu surpris de le voir là.

– J'espérais échapper à la déco de ma chambre, fit-il. Mais je vois qu'ici, c'est pareil.

– Comment as-tu su où j'étais ? J'aurais cru qu'ici les services de sécurité, c'était du sérieux ! Surtout avec le week-end qui s'annonce !

Il me jeta un de ces regards.

– On est suspicieux, hein ? Ne mouille donc pas ta petite culotte, va. Alice m'a donné le numéro de ta chambre.

– Oh, génial. Elle le filerait sans doute aussi au Vengeur Cornu des Enfers pour peu qu'il vienne le lui demander !

N'empêche que j'étais un peu rassuré. Il est évident que si l'hôtel était détenu par Eligor, je n'allais pas pouvoir me cacher, mais j'espérais du moins que d'autres de mes accointances vindicatives auraient à se donner un peu plus de mal pour me localiser.

Sam m'avait l'air encore bien mal en point – ça ne m'échappa pas. Son costume était tout froissé, il était toujours couvert de bleus et de horions bien visibles, et il se tenait d'une façon voûtée, accablée, que je ne lui connaissais pas.

Il s'invita, et commença par inspecter le contenu de mon minibar, y prélevant une canette de boisson pétillante au gingembre. Il prit ensuite l'unique siège des lieux, en hissant les jambes sur le petit bureau.

– Alors, quelles nouvelles, B ? As-tu filé de bonnes beignes à tous les cornus qui grouillent, là en bas ? On se croirait en plein fantasme érotique d'un groupe de heavy metal !

Mes nachos arrivèrent enfin, et Sam m'aida à les consommer – mais il n'y mettait pas autant de cœur qu'à l'accoutumée, je dois dire. Nous parlâmes de ma petite conversation avec Sitri ; l'hôtel appartenait à Eligor le Cavalier, Grand Duc des Enfers – ce qui n'était pas franchement synonyme de « sens de l'hospitalité ». Tu parles d'une mauvaise nouvelle…

– Les Grandes Auréoles savent forcément que l'hôtel lui appartient, grommela Sam en aspirant le guacamole sur une chip tortilla avant de se l'enfourner. Ils se relayent peut-être – cette conférence-ci se déroule chez Eligor, la suivante sera au Vatican ou à « Dollywood ».

Je refusais de me laisser distraire par ses vannes.

– Ne m'en veuille pas, Sam, mais tu as l'air d'un déterré. Tu m'inquiètes, tu sais.

Je faillis lui demander s'il n'était pas retombé dans ses vieux travers, par hasard, mais ça m'aurait trop mis mal à l'aise, même avec lui. Quoi qu'il en soit, il avait cet air accablé que je ne lui avais pas vu récemment – ou peut-être même jamais. Or, compte tenu des circonstances, ça ne pouvait que m'angoisser un peu plus.

– Tu veux m'en parler ? Sérieusement ?

Je vis qu'il s'apprêtait à écarter mon offre d'une main cavalière ; il se ravisa soudain, et me lança un long regard appuyé.

– Comment ça, je t'inquiète ?

– Depuis qu'on t'a collé Clarence sur le dos, tu n'es plus le bon vieux Sam que je connaissais. Quelque chose te turlupine. (C'était dur de le confronter. Fondamentalement, j'étais en train d'accuser mon meilleur ami de me mentir.) On nage dedans jusqu'au cou, Sam, et c'est terrifiant ! Pire qu'au « bon vieux temps »... Si tu sais des trucs que j'ignore, il serait temps que tu m'en parles, tu ne crois pas ?

Sam soupira. Étrange... Je me demande si ce n'était pas la première fois par hasard que je l'entendais exhaler un soupir.

– Ouais, ouais, tu as raison ; quelque chose m'enquiquine, Bobby. Et je n'ai pas été tout à fait franc avec toi, c'est vrai aussi.

S'il vous est jamais arrivé d'exiger de savoir si votre chéri(e) couchait ailleurs, vous comprendrez les sentiments mitigés que cet aveu put m'inspirer. J'avais vraiment espéré que Sam allait protester, nier et m'inciter à le croire, surtout. Je ne répondis rien, me contentant de le dévisager et d'attendre. Mon estomac me semblait de plomb, tout à coup.

Il se décida enfin à parler.

– Tu avais raison à propos du gamin. Je ne connais pas les détails – ce que je t'avais dit, quand je suis allé aux Archives poser des questions, était vrai. Mais il travaille assurément pour le compte d'un tiers, en cachette. Et il s'intéresse beaucoup à *toi*.

– À moi ? Pourquoi ? (Je digérai l'aveu.) Oh, une minute… Tu veux dire que le gamin était chargé de m'espionner ? Et que tu as marché là-dedans ? C'est toi qui m'as prié de le prendre un temps sous mon aile, histoire de te laisser souffler un peu !

– Minute, papillon, minute ! Je ne le savais pas, quand je t'ai demandé ce service ! Je croyais qu'on l'avait envoyé m'espionner *moi* ! Et je voulais justement découvrir ce qu'il allait faire en mon absence, quel genre de questions il allait poser. Ce n'est qu'ensuite que j'ai appris la vérité : c'est toi en fait qu'il avait dans le collimateur.

Désolé, mais pour moi, ça n'avait pas de sens. Toute cette conversation, d'ailleurs, revêtait quelque chose… d'onirique…, avec ses méandres et ses illogismes.

– Pourquoi le gamin devrait-il me tenir à l'œil ? Et comment ça, tu l'as *découvert* ?

Sam eut l'air gêné.

– Eh bien, en vérité, Temuel me l'a appris. Il avait mené ses propres investigations, avant de se faire taper sur les doigts – carrément ! On lui a dit que c'est à toi que les Grandes Auréoles s'intéressaient, et que la Mule ne devrait pas chercher à intervenir. Quant à connaître la raison d'un tel intérêt… Par l'enfer, je n'en sais rien !

Je me renfonçai sur mon siège. Avec l'impression d'avoir encaissé un uppercut.

– Alors, nos chefs auraient chargé Clarence de réunir un tas de saloperies sur mon compte ? (J'aurais voulu pouvoir aller lui flanquer un bon coup de pied au cul, à ce gosse dans ses Dockers.) Et merde ! Mais qu'est-ce que je leur ai fait, moi ?

– Tu es un chouette garçon, Dollar, mais laisse-moi te dire que comme ange, tu crains… (Sam se releva.) Réfléchis-y. Tu l'as reconnu toi-même, c'est une conspiration. Alors cette petite investigation n'est peut-être pas officielle. Et celui qui t'a envoyé ce gamin, quel qu'il puisse être, cherche peut-être à couvrir ses arrières angéliques, qui sait… Ce pourrait même être Temuel en personne qui cherche à nous rouler.

– Ou alors l'instigateur de la subtilisation des âmes recherche un bouc émissaire, et c'est moi l'heureux élu. Après tout, il n'en faudrait pas beaucoup pour convaincre Karael & Cie que je suis devenu un ange dévoyé.

J'eus soudainement envie de courir me terrer quelque part, peut-être même hors de San Judas, et d'y rester jusqu'au jour du Jugement Dernier – voire au-delà. Je n'en pouvais plus de toutes ces conneries d'espionnite aiguë.

– Nan, tout ira bien, tu verras. (Sam vida sa canette.) Je suis certain que ces pratiques merdiques ont tout le temps cours au Ciel, Bobby, que toi et moi, nous en ayons conscience ou pas. Si tu essaies de comprendre ce qui se manigance au-dessus de nos têtes, tu vas devenir dingue.

Je n'arrivais pas à assimiler tout ça, sur le coup. Il me faudrait du temps pour analyser ces nouvelles données – sauf que le temps m'était compté, justement.

– Et tu es certain de vouloir rester dans les parages, alors que je suis victime d'un coup monté, *et* la cible de prédilection d'Eligor ? Tu te sens à la hauteur ? Parce que je ne plaisantais pas, tout à l'heure… Tu as vraiment l'air affreux, Sam.

Il agita une main en se relevant.

– Eh, je suis en pleine forme, et sobre comme un chameau. Bon, OK, peut-être pas tout à fait en pleine forme… Après la raclée que m'a flanquée ton cogneur incandescent, j'ai l'impression d'avoir deux cents ans. Et après l'Inquisition – *oups,* pardon ! la *conférence au sommet* –, je m'offrirai deux ou trois semaines de répit, histoire de me retaper avant de retourner bûcher.

Sam était le genre de gars à trouver invariablement un bon côté à tout – il perdait un doigt en maniant une tronçonneuse ? Il pourrait toujours gager un de ses anneaux ! En l'entendant dire ça, je me dis que là, il en bavait vraiment des ronds de chapeau.

– Écoute, je ne descendrai plus ce soir, et comme je sais que de toute façon tu n'aimes pas traîner seul dans les bars, pourquoi est-ce que tu ne resterais pas avec moi ? Si on s'offrait un porno en envoyant la note au bureau ?

Il sourit – la première fois depuis trop longtemps déjà que je revoyais un sourire éclairer enfin sa sale trombine.

– Chouette idée. Mais j'ai une chambre, moi aussi, avec son lot de pornos. Passe-moi un coup de fil si tu as besoin de moi. Je vais me pieuter. (En sortant, il s'arrêta un instant à la porte.) *Nichons à mater* a l'air sympa. Je crois même que c'est en 3D. Fais gaffe qu'un de ces tétons en folie n'aille pas te faire sauter un œil de son orbite, mec !

Sam reparti, je remis en place la chaînette de sécurité et me préparai pour la nuit. Au contraire de mon meilleur ami, je n'ai pas à me mettre au régime sec – ni surtout, à m'y tenir. Je me dégotai donc deux ou trois mignonnettes de vodka dans le minibar, du jus d'orange, et m'allongeai sur le lit au dosseret bien *secoué*. J'avais trop le cerveau qui partait en sucette pour prétendre mater quoi que ce soit – fût-ce un porno – avec un semblant de suivi. Je me contentai donc de jouer les zappeurs en folie tout en m'envoyant des vodka-orange secs, et en tentant encore de comprendre comment j'avais pu me fourrer dans ces embûches sans fin.

Ces toutes dernières infos venaient s'ajouter à des questions antérieures demeurées sans réponse. Je faisais de mon mieux pour me centrer sur cet état profond de « zénitude », de souverain détachement ; là où tout devient clair et limpide, tout naturellement, sans forcer. Et j'y parvins, plus ou moins. Mais tout continuait de tourbillonner dans ma tête, un peu à la façon de ces jeux télés où des billets sont soufflés dans des tubes transparents. J'aurais beau faire, je rentrerais à la maison complètement fauché, moi aussi, sans y avoir gagné quoi que ce fût.

Cette histoire avec Clarence n'avait aucun sens, quand on pensait qu'on nous l'avait parachuté *avant* que les âmes des trépassés se mettent à jouer les filles de l'air. *Avant* que Caz n'entre dans ma vie. Mais si Edward Walker et les autres âmes portées disparues n'étaient pas le problème, et si l'arrivée de Clarence dans notre département Plaidoirie était antérieure à mon idylle avec la Comtesse, pourquoi le mystérieux instigateur de cette manigance, Là-Haut, se serait-il brusquement découvert de l'intérêt pour moi ? Ce n'est pas comme si, la semaine passée, j'avais soudain fait preuve de laisser-aller, me répandant en jérémiades et invoquant en vain le nom de Notre Seigneur… Non, décidément, c'était encore prématuré pour que j'essaie d'y voir clair.

Les révélations de Sam sur le gamin ne m'apportaient aucune réponse à mes (nombreuses autres) questions. Où avait disparu la plume d'Eligor ? Comment garder une longueur d'avance sur le *ghallu* ? Quant à mon nouveau pote, le prince Sitri, que venait-il faire dans ce sac d'embrouille ? Cette ordure bien grasse était assez loquace dans son genre, mais le problème, comme avec tous les démons, c'est qu'ajouter foi à ses propos revient à arborer un tee-shirt « *Je suis le dernier des crétins* », avec une flèche montante désignant votre propre bouille d'idiot congénital. Mais bon, cela dit, il est vrai que les seigneurs infernaux s'exècrent mutuellement presque autant qu'ils nous haïssent – voire plus, parfois –, et Sitri paraissait à l'évidence se réjouir des déconvenues d'Eligor. En tout cas, il n'en faisait guère mystère. Et il ne mentait pas en affirmant que le Grand Duc était le propriétaire de l'hôtel – pourquoi diable aurait-il menti là-dessus ? Mais quant au reste de ses assertions…

Tout cela restait à vérifier. Ou, à tout le moins, à prendre avec des pincettes.

Alors… où tout cela me menait-il, concernant les grandes interrogations ? Que savais-je d'irréfutable et de certain ?

À en croire Caz, Eligor avait conclu un pacte avec un membre du Ciel, le gage en étant une plume dorée. Il ne s'était pas forcément agi des âmes subtilisées, ou de la Troisième Voie, mais n'empêche, drôle de coïncidence quand on y repensait…

La version de Caz ? Je voulais tellement y croire, bien sûr, mais j'avais tout intérêt à la prendre avec une pincée de sel, n'étant pas un idiot suicidaire non plus. À l'en croire donc, elle aurait dérobé à Eligor la fameuse plume afin de se constituer une garantie, une sorte d'assurance-vie, puis elle l'aurait ensuite confiée à Cirederbe quand la situation était devenue… infernale. D'après Fourrhurle, Eligor l'avait chargé d'être le garde du corps de Cirederbe – ce qui avait dû alarmer le proc' tout de même. Car, ce faisant, Eligor lui avait envoyé un message fort, du style « *je sais que c'est toi qui as ma plume* ». Et après la disparition de l'âme d'Edward Walker, le même jour, on avait retrouvé les restes hideux de Cirederbe, laissant fortement à penser qu'il avait foutu quelqu'un dans une colère noire – ou bien qu'on avait voulu lui soutirer des infos sous la torture, ce qui venait corroborer la version de Caz. Peu après, j'avais la visite divertissante du *Ghallu* – le « Rapporteur » d'Eligor, selon Caz *et* Fourrhurle. Ce qui venait confirmer je pense que Cirederbe, tout en vomissant des flots de sang, avait dû affirmer au Grand Duc m'avoir passé la fameuse plume…

Pourquoi moi ? Sûr, Cirederbe ne m'avait pas porté dans son cœur. Mais m'avoir « refilé la patate chaude » comme ça semblait tout de même assez extrême, surtout qu'il avait forcément eu conscience de vivre ses derniers instants entre les griffes d'Eligor et de ses âmes damnées. Je n'avais pas la plume, il le savait bien. Alors, qui avait-il cherché à protéger comme ça ? Caz ? Pour un connard de vil salopard de l'acabit du procureur Cirederbe, sûr que ça ne paraissait pas vraisemblable du tout.

Voilà maintenant qu'il me fallait intégrer notre jeune Clarence au tableau… Pour une raison ou pour une autre, mes chefs m'espionnaient. Pourquoi ? L'un d'eux aurait-il su par avance que l'âme de Walker allait leur échapper, *et* que je serais sur le coup ? Voilà qui n'expliquait pas grand-chose, de toute façon.

Une éventualité me revint soudain à l'esprit : et si Eligor n'était pas le seul joueur dans cette partie ? Et si une autre sommité comme Sitri convoitait cette plume, histoire de faire chanter Eligor ou même le propriétaire de ladite plume ? Notre poussah aurait-il été en fait le bourreau de Cirederbe, résolu à se joindre à la Grande Chasse au Plumage ? Auquel cas Casimira se fourrait le doigt dans l'œil… ou bien me mentait, et Fourrhurle aussi. Mais ça n'expliquait toujours pas où était passée la plume dorée à présent, ni d'ailleurs l'étrange remarque de mon pote Renard l'albinos, « *je l'ai sentie sur toi* »…

Tout ça pouvait vite vous rendre dingue. Tous ces engrenages, pour reprendre l'expression de Sam… Quoi d'étonnant à ce que, de temps à autre, je cherche refuge dans *l'action* plutôt que de continuer à m'épuiser les méninges avec ce casse-tête géant ?

Et, juste histoire de compléter le tableau, j'avais découvert un lien entre Eligor et le Révérend docteur Habari, le paravent du club de Magie. Alors, et si toutes ces foutaises de « Troisième Voie » n'étaient qu'une vaste fumisterie ourdie par les instances démoniaques afin de maquiller la vérité : à savoir, qu'elles avaient trouvé le moyen de détourner les âmes avant même que celles-ci passent en Jugement ? Ou bien des jeux de pouvoirs entre démons ? Eligor ou bien Sitri étant dans le coup ? Dans l'un ou l'autre cas, les enjeux étaient manifestement très élevés, car si Eligor était disposé à laisser sa créature démolir le *Compas*, c'est que, de toute évidence, il s'inquiétait plus de retrouver la plume que de faire preuve de discrétion.

Et il fallait évidemment que je compose avec l'éventualité que la réponse soit *autre* que toutes ces hypothèses-là, et que les Mages représentent effectivement une sorte de Cinquième Colonne, au Ciel, voire les prémices d'un « coup d'État ». Depuis la lointaine époque où le Porteur de Lumière avait tenté de s'emparer des « clés de voiture », il n'y avait plus eu la moindre « révolution de palais ». Un nouveau soulèvement serait bien en deçà de ma juridiction, et je me retrouvais pourtant au beau milieu, avec fort peu de soutien (ou de lumières) de la part de mes chefs. Comme vous l'imaginez bien, le terme de « bouc émissaire » me revenait constamment à l'esprit. Et ça n'avait rien d'une perspective agréable pour moi.

Caz continuait de me hanter, tel un panache de fumée, tels de discrets effluves de quelque parfum exotique. S'était-elle servie de moi à seule fin de se tirer d'un mauvais pas ? Ou pour faire avancer quelque manigance de sa composition qui m'échappait encore ? Ç'aurait certainement été dans ses cordes. *Et* dans sa nature. Mais me demander de croire qu'elle ait pu totalement abuser de ma crédulité, ça… Autant me persuader que je n'avais rien appris d'utile durant toutes mes années angéliques, fertiles en péripéties et en enseignements, que j'étais plus candide que le dernier des bleus à venir grossir nos rangs, et que j'avais pu m'éprendre d'une impénitente créature infernale après une seule nuit passée ensemble.

Toutes ces possibilités tournoyaient dans ma tête, tels des garnements trop remuants et revêches qu'on aurait dû envoyer au lit depuis pas mal d'heures déjà. Je renonçai enfin à tenter de piger en une seule nuit les tenants et les aboutissants de toute l'affaire, et contactai le bureau pour vérifier mon planning du samedi et du dimanche – je ne tenais pas à agacer Karael dès le petit déjeuner avec des questions stupides de fraîches recrues. Rien qu'à l'idée de voir ses belles lèvres frémir en une petite moue méprisante à la Clint Eastwood en me voyant me noyer dans un verre d'eau, j'en avais déjà le scrotum qui se repliait, tout déconfit, dans l'aine… Une fois qu'Alice eut fini de se répandre en récriminations sur mon compte (ce qui demanda tout de même quelques minutes), j'eus gain de cause, obtenant plus d'infos même que je ne l'avais espéré. Ce qui ne laissa pas de me surprendre, bien sûr, et que je repoussai dans un coin de ma tête pour pouvoir y réfléchir plus tard, posément. Je rappelai ensuite Gras-double, lui laissant un message sur son répondeur (vu qu'à cette heure il devait encore être à bord du dernier Express Porc-ville) pour lui demander tout renseignement sur l'hôtel *Ralston* – et surtout sur ses issues de secours. Je sollicitai également ses lumières sur d'autres de mes sujets de (vive) préoccupation. Ayant fini la vodka, et comme je ne voulais pas attendre le service de chambre, je prélevai deux autres mignonnettes de Bacardi dans le minibar et leur fis un sort. Il me restait du jus d'orange après tout, et le premier marin venu vous le dira : quand un gros grain s'annonce, il n'est que temps de mettre en perce le tonneau de rhum.

Ça faisait bien des heures que je surfais de chaîne en chaîne tout en ruminant mes idées noires, laissant déferler sur moi des bribes d'images et de sons – un tour de batte de baseball, un polar incompréhensible avec sa farandole de macchabées et de labos de médecine légale où s'affairent des pros à l'improbable beauté sophistiquée, un M. Météo affichant un sérieux et un air responsable de bon aloi pour annoncer une bruine susceptible d'en inciter quelques-uns à relever leurs vitres de bagnole, sans compter les vieux films, les communiqués commerciaux, les cartoons d'enfant semblant principalement consister en couleurs primaires et en piailleries grinçantes –, bref, à peu près tout et n'importe quoi susceptible de retenir mon attention plus de quelques secondes. Je tombai finalement sur un documentaire traitant des fourmis guerrières, et je m'y attardai un peu plus. Je l'avoue, je m'étais légèrement assoupi (ou ça n'allait pas tarder) lorsqu'on revint frapper à la porte. Je sursautai violemment.

Derrière ma chaînette de sûreté, je découvris une des « statues d'île de Pâques » du prince Sitri bloquant l'espace de sa masse granitique. Un instant, je ne pus que me demander si ces malheureux maillons métalliques allaient pouvoir le retenir pendant les deux secondes peut-être qu'il me faudrait pour attraper mon manteau, pendu sur le dossier de siège, et m'emparer de l'automatique aux balles d'argent qui se trouvait dans la poche. Mais il ne fit que grogner, et pousser entre la porte et le chambranle une… enveloppe. Dès que je l'eus prise, il tourna les talons et s'éloigna, avec une discrétion surprenante pour un homme (ou du moins un corps d'humain) assez colossal pour que les services postaux veuillent lui attribuer son propre code postal.

L'enveloppe renfermait une note rédigée sur un papier incroyablement fin, quasi transparent, d'une petite main pointilleuse qu'on aurait eu bien du mal à attribuer aux grosses pognes démesurées de Sitri.

« Si vous descendez au bar à minuit, vous apprendrez quelque chose à votre avantage. »

Signé d'une seule lettre d'un style très chargé, « *S* ».

Je me demandai bien pourquoi il ne m'avait pas tout simplement invité dans la suite Roosevelt. Il paraissait bien peu probable que le prince Jabba le Hutt et moi puissions avoir un entretien subreptice au milieu d'un hall bondé, même passé minuit. D'un autre côté, il y aurait trop de monde pour qu'il cherche à me liquider, selon toute présomption. J'avais déjà engagé la partie et misé pour ainsi dire ma Maison, alors je ne pouvais me permettre de faire la sourde oreille quand on me convoquait. J'enfilai mon manteau – *après* avoir sanglé mon holster d'aisselle et m'être assuré qu'il y avait bien une cartouche engagée dans la chambre de mon nouveau semi-automatique. Personne ne tient à ce qu'on vienne commenter devant votre cadavre encore chaud, « *il a oublié de charger son flingue* », en secouant la tête d'un air de commisération.

Je ne croisai âme qui vive dans les couloirs, mais, cela dit, suffisamment de bruits étranges filtraient derrière les portes closes des chambres pour me faire espérer qu'une chaîne locale soit en train de diffuser des films d'horreur particulièrement violents. L'ascenseur était également vide mais, bon sang, quelqu'un avait poussé la clim à fond, bien au-delà du raisonnable ! Et je dus supporter un souffle glacial sur ma nuque durant toute la descente, jusqu'au niveau *L*. Signes et présages… Hélas, quand on vit dans mon monde, signes et présages sont autant omniprésents que la pub, et il est encore plus difficile d'y démêler le bon grain de l'ivraie.

Le hall restait très fréquenté, toutes sortes d'anges et de démons y évoluant toujours, par petits groupes volubiles. À la vue d'une escouade de suppôts du Malin (difficile de se méprendre sur leur appartenance) en train de rire et de s'en griller une au-dehors, juste à l'entrée, je me demandai combien de crimes, dans les en-cours d'Interpol, auraient pu être résolus rien qu'à écouter leur conversation animée.

Cela dit, le hall n'était pas complètement bondé. Campé à la sortie de l'ascenseur, je cherchai du regard Sitri ou ses gardes du corps, mais même compte tenu de tous les phénomènes qui se côtoyaient là, je ne voyais aucun individu se rapprochant de près ou de loin du prince. Juste à la périphérie de mon champ de vision, quelque chose de vif attira soudain mon attention.

Elle était assise au bar, seule, et me tournait le dos. Même sans la cascade de sa chevelure d'or pâle, j'aurais de toute façon reconnu cette silhouette svelte entre mille. Elle portait une jupe noire mettant en valeur ses belles jambes fines et racées ; son pull moulant en cachemire rouge lui faisait comme une seconde peau. Les petites protubérances délicates de sa moelle épinière saillaient dessous, à la façon d'un tracé écarlate de carte topographique. Avant que j'aie le temps de me dire que, malgré tout, ce pouvait être quelqu'un d'autre, en cherchant à nier vainement l'émoi qui faisait palpiter toutes les terminaisons nerveuses de mon corps terrestre, elle se tourna vers le barman et je la vis mieux, de profil. C'était bel et bien la Comtesse aux Mains Froides, en chair et en os – ce que, d'emblée, j'avais su. À la seconde même où mes yeux s'étaient posés sur elle. *Elle*, Caz… Seule dans son coin. Comme si elle attendait quelqu'un. Comme si elle m'attendait.

32

Le son le plus triste que j'aie jamais entendu

Des secondes intenses, vous pouvez me croire. Elle était là, à fixer le miroir, derrière le comptoir, et ce fut comme dans un de ces films où s'allume *le* spot, et où tout le restant de la scène est subitement plongé dans le noir. Je ne voyais plus qu'elle. Ces dernières quarante-huit heures, j'avais étouffé mes sentiments de façon si éprouvante que l'ardent désir qui me submergea faillit me couper les jambes. Elle était tellement belle ! Son visage était la perfection même.

Encore que… pas tout à fait, m'avisai-je soudain. Ce genre de perfection n'existe que lorsqu'on retouche une photo à l'aérographe – mais disons que Caz s'en rapprochait beaucoup. Son unique défaut (qui ne m'apparaissait pas comme tel), c'était son nez fin aux arêtes hautes ; la finesse de son ossature lui donnait un air de fragilité. On aurait dit un petit animal féroce qui avait connu la cage, qui avait conscience de pouvoir être dompté et qui le redoutait par-dessus tout.

Elle paraissait jeune, mais en la voyant, on se disait qu'elle risquait de mal vieillir. Il ne semblait pas improbable qu'elle subisse un jour des lésions – et cela arriverait sans doute. Mais en attendant… Ô mon Dieu, ce qu'elle était belle !

Et en réalité, réalisai-je brusquement, elle ne vieillirait *jamais*. Elle garderait éternellement cette apparence, ou tout au moins, aussi longtemps que ça l'arrangerait. Casimira aux Mains Froides ne vieillirait pas plus que ça. Mais pour moi, ça ne signifiait pas grand-chose de toute manière. D'une façon ou d'une autre, je n'allais pas vieillir, moi non plus.

Dès que je m'approchai, elle parut sentir ma présence, ou du moins, elle dut se rendre compte qu'elle était observée. Je n'en fus pas surpris – il me semblait bien n'avoir jamais autant dévoré quelqu'un des yeux de toute ma (courte) existence angélique. Ce qui m'étonnait en revanche, c'était de la revoir au *Ralston*. Au point d'ailleurs qu'un instant j'en restai bouche bée.

Elle pivota, et ouvrit de grands yeux à ma vue.

– Hello, Caz.

Brillant, non ? J'aurais voulu vous y voir, tiens ! Je me demande si vous auriez fait mieux, à ma place.

Elle parut tout près de céder à la panique.

– Bobby, que fais-tu là ?

– Ce que je fais là ? Et toi, alors ? (Je me sentis soudain très exposé. Mais si, au comptoir, quelqu'un nous observait, je dois reconnaître que ce petit cachottier faisait du bon boulot.) Pourquoi ne m'as-tu pas rappelé ?

Maintenant que je me tenais devant elle, j'avais la moutarde qui me montait au nez. Oh, ce n'était pas la plus violente des émotions qu'elle puisse m'inspirer, loin de là. Une véritable tempête soufflait sous mon crâne ! Pour ceux d'entre vous qui ne savent pas de quoi je parle, laissez-moi vous dire que « vivre » dans un corps humain est vraiment bizarre. Avec toutes ces hormones en folie, votre poil qui se hérisse, les mouvements de peau, tantôt tendue, tantôt plissée, les impulsions de lutte ou de fuite face au péril, quand les instincts de l'animal que vous serez toujours (ou que vous étiez) reprennent le dessus… Je mourais d'envie de sauter sur Caz, de l'embrasser, de la traîner jusque dans ma chambre mais, pulsion tout aussi forte, je voulais aussi la secouer à noyer de larmes ses beaux yeux d'un bleu tendre (celui des œufs de rouge-gorge), à lui faire sentir combien je souffrais. Pourtant, j'étais tout autant terrifié, au fond, à l'idée qu'un des sicaires d'Eligor puisse la repérer. Je serais alors cruellement tiraillé entre assister à son rapt sans rien tenter ou bien perdre la vie en prétendant m'interposer. Or, je savais déjà qu'Eligor était très mauvais perdant.

– Tu ne peux pas rester là, Bobby ! (Elle happa son verre pour le vider d'un trait, et farfouilla dans son sac d'une main fébrile pour jeter de l'argent sur le comptoir.) Il va te tuer !

– Qui, Eligor ?

Je nageais en pleine confusion. Pourquoi se souciait-elle de moi au lieu de se préoccuper de son sort ? Tout semblait chambardé.

– Voyons, c'est une conférence au sommet, assortie d'une trêve officielle. J'ai reçu ordre de me présenter, comme nous tous, et les anges pullulent ici. Je ne cours aucun danger.

OK, c'était pas tout à fait vrai, mais pour l'heure, j'avais bien d'autres chats à fouetter. Rien que de la revoir, j'étais déjà terrifié à l'idée qu'il puisse lui arriver quelque chose. Quand bien même elle m'avait menti et berné. Quand bien même elle se fichait éperdument de moi.

– C'est toi qui ne devrais pas être là, Caz. Ton ex possède ce putain d'hôtel… (Une expression fugace, sur son visage, me surprit. On aurait dit… de la honte ?) Une minute… Tu le savais déjà ? Forcément ! Caz, que fiches-tu donc là ?

– Oh, Bobby…

Elle regardait maintenant par-dessus mon épaule, et la honte que j'avais surprise sur son visage avait cédé la place à tout autre chose.

– *Tiens, tiens, tiens… !*

Cette voix-là… Je la connaissais. J'en eus instantanément la nuque toute hérissée – moi qui commençais à peine à me détendre…

– Deux de mes connaissances les plus… intéressantes !

Je fis volte-face. Le Grand Duc en personne n'était plus qu'à deux ou trois mètres de distance; il s'était accoudé au comptoir, sapé dans ses plus belles fringues *Kenneth Vald* – un costume en lin et des mocassins de prix, qui lui donnaient des allures de riche colon. Ce qu'en un sens il était. Eligor n'était pas originaire du coin, mais il en possédait décidément beaucoup.

Je n'étais vraiment pas en état de jouer à son petit jeu. Je gardai le silence – m'abstenant également de chercher à dégainer. En découvrant qu'il était propriétaire des lieux, je m'étais douté que tôt ou tard je tomberais sur lui. Forcément. J'avais juste espéré que ça m'arriverait ailleurs, là où je me sentirais moins vulnérable, comme quand j'étais assis près de ce dur à cuire de général Karael, Fléau de toutes les Engeances du Démon.

– Oh, navré, je vous ai interrompus?

Le Cavalier, ce blond Seigneur des Enfers, était la grâce même faite « homme », le charme et la jovialité personnifiés. À présent, nous avions toute l'attention des autres clients au bar. Eligor avait beaucoup de poids – et pas rien qu'à San Judas.

– Oh, il est vrai, j'oubliais… Vous vous connaissez déjà, vous deux. (Il avait un sourire net et glacial de scalpel.) Je ne suis pas surpris. Vous êtes l'un et l'autre très… entreprenants. (Il se tourna vers Caz, dont le visage était devenu de cire. Aussi mort que celui d'une poupée.) Mais je dois vraiment vous interrompre, j'en ai peur. Nous avons un meeting, Comtesse. Nous sommes attendus.

Il ne daigna pas lui faire signe, ni même lever la main. Elle quitta son tabouret de bar et le rejoignit, aussi docile qu'un chien. Je croisai de nouveau son regard – vide. Si vide, en fait, que je me mis à douter avoir jamais décelé quoi que ce soit en elle, ce soir ou durant nos moments d'intimité. Tout ce qu'elle avait paru exprimer avant cet instant… Ne s'était-il agi que de masques?

– Ravi de vous avoir revu, monsieur Dollar, même brièvement, ajouta Eligor. J'espère que vous passez un agréable séjour.

– C'est un bel hôtel. (J'étais résolu à ne pas le laisser me réduire à un silence pétrifié.) Mais, honnêtement, Vald, certains des individus que vous laissez entrer ici… !

Encore ce sourire, aussi vide et dénué de sens que « celui » d'un grand requin blanc.

– Ah, mais l'hôte parfait se doit de recevoir tous ses invités comme il sied. Voilà pourquoi je suis ravi de ravoir la Comtesse en nos murs. Elle est très douée pour ce qui est de cerner les besoins des gens et de les combler. (Il fit mine de tourner les talons, puis s'immobilisa un instant.) Oh, mais que cela ne vous incite pas à repartir à toute vitesse, monsieur Dollar. La dame et moi devons nous retirer, mais j'espère que vous resterez quelques instants, en buvant un verre à ma santé. (Il capta le regard du barman.) Je suis certain que vous avez beaucoup d'amis qui adoreraient vous rejoindre et évoquer le bon vieux temps avec vous.

Il repartit alors, aussi gracieux et assuré qu'un chat, Caz à son côté. Elle aurait pu se retourner pour me glisser un dernier regard mais, naturellement, elle n'en fit rien.

Mes jambes ne me portant plus, je m'affalai sur le tabouret qu'elle avait occupé. On m'avait tiré dessus en plein cœur sans que nul ne pointe de revolver sur moi.

Le barman se rapprocha pour prendre ma commande mais, après le contact oculaire qu'il venait d'avoir avec son boss, je ne le voyais pas me verser quoi que ce soit – même pas en rêve. Je secouai la tête. J'avais l'impression qu'on agitait un énorme aimant près de ma « boussole » interne ; je ne savais plus où aller, quoi faire… Pourquoi Caz était-elle là ? Pourquoi était-elle retournée avec lui ? Et pourquoi Sitri avait-il voulu m'attirer là, à moins de chercher à provoquer son rival, le Grand Duc ? Caz m'avait dit avoir dérobé la plume ; pourquoi, dans ce cas, Eligor l'aurait-il reprise avec lui ? Avait-elle gardé cette plume depuis toujours, histoire de garantir sa sécurité ? Ou bien la vérité serait-elle pire encore ? Caz s'était-elle jouée de moi depuis le début, me prenant pour le parfait jobard ?

Une lourde main s'abattit sur mon épaule.

– Toi ici ! Ça alors…

Une autre voix familière… hélas pour moi. Devoir en passer par là m'épuisait par avance, surtout après ce que je venais déjà de traverser. Je faillis ne pas réagir. Je me forçai à me retourner et à affronter Mister vilains-petits-yeux-barre-sourcilière.

– Fourrhurle… C'est un tel ravissement de te revoir, mon vieux, que je vais même te prier aimablement de retirer ta sale patte de là, s'il te plaît.

Non sans un petit sourire suffisant, il recula. Il portait un costume flambant neuf, dans lequel il avait tout l'air de ce qu'il était – un sale petit arriviste de punk. Ce qui ne voulait pas dire qu'il ne pouvait pas avoir ma peau, bien sûr. Je connais tout un tas de gens que des punks ont trucidés. D'ailleurs, des punks revanchards doivent être parmi les plus dangereux qui soient. Je préférerai toujours un poivrot violent et détraqué.

– Tu m'as l'air un peu déprimé, Dollar. Tu viens de voir ta meuf retourner dans les bras du type qui a le pouvoir et l'argent, hein ? Comme c'est triste…

– Hurleur, fais-moi une fleur et dégage, OK ? (Je me relevai.) Je n'ai pas besoin de toi et puisque c'est la trêve, je ne peux rien te faire qui soit utile. Alors pourquoi ne retournerais-tu pas pisser aux quatre coins de ton mouchoir de poche de territoire en laissant les choses sérieuses aux grandes personnes ?

Il retroussa les babines sur un méchant rictus. Il était dans un corps mortel, bien sûr, mais à le voir, il est clair qu'il mourait d'envie de me déchiqueter la gorge d'un coup de crocs. Le bon vieil instinct…

– Tu te crois spécial, Dollar ? Tu te goures ! Pour quelqu'un comme Eligor, tu n'es qu'une merde de chien !

– Et *ça,* c'est ton job, hein ? Nettoyer la merde ? Sympa, mec, ça fera bonne impression sur ton C.V.

Il me fixa. Ses yeux, qui avaient d'abord paru marron, captaient maintenant la lumière et rougeoyaient d'un rouge intense, tel un Sangiovese Grosso, ce fameux cépage de Chianti.

– Tu perds rien pour attendre, sale petit morveux ! grogna-t-il – juste assez bas pour s'assurer que tout le monde, autour, tâche de tendre l'oreille. Dès la fin de cette conférence, tu es à moi ! Je te boufferai le foie ! Et ta meuf grand luxe t'oubliera. Si ça n'est pas déjà fait.

Moi, je dus me faire violence pour ne pas lui coller une droite dans sa trogne aux sourcils broussailleux.

– Ravi de voir que tu prends enfin au sérieux ton hygiène alimentaire, Hurleur. Mais il n'y a aucun organe au monde gorgé d'assez de vitamines et de bonnes choses pour chasser tant de laideur, hélas.

Je crus bien qu'il allait me sauter dessus tandis que je m'éloignais – et ça m'aurait presque pas dérangé. Une bonne vieille bagarre, ça vous a une certaine valeur thérapeutique, au fond (tant que vous laissez l'autre type plus amoché que vous.) Fourrhurle dut se contenter de laisser échapper un petit grognement sourd – le genre de feulement que pousserait un lion rêvant du jour où le bipède qui le tient enfermé oubliera de verrouiller sa cage.

Quand je fus de retour dans ma chambre, mon téléphone se mit à vibrer. Tout ce que j'aurais voulu, c'était découvrir ce qui se passerait si je m'amusais à mixer toutes les mignonnettes restant dans le minibar et à m'envoyer le résultat. Mais la force de l'habitude prima ; je tirai le téléphone de ma poche pour vérifier le numéro de l'appelant, puis décrochai.

– George, que se passe-t-il ?

J'avais oublié que je lui avais laissé un message. Après avoir revu Caz, je ne m'en souciais plus guère, je l'avoue.

– Eh bien, il faudrait d'abord que tu penses à mes émoluments, si tu t'obstines à me laisser ces messages plus-urgent-que-ça-tu-meurs !

– George, mon ami, juste après Porky et l'autre, là, du *Seigneur des Mouches*, tu dois être le cochon le plus drôle qui ait jamais existé !

– Je te rappelle puisque tu avais besoin d'aide, disais-tu.

Il me parut blessé, à l'autre bout de la ligne. Pourquoi faut-il, chaque fois que la vie me loge une balle dans les tripes (ou c'est tout comme), que tout le monde autour de moi se découvre soudain une grande sensibilité ?

– Navré, mon ami. Soirée de merde. Merci de me rappeler. Tu as quelque chose ?

– Je te transmets les spécifications du *Ralston*. Il fait bien partie des propriétés Vald Credit. Au moins, les issues de secours ne manquent pas.

– Une bonne chose car tel que tu me vois là, je ne détesterais pas flanquer le feu à cet hôtel.

Je vérifiai que les fichiers m'avaient bien été transmis. Des diagrammes, schémas techniques et informations pertinentes en cas de crise qui paraissaient me venir tout droit du principal serveur FD de San Judas ; en somme, toutes sortes de docs sympas.

– Sérieux, George, t'as encore fait un boulot du tonnerre ! C'est tout juste ce qu'il me fallait.

– C'est un plaisir, Mister D. (Il avait retrouvé son ton enjoué.) Quand tu veux.

Parfois, George semble d'une gratitude pathétique envers le moindre témoignage de gentillesse. Lorsqu'on passe sa vie entière d'être doué de raison dans le corps d'un sanglier noir aux dimensions majestueuses, je suppose qu'on se chope un complexe d'infériorité. Mais même si Gras-double était un gars assez chouette, en cet instant précis, je n'avais envie de parler à personne. Je voulais juste m'affaler sur mon lit ivre mort.

– Autre chose ? le pressai-je. Sur Léo, peut-être ?

– Rien que tu ne saches déjà, Bobby. Sa disparition a fait dans tes hautes sphères un foin de tous les diables, si tu vois ce que je veux dire. Beaucoup de vagues rumeurs, de propos inconsidérés... Mais selon le consensus général, on l'aurait dégommé pour de bon parce qu'il en savait trop, ou bien qu'il posait trop de questions. En tout cas, je ne trouve rien de nouveau là-dessus. Mais, oh... ! À propos de types morts...

J'entendais presque le chant de sirène du minibar... *L'oubli, Doloriel... le doux oubli...* Je m'armai de patience.

– Ouais ?

– Cet Habari dont tu me parlais ? Celui avec son club machin-chose ?

Aussitôt, je me recentrai.

– Les Mages. Ouais ? Comment ça, « à propos de types morts » ? Aurais-tu retrouvé sa trace au fond d'une morgue, ou autre ?

– C'est une façon de voir les choses. Mais pas récemment.

– Cesse de me prendre la tête, George ! Putain, je suis complètement rincé, là !

À sa décharge, Gras-double ne parut pas froissé, cette fois.

– Eh bien, de toute évidence, il ne s'agit pas du même gus, mais combien de fois peux-tu retomber sur un nom pareil ? Qui soit en plus celui d'un Révérend ?

– Je t'écoute.

– J'ai trouvé un type qui avait le même prénom et patronyme. Et Révérend de son état, lui aussi. Sauf qu'il est décédé il y a sept ans, presque huit, et qu'il n'avait aucun lien, aucun rapport de près ou de loin avec un quelconque « club de Magie ».

George me donna tous les détails, ce qui me contraria considérablement – si je voulais y voir clair, avec ces nouvelles données, je pouvais déjà dire *bye-bye* à ma biture express. Ç'aurait pourtant été le mieux qui puisse encore m'arriver pour me garder en vie jusqu'au lendemain.

Je le remerciai de nouveau, puis rappelai Clarence l'Angelot. Si, à l'aune de mes critères, il n'était pas particulièrement tard, il se trouve que je le tirai de son sommeil, visiblement. Je me demandai si le petit mouchard de l'Entreprise s'était couché dans son pyjama de footeux avec sa gentille logeuse lui racontant des histoires – ou autre – pour le border dans son lit.

– Bobby ? grogna-t-il, la voix toute pâteuse. Quelle heure est-il ?

– Trop tardive pour que tu sois encore debout, manifestement. Alors, je la ferai courte.

Si Sam était dans le vrai, je ne pouvais absolument pas me fier à ce garçon. Je réfléchis un instant au meilleur moyen de présenter ma question.

– Écoute, quand nous étions En-Haut, et que je t'ai demandé d'aller vérifier cinq ou six noms pour moi, t'es-tu contenté de consulter les archives des vivants ?

– Me serais-je aussi intéressé aux morts, c'est ça ? (Moins ensommeillé déjà, il m'avait maintenant l'air pas mal grincheux.) Naturellement, quelle question ! Et je te l'ai dit, je n'ai trouvé personne correspondant aux noms que tu m'avais donnés, à part ce type, un certain José Patrillo.

Soit l'intrus que j'avais inséré dans ma liste, histoire de m'assurer que le petit avait bien fait le boulot que je lui demandais. Or donc… Habari était mort, mais ne figurait pas dans les Archives Célestes ? Au nom du Très-Haut, mais que se passait-il donc ? Juste avant de raccrocher, une autre question me vint en tête :

– Jusqu'à quelle date es-tu remonté ?

– Tu veux dire jusqu'où je suis remonté dans le passé ?

– Pour voir si le décès de l'un d'eux était homologué dans nos Archives, ouais.

Il renifla de dédain.

– Eh bien, compte tenu du fait que vous veniez de croiser le gars en chair et en os, selon tes dires, je suis remonté un peu dans le passé seulement. J'ai dû consulter le registre des décès de ces deux ou trois dernières années au cas où il serait mort assez récemment, mais que son décès aurait été mal classé.

Donc, les infos de Gras-double étaient probablement avérées, et il se pourrait même que le gosse dise la vérité – sur ce sujet-là, tout au moins. Mais peu importait, toutefois – l'affaire se corsait encore considérablement. Je m'enfonçais. De plus en plus.

– Tu es donc remonté à… quoi ? Deux ans, peut-être ? Si je te disais qu'un homonyme est mort il y a plus de sept ans, ici même, à San Judas, ça ne te surprendrait pas outre mesure ?

– Quelqu'un meurt toutes les quelques secondes, et il y a beaucoup d'homonymies, Bobby. (Visiblement, je l'impatientais. Ce qui offrait un contraste plutôt intéressant.) Alors, bon, ça ne me surprendrait pas plus que ça.

– OK. Et merci, mon garçon.

Je faillis lui demander pourquoi nos chefs l'avaient chargé de fourrer son nez dans mes activités, mais je savais déjà que lui montrer ma main serait une mauvaise idée. Ne jamais rien offrir à l'adversité.

– Retourne te coucher, mon garçon.

– Tu as l'air exténué, Bobby. (Il paraissait vraiment soucieux de mon état – quel acteur ! Jusqu'au bout…) C'est plutôt toi qui aurais besoin d'une bonne nuit de sommeil.

– Oh, ça… Dès que j'aurai trouvé de la place pour mon lit vibrant…

Mais, je le savais maintenant, rien qu'à la perspective d'avoir affaire à 8 heures précises (une heure où je ne suis jamais au mieux de ma forme, quelles que soient les circonstances) au terrifiant ange guerrier, je n'allais guère fermer l'œil de la nuit, surtout avec tout le grain que j'avais déjà à moudre. L'univers que j'avais cru bien connaître se révélait une proposition plus douteuse et incertaine encore que je ne l'aurais cru – moi qui m'étais toujours considéré comme un cynique ! En outre, histoire de parfaire mon bonheur, sitôt le petit déjeuner achevé, j'allais subir l'interrogatoire en règle des plus grandes puissances des deux camps, dans la guerre qui nous opposait depuis la nuit des temps… Une chance fantastique de me faire de nouveaux ennemis.

Afin d'obliger la tentation à redoubler d'efforts, je verrouillai le minibar – je ne pouvais plus me permettre de me cramer la cervelle à grandes lampées d'alcool. Le cliquetis ténu de la clé tournant dans sa minuscule serrure frappa mes tympans comme un des sons les plus tristes que j'aie jamais entendus.

33

L'odeur du violent message implicite

8 heures 7 minutes très précises… Ce n'est pas mon heure favorite de la journée, et si on ajoute à cela des œufs brouillés tièdes, et l'expression de granite de Karael, un simple café et des grains de raisin ne suffisaient pas à améliorer ma situation.

– Tiens-toi droit, Ange Doloriel. Ce restaurant est bondé de créatures qui passent leur misérable existence tout entière à guetter le moindre signe de faiblesse de notre part, et toi, tu es là avachi comme un écolier qui aurait oublié d'apporter ses devoirs en classe.

Mon problème, c'est bien que *j'avais* apporté mes devoirs à cette conférence au sommet, au contraire, et que ça m'avait tenu éveillé une partie de la nuit. L'alternative aurait consisté à passer les petites heures du jour à maudire le Destin et à me demander ce que faisait Caz avec son ex, un monstre qui ne partageait pas même avec Hitler son amour des chiens. Mais je n'allais pas m'en ouvrir au général de l'Hostie Scintillante, bien évidemment… Je me contentai donc de hocher la tête.

– Navré. J'ai veillé tard. J'ai travaillé.

– C'est *ton* travail, Ange Doloriel. Dans à peine plus de vingt minutes, tu vas te retrouver dans la « cour des grands », et jusqu'à présent, je suis consterné par ce que je vois. (Il pinça les lèvres en une ligne très dure.) Tu as de l'œuf sur ton revers de veste.

D'un geste de la main, j'y remédiai, m'appliquant à finir mon assiette sans plus de regrettable incident, tandis que Karael m'expliquait encore, pour la troisième fois depuis que j'avais émergé de l'ascenseur, ce que j'étais censé déclarer et ce que j'étais supposé passer sous silence.

– Le rapport que tu nous as transmis à propos de cette absurde Troisième Voie n'a pas d'existence officielle, Ange avocat, me redit-il. Ça restera de côté jusqu'à la fin de la conférence. Nous ne tenons pas à aborder ce problème tant que nous ne serons pas en possession de tous les faits.

– Mais pourquoi tenir conférence, dans ce cas ? (Comme il pinçait de nouveau les lèvres, je me hâtai d'essuyer les miennes avec ma serviette.) La Troisième Voie n'est-elle pas exactement le genre de chose qui devrait… hum… être débattue avec l'Opposition ?

Léger frémissement à la commissure des lèvres de Karael… L'ombre d'un sourire ?

– Ah ? Tu crois ? Fiston, si nous laissions invariablement la vraie vérité devenir la vérité officielle, cette guerre froide qui nous divise depuis toujours serait quant à elle devenue chaud-bouillante il y a bien longtemps déjà… Tu n'as pas oublié Sodome et Gomorrhe, bien sûr ? Ou disons que tu en as au moins entendu parler ? Eh bien, il suffit de changer les noms, mais l'histoire est toujours la même… Rio, Berlin, Shanghai… Imagine, juste pour commencer, que demain ces mégalopoles soient rasées de fond en comble, avec des millions de victimes à la clé, et tu auras une idée de la raison pour laquelle tu t'apprêtes à agir en fonction de ce qu'on te dit.

Dix minutes plus tard, je fus escorté dans la salle de réception Elysium du *Ralston*, parfois surnommée la « salle aux Nuages » en raison des nuées tourbillonnantes peintes au plafond. Tasser dans une telle salle ses cohortes démoniaques et ses adversaires angéliques devait éclater le Grand Duc Eligor comme pas possible – et pour ce qui était de s'entasser… on pouvait le dire ! Quelques centaines de conférenciers s'agglutinaient autour des tables ; les sièges étaient presque tous tournés face à l'estrade, où trônait une autre longue table équipée de microphones. Autres que Karael, près de moi, les principales « forces motrices » des deux camps étaient déjà en place : Eremiel, notre Céleste expert sur l'Enfer, avait un visage décharné et des cheveux longuets qui lui donnaient l'air d'un prédicateur abolitionniste du dix-neuvième siècle, très en phase avec le cadre Âge d'Or. Le troisième des anges éminents devait être Phanuel, le célèbre Ange de l'Exorcisme. Mais, au milieu de cette salle de réception Elysium, il n'était guère intéressant par contre, à première vue. Il avait juste l'allure d'un premier rôle hollywoodien de plus, en costume strict.

Comme prévu, l'Opposition piquait bien plus l'intérêt, visuellement parlant. Une fois qu'on arrivait à s'arracher à sa fascination morbide de la masse gélifiée du prince Sitri, on avait le regard aimanté par Adramelech, l'un des très anciens et des très mauvais ; lui ne s'était pas donné trop de mal pour tenter de passer pour humain. De loin, il donnait assez le change ; on aurait dit un vieil homme en costume noir, avec une complexion laissant à penser qu'il adorait bronzer sous les UV. Mais dès qu'on se rapprochait, on découvrait que ce qui recouvrait son visage était bien moins de la peau qu'une sorte de masque de grès, jaunâtre et granuleux. Tout ce qui bougeait, sous ce masque pierreux et glacial, c'étaient ses yeux, d'un noir liquide comme le goudron. Rien qu'à voir le calme imperturbable avec lequel il attendait le coup d'envoi du symposium, on mesurait toute la gravité et la portée historique de ce qui allait se jouer en ces murs. Adramelech m'épouvantait. Bougrement.

Le dernier des négociateurs démoniaques était aussi le plus banal d'aspect, sanglé dans son costume soigné fait sur mesure ; tel un juriste spécialisé dans l'industrie du divertissement, il arborait des lunettes de mec branchouille à monture noire. Je veux parler de Caym, autre poids lourd de l'Opposition, président du Haut Conseil des Enfers – et l'un des plus malins de l'écurie satanique. Ce qui m'intéressait plus particulièrement, cela dit, c'est qu'à en croire le téléphone arabe de Gras-double, Caym était également le porte-parole d'Eligor, poussant dans la redoutable arène de la politique des Enfers les points du Grand Duc à l'ordre du jour. Je me dis que j'aurais tout intérêt à le surveiller de près si je voulais glaner des indices quant à ce qu'Eligor pouvait bien fomenter.

Beaucoup d'autres se tenaient à leurs côtés, sur l'estrade ; les « Grands », bons et mauvais, des deux camps en présence. Terentia et Chamuel, deux de mes éphores (lors de l'interrogatoire que j'avais subi au Ciel quelque temps plus tôt) étaient également là, sous forme humaine, à l'instar de nombreux autres anges et démons que je ne reconnus pas tout de suite.

– Cesse de les fixer bêtement ! me souffla sèchement Karael à l'oreille. Je vais les rejoindre. Un siège t'est réservé dans la deuxième rangée, il est à ton nom. Va t'asseoir, garde le silence *et* garde à l'esprit toutes mes recommandations.

Tandis que l'Ange Militant gravissait les gradins pour se présenter à son tour sur le podium, le dos aussi droit que la droite la plus courte reliant le point *A* au point *B*, je repérai le siège réservé à « Dollar » et m'y glissai. À l'instar de noces réunissant les Hatfield et les McCoy, les « convives » étaient regroupés par affiliations, et je ne m'étais plus autant réjoui depuis un certain temps de me voir entouré par quelques-uns de mes pairs au service du Très-Haut.

Karael étant en place, la conférence débuta enfin. Adramelech – qui agissait en fonction de président, puisque nous étions sur le territoire de l'Opposition – s'acquitta du discours d'ouverture, verbiage à la fois politique (dans le style aride) et clairement menaçant, agrémenté de commentaires sur le fait que nous « devions mettre temporairement de côté nos différends très réels afin de nous concentrer sur le problème qui nous est commun ». Eremiel prit à son tour la parole en notre nom, réussissant à se montrer succinct et même drôle par moments – il parla du président comme de « l'honorable Adramelech » – la première fois sans doute qu'on accolait ces deux termes… Deux ou trois démons ne purent réprimer un petit sourire à cette boutade.

Et naturellement, les discours s'enchaînèrent pendant une bonne demi-heure. Tous ceux qui avaient reçu une auréole, ou une fourche, semblaient s'être donné le mot – tous avaient quelque chose à dire, apparemment. Chez les délégués des Enfers, le continuum allait des tapageurs, des forts en gueule qui avaient tout de sectaires professionnels, à se plaindre que c'était *leur* camp l'incompris et le stigmatisé, jusqu'à vos grosses brutes basiques du politburo, le genre de bureaucrates à parapher à tour de bras les ordres de torture et d'exécution, entre deux pauses déjeuner (avec les compliments du traiteur du coin). Leur position de base ? Sur le conflit immémorial opposant le Ciel à l'Enfer ? *« Mensonges, mensonges, purs mensonges ! Un jour, nous vous enterrerons tous ! »*

Rayon conneries, mon camp n'était pas en reste, cela va de soi. Mais une extrême de la palette s'apparentait davantage à ces foudres de guerre de Chrétiens militants, et l'autre, au genre petits bureaucrates gris souris de l'Union Européenne. Dans un cas comme dans l'autre, quand les préliminaires prirent fin, on avait brassé beaucoup d'air avec force moulinets, sans rien dire d'important. Juste, l'imposante salle de réception empestait l'odeur du message implicite violent. La seule chose abondamment claire, c'est que l'un et l'autre camp refusaient d'endosser la responsabilité des âmes portées disparues. Puis ce fut le défilé des témoins.

Je m'efforçais de rester concentré. On ne savait jamais quand un petit lapsus risquait de s'avérer critique. Étant l'organisatrice de l'événement, l'Opposition eut le privilège d'ouvrir le bal : toute une infernale théorie de bureaucrates mineurs des Enfers se succéda interminablement à la barre pour exposer par le menu les incohérences, irrégularités, troubles et autres perturbations qu'ils avaient pu relever sans concéder le moins du monde qu'ils aient pu eux-mêmes faire erreur, et sans donner les moindres précisions substantielles quant aux procédures internes en vigueur aux Enfers.

En somme, une invitation à l'assoupissement général, au rythme des doux ronflements berçant l'auditoire… Suivant indubitablement en cela la ligne officielle du Parti, les déposants laissaient gravement entendre qu'hormis le Très-Haut en personne, qui aime à édicter Ses propres règles, nul n'aurait pu réussir un tel coup. Le seul à véritablement piquer mon intérêt, ce fut un sous-démon famélique ; même sous sa forme humaine, il aurait probablement perdu au bras de fer contre Olive Oyl, la nana de Popeye. D'après lui, un archi-démon de superviseur (dont il préféra taire le nom, évidemment) lui aurait assuré que les âmes devaient être dissimulées dans quelque « planque » céleste ici même, sur Terre, à l'instar de transfuges de grande valeur car, à part En-Haut ou En-Bas, elles n'avaient nulle part ailleurs où aller.

– La Convention du Tartare stipule spécifiquement qu'aucun nouveau territoire ne saurait être concédé sans le consentement conjoint du Ciel *et* de l'Enfer, rappela-t-il pieusement. Et une telle chose n'est jamais arrivée. J'ai vérifié.

Tandis que d'aucuns, dans l'assistance, gloussaient devant la candeur de ce niais de blanc-bec manquant cruellement d'expérience, je me redressai sur mon siège. Une pièce de mon puzzle mental correspondant à « *pourquoi la plume ?* » venait brusquement de trouver sa niche. Je glissai un regard à Eligor, entouré d'autres infernaux dignitaires au fond de la scène, mais il ne s'était pas départi de son calme – ni de son petit sourire suffisant. Son ami Caym écourta rapidement la déposition du démon maigrichon, le renvoyant à ses camarades, sous les sifflets et les huées. Je me demandai si, en cet instant même, Eligor n'était pas déjà en train de se représenter ce sous-fifre dégingandé trop disert sous forme de « macramé satanique », *à la Cirederbe*…

Ce fut bientôt au tour des instances célestes d'assommer l'assistance d'un ennui mortel – encore que le témoignage de Sam vînt apporter un peu de divertissement à l'assemblée, quand il prit à la barre des témoins la suite de quelques-uns des moins communicatifs des gratte-papier célestes. Adramelech parut s'intéresser à ce que Sam avait à dire ; Caym ne quittait pas son air concentré – *et* impavide –, tandis que le prince Sitri, qui, jusque-là, avait à peine desserré les lèvres, continuait son imitation de la plus grosse bougie fondue du monde.

Adramelech interrogea donc Sam :

– Vous étiez le premier de vos comparses à être mandé sur les lieux de la mort d'Edward Walker, c'est bien ça ?

– Certainement, répondit Sam de sa voix traînante.

– Et pourquoi n'avoir pas obéi à cette injonction ?

– En dehors de mon allergie bien connue au travail ? (Sam attendit que s'estompent les petits gloussements, dans la salle.) Parce que j'étais occupé à former une nouvelle recrue, très désireuse d'apprendre les ficelles du métier. (Il hocha la tête, comme au souvenir d'une journée ensoleillée au bord du fleuve, quand le poisson mordait.) Eh oui, seigneur, ces jeunes, ils sont bien plus agressifs et impatients que nous ne l'étions à leur âge. De la graine de bois de lit ! Je détesterais être dans les petits souliers de l'Opposition quand ils seront en âge de prendre le mors aux dents…

Il s'interrompit, comme s'il en avait trop dit, mais rien qu'à le voir sourire…

C'est fou ce qu'on se gondole, les mecs, hein ?

Adramelech n'en était nullement impressionné – et encore moins amusé. Ses yeux d'une noirceur liquide étaient comme deux taches de goudron sur une plage.

– Tenez-vous-en aux questions, petit Ange. (Il avait une voix aussi aride que la Soif elle-même.) Avez-vous répondu à cette convocation ?

Sam sourit.

– Vous savez bien que non, Sénateur.

De notoriété publique, Adramelech était le président en personne du Haut Sénat des Démons. Ce qui constituait en conséquence une pique. Mais sous son masque pierreux, Adramelech ne laissa rien filtrer.

– Nous n'avons donc pas besoin d'en entendre plus de la bouche de cet honorable déposant, intervint Caym en repoussant ses lunettes sur son nez. Il va être midi, et beaucoup d'autres témoins doivent encore être entendus. À moins que Vottre Honneur n'élève d'objection… ?

Non sans une légère onomatopée de dégoût, Adramelech secoua la tête.

En passant devant moi pour sortir de la salle de réception, Sam leva discrètement les pouces en guise d'encouragement. J'aurais bien aimé qu'il reste – ç'aurait au moins été un visage ami.

Pause déjeuner… La séance était levée. Moi, en tout cas, je n'avais pas faim. Je remontai dans ma chambre voir si elle avait fait l'objet d'une fouille en mon absence – ce qui était bien évidemment le cas. Puis je me pris une boisson non alcoolisée au distributeur avant de retourner dans la salle de réception. L'atmosphère me parut encore plus tendue ; la frustration gagnait les deux camps qui avaient conscience que rien n'allait être résolu à ce compte-là, et qu'on n'apprendrait rien non plus que tout le monde ne sache déjà.

Peu après la reprise des débats, ce fut mon tour d'être appelé à la barre. Tandis que je prenais pied sur l'estrade, j'eus la sensation d'être observé de façon plus soutenue que je ne m'y serais attendu – et pas juste par les tenants de l'Opposition. Je ne pus m'empêcher de me demander si le ou les salauds des instances célestes qui avaient lancé Clarence à mes basques me tenaient dans leur collimateur, dans cette salle même.

Peu importe le classement que m'attribueraient certains handicapeurs, je ne suis pas le plus stupide à avoir jamais été affublé d'un halo. Je m'en tins rigoureusement aux instructions de Karael, répondant de mon mieux aux questions, le plus honnêtement possible, en évitant soigneusement tout ce qui pourrait prêter à controverse. Je m'en tins du moins résolument à ma feuille de route jusqu'à ce que le prince Sitri m'assène un choc latéral avec sa demande inattendue. Son timbre de voix sifflant et poussif me donnait furieusement envie de « nettoyer » consciencieusement chacun des mots qu'il prononçait avant de les laisser accéder à ma cervelle.

– N'est-il pas vrai que vous avez poussé vos investigations sur cette affaire depuis la disparition d'Edward Walker, monsieur Dollar ? En menant votre propre enquête sur les diverses connaissances plutôt insolites que M. Walker avait pu avoir ?

Béni soit-il, Karael se hérissa en faisant mine de se relever.

– Ce que font les nôtres, et nos directives internes face à ce cas sans précédent, cela ne vous concerne absolument pas !

Vivante image de la chenille gravissant une boule visqueuse de suif, Sitri haussa un sourcil.

– Pardon, mais ces âmes disparues nous concernent tous, pas vrai ? N'est-ce pas l'objet même de cette assemblée, en ce bel hôtel ? Sûrement, seul quelqu'un qui aurait quelque chose à cacher trouverait à objecter à la question que je pose ?

Je vis des dizaines de portables, ordinateurs comme téléphones, être soudain « assaillis » par des centaines de doigts (dans la plupart des cas) à mesure que les bureaucrates, célestes comme démoniaques, prenaient dûment note de cet intéressant petit accrochage. Ces saisies effervescentes m'ouvrirent les yeux sur le caractère étrange de toute cette conférence comme jamais auparavant. Toutes ces entités d'Ombre et de Lumière, immortelles et immensément puissantes, dotées d'aptitudes dont les humains ne pouvaient qu'imaginer l'étendue, et pourtant… Pourtant, elles s'étaient réunies là d'un commun accord, sur Terre, où elles étaient bien obligées de composer avec les artefacts encore balbutiants de la technologie moderne pour faire leur boulot. Un peu comme si l'ONU avait délibéré à la faveur des chandelles dans la France du Haut Moyen Âge.

Karael trouva un allié inattendu en Caym quand celui-ci s'efforça de couper court à cette ligne d'investigation. Le démon au tailleur à façon suggéra de nommer un comité d'arbitrage afin de décider si la question de Sitri était recevable ou non, dans les paramètres du cadre convenu. Dans l'assistance, beaucoup de grognements contrariés s'élevèrent contre pareille suggestion, qui allait encore faire perdre du temps. Certains insistèrent néanmoins pour la mettre en œuvre. Deux ou trois démons crièrent à la dissimulation. La polémique gagna tout l'auditoire, et ce fut la cacophonie.

Peut-être parce qu'il jouait le jeu d'Eligor, ou peut-être bien parce qu'il avait un million d'années, tout bêtement, et qu'il avait besoin d'aller pisser, Adramelech abattit violemment son marteau de juge sur la table et exigea d'un ton grinçant le retour au calme. Dans le silence feutré qui retomba, il se tourna de côté et d'autre, aussi roide qu'une tortue s'ébrouant d'une longue hibernation, puis lâcha :

– Nous n'avons pas le temps pour ça aujourd'hui. Nous n'avons que cette journée pour auditionner l'ensemble des témoins. Ces points pourront être résolus avant la phase délibérative demain, si le temps qui nous est imparti le permet.

Ce qui barrait efficacement la voie à la ligne d'investigation de Sitri – et à tout ce qui s'y rattachait. Je ne vis luire aucun désappointement dans les yeux scintillants du prince, sous son masque d'adiposités affaissées, et je me demandai si cela n'avait pas été simplement sa façon de « pousser du doigt » son rival Eligor, à l'instar de la petite confrontation qu'il avait sournoisement orchestrée entre Caz, le Cavalier et moi, au bar de l'hôtel hier soir.

Je répondis à quelques questions procédurales de plus, notant avec intérêt que personne, ni ange ni démon, ne semblait disposé à mettre sur le tapis l'étrange coïncidence de la mise à mort de Cirederbe sur le même lieu que le suicide de Walker, à quelques heures d'intervalle. En fait, toute la question de savoir ce qu'il était réellement advenu de Walker paraissait… avoir été mise sous cloche… ou disons, entourée d'une petite palissade spéciale chiens indisciplinés. Mais dans ce cas… comment passer à tous ces démons *et* à tous ces anges un collier électronique de dressage ? Comment une supposée commission d'enquête pouvait-elle œuvrer si dur à ne *surtout pas* enquêter ? Jusqu'où remontait dans la hiérarchie cette fameuse Troisième Voie ? En Enfer et au Ciel ?

Quand ma déposition prit fin, d'autres anges se succédèrent à la barre, et furent interrogés sur la disparition d'âmes supplémentaires, suite à celle d'Edward Walker. Mais rien de ce qui transpira alors ne me permit d'y voir plus clair. Et ça ne fit pas plus progresser les débats. Tout simulacre d'enquête s'était déjà envolé, noyé sous les chicanes partisanes. Si vous estimez qu'assister aux légiférations du Congrès est rebutant au possible, vous devriez voir « l'usine à saucisses » des puissances éternelles à l'œuvre. Mon Dieu, on en viendrait presque à croire qu'ils ne s'apprécient guère les uns les autres…

Il allait bientôt être 17 heures. J'étais affamé, déprimé – deux états qui ne me sont pas coutumiers, à vrai dire –, et j'envisageais sérieusement de filer en douce sitôt que Karael détournerait les yeux de moi, lorsque Adramelech leva abruptement la séance de sa voix éraillée.

– Nous reprendrons demain matin. (Ses paroles étaient comme le souffle du vent sur des collines arides.) Je suggère à tous les participants de réfléchir au moyen de rendre notre prochaine séance plus productive. Je ne suis pas impressionné par nos progrès aujourd'hui, et après cela, je n'ai guère espoir de parvenir à une solution réellement concertée au problème que nous rencontrons.

Il quitta l'estrade avec toute la lenteur d'un jouet en fer-blanc dont le ressort aurait cruellement besoin d'être remonté. Caym lui emboîta le pas alors que Sitri attendait patiemment l'appareil de levage hydraulique qui lui permettrait de reprendre place dans sa voiturette de golf matelassée. Le prince avait tendu ses doigts boudinés sur sa poitrine et, à mon œil non exercé, il paraissait plutôt satisfait de sa journée – ce qui, autant que je puisse dire, avait surtout consisté à railler discrètement Eligor avec ses allusions au club de Magie. Rien de plus pertinent que cela. Devrais-je tenter de questionner de nouveau Sitri ? Oh, je ne m'imaginais pas une seconde qu'il puisse me faire une fleur, mais je me demandais jusqu'où allait la rivalité qui l'opposait à Eligor. Cela suffirait-il à l'inciter à me jeter un os à ronger, ne serait-ce que pour l'aider à enterrer le Grand Duc ? Mais il roulait maintenant en direction du monte-charge, et je n'avais plus la volonté ni le courage de me relancer à sa poursuite.

Je remontai voir Sam pour savoir comment il allait, mais une longue journée interminable passée sur une méchante chaise de réception n'avait en rien amélioré les maux dont mon pote souffrait toujours. Il se proposait de faire un petit somme ; il promit de revenir vers moi plus tard. Je retournai dans ma chambre et rappelai le service de chambre pour savoir où en était mon compte. J'ôtai ensuite mon manteau, ma cravate et mes chaussures. Par nature, je ne suis pas le genre costard-cravate, vous l'aurez compris. Quand les circonstances me contraignent à en porter un, j'ai toujours envie de ramasser un caillou aux arêtes coupantes pour le lacérer et me l'arracher telle une vieille peau de serpent qui gratte.

Traînasser de longues heures dans une chambre d'hôtel m'a toujours inspiré d'étranges sentiments mitigés. La sensation d'*altérité* ne me quitte pas, la conscience de ne pas être à ma place… même si, par ailleurs, le fait de pouvoir cacher mon identité – l'anonymat de la situation, disons – ne manque pas d'attrait. C'est un peu comme être le dernier type à débusquer dans une partie de cache-cache. On se résout à être livré à soi-même et, si ça dure assez longtemps, vous ne pensez même plus qu'on puisse encore être à votre recherche. Jusqu'à, du moins, ce qu'on vous débusque.

Je zappais machinalement depuis si longtemps que, par l'interstice des rideaux fragiles en mousseline de la pièce, le ciel, de bleu pâle, avait viré au noir. Les matchs de baseball et les dramatiques de première partie de soirée touchaient à leur fin. Et, après ma longue nuit suivie d'un réveil en fanfare, je décompressais moi aussi ; mes paupières se fermaient toutes seules, lorsqu'on revint frapper à ma porte.

Une heure plus tôt, j'avais rappelé Sam ; il prenait un Advil, me répondit-il, et resterait au lit. Bref, mon visiteur inattendu allait certainement être quelqu'un que je ne désirais nullement voir. Autrement dit, quelqu'un que « j'aurais peut-être à descendre ». Malgré ma fatigue, j'eus une nouvelle montée d'adrénaline qui me permit de m'extirper rapidement du lit pour récupérer le holster d'aisselle, posé en travers de mon manteau. J'avais toujours le chargeur rallongé pour mon pistolet semi-automatique ; je tenais à l'avoir bien en main d'entrée de jeu, sans accroc. Le dissimulant dans mon dos, j'allai entrouvrir la porte et m'écartai prudemment d'un pas, au cas où l'importun s'apprêterait à faire violemment sauter la chaînette de sûreté. Mon cœur battait la chamade, et j'étais prêt à affronter tout ce que les puissances infernales me réservaient, derrière cette porte.

Enfin, presque tout…

– Laisse-moi entrer, dit Caz d'un ton morne et glacial. Cet hôtel grouille de sales fouines et d'espions. Tu pourras toujours me traiter de pute une fois que je serai avec toi et que tu auras refermé derrière moi.

Elle entra tête haute, l'air rebelle et réfractaire, s'étant préparée à être giflée, invectivée. Je claquai la porte, la verrouillai et remis la chaînette en place, en me demandant un instant si je ne m'étais pas assoupi finalement, si je n'étais pas en train de rêver… Elle me dévisagea, guettant ma réaction. Pour être honnête, je n'avais aucune idée, au fond, de mes propres réactions. Mes côtés les moins angéliques, disons, mirent fin à cette confusion en l'empoignant par les épaules pour l'attirer à moi. Mes lèvres plaquées aux siennes, j'étouffai les questions qu'elle s'apprêtait à me poser, et la fis basculer sur le lit. Elle parut d'abord se débattre – mais ce n'était que pour se dénuder plus vite. Quant à mes habits, je ne pris même pas la peine de tous les retirer. Nous nous roulâmes sur les draps dans un furieux corps-à-corps, nous pétrissant, nous égratignant mutuellement dans l'excitation de nos sens. Elle pleurait et jurait quand je la pénétrai. Il se peut que moi aussi, à vrai dire, j'aie été en larmes, l'imprécation aux lèvres.

34

Respirer ensemble

Ce n'était pas de l'amour, et ce n'était pas simplement de la concupiscence non plus – mais de la *voracité*. En ces instants, j'ignore ce que je voulais au juste, mais il est sûr que je le désirais si ardemment que je n'étais plus en état de réfléchir. L'extase vint trop vite et je retombai, sans forces, sur Caz. Ce n'est qu'alors que je pris conscience de la sueur qui accolait nos corps, et qui coulait de mon front sur ses cheveux. Je n'avais plus de voix. Articuler des mots, des sons intelligibles ? C'était bien la dernière chose que j'avais à l'esprit. Elle gisait, haletante, le visage détourné loin de moi, les vêtements défaits. Certains de nos habits étaient éparpillés autour de nous, sur la couche ou par terre. De longs moments durant, nous restâmes ainsi, à reprendre péniblement notre souffle, comme si le reste du monde n'existait plus. Saviez-vous que c'est le sens réel du verbe « conspirer » ? « Respirer-ensemble » ? « Diriger-son-souffle-vers » ? Mais… quel genre de conspiration était-ce donc ?

– Caz, juste… je ne comprends rien à…

Elle leva vivement une main pour me repousser le menton, me forçant à m'écarter. Je crus un instant qu'elle allait me frapper à la gorge, partie tendre et vulnérable. Puis, comme elle se tortillait pour se dégager, sa peau nue glissant sur la mienne, en sueur, je fus terrifié à l'idée qu'elle s'apprête à me quitter. Un genou dressé contre mon abdomen, elle me repoussa encore un peu plus, me faisant basculer sur le flanc en m'obligeant à m'écarter tout à fait; je me retrouvai à plat dos, ventre et sexe vulnérables exposés aux coups, aussi désarmé qu'un animal à l'abattoir. Mais au lieu de me tuer, elle me grimpa dessus en me tirant et en me pressant pour ranimer mes ardeurs; ma cage thoracique serrée entre ses genoux, elle se baissa pour que je la pénètre avec, sur le visage, un air d'une telle concentration obsessionnelle qu'un instant, je me demandai si elle avait seulement conscience de ma présence…

Elle me chevaucha, fougueuse Valkyrie s'abattant des nuées zébrées d'éclairs afin de livrer l'ultime bataille, en retard pour le Crépuscule des Dieux. Quand je levai les mains vers ses seins d'or pâle tressautant et frémissant, elle me happa les poignets et me rabattis les bras sur le lit, me clouant sur place avec toute la force impérieuse de son désir. Elle se frotta à moi jusqu'à ce que l'extase fonde sur nous, en un saisissant transport qui aurait davantage tenu de la crise cardiaque que des élans du cœur. Mais ça ne suffit pas à Caz. Sans quitter sa position, elle continua de faire jouer ses muscles internes pour raviver mon désir; je sentis de nouveau monter la sève de son plaisir jusqu'à ce que, prise de tremblements, elle s'arc-boute, tétanisée. Puis elle se remit à trembler quelques secondes avant de glisser et de se rallonger près de moi, les bras tendus au-dessus de la tête, encore agitée de spasmes comme sous l'effet choc d'une électrocution.

– Oh, Dieu…, haleta-t-elle dans un murmure.

– … *mais comment le hachoir-robot peut-il accomplir toutes ces tâches?* couinait une animatrice à la télévision restée allumée. *Les lames ne vont-elles pas s'émousser, pensez-vous?*

– *Si jamais ça se produit,* beugla un Australien, *nous vous les remplacerons gratuitement!*

Un tonnerre d'applaudissements accueillit cette déclaration. Roulant de côté, je tendis les bras vers Caz qui me tournait le dos,

dos mince et mini-fesses aussi vulnérables que ceux d'une enfant. Dès que je la touchai, elle repoussa ma main.

– Non.

– Juste... Caz, parle-moi.

Elle frémit légèrement.

– Non. Je suis sérieuse. Tu sais bien que tu vas finir par me traiter de pute et m'expliquer combien je t'ai brisé le cœur. Passons outre les préliminaires, si ça ne te fait rien.

Cette fois, je l'empoignai assez fermement par le bras pour qu'elle ne puisse plus me repousser et, avant qu'elle se débatte pour de bon, je la retournai face à moi. Un instant, elle s'obstina à garder le visage de l'autre côté – ce visage qui me hantait depuis des jours. Enfin, elle céda. Des gouttes de sueur perlaient à son front et sur ses joues. Mais quand elle croisa mon regard, je vis qu'elle avait les yeux secs.

– Ne pose pas de questions, parce qu'il n'y a pas de réponses. Toi et moi, nous avons eu notre heure, OK. Mais jamais au grand jamais nous ne pourrions être ensemble. Alors oublie ça tout de suite. J'étais venue te dire quelque chose, c'est tout.

– Au diable tout ça !

Je me rassis. Elle resta allongée sur le dos, délicate et abîmée, m'entraînant un peu plus à ma perte. Elle était là, sous mes yeux, en train de me dire que je ferais mieux de renoncer à elle. Que je ne pouvais pas l'avoir. Je jugulai le voile rouge de la colère, qui ne nous aurait rien apporté – que le désastre.

– Non, je ne crois pas que nous deux, ça ne compte pas !

– Bon, dans ce cas, vois-y de la luxure, et rien d'autre.

Elle changea de position afin de caler sa nuque contre l'oreiller. Ses cheveux d'or s'étalaient en corolle. L'ivoire délicat de son corps mince s'étirait contre moi, me détournant de mes réflexions. Le triangle fin aux pointes écourtées qui se nichait entre ses cuisses scintillait comme de l'or filé.

– La lubricité, ça nous connaît. C'est d'un banal.

– Bon sang, Caz, qu'attends-tu de moi ? Si tu veux me plaquer, que fiches-tu là ?

– Te plaquer ? (Elle se redressa contre le dosseret aux roses ciselées en repoussé, sans paraître remarquer l'inconfort qu'il y avait à s'y appuyer.) Tu te prends pour un amant hors pair, ma parole, si tu imagines qu'une aventure sans lendemain entre nous devrait forcément déboucher sur une félicité éternelle ! Surtout quand on parle de toi et moi, Dollar !

– Es-tu en train de me dire que tu ne ressens pas ce que je ressens ? (J'avais une envie furieuse de cogner. D'arracher les couvertures et de tout balancer par terre, *elle* avec, tel un tour de passe-passe avec une nappe qui aurait tourné affreusement de travers…) Vas-y donc, je t'écoute ! Vas-y, que je l'entende de ta bouche !

Elle me dévisagea, me regardant vraiment pour la première fois depuis qu'elle avait franchi le seuil, d'un regard sombre et grave.

– Je ne ressens pas la même chose que toi, Bobby.

Ce fut comme un coup de poignard aux viscères. Oh, j'en avais déjà fait l'expérience. Pour de bon. Je savais de quoi je parlais. La douleur dure et glaciale d'un corps étranger dans l'abdomen, d'une lame qui ne devrait *jamais* se loger là… C'était pour ainsi dire la même sensation.

– Tu mens !

– Mentir, c'est ce que je fais, c'est mon job, répondit-elle à mi-voix. Mais pour une fois, j'essaie de te faire une faveur et de te dire la vérité.

Je me levai, gagnai le minibar… Mais bon, vider une de ces chétives mignonnettes paraissait une réaction tellement pusillanime, tellement *humaine* que, d'une volte-face, je revins au lit. Ma vie entière, les plans grandioses du Très-Haut pour l'Ange Doloriel, tout cela s'était réduit aux dimensions de cette minable chambre d'hôtel… voire moins que cela – aux dimensions d'un matelas bordé de draps détrempés de sueur. De toute ma vie, jamais encore je n'avais voulu à ce point cogner quelqu'un, lui faire autant de mal que moi, je souffrais. Mais jamais encore je n'avais *aussi* voulu attirer cette même personne dans mes bras et l'emmener loin de ce monde malfaisant, inique, épuisant, afin de passer le restant de mes jours à tenter de la rendre heureuse. « Déchiré » n'est pas le mot. « Confus » n'est pas le mot. Y en a-t-il seulement un ?

Je finis par me reprendre – plus ou moins.

– Alors pourquoi es-tu venue ? Pourquoi, Caz ?

– Pour t'avertir. Pour essayer de te sauver la vie.

J'éclatai d'un rire amer. Certainement. En cet instant précis, je m'en fichais éperdument, de survivre ou pas.

– Quelle démone tu fais…

– Je n'ai pas dit que tu m'étais parfaitement indifférent, Bobby.

Un instant, elle dut détourner les yeux, et je me surpris à espérer bêtement avoir réussi à l'atteindre. Allait-elle m'avouer que tous ses dénis n'étaient que mensonges, finalement ? Mais quand elle se retourna vers moi, elle avait une mine *horriblement* composée.

– J'ai des sentiments pour toi, à ma façon bien sûr. Et je ne veux pas qu'il t'arrive quelque chose. En tout cas, pas à cause de moi.

Elle se rassit, rassembla ses vêtements épars, se releva, entreprit de ramasser ses chaussures et le reste, rembobinant le film de notre passion sexuelle, comme si de rien n'était. Elle était encore à demi dévêtue. En dépit de tout, de mes tourments, de mon agitation, du sang qui cognait douloureusement à mes tempes, la voir penchée ainsi pour ramasser son manteau… c'en fut trop. Je voulus l'enlacer par-derrière, mais elle s'écarta brutalement.

– Non ! Arrête, je ne peux pas ! Je ne peux pas refaire ça !

Elle recula, soutenant mon regard jusqu'à ce que je cède. Elle remit sa petite culotte puis se rhabilla en se ressaisissant progressivement. Chaque aperçu de son corps me valait d'avoir la poitrine comme prise dans un étau, surtout quand elle boutonna son chemisier, me dissimulant sa belle peau si laiteuse à la façon de nuages voilant le soleil.

– Maintenant, reprit-elle, on peut continuer à se quereller ou bien tu peux m'écouter. (Elle jeta un coup d'œil à sa montre.) Il nous reste peu de temps. Je vais devoir bientôt repartir.

– Avec lui ?

– Querelle ou écoute ?

Je refermai la bouche.

– Eligor va mettre prématurément fin à cette conférence. Je l'ai entendu le dire à un de ses subalternes. Ce soir, à minuit.

– De quoi parles-tu ? Il n'en a pas le pouvoir même si c'est son hôtel ! C'est une satanée conférence au sommet ! Et lui n'est pas au *sommet* de la pyramide, que ce soit de votre côté ou du mien ; je n'ose même pas imaginer ce qu'en penseraient mes chefs ! Tu te trompes, Caz. Ça ne risque pas d'arriver.

– Je te répète ce que j'ai entendu, souligna-t-elle, aussi glaciale qu'une fontaine marmoréenne. Et s'il le fait, c'est probablement pour te prendre par surprise, Bobby. Il m'a dit qu'il ne… que tu ne l'intéressais plus. Mais on sait tous ce que vaut sa parole.

– Une minute ! Il t'a déclaré qu'il n'allait plus me pourchasser ? C'est ce que tu allais dire ? Et pourquoi donc ? Que lui as-tu répondu ? Ou que lui as-tu *donné*… ?

– Et voilà… querelle.

– Putain, c'est pas juste… !

– *Mais il y a plus !* scanda l'assistance du studio avec le bonimenteur australien, qui s'y entendait pour chauffer la salle. *Eh oui, pour ce prix dérisoire, vous pouvez acquérir deux hachoirs-robots pour le prix d'un ! Ainsi que deux lames fines à broyer, deux trancheuses de traiteur et cette superbe assiette de service !*

L'auditoire de ce publi-reportage télévisuel paraissait approcher de l'extase d'une orgie particulièrement tapageuse ; ou bien, on aurait dit qu'il assistait au supplice des premiers chrétiens livrés en pâture aux lions de l'arène. Je fondis énervé sur le poste de télé pour l'éteindre, cherchant des yeux la télécommande, qui devait se trouver sur le sol, au chevet du lit.

La porte claqua.

Je courus après Caz, trébuchant sur la literie en fouillis. Quand je me dégageai et rouvris, elle avait déjà disparu à l'angle du couloir, se précipitant sans doute vers les ascenseurs. J'entendis d'autres éclats de voix monter du hall, et ça me fit hésiter. J'avais besoin de rattraper Caz, certes – mais avais-je aussi *besoin* de galoper nu dans les couloirs de l'hôtel d'Eligor, avec la bite à l'air et pas de flingue ? La prudence l'emporta – tout juste. Je retournai en trombe dans ma chambre passer mon pantalon, enfiler ma veste torse nu, fourrer mon semi-automatique dans ma poche, glisser les pieds nus dans mes chaussures sans les dénouer, puis je ressortis tout aussi vite et fonçai droit sur le hall.

Trois anges mineurs s'amusaient comme des petits fous à tenter d'ouvrir leurs chambres. De toute évidence, ils avaient goûté aux licences que leur offraient leurs corps de mortels – et surtout à l'ivresse du grain fermenté. Mais je ne tenais pas à me donner en spectacle à cavaler ainsi après une démone qui venait probablement de passer devant eux, en courant elle aussi. Or, nos trois larrons, une fois qu'ils seraient dégrisés le lendemain, risquaient fort de s'en souvenir. Leur décochant un petit sourire entendu devant leurs frasques, je passai mon chemin, sous leurs rires embarrassés, et gagnai les ascenseurs d'un pas vif et déterminé.

Se pouvait-il que Caz ait raison ? Avec le concours de Caym, Eligor aurait-il assez d'influence pour mettre fin à la conférence ? Et ce, rien que pour tenter de me choper ?

Je m'en rendais compte, il croyait que je l'avais roulé, à propos de la plume.

Sans parler de ce qu'il y a entre Caz et moi. Ça, c'est évident qu'il s'en est aperçu, même si elle ne lui a rien dit.

Un Grand Duc des Enfers pouvait ne pas être sujet à des accès de jalousie ordinaire, n'empêche que cette engeance-là avait un sens très aigu de la possession – et je ne fais pas allusion à *L'Exorciste*, là. Ouais, il se pouvait bien qu'il soit en pétard à ce point-là contre moi.

Mais quoi qu'en pense Caz, il était exclu qu'Eligor mette fin à la conférence au beau milieu de la nuit ; il était 23 heures passées. Qu'allait-il faire, appeler Karael et suggérer que tout le monde rentre chez soi en ajournant ce petit cirque des puissances réunies en concertation ? Pour commencer, les anges éminents exècrent quitter les Cieux et devoir s'incarner sous forme humaine ; je voyais déjà la scène d'ici, si jamais Eligor avait le front de faire pareille proposition à Karael.

Quand j'atteignis enfin les ascenseurs, je vis que celui qu'avait sûrement pris Caz était déjà au premier. Je bondis dans un autre en pariant qu'elle descendait au rez-de-chaussée. Sinon, je pourrais toujours remonter du hall et entreprendre de ratisser les premiers niveaux. Lorsque la porte s'ouvrit avec un petit *ding!* je bousculai une grappe de démons pompette en train de ricaner pour foncer à travers le hall. Mais elle n'était nulle part. Je bifurquai vers l'entrée principale. Et faillis fracasser la porte vitrée la plus proche quand elle ne s'ouvrit pas assez vite à mon gré : je venais de repérer les longues jambes de Caz. Elle s'éloignait en direction du parking de l'hôtel. Les voituriers et les visiteurs ne semblant guère prêter attention à la scène, je piquai un sprint pour la rattraper.

J'y réussis juste à l'entrée de parking, où elle s'était arrêtée comme pour attendre quelqu'un. Et j'aurais parié que ce quelqu'un, ce n'était pas moi. L'odeur iodée de la mer planait, âcre et pénétrante ; j'entendais les cris perçants des mouettes. Je n'étais plus ressorti à l'air libre depuis mon arrivée. J'avais presque perdu de vue que nous étions à Pointe Filtrante.

En me voyant la rejoindre, elle parut se voûter tout entière, comme atteinte par une balle. Mais elle se redressa et s'écarta à mesure que j'approchais. Ma veste était à demi boutonnée sur ma poitrine nue, et mes pieds nageaient dans mes chaussures. Je devais avoir tout l'air d'un clodo fou amoureux.

– Et maintenant ?

Elle avait adopté un ton assez glacial pour flanquer la chair de poule.

– Je doute que tu sois en train de faire ce que tu fais de ton plein gré.

– Tu ne sais rien de ce que je peux vouloir ou pas, Bobby. Tu *crois* le savoir ! Mais je ne suis pas celle que tu crois. (Elle me parlait avec toute la patience d'une mère épuisée qui tente encore de faire entendre raison à son gamin trop choyé.) Je suis *infiniment* pire que tout ce que tu pourrais imaginer ! Ça fait des siècles que je suis en Enfer ! (Elle éclata de rire. D'entendre ça, ça me creva le cœur.) Et ça fait bien longtemps qu'ils ont fait de moi une femme brisée. Je suis prisonnière à perpétuité !

– Conneries ! Tu n'aurais pas…

– Je n'aurais pas quoi ? Je n'aurais pas dû te baiser ? Et tu crois peut-être que ça fait de toi quelqu'un d'unique ? Grandis un peu, Dollar ! (Elle jeta un coup d'œil par-dessus son épaule en voyant une grosse voiture noire venir s'arrêter devant l'hôtel.) Oh, merde.

Elle me saisit pour me pousser à l'ombre portée de l'édifice ; la voiture était à moins de dix mètres. Je distinguais à l'avant une silhouette aux cheveux clairs qui devait être celle d'Eligor.

– Tu t'en vas avec lui, hein ?

Je commençais à me demander dans quelle mesure elle était descendue à l'hôtel de son propre chef. Eligor ne lui avait-il pas plutôt ordonné de venir histoire de m'attendrir avant de se réserver le plaisir de m'assener le coup de grâce ? Mais là, je me foutais pas mal qu'il m'abatte d'une balle en plein cœur. Du reste, ce n'aurait pas été la première fois. Ni même la première fois de la soirée. Il ne me revint jamais à l'esprit que j'avais pris mon flingue, pourtant.

– Évidemment que je m'en vais avec lui ! Tu ne comprends donc rien ? *Je n'ai pas d'autre choix !*

– C'est lui qui a la plume ?

Elle secoua la tête ; elle me plaquait toujours contre le mur en béton.

– Réveille-toi, bon sang, Bobby ! On n'est pas dans un roman policier ! Non, il ne l'a pas. Ni moi non plus. Et j'ignore où elle peut se trouver. Je t'ai dit ce qui s'était passé.

– Alors pourquoi a-t-il accepté de te reprendre ?

Elle s'écarta, le haut de son corps de nouveau dans la lumière qui filtrait du hall d'honneur de l'hôtel. Derrière elle, je vis Eligor se pencher légèrement, comme pour mieux suivre la scène. Un instant, ses yeux rougeoyèrent dans la pénombre de l'habitacle – comme s'il était son propre système antivol.

Putain de frimeur à la noix ! maugréai-je *in petto*.

– Il m'a laissée revenir vers lui… parce qu'il voulait en savoir plus sur toi. Il voulait même tout connaître de toi. Et je lui ai tout dit. Là ! Tu es content ? Je t'ai vendu à ton pire ennemi, Bobby, en parfaite petite démone que je suis. Tu ne t'attendais pas à autre chose, j'espère ?

– Mais… tout le reste ?

– Tout le reste n'était que mensonges ! (Elle baissa la tête un instant. Quand elle la releva, elle avait une expression de fureur et de misère mêlées telles que je n'en avais jamais vu.) J'ai cru qu'il pourrait y avoir quelque chose entre nous – c'est vrai… J'aime bien les étudiants, je te l'ai dit. Je pensais qu'on pourrait étudier les choses ensemble. Je pensais qu'on pourrait même apprendre l'un au contact de l'autre. Mais j'avais tort. Tu t'es incarné depuis trop longtemps, Bobby. Tu es comme n'importe quel ange ou démon qui, à force de singer les mortels, finit par devenir comme eux. Tu laisses ton « déguisement » humain t'amener à croire en des choses qui n'existent pas – qui ne peuvent pas être. (Elle recula dans la lumière.) Adieu, Bobby.

Elle se détourna vers la longue voiture noire.

– Mais bon sang, je t'aime ! m'exclamai-je assez fort pour que même le monstre qui l'attendait derrière ses vitres teintées ait entendu. Je me fous du Ciel ou de l'Enfer ! Je ne veux que toi !

Elle hésita un si long moment que je crus que le Temps lui-même avait suspendu son vol. Puis elle revint vers moi et me saisit par les pans de ma veste, comme si elle voulait me secouer autant que je l'aurais voulu lorsqu'elle s'était introduite dans ma chambre. Elle tira dessus si brutalement que je crus que le tissu allait craquer ; se hissant sur la pointe des pieds, elle rapprocha son visage tout près du mien, et je sentis de nouveau le glacial de sa peau, la chaleur de son souffle. Elle m'étudia. Pour toute la gloire des Cieux, je n'aurais su dire ce qu'elle pensait.

– Je t'aime !

Je ne pouvais que le lui répéter.

Elle se détourna, vide. Vide d'espérance.

– Alors, c'est que tu es un imbécile.

Elle me lâcha et retourna à la voiture. La portière s'ouvrit comme par enchantement ; elle monta. Puis la berline noire s'écarta du trottoir et disparut dans la nuit.

Je dus rester planté là quelques minutes, à regarder s'estomper les feux arrière avant que les brumes montant de la baie ne les engloutissent. Pourquoi diable dépensait-on tant de fric pour une réplique de phare grandeur nature si on n'était pas foutu de l'allumer ? Je m'aperçus soudain qu'il y avait quelque chose de bizarre, dans ma veste. Ou dessous ? Machinalement, je me frottai le torse sans trop prêter attention, juste au cas où Caz m'aurait égratigné. Je me disais qu'il faudrait quelques jours au moins avant que ne se résorbent ces ultimes traces de nos amours. Mais non… quelque chose de dur et de lourd formait une bosse dans ma poche de mouchoir. Je sortis l'objet pour l'examiner au creux de ma paume, en reculant dans la lumière afin de mieux voir.

Un lourd petit ovale brillant lové sur une longueur de chaînette repliée, voilà ce que c'était. Tel l'œuf du dernier petit serpent en instance d'éclosion. Alors que je le tournais de côté et d'autre, je finis par réaliser ce que j'avais sous les yeux en dépit de toute mon agitation : le médaillon que Caz avait porté en sautoir, et que son comte polonais de mari lui avait remis la nuit même où elle l'avait assassiné (si du moins l'histoire qu'elle m'avait racontée avait un fond de vérité).

Que fallait-il comprendre ? Étaient-ce des excuses de sa part ? Ou une malédiction ? Un instant, je faillis laisser mon stupide cœur humain reprendre le dessus sur le bon sens, et m'imaginer même qu'il s'agissait d'un gage d'amour, une sorte de promesse… À moins qu'elle veuille me faire comprendre qu'elle en avait fini avec les contraintes de toutes sortes, autant envers les morts qu'envers les vifs ?

J'ouvris le médaillon d'une chiquenaude. S'y nichaient deux mèches de cheveux emmêlées, tels des brins d'ADN de quelque espèce inconnue, l'une brune, qui devait provenir de la petite soubrette, et l'autre d'un or si pâle qu'on eût dit du platine, et qui ne pouvait être qu'à la Comtesse aux Mains Froides. Je refermai le médaillon et tournai les talons pour rentrer à l'hôtel.

Dans l'ascenseur, je suivais des yeux la lente progression de la petite lampe-témoin, d'étage en étage, me sentant aussi vide et glacial qu'une maison abandonnée, lorsque la bombe explosa dans la salle de réception.

35

Boum !

Vous connaissez cette sale petite chanson de Little Walter qui s'intitule « Boom boom, Out Go the Lights[1] » ? Ma foi, c'est à peu près ce qui est arrivé. L'explosion, dans la grande salle de réception, avait secoué tout le bâtiment, et plus particulièrement la cage d'ascenseur. La cabine avait brinquebalé dans tous les sens : vers le haut, le bas, les côtés, me secouant comme un prunier. Puis soudain, tout avait viré au noir.

Comment pouvais-je savoir que l'explosion avait eu lieu dans la salle de réception ? Si quelqu'un voulait s'assurer que la conférence au sommet ne puisse pas continuer, où donc aurait-il placé une bombe, sinon dans la salle même où elle se déroulait, la seule assez vaste de tout l'hôtel ?

Eligor a fait sauter son propre hôtel, ce fichu abruti !

Je me souviens d'avoir eu cette pensée alors que je restais là, figé sur place, à me demander s'il y avait des dégâts structurels à l'ascenseur et à sa cage, ou s'il s'était immobilisé parce que le courant était coupé. Je dois avouer que je n'avais jamais été aussi près d'admirer un salaud sanguinaire comme ce seigneur-démon ! Eligor le Cavalier avait des burnes, ça, c'est clair ! Et c'était aussi une

1. NdT – qu'on pourrait traduire par « *Boum ! Les lumières s'éteignent* »

bonne leçon pour moi. Je m'étais trituré la cervelle en cherchant à deviner comment il allait s'y prendre, sans songer un instant qu'il lui suffirait de plastiquer son propre établissement. Peu importerait le nombre de victimes et, s'il se mettait à dos des centaines de ses proches alliés, eh bien tant pis. J'avais vu la foule qui s'était pressée dans le hall, et je n'osais me représenter la scène de désolation que ça devait être maintenant. Une chose était sûre, je ne commettrais plus l'erreur de sous-estimer Eligor.

Finalement, j'ouvris la trappe de secours, au plafond de la cabine, et m'extirpai de là en tâtonnant dans le noir. Apparemment, je me trouvais à faible distance du niveau supérieur. En appui contre les parois de la cage d'ascenseur, je réussis à me hisser jusque-là. J'eus du mal à trouver un point d'appui, mais, sous mes doigts, je sentis enfin une fente que je parvins à agrandir assez pour m'extraire de la cage d'ascenseur. Des acrobaties bien trop dangereuses à mon goût. Même si l'ascenseur hors-tension bloquait la voie juste à l'endroit où je me tenais, déraper et tomber comme une pierre jusqu'au sous-sol était une possibilité angoissante. Bref, je parvins à reprendre pied sur le sol du couloir, couvert de taches de graisse noirâtres ; le canon de mon revolver comprimait douloureusement mon bas-ventre à travers ma poche.

Des lumières de secours s'allumèrent enfin, jetant une faible lueur rougeâtre – oserais-je la qualifier d'« infernale » ? – sur la scène. Même avec ma vue supérieure à la moyenne, je dus me rapprocher très près pour être sûr que j'étais bien au troisième étage. La chambre de Sam était à l'étage suivant, et je me dirigeai donc vers l'escalier – un escalier pris d'assaut par une horde de gens affolés, qui refluaient en masse vers le hall avec la crainte que l'hôtel ne s'écroule sur leurs têtes. D'autres fuyaient les étages inférieurs où l'explosion avait éclaté. Je sentis de la fumée, mais ne vis aucun signe d'incendie. Pourtant, les clients en pleine panique se comportaient comme des animaux terrifiés. Rien de tel qu'un désastre pour renvoyer les humains à leur stade primitif. Et quand on est un démon ou un ange ayant pris résidence temporaire dans un corps humain ? Eh bien, c'est à peu près le même topo.

Je retrouvai Sam assis sur le seuil de sa chambre, en train de chausser ses mocassins. Je m'affalai à côté de lui, désireux de nouer mes lacets correctement. J'avais, certes, un revolver, mais pas de chaussettes, pas de chemise, pas de lampe-torche et pas de porte-monnaie non plus. Difficile de se préparer à une grosse explosion quand on est à l'hôtel, mais là, on peut dire que j'avais fait fort !

– Tu n'as pas besoin d'un nouveau corps d'emprunt, pour le moment ? me demanda Sam.

– Pas encore, mais donne-moi dix minutes ! Les sbires d'Eligor vont se lancer à ma recherche et je suis sûr qu'ils aimeraient bien que ça change !

En fait, je me disais qu'ils voudraient sans doute me capturer vivant de préférence, si Caz avait dit vrai et que leur chef n'ait toujours pas sa plume. Mais je ne tenais pas à perdre de précieuses minutes à tout expliquer à Sam.

Lequel eut la délicatesse de ne pas me poser de questions difficiles. Il se leva et tapota son manteau pour bien me faire comprendre qu'il était armé.

– Si c'est le cas, ils trouveront à qui parler.

Je me sentais dix fois mieux déjà rien qu'à l'idée que lui et moi étions ensemble. Non seulement je n'aurais pas à m'inquiéter de son sort, mais je savais d'expérience que c'était le type idéal avec qui affronter le danger (et s'en sortir !) Il réfléchissait vite, visait bien et mentait encore mieux.

– Donc, j'imagine que nous allons descendre rejoindre tout le monde, surtout si on en a après toi.

Je réfléchis une seconde à peine.

– Ouais, si on veut. Suis-moi dans l'escalier…

On vit des faisceaux de lampes-torches balayer les murs à l'autre extrémité du couloir. Lequel s'était dégagé trente secondes après mon arrivée. Conclusion : ceux qui arrivaient avec ces lumières s'étaient délibérément frayé un chemin à contre-courant de la cohue des clients en fuite. En d'autres termes, ça sentait le roussi…

Au moment où je tirais sur la manche de Sam, les individus en question tournèrent au bout du couloir : des silhouettes imposantes, courbées, en tenues de combat et aux lunettes à infrarouges aux allures d'antennes d'escargot. Sam et moi fonçâmes dans la direction opposée, vers l'escalier par lequel j'étais arrivé. Nous ouvrîmes la porte aussi silencieusement que possible, mais les gars d'Eligor devaient avoir des dispositifs d'amplification acoustique, ou alors une excellente ouïe. Nous vîmes des canons de revolver se braquer sur nous, et entendîmes le tir saccadé d'armes automatiques au moment où nous plongeâmes à travers la porte, avant de la claquer sur nos talons.

– Une seconde ! haletai-je.

– C'est pas une bonne idée, me fit remarquer Sam.

– Laisse-moi juste… !

Je sortis le chargeur rallongé de mon arme et en retirai les balles d'argent, que je fourrai dans ma poche. Puis je me penchai et lançai le chargeur vide sur une marche, au-dessus de nous.

– Ils ont des lunettes à infrarouges, ils vont vite le repérer. Ils en déduiront que nous sommes montés.

Et ils remarqueraient aussi que j'avais une arme redoutable, ce qui ne saurait nuire à notre cause, incitant sans doute nos poursuivants à plus de prudence.

Tandis que nous dévalions les marches, passant du troisième étage au deuxième, je lançai à Sam :

– Il faut qu'on s'arrache de là au plus vite ! L'étage inférieur, c'est la mezzanine, juste au-dessus de la salle de réception – et si elle est encore debout, elle doit déjà grouiller de pompiers et Dieu sait quoi d'autre.

– Alors, pourquoi veux-tu aller par-là ?

– Parce qu'on va se faufiler dehors par-derrière ! (Je luttai pour reprendre ma respiration.) Vers le port de plaisance…

L'hôtel avait en effet son propre port attenant, nombre des clients du *Ralston* aimant se pointer à bord de bateaux de luxe.

– Pourquoi ? ahana Sam, qui soufflait aussi comme un phoque. On va voler un yacht ?

– Mieux que ça ! Maintenant, boucle-la une seconde, d'accord ? J'essaie de lire mes messages sur mon téléphone…

Nous déboulâmes au deuxième étage – vide… Y planaient des nuages de poussière et une odeur de brûlé. J'espérais que ça provenait des étages inférieurs, et que nous ne nous trouverions pas tout à coup coincés entre une muraille de flammes et les sbires d'Eligor. Par chance, le groupe qui nous pourchassait était assez petit ; une demi-douzaine d'hommes tout au plus le composaient. Une autre dizaine de séides avaient dû foncer à mon étage, mais les gars s'apercevraient rapidement que je n'y étais plus. Si le Grand Duc n'avait pas été aussi désireux de ne surtout pas rater l'occasion de regarder Caz me rejeter sans même intervenir, il aurait pu rameuter ses affidés et les prévenir que j'étais là-dehors, devant l'hôtel. Du moins, c'est la seule raison qui me vienne en tête. Sinon, pourquoi diable m'aurait-il laissé filer sans réagir alors que j'étais là, à sa merci ?

Nous venions de remonter les vastes couloirs du premier, en longeant de nombreuses salles de réunion, quand nous arrivâmes à l'escalier de secours, au moment où quelqu'un défonçait d'un coup de pied la porte de l'escalier d'où nous venions de surgir. Une volée de balles arrosa le mur à notre droite, et le plafond.

– Police ! Vous ne pouvez pas vous échapper ! Jetez vos armes et à plat ventre !

– Si ça, c'est la police, marmonna Sam tandis que nous ouvrions la porte de l'escalier à grand-peine, moi je suis le Petit Renne au Nez Rouge !

Je plongeai dans la cage d'escalier, talonné par mon robuste copain.

– Il faut qu'on rejoigne le port sans passer à côté du hall d'entrée, parce que par-là, tout a été pulvérisé !

– À cet étage, me dit Sam, un escalator mène à la piscine. Nous pourrions arriver aux bateaux en évitant complètement le hall.

Derrière nous, j'entendis qu'on défonçait la porte, puis la pétarade d'une fusillade nourrie, ponctuée par un festival d'imprécations. Une balle perdue rebondit contre le mur, tout près de nous, et fit jaillir des nuages de plâtre en bousillant les tapisseries murales.

Dans le secteur où nous nous trouvions, le rez-de-chaussée n'avait pas subi de dégâts, mais la fumée et les nuages de poussière y étaient encore plus envahissants. Tout l'avant de l'hôtel, à l'autre bout, était la proie des flammes. On les voyait luire à travers le brouillard grisâtre. Au milieu des cris des équipes de secours, j'entendais des hurlements de douleur et de terreur. J'aurais voulu me persuader que tout ça n'était pas ma faute, que ce carnage n'était pas dû à l'ardent désir d'Eligor de me capturer.

Mais, en vérité, Eligor avait-il réellement plastiqué son propre hôtel à seule fin de me surprendre ? Il y aurait eu des moyens plus simples pour ça, non ? Comme, par exemple, attendre le lendemain puis encercler l'hôtel. Pourquoi avoir tout fait sauter ?

La réponse s'imposa à moi tandis que nous foncions vers l'escalator.

Parce qu'il veut que la conférence capote !

Bobby Dollar était une *partie* des problèmes du Grand Duc. Les débats se seraient trop rapprochés de ce qu'il ne voulait surtout pas qu'on découvre, *à plus forte raison* s'il avait conclu un marché avec un membre éminent de la hiérarchie céleste. Les seigneurs démons ses pairs lui « pardonneraient » aisément le meurtre ou la trahison, mais certainement pas d'avoir pactisé avec l'Ennemi.

– Merde ! pesta Sam devant l'escalator immobilisé. Bien entendu, il n'y a plus de courant !

– Alors, on le dévale à l'ancienne mode. Ne t'emmêle pas les pieds !

Nous étions à mi-chemin quand nos poursuivants émergèrent des nuages de fumée et de poussière comme autant de fantômes armés. Sans plus se fatiguer à prétendre appartenir aux forces de police, ils nous beuglèrent de stopper. Et, s'ils avaient ordre de me capturer vif, de préférence, ils donnaient déjà une excellente impression du contraire… Une mitraille d'automatique pulvérisa la rampe en caoutchouc, juste derrière Sam ; elle cingla les airs dans ses « spasmes d'agonie », façon mamba. La volée suivante grêla les parois en aluminium de l'escalator, devant moi. Un autre *plac-plac-plac* fractionna le chandelier de cristal en étincelants fragments coupants qui nous arrosèrent copieusement. Tête rentrée dans les épaules, nous courûmes à en perdre haleine tandis que, dans notre sillage, les baies vitrées explosaient les unes derrière les autres. Nous plongeâmes à travers une des portes automatiques qu'un de nos poursuivants venait aimablement de pulvériser, puis nous longeâmes la piscine au pas de charge, courbés en deux tels de modernes Quasimodo qui auraient désespérément eu besoin de trouver les W.C. Quand nous surgîmes à l'air libre – l'air (relativement) sain et frais de la baie –, j'eus soudain conscience de la quantité phénoménale de fumée et de particules que je venais d'inhaler, et je remerciai *in petto* mes chefs de m'avoir prêté un corps robuste et vigoureux pour mieux affronter ce genre d'aléas !

– Il faut qu'on gagne… du temps ! haletai-je.

Quand les types en tenue de combat nous foncèrent dessus, d'une volte-face, Sam et moi les canardâmes. Ils se replièrent dans l'encoignure de la porte et ripostèrent de quelques volées, mais ils tiraient au jugé, sans vraiment viser.

J'avais déjà appuyé plusieurs fois sur la détente quand je m'avisai que je n'avais que vingt coups dans mon chargeur. Donc, à moins de trouver le temps de recharger une par une les balles qui tintaient encore dans ma poche, il me restait quinze ou seize coups à tout casser. J'aurais intérêt à ce que chaque coup compte !

Nous tirions maintenant à tout-va en cavalant, tels Butch et Sundance ; Sam visant mieux que moi, sans gaspiller de balles en argent, je lui laissai le plus gros du boulot. Nous fîmes le tour de la piscine, courûmes le long d'un quai couvert de planches en chêne (en dégommant au passage d'inoffensives plantes vertes qu'un jardinier de l'hôtel avait dû passer des jours à disposer correctement...), puis remontâmes de la jetée, où tanguaient les bateaux aux voiles ferlées. Les plus grands avaient leur point de mouillage réservé dans le port de plaisance, mais je doutais que nous y trouvions ce que je cherchais.

– Ce doit être par là ! criai-je à Sam. Près du bureau du capitaine de port !

– Et que cherches-tu au juste ?

– Un bateau d'excursion. L'hôtel organise des expéditions de pêche... Un yacht à moteur. (Les informations et les plans de l'hôtel fournis par Gras-double allaient nous permettre de survivre, j'en étais presque sûr.) Je sais que tu peux piloter ce genre d'embarcation, mais saurais-tu en démarrer un en bidouillant les fils de contact ?

Des camions de sapeurs-pompiers fonçaient vers l'hôtel, sirènes hurlant à fond, et les cieux viraient à l'écarlate – faisant de nous de plus belles cibles. Des salves nourries grêlèrent le quai derrière nous ; si Eligor avait des raisons pressantes de faire capoter la conférence, ses hommes, eux, étaient manifestement résolus à truffer de balles les yachts de luxe de ses potes rien que pour m'empêcher de quitter les lieux.

Nous trouvâmes le yacht de vingt-cinq pieds affrété par le *Ralston* : le *John P. Gaynor* (c'était qui, ce type ?) dont les lettres ornaient la poupe. D'un vif coup d'œil, je déterminai que ce petit vaisseau ferait l'affaire. Pivotant, je plongeai à l'abri du plat-bord, et mitraillai nos poursuivants, les obligeant à battre en retraite derrière une remise. Sam était déjà dans la cabine, farfouillant à plat dos dans le noir. Je décrochai une torche de la paroi pour la lui lancer, puis continuai maintenant à flinguer au moindre mouvement suspect. Je dus en atteindre un, à en juger par le cri furibond qui me frappa les tympans. Quelqu'un était vraiment *très* mécontent. J'ignore si c'était le type que j'avais eu, rendu fou de rage par sa blessure, ou un de ses acolytes, mais toujours est-il que l'un d'eux quitta le couvert de la remise pour fondre sur nous en canardant à tout-va. Les éclairs des déflagrations réfléchis par les mâts jetaient des ombres fugaces sur le pont. Il portait un casque anti-émeute noir, qui le rendait difficile à repérer avec l'énorme quantité de fumée et les flammes qui s'échappaient du bâtiment, à l'arrière-plan. Léo nous disait souvent qu'il valait mieux tirer le dernier plutôt que le premier. Je m'aplatis derrière le plat-bord jusqu'à ce seuls mes yeux dépassent – comment faire autrement, pour viser ? Je laissai venir mon adversaire à une vingtaine de mètres, ses tirs perforant les cloisons en bois précieux de la cabine, avant d'appuyer sur la détente. Son masque en plexiglas se fendilla et il bascula à la renverse, inerte. Son casque roula, tel un ballon de foot mal envoyé. J'espérais que je venais d'abattre un démon et non un pauvre bougre d'agent de sécurité, mais bon, je n'avais pas le temps de me livrer à une autopsie ! Le moteur démarra en crachotant, et Sam me hurla :

– Ramène ton cul en vitesse !

Il quitta le poste d'amarrage tandis que, cherchant encore mon équilibre, je le rejoignais dans la cabine de pilotage. D'autres coups de feu claquèrent, et une balle vint s'écraser contre la paroi, derrière moi. Déjà, les éclairs des détonations perdaient de leur intensité, dégageant aussi peu de lumière que des bougies d'anniversaire. Les rafales s'interrompirent alors que je m'appuyais à la paroi de la cabine, avec, pour la première fois, le sentiment que j'allais peut-être survivre à ce fiasco.

– Où on va ? cria Sam.

– J'en sais rien ! J'ai l'air d'un expert sur les croisières à faire dans cette baie ? Foutons le camp d'ici, et vite !

– Il y a un débarcadère pas loin de mon appartement, me dit Sam. On peut y être en dix minutes.

Je n'avais pas pensé à Southport, mais ce n'était pas une mauvaise idée. Je m'accroupis près de mon pote occupé à manœuvrer le yacht hors de l'estuaire, en direction des eaux saumâtres des marécages. L'embarcation tangua en abordant la baie proprement dite, et le vent forcit. Si mon estomac protestait, j'étais bien content qu'on ne me prenne plus pour cible, et je me félicitais d'avoir réussi à filer de cet hôtel qui évoquait maintenant une scène de *Autant en Emporte le Vent*, avec les flammes jaillissant du rez-de-chaussée et du premier. Sous les hurlements des sirènes, les camions de pompiers, les ambulances et les voitures de police affluaient.

– Tu vas me dire de quoi il s'agit ? demanda Sam, en plissant les paupières pour tâcher de voir à travers le pare-brise fêlé.

Quelle partie de la vérité pouvais-je lui révéler sans que cela prête à conséquence ? Difficile à évaluer. J'avais toujours à cœur de lui éviter de se retrouver en fâcheuse posture par ma faute, et même si nous avions réussi à prendre la fuite, ça ne signifiait nullement que nous étions tirés d'affaire. Eligor avait le bras long, et, pour ce que j'en savais, la conférence reprendrait sans doute la semaine suivante. Tout le monde recommencerait à poser des questions.

– Je crois que j'ai *grave* mécontenté le propriétaire de l'hôtel, lâchai-je finalement. J'ai dû laisser traîner trop de serviettes sales…

Sam me décocha un de ces regards, et se remit à scruter les eaux sombres. Je me félicitais de le voir redoubler de prudence. La zone marécageuse accessible au public se situait juste dans le prolongement du sud de Pointe Filtrante. Il n'y avait guère de lumière à cet endroit, car les chevaliers guignettes et les courlis n'ont nul besoin d'éclairage urbain, n'est-ce pas ? D'antiques jetées et quelques épaves de bateaux émergeaient de la vase, à demi enlisées le long de la rive. Ces vestiges risquaient toujours d'éventrer des coques de bateaux – tout ce qui était de moindre tonnage que des pétroliers, en fait.

Goûtant l'air frais et revigorant de la baie, je gravis la volée de marches de la cabine pour monter m'accroupir dessus, et tâcher de m'orienter. J'eus environ dix-neuf secondes de tranquillité pour réfléchir à ce que j'allais faire maintenant, précieuses secondes que je gaspillai en macabres et jouissifs scénarios où j'arrachais la tête d'un des plus éminents démons des Enfers. C'est alors qu'un sifflement, à un cheveu de mon crâne, m'alerta en m'arrosant d'échardes d'acajou. Le claquement du coup de feu suivit.

– Sam ! Ces enfoirés sont toujours à nos trousses !

À plat ventre, je me glissai vers le bastingage, puis relevai précautionneusement la tête. Ils étaient à deux cents bons mètres de distance, en poupe, mais, d'évidence, leur embarcation était plus grande et plus rapide que la nôtre, et ses feux de position, tous allumés, la rendaient aussi brillante qu'une étoile.

– Et ils ont un meilleur bateau que nous ! ajoutai-je.

Je me maudis de m'être trop vite réjoui en me croyant tiré d'affaire. J'aurais pourtant dû me douter qu'Eligor avait toute une flotte à disposition, bon sang ! Je stabilisai mon semi-automatique en le calant en appui contre le bastingage et ouvris le feu, histoire de bien leur faire comprendre que toute cette clarté n'était pas forcément à leur avantage. Hélas, je ne pense pas avoir fait mouche. Il me restait une demi-douzaine de balles dans le chargeur, plus celles qui tintaient dans ma poche – malheureusement, j'avais dû en perdre quelques-unes dans la bagarre.

– Sam ! Fais quelque chose !

– Que veux-tu que je fasse de plus que pousser les gaz à fond en tâchant de ne rien percuter au passage ? grogna-t-il.

– Pigé ! (Je me faufilai vers le bastingage de poupe, vraiment *très* opposé à l'idée qu'on me fasse sauter la tête des épaules.) Les yachts à moteur n'ont pas de torpilles ou de trucs de ce genre, dis-moi ?

– Oh, oui, merci à toi de me le rappeler. Il y a un missile Polaris ici, juste sous le refroidisseur…

– Inutile d'être aussi sarcastique sous prétexte que je ne connais rien de rien aux bateaux, mec ! (D'autres balles en bout de course sifflèrent à mes oreilles. Je jetai un coup d'œil à nos poursuivants.) Ils gagnent du terrain !

– Malédiction ! (Sam resta silencieux assez longtemps pour que ça m'inquiète.) Garde la tête baissée. Il y a un endroit plus proche où je peux accoster, mais ce sera rude.

– Qu'est-ce que ça veut dire ?

– Il vaut mieux que tu l'ignores.

Je me relevai vivement et tirai au jugé, dans la constellation de lumières. Leur rafiot était plus haut que le nôtre, et je ne voyais personne à bord. Je visai donc les hublots de la cabine, mais, là encore, sans rien atteindre. Essayez donc de tirer d'un bateau sur l'autre, en plein roulis, et sur une distance de deux cents mètres, avant de me critiquer !

Le moteur de notre yacht geignait comme une tronçonneuse coincée dans un tronc d'arbre, et je commençais à me demander si nous arriverions à atteindre le rivage. Nous virâmes très sec, ce qui inonda le pont, et traversâmes en slalom une crique bordée de roseaux nous dissimulant à la vue de nos poursuivants. Je rampai jusqu'à l'escalier de la cabine.

– Ils ne peuvent plus nous voir…

– Reste planqué, bon sang ! pesta mon pote. Tu n'es pas le type le plus amusant du monde, tu sais, mais je n'ai pas envie de te perdre.

Comme pour démontrer l'inverse, il tourna si vivement le gouvernail qu'il m'envoya bouler.

– C'est un vieux pont, fit-il tandis que je me relevais tant bien que mal, tout meurtri et endolori. Et maintenant, boucle-la !

J'aurais aimé lui faire remarquer que c'était surtout lui qui jacassait, mais j'étais trop occupé à me cramponner au pont de tous mes ongles. Un truc assez amusant, je vous conseille d'essayer ! L'instant suivant, je vis des pinceaux lumineux balayer les roseaux, tout près de nous. Les séides d'Eligor s'étaient rapprochés. L'estuaire, étroit et peu profond, ne semblait pas les avoir notablement ralentis.

Nous en eûmes la preuve peu après, quand le faisceau de lumière nous épingla, illuminant la cabine comme une crèche de Noël à l'église. De nouveau, des coups de feu claquèrent. Cette fois, ils firent mouche. Des bouts de bois, des éclats d'aluminium et de fibre de verre voltigèrent à la ronde, cisaillant les airs de fragments coupants. Un copeau à peu près gros comme mon poing vint se ficher dans la paroi de la cabine, tout près de mon crâne, frémissant à chaque fois qu'une balle de plus frappait le bateau. À plat ventre, je rampai de plus belle jusqu'à l'escalier de la cabine, que je descendis tête la première.

– Où est ce débarcadère ?

– Qu'est-ce que tu fous là ? grogna Sam. Remonte les canarder, nom d'un chien !

Me retourner dans cet espace restreint ne fut pas une mince affaire. Je venais juste de revenir en haut de la cabine quand un choc brutal immobilisa notre yacht dans un fracas assourdissant. Manquant de peu basculer à la renverse, je parvins tout juste à garder l'équilibre, mais me cognai la tête à l'embrasure de la porte. Mon arme, que la violente secousse m'avait arrachée des doigts, glissa sur le pont, happée par l'obscurité. Et ce fut à cet instant, alors que je tentais vainement de la rattraper, que mon corps me trahit. D'un coup, mes muscles, sans doute fatigués par toute cette agitation frénétique, ne m'obéirent plus. Je m'écroulai sur les bordés détrempés.

Le crâne résonnant sous la violence de l'impact, je tentai de me souvenir où étaient mes pieds et ma tête, et comment les coordonner, lorsque tout s'illumina soudain d'un éclat insoutenable. Un instant plus tard, j'entendis un autre fracas, plus distant, ponctué par des clameurs de rage. Moi, je luttais toujours pour que mon corps m'obéisse et se redresse ; il fallait que je remette la main sur mon revolver. De la cabine de pilotage, je n'entendais plus rien… qu'un silence de mauvais augure.

Je m'étais remis à ramper lorsque je vis, ombres menaçantes, des silhouettes enjamber le bastingage de notre bateau. J'essayai encore de me relever. En pure perte. C'est alors qu'un *truc* froid et dur vint exercer une féroce pression sur ma nuque.

– Je te tiens, mon salaud ! feula Fourrhurle. J'ai bousillé le bateau du chef, mais ça en valait le coup !

La pression augmenta, et du canon de son arme, le démon m'obligea à rester à plat ventre. Il fit glisser le revolver sur mon cou, le bloquant contre mes vertèbres.

– Tu crois que tu vas avoir la chance de me forcer à te tuer, hein, Dollar, grogna-t-il. (Il avait le souffle court, mais ce n'était pas sous l'empire de la douleur qu'il haletait comme ça – oh, non ! En réalité, il en salivait déjà.) Je vais « juste » te loger une balle dans la colonne vertébrale. Pour ce qu'on veut t'infliger, il suffit que les nerfs sensitifs de ta tête fonctionnent encore. Les yeux, les dents… plein de trucs avec quoi travailler ! Tu vas nous beugler tout ce que tu sais, Dollar, mais ça ne nous arrêtera pas. Tu en as pour des jours, je te le jure !

36

A quitté cette Terre

J'étais donc là, à faire ce que n'importe qui ferait à ma place pour peu qu'on lui colle un revolver sur la nuque et qu'il se retrouve à quatre pattes, complètement trempé, sous les projecteurs du bateau de Fourrhurle, et les tympans assourdis par les piaillements de ses sbires… Lesquels semblaient avoir un gros problème avec leur bateau : une sacrée avarie dans la coque. Bref, comprenez par là que je ne faisais strictement *rien*, et ne bougeais plus d'un cil. Même après le coup que j'avais pris sur la tête – transformée en une sorte de « ballon de plage » hérissé de grains de sable et d'éclats de verre –, je ne pus m'empêcher de remarquer un bruit bizarre, derrière moi. Fourrhurle s'en aperçut aussi, et, s'il appuyait toujours le canon du revolver sur mes vertèbres, je sentis néanmoins la pression se relâcher légèrement quand il se tourna afin de voir ce qu'il se passait. Je sais, j'aurais dû profiter de cette diversion providentielle pour bondir héroïquement sur mes pieds et l'assommer. Mais, au vrai, je n'étais même plus sûr de l'endroit où se situaient mes pieds. Cela dit, je ne pus m'empêcher de me dévisser le cou, moi aussi.

Une silhouette imposante montait l'escalier de la cabine, et un (trop bref) instant, je crus, ravi, qu'il s'agissait de Sam. Mais non… C'était un des séides de Fourrhurle, et ce gargouillement étrange émanait de lui. Quand il entra dans la lumière, je vis qu'il se débattait, aux prises avec… quelque chose… Un pas de plus, et je découvris un crochet d'espar planté dans sa gorge, le manche pendant sur sa poitrine. Il essayait d'arracher le métal barbelé de son cou.

– Merde ! éructa Fourrhurle.

Il n'eut pas le temps d'ajouter autre chose, car Sam surgit derrière le garde harponné, qu'il poussa dans le dos, le projetant près de moi. Le type luttait toujours pour s'arracher le harpon du cou. Tout cela aurait pu être génial… sauf qu'hélas Sam avait les deux mains levées, et qu'elles étaient nues. Pas d'armes…

Fourrhurle changea de cible, pointant maintenant son revolver sur Sam. Les hommes d'Eligor me voulaient peut-être vivant, mais j'étais à peu près sûr qu'il n'en allait pas de même pour mon copain. Je fis donc la seule chose possible dans la position (humiliante) où j'étais : je flanquai un coup de boule magistral à Fourrhurle, le percutant au ventre. Il trébucha contre le bastingage et le coup partit tout seul, me frôlant de si près que je crus un instant qu'il m'avait fait sauter la tête. Mais non. Le tir accidentel n'avait rien touché. Pas même ma caboche au crâne dur comme du bois. Sam enjamba le garde à l'agonie. Se trouvant trop loin pour tenter autre chose, il se contenta de pousser Fourrhurle lui aussi, qu'il fit basculer par-dessus bord, dans l'estuaire.

Il me releva à la force du poignet. Repérant mon revolver, je me ruai dessus à l'instant où mon copain escaladait le bastingage et piquait à son tour une tête dans les eaux noires. J'entendais Fourrhurle barboter furieusement, mais je ne le voyais plus. Je tirai quand même dans sa direction, puis, pour faire bonne mesure, je descendis une des silhouettes proches, sur le bateau brillamment éclairé. Le type foudroyé s'écroula comme une masse sur le pont.

– Dites au boss que nous avons besoin de *renforts* ! hurla Fourrhurle en crachotant de l'eau et des algues.

Je suivis Sam par-dessus bord et nageai vers la rive. Combien de balles me restait-il ? Deux ou trois, pas plus. Et mes poches étaient vides, les balles de rab'en étant tombées. Toutes ces pépites d'argent si brillantes et si coûteuses s'étaient perdues dans la boue de l'estuaire, ou avaient roulé sur le pont du yacht démoli. J'espérais qu'au moins un des spadassins de Fourrhurle glisserait sur l'une d'elles et se briserait le cou.

Les eaux étaient boueuses, glaciales et carrément rebutantes, mais notre liberté recouvrée de façon inespérée leur donnait l'air d'un de ces bains tièdes et parfumés qu'offrent les stations thermales de luxe. Nous nageâmes vers la rive et ses fourrés de roseaux. Nous étions maintenant hors de portée des projecteurs ; dans notre dos, j'entendis s'élever des clameurs de fureur et d'affolement quand les hommes de main comprirent que leur chef était à la baille et que nous, nous étions en fuite. La rive était horriblement glissante, emmêlement de boue et de racines ; nous continuâmes à nous frayer tant bien que mal un chemin entre les roseaux qui poussaient serrés, presque comme si nous étions encore en train de nager. Quelques coups de feu claquèrent à nos oreilles ; nos ennemis devaient nous repérer aux roseaux qui ployaient sur notre passage. J'attrapai Sam par le col et lui murmurai de ralentir. D'autres détonations retentirent, mais aucune ne nous frôla d'assez près pour m'inquiéter. Nous nous accroupîmes, la tête à fleur d'eau, et progressâmes comme nous pûmes.

Environ une demi-heure plus tard, nous émergeâmes enfin des roseaux et nous affalâmes, épuisés, sur un lopin de terre limoneuse. Sous la lumière nacrée de la lune, magnifique mais sans âme, nous recrachâmes l'eau que nous avions ingurgitée bien malgré nous – et Dieu seul sait quoi d'autre avec. Il nous fallut quelques minutes de plus pour reprendre notre souffle. Enfin, je m'assis et fis rapidement le point : j'avais des chaussures trempées, un pantalon trempé et une chemise trempée, plus un revolver avec trois balles dans le chargeur et quelques-unes qui étaient restées dans ma poche, les autres ayant roulé dans la fange durant notre échappée belle. Il me fallut un long moment pour insérer ces balles supplémentaires avec mes doigts glacés et glissants. J'avais maintenant dans mon chargeur une demi-douzaine de balles en argent à quinze dollars pièce (bombarder les gus avec des bouteilles de Chivas Regal aurait coûté moins cher...), pas d'autre arme et pas de téléphone; mon portable avait dû glisser de ma poche avec les balles manquantes.

Je me tournai vers Sam.

– Tu as encore ton portable?

Il cracha, puis s'essuya le menton de son avant-bras maculé de boue, ce qui le fit ressembler à une loutre arborant des peintures de guerre.

– Non! Ce foutu machin s'est débiné à un moment ou un autre pendant notre petite aventure. Et mon revolver aussi. Tu as toujours cette merde en plastique que tu avais récupérée chez Orban?

Je lui exhibai le semi-automatique.

– Bon, c'est toujours ça. Moi, je n'ai rien du tout à part une lampe-torche et... un sacré mal de crâne.

– On ferait mieux d'y aller, dans ce cas. Montre-moi le chemin.

Il se remit péniblement à genoux, puis se redressa avec précaution pour jeter des coups d'œil circonspects à la ronde. Rien – que des poteaux électriques massifs qui nous écrasaient de toute leur masse, de part et d'autre; leurs fils affaissés évoquaient de sombres balafres, sur le visage de la lune. L'unique point de repère que je reconnus, ce furent les contours enténébrés du parc d'attractions portuaires qui se dressait au sud, non loin de là.

– Nous sommes à deux ou trois kilomètres tout au plus de mon appartement, dit Sam. Nous pourrions probablement y arriver sans être repérés, et j'ai une véritable artillerie planquée sous les lames du plancher, précisément en prévision de ce genre de divertissement.

– Allons-y!

Si j'attendais plus longtemps, je n'aurais même plus l'énergie de mettre un pied devant l'autre. Aucune balle ne m'avait atteint, et j'avais pourtant l'impression qu'on m'avait roué de coups au point que mes organes vitaux n'étaient plus à leur place.

– Au fait, j'ai adoré le coup de l'espar !

– Je suppose que le *Ralston* organise des sorties de pêche, me répondit Sam. Vraiment super, comme hôtel !

– Ouais. Mais ils risquent pas de recommencer de sitôt, car à nous deux on vient de bousiller leurs deux bateaux !

Le trajet nous prit du temps sur ce terrain au sol spongieux, à travers les salicornes ou les graminées, tous ces trucs fascinants que les naturalistes adorent mais qui sont franchement déplaisants quand on doit s'y frotter pour se frayer un passage, alors qu'on est déjà couvert d'égratignures en tout genre. En arrivant à la périphérie de la réserve naturelle, je vis briller des néons aux fenêtres d'un bâtiment de bureaux, bordant le marécage où nous cheminions. Cette minuscule parcelle de civilisation me fit chaud au cœur. Mais pour autant, je n'avais nulle envie de me rapprocher de la lumière tant que nous ne serions pas à la porte de l'appartement de Sam.

Il nous fit traverser le marécage en empruntant une modeste passerelle qui permettait d'accéder à un petit parc très bien entretenu. Le clair de lune baignait de son éclat irisé des tables de pique-nique, et une aire de jeux, avec toboggan et balançoires.

– Le parc Garcia, m'annonça Sam. Nous touchons au but. Nous n'aurons même pas besoin d'emprunter une artère principale. Il y a un cimetière au bout du parc, et de là, il suffira d'un crochet à travers champs pour être chez moi.

– Tu crois que je suis en état de faire un crochet, petit ou grand ?

J'étais recru de fatigue, et meurtri de la tête aux pieds, mais la mention du cimetière me rappela une des choses les plus bizarres que Cirederbe m'ait apprises au sujet du véritable Révérend Habari. Voilà qui m'incita à redevenir silencieux.

Le parc était tout petit, en effet ; avant longtemps, nous nous retrouvâmes à escalader laborieusement la clôture en fer du cimetière.

– Je me souviens de cet endroit, observai-je tandis que nous cheminions entre les tombes.

Le cimetière semblait pâtir de négligence caractérisée, comme si le gazon avait été tondu pour la dernière fois l'automne précédent. Quant aux seules fleurs présentes, elles étaient factices et ne faisaient guère illusion, fût-ce au clair de lune.

– Tu venais souvent par ici, repris-je. Je t'y ai même accompagné, une fois ou deux.

Sam ne répondit pas tout de suite.

– À l'époque où je buvais, oui, lâcha-t-il enfin. J'ai descendu un certain nombre de bouteilles, ici. Ça aide un homme à remettre les choses en perspective.

– Les cimetières, ou les bouteilles vides ?

– Les deux.

Je m'abstins de faire remarquer à mon copain qu'en réalité il n'était pas un homme et ne l'était plus depuis un bon moment, à supposer même qu'il l'ait jamais été. Ce que nous autres, anges rattachés à la Terre, n'aimons guère qu'on nous rappelle…

Mais plutôt que d'alimenter la conversation, je tentai de me remémorer ce que Gras-double m'avait dit, au juste. Il avait parlé de l'angle sud-est, non ? Autant que je puisse me prononcer, c'était là que nous nous dirigions. Raison de plus pour regretter d'avoir perdu mon téléphone, et toutes mes notes avec.

– Hé, passe-moi la torche, s'il te plaît.

Sam me jeta un regard étonné.

– Pour quoi diable ? Que veux-tu en fiche ? N'oublie pas qu'on essaie de faire profil bas, en ce moment !

– Un truc auquel je viens de penser. Allons, pas de panique, on n'a plus revu ni entendu ces types depuis une bonne heure !

Non sans une réticence marquée, il me refila la lampe-torche. Elle diffusait une lumière assez faible et ne risquait guère de trahir notre position, mais je braquai tout de même le faisceau vers le sol, en balayant les pierres tombales pendant que nous traversions la pelouse mitée. C'était plutôt de la poussière que de l'herbe, d'ailleurs, quelques brins s'accrochant obstinément sur les bords, tels les derniers traînards d'un bataillon en déroute.

– Bobby, cette lumière… tu m'inquiètes, là !

J'allais lui répondre, quand quelque chose me sauta aux yeux. Je pris à gauche et marchai vers l'endroit en question. Sam me cria que j'allais dans la mauvaise direction, mais je ne l'écoutais plus.

Il me suivit au petit trot.

– Bobby ? Par l'Enfer, qu'est-ce qui te prend ?

– L'Enfer n'est pas le lieu qui m'intéresse, en ce moment précis.

– De quoi parles-tu ? s'exclama-t-il, l'air de plus en plus soucieux. Qu'est-ce que… ?

Le bruit d'abord distant, que nous entendions enfler progressivement depuis quelques secondes, était maintenant trop fort pour que nous puissions encore l'ignorer.

– Hélicoptère ! cria-t-il, exactement comme le capitaine Crochet aurait beuglé « Crocodile ! »

J'éteignis la lampe-torche et nous nous jetâmes tous deux à plat ventre, visage plaqué au sol, avec l'espoir de nous faire passer pour des rochers épars au milieu des sépultures. Le grondement des pales devint assourdissant ; l'appareil parut venir planer à l'aplomb de nos têtes. Un faisceau lumineux balaya la zone, sans nous débusquer. Je le sais, car j'avais risqué un coup d'œil au ciel. L'hélicoptère s'éloigna, et le faisceau lumineux avec.

Dès que le vrombissement des pales se fut tout à fait éloigné, je me redressai, le silence revenu, puis rallumai la lampe-torche en arrachant aux ténèbres ce qui venait de capter ainsi mon attention.

Après un moment de contemplation silencieuse, j'entendis Sam se lever à son tour et me rejoindre.

– Que se passe-t-il, Bobby ?

Mais il avait le ton d'un type qui sait pertinemment de quoi il retourne. L'homme qui demande : « *combien de temps me reste-t-il à vivre, docteur ?* » alors qu'il connaît la réponse… « *Pas longtemps.* »

Je braquai la torche sur la pierre tombale. Il n'y avait rien à dire, en vérité – à mon avis, du moins. L'épitaphe, ancienne, accusait la patine du temps, mais elle était encore très lisible, même à la faible lueur de la lampe-torche de Sam.

Moïse Isaac Habari

Né le 14 janvier 1928 – A quitté cette Terre le 20 mai 2004

Père, frère, pasteur et homme de paix

Je me tournai vers Sam, qui se contentait de fixer la stèle.

– Comment le savais-tu ?

Voilà tout ce qu'il me demanda.

Il y eut un léger bruit, audible dans le silence qui avait suivi la question de Sam, un silence pendant lequel mille réflexions tourbillonnèrent dans mon esprit. Je me tournai, juste à temps pour voir une demi-douzaine de silhouettes converger vers nous au pas de course, à une trentaine de mètres.

Fini, les discussions !

Nous prîmes nos jambes à notre cou, mais… nous frôlions l'épuisement, nous étions trempés et endoloris. Avant que nous ayons fait dix pas, des coups de feu retentirent autour de nous. Nos poursuivants s'étaient munis de fusils équipés de lampes ; j'avais beau zigzaguer, deux ou trois pinceaux lumineux au moins convergeaient aussitôt sur moi pour me traquer. Je suivis Sam en espérant qu'il connaissait assez les lieux pour nous entraîner vers un chemin de fuite, ou un endroit d'intérêt tactique du moins, où prendre position et affronter l'adversité. Mais, au bout du cimetière, nous tombâmes non devant la clôture en fer, mais un grand mur commémoratif en pierre. Il semblait assez solide pour résister à tout, pratiquement, à moins qu'il ne s'agisse d'un lance-grenades. Hélas, nous étions du mauvais côté pour une confrontation… En fait, ça aurait tout aussi bien pu être le mur des condamnés, au pied duquel on place ceux qui vont être fusillés juste avant de leur offrir une dernière cigarette…

– Par l'Enfer ! jurai-je.

– Désolé.

Ce fut tout ce que répondit Sam. Face à ce mur qui nous écrasait de toute sa masse, je dus briser si net mon élan que je faillis percuter de plein fouet la liste commémorative des noms gravés, sans doute ceux de soldats qui s'étaient peut-être trouvés dans la même situation fatidique. Je fis volte-face et tirai – il me restait cinq coups –, mais les hommes qui nous pourchassaient avaient déjà pris position à couvert derrière les pierres tombales. Ils étaient à quelques mètres de nous, et je vis cinq ou six rayons lumineux converger vers nous, m'évoquant le dénouement d'une vieille dramatique, une histoire d'évasion ratée.

– Tu ne peux plus aller nulle part, Dollar !

– Crève, Hurleur ! lui beuglai-je. De toute façon, tu te répètes, mon vieux !

Mais comment montrer autant de bravade alors que nous offrions des cibles si faciles ?

– Jette ton revolver, ou je transperce ton ami Sammariel et tu ne t'en trouveras pas mieux pour autant !

– Ne fais pas ça, murmura Sam.

– Je n'ai pas vraiment le choix, là !

Je levai ostensiblement mon revolver par le canon avant de le laisser choir dans l'herbe. Sur injonction de Fourrhurle, je lui décochai un coup de pied pour le catapulter à plusieurs mètres de là. Puis il nous cria de nous jeter à plat ventre, mains croisées sur la nuque, et de ne plus bouger. À court d'idées, je lui obéis, en me demandant si j'aurais au moins l'occasion de lui fourrer un doigt dans l'œil avant que la fine équipe d'Eligor entreprenne sérieusement de me dessouder. Sans hâte, Sam s'allongea pesamment à côté de moi.

– Tu as un autre espar caché dans ton manteau ? murmurai-je.

– Même pas une épingle de sûreté, dit-il. Tu n'aurais pas dû leur abandonner ton revolver, Bobby.

– Ma foi, tu me dois un tas d'explications. (Je continuai à chuchoter car Fourrhurle venait vers nous.) Et je ne laisserai personne te tirer dessus tant que je ne les aurai pas eues.

Mais tout ça, c'était des foutaises, bien entendu. Nous avions eu Fourrhurle et ses acolytes par surprise, une fois, voire deux si on compte notre évasion à bord du yacht. Toutefois, même si nous avions ainsi prouvé que l'homme de main d'Eligor pouvait être floué, il ne tomberait pas deux fois dans le même panneau. Et je n'avais plus d'idées. Comme pour démontrer son sens tout nouveau de la circonspection, Fourrhurle s'approchait de nous en marchant de côté, façon crabe, arme pointée sur moi. Arrivé à deux bons mètres, il s'arrêta.

Deux mètres… La taille d'un homme. Ou les dimensions d'une tombe.

– Toi, arrête un peu tes conneries ! grogna Fourrhurle. Cesse de faire le mariole ! Tu as pensé que c'était drôle peut-être, quand tu m'as tiré dans les burnes, hein ?

– C'était subtil, dis-je. Et amusant, c'est vrai.

– Va te faire mettre, minable ! Tu ne ricaneras plus très longtemps. Sais-tu ce que Cirederbe a dit, alors qu'on l'avait à moitié éviscéré en lui foutant sous le nez ses propres tripes ? (Fourrhurle prit un ton geignard :) *« Je peux toujours les sentir ! » Ça*, c'était hilarant, non ? *« N'appuyez pas dessus, ça me fait encore mal ! »* Et ses boyaux n'étaient même plus connectés à son corps ! Voilà de quoi sont capables les « médecins d'élite » d'Eligor. (Il ricana, son arme toujours braquée sur ma gorge.) Le boss m'a promis que je serais au premier rang pour ton « spectacle », et je m'en réjouis d'avance ! Je vais en savourer chaque instant !

Il sortit un téléphone de sa poche sans que son revolver bouge d'un iota – de toute façon, il était hors de ma portée. Il l'ouvrit d'une chiquenaude, comme s'il s'était agi d'un communicateur de *Star Trek,* et appuya sur une touche. Pendant qu'il patientait, il se tourna vers ses hommes retranchés derrière les pierres tombales, et qui nous épinglaient toujours du faisceau de leurs lampes.

– Quand je serai parti, vous pourrez découper le grand mec en lanières, leur dit-il. Utilisez les tranquillisants sur le petit. (Quelqu'un avait dû décrocher, car soudain, il adopta un ton servile.) Boss ? Oui, c'est moi. Mission accomplie.

On n'a pas toujours la chance de choisir avec soin ses dernières paroles, mais j'espère que, mon heure venue, je ferai mieux que lui. Hurleur venait juste de refermer son téléphone à clapet et commençait à reculer afin de laisser le champ libre à ses séides, quand quelque chose bondit par-dessus le mur pour atterrir en face de Sam et moi, en position accroupie tel un monstrueux crapaud noir. Je sentis aussitôt la chaleur qui irradiait de la créature, mais j'eus à peine le temps de voir les horribles cornes noires affreusement familières et son étrange faciès terrifiant avant qu'elle ne tourne la tête de côté et d'autre, des flammèches bleues jaillissant de ses narines. Un des types planqués derrière les stèles ouvrit le feu. Je plongeai à plat ventre lorsque les salves arrosèrent le mur commémoratif. Quelques-unes durent atteindre le *ghallu*, mais je savais déjà que rien ne le gênait excepté l'argent – et même ça, ça lui faisait à peu près autant d'effet qu'à moi un petit coup de soleil.

Il faut dire en faveur de Fourrhurle qu'il n'entendait pas lâcher sa proie sans combattre. Il avança vers la créature et tira en rafales, les douilles éjectées scintillant au clair de lune avant de parsemer l'herbe rare. Puis il fit un pas de trop, et, en dépit de toutes les volées qu'il avait déjà tirées, la créature cornue sembla le remarquer pour la première fois.

Deux mains fumantes d'un noir d'encre, aussi grosses que des pelles, lui agrippèrent les bras et lui firent brutalement quitter le sol. Fourrhurle se débattit en hurlant, de la fumée montant de l'endroit où le monstre l'avait saisi. Puis les mâchoires du *ghallu* semblèrent se *désarticuler* – je ne vois pas d'autre façon de le décrire –, et s'ouvrirent toutes grandes, révélant d'atroces flammes hideuses semblables à celles d'un four crématoire. Horrifié, je le vis enfourner Fourrhurle jusqu'aux épaules dans ce feu démoniaque. Ses jambes tressautèrent pendant que le monstre lui aspirait la tête, au bout de la moelle épinière. Puis le *ghallu* rejeta les restes calcinés de sa victime, et l'obscurité engloutit le corps inerte de Fourrhurle.

Les armes automatiques crépitèrent tandis que je cherchais désespérément mon revolver à tâtons par terre. Je vis le *ghallu* foncer à la source des coups de feu. Ma main se referma sur un objet dur... le téléphone de Fourrhurle. Je m'en emparai, sans cesser de tâtonner à la recherche de mon arme, que je finis par retrouver.

Les hommes de Hurleur n'auraient probablement pas dû mitrailler le *ghallu* ; il fallait croire que celui-ci était enclin à se laisser facilement distraire. La créature démoniaque se jeta sur les séides et les mit en pièces, avec une telle sauvagerie que je sentis des giclées de sang chaud et l'odeur atroce de chairs brûlées. Je fourrai le téléphone dans ma poche afin de tenir mon revolver à pleines mains – une impérieuse nécessité, vu que je tremblais comme un chihuahua dans la neige. Mais je n'ouvris pas le feu. Pas question que je tente d'abattre cette monstruosité qui gobait jusqu'aux balles en argent comme autant de Tic-tac. Mais voilà... quoi faire d'autre ? Je n'en avais pas idée.

– Bobby ! Par ici !

Campé à l'autre bout du mur, Sam agitait frénétiquement les bras. Tête rentrée dans les épaules, je m'élançai vers lui, plus inquiet à l'idée de me faire plomber par une balle perdue que par un coup dirigé vers moi, car notre *Terminator qui venait du Tigre* était très occupé à déchiqueter les hommes de main sur lesquels il avait fait griffe basse. Et même si les derniers survivants le canardaient encore en prenant la fuite, ça manquait singulièrement de conviction, tout ça. Sans parler d'une quelconque visée.

– Par ici ! insista Sam, qui avait déjà piqué un sprint à une vélocité saisissante pour un type aussi épuisé qu'il devait l'être – comme moi… Cette espèce de gros enfoiré ne sait pas de quel bord il est au juste, hein ? J'imagine que ton ami privé de sa tête n'a pas vraiment eu le genre de renforts qu'il espérait ?

– En ce qui concerne Eligor, tout le monde est… sacrifiable ! haletai-je. Et quant à Fourrhurle, j'espère qu'il est retourné rôtir en enfer à l'heure qu'il est. Mais bref, il n'est plus un problème pour nous. Cette créature… elle ne s'arrêtera pas tant qu'elle ne m'aura pas attrapé ! Et quand elle aura… fini son barbecue avec les hommes de Fourrhurle, elle se remettra à nous talonner !

Je toussai et m'étranglai ; du coup je faillis tomber. Je parlais trop.

– Oui, je m'en souviens. Ce monstre était plus rapide que ta satanée bagnole, hein ?

Voilà qui n'appelait pas de réponse particulière. Je m'attachai donc à économiser mon souffle tandis que nous sprintions hors du parc du souvenir en direction d'une route sinueuse. Je n'avais plus autant cavalé comme un dératé depuis des années, et je n'avais guère fréquenté de gymnase non plus. Disons-le, je n'étais pas en grande forme (pour un ange, en tout cas). Je n'aspirais qu'à une chose désormais : survivre – et prendre un peu plus soin de moi. Apparemment, nous retournions vers la baie. Du cimetière monta un ultime hurlement de terreur, un son affreux m'évoquant quelqu'un en train de battre des cornemuses à mort à coups de masse d'arme.

– Où… ? haletai-je.

– Le seul endroit où nous ayons… une chance, me répondit Sam en ahanant. La passerelle du… parc d'attractions… portuaires!

Il jeta un regard derrière lui – ce dont je m'abstins. Ce qu'il vit, quoi que ça puisse être, lui donna des ailes, l'incitant à puiser dans des réserves dont il n'aurait sans doute jamais soupçonné l'existence… J'eus toutes les peines du monde à ne pas le laisser me distancer.

Mais… derrière qui étais-je en train de bomber comme ça, exactement? Le Sam que je pensais connaître, mon meilleur ami, ne m'aurait jamais dissimulé quelque chose d'aussi énorme que cette affaire Habari! Pourrais-je jamais lui refaire confiance? Et, plus important, allais-je pouvoir de nouveau échapper à cette créature infernale au moins le temps d'y réfléchir?

Nous parvînmes à l'étroite passerelle, dont les garde-fous couraient à hauteur de poitrine. Prévue pour les cyclistes et les randonneurs, elle enjambait le marécage tel un point de référence en équilibre entre l'île et le rivage. Sous l'impact de nos foulées, elle oscilla en grinçant. Derrière nous, un hurlement monta, assez puissant pour décrocher la lune. Ma Némésis, soupçonnai-je, venait de s'apercevoir que sa proie lui avait une fois de plus filé entre les griffes. Le *ghallu* beugla encore, et le rugissement me fit vibrer les tympans. Je faillis perdre pied quand la petite passerelle, grinçant de plus belle, fut secouée comme par un tremblement de terre de force sept sur l'échelle de Richter. Le monstre ardent était sur nos traces; voilà qu'il remontait même à vive allure la passerelle gigotant en tout sens sous sa masse, comme quelque train de marchandises grandeur nature lancé à pleine vitesse sur les rails d'un circuit miniature… La seule question qui vaille, en somme, c'était de savoir à quel endroit précis de la passerelle il allait nous rattraper.

37

Foi

À mi-passerelle, je sentais déjà la chaleur émanant de la créature, malgré la bise glaciale qui soufflait de la baie. Sam me devançait de quelques pas, mais je suis sûr et certain qu'il la percevait aussi. À une quinzaine de mètres derrière nous, le *ghallu* se rapprochait à toute allure, sa progression infernale à peine entravée par l'exiguïté de la passerelle. Il nous rattraperait bien avant que nous ayons atteint l'île. C'était le moment ou jamais de passer au plan *B*. L'ennui, c'est que je n'avais pas de plan *B*.

Mais cette créature n'aimait pas l'eau, me rappelai-je. Et nous, nous étions en pleine cavale, tout près de la baie de San Francisco… Un instant, j'envisageai sérieusement de plonger avec Sam par-dessus le garde-fou, dans la petite crique de marée peu profonde, avec l'espoir que cela nous sauverait. Le *hic*, c'est que précisément je n'avais pas la plus petite idée de la profondeur de l'eau à cet endroit – quelques malheureuses brasses, tout au plus. Comme j'ignorais *aussi* à quel point exactement le monstre exécrait l'H2O. Or, une fois n'est pas coutume, je n'étais pas pressé d'avoir des réponses ! Surtout qu'il était trop tard pour tenter quoi que ce soit d'autre.

Au prix d'une accélération soudaine, je parvins à rattraper Sam.

– Je vais essayer… un truc ! hoquetai-je, presque hors d'haleine. Surtout… n'arrête pas de courir !

Je dois dire en faveur de Sam qu'il ne protesta même pas – peut-être par simple épuisement. Tête baissée, il força encore sur les muscles de ses jambes. Jetant un autre coup d'œil derrière moi, je vis que le monstre était assez loin pour que j'aie le temps de faire volte-face et de m'accroupir, en garde. Le semi-automatique est un revolver léger, mais je me mis en position de tir et le soutins de l'autre main ; je tremblais tellement que c'était nécessaire. Puis je m'attachai à capter dans ma ligne de mire l'un des yeux rouge sang dardés sur moi tels les phares d'un camion infernal. Je me demandai ce que la créature penserait de se prendre une balle dans l'œil, et, avec un peu de chance, dans ce qui lui servait de cerveau.

Hélas, je n'eus pas cette chance. Elle ne ralentit pas, et sa course fit vaciller follement les lattes de la vieille passerelle au moment où je pressais sur la détente. Le *ghallu* se redressa au même instant, le recul rabattit mon revolver en position basse et, au lieu de lui tirer dans l'œil, c'est au genou que je l'atteignis – d'où jaillit un jet incandescent.

Le *ghallu* trébucha ; rejetant le cou en arrière, il lâcha un rugissement de fureur (et, espérai-je ardemment, de douleur) aussi tonitruant qu'une avalanche de métaux de récup'. Je refis feu et le touchai à la poitrine. Il flanqua une claque à la blessure qui, à défaut d'être mortelle pour lui, l'avait momentanément distrait de son but. Puis il trébucha de nouveau et s'écrasa contre le garde-fou. Sous pareille masse, le bois de séquoia vola en éclats tandis qu'il basculait dans le vide en se débattant. Il percuta la surface des eaux avec toute la violence d'un boulet de canon ; le nuage de vapeur qui monta alors vers la lune m'en occulta la vue.

Je restai planté là un instant, à me demander si je l'avais vraiment bousillé, mais non… Je le vis se relever en titubant ; l'élément liquide bouillonnait sur sa couenne ardente en nuages de vapeur. L'eau saumâtre lui arrivait à peine aux genoux, et il pataugeait déjà vers la passerelle, tel un nuage roulant au sol. Il se remit à rugir.

Cette fois, il semblait cracher de l'eau en même temps, mais ça ne rendait pas le son plus agréable à l'oreille.

Quant à moi, j'avais déjà repris ma course éperdue sur les brisées de Sam, tandis que le « nuage cornu » cherchait à reprendre pied sur la frêle passerelle, là d'où il en avait basculé. D'un autre coup d'œil par-dessus mon épaule, je vis les planches brisées brûler entre ses pognes griffues, puis toute une partie du garde-fou se brisa et le monstre retomba dans la crique peu profonde. De rage, le *ghallu* frappa la surface à coups de poing et de corne. Le front bas et maussade, il se résigna à patauger un peu plus, en quête d'un endroit plus adéquat pour se hisser au sec, nous rattraper et nous déchiqueter.

Au temps pour mon idée de le tuer grâce aux eaux de la baie de San Francisco !

Malgré tout, la créature n'aimait visiblement pas l'élément liquide et, à condition qu'elle soit suffisamment trempée, ça annulerait peut-être en partie la chaleur infernale qu'elle diffusait. Sans compter que, ce faisant, toute douleur infligée serait toujours bonne à prendre. Qui sait même si ça ne rendrait pas le monstre plus vulnérable aux balles en argent ?

Oui, pensai-je, *et peut-être que des astronautes et des cow-boys vont débarquer et nous sauver la mise.*

Il me restait deux (voire trois, maxi) de mes coûteuses balles en argent. Il fallait que je trouve le moyen d'améliorer un peu nos chances ! En espérant que le mauvais sort en avait fini de frotter le nez du petit Bobby Dollar dans sa propre stupidité...

Quelques instants plus tard, pendant que l'horreur bouillonnante hissait derechef son écrasante carcasse sur le petit pont mis à mal, nous quittions la passerelle et courions nous perdre dans les ruines du parc d'attractions. Nous nous ruâmes dans la Petite Promenade, entre les ossatures croûlantes de ce qui, naguère encore, étaient des boutiques et des restaurants conçus pour inciter les visiteurs à débourser sans compter, avant même qu'ils atteignent les principales attractions.

Certains parcs d'attractions à l'abandon revêtent le charme étrange des villes fantômes quand la nature reprend ses droits, sous une explosion d'arbres et de plantes grimpantes, transformant les vestiges de manèges en une version architecturale moderne des gloriettes victoriennes d'antan, tel un commentaire artistique sur la fragilité des œuvres humaines.

Mais le « commentaire » sur le parc d'attractions portuaires, lui, était légèrement moins subtil. Depuis sa fermeture définitive, des années plus tôt, le parc était devenu un terrain vague – à tout point de vue. C'était désormais un havre pour les oiseaux de mer, un refuge pour tous les camés et les SDF qui parvenaient à faire le trajet depuis le continent, se souciant comme d'une guigne de survivre au milieu des bris de verre et des vieilles cochonneries rouillées qui vous entaillent le pied. On avait éclaboussé les murs encore debout de giclures de graffiti : ceux des gangs locaux et d'autres, tellement violents et hurlant de désespérance qu'on aurait plutôt dit des traces laissées par des bêtes fauves… de la peinture à la bombe éclaboussée de sang et de vomissures. Et ce n'était pas qu'une impression, je le *sentais* bien. Un petit coin d'Enfer sur Terre. Chouette endroit pour un baroud d'honneur.

Sam avait ralenti, et je le rejoignis, en trottinant d'un pas qui n'avait franchement rien d'aérien. Nos corps angéliques tibubaient d'épuisement.

– On va où… maintenant ? haletai-je.

– Je n'en sais rien ! Je ne peux pas t'emmener là où je voulais… Ce… fléau nous talonne de… trop près…

Il avait l'air bizarre, comme anéanti. Impossible de deviner le fond de sa pensée. Nous avions été comme des frères, Sam et moi ; du moins, je l'avais cru. Et voilà que je m'apercevais que je le connaissais à peine. Comment en étions-nous arrivés là ?

Sam me montra quelque chose, sur la droite.

– Les bois sont par là, me dit-il.

Il se référait à la partie sud de l'île et au parc d'origine, qui remontait au début du siècle, antérieurement à la construction du parc d'attractions. Ç'avait été le site d'élection des pique-niques et des balades champêtres en famille.

– Il y a aussi le parking, ajouta-t-il d'un air absent, comme s'il essayait de se souvenir où nous avions garé notre voiture.

– Deux endroits parfaits pour… se faire massacrer ! soufflai-je entre deux halètements. Mais ce n'est pas ce que j'espérais !

J'essuyai la sueur qui me coulait dans les yeux, le regard tourné vers l'aire anciennement dédiée aux attractions – « Merryland », son nom officiel, même si personne ne l'appelait plus comme ça bien avant que le parc ferme. Tout ce que je voyais, de là où j'étais, c'était la partie supérieure de Grand Tourbillon et de la grande roue, mais ça suffisait. Vouloir se cacher d'un démon sumérien sanguinaire au milieu de ces ruines aurait peut-être enthousiasmé un metteur en scène de cinéma, mais moi, en tout cas, la perspective me laissait froid. Sans compter qu'il nous faudrait au minimum cinq minutes pour y arriver – cinq minutes que nous n'avions pas.

– Les bains sont-ils toujours par-là, du côté nord ? demandai-je en désignant ce qui se trouvait sur notre gauche, par-delà les devantures des boutiques délabrées.

Les hurlements de la bête démoniaque lancée à notre poursuite troublèrent de nouveau l'obscurité. Même après tout ce temps, l'entendre encore beugler comme ça me foutait sérieusement les jetons, et je sentis presque les dernières velléités de mon courage m'abandonner.

– *Sam ?*

– Ouais, ils sont là. Mais j'ignore s'il y a toujours de l'eau dedans.

– Alors, c'est le moment ou jamais de prier, mec !

Je m'engouffrai dans une allée encombrée de chaises rouillées, aux pans de murs et autres décombres mangés aux moisissures depuis des années, sous l'action de l'air iodé de la baie. Je courus de toutes mes (maigres) forces vers le plongeoir Kingsport, le complexe aquatique où les garçonnes des années 1920 et leurs jules en chapeau de paille venaient autrefois nager et prendre le soleil, près de la baie. Nous surgîmes en trombe du couvert décrépi des bâtiments en ruine. À la faveur du clair de lune, nous pûmes nous frayer un chemin entre les piscines thermales désertées depuis belle lurette – et vidées… Il n'y avait plus, au fond, que quelques centimètres d'eau croupie et de débris, telles des feuilles de thé dans une tasse, attendant qu'on en déchiffre le sens caché. Encore quelques foulées, et j'aperçus le bord de la piscine d'extérieur : une fosse bétonnée de la taille d'un terrain de football. Jadis, des plongeoirs, des postes de surveillants de baignade et des stands de rafraîchissements l'avaient entourée, comme autant de villes de la Renaissance bordant un lac. Mais l'usure du temps et les ravages des intempéries les avaient balayés. De cette époque révolue, subsistait uniquement la piscine d'extérieur Grand Canyon en béton, de style architectural Bauhaus. Quand nous y parvînmes, je vis qu'il y avait à peine une cinquantaine de centimètres d'eau de pluie stagnant au fond, avec un cimetière de chaises longues aux structures oxydées.

Merveilleux ! Tout simplement merveilleux ! Avec un peu de chance, le *ghallu* allait peut-être marcher sur un clou rouillé en nous dévorant, et se choper le tétanos…

– Les piscines… couvertes ! haleta Sam. Si tu veux… de l'eau, je crois qu'elles sont toujours alimentées par… la baie. Si ça se trouve… quelqu'un aura laissé les vannes ouvertes…

Éclata à cet instant une détonation d'une force comparable à l'explosion d'une bombe, et je me tournai en sursaut. Le monstre s'était hissé sur une boutique en achevant de pulvériser le toit sous son poids considérable dès qu'il avait voulu se rapprocher du bord. À notre vue, il bondit au sol, aussi leste qu'un chat (si du moins les chats avaient la taille d'une moissonneuse-batteuse), et fonça de plus belle à notre poursuite en enjambant les puits en béton des bassins vides d'hydrothérapie.

Personne ne s'étant donné la peine de verrouiller la piscine couverte, nous fonçâmes à l'intérieur, dans l'espace désert où l'écho de nos pas précipités résonna. La raison pour laquelle elle était restée ouverte aux quatre vents s'imposa rapidement comme une évidence. Étant d'un matériau moins solide que les murs, le plafond avait pourri et s'était effondré le premier ; depuis beau temps, il n'en subsistait plus qu'une ossature de longerons métalliques autant mangés de rouille que le reste. La piscine était désormais à ciel ouvert, par la force des choses, mais elle empestait quand même à plein nez l'urine, les excréments humains et la charogne.

Tandis que nous poursuivions notre course folle sur les carreaux glissants, je vis que, pour une fois, le sort ne s'était pas acharné sur moi ; il me souriait même un peu. Comme Sam l'avait pensé, il y avait de l'eau dans la piscine couverte, qui luisait d'un éclat sombre là où les rayons de lune l'effleuraient à travers l'enchevêtrement de poutres rouillées. En fait, la piscine était même (presque) pleine.

Mais il n'y avait pas que la lune, au-dessus de nous. Une grande ombre se découpa au bord du toit et bondit, moins leste qu'un chat ou qu'un crapaud, cette fois ; son saut tenait plutôt de celui de l'arthropode aux multiples pattes s'abattant sur sa proie. Le démon se réceptionna en souplesse et s'accroupit dans les ombres, y perdant momentanément en netteté et en définition. Mais je voyais distinctement ses yeux brûlant de haine, et il était clair que lui me voyait aussi.

Ce fut alors que Sam glissa, et tomba. Il se cogna durement le crâne par terre, et, avant que j'aie pu exécuter un dérapage contrôlé sur le sol glissant, histoire de stopper net mon élan, j'étais déjà dix pas plus loin. Sam gisait, inerte. Cornes baissées, bras en croix, le *ghallu* fondit sur nous. Combien de balles me restait-il déjà ? Deux, peut-être trois avec un peu de chance ?

Je me portai vivement à la rencontre du monstre.

– Hé, toi, *l'affreux!* beuglai-je à tue-tête. Ce n'est pas après lui que tu en as ! C'est *moi* que tu veux !

Il s'arrêta net, inclinant sa large bouille cornue à la façon d'un chien.

– Allez, viens-y donc, mon salaud ! Viens un peu tâter du vingt-et-unième siècle, l'ancêtre !

Il bondit par-dessus Sam comme si telle était son intention depuis toujours. Un monstre de cette taille n'aurait *jamais* dû être aussi vif! Je compris qu'il serait sur moi avant que j'aie le temps de choper, je ne sais où, un système anti-patinage rien que pour réussir à me relever. Je tirai au jugé, sans perdre une seconde à viser, arme (vaguement) braquée sur le plexus solaire de mon adversaire. Histoire de faire bonne mesure, je tirai une deuxième fois. Mes projectiles firent mouche, et la créature frissonna quand l'argent transperça ses chairs. Elle tituba. Des geysers orange de « lave » en fusion jaillirent de son torse blessé, mais des balles ne risquaient pas de la tuer, pas plus que des météores n'iraient « tuer » le soleil. Mes tirs intempestifs me valurent néanmoins un répit – suffisant pour que j'aie le temps de me remettre debout tant bien que mal, de gagner le bord de la piscine couverte et de sauter du haut du plongeoir.

Sam avait eu raison sur un autre point : la piscine était remplie de l'eau de mer provenant de la baie – mais pas seulement. Ouverte aux éléments (et à Dieu seul sait quoi d'autre), l'eau, d'aspect huileux, empestait l'égout. Des branches flottantes et autres débris s'accrochèrent à moi tandis que je nageais. Je ne perdis pas de temps à soigner mon style et ma technique, mais ralliai au plus vite la partie la plus profonde, là où les carreaux fêlés indiquaient toujours le chiffre « 4 ». Quatre mètres, espérai-je, et pas « Travée 4 » ou autre truc inutile de ce genre. Dès que j'y fus, je pivotai et me maintins à la verticale dans l'eau, en tâchant de garder mon revolver au sec. Puis j'attendis.

Je n'eus pas longtemps à attendre. Grognant et bougonnant, l'immense créature longea un moment la piscine, comme si elle se demandait si elle avait une chance de m'atteindre du bord, sans se mouiller. Elle finit par sauter dans l'eau bourbeuse. Un geyser de vapeur jaillit dans les airs.

Le *ghallu* était *aussi* rapide dans l'élément liquide que sur terre. Il me fondit dessus à la vitesse aérodynamique d'un requin, sa forme sombre glissant sous la surface de l'eau. À ma grande horreur, je constatai à mes dépens que ce n'est pas parce qu'une créature déteste l'eau qu'elle ne sait pas nager. Sans demander mon reste, je plongeai *in extremis* et la sentis passer juste au-dessus de moi, dans une vague de chaleur bouillonnante. Ses flammes internes avaient peut-être décru, mais il gardait une couenne aussi brûlante qu'un fer à marquer.

Effectuant un demi-tour, il replongea dans ma direction ; cette fois, il nageait trop au-dessus de moi pour que je puisse de nouveau espérer me glisser sous lui et crever la surface. Je m'efforçais de faire abstraction de la pollution qui me brûlait les yeux tout en redoublant d'efforts pour lui échapper. Mais je n'étais pas assez rapide… L'instant suivant, il fut juste à mon surplomb.

Je ne suis pas un nageur olympique. Mes supérieurs m'ont doté d'un corps sain et robuste – mais pas de celui de Superman. Le *ghallu*, lui, disposait d'une célérité et d'une force transcendant de beaucoup celles d'un corps humain – même quand c'est un ange comme moi qui l'a investi. Tandis que j'essayais une fois de plus de lui échapper, il tendit la main et m'attrapa. Je sentis la peau fine de ma cheville se couvrir de cloques. Je fis de mon mieux pour me retourner et le « plomber », en espérant que mon semi-automatique allait fonctionner sous l'eau, et surtout qu'il me restait une balle. Hélas pour moi, un détritus quelconque flottant dans l'eau s'était enroulé autour de mes doigts, et avant que je réussisse à m'en dépêtrer, le monstre m'avait tiré vers le haut.

Vers lui.

Quand il refit surface, il me tenait par une jambe, la tête en bas. Il se dirigea vers la partie la moins profonde de la piscine, là où il allait pouvoir reprendre pied. Il avait une couenne noire, aussi lisse que celle d'un dauphin ; elle puait le caoutchouc brûlé et le soufre. Même trempée, la créature restait brûlante. Elle émergea de l'eau, qui lui arrivait maintenant au niveau du ventre. Des flammèches coururent le long de sa tête et de ses épaules ; sous leur action, l'humidité s'évapora. J'aurais voulu me débattre... Mais je n'en avais plus la force. La douleur qui me vrillait la cheville était si aiguë que je me surpris à espérer qu'il me reste au moins une balle à me loger dans le crâne, histoire d'abréger mes souffrances. Le *ghallu* avait plongé dans une piscine remplie et avalé une livre de balles en argent, et ça l'avait à peine ralenti. Je n'avais plus rien à espérer.

J'étais à son entière merci.

Loin de m'arracher la tête ou de me calciner séance tenante, le *ghallu* me leva dans les airs, et ouvrit démesurément la gueule, jusqu'à ce que sa mâchoire inférieure vienne presque toucher sa poitrine. Mais, cette fois, au lieu de flammes, je ne vis rien à l'intérieur de cette gueule béante. *Rien*. Ce n'était plus la cavité ordinaire d'une bouche grande ouverte, mais le vide absolu de l'inexistence. Un puits immonde dégueulant de froidure, en un saisissant contraste avec la chaleur qu'irradiait le monstre. Je compris alors que ce démon n'allait pas me *transporter* vers Eligor, il allait m'y *renvoyer*. Oui, il allait m'avaler tout rond avec son horrible gosier et m'expédier tout droit en Enfer.

Je luttai pour redresser mon arme à feu en ligne de mire, mais la créature me serrait contre son torse et je ne pouvais plus lever les bras au-dessus de ma tête. L'objet qui s'était entortillé autour de ma main, me bloquant l'index à la seconde cruciale où le monstre m'avait saisi, glissa au creux de ma paume : le médaillon en argent de Caz, lisse et dur contre ma peau. Son cadeau d'adieu... ou son dernier mensonge ? Quoi de plus normal après tout qu'il m'ait empêché de presser la détente… Soudain, je me souvins de quel métal il était fait.

Quand Orban m'avait prévenu que le *ghallu* était du genre coriace, et qu'il serait diantrement difficile à renvoyer au néant, même au moyen des balles en argent qu'il venait de me vendre, il avait ajouté qu'il me faudrait quelque chose de plus. « *Pas de l'argent ordinaire. Quelque chose de* spécial. » Or, le médaillon de Caz était « spécial » uniquement s'il revêtait une signification particulière. Si je lui en *laissais* la possibilité. Je devais croire qu'il y avait une raison bien précise s'il était dans ma main, au lieu de reposer au fond de la piscine, au milieu des décombres. Et ça, ça signifiait… quoi ? La foi ?

Tout ça me traversa l'esprit en un éclair, tandis que la créature me ramenait inexorablement vers sa gueule béante au souffle infiniment glacial. Quand sa puanteur me submergea, je sentis les doigts du monstre me fêler les côtes *et* me rôtir simultanément l'épiderme, façon dinde de Noël. Entre deux hurlements de douleur, je lui tirai des coups de pied rageurs, mais… Autant vouloir faire bobo à un excavateur ! Pourtant, je parvins à dégager l'autre bras et à saisir le petit médaillon en argent, que je pressai contre la vaste poitrine brûlante du *ghallu*, à l'endroit du cœur – à supposer qu'il en possédât un. Je poussai le canon de l'automatique tout contre le médaillon avec une fervente prière silencieuse – en substance, j'espérais avoir encore une balle dans le barillet – et j'appuyai sur la détente.

Le coup de feu me secoua violemment, comme si je venais d'être frappé par la foudre. Je sentis le sang en fusion de la créature de l'Enfer gicler, brûlant, sur ma poitrine tandis qu'elle se débattait en rugissant. Elle nagea maladroitement vers le bord de la piscine. Elle m'avait rejeté loin d'elle comme si, brusquement, je n'avais plus la moindre importance. Je faillis percuter le rebord en béton. Ma réception, sur les carreaux du pourtour, fut rude. Ma glissade incontrôlée m'entraîna près de l'endroit où Sam gisait toujours. Le *ghallu* éructait des beuglements terribles, se tordant en tout sens (aucun être vivant n'aurait dû être capable de telles contorsions !) Il se débattait comme si quelque chose le déchiquetait de l'intérieur. Il parvint à s'extraire de l'eau et à ramper assez près pour que ses doigts noirs menacent de me happer… Avant de retomber enfin, inerte.

D'un long regard scrutateur, je cherchai à m'assurer qu'il était vraiment mort – si du moins on peut parler de « mort » avec ce genre de démons, quand on atteint ce qui leur tient lieu d'organes vitaux. Puis je me laissai aller à la renverse, contemplant les nervures métalliques brisées du toit, haletant et tremblant de manière incoercible. J'avais les flancs en feu. Mes côtes me faisaient un mal de chien à chaque inspiration. Je serrais toujours le revolver, que j'agrippais tel un homme en perdition se cramponnant à un espar, au milieu des flots. J'ai même dû m'abandonner aux larmes, pendant un bon moment, avant de me tourner sur le côté et de vomir les saloperies innommables que j'avais ingurgitées à mon corps défendant dans cette horrible piscine. Puis ce fut à l'obscurité qui grandissait dans ma tête que je m'abandonnai.

Sam commençait lui aussi à reprendre conscience quand je revins à moi, le cerveau de nouveau fonctionnel. Il ne me posa pas la moindre question, mais ses yeux s'écarquillèrent à la vue de l'immense carcasse noire du *ghallu*, d'ultimes spirales de vapeur s'élevant de sa couenne à mesure que se mourait sa fournaise interne.

– Quelqu'un m'a fait un cadeau, dis-je en guise d'explication.

Je ne voyais vraiment pas quoi ajouter.

Sam s'assit en se tenant la tête à pleines mains – comme si elle était sur le point de rouler de ses épaules.

– Je sais qu'il faut qu'on parle, tous les deux, Bobby, dit-il enfin. Filons d'ici. Allons chez moi. Nous pourrons nous laver, soigner ces brûlures. Ensuite, je te dirai tout.

Nous entendîmes tous deux le cliquetis caractéristique d'un revolver qu'on arme. Il se répercuta le long des murs de la piscine découverte, un peu comme si on s'était mis à les marteler à l'aide d'un bâton.

Une voix familière s'éleva :

– Non, je crois que tu vas parler ici et tout de suite, Sammariel ! Parce que j'ai vraiment envie d'entendre tes explications. Oh, au fait, j'ai une arme. *Et* les seules munitions qui se trouvent en ce lieu, c'est une quasi-certitude.

38

La troisième voie

– Toi ? m'exclamai-je. C'est vraiment toi ?

Clarence me regarda, mais il gardait son étrange petit revolver braqué sur Sam, ce qui, franchement, n'avait pas de sens.

– Surpris ? Ou déçu ?

Il voulait se la jouer « dur », sauf que je décelai un léger tremblement révélateur, dans la main qui tenait l'arme.

– Ça dépend, j'imagine. Comment nous as-tu retrouvés ici ?

– Une minute, dit-il. Avant de se lancer dans les palabres, je tiens à préciser que ceci est un pistolet à aiguilles rempli d'une toxine végétale sud-américaine. Alors, Sam, si jamais tu as des velléités suicidaires, je n'hésiterai pas à te tirer dessus et tu en resteras paralysé pendant des heures. Car je sais tirer, vois-tu. Je me suis entraîné. (Il baissa les yeux sur le colossal cadavre du *ghallu*.) *Waouh !* C'est toi qui as fait ça, Bobby ? Ça n'a pas dû être du gâteau.

– Une minute ! Pourquoi Sam voudrait-il se suicider ? demandai-je.

– Parce qu'il a accès à un corps supplémentaire – au moins, répondit Clarence. Celui d'Habari.

Sidéré, je dévisageai Sam, qui haussa les épaules.

– Un instant… Habari, c'était *toi* ?

– Qui croyais-tu que c'était ? J'aurais cru que tu le savais. Par l'Enfer, j'en ai même déduit que c'est pour ça que tu m'avais amené devant cette pierre tombale.

– Je savais que tu avais quelque chose à voir avec ces histoires du club de Magie, mais je pensais qu'Habari était peut-être… eh bien, Léo ! Car tous deux sont morts à peu près en même temps.

– Tu parles de notre Léo ? Celui des Harpes ? (Sam secoua la tête.) Non. Autant que je sache, il a été annihilé, et nous ne le récupérerons jamais. Habari, lui, est mort un an environ après Léo. Mais toujours est-il que Léo *était* impliqué, indirectement…

– Une minute ! (Je me tournai vers Junior, qui s'évertuait toujours à paraître parfaitement cool avec tout ça.) Ça va trop vite pour moi. Comment nous as-tu retrouvés ici ?

Clarence eut la grâce d'avoir l'air légèrement embarrassé.

– Le téléphone de Sam est sur écoute. Comme ça, je pouvais toujours le localiser. J'ai eu un peu d'aide, Là-Haut.

– C'est Sam que tu pistais depuis le début ? (Je fixai mon pote.) Donc, tu m'as menti. Ce n'est pas moi qu'il espionnait.

– Merde, B, je t'ai menti sur beaucoup de choses ! s'exclama Sam. Oui, le gosse me surveillait depuis tout ce temps. Certains de nos boss avaient des soupçons.

Une autre de mes interrogations me revint en mémoire, et je me retournai vers Clarence.

– Mais Sam a perdu son téléphone plus tôt dans la soirée, bien avant que tu te pointes. Alors comment as-tu pu nous pister jusqu'au parc d'attractions ?

Clarence soutint mon regard, hésitant.

– J'avais aussi mis ton téléphone sur écoute, admit-il enfin. Dès mon arrivée ici, il m'a suffi de remonter à la source du tintamarre.

S'il avait eu accès à mon téléphone, il était peut-être au courant de tout, y compris pour Caz. Quelle poisse !

– Donc, Temuel se livrait à un double bluff avec moi depuis le début ? Tu œuvrais pour nos chefs depuis tout ce temps ? Ce qui n'explique toujours pas comment tu es arrivé ici, petit. Tu ne sais pas conduire. Ou m'aurais-tu menti là-dessus aussi ?

Maintenant, Clarence avait décidément l'air coupable.

– Je… j'ai trouvé quelqu'un pour me conduire.

Ce fut plus fort que moi… J'éclatai de rire.

– Et Madame je-ne-sais-qui, ton adorable vieille dame de logeuse, est en train de patienter dehors au volant de sa Continental, en faisant tourner le radiateur le temps que tu reviennes ? C'est bien ça ?

Il fit la grimace.

– Tu ne sais pas tout, Bobby. J'ai loué une chambre chez ce couple parce que Burt a un stand de tir aménagé au sous-sol. Sa femme et lui m'ont laissé m'y entraîner. (Il pivota vers Sam.) À ton tour, ange Sammariel. Commence à parler, car lorsque je t'aurai livré à nos supérieurs, ils étoufferont l'affaire et je ne connaîtrai jamais le fin mot de l'histoire. Comment la Troisième Voie t'a-t-elle abordé ? Que t'avaient-ils donc offert, ceux-là ?

– Pas « *ceux-là* », répondit Sam, après un moment. « *Celui-là* » : Kephas.

L'autre nom que Temuel m'avait donné, avec les membres du club de Magie.

– Jamais entendu parler de lui, lâcha Clarence.

Sam secoua la tête.

– Ce n'est pas forcément un « *il* », précisa-t-il. Nous parlons d'une présence voilée, asexuée… ni mâle, ni femelle. Un ange éminent, c'est sûr. Kephas m'a offert un marché.

– Kephas signifie « pierre », dis-je en me souvenant de ce que Gras-double m'avait expliqué. Comme dans : « *Sur cette pierre, je bâtirai mon Église…* »

Sam acquiesça.

– Les anges éminents adorent tous ces trucs de la vieille école.

En entendant ça, Clarence renifla de dédain.

– Trahir le Ciel, ça relève de la « vieille école » ?

Sam foudroya le gosse du regard.

– Tu ne peux pas le savoir, Junior, mais Bobby et moi, on en a salement bavé, quand on était des Harpes. On a vécu des atrocités, le genre qu'on ne t'enseigne pas aux Archives, vois-tu…

– Ouais, ouais, c'était l'Enfer à l'époque, l'interrompit Clarence. Épargne-moi tes justifications, Sam. Tu n'aimais pas les missions que nos supérieurs te confiaient, alors tu as décidé de te dégoter des boss plus sympas.

Sam secoua la tête ; ce n'était pas un signe de dénégation de sa part, plutôt de résignation.

– Ce fut notre bon vieux botteur de culs en chef de Léo qui me donna le premier du grain à moudre, en réalité. Il parlait toujours de politique, de ce qui se tramait en coulisses, et il se demandait qui était réellement aux commandes.

– Encore un parano ! lâcha Clarence.

Mais visiblement, il cherchait plutôt à se convaincre lui-même…

– Dit l'espion infiltré à son ex-partenaire ! rétorqua Sam, non sans un sourire amer. Enfin… À la longue, les objections de Léo me paraissaient de plus en plus sensées. Les véritables chefs, quels qu'ils puissent être, ne semblent pas avoir nos intérêts à cœur. Je ne pouvais plus continuer à fermer les yeux. Puis Léo est mort – la vraie mort, définitive… celle dont on ne revient pas. Je n'ai pas cru à un accident, et je ne le pense toujours pas. Certaines de mes remarques, après ça, ont pu tomber dans l'oreille de nos supérieurs. Quoi qu'il en soit, les dissidents de la Troisième Voie ont su me trouver. Kephas était leur représentant, et il, ou elle ou je ne sais quoi, m'a demandé si je voulais améliorer la situation, au Ciel.

Sam répéta alors l'essentiel de ce que j'avais découvert en lisant la lettre de *quasi*-suicide de Walker au sujet de la Troisième Voie ; la foi de ces séparatistes en la nécessité d'une alternative au Ciel et à l'Enfer, et leur décision d'agir en ce sens.

– Ils n'étaient pas encore tout à fait prêts, continua Sam. Tout cela remonte à plusieurs années en fait, mais je ne pouvais plus supporter d'être au nombre des Harpes. (Il pivota vers moi.) Ma vie tout entière me paraissait de plus en plus bâtie sur le mensonge, Bobby… Toute cette intox à propos de notre rôle d'unique rempart au Mal perpétré sur Terre par les puissances démoniaques… Sauf que nous, on était là, à commettre *aussi* des atrocités…

– Inutile de t'excuser, dis-je. J'aurais peut-être prêté l'oreille aux mécontents, moi aussi.

Mais au fond, je n'en étais pas si sûr. Je n'aime pas le chaos. Je déteste les secrets. Et putain, j'aime encore moins l'idée de m'attirer les foudres de puissances séraphiques comme Karael et ses potes !

– Donc, j'ai quitté les Harpes, reprit Sam, et j'ai pris un congé indéfini, sans caractère officiel. Un temps, je me suis contenté de… glandouiller, disons. Je suis venu m'installer ici, à San Judas, en tâchant de déterminer ce que j'allais devenir. Je me suis fait des amis, même parmi les mortels. L'un d'eux était le Révérend Habari. (Rien qu'au ton qu'il avait pris, je compris que ceci était important à ses yeux.) J'aurais vraiment aimé que tu le connaisses, Bobby. C'était un homme de bien. Réellement. Pas seulement un activiste politique. Il recueillait des SDF, les nourrissait et les hébergeait jusqu'à ce qu'il puisse leur trouver un refuge. Il participait à toutes les manifestations caritatives, et il veillait aussi tard pour superviser la ligue de basket-ball, au parc Sierra. Il rendait visite aux reclus. Il faisait la lecture aux malades. Puis il a eu un cancer et il en est mort. La seule chose que j'aie pu me dire, c'était : « Voilà la fin d'un homme de bien. Il n'est plus. »

– Que veux-tu dire ? s'écria Clarence, l'air choqué. Il est mort. S'il était aussi bon que tu le dis, il est monté droit au Ciel !

À son tour, Sam haussa le ton.

– Oui, et pour y faire quoi ? Pour devenir quoi ? Nos maîtres ont veillé à ce que nous ne sachions *rien* avec certitude, petit ! Les seuls anges que nous côtoyions sont exactement comme nous : de simples numéros dont les souvenirs ont été effacés, et nous, on s'échine soit pour le Boss, ici, sur Terre, soit pour nos chefs, Là-Haut, au Ciel. Est-ce donc le sort qui fut également réservé à Moïse Habari ? Là encore, se sont-ils contentés de tout effacer et de recommencer à zéro, comme avec nous ? Ou est-ce un de ces pauvres idiots béats qui tournicotent en faisant des entrechats dans les Champs des Bienheureux, avec autant de personnalité qu'un patient psychiatrique drogué jusqu'à la prunelle de ses yeux ?

– Ce n'est pas comme ça ! protesta Clarence. (Dans son agitation, son pistolet à aiguilles vacilla, mais resta braqué sur Sam.) Nous sommes des *anges* ! Nous œuvrons pour Dieu !

– Eh bien, tu vois, fiston, j'en suis moins sûr que toi. Tous ces trucs que tu me demandais, « *et pourquoi ceci, et pourquoi cela* »… ? Moi aussi, je les avais posées, ces questions – sauf que moi, c'était en toute bonne foi, contrairement à toi. Alors… est-ce réellement l'œuvre du Très-Haut que nous accomplissons ? Ou faisons-nous en réalité le jeu d'un *autre* ? Qui n'a aucun rapport avec Dieu ? Bien malin qui pourrait le dire !

– Ça suffit ! s'exclama Clarence. J'en ai assez entendu ! Trêve de blasphèmes, Sam. Je suis désolé. Tu es un type bien, je n'en doute pas, mais tu n'es pas un ange. Tu ne l'es plus. Le moment est venu pour toi de retourner au Ciel. Peut-être pourras-tu y trouver de l'aide…

Je m'étais écarté de Sam – histoire surtout que Clarence ait plus de mal à nous avoir tous deux en ligne de mire. Et je me rapprochai subrepticement du gosse.

– Pas encore, s'il te plaît. Pas tant que je ne saurai pas ce qu'il est advenu des âmes qu'ils ont détournées. Est-ce que ça a marché, Sam ? Avez-vous trouvé un endroit où les cacher, où elles seraient en sécurité ?

– C'était le plus difficile, reconnut-il. Nous ne pouvions pas « parquer » des âmes sur Terre sans que ça se remarque, mais la convention du Tartare avait organisé les choses de manière à ce qu'à tout le moins un ange de rang supérieur *et* un démon de rang équivalent doivent s'accorder sur tout nouveau territoire hors de la Terre, et ce, indépendamment de sa superficie, fût-il de la taille d'un timbre-poste. Mes chefs de la Troisième Voie avaient recruté d'autres anges comme moi, qui étaient prêts à nous munir de fausses identités et de « faux corps ». J'aurais sans doute pu me contenter, tout bêtement, d'inventer un nom, mais je voulais rendre hommage au Révérend docteur Habari, fût-ce de façon détournée… (Sa voix mourut. Puis il se reprit.) Bref, il faut croire que ceux de la Troisième Voie en avaient eu vent : le Grand Duc Eligor était apparemment disposé à conclure un marché, pour des raisons connues de lui seul et que j'ignore donc. Et il est passé à l'acte.

Pendant que Sam poursuivait le fil de ses explications, je m'étais encore rapproché de Clarence, mine de rien, et je tirai en douce mon revolver vide de mon ceinturon.

– … grâce à ce marché, nous avions notre site. Il existe. Il est bien réel !

Je ponctuai la fascinante révélation de Sam d'un bon coup de crosse à la base du crâne de Clarence. Sans un bruit, sans un murmure, le gamin s'écroula comme un sac de patates. Je ne voulais pas le tuer, même si je savais pertinemment que nos boss l'auraient aussitôt ressuscité de toute façon. Mais pas question non plus que je le laisse emmener Sam sans rien faire ! Pas avant d'avoir le fin mot de l'histoire, du moins. Je délestai Clarence de son chouette petit pistolet à aiguilles, et me tournai vers mon ami de toujours.

– Bon, Sammy, à nous deux ! Tâche de me convaincre.

– Te convaincre de quoi ? Que ça marche ? C'est facile : suis-moi.

Je pris le temps de vérifier que Clarence respirait toujours, puis je le fis basculer sur le flanc. Ainsi, s'il était pris de vomissements, il ne s'étoufferait pas. Ce n'est pas une manière agréable de mourir, même si on vous aiguille aussitôt après dans un nouveau corps d'emprunt.

– Tu ne l'as pas cogné trop fort ? s'inquiéta Sam.

Nous étions en train de quitter la piscine découverte.

– Il restera inconscient un bon moment, mais il devrait très bien s'en remettre, je pense.

– Tu m'en vois soulagé. Je l'aime bien, ce gosse. Au début, il jouait si bien les outsiders, j'ai vraiment cru qu'il ne pouvait pas être un espion infiltré !

– Toi aussi, ils t'ont eu au double bluff, fis-je remarquer. Comme Temuel avec moi. Tu crois qu'il était au courant, pour Clarence ?

– Peut-être. Ou peut-être que la Mule n'avait pas découvert que Clarence rendait compte en réalité à des supérieurs bien plus haut placés que lui encore, avant qu'il n'aille te demander de garder le gosse à l'œil... Avec eux, c'est toujours plus compliqué que ça en a l'air.

– Ouais, le Ciel... quelle saloperie sournoise ! Je suis bien d'accord.

Nous nous tûmes en remontant la Grande Promenade en direction de Merryland et de ses attractions désolées, comme si nous étions des âmes migrant non vers une nouvelle destination – la fameuse Troisième Voie –, mais vers ces bons vieux Limbes, hors du temps et de l'espace. Je me demandai si Sam et moi marcherions de nouveau ensemble, comme avant. Et n'irait-on plus jamais déjeuner, lui et moi, au *Boxer Rebellion* ? Plus jamais, vraiment ?

Je n'avais pas la plus petite idée de ce que j'allais bien pouvoir faire, après. Et nulle envie d'y penser.

La lune brillait toujours au firmament, irisant de sa nacre argentée les vestiges oxydés du Super Serpent et les échoppes effondrées des diverses attractions. Cette fois, plus aucun démon ne cherchant à m'aspirer la tête du cou, je pus bien mieux apprécier l'étrangeté de ces lieux. Vous remarquerez que je n'ai pas dit : « l'étrange *beauté* de ces lieux ». Le parc d'attractions portuaires est tout sauf « beau ». Mais l'air sentait moins mauvais ici, à l'extrémité nord. Ou la brise marine faisait des miracles, de ce côté de l'île, ou bien les clochards ne venaient pas jusque-là pour poser culotte. De toute façon, c'était un changement des plus appréciables.

La façade écaillée d'un stand de jeu nous « sourit » quand nous passâmes devant. Elle avait peut-être eu la forme d'une tête de clown, autrefois, mais tout ce qu'il en restait maintenant, c'étaient deux taches à la place des yeux et un « sourire » qui tenait bien plus du rictus qu'autre chose, avec ces dents sans lèvres.

– Donc, si tu ignorais que je me faisais passer pour Habari, me demanda Sam tout à trac, comment as-tu su, pour le cimetière ?

– Gras-double m'a aidé sur ce coup-là. Il m'a dit qu'Habari était mort, et quand il m'a annoncé qu'il était enterré dans le cimetière où tu m'emmenais tout le temps, ça m'a semblé une coïncidence plutôt étrange. En outre, j'avais déjà pris conscience d'un au moins de tes mensonges.

– Il y en a eu beaucoup, en effet. Lequel ?

Voilà, de sa part, qui m'attrista plus encore que je ne l'aurais cru.

– Quand tu m'as rejoint au *Ralston*, la nuit dernière, tu m'as dit que tu avais appelé Alice, et qu'elle t'avait donné le numéro de ma chambre.

– Mais je l'avais *vraiment* appelée, Bobby. Je ne suis pas stupide.

– Ouais, sauf qu'elle s'était trompée de numéro. Elle me l'a avoué ensuite. Elle était ennuyée à l'idée que tu n'arrives pas à me trouver, du coup. Mais, bien sûr, tu l'avais appelée uniquement pour donner le change. C'est Kephas ou un autre qui te l'avait donné, ce numéro, pas vrai ?

Il hocha la tête, le regard fixe, droit devant, sans répondre.

Je comprenais mieux, maintenant, comment tout ça s'emboîtait. Que les pouvoirs angéliques dont Habari avait fait la démonstration à Edward Walker impliquaient que l'un des acteurs clés était probablement de notre camp – ça, je l'avais deviné, puisque Habari le Mage opérait depuis East Charleston, dans ses locaux factices. Il n'y a pas tant de « types » que ça dotés de halos à San Judas, et je commençais donc à me dire que c'était forcément – ou presque – quelqu'un que je connaissais, comme me l'avait prouvé la réaction d'Habari quand nous nous étions croisés, en voiture. Il m'avait aussitôt reconnu, sous mes contusions et mes bandages. Mais je m'étais trop creusé la cervelle, et, au lieu de voir ce que j'avais sous les yeux, ce qui m'aurait permis de percer immédiatement à jour l'identité d'Habari, je m'étais demandé si Léo le Loke n'avait pas simplement feint de disparaître.

– Et les corps, Sam ?

Il sursauta, surpris.

– Quels corps ?

– Ceux que toi et les autres types du club de Magie avez forcément portés, Sam. Après tout, tu ne pourrais jamais, normalement, te faire passer pour un homme d'Église africain.

– La Troisième Voie nous les a fournis. Ils sont un peu moins fonctionnels, mais ils nous sont bien plus aisés à investir et à quitter que ceux rattachés à la Terre que nous distribuent les instances célestes. J'ai entreposé le corps d'Habari en lieu sûr, mais je ne peux pas te dire où, Bobby. J'aurai intérêt à exploiter tous les atouts possibles afin de plaider ma cause auprès de nos chefs et de les inciter à la clémence. Eh, je m'en tirerai peut-être avec deux ou trois millions d'années seulement à passer au fin fond de la fosse aux flammes !

Je me sentis pris de nausée. Il savait aussi bien que moi que ce ne serait pas aussi simple. Comment avais-je pu me laisser abuser à ce point par mon meilleur ami ? Et qu'allais-je faire à présent à son sujet ?

– Donc, maintenant, après m'avoir mis *moi* dans la merde jusque-là, tu t'apprêtes à trahir la Troisième Voie ?

– Merde, Bobby, c'était censé être une blague ! Non, en vérité, je ne te donnerai pas la planque où se trouve le corps d'Habari car je veux que la Troisième Voie ait la possibilité de le récupérer et d'effacer ses traces, afin que les entités célestes n'y voient que du feu. Je n'ai jamais voulu que tout cela te retombe dessus, mais je crois en ces dissidents, j'ai foi en ce qu'ils font. Je ne fournirai aucun renseignement à l'Éphorat, compte sur moi.

– Qu'as-tu pensé, le jour où tu m'as croisé par hasard devant les bureaux du club de Magie ?

Sam n'hésita pas une seconde.

– Ça m'a flanqué une frousse de tous les diables !

– J'aurais dû te reconnaître, rien qu'à ta tire.

Il se tourna vers moi.

– Qu'est-ce que tu racontes ? Je ne conduisais pas ma voiture.

– Peut-être, mais les anges eux-mêmes préféreraient mourir plutôt que d'être surpris au volant d'un veau pareil ! Tu n'en as jamais rien eu à battre des bagnoles, Sam.

La baraque de foire appelée *La Ville en folie* était juste devant nous. Il se trouve qu'elle avait encore un toit et des murs, mais ça s'arrêtait là. Clowns et fantômes en plâtre s'étaient délités pour ne laisser derrière eux que des silhouettes spectrales, un pied ici, une oreille là… Ce qui restait avait été recouvert de peinture phosphorescente, une série de dessins runiques abstraits n'ayant de sens que pour les seuls graffiteurs. Et voilà qu'à leur tour les graffiti se décoloraient, tournant rapidement eux aussi à l'état de relique du passé. Tandis que nous avancions vers le bâtiment, en foulant un tapis de bouteilles cassées, je me félicitais d'avoir réussi à conserver mes chaussures durant mon duel aquatique avec le *ghallu.*

Les blessures que la créature m'avait infligées commençaient déjà à se résorber, grâce à mon angélique constitution, mais j'étais toujours contusionné de partout, ensanglanté et excessivement déprimé.

– C'est là, dit-il. La porte vers la Troisième Voie.

Je fronçai les sourcils.

– Il y a une seule porte ? Vous êtes obligés de venir là, à chaque fois ?

Il secoua la tête.

– Non, le concept, s'il s'agit bien d'un concept et non de magie céleste pure et simple, est assez bizarre. Il n'y a pas beaucoup d'accès au lieu que nous avons créé, mais celui-là en tout cas n'est pas le seul. Il y avait une autre porte, ou appelle ça comme tu voudras, dans les bureaux du club de Magie. C'est une des raisons pour lesquelles je devais y retourner, le jour où tu m'as surpris là-bas. Il fallait que j'en verrouille l'accès avant que toi ou d'autres la découvriez.

– Et, si Clarence surveillait tes moindres faits et gestes, c'est probablement ainsi qu'il a pigé ce qui se tramait en réalité, avec Habari et toi. Je vous ai parlé, à lui comme à toi, du type que j'avais vu, et s'il a su que tu y étais allé à peu près en même temps que moi… Bref, si ses supérieurs et lui avaient des soupçons, ça les leur aura certainement confirmés.

Il hésita.

– Tu veux vraiment le voir, B ? Ça pourrait… tout changer pour toi.

J'essayai de comprendre ce qu'il était réellement en train de me dire.

– Ça pourrait. Comme ça pourrait ne rien changer, dis-je enfin.

Il sourit, et je revis le Sam familier que je connaissais depuis si longtemps.

– Écoute, je voudrais juste que tu saches… je me faisais vraiment l'effet d'une merde, à te mentir comme ça à longueur de temps, Bobby. Mais à part la Troisième Voie, tout ce que j'ai pu te dire par ailleurs, tout le reste, c'était réel. C'était la vérité.

– Je le sais, Sam. Du moins, je suis prêt à le croire. (Je fis un grand geste avec le pistolet à aiguilles.) Maintenant, montre-moi ton secret. Et, je t'en prie, ne fais rien de stupide.

Il ralluma sa lampe-torche et me guida dans la baraque de foire vétuste. Nous n'allâmes pas bien loin. Juste quelques marches à gravir, pour accéder à la salle aux miroirs. Comme ceux-ci étaient en métal et non en verre, la plupart tenaient encore debout, mais à présent, les reflets déformés qui avaient amusé tant de générations étaient presque entièrement oblitérés par la rouille et les éraflures.

– Le troisième miroir à gauche, dit Sam.

– Et *tout droit jusqu'au matin*[1]. Allez, montre-moi.

– Je vais prendre quelque chose dans ma poche. Fais-moi une faveur, OK, et ne m'expédie pas une dose de paralysant !

Il sortit un truc vaguement luminescent. Il aurait pu s'agir de toiles d'araignée entortillées scintillant sous les rayons de la lune, sauf que l'unique source de lumière, en l'occurrence, c'était la torche qu'il tenait de l'autre main. Il déplia les doigts, et la luminescence les recouvrit en luisant au travers de sa paume, avant de revêtir un si vif éclat que je reculai d'un pas en cillant.

– Ne fais pas ça ! m'écriai-je en le visant.

– Pas d'inquiétude.

Il leva la main et, de son index irradiant la lumière, traça une ligne devant le miroir. Un Zip apparut, ou du moins ce qui aurait dû en être un s'il avait été mieux défini. J'avais sous les yeux un nuage de brillance, une nébuleuse miniature matérialisée à un mètre du sol, au beau milieu de *Ville en Folie*.

1. NdT – Pour rappel, célèbre citation extraite de *Peter Pan* et de ses aventures au *Pays Imaginaire*, de James Matthew Barrie (1904).

– Kephas m'a donné ce « gantelet » de lumière, m'expliqua-t-il. C'est comme ça que j'ai pu emmener un mortel bien vivant comme Edward Walker en Hors-Zone, en franchissant une Brèche, et que j'ai pu accomplir bien d'autres prodiges encore. Ce gant reproduit les pouvoirs d'un ange éminent, je pense. J'ignore ce que c'est au juste ou comment ça fonctionne. Je l'ai surnommé le « Gant de Dieu ».

Sam refit un geste de la main, et la lumière diffuse se dissipa, laissant au centre du miroir un orifice aux contours vagues. J'y discernai des objets et des couleurs, à l'image d'une de ces charmantes saynètes qui décorent l'intérieur d'un œuf de Pâques en sucre.

– Je vais reculer, me prévint-il. Tu as ma parole que je ne vais rien tenter. Regarde, c'est tout.

Je lui faisais confiance... Tout en ne lui faisant *pas* confiance, bien entendu. Je me penchai donc, sans négliger de garder (vaguement) Sam en joue. Et ce n'est pas une simple « saynète » que j'avais sous les yeux, non. Il y avait de la profondeur de champ, dans l'image que je découvrais. C'était un autre monde, caché derrière ce miroir rayé, tout rouillé. Je voyais des chênes et des saules pleureurs, un ruisseau ; en me penchant un peu plus, je vis aussi, au loin, une maison victorienne délabrée perchée sur une colline, au bout d'un long chemin de terre. Je crus même distinguer de minuscules silhouettes, sur le porche, qui étaient peut-être en train de me regarder, elles aussi. Je me demandai si l'une d'elles était Edward Lynes Walker.

– C'est ça ? dis-je, touché malgré moi par la simplicité de cette scène au caractère rustique. C'est ta fabuleuse alternative au Ciel et à l'Enfer ? *La Petite Maison dans la Prairie ?*

– Ce n'est qu'un début, m'assura Sam. Mais ça prendra de l'envergure, ça deviendra plus *réel.* Pour l'instant, il n'y a que quelques centaines d'âmes tout au plus réunies en ce lieu. Bientôt, elles afflueront. Que je sois encore là pour le voir ou pas. Kephas a recruté bien d'autres anges, tu sais. Il se peut même qu'on en connaisse un certain nombre.

Je rangeai cette information dans un coin de ma tête, pour y réfléchir plus tard.

– Et tu penses réellement que ça va être mieux que ce que nous connaissons déjà ?

– Si nous pouvons faire en sorte que ce soit comme ça, alors, oui. (Il semblait sincère, presque *bêtement* sincère.) Tu sais… Tu pourrais y être aussi, Bobby. Tu t'es fait les mêmes réflexions que moi. Et tu en as assez toi aussi de tous ces secrets et de toutes ces saloperies qu'on a dû commettre.

– Ouais, merci. (Je me redressai.) Mais je ne suis pas encore prêt à gober un truc aussi sirupeux. Pas encore. (J'étais épuisé, et Clarence n'allait pas tarder à reprendre conscience.) Allez, vas-y. Tire-toi d'ici, Sam.

Il me dévisagea, les yeux ronds.

– Quoi ? Tu veux dire… ?

– Tu as bien entendu. Fous le camp ! Va rejoindre tes cinglés de potes et fondez votre petite communauté de la Vie-après-la-mort. Mieux vaut toi que moi. Je leur dirai que tu as réussi à t'enfuir.

– Ils ne te croiront jamais.

– Quoi, que j'ai encore tout foiré ? T'inquiète, ils s'empresseront d'y croire au contraire, trop ravis ! (Je frémis rien qu'à l'idée de l'exemple que ferait le général Karael de mon cuisant échec, le dernier en date.) File ! Je ne vais quand même pas te supplier !

Mais au lieu de franchir le portail brumeux, il se retourna vers moi. Un instant, j'eus une peur panique qu'il veuille me serrer dans ses bras. Attention, ce n'est pas que j'aie peur qu'on me serre dans ses bras, hein – enfin… pas trop –, mais l'idée même que ce soit Sam qui le fasse… C'est comme de savoir que vos parents font l'amour. Ça peut toujours arriver de temps à autre, d'accord, mais vous n'avez pas forcément envie d'en être témoin… Heureusement, il s'arrêta avant d'être à portée d'embrassade.

– Attends, je veux te donner quelque chose avant que tu repartes.

Ne va pas encore tordre ton petit slip d'anxiété, hein, Bobby, je vais juste mettre la main dans ta poche.

– Dans *ma* poche ?

Mais il avait déjà glissé son Gant de Dieu dans ma poche de veste, en effet. Je le sentis tout contre moi, telle une pierre brûlante. L'instant suivant, il se redressa et transféra dans son autre main ce qu'il avait pêché dans ma poche – qu'était-ce donc ? Puis il me le montra.

Quelques secondes durant, j'en fus muet de stupeur. C'était surprenant, aussi étonnant, à sa manière, que tout ce qu'il m'avait jamais montré… Une plume en or – *la* plume, de toute évidence –, et elle n'appartenait pas à notre monde, ça aussi, ça sautait aux yeux. Elle luisait et scintillait, non comme un étal de bijoux dans une vitrine, mais sous l'effet d'une lumière interne qui l'aurait rendue plus réelle, plus *présente* que tout ce qui l'entourait, y compris l'accès à la communauté de la Troisième Voie, Sam et moi.

– Quoi… ? (D'accord, ce n'était pas mon heure de gloire… ni ma réflexion la plus intelligente.) Comment est-ce arrivé là ?

– Elle était dans ta poche depuis le début. En quelque sorte. (Il éclata de rire.) Tu te rappelles la nuit où cette femme avait plongé au fond de la baie au volant de sa 4 × 4 ? La première nuit de Clarence ? Quand tu en es venu aux mains avec Fourrhurle ?

– Fichtre d'échauffourée ! Je l'ai aplati comme une crêpe.

– Eh bien, pendant que Cirederbe t'arrachait Fourrhurle à bras-le-corps, je l'ai vu glisser quelque chose dans ta poche. Je n'arrivais pas à comprendre ce qu'un procureur aurait bien pu vouloir dissimuler sur ta personne, et je savais que Fourrhurle était aux ordres d'Eligor, l'autre partie impliquée dans… (il désigna la scène champêtre)… *mon* petit projet. Sur le moment, j'ai cru à un coup fourré quelconque. J'ai su à quoi m'en tenir uniquement lorsque j'ai touché cette plume. Alors, j'ai décidé de la cacher. Avec ça. (Il leva le Gant de Dieu, comme s'il faisait la pub pour une Rolex sur une chaîne de télé commerciale.) J'ai « fabriqué » un fragment de Hors-Zone dans ta poche, sous couvert de t'épousseter, et j'y ai dissimulé la plume. Elle était là depuis le début, mais personne n'y avait accès puisqu'en même temps elle n'y était *pas*, si tu vois ce que je veux dire. Désolé si ça t'a causé des ennuis, mais c'était de l'impro pure et simple.

Voilà sans doute pourquoi mon étrange ami Foxy le Renard avait pu sentir quelque chose *qui n'était pas là.*

– Donc, Cirederbe disait bien la vérité, du moins celle qu'il connaissait… C'est vraiment un truc d'anthologie, non ?

Je tendis la main et pris en douceur la plume d'un doré incandescent au creux de la paume de Sam. Elle ne pesait rien, mais demeurait inamovible, même lorsque je me mis à agiter la main dans tous les sens. Difficile de s'arracher à sa fascinante contemplation, d'arriver à en détourner le regard…

– Et sais-tu à qui elle appartient ? demandai-je. Qui a conclu un marché avec Eligor ?

– Kephas, à ce que je crois savoir. *Qui ou quel* qu'il soit. (Il me fit signe de conserver la plume.) Fais-en ce que bon te semble. Remets-la à nos chefs, si ça peut t'épargner des soucis supplémentaires.

– Mais si Eligor l'avait gardée pour faire chanter Kephas, nos boss pourraient sans doute découvrir à qui elle appartient.

Sam haussa les épaules.

– Peu importe. Notre mouvement dissident est trop bien lancé sur ses rails, maintenant. C'est déjà une affaire qui roule. Kephas, moi… peu importe les pertes qu'on pourrait essuyer, à ce stade, l'idée fera de toute façon son chemin.

J'y réfléchis.

– Remets la plume dans ma poche. Avec le Gant de Dieu. Je ne veux pas devoir la cacher en un lieu ordinaire.

– Tu es sûr ?

Il la leva de sa main gantée, et je sentis de nouveau sa chaleur au travers de mon manteau quand il la remit là où il l'avait prise.

– OK, maintenant, file loin d'ici !

Il se retourna vers le miroir de la baraque de foire, avant de me jeter un dernier regard par-dessus son épaule. Je ne pus déchiffrer son expression.

– Reste en contact, Bobby.

– Comment ?

J'avais failli demander « *Pourquoi ?* » Mais même si je ne savais trop que penser de lui et de ses agissements, je savais déjà qu'il allait me manquer.

– Nous trouverons un moyen.

Alors, il traversa le miroir. L'orifice magique se referma derrière lui, et je n'eus donc pas la possibilité de le regarder s'éloigner. Mais je suppose qu'il emprunta le petit chemin de terre, tel un homme qui rentre enfin chez lui.

Je rebroussai chemin en direction du plongeoir Kingsport. Tandis que je tapotais ma poche pour m'assurer que la plume était bien indétectable, je redécouvris autre chose, sous mes doigts : le téléphone de Fourrhurle. Il était très mouillé, comme moi, mais, comme moi, il fonctionnait toujours. Je fis le dernier numéro que Fourrhurle avait composé. Quelqu'un prit la communication – sans parler. J'étais quand même à peu près sûr et certain de l'identité de la personne, à l'autre bout du fil.

– Tu sais quoi ? Toute cette histoire de « mission accomplie » ? Somme toute, je dirais que crier victoire était un peu prématuré. (Je levai les yeux au firmament, qui se couvrait maintenant de nuages, voilant la lune. J'en avais assez d'être trempé, alors j'accélérai le pas.) Mais ce que je voulais surtout te dire, c'est que je suis bel et bien en possession de la plume, et si jamais tu cherches encore à me niquer, ou si tu t'en prends à quelqu'un pour qui j'ai de l'affection – qui que ce soit, tu me comprends ? – je la produirai comme preuve de ce que j'avance quand j'irai parler à tes petits potes des Enfers du marché que tu as passé avec le Ciel. C'est assez clair comme ça ? Oh, et aie donc la bonté d'informer la Comtesse que je la reverrai bientôt. C'est promis.

Sans attendre de voir si Eligor allait réagir, je me contentai de jeter le téléphone le plus loin possible, et fus ravi de l'entendre se fracasser en heurtant quelque chose dans le noir. Je m'étais montré d'une parfaite sincérité avec Eligor : j'allais retrouver Caz. Oui, je la retrouverais, dussè-je pour cela descendre aux Enfers et l'arracher moi-même des bras d'Eligor. J'allais la délivrer de ses chaînes, pour qu'un jour enfin elle puisse me dire en face, honnêtement, si ce qui s'était passé entre nous était réel. Je n'aurais plus de cesse avant d'entendre sa réponse.

Quand je fus de retour à la piscine, Clarence s'était redressé en position assise, et s'essuyait la bouche d'un revers de manche. Visiblement, il avait vomi, mais à part cela, il n'avait pas l'air trop mal en point.

– Qu'est-il arrivé ?

– À Sam ? Il s'est enfui quand tu es tombé, j'en ai peur.

– Non, que m'est-il arrivé, à *moi* ? Qu'est-ce qui m'a assommé comme ça ?

– Le *ghallu* a dû avoir un ultime mouvement réflexe. Il t'a eu avec sa queue, et ça t'a étalé pour le compte.

Clarence regarda le cadavre du monstre ; celui-ci commençait déjà à se dissoudre en ruisseaux de boue grise et noire s'évacuant dans les interstices entre les carreaux du sol.

– Ce démon n'a *même pas* d'appendice caudal !

– Sa patte, alors ? Qu'importe ! Viens, allons voir si ton chauffeur est encore là. Je suis trop fatigué pour retourner chez moi à pinces.

Il me demanda son pistolet à aiguilles, que je refusai tout net de lui rendre. Il me fit la grimace, en parfait petit écolier furax de CE2.

– Tu ferais mieux de commencer à me faire confiance, Bobby. On est du même côté, tu sais !

J'éclatai de rire.

– Te faire confiance ? Petit, tu voulais mettre mon meilleur ami aux arrêts ! Et tu as mis mon téléphone sur écoute, je te rappelle.

Il protesta.

– Il n'y avait rien de personnel à ça ! Je faisais mon boulot. (Il me jeta un regard lourd de sous-entendus.) Je n'ai pas à leur dire quoi que ce soit, sinon ce que j'ai appris au sujet de Sam et de la Troisième Voie. Tout le reste, c'est ton affaire. Y compris ta copine, la Comtesse.

C'était du chantage – amical, mais du chantage quand même.

– D'où viens-tu, en fait, petit ? Où nos chefs ont-ils bien pu pêcher un zigoto comme toi ? T'es un sacré numéro, tu sais !

– Ils m'ont « pêché » aux Archives, car ils savaient d'avance que Sam et toi, vous vous défieriez de quelqu'un dont les antécédents, l'histoire, se rapprocheraient trop des vôtres.

– Une histoire de types qualifiés, c'est ça ? Bon, je reconnais qu'ils m'ont eu en beauté sur ce coup-là. Mais tu me laisseras seul décider si nous sommes ou non du même côté. Pour moi, tu es toujours en période d'essai.

Clarence eut l'air offusqué.

– En période d'essai ? C'est plutôt toi qui devrais faire tes preuves vis-à-vis de moi ! Tu as laissé Sam s'échapper !

Je fourrai le pistolet à aiguilles dans ma poche.

– Peut-être, petit, mais c'est bien toi qui t'es fait botter ton petit cul maigrichon par un gros machin cornu que j'avais déjà dézingué.

39

Les rues impures du Ciel

Une mauvaise surprise de plus m'attendait. Tandis que Clarence et moi (moi qui titubais, ivre de fatigue et schlinguant jusqu'aux cieux) quittions la passerelle pour reprendre pied sur la masse continentale, une voiture nous attendait à la place de stationnement de Garcia. Mais ce n'était pas une Lincoln Continental ou autre caisse à sa mémère, juste la chignole gangsta la plus ringu', la plus moche qui se puisse concevoir ! Et d'un rouge pétant avec ça, maquillée comme une vieille pute de gang…

Je l'avais déjà vu, ce gros mirage.

Garcia Passavan portait ce que, je suppose, il devait prendre pour la tenue de camouflage du parfait petit agent en mission secrète : le *total look* noir, sans oublier l'espèce de calotte de rappeur à se coller sur la tête, et qui lui donnait des airs de neveu de L'il Wayne grave anémique. L'aspect « camouflage » était quelque peu sapé par l'immense légende « ALLEZ TOUS VOUS FAIRE TREUFF ! » qui lui balafrait son tee-shirt XXXL en énormes lettres blanches tapageuses.

– Mister D !

Il écarta les bras en croix, exactement comme s'il m'accueillait au terme d'une mission de combat – encore que, à bien des égards, ce ne fût jamais que la vérité. J'avais même l'impression d'avoir sauté en parachute d'un avion – *sans* parachute. *Black Man* n'était pas précisément le genre de « comité d'accueil » dont j'aurais rêvé en reprenant (brutalement) pied en terrain connu. Tel un matador harassé, je me dérobai à son enthousiaste enlacement de frangin câlineux.

Je me tournai vers Clarence qui, lui, me fit au moins la grâce de prendre l'air déconfit.

– Mais par l'Enfer, qu'est-ce que tu fous là, *toi* ? Et pourquoi est-il là, *lui* ? Comment se fait-il que vous vous *connaissiez*, vous deux ?

– Je te l'ai dit, se défendit Clarence, je savais où tu étais, où tu allais. Mais comme en revanche je ne savais pas ce que tu faisais, et si tu étais ou non de connivence avec Sam… Bon, eh bien… disons que je vous surveillais.

– Et puis il m'a dit qu'il était ton partenaire, enchaîna Garcia avec toute la délectation d'un ado confirmant la légende urbaine qu'il tient de quelqu'un qui l'a entendue du type à qui c'est arrivé. Et me voilà, mec !

Je foudroyai du regard Clarence, qui haussa les épaules en fuyant mon regard.

– J'avais besoin qu'on me dépose, admit-il. Je voyais bien qu'il se passait quelque chose d'énorme quand vous avez quitté le *Ralston*. Et puis j'ai appris la nouvelle par le bulletin d'infos TV à l'hôtel.

– Et c'est *lui* que tu as appelé pour qu'il passe te prendre ? fis-je à mi-voix, tandis que Garcia ouvrait les quatre portières (nous n'étions jamais que trois.) Merde, Clarence, tu dois être le pire agent sous couverture de tous les temps !

– Il faut environ une demi-heure à un taxi pour rallier les Hauts de Brittan, Bobby. J'étais très pressé, et il m'a dit qu'il avait déjà fait équipe avec toi.

– Absolument ! corrobora Garcia en époussetant le siège arrière de grains épars de popcorn. Je peux être votre chauffeur.

– Putain, pas question ! Je ne fais pas « équipe » avec toi, Passavan, pas plus qu'avec toi, Agent Spécial Salaud de Traître !

Je fusillai de plus belle Clarence du regard.

Garcia parut intrigué.

– Je pourrais avoir un nom de code moi aussi, Mister D ?

– Oui : « Sombre Idiot » ! Et pas question non plus que tu m'appelles « Mister D », pigé ?

– Alors je t'appellerai quoi, mec ?

– Il y a cinq minutes, je t'aurais dit : « une ambulance » !

Je hissai mes vieux os fourbus sur le siège arrière de la bagnole, et m'étirai de tout mon long en dégoulinant sur le capitonnage en cuir de l'habitacle. J'avais la tête contre la portière, ce qui était plutôt inconfortable, mais je m'en foutais.

– Maintenant, je veux juste aller prendre trois ou quatre douches, et dormir jusqu'en août. Alors, c'est parti !

– Nous pourrions être tes « associés » ! reprit Garcia d'un ton enjoué. Ça déchire plus sa race, de toute façon !

Lâchant un faible grognement geignard, je fermai les yeux et laissai la grisante noirceur m'engloutir. Comme en transe, je sentis à peine la collision lorsque Garcia heurta en reculant une borne en béton de parking, les amortisseurs de sa caisse débile absorbant l'onde de choc à la façon d'un lit à eau. Puis je m'abandonnai à l'oubli.

Boitant bas, meurtri et contusionné, souffrant de brûlures, je finis par rallier le *Compas* vers 23 heures le lendemain soir. J'avais du moins retrouvé figure humaine après m'être récuré et – quelque peu – reposé. Je fis signe à Kool Filtre, qui soufflait furieusement en parlant dans sa Bluetooth, puis gravis péniblement l'escalier d'un pas pesant.

L'endroit avait l'air chouette si on considère que, il y avait encore peu, la partie antérieure, face à la rue, avait été réduite à l'état de gravats. On avait balayé et évacué le plus gros des décombres, le restant étant couvert de bâches en plastique. Chico s'était aménagé un bar rudimentaire provisoire, une grande plaque de contreplaqué d'environ trois centimètres d'épaisseur dressée sur tréteaux, avec des caisses de bibine empilées derrière. Il avait aussi sauvé du désastre assez de tables et de sièges pour donner le change. À condition de loucher en plissant les yeux, on pouvait croire que ce n'était pas si différent d'un soir de semaine ordinaire. Monica était attablée en compagnie de Joli Cœur ; dès qu'elle me vit, elle se leva et vint m'enlacer. Le simple fait qu'elle soit du genre féminin, et se montre si gentille avec moi, suffit pour que mes yeux s'embuent de larmes. Mais je ne voulais pas avoir la larme à l'œil, et encore moins plonger Monica dans la confusion avec ma drôle d'émotivité. Après quelques secondes, je me dégageai donc de son étreinte. Elle me lâcha à contrecœur.

– Quand on a appris la nouvelle, pour le *Ralston*, on t'a cru mort… ou pire ! J'étais tellement inquiète pour toi, Bobby ! Mais où est Sam ? Est-ce qu'il va bien ?

Manifestement, la véritable nouvelle ne s'était pas encore ébruitée – Clarence avait vraiment tenu parole. Je me demandai jusqu'à quel point mes patrons allaient chercher à étouffer toute l'affaire.

– Il va bien, oui. Mais je pense qu'il va prendre un long congé, à titre officiel.

Tandis que Monica et Joli Cœur méditaient là-dessus, je commandai à Chico l'une de ses vodka-orange avec glaçons – une conso pas donné-donné –, en lui précisant de me servir le jus d'orange dans un verre à part. Constater combien j'avais perdu la forme m'amenait à envisager d'adopter un mode de vie plus sain. Et boire séparément le jus d'orange me semblait bien mieux correspondre déjà à mes résolutions nouvelles.

Durant une heure environ, je devisai courtoisement (et en toute dissimulation, il faut bien l'avouer) avec l'ensemble du Chœur

Malade, à deux ou trois à la fois. Mais Monica & Cie voyaient bien que, dans cette salle noire de monde, je n'aspirais qu'à une chose – me retrouver seul. Ils ne s'attardèrent donc pas longtemps à ma table. On était tous passés par là, avec quelque chose qui avait si mal tourné que ça nous hantait pendant des semaines. C'est un des meilleurs aspects du *Compas* – tout le monde y a droit. En outre, je savais bien que le lendemain matin il me faudrait retourner à « La Mecque » et faire mon rapport officiel. Dans la mesure où je n'avais pas encore idée de ce que j'allais dire, je ne tenais pas à trop me piéger moi-même dans l'immédiat. Beaucoup allaient se pencher sur ma version des faits, après les événements du *Ralston* et ce qui s'en était suivi. Naturellement, mes chefs devaient déjà se demander si mon amitié avec Sam m'avait contaminé – une question qui, pour moi, évidemment, ne se posait pas. Je l'avais laissé prendre la fuite, pas vrai ?

Tandis qu'autour de moi tout le monde bavardait à bâtons rompus dans la gaieté et la bonne humeur, je ressassais les quelques possibilités qui s'offraient à moi. Comment allais-je la jouer vis-à-vis de mes supérieurs ? Je me sentais inconsistant, comme en apesanteur… Ce qui n'était pas foncièrement désagréable, ma foi. Je me faisais l'effet d'une plume, peut-être. Celle, invisible, que j'avais eue sur moi à mon insu – et que j'avais toujours. Étrange, quand on songe que j'étais assis là, plongé dans une scène familière, alors que j'avais au fond de ma poche quelque chose qui pourrait bien tout faire voler en éclats de connu et de familier – jusqu'aux nuées. J'en étais réduit à espérer que les Cieux *étaient* les Cieux, ou, à tout le moins, un fac-similé assez convaincant, car, autrement, j'en savais déjà bien trop dans trop de domaines pour qu'on me laisse continuer à me balader librement.

De telles préoccupations tournaient et retournaient dans ma tête. Jusqu'à ce que, de guerre lasse, je renonce à y réfléchir davantage pour ce soir. À trop cogiter, on risque de finir tétanisé. J'avais décidé de servir à mes boss une demi-vérité quelconque, puis de m'y cramponner quoi qu'on dise et quoi qu'on fasse. Au moins, j'en aurais le cœur net une fois pour toutes – je saurais s'il était possible ou pas de proférer des mensonges au Ciel !

De toute façon, je me disais qu'il n'y aurait pas grande différence avec ce que je faisais depuis des années, si ? Ce serait juste une plus franche approche de la feinte. Un jour de plus à trimer au bureau, en vérité. Les rues des Cieux étaient sans doute pavées de paperasses et de conneries, mais je les arpentais depuis bien longtemps maintenant, ces rues impures. J'étais à peu près certain de savoir quoi dire et quoi taire. Ensuite, tout serait entre Ses mains.

Pour finir, Jeune Elvis lança un stupide débat à propos du sinistre, jacassant à n'en plus finir sur les seigneurs démons qui, il en fichait son billet, avaient cherché à zigouiller un rival en foutant le feu au *Ralston* (ce qui, d'ailleurs, n'était pas entièrement faux. Sauf que sa liste de suspects n'avait aucun rapport avec les véritables protagonistes, ni avec ce qu'il s'était réellement passé.) Je cessai d'y prêter l'oreille lorsque Walter Sanders suggéra que Jeune Elvis s'était chargé en personne de faire péter le bâtiment quand il s'était vu refoulé à l'entrée sans pouvoir assister à la conférence.

Je me contentais surtout de suivre la scène du regard. Et de guetter l'apparition de Sam – quand bien même je savais pertinemment que ça ne risquait plus d'arriver. Et je repensais à Caz, bien entendu. Je repensais *beaucoup* à elle. Penser à celui ou celle qu'on ne peut pas avoir est en soi un enfer tout particulier, qu'on peut toujours invoquer sans avoir à dessiner le moindre pentagramme au préalable.

Il était un peu plus de minuit lorsque Clarence fit son entrée. Cette fois, il ne traînait aucun Garcia Passavan à ses basques, loué soit le Seigneur au plus haut des Cieux ! Le gamin salua Monica et les autres, puis, non sans hésiter, s'offrit une bière et vint se glisser sur une chaise en face de moi.

– Comment ça va ?

– Pourquoi as-tu fait ça, Junior ? Entre nous ?

Il parut surpris.

– Parce que je le devais, Bobby. C'est moi qu'ils avaient choisi, et c'était mon job. Je… je suis désolé pour Sam.

– Ouais. Et moi donc. Et maintenant… ? Retour au Septième Ciel afin qu'on épingle une belle petite médaille à ta robe ? As-tu finalement gagné tes ailes ?

– En fait, j'aimerais plutôt rester là. J'aime bien ce job. Le vrai, je veux dire… pas celui qu'ils m'avaient envoyé faire ici.

Je n'étais pas certain d'être prêt à le croire, ça.

– D'après Sam, tu concoctais toutes ces foutaises, quand tu le bombardais de questions. Tous ces « *et pourquoi nous sommes là ?* », « *et que se passe-t-il vraiment ?* »… Et tu feignais aussi de remettre en cause le *statu quo*.

Je surpris, fugace, un air étrange sur son visage.

– Eh, ouais. Je fabriquais tout ça histoire de voir si le masque allait se fissurer. Pourquoi ? Tu ne te poses donc plus ce genre de questions, Bobby ?

J'aurais voulu le détester. Mais pas moyen. Ce n'était jamais qu'un jeune officier zélé de plus tâchant de faire œuvre utile, en son âme et conscience. De faire son job. Juste un autre ange vertueux de Notre Seigneur.

– Je te l'ai dit un jour, gamin, je ne pose que les questions auxquelles je peux espérer une réponse.

Il acquiesça.

– Voilà qui est raisonnable. Garder en ligne de mire des objectifs terre à terre… De la sorte, on élude les problèmes.

Ce fut à mon tour de lui décocher un drôle de regard. Cherchait-il à me piéger, le gamin, à m'amener à avouer quelque chose de compromettant ? Ou voulait-il au contraire m'avertir, me persuader de m'en abstenir ? Ou se passait-il encore tout autre chose avec lui – de plus complexe ?

Non. Je ne mordrais pas à l'hameçon. Je m'écartai de la table et me relevai – ce qui, dans l'état où j'étais, n'était pas si évident que ça. J'avais passé trop de temps déjà à me voir rafler pour des séances de questionnements de ce genre-là, et j'avais salement besoin de retourner dormir. Besoin d'autres choses aussi. Mais bon… inutile de rêver. Selon toute vraisemblance, j'allais aller sommeiller et rien de plus. Ce serait toujours mieux, cela dit, que d'avoir les oreilles rebattues des balivernes de Jimmy la Table ; Joli Cœur allait encore s'esclaffer avec cette vieille histoire de mec décédé en cambriolant une maison (victime d'une chute mortelle par une lucarne), et qui avait ensuite tenté de convaincre son ange avocat qu'il n'avait cherché qu'à sauver des oiseaux en difficulté sur les toitures de son quartier…

Non que l'anecdote ne vaille pas son pesant de tapas.

Je saluai Clarence d'un signe de tête, et me dirigeai vers la sortie. Monica regardait de l'autre côté, ce qui m'épargna d'avoir à lui dire au revoir.

Ma voiture était toujours en stationnement à l'hôtel *Ralston* ; je partis donc à pied, ce qui cadrait fort bien avec mon humeur. C'était une belle nuit de printemps – l'été serait bientôt là. Quelques passants sortaient des bars, sur la grand-rue. Je me mêlai à eux, prêtant l'oreille à leurs conversations, m'étonnant de la bulle dans laquelle évoluaient les vivants, alors que tant de choses se passaient autour d'eux, dont ils n'avaient pas conscience – ou qu'ils ne voulaient surtout pas voir. J'aurais pu retourner dans mon appartement, mais je n'y étais plus allé dormir depuis bien longtemps. Il y ferait trop froid, et il faudrait que je refasse mon lit. Trop de boulot, alors que tout ce à quoi j'aspirais, c'était une bonne douche, avant de m'effondrer. Je revins donc pour une dernière nuit au motel où Garcia et Clarence m'avaient déposé, après le parc d'attractions portuaires. Après tout, je m'y étais fait, aux motels.

Je remontai l'avenue Jefferson en boitillant, tandis que les clubbers et les clients de bar se dispersaient peu à peu, les uns regagnant leurs véhicules, les autres allant attendre le bus, jusqu'à ce qu'il n'y ait plus que moi, sur cette avenue. Les immeubles d'habitation qui la bordaient étaient redevenus sombres et silencieux pour la nuit. La lumière ne brillait qu'à une sur deux ou trois fenêtres, suivant des schémas aussi abstraits que des peintures modernistes. Je fis un arrêt dans une bodega, à l'angle, et m'achetai une bouteille. Derrière son comptoir, le type leva à peine la tête de la sitcom du Punjabi qui passait sur son petit poste TV.

Quand j'eus finalement rejoint ma chambre au motel *Mission Rancho Motor Lodge*, je constatai que je n'avais plus aussi sommeil que ça. Je me débarrassai de mon manteau, coupai mon téléphone, mis de la musique et pris mon verre avec moi sur le balcon. Par-delà le parc, la Mission historique était également plongée dans le noir – l'ampoule nue qui brillait au-dessus de l'entrée ne suffisait pas à repousser les ténèbres. On voyait briller de la lumière dans les chambres d'un autre motel mais, pour une fois, les clients se montraient discrets, on ne les entendait pas. Dans la rue en contrebas, un badaud passa en sifflotant ; il promenait un vieux chien qui s'arrêtait tous les trois pas pour renifler quelque chose.

Après une journée comme celle que je venais d'avoir, je décidai de me passer de verre. Je bus mon jus d'orange à même le goulot, tout en regardant les éphémères danser autour de l'ampoule nue, au fronton de la première maison sanctifiée de Dieu à avoir vu le jour à San Judas. Et je tins compagnie à tous mes fantômes, les anciens comme les nouveaux.

réalisation : pao éditions du seuil
impression : normandie roto impression s.a.s. à lonrai (orne)
dépôt légal : mai 2013. n° 526 (132166)
imprimé en france